그가 나를 사랑했을까

그가 나를 사랑했을까

이모겐 크럼프

티타임

차례

하나

1

그날 저녁, 로리는 바에서 일하지 않고 홀서빙을 해서 나에게 공짜 음료를 줄 수 없었다. 그래도 왠지 부자가 된 기분에 한 잔 더 마실까 생각했다. 옆에 앉은 남자가 내게 말을 걸어왔다.

"조금 전 노래하는 당신의 모습을 봤어요." 그는 말했다. "당신 맞지요?"

나는 고개를 끄덕였다. "맞아요."

나는 그에게 다른 얘깃거리를 기다렸다. 내게 말을 거는 남자들은 늘 다른 무언가를 말하고 싶어 했다. 보통 내 노래가 매우 아름답다든가 아니면 내가 아름답다든가, 섹시하다는 식의 말을. 또는 내가 부른 노래가 어느 곳을 떠올리게 한다. 혹은 내 목소리가 헤어진 첫 번째 아내나 전 여자 친구나 어머니를 떠올리게 해준다는 등 종잡을 수 없는 이야기를 늘어놓는다.

그런데 이 남자는 그 어떤 것도 말하지 않았다. 다만 술잔 바닥에 시선을 고정한 채로 잔을 돌리며 이따금 고개를 끄덕일 뿐이었다. 나는 짜증이 슬슬 나기 시작했다.

"그럼, 어땠어요?" 나는 물었다.

"음, 좋았어요." 그는 말했다.

"그랬군요."

"솔직히 내가 좋아하는 노래는 아니었어요."

"아."

그는 다시 조용해졌다.

"그럼 왜 여기 있는 거죠?" 내가 물었다.

나는 회전이 되는 바 스툴에 앉아 있었다. 그가 의자 뒷부분을 돌리는 바람에 창문을 마주 보며 이야기가 오고 갔다. 무슨 생각으로 이런 말을 하냐고 그에게 따지려고 했다. 그런데 얼굴에 아무 표정도 없고 내 반응에 매우무관심해서 호들갑을 떨기가 무색해질 지경이었다. 어쨌든 별로 신경이 쓰이지도 않았다. 그냥 그렇게 해야 한다고 알고 있을 뿐.

그가 손가락으로 가리켰다.

"저 건물 보여요?"

"회색 건물이요?"

"맞아요. 이제 5층까지 세어봐요. 왼쪽에 제일 멀리 있는 창문 보여요? 바로 내 방 창문이에요. 나는 저기서 일해요."

"아, 그렇군요." 나는 말했다. "그럼 여기는 자주 오나요?"

"그걸 정말 나한테 물어보는 거요?"

"제가 무슨 말 하는지 알잖아요." 내가 말했다.

그는 살짝 미소 지었다.

"맞아요. 여기 자주 옵니다. 사실 당신 노래를 전에도 들었어요. 어쩌면 다른 사람의 노래였을 수도 있겠네요."

"누가 불러도 상관없는 거네요, 그렇죠?"

그는 어깨를 으쓱했다.

"말했듯이 나는 그런 노래를 잘 몰라요."

"그래서 저기에서 뭘 하는데요?" 내가 물었다.

"재무에 대해 좀 알아요?"

"전혀."

"이봐요, 내가 부루퉁하게 대했다고 생각하는 건 아니겠죠? 어쨌든 그게 내 일인데, 오늘은 일이 늦었어요. 당신의 원래 질문으로 돌아가자면, 나는 음악을 들으러 여기에 온 것은 아니에요." 그의 말투는 아이에게 너무 바빠서 핑거페인팅을 할 수 없다고 설명하는 사람 같았다. "오해는 하지 말아요. 음악은 확실히 멋졌으니까요. 난 술 마시러 이곳에 왔어요."

"일리가 있네요."

"하지만 기분 나쁘게 했다면 미안해요."

그는 웃었지만 나를 비웃고 있다는 생각이 들었다.

보통 이런 식으로 돌아간다. 누군가가 집적대려고 하고 그 사람들이 매우 멍청하면 나는 어리숙한 척 "오! 정말"이나 "정말 재미있네요!"를 연발하면서 겁주지 않기 위해 바보처럼 웃어준다. 하지만 사실은 그들 얼굴에 음료를 던져버리고 싶다는 생각뿐이다. 아니면 그 사람들은 아주 영리해서 나를 놀리고만 싶어 한다. 발을 걸어 넘어뜨려서 바닥에 널브러진 나를 비웃고 싶어 한다.

하지만 이 남자는 그 어느 쪽도 아니었다. 그를 어떻게 대해야 할지 알 수 없었다. 우선 그는 나와 스킨십을 하는 데 관심이 없다. 한 손은 다리 위에 올려놓았고 다른 한 손으로 음료를 잡고 있었다. 그는 우리 사이 공간을 좁히려고 하지 않았다. 오히려 의자를 더 멀리 옮긴 것 같았다. 그가 하는 말을 듣기 위해 내가 그쪽으로 몸을 기울였다. 그가 하는 말에도 특별한 의도가 없었다. 내 반응에 신경 쓰지도 않았다. 그는 마치 남은 음식을 처리하기 위해 개 밥그릇에 던져주는 것처럼 말을 툭툭 던졌다. 상대가 어떻게 받아들이든지 알려고도 하지 않았다.

"당신이 야단스러운 칭찬을 기대하는 줄 몰랐습니다." 그가 말했다. "실례했네요."

"괜찮아요. 그냥 우리네 예술가들은 좀 예민하거든요."

"오?"

"네." 나는 말했다. "그래서 제 관객이 좋아한다고 바로 말하지 않으면 싫어한다고 생각해요."

"그게 당신에게 중요해요?"

"글쎄, 그렇죠." 나는 말했다. "그러면 나는 내 노래가 형편없었다고 생각하고, 제 마음속에서는 그 생각이 빠르게 확대 재생산되기 때문이죠. 우리가 어느 정도인지 알기도 전에 자기혐오에 빠져서 할 만큼 했다, 이제 포기할 때다, 패배를 인정하자, 우리는 아무 쓸모가 없고 앞으로도 그럴 거에요. 모든 사람들이 알고 있다고 자신에게 말하게 되죠. 이미 머리가 먼저 구덩이에 처박히고, 흙이 다시 쏟아져 들어올 때조차도 우리는 기어 나오려고 애쓰고 있다고 느껴요. 어떤 사람이 파티 뒤풀이에 남은 사람들의 머릿수나 날씨를 화제 삼아 이야기하기 시작하기 때문이에요. 우리가 얼마나 대단했는지는 바로 말하지 않으면서요. 솔직하게 말하면 그게 우리가 얘기하고 싶은 전부인데 말이죠."

내가 아이러니하게 말하려고 약간 신경질적으로 웃었다. 하지만 그는 알아차리지 못한 것 같았다.

"아주 피곤하게 들리네요." 그는 말했다.

"믿으세요. 정말 그래요."

"그럼 내가 한잔 살게요. 그러고 나서 다시 이야기를 시작합시다."

그는 내 빈 잔을 가리켰다. "뭘 마시고 있었어요?"

"어, 당신이 마시고 있는 걸로 할게요." 나는 말했다.

그는 바텐더를 부르기 위해 몸을 돌렸다. 나는 그가 말하는 모습을 쳐다보았다. 편안하고 자신감에 찬 남자, 그의 명령이라면 진지하게 받아들이는 그런 종류의 남자였다. 그는 아마 30대 후반이나 40대 초반으로 나보다 나이가 많았고 매력적이었다. 넓은 어깨에 도시 남자들의 전형적인 헤어스타일로 단장했지만 이상하게도 여성스러운 구석이 있어서 아름다웠다. 아마도 눈썹 때문일까. 그는 매력적인 긴 속눈썹을 가지고 있었다. 여자 속눈썹처럼 둥글게 말려 올라가고 진하지 않았다. 하지만 그의 아름다움은 왠지 차가웠다. 그 아름다움 뒤에서 무슨 일이 일어나고 있는지는 알 수 없다.

바텐더가 우리 앞에 음료 두 잔을 놓았다.

"이게 뭐죠?" 나는 물었다. 내 음료는 그의 것과 달랐다.

"마셔봐요." 그는 말했다. "좋아할 거예요."

그리고 그가 옳았다. 마음에 들었다. 그 음료는 걸쭉하고 시럽 같았다. 내 목을 따뜻하게 해주었다.

"자, 어디까지 얘기했더라?"

"다시 얘기를 시작하기로 했었죠."

"맞아요. 그랬어요. 그래서..."

그는 의자를 돌려 나를 마주 보았다.

"그래서 나는 방금 전에 당신이 노래하는 것을 봤어요. 당신 맞죠?" 그는 말했다.

나는 고개를 끄덕였다. "맞아요."

"내가 주제넘다고 생각하지 않았으면 좋겠어요." 그는 말했다. "그러니까 당신이 여기 혼자 앉아 있는데 내가 이렇게 말을 거는 것 말이오. 원치 않으면 그렇다고 말해요. 그럼 그만두겠소."

나는 아무 말도 하지 않았다.

그는 계속했다.

"나는 그냥 당신 노래를 많이 좋아한다고 말하고 싶었어요. 그러니까 당신 목소리를. 얼마나 매력적이었는지. 정말로, 진심으로, 매력적이었어요."

나는 웃음을 터뜨렸고 로리가 뭐라고 말할지 생각해보려고 했지만, 아무 것도 떠오르지 않았다.

"정말이에요." 그는 말했다. "솔직히 진심이에요. 웃지 말아요. 이름이 뭐예요?"

"애나."

"애나." 그가 따라 했다. "애나, 진심이요. 장난이 아니에요."

나는 아무 말도 하지 않았다. 미소를 짓긴 했지만 뭐라고 해야 할지 몰랐다.

"자, 봐요." 결국 그가 말했다. "진실을 알고 싶어요? 사실 여기서 당신 노래를 전에도 들었어요. 그래요, 당신이 말 안 해도 불과 몇 분 전에 내가 뭐라고 했었는지 기억하고 있어요. 하지만 그 사람은 분명히 당신이었소. 그리고 사실은, 당신 노래를 좋아했어요."

그는 미소 지으며 어깨를 으쓱했다. 눈빛은 사심 없이 깨끗했다.

"아까 말했듯이 내 스타일은 아니에요. 내가 노래에 대해 잘 아는 것도 아니고요. 하지만 잘 모르겠어요... 그 노래에는 끌림이 있었어요. 당신에게도 뭔가가 있어요. 맘에 들었어요."

처음에, 그가 나를 놀리는 것 같아서 내가 눈치채고 있다는 표정을 지으려고 했다. 나를 농담거리로 삼고있다는 것을. 하지만 그는 말을 멈추지 않았다.

"당신이 여기 있으리라고 생각되는 밤에 몇 번 다시 왔었어요. 당신을 다시 보고 싶었소." 그리고 계속 나를 바라보았다. 그는 내 입술이나 가슴이나 다리를 훑지 않고 내 눈만을 똑바로 쳐다보고 있어서, 시간이 지나도 나는 그가 뭘 하고 있는지 알 수 없었다. 나는 내 시선을 어디에 두어야 할지 더 이상 알 수 없었다. 그는 부드럽고 달래는 듯한 목소리로 계속 말했고, 나는 그 목소리가 어떻게 들리는지 아무것도 생각나지 않았다. 그 밖에 모든 것들이 빠져나가기 시작했다. 마치 썰물이 바다에 빨려 나가는 것처럼 모든 감정, 모든 생각이 내 몸 밖으로 빠져나갔다.

그런 다음, 그는 강렬함에 관해 말하기 시작했다. '자석처럼' 강렬한 어떤 것과 분위기. 어쨌든 자석에 관한 것, 그리고 내 눈에 관한 것도 말하고 있었다. 그는 내 눈에 대해 말하고 있었다.

"당신 눈에는 뭔가가 있어요." 그는 말했다. "설명할 수는 없는데 예술적인 일을 하는 데 필요한 뭔가가 있어요. 당연히 나는 그게 뭔지 모르지만 당신에게 있다는 것은 알아요."

하지만 나는 그때 그의 입꼬리가 약간 올라가는 것을 보았고, 그의 눈빛은 곧 장난을 들킨 남학생처럼 차갑고 딱딱했다. "당신의 목소리는 그냥 내게 말을 겁니다"라고 하면서 그는 말을 마쳤다. 그는 환하게 웃었다. 그때 그가 나를 비웃는 표정을 확실히 보았다. 테이블 아래로 기어 들어가고 싶었다.

나는 음료를 집어 들고 그에게서 고개를 돌렸다.

"어때요?" 그는 말했다. "어때요? 한번 해봤는데 처음 이야기보다 더 낫지 않았어요?"

"더 나았어요." 나는 태연한 척하면서 말했다. "참 고맙네요."

"이봐요, 당신을 짜증 나게 할 생각은 없었어요. 화내지 말아요."

"화나지 않았어요. 잘 하네요. 그쪽에 재능이 있어요."

"고마워요."

"거의 믿을 뻔했어요." 내가 말했다.

"그게 사실이 아니라고 누가 그래요?"

하지만 그의 눈은 여전히 웃고 있었다.

그런 다음 그는 자신이 하는 일을 자세히 설명하기 시작했다. 그가 말하는 동안 나는 내 엄지손가락 끝의 살갗을 뜯고 있었다. 내가 바보처럼 느껴졌다. 그는 내가 허영심 많고 고귀한 척한다고 생각했고, 그가 옳았다. 그가 옳다는 것을 나도 안다. 그래서 그가 불을 붙인 성냥을 내 손톱 밑에 대는 것처럼 느껴졌다. 나는 한 번도 놀림당하는 것을 즐겨본 적도 없다. 그런 놀림에 어떻게 반응해야 할지도 몰랐다. 나는 누군가 심술궂은 말을 하면 울면서 선생님에게 달려가는 끔찍하게 예민한 아이들 중 한 명이었다. 세상의 도덕성을 전적으로 확신하고, 사람들이 해야 하는 것과 해서는 안 되는 것이 있다고 믿었다. 사람들은 항상 자신의 말과 행동에 책임져야 한다고 생각했다.

하지만 그가 하는 말에는 삐딱하지만 기분 좋은 무언가가 있었다. 그건 마음을 상하게 했지만 모기가 문 곳을 피가 날 때까지 긁었을 때 시원한 느낌이었다. 나를 놀리고 깎아내리는 데도 맞장구치고 싶었다. 그는 나에게 설명하면서 물었다. "그럼 그게 이해가 됐나요?" 나는 그의 말에 말려들고 있었다. 입을 삐죽이고 가식을 떨며, 나 자신을 혐오하면서 어린아이처럼 생각했다. 진짜 나다운 짓이다.

"그래서 당신은 자신을 잘 드러내는 편이 아니죠, 그렇죠?" 그가 말을 마치면서 말했다.

"내가 그래요?"

나는 내 노래 선생님을 항상 화나게 했다. 문장마다 끝을 올리고 불안한 듯 피식거리는 웃음으로 끝맺는 말투를 쓰고 있었다. -얘야, 호흡을 생각해.- 선생님은 말하곤 했다. -호흡에 집중. 사과할 필요 없어.-

"네. 당신은 사실 아무것도 말하지 않았어요. 내가 당신에 대해 아는 거라곤 쉽게 기분 상해한다는 것뿐이에요. 자, 이제 당신에 대해 말해봐요."

"나도 그러고 싶지만, 그냥 할 얘기가 없을 뿐이에요."

다시 그 방어하는 듯한 웃음이 나왔다.

"믿기 어려운데요." 그가 말했다.

"하지만 사실이에요. 흥미로울 것이 전혀 없어요."

"내게도 기회를 줘봐요."

나는 생각해 내려고 했다.

나는 그 앞에서 내 작은 인생의 한 자락을 풀어서 펼쳐 보이는 상상을 했다. 그는 무엇을 좋게 볼까, 무엇을 믿고 싶은 걸까를 생각하면서 말이다.

아니다. 나는 이미 알고 있었다. 아무것도 없다. 내 인생은 모두 초라하고 싸구려인데다 수치스럽다. 밝은 톤의 벽 페인트와 가구-임시로 만든 방에 결코 그 방에 살지 않을 사람들이 그 방만을 위해 산 가구-를 망칠까 봐 사진 한 장을 걸지 않는 그런 인생을 사는 그에게 그런 이야기를 하지 않을 거다. 내 헤어브러시에 얽혀 있는 로리의 머리카락과 잃어버렸다고 생각했는데 로리의 서랍에 들어 있는 내 옷. 아래층 층계참에서 속삭이는 집주인 P의 소리가 들리기 전까지나 쓸 수 있는 욕실. 머리를 물속에 처박고 있어도, 수도꼭지를 틀고 있어도 그들이 바로 있는 것처럼 여전히 들을 수 있다. 마치 그들이 나와 함께 욕실로 기어 들어와서 내 귀에 속삭이는 듯하다. '그가 내 인생의 천 자락에 손가락을 넣어 만져보면서 매우 얇고 싸구려'라고 생각하고 버리는 모습을 상상했다. 로리와 그녀 친구들과의 외출. 그들은 항상 로리의 친구들이었다. '내 친구'라고 불러본 적이 없었다. 런던의 변두리, 싸구려 술집, 우리 방에 있는 가구와 똑같은-같은 카탈로그에 있던-가구가 있는 다른 사람들의 거실 같은 곳을, 그가 생전 가보지 않을 곳을 전전한다. 아니다. 그 어느 것도 말할 수 없다. 내가 침대에 있고 P 부부가 어두운 계단을 오르락내리락하는 소리를 들었을 때 속이 안 좋아지던 느낌은 더더욱 말할 수 없다. 그들이 벽을 손으로 만지는 소리를 듣게 된다. 탁, 탁, 탁. 나무틀 안에 있는 딱정벌레가 내는 소리처럼. 그리고 그들이 화장실에 있다가 나를 보면 "또 만나네?" 라고 말할까 봐 밤에 화장실에 가고 싶지 않았다. 그때 나는 방광염에 걸렸고 "또 만나네?" 라는 말을 15번째 듣지 않도록 더러운 커피 컵에 소변을 봤다. 집주인은 계단의 맨 아래에서 거대한 뱀처럼 잠복하고 있다가 말했다. "잠을 못 자나 보지, 어?"

안 된다. 그 어느 것도 안 된다. 그에게 보여줄 수 없다.

하지만 무엇보다도, 이런 인생의 추함이 아니다. 나는 그에게 그런 인생을 자랑스럽게 내보이고 그가 어떻게 생각하는지 물어볼 수가 없었다. 얼룩이 지워지지 않는 속옷, 오래되어 뭉치고 건조해져 들떠 있는 화장, 구두 굽을 못 갈아서 못이 바닥에 부딪히는 바람에 걸을 때마다 따각 따각 소리를 내는 하이힐, 그가 내 구두를 알아채지 않기를 계속 바라면서 그의 농담에 맞춰 웃으려는 나의 노력. 이런 표정을 짓기 위해 내가 애쓰고 있다는 것을 그가 모르기를. 그리고 내 인생의 권태로움. 매달 남은 돈을 확인해야 하는 권태로움. 그걸로 충분하지 않나? 그에게 그런 모습을 보여줄 수는 없다. 이른 아침 연습실에서 반복되는 노래 연습, 잘하는 게 아니다. 아직은 아니다. 완벽하지 않아. 완벽해야만 한다. 그리고 나 자신에게 반복해서 말해야만 한다. '할 만한 가치가 있어. 이건 내 인생에서 그만한 가치가 있어.' 언젠가 이 모든 것을 웃어넘길 것이다. 하지만 그 아무것도 없던 작은 방, 그 추운 방, 그 방에서는 항상 추웠다.

작은 방에서 계속 혼잣말을 하는 나 자신과 창문 밖에서 신음하는 듯한 사이렌 소리. 끊임없이 끼익거리는 자동차 소리, 제멋대로 할 수 없는 아이처럼 심술쟁이 내 모습까지는 보여줄 수 없다.

그는 기대에 차서 나를 바라보고 있었다. 그래서 내가 생각하기에 좋게 들리는 부분만을 말해주었다.

"저는 사실 재즈 가수가 아니에요." 내가 말했다. "오페라 가수죠."

늦은 시간이었다. 술집에 남아 있는 사람들이 거의 없었다. 로리는 교대 근무가 끝나서 우리 쪽으로 다가왔다. 로리는 그녀가 할 수 있는 가장 멋진 연기를 했다. 시끄럽고 야단스럽게 그를 툭 치고, 머리카락을 휙휙 넘기며 그를 놀렸다. 나는 이제 그가 로리와 대화하기 시작할 것이라고 생각해서 약간 안도감을 느꼈다. 하지만 그는 관심 있어 보이지 않았다. 그는 로리가 말하는 동안 경청하는 얼굴로 듣고 있었다. 그 표정은 로리가 그의 얼굴에 실수로 침이라도 튀게 한 것처럼 살짝 고통스러워 보였다.

그때 그는 "가야 한다"고 말했고, 우리는 모두 함께 호텔에서 나왔다. 호텔 밖에서 그는 나에게 명함을 건네면서 말했다. "전화해요. 저녁 같이 먹읍시다." 그리고 "나는 알겠다"고 대답했다. "좋아요." 그는 말했다. 그런 다음 그는 지하철 쪽이 아닌 반대쪽으로 떠났다.

로리는 내게 팔짱을 끼었고 우리는 역 쪽으로 걸었다. 그곳은 아무도 살지 않는 사무실만 있는 런던의 한 구역이었다. 빌딩의 불은 모두 켜져 있었지만 거리는 텅 비어 있었다.

"그는 등신이야." 로리는 말했다. "그에게 관심 있니?"

나는 그가 내게 말하는 방식과 입을 움직이지 않고 나를 비웃었던 일과 그때 받았던 느낌, 발진으로 피부를 찌르는 듯한 그 느낌을 생각했다.

"모르겠어." 나는 말했다. "딱히 그렇진 않아."

하지만 나는 내 눈꺼풀 안쪽에 새겨져 있는 그의 이미지를 없앨 수가 없었다. 로리가 걸어가며 말하는 중에도 내 머릿속에는 그의 목소리가 울렸다.

지하철 안은 한 무리의 술 취한 남자들이 별것도 아닌 일로 떠들고 있었다. 휴대전화 화면에 얼굴을 비추는 한 여자가 눈 밑 피부를 잡아당겨서 늘리려고 했다.

나는 그의 명함을 끼워 넣으려고 프레보의 『마농』을 꺼냈다. 나는 음악원에서 마농 대역을 맡고 있었다. 그 이야기가 어디서 나왔는지 알고 싶었다. 로리가 책 표지를 쳐다보았다.

"그 여자는 창녀지, 맞지?" 로리는 말했다. "마농? 그 책을 읽고 있지?"

"몰라. 아직 시작도 안 했어."

"글쎄, 창녀가 맞아. 그 표지에 있는 사진을 봐봐. 그리고 여자가 창녀나 뭐 그런 게 아니라면 남자들은 여자 이름을 책의 제목으로 쓰지 않아. 그렇지 않은 책으로 생각나는 게 있어?"

"보바리 부인." 나는 말했다. "그 여자는 창녀가 아니야."

"글쎄, 직업적으로는 아니지만 확실히 창녀 비스무리해."

"안나 카레니나."

"마찬가지야."

"이상한 나라의 앨리스."

"그건 아동용 책이야." 그녀는 말했다. "예외야."

"더는 생각이 안 나."

로리는 한숨을 쉬었다.

"루크가 좀 전에 문자를 보냈어." 그녀는 말했다. "만나고 싶대."

"근데 안 만날 거야?"

"응."

로리는 루크에 관해 말하기 시작했다. 그가 얼마나 그녀의 창의성을 억누르려고 했는지, 취직을 시키려고 했는지, 그러니까 한마디로 그녀를 '파괴하려고 했다'고 말했다. 로리는 루크가 자신을 망쳤음을 깨달았다. 로리는 이 모든 것을 전에도 말했다. 로리는 작가였고, 자기 인생의 많은 부분을 반복해서 이야기하기를 좋아했다. 나는 로리를 놀라게 할 만한 이야기를 절대 할 수 없었다. 왜냐하면 로리에게도 비슷한 일이 항상 일어났고, 그녀가 나 대신 그 일을 말해주곤 했기 때문이다.

"그는 내 글을 좋게 이야기한 적이 없어."로리는 말했다. "아니면 '완전히 틀린 얘기를 하는 거야. 가르치려 들기나 하고. 좋긴 하지만, 글쎄 잘 모르겠어.'라는 둥 그런 식이야. '그래서 글을 쓰는데도 쓰고 있지 않다'고 말하기 시작해. 내 글을 읽어보자고 할까 봐 두려워서 말이야. 루크가 내 글속의 단어를 손가락으로 가리키면서 얼굴을 찡그리고 열정을 보이는 척하는 모습은 마치 수준 이하의 작품 만들기 프로젝트를 평가하는 것과 같아. 나는 글을 쓰고 나서 지우는 지경에 이르렀다. 그가 내 글을 읽고 무슨 생각을 할지, 무슨 말을 할지 상상이 되기 때문이야. 그리고 알아? 루크는 자기만 끝나면 섹스를 끝내. 나는 끝나지도 않았는데. 루크는 그런 류의 남자야. 그런데도 내가 만나고 있어, 제기랄."

그녀 목소리는 딱딱하고 화나 있었다. 하지만 손가락으로 머리카락의 끝을 꼬아대고 있는 모습이 슬퍼 보였다. 로리는 스물여덟 살이었고, 금발에, 키가 크고 날씬해서 매우 예쁘다고 생각했다. 하지만 그녀는 나이 드는 것을 걱정했다. 내 얼굴에서 둥그런 부분이 자기 얼굴에서는 각져 있는지 비교하려고 나를 거울 앞 옆에 세워 놓았다.

"그래서 그 남자를 만날 거야?" 로리가 물었다.

"아마도. 만나지 말까?"

"나라면 저녁 먹으러 가겠어. 왜 안 가? 그 남자는 너를 근사한 곳으로 데려갈 거야. 그런 남자는 항상 그래. 돈이 있잖아." 로리는 돈이 성병인 것처럼 그 단어를 경멸조로 강조하며 말했다. "그 정도는 확실해."

로리는 다른 사람들의 돈에 자기 특유의 관심을 보였다. 그녀는 송로버섯을 캐내는 돼지처럼 항상 돈을 찾아내고 구슬려서 얻었다.

"양복이 비싼 거였어." 로리는 말했다. "그리고 그 시계. 시계 봤어?"

나는 머리를 저었다. "아니, 못 봤어." "너는 그 사람을 등신이라고 했잖아?" 나는 말했다.

"그래서 뭐? 네가 그 남자랑 결혼할 것도 아니잖아. 그 사람은 이미 결혼했을 거야. 내 경험상, 그런 사람들은 보통 결혼했어."

"어떤 남자?"

"그런 종류의 남자."

"어떤 종류의 남자?"

"술집에서 여자를 낚는 그런 남자."

"너는 그걸 여자 낚시라고 부르는 거야? 나는 그렇게 보지 않아."

"그렇지." 로리는 말했다. "네가 그럴 거라고 생각하지 않아."

"그는 그런 사람이 아니었어." 나는 말했다. "아니, 그런 류의 사람이었다고 생각해. 하지만 거기서 말을 거는 대부분의 남자들은 내게 술 한 잔을 사주고 입장권이라고 여기지. 내가 확인 도장을 찍을 준비가 되어 있는 유효한 티켓. 그 남자들은 대개가 나에 대해 알려고 하지 않아. 그 사람은 그렇지 않았어. 그 사람은 마치 손가락을 나에게 대고 아플 때까지 누르고 있는 것 같았어. 무슨 말인지 알겠어?"

"알아. 너는 그 남자가 섹시하고 적당히 못되게 구니까 그 남자랑 섹스하고 싶은 거고, 너는 마조히스트야. 그건 괜찮아. 애나. 그걸 부끄러워할 필요는 없어. 너는 그보다 더 나쁜 것도 될 수 있어. 그리고 네가 조만간 누구하고 섹스를 해야 한다는 건 누구나 알고 있어. 내가 한때 네가 섹스를 하지 않는 기간 귀걸이를 하지 않은 적이 있었는데, 그때 귀걸이 구멍이 막혔었어."

"생생한 이미지 고마워." 나는 말했다.

"언제든지."

어쨌든 로리가 맞는지 나는 알 수 없었다. 내 속은 잔잔한 물이 담긴 큰 수조 같았다.

그 안에서 헤엄치고 또 헤엄쳐가도 그 바닥을 절대 보지 못할 것이다.

"내일이 월세 내는 날이지?" 로리가 물었다.

"그럴 거야, 맞아."

"이번 달에 돈 좀 빌려줘야겠다. 많이는 아니야. 50파운드 정도인데. 월세가 부족해서."

"그래." 나는 말했다.

나는 돈이 충분했다. 그 달에는 공연을 두어 번 더 해서 받은 돈이 있었다. 내 가방 속에 있는 봉투가 두툼했다.

"지금 줄게."

나는 돈을 꺼내 그녀에게 건넸다.

나는 로리에게 돈을 빌려주는 것에 전혀 개의치 않았다. 로리는 그 돈을 갚지 않았지만, 돈이 생겨 넉넉하다고 느끼면 지나치게 관대해졌다. 사치 좀 해보자고 하면서 술과 저녁 식사, 택시 비용을 모두 냈다. 그렇게 해서 돈은 그녀의 손가락 사이로 물처럼 흘러내렸고, 그녀는 항상 돈이 필요했으며, 돈을 가진 사람들에게 가차 없이 굴었다.

그러자 그녀는 행복해졌다. 아마 나에게 돈을 빌려달라고 부탁하는 것을 걱정했음이 틀림없었다. 우리는 집에 가는 내내 별것도 아닌 일에 웃고 떠들었다. 하지만 집이 있는 거리에 들어서자 로리는 침울해졌다. 그녀는 말이 없어졌고 몇 번 한숨을 쉬었다. 나도 화나고 역겹고 절망적인 기분이 되었으며 로리도 그런 기분이라는 것을 알았다. 로리는 문에 열쇠를 끼우면서 말했다. "이 망할 놈의 집, 이 망할 놈의 인생, 애나, 이 짓을 우리가 왜 하는 거야? 제대로 된 직장을 잡아야 해. 꼭 그래야 해. 더 이상 견딜 수가 없어." 그런 다음 로리는 열쇠를 돌렸다.

2

월요일 아침, 나는 가장 먼저 음악원으로 갔다. 나는 수업이 시작되기 한 시간 전 정도 일찍 가는 것을 좋아했다. 악기 판매나 외국어 레슨, 방 임대를 광고하는 게시판을 지나 그 시간에 복도를 걸으면 대부분의 연습실 안 작은 창문은 어두웠다. 이따금씩 보이는 작은 불빛, 잡아채는 듯한 소리의 바이올린 소나타, 고음을 끌어올리는 가수 외에는 침묵뿐이다.

내가 연습하기 가장 좋아하는 시간이다. 하루가 제대로 시작되고 한숨 돌릴 새도 없어 그전에 내 목소리와 오롯이 함께하는 한 시간. 거울 앞에 서서 어깨를 펴고 턱을 마사지한다. 침묵 속에 있는 목소리를 끄집어내고, 호흡으로 시작한 다음 다시 내 목소리가 될 때까지 부드럽게 진짜 소리를 끌어낸다. 지난번에 멈췄던 때처럼 그대로의 목소리를. 레퍼토리. 처음부터 조각을 맞추어간다. 라음까지 노래한 다음, 가사를 작업한다. 번역하고 그 위에 음성 표기를 한다. 모음을 연습하고 한 줄을 다 한 다음 자음을 넣어 연습하는데 자음이 가사를 끊게 해서는 안 된다. 이런 것들이 기본이다.

그런 다음 벽을 추가하고, 색을 입히고, 가구를 들인다. 이 마디는 깊고 진한 빨간색이다. 아니면 이 절에서, 나는 서서 창문 밖을 내다볼 것이며 밖은 검은색이다. 혹은 이 구절에서, 내가 벽에 걸어둔 그림으로 다가가 그 그림이 내게 주는 느낌이 있다. 그 느낌을 음악 속에 넣는다. 내가 틀리지 않을 때까지 연습한다. 음이 내 피부에 각인되고, 세포 속에서 복제되어 나는 노래를 부르는 게 아니라, 음악으로 살고 있다고 상상하면서 그 음을 몸속으로 들인다.

노래 가사에서 느끼게 만드는 기억과 이미지를 내 안에서 찾은 다음, 밖으로 꺼내어 노래에 색을 입힌다. 말해야 할 내용들이 내 안에 있다고, 더 잘 알아야만 하는 것들이 있다는 확신을 한다. 왜냐하면 노래는 복화술이 아니기 때문이다. 무대 속 인물이 되는 것은 몸에서 나오는 목소리나 그 장면에 있는 죽은 대사로 말하는 것이 아니다. 등장인물의 피부 속에 자신을 밀어넣고 자신의 목소리로 그들을 생동감 있게 살려내고, 그들의 말에 새로운 생명을 불어넣는 것이다.

월요일 오후의 마지막 시간은 마리케의 수업이었다. 그 수업은 콘서트홀에서 있었는데, 창문도 없었고, 무대 위에만 불이 켜져 있었다. 그 홀은 수백 명이 앉을 수 있다. 하지만 오페라 학교 학생들은 내 동급생과 내 위 학년에 있는 학생들로, 합해서 30여 명 정도만 맨 앞줄에 모여 앉아서 필기하거나 마리케가 하는 말마다 고개를 끄덕이며 그녀의 관심을 받으려고 노력했다. 무대에 서면 각각의 얼굴을 분간할 수 있었다. 마리케가 웃음을 유발했을 때 무대의 불빛이 학생들의 치아에 비춰 반짝이는 것을 볼 수 있었다. 엄밀히 말하면, 우리는 노래를 부르기 위해 수업을 신청했다. 하지만, 마리케는 대개 학생 명단을 무시하고 무작위로 골랐다. 그렇게 함으로써 그녀는 자신이 전지전능하다고 느끼는 것 같았다.

나탈리가 마지막으로 불려갔다. 그녀가 세 음을 부르자 마리케는 그녀를 멈추게 했다.

"아니야." 마리케는 말했다. "아니, 아니라고. 그렇게 하는 게 아니야."

그녀는 극도로 피곤하다는 식으로 손바닥 윗부분으로 눈두덩이를 눌렀다. 긴 침묵이 흘렀다.

나탈리는 마리케를 지켜보고 있었는데 얼굴을 씰룩거리며 미소를 지었다. 그녀에게 운수가 좋은 날이 아니었다. 나탈리는 자신의 노래 선생님 몰래 음악 세계의 불륜에 해당하는 상담을 받았다. 마침내 다른 선생님을 찾았고, 아주 떠나겠다고 발표했다. "그 선생님은 사기를 떨어뜨리고 있었어." 그녀는 말했다. "그는 내 목소리를 듣지 못해."

그날 아침, 그녀는 그 선생님이 안내 데스크에 남겨둔 손글씨 편지를 받았다.

난 네 결정을 완전히 이해해, 네가 이류로 만족하고 있다는 게 내게는 항상 분명했어. 그런 경우라면 마가렛이 노래 선생님으로 너한테는 딱 맞는 선택이야. 행운을 빈다. R.

"다시 한 번 해볼까?" 마리케는 여전히 눈을 가린 채 말했다.

피아니스트가 첫 화음을 쳤고, 나탈리가 노래하기 시작했다.

"E pur così" (엣페 뿌르 꼬씨)

"아니, 아니, 아니." 마리케가 소리쳤다. "그만."

마리케는 머리부터 발끝까지 구찌와 샤넬로 차려입은 상류층 여자였다. 그녀는 아주 부유한 사람들에게나 용서되는 과감하고 기발한 옷차림도 즐겼다. 지금도 그녀는 갈색 주름치마에 보라색 블라우스를 입고 무릎 높이의 빨간 부츠를 신고 있었다. 그녀를 받쳐주는 빛나는 경력은 최근에서야 오페라 단장이 된 것뿐이지만 겁을 먹고 있었다. 단 1분 만에, 그녀는 춤추고, 팔을 흔들거나 사람들을 나무로 만드는 매혹적인 모습에서 사람의 인격을 말로써만이 아니라 직접 철저히 파괴하는 사람으로 바뀔 수 있다.

그녀는 한숨을 작게 쉬며 무대 앞을 돌아다니기 시작했다. 좋은 징조가 아니었다.

"가사가 어디에나 있어." 그녀가 드디어 입을 열었다. "모든 곳에 이중자음이 있어. 어디에나. 이중모음. 이중모음. 왜 그 모든 이중모음을 말하고 있는 거야?"

그녀는 마치 몸이 아픈 듯이 손으로 입을 막았다.

"왜?" 그녀가 말했다.

나탈리는 막 말을 하려던 것 같았는데, 그랬더라면 큰 실수가 될 뻔했다. 마리케의 질문은 거의 항상 수사적이었고, 그녀는 질문에 대답하려는 사람들을 방해하는 의도를 싫어했다. 다행히도 나탈리가 대답할 기회를 얻기 전에 그녀가 가사를 직접 말하기 시작했다.

"E pur così in un giorno perdo faste e grandezze?"(엣페 뿌르 꼬씨 인 운 지오르노 뻬르도 파쓰테 에 그르난뎃테) 그녀는 이탈리아인조차도 부러워할 정도로 더 이탈리아인스러운 억양으로 힘차게 읊었다. 어찌 하루아침에 나의 영광과 왕후의 위엄을 잃을 수 있는가?

"그게 우리가 목표로 하는 거야." 그녀는 말했다. "그렇게, 바로 그렇게 해봐."

"E pur così(엣페 뿌르 꼬씨)"

"아니, 아니, 아니야." 그녀는 절망적으로 끼어들었다. "그렇게가 아니고, 이렇게. E pur così, E pur così. 내가 외국어로 말하는 거야?"

그녀가 가장 좋아하는 농담이다. 우리는 모두 순종적으로 킥킥거렸다.

그녀는 결국 나탈리에게 다시 시도하게 했지만, 노래하는 음마다 끼어들어서 나탈리의 노래는 알아들을 수도 없었다. 나탈리의 표정이 그녀의 첫 완창보다 클레오파트라의 비참한 절망에 훨씬 더 설득력 있는 그림을 보여주었다. 아마도 처음부터 이것이 마리케의 목표였는지도 모른다.

"누가 너한테 거기에서 앞꾸밈음을 하라고 했어?" 그녀는 소리쳤다. "앞꾸밈음은 기댄다는 뜻이야. 표현이 풍부해지지. 왜 이름에 기대는 거야, 어? 글쎄, 내 말은, 물론이다." 그녀가 물러섰다. "이름에 기대는 상황도 있지만, 이건 그 경우가 아니야. 그만해. 마음에 안 들어."

"네가 이탈리아어 선생한테 이걸 배웠다고 했지, 그치? 그랬지? 그럼, 제발, 다시 배워 와."

"그 음은 그 음과 연결되어야 해. 사실 모두 연결되어야 하지만 시간 안에 할 수 있는 것만 할 거야."

"그 단어는 중요해, 나탈리. 중요하게 만들어봐. 그건 활동적인 단어야. 내가 활동적인 단어라는 말을 어떤 뜻으로 쓰는지 알고 있니? 여기는 초등학교가 아니야."

나탈리는 그녀의 말에 동의했고 그녀는 수업을 끝냈다. 고양이가 뜻밖에 싫증이 나서 쥐를 잡아먹지 않고 놓아줄 때처럼 하품을 했다.

나는 그날 밤 그와 만나기로 약속했다. 그에게 보내는 문자를 쓰는 데 오래 걸렸다. 그가 여러 번 읽을 수 있는 뭔가를 쓰는 자신을 의식하고서 어조에 신경 쓰는 것이 어색하게 느껴졌는데, 내가 보내자마자 그는 바로 답장을 보냈다. 월요일에 만나자고 했다. 하지만 그가 일찍 빠져나올 수가 없어서 늦은 시간이 될 것이라고 했다. 시간, 식당 이름, 함축된 의미가 있을 수 없는, 사업상 만나는 일정을 정하는 것처럼 즉석에서 말이다.

한 시간이 남아서 나는 카페테리아에 갔다. 소피가 거기에 있었다.

"오늘 밤 리허설이 있어?" 소피가 물었다.

"아니. 누구를 좀 기다리고 있어."

"아. 난 추가로 코칭을 받고 있어." 누군가를 만나는 일보다 시간을 더 잘 쓰는 방법이라고 암시하는 식으로 그녀는 말했다. "랍이 추가로 끼워 넣어 줬어. 이 코지 역을 하고 있는데 레치타티보(오페라에서 낭독하듯이 노래하는 부분) 때문에 힘들어 죽겠어. 랍은 레치타티보에 뛰어나거든."

그녀는 머리를 한쪽으로 기울이고 손으로 잡아당겼다. 나는 그녀의 목이 꺾이는 소리를 들었다.

"그래서 마농은 좀 어때?" 그녀가 물었다.

그녀는 말할 때마다 마치 모든 사람들이 자신의 말을 듣고 싶어 하고, 그게 매우 당연하다는 듯이 바깥쪽으로 몸짓하는 것 같았다.

"괜찮아." 나는 말했다.

"우리는 모두 애나 네가 그 역을 맡았다는 데 놀랐어. 내 말은, 애나가 1학년이기 때문에. 잘됐어. 하지만 하녀역(soubrette)이지? 난 그런 줄 알았는데? 마농은 애나에게 약간 큰 무대가 아닌가? 그건 아이나 창녀에서 비약적으로 발전한 거잖아." 그녀는 표정 하나 바꾸지 않고 웃으면서 말했다.

"한 장면일 뿐이야. 전체 역할을 할 거라고 생각하지 않아."

"글쎄, 그렇지." 그녀는 말했다. "그렇다고 네가 끝난 건 아니야. 그 사람들이 여기서 그렇게 하는 방식은 도대체 도움이 안 돼. 큰 무대에서는 백만 년이 지나도 맡지 못할 역할을 사람들에게 주잖아. 이력서에도 쓸모없을 정도지, 그렇잖아?"

"끝났다고?"

끝나지 않은 게 좋은 것처럼 들었다.

"목소리는," 그녀는 말했다. "목소리는 끝나지 않았어. 내 말은, 그 테크닉 말이야. 모욕하려고 하는 말이 아니야. 우리 대부분은 끝나지 않았어. 그러니까 우리가 여기 있는 거지."

"그래, 그런 것 같아."

"알다시피 우리 학년의 많은 여학생들은 애나가 들어왔다는 게 놀랍다고 했어. 명단을 봤을 때 말이야. 그렇다고 애나가 못한다는 말은 아니야." 그녀는 얼른 말했다. "당연히 그런 뜻이 아니야. 하지만 애나는 런던의 대형 오페라단 출신이 아닌 유일한 소프라노잖아, 그렇지? 애나가 전에 다닌 곳은 음악대학이라고 할 수도 없잖아? 모두 애나가 예외적인 경우라고 얘기했어. 네가 나름 인정 받기 전까지는."

"고마워." 그 말이 칭찬이라고 할 수 없었지만 나는 말했다.

나는 어떻게 처신해야 하는지 아직 배우지 못했고, 도와줄 사람도 없었다. 대체로 수업이 끝나면 우리는 유리 장신구를 버블랩에 싸듯이 목소리를 다시 목구멍에 담고 집에 가곤 했지만, 가끔 술 한 잔 하러 가기도 했다. 수업 시간에 우리 사이에는 어떤 친밀감이 있었다. 서로 모르는 사람들 사이에 창의적인 작업이 만들어주는 그 부자연스러운 친밀감도 있다. 하지만 술집에서 우리는 그저 낯선 사람들일 뿐이었다. 아니면 적어도 내게는 그들이 낯설었다.

거기에서는 내가 아직 배우지 못한 수업이 진행되고 있었다. 그들은 다른 언어를 썼다. 내가 모르는 사람들, 내가 들어본 적이 없는 회사들, 내가 메모도 받지 못한 채 지나간 오디션을 이야기했다. 나도 그들처럼 되고 싶었지만 어떻게 될 수 있는지 몰랐다. 그들이 특정 오디션, 특정한 사람에 대해 이야기할 때, 나는 물어볼 수 없었다. "오, 그 사람이 누구예요?" 라거나 "아직도 그 오디션을 하고 있나요? 어떻게 신청하나요?"물어보면 뒤처져 있음을 보여주는 것이고, 그러면 이미 졌기 때문에 나는 아닌 척했다. 나는 그들이 입는 옷과 말하는 방식이 그 사람들과 달랐다. 내가 노래를 부를 때 그들을 받아들인다. 나는 그걸 어떻게 하는지 알았다. 하지만 술집에서는 그들이 나에게 다가오게 하는 방법을 몰랐다. 그래서 내가 그들에게 다가가려고 했다. 그들의 표현과 말투를 따라 하려고 애쓰는 내 목소리는 형편없는 모방이며 어울리지 않는 미소와 같았다.

소피는 나에게 관심을 잃었다. 그녀는 다시 턱을 마사지했다.

"오늘은 목소리가 특히 행복하지 않아." 그녀는 말했다.

나는 아직 내 목소리를 별개의 존재인 양 이야기하지 않았다. 이제 그렇게 하려고 마음먹었다.

"후두가 뻑뻑해." 그녀가 말했다.

그녀는 입에서 혀를 꺼내 물고 씹기 시작했다.

나는 오랜 시간이라고 느낄 만큼의 시간 동안 그를 기다렸다.

그가 이미 거기에 있기를 바랐지만, 도착하고서 자신을 창피할 정도로 오랫동안 기다렸고 식당 문 앞에 있는 여자를 상대해야 했다.

"누구 이름으로 예약했나요?"

"맥스, 아마도."

"그 이름은 없는데요. 성이 무엇입니까?"

"음…"

확인하기 위해 그의 명함을 책갈피로 썼던 책을 꺼내야만 했다. 그녀가 상황을 다시 파악하고 나에게 미소 짓는 방식을 바꾸는 데 충분한 시간이었다. 내 코트의 터진 실밥을 내려다보고 정중한 혐오의 표정을 지었다. 마치 환자의 혈뇨가 들어 있는 용기를 보고 중립적으로 보이려고 애쓰는 의사처럼 말이다. 무엇을 마시는 게 좋은지 궁금해하고, 와인 목록 중간에 있는 아무 와인 한 잔을 골라 재빨리 마신다. 그다음, '그가 나타났을 때 내가 빈 잔 앞에 앉아 있으면 좋게 보이지 않으리라'는 생각을 하면서 또 한 잔을 주문할 만큼 충분히 긴 시간이었다. 화가 날 만큼 길었다. 도대체 그는 어디에 있고, 왜 자신이 붙잡혀 있다고 말하지 않았는지 궁금해할 정도였다. 그만 자리를 뜰까 생각한 다음, 그렇게 되면 내가 와인 값을 냈어야 하기를 기억해낼 만큼이다.

그는 결국 20분 늦었지만, 제시간에 온 사람처럼 걸어왔다. 코트를 그 여자에게 건네고 농담을 주고받으면서, 둘 다 웃음을 터트리며, 서두르지 않고서 말이다. 그는 내가 기억하는 것보다 키가 더 컸고, 그의 몸짓은 마치 잘 연습된 연극배우처럼 편안하고 완벽했다.

내가 일어서지 않자 그는 내 어깨를 잡고 앉았다.

"늦어서 미안해요." 그는 말했다. "뉴욕에 있는 고객과 통화 중이었어요. 사정이 딱해서 그냥 나올 수 없었어요."

"괜찮아요."

"내가 잘난 체하는 사람을 못 봐준다는 걸 기억하세요. 근데 당신이 그런 대로 중요한 사람이라고 말하지 않았나요?"

"내가 그랬다고?" 그는 말했다. "내가 한 말은 아닌 것 같은데요."

"그건 자막이었나 봐요."

약간 어리둥절한 미소, 그리고 침묵. 그 침묵이 약간 오래가서 나는 내 표정을 숨기기 위해 와인을 마셨다.

"그래서 여기 온 지 꽤 됐다고 생각하면 되나요?" 그는 말했다.

나는 가톨릭 학교에 다녔다. 내재된 죄책감. 나는 늦지 못한다.

'도대체 내가 무슨 말을 하고 있었던 거지?' 그는 내가 이상하게도 즐거움을 주는 행위 예술 작품인 것처럼 바라보고 있었다. 하지만 그것이 무엇을 의미하는지 말하기는 어려웠다.

"그건 리허설 윤리이기도 해요." 나는 조금 더 의미를 부여하려고 노력하면서 말했다. "감독이 시작하고 싶어 할 때 당신이 거기에 없다면 다시 고용되지 않겠죠."

"그래서 진지한가요?"

"진지하다니요? 무엇에?"

"오페라에 대해. 당신이 오페라 가수라고 말했잖아요."

"물론 나는 진지해요. 내가 거짓말한다고 생각했어요?"

"아니요, 거짓말이 아닌 줄 알아요." 그는 말했다. "그냥 놀랐어요. 그게 다입니다. 당신이 오페라 가수처럼 보이지 않아요."

"도대체 그게 무슨 뜻이에요?"

내가 말한 모든 것이 틀리게 나오고 있었다. 녹음된 메시지처럼 모든 억양이 평평하고 흐릿했다. 그가 웃었다.

"와우." 그가 말했다. "모르겠어요. 그저 당신은 꽤 젊어 보여요."

"스물 네 살이에요."

"가수가 되기엔 너무 젊지 않나요? 아이를 가질 때까지 잠시 동안 오페라를 했던 사람을 알고 있어요. 그 여자는 몇 년 동안 교육을 받았어요. 하지만 그리 잘하지는 않았나 봐요."

"나도 아직 공부 중이에요. 학생이죠."

"아, 알겠어요." 그가 말했다. "그럼 직업 가수를 의미한 건 아니었군요."

내 몸은 그가 밀친 것처럼 방어적으로 긴장했다.

"글쎄요, 그건 **직업적으로 전문가**라는 말이 무엇을 의미하느냐에 달려 있다고 생각해요." 나는 말했다. "나는 관객 앞에서 노래를 불러요. 어떤 때는 돈을 받고 어떤 때는 받지 않아요. 아티스트는 대중 앞에 서는 기회를 얻으려고 무료로 일하기를 좋아하지 않으니까요. 그래서 맞아요. 나는 당신이 말한 정의에 꼭 들어맞지 않을 수도 있어요."

나는 내가 기억하는 그 사람의 모습에 맞추려고 애쓰고 있었다. 로리가 하는 방식으로 차갑고 건조하게 보이려고 했지만 그는 혼란스러워 보였을 뿐이다. 그는 그 사람이 아니었다. 그런 모습은 어둠 속에서 계단 꼭대기에 또 다른 계단이 있다는 것을 생각할 때처럼 나를 허둥대게 했다. 나는 비틀거리고 세상이 휘청댄다고 느낀다. '내가 틀렸나?'라고 생각한다. '잘못 기억했나?'

"당신이 이렇게 공격적이었다고 생각하지 않았는데요." 그는 웃으며 말했다. "내 말은, 지난번에 만났을 때요. 어쩌면 당신이 기분 좋은 날에 만났나 보네요. 어쨌든 당신이 맞아요. 나는 상상력이 없어요."

그의 말에 영리하게 대꾸할 수가 없었다. 그때 웨이터가 주문을 받으러 왔다. 그는 맥스와 시시덕거리면서 나를 기다리게 했다고 그를 놀렸다. 맥스는 웃자고 하는 얘기인 줄 알고 있다는 식으로 너그럽게 맞춰주고 있었다. 나는 하이힐의 뒷굽으로 다른 쪽 발등을 찍었다. "정신 차려. 심술부리지 마. 그는 그런 걸 좋아하지 않아."

웨이터가 갔을 때 맥스는 우리가 막 자리에 앉기라도 한 것처럼 나에게 뉴욕에 가본 적이 있는지 물었다. "아니요." 나는 말했다. "어디에도 가본 적이 없어요."

그는 말했다. "나는 그곳에 산 적이 있고, 여전히 일 때문에 자주 가죠.

뉴욕은 이상한 곳이에요." 그는 말했다. "정말로 원하는 것은 무엇이든지 할 수 있어요. 내 말은, 하고 싶을 때는 언제든지요. 그건 어렸을 때 어른이 되면 뭐든지 할 수 있다고 생각하는 것과 좀 비슷해요. 그러고 나서 어른이 되고, 삶은 훨씬 더 지루하다는 것을 알게 되죠. 한 번은, 2월이었어요."

웨이터가 와인을 가져와서 두 잔을 모두 채웠다. 나는 조용히 듣고 있었다. 그게 가장 안전해 보였기 때문이다.

"우리 일행은 일을 마치고 밖으로 나왔어요." 그는 말했다. "대화 주제가 여름으로 바뀌었죠. 모두 여름에 대한 향수를 느꼈고 거기에 있던 한 사람이 루프탑에 일 년 내내 있는 그릴이 있는 바를 안다고 말했어요. 그 말에 새벽 2시였는데도 우리는 모두 택시를 타고 거기에 갔어요. 그리고 갑자기 여름이 되었죠. 진짜 여름밤처럼 고기 굽는 냄새와 얼굴에 몰려드는 열기. 우스웠어요." 그가 말했다. "거기서는 누가 뉴욕 출신인지, 방문객인지 항상 구별할 수 있어요. 방문객들은 모두 위쪽을 두리번거리며 왔다 갔다 했기 때문이죠. 그들은 군중 속에서 부모를 찾으려는 아이들과 같았어요. 나도 항상 약간은 그런 사람이었어요. 몇 년 동안 거기에 있었지만 그 빌딩들이 결코 익숙해지지 않았어요."

"그곳에서 다시 살 거예요?"

"아니요, 그렇지 않을 거에요. 사실 아주 최근에 기회가 있었지만 거절했어요. 나는 시골에서 자라서 도시에서 오래 살고 싶지 않아요."

그는 나에게 이야기를 하기 시작했다. 그가 처음 런던으로 이사했을 때, 구글 지도가 나오기도 전에 어떻게 에드웨어 로드에서 에드웨어까지 걸어가려고 애썼는지. "분명히 그 두 길은 가까울 거라고 생각했어요. 그래서 긴장을 풀기 시작했어요. 나는 이것이 일종의 시험이 아니라는 것을 깨달았어요." 그는 나를 곤란하게 하지도 않았고, 나를 걸려 넘어뜨리려고도 하지 않앉다. 그는 나를 즐겁게 해주려고 했다. 심지어 그는 나에게 깊은 인상을 주려고 하는 것 같았다. 그때 웨이터가 음식을 가져오고 잔을 채워주었다. 나는 갑자기 매우 행복해졌다. 나는 그의 새로운 버전이 지난번 이미지에 겹쳐 그를 이런 사람으로 받아들였다. 그런 다음에도 여전히 내가 할 역할이 있었다. 공연에서처럼, 입을 열 때마다, 숨을 들이쉴 때마다, 전에 무슨 일이 있든 간에 완전히 새로워질 기회가 있었다.

"언제 런던에 왔어요?" 그는 물었다.

"얼마 되지 않았어요. 여름에. 9월부터 음악원을 시작했어요."

"지내기는 어때요?"

"괜찮아요."

괜찮다고? "어디에 살고 있어요?"

"P라는 부부 집에서요. 그 사람들의 다락방을 임대했어요. 로리도 거기서 같이 있어요. 로리 기억나요? 지난번에 만났잖아요."

"그 웨이트리스?"

"로리는 사실 작가예요. 하지만 그렇게 해서 서로 알게 되었어요. P 부부 집에서 만났죠. 그녀는 여름이 되기 직전에 몇 년간 함께 살던 남자와 막 헤어져서 나와 같은 시기에 그곳으로 이사했어요."

"그래서 두 사람은 말 그대로 예술가의 다락방에 살고 있네요?" 그가 말했다. "낭만적이네."

그는 웃고 있었고, 왜 그런지 모르겠지만 나는 그에게 그 집을 설명하고 있었다. 그를 나가떨어지게 할 것이라고 생각했던 모든 자질구레한 일을 말이다.

"글쎄요." 내가 말했다. "낭만적이라고 할 수도 있겠네요. 그 부부는 내 신발에 계속 오줌을 싸는 끈적끈적한 털을 가진 늙은 고양이를 데리고 있어요. 그리고 모든 찬장은 오래된 카드로 가득 차 있어요. 생일 카드, 크리스마스 카드, 심지어 출산 축하 카드는 70년대까지 거슬러 올라가요. 그들은 바닥에 매트리스를 깔고 자요. 부부가 외출했을 때 한 번은 그 사람들 방에 들어간 적이 있는데 그 방은 금이 가 있는 굴속 같았어요. 시트는 잔뜩 얼룩져 있고 바닥에는 럼주 병이 아무렇게나 굴러다니고 있었죠. 그런데 주인 여자의 옷장은 아름다운 옷들로 가득 채워져 있었어요. 실크 드레스, 아네스베 카디건. 그 여자가 언제 그 옷을 입었는지 모르겠어요. 그리고 내가 로리와 쓰는 방은 우리가 오기 전에는 창고였어요. 그 부부는 방을 치우려고 하지도 않고 물건들을 계단참으로 옮겨놓았죠. 그래서 방은 상자로 가득 차 있어요. 버려진 주방용품, 찢어진 침구, 말아놓은 깔개, 흔들 목마. 어둠 속에서 상자에 계속 걸려 넘어져서 그 상자들을 옮겨 놓으려고 한 적이 있어요. 처음 집어든 상자 아래에는 몸부림치는 나방 더미가 있었어요. 말 그대로 나방 더미. 한 움큼은 됐을 거예요."

그는 웃었고, 그 모습이 나를 기분 좋게 했다.

"그 사람들은 어떤 사람들인가요?" 그가 물었다. "그 P 부부?"

"어떤 사람들이냐고요? 글쎄, 집 규칙에 매우 꽂혀 있어요. 지나치게 세세하게 얽매이긴 하지만 몇 개는 이해할 만해요. 우리는 복도에 신발을 두면 안 되고, 욕조에 어떤 높이 이상으로는 물을 채울 수가 없어요. 우리가 욕조를 사용하고 나면 주인 남자가 와서 어디까지 물을 채웠는지 검사해요. 그가 아주 높다고 생각하면 아직 수건을 휘감은 우리에게 와서 소리치죠. 그래도 어떤 면에서는 대체로 말이 돼요. 하지만 어떤 규칙은 거의 정신병자 수준이에요. 우리는 창문을 열 수 없어요. 그 사람들은 독을 가진 포자가 있다고 믿는 것 같아요. 그리고 창문은 그냥 닫혀 있는 게 아니에요. 그 사람들은 덕트 테이프로 틈새를 막아놨어요."

또 다른 와인이 등장했다. 나는 그가 그 와인을 주문하는 것을 눈치채지 못했다. 그는 이제 웃음을 멈추고 갑자기 진지한 표정으로 나를 쳐다보았다.

"그런데 그 규칙을 어떻게 생각해요?" 그가 말했다.

"무슨 뜻이에요?"

"글쎄, 끔찍하게 들리는데. 내 말은, 그렇게 살아야 한다는 것을 어떻게 생각해요?"

그리고 그가 진실을 정말로 완벽하게 기대하는 것 같아서 간신히 생각을 멈추고 그에게 그 진실을 건네주었다. 나는 주인 여자에 대해 이야기했다. 그녀가 어떻게 몇 시간 동안 나를 붙잡고 이야기하는지... 그녀는 전혀 다른 대화 한 토막으로 걱정을 덜려고 하는 기색이 역력했다. 그녀의 아이들, 돈 문제, 건강, 도로 바로 위쪽에 있는 학교, 요즘 얼마나 힘든지, 라디오 4 채널 프로그램이 어떻게 최악으로 바뀌고 있는지를 계속해서 말했다. 나는 거기에 서서 분침이 똑딱거리는 것을 보면서, 그 여자가 시간을 모아서 정원에 파 놓은 구덩이에 넣는 것 같이 느꼈다고 말했다. 나는 그에게 회색빛 중심가에 관해 말했다. 내가 숨을 쉴 때마다 시험관 바닥의 모래처럼 폐에 켜켜이 쌓이는 장면을 얼마나 자주 상상했는지를 말했다. 중심가에서 조금만 벗어나도 우리 동네 풍경과 비슷했고, 시선이 닿는 길 끝까지 틀에 찍어 낸 듯 똑같이 생긴 집들이 이어져 있다고 말했다. 그 거리를 걷다보면 창문으로 안을 들여다볼 수 있는데 모든 방에 침대가 있었다. 거실에 있는 침대, 거리 쪽으로 열린 창문 옆에 놓인 침대는 바지 차림으로 누워 있는 사람도 볼 수 있었다. 지저분한 그물 커튼으로 겨우 가려진 침대, 유리 너머로 창살이 있는 지하실의 침대. 그 모든 침대들, 그 모든 사람들, 사람이 차지할 수 있는 공간이 얼마나 작은지를 생각하면서 내가 얼마나 싫어했는지를 말했다. 그런 것들이 비명을 지르고 싶게 만들었다.

"그럼 당신이 원하는 게 뭐요?" 그가 말했다.

"내가 원하는 거요?"

"그래요. 왜 그러고 있죠? 계획이 있나요?"

나는 갑자기 부끄러워졌다.

"아, 몰라요." 나는 말했다. "언젠가는 작은 경력을 쌓고 싶어요."

"못 믿겠는데요." 그는 말했다.

"무슨 말이에요? 못 믿다니요?"

"내 말은, 당신이 솔직하지 못하다는 거요. 내가 어떻게 생각하는지 알아요?"

"아니요. 어디 한번 저를 깨우치게 해 주실래요?"

"나는 당신이 작은 경력에 안주하지 않을 것이라고 생각해요. 애나, 당신은 그렇게 보이지 않아요. 당신은 욕구가 있어요. 나는 알 수 있어요. 난 그게 맘에 듭니다. 그 욕구를 억누르면 안 됩니다."

그런 다음 그는 나에게 질문하기 시작했고, 내가 말하는 동안 미동도 없이 앉아서 내 대답을 들었다. 그는 자신이 이해한다는 사실을 보여주기 위해 고개를 끄덕여야 하는 그런 종류의 사람이 아니었다. 그의 에너지는 가느다랗게 좁혀져 나에게만 집중했다. 마치 내 눈 안에 빛을 쏘아대는 것 같았다. 나도 내 행동에 최대한 집중했다. 지금은 오로지 이 장소만이 중요했고, 다른 어떤 것도 내게는 상관이 없었다.

그는 내게 어떻게 오페라에 입문하게 되었는지 물었다. "노래 부르는 일은 자연스럽잖아요." 나는 말했다. "모두가 노래해요. 모든 아이들은 자의식을 갖기 전에 노래를 불러요. 그렇게 해서 나도 노래와 인연이 있다는 걸 알았어요. 밤에 불이 꺼진 후 혼자 노래를 부르곤 했고, 내가 아는 노래 가사를 기억하려고 했어요. 노래로 무엇을 할까 하는 건 나중 생각이었지만 시작은 그랬어요."

그는 내가 모든 교육비를 어떻게 해결하고 있는지, 비싸지 않냐고 물었다. 비싸지만 교육비는 장학금으로 해결하고 임대료는 싸다고 나는 말했다.

"나는 돈을 벌기 위해 여기저기서 일해요. 합창단에서 일하고, 재즈를 부르기도 하죠. 로리는 그 술집에서 몇 년 동안 일하고 있는데, 재즈 가수 자리는 로리가 구해 주었어요. 그 일로 괜찮게 벌어요. 되는대로 계속 일을 하고 있어요." 하지만 외로울 수 있다고 나는 말했다. "누구도 친구를 사귀려고 여기에 온 게 아니에요. 다른 가수들은 줄곧 서로를 평가해요. 저 사람이 나보다 나은가 아니면 나보다 못한가? 위협이 될까 또는 위협이 되지 않을까? 모든 사람이 성공할 수는 없기 때문이죠. 우리 대부분은 젊음과 많은 돈을 양손에 받쳐 들고 있다가 그것들이 우리 손가락 사이로 빠져나가는 것을 지켜보고 있죠. 무엇을 위해? 리허설과 오디션의 이 끝없는 행렬을 위해. '아니, 당신은 이 역에 적합하지 않아요.' 아니면, '방금 배역을 정했어요.' 아니면 아무 연락도 없어요. 이메일에 대한 답장도, 대답도 없어요. 우리 대부분은 언젠가 누군가가 '네, 네, 사실 당신이 바로 우리가 찾고 있는 사람'이라고 말해 주리라는 아주 작은 희망으로 이 일을 하고 있죠. 그 작은 희망은 너무 작아서 쥐고 있는 손바닥에서도 찾아볼 수가 없죠. 다시 말해, 우리는 아무 대가 없이 그 일을 하고 있어요."

"그럼 돈은 어떡해요?" 그가 말했다.

"어떡하다니요?"

"이 모든 일이 돈을 받지 못하고 거쳐야 할 어떤 과정처럼 들려서요."

"아, 하지만 아티스트는 돈 때문에 하는 게 아니에요." 나는 말했다. "사랑 때문에 하죠."

"지속 가능하다고 들리네요."

많이 먹은 것 같지도 않았는데 웨이터가 우리 접시를 가져갔다. 나는 화장실을 가기 위해 일어났다. 식당은 넓었고, 테이블과 의자가 미로처럼 놓여 있고 어두운 색 패널로 된 벽에 부드러운 조명이 비추고 있었다.

"화장실을 찾으시나요?" 웨이터가 가로막았다.

그는 표시가 없는, 짙은 색 나무로 된 문을 가리켰다. "저기요."

나는 어지러움을 느꼈지만 불쾌하지는 않았다. 세상이 더 부드럽고 친근하게 느껴졌다. 어지럼증이 날카로운 모서리를 부드럽게 했고, 와인 몇 잔을 마신 후에 항상 느끼는 그 감정을 느꼈다. 마치 아무것도 중요하지 않으며, 내일은 상관없고 항상 오늘만 있는 것처럼. 손을 씻고 거울에 비친 내 모습을 보니 얼굴도 한결 부드러워져 있었고, 눈은 까맣고 끝이 없어 보였다.

식당에 돌아왔을 때, 나는 그가 계산했다는 것을 알았다. 나는 고맙다고 말했고 그는 와줘서 고맙다고 말했다. 웨이터가 코트 입는 것을 도와주었다.

거리로 나와서, 우리는 서로 가까이 서 있었고 그가 나를 내려다보며 미소를 지었다. 여기까지는 모두 정교하게 만들어진 일화였다. 그는 나에게 핵심을 말하려던 참이었다. 그건 예상 가능한 일이었다. 결말이 어떻게 될지 이미 알고 있었지만, 나는 놀라는 척할 것이다. '그렇게 하는 걸 그가 더 좋아할 것'이라고 알고 있었기 때문이다.

그러나 그는 단지 이렇게 말했다. "지하철 타러 가는 건가요? 꽤 좋은 밤이네요. 원하면 더 경치 좋은 길을 보여줄 수 있어요".

"좋아요." 나는 말했다.

우리는 뒷골목으로 향했다. 그곳은 실제 장소가 아닌 사진을 보는 것처럼 조용하고 비어 있었다. 거리는 좁고, 위를 올려다보면 온통 유리와 콘크리트로 된 건물들이 영원히 계속되는 듯 빽빽했고, 거리 아래쪽을 내려다보면 점점 더 많은 건물들이 하늘을 기이한 각도로 양분하고 있었다. 마치 팝업 책이 완전히 펼쳐지지 않아서 작은 종잇조각이 겹쳐 있는 것처럼 보였다. 그는 주머니에 손을 넣은 채 나에게서 조금 떨어져서 걸었다. 그는 갑자기 런던을 방문한 먼 친척처럼 나를 대하며, 거리 이름을 가리키면서 예전 화석 기록 같다고 말했다.

"엔젤 코트." 그가 말했다. "그건 문구점 표시였어요. 건물 어딘가에는 아직 그 상점이 있어요."

하지만 그는 엔젤코트를 찾을 수 없었다. 나는 반쯤은 듣고 있었다. 반쯤은 내가 가장 어려운 아리아를 오디션에서 완벽하게 불렀다. 심사위원은 미소를 지으며 "고맙지만 아니네요. 다음 분?" 이라고 말하는 것처럼 느끼고 있었다.

내가 말했다. "그럼 여기 근처에 살아요?"

"저쪽으로 약 5분 거리에 살지요."

"어떤 빌딩이에요? 새 빌딩 중 하나인가요?"

"몇 년 됐어요. 타워 중 하나입니다."

"실제로 여기에 사는 사람이 있는 줄 몰랐어요. 그런 곳은 모두 러시아 재벌 소유라고 생각했어요."

"글쎄, 그들이 주로 소유하고 있죠. 밤에 내가 사는 건물을 올려다보면 대부분 불이 꺼져 있어요."

"이렇게 한복판에 있으면 이상한 느낌이 들겠어요."

"그런 것에 익숙해요. 어쨌든 여기에는 주중에만 있거든요."

"그럼 주말은요?"

"옥스퍼드 외곽에 집이 있어요. 내가 자란 곳 근처죠."

"아, 그렇군요."

로리가 했던 말이 떠올랐다.

"그럼 결혼했군요?"

그가 웃었다.

"음, 아니오." 그가 말했다. "안 했어요. 왜요? 당신은 했어요?"

"그냥 그렇게 생각했어요. 미안해요."

"이유를 물어봐도 될까요?"

글쎄, 당신은 그 프로필에 맞는 것 같아요. 시골에 있는 집. 도시에서는 아파트에 살고. 직업. 나이."

"내 나이?"

나는 그가 재미있어 하는지, 기분이 상했는지 알 수 없었다.

"당신은 내가 정확히 몇 살이라고 생각해요?"

나는 그를 보았다. 그의 머리카락은 흰머리와 섞여 있는 그런 류의 금발이었고 나는 구별할 수가 없었다. 그는 눈 주위와 입꼬리에 작은 주름이 있었다. 나는 그 주름이 좋았다. 그건 보기 좋은 주름이었다. 모든 것을 감안할 때, 그 주름은 그가 찡그릴 때보다 미소 지을 때가 더 많았음을 보여주었다.

"정확히는 모르겠어요." 나는 말했다. "하지만 결혼했다고 가정해도 무리가 아닌 나이 정도예요."

"당신은 내 어머니를 만나야 겠어요. 두 사람은 공통점이 많아요. 나는 서른여덟 살입니다. 그래서 아직 한물간 건 아니지만, 걱정해 줘서 고마워요."

내가 그를 모욕한 건 아닌가? 해서 걱정했다. 그는 다른 말을 하지 않았다. 그리고 우리는 역에 도착했다. 그는 내게서 떨어져서 양복을 입은 무표정한 사람들의 무리에 합류했다. 나는 그를 다시 만나지 못할 것이다. 나는 그가 생각했던 내가 아니었다.

그가 헤어지는 인사를 하고 내 뺨에 키스하러 다가왔다. 나는 이 순간 '왜일까?'를 생각했다. 하지만 이 만남을 되돌릴 수도, 다른 식으로 설명할 수도 없는 무언가로 확실하게 하고 싶어서 그를 끌어당겨 제대로 키스했다. 나는 그에게 매달렸다. 눈을 감자 어둠이 맴돌았다. 내 머릿속에는 비행기가 이륙하는 것 같은 큰 소리가 났다. 그가 완전히 저항하지 않았지만 키스를 받아주지 않았다는 것을 내가 깨닫기까지는 1초가 걸렸다. 1분이었을 수도 있다. 얼마나 오래 걸렸는지 모른다.

나는 그를 놓아주었다.

"그럼 잘 가요." 내가 말했다.

"잘 가요. 애나. 안전하게 가세요."

내가 기억하는 그의 마지막 이미지는 미소였다. 내가 몸을 돌렸을 때 그는 웃고 있었다. 하지만 그전에 재미있는 일이 기억나는 것처럼 나보다 그 자신에게 더 많이 웃고 있었다. 내게 말해봤자 알아듣지 못한다고 생각하기 때문에 그 어떤 것이 기억난 것처럼 보였다.

3

"그래서 우리는 파리에 있었어." 로리가 말했다. "나와 루크. 그리고 우리가 가기 전에 내 친구들은 모두 이런 식이야. '맙소사, 루크가 너를 파리로 데려가는구나, 그가 프러포즈를 할 거야, 확실해!' 그러면 나는 이런 식이야. 넌 정말 내가 프러포즈를 기다리고 있다고 생각해? 그가 프러포즈하기를? 정말로 우리가 아직 결혼하지 않은 이유는 그가 결혼하자고 하지 않았기 때문이라고 생각해? 결혼에 관한 내 말이 진심이 아니라는 거야, 그래? 사람들이 뭐라고 하든지 모든 여자들이 원하는 것이고, 정말로 원하지 않는다고 생각하더라도, 단지 그 여자들이 원하는 것이 무엇인지 아직 모르기 때문이야? 흠? 너는 정말 그렇게 생각해?"

그녀는 책장에서 책을 꺼냈다.

"여기 봐." 그녀가 말했다. "지난달에 출판됐어. 책장이 접혀지지도 않았어. 안 읽은 거지. 근데, 그 사람들은 진짜 여기에 들어오는 거야, 아니면 뭐야?"

"사실 이 방은 이 집의 다른 방과 별반 다르지 않아." 내가 말했다. "어쨌든, 너도 한동안 함께 살던 물건은 쳐다보지 않잖아? 그렇게 사람들은 폭력적인 관계로 남아 있거나 고양이로 가득한 집에 있는 거지."

P 부부는 외출 중이었고 우리는 그 집 딸 방에 갔다. 이건 명시적으로 금지된 일이었다. 로리는 서서 판자로 막혀 있는 벽난로 양옆에 지저분하게 흩어져 있는 책들을 살펴보고 있었다. 나는 침대에 앉아 있었다. 침대 옆 탁자 위에는 뜯어진 콘돔 포장지가 있었고, 반쯤 비어 있는, 어두운 색깔의 뭔가가 들어 있는 유리컵이 있었다.

"그런데 어떻게 됐어? 내 말은, 루크랑은?"

로리는 책을 다시 책꽂이에 꽂고 옷 더미를 뒤지기 시작했다.

"글쎄." 그녀는 말했다. "마지막 날 우리는 산책을 하러 나갔다가 길을 잃었어. 몇 마일 떨어진 다리까지 가게 됐어. 거기는 교통체증이 심했지만 물 위 어딘가에서 에펠탑이 보이는 꽤 괜찮은 전망이 있었어. 그리고 거기서 웨딩드레스를 입은 한 여자가 그 전망을 배경으로 사진을 찍고 있었어."

로리는 드레스 한 벌을 꺼내 자신의 몸에 대고 거울에 비춰보고 있었다.

피터 팬 칼라에 합성섬유로 만든 그 옷은 전혀 로리 스타일이 아니었다. 그녀는 그 옷을 다시 옷 더미 위에 던진 다음 다른 옷으로 넘어갔다. 그 방은 옷으로 가득 차 있었고, 옷으로 된 탑들이 있었다. 어떤 것은 우리 허리만큼 높았다. 그중 절반은 여전히 상표가 붙어 있었다. 구슬로 만든 긴 끈, 드림캐처 귀걸이와 같은 장신구는 그 옷 더미에 흩어져 있었다. 젤리 신발. 멜빵. 개봉하지 않은 조말론 향수. 우리는 P 부부가 외출할 때마다 그 방에 있는 옷으로 우리 옷장을 채웠다. 나는 지금 영국산 배와 프리지아 냄새를 맡았다. 때로는 자몽 냄새. 로리는 석류 향수를 좋아했다.

"나는 그 여자가 대규모로 신부 파티를 하고 있다고 생각했어." 로리가 말했다. "하얀 옷을 입은 다른 여자들이 있었고, 모두들 더러운 것이 묻을까봐 치마를 치켜들고 있었기 때문이야. 그런데 그다음에 깨달았어. 아니, 그건 사진 찍으려고 기다리는 줄이라는 것을 말이야. 그 여자들은 그 빌어먹을 똑같은 장소에서 사진을 찍으려고 기다리는 모두 다른 신부들이었던 거야."

"대로에서?"

"글쎄, 사진으로는 그게 잘 안 보일 것 같아. 어쨌든, 나는 그들이 모두 아시아인이라는 것을 알아차렸고, 이것을 루크에게 지적했을 때 그는 말했어. '글쎄, 이런 일은 중국에서 흔하지 않나? 그곳에서 결혼하고 웨딩 촬영 장소로 유럽에 오는 일 말이야.' 그렇잖아. 그 일에다가, 내 친구들이 루크가 프러포즈할 것이라고 떠들었던 일을 돌이켜보면서, 어쨌든, 나는 결혼식과 자본주의, 사랑의 상품화에 대해 생각하기 시작했어. 그리고 나는 내 생각을 말해서는 안 된다는 것을, 내가 나쁘다는 것을 알았지만, 그 얘기를 그에게 꺼냈어. 사실 우리는 크게 싸웠고 그는 내가 내 인생을 정리할 때까지 충분히 기다렸다고 말했어."

"네 인생을 정리하기를? 정말이야?"

"응. 우리가 어떤 식으로라도 미래를 함께할 날을 몇 년 동안 기다렸다는 거야. 내 삶을 채우는 모든 불만으로 매일매일 이어지는 그 미래의 파괴를 지켜보면서 그가 어떻게 느꼈는지 말했어. 루크가 실제로 한 말은 아니야. 내가 추측하는 거지. 하지만 그가 했던 말은, 그가 진정으로 내뱉은 말은 이거였어. '너는 그렇게 말할 수 없어. 마치 돈이 너보다 한참 아래 있는 것처럼 그렇게 돈에 대해서 말할 수 없어. 내가 우리 관계를 위해 비용을 대고 있는데 말이야. 우리 관계를 위한 비용을 말이지.' 그리고 나는 말했어. '그게 정확히 무슨 말이야? 우리 관계가 무슨 핸드백이라고 생각해? 짧은 휴가야?'"

"그럼 루크는 뭘 말한 거야?"

"제기랄, 누가 알아. '난 핸드백을 사지 않아' 라고 말한 게 전부야."

"한심한 대답이네."

"정확해. 어쨌든 괜찮아. 그렇게 되려고 그 여행이, 그 신부들이 있었나 봐. 상황이 오랫동안 안 좋았어. 지난 몇 달 함께 지내는 동안, 우리는 소파에 앉아 TV를 보거나 저녁 식사를 하거나 뭔가를 먹었어. 나는 선반을 살펴보면서 어떤 것이 내 것인지, 만약에 내가 떠난다면 상자가 몇 개 필요할까를 생각하고 있더라고."

"너는 가지고 나올 것도 많이 없었잖아." 내가 말했다.

로리는 나보다도 물건이 더 적었다.

"맞아. 대부분이 그 사람 것이었지. 나는 항상 많은 물건을 소유하지 않으려고 노력했어. 물건이 필요 없다는 원칙. 사실 바보같아. 아무도 신경 쓰지 않는 데 말이야. 하지만 적어도 내 인생에서는 물건이 중심은 아니라는 점을 확실히 하고 싶었어. 나는 물건을 소유하는 일이 중심이 되도록 인생을 짜지 않았어. 그건 내 목표가 아니야. 대학 마지막 해에 모두가 구직 원서를 냈을 때 친구들이 계속해서 내게 무엇을 할 것인지 물어봤는데, 나는 그게 좀 재미있다고 생각했어. 그걸로 농담을 했어, 어떤 직업이 될지 상상할 수가 없었기 때문이야. 직업에 대해 좀 삐딱하게 재미있다고 생각한 부분이 있었어. 친구가 모두 돈을 벌기 시작하는 모습을 지켜보는 거야. 정말로, 많은 돈, 아연실색할 정도의 돈, 그 친구들 몇몇은 주말마다 값비싼 약을 먹고, 말도 안 되는 휴가를 보내고, 부동산을 사는데, 나는 뒤떨어져 있는 거야. 그 친구들과의 사교모임에서 내가 얼마나 적게 벌었는지 이야기하면서 그들을 불편하게 하는 거야. 그런 생각을 하면서 웃었어. 아직도 웃겨."

"하지만, 그건 네가 어떤 것은 변한다고 생각해서야." 내가 말했다. "물건을 영원히 쓸 거라고 네가 생각했다면 그렇지 않을 거야. 너는 항상 어떤 일이 일어날 것이라고 생각해, 그렇지 않아? 어쨌든 나는 그래. 나도 정확히 무엇인지 몰라. 하지만 어떤 일이 일어날 것이고, 그건 네가 다른 삶을 살게 된다는 의미야."

로리는 한숨을 쉬며 다가와서 침대 끝에 앉았다.

"그런 것 같아." 로리는 말했다. "그래, 나도 그렇게 생각해."

"물건들은 중요해." 나는 내 부모님을 생각하면서 말했다. "부모님은 집 안 물건들을 마치 손으로 감싸고 있는 불꽃처럼, 무슨 수를 써서라도 꺼지지 않도록 지킨다. 수십 년 된 옷. 다리가 떨어져 나간 의자. 그 의자에 앉지 않도록 조심해야 했지만 부모님은 그 의자를 없애지 않을 것이다. 의자 세트를 망칠 수는 없으니까."

"너는 물건이 중요하지 않다고 말할 수 있어." 내가 말했다. "물질적인 것은 필요하지 않아. 아름다운 물건과 예쁜 옷, 그리고 높은 천장이 있는 아름다운 방. 너는 그것들이 아무 의미가 없다고 말할 수 있어. 그리고 그건 부분적으로 사실이지만 완전히는 아니야. 물건 몇 개는 필요해. 어떤 물건들은 중요해. 그 물건들은 네가 아직 포장되어 봉인되지 않은 살아 있는 사람처럼 느끼게 해."

집주인 딸의 크리스마스 선물 세트와 같았다. 로리는 쌓여 있는 더미 중 하나에서 삐져나온 개봉되지 않은 바디 로션 컬렉션을 발가락으로 만지작거리며 말했다.

"그래." 내가 말했다. "그렇게 포장되고 봉인된 채, 그 플라스틱이 네 얼굴을 자르기를 기다렸어.

"너는 마케팅 분야에서 일해야 해." 로리가 말했다. 나는 우리가 다른 것을 이야기하고 있다고 생각하기 시작했다. 내가 지적하지 않은 말은 그녀가 지금까지 기꺼이 가난한 삶을 살고 있다는 것이었다. 그녀는 가진 돈의 대부분을 아름다운 옷을 사는 데 썼다. "오래가지 못할 물건은 살 가치가 없어." 그녀가 무의식적으로 자신의 어머니를 흉내 냈다고 나는 상상했다. 그때 가끔은 겉모습에 가려진 그녀가 어떤 사람이었는지, 아니면 어떤 사람이 될 수 있는지 알 수 있었다.

물건에 대해 말하다가, 그녀가 말했다. "나는 이 옷을 오늘 밤에 입겠어. 넌 원하는 게 없어?"

"먼저 소독하지 않으면 아무것도. 벼룩에 물리고 난 후에는 더더욱 그래."

"알겠어."

우리는 다시 위층으로 돌아갔다. 로리는 나갈 준비를 하기 시작했다.

"같이 안 갈 거지?" 그녀가 말했다.

"갈 수 없어. 리허설이 먼저야."

나는 로리와 함께 밤에 외출하는 것을 좋아했지만, 그런 밤 외출은 본질적으로 모두 똑같았다. 외출하고 돌아오면서 나는 때때로 런던이 미로 같고, 로리와 함께 그 주위를 돌고 또 돌아도 그 중심을 찾을 수 없다고 느꼈다.

"그런데 내일 호텔에서 일해?" 나는 말했다. "나는 금요일에 자유시간이 있는데, 가도 될까? 네 교대 근무가 끝나면?"

"네가 최근에 얼마나 그곳에서 놀고 싶어 하는지 내가 눈치 못 챘다고 생각해?" 그녀가 말했다. "난 알아챘어."

"네가 무슨 말을 하는지 모르겠네." 나는 고지식하게 말했다. 그녀가 옳긴 했다. 하지만 보통은 교대 근무가 끝난 후 술을 마시고 가라고 하는 매니저 말콤조차도 비꼬는 말을 하기 시작했다. 한 번에 두 명의 여성을 붙잡아 두려는 유일한 방법이었다. "얘들아, 내 술을 즐기는 거야? 더 멋진 남자를 잡아보려는 거야?"

"다시는 그 남자가 연락할 거라고 기대하지 마. 그게 다야." 로리가 말했다. "남자들은 그냥 사라져. 그들은 사라진다고. 한순간 그들은 말하지. 내가 누구에게 이런 식으로 느낀 적이 없었어. 그다음에는 끝에 키스도 없는 메시지를 보내지. '정말 바쁘지만 다음 일요일 오후 4시에 커피를 마실 수도 있어' 라는 식으로 말하면서. 그러면 네가 '그럼 그러죠. 연락줘요' 라고 말하고, 그 사람들에게서 다시는 소식을 들을 수 없지. 그리고 여기는 런던이야. 그 사람들과 우연히 부딪힐 일도 없어. 모두 알다시피 그 사람들은 죽었을 수도 있어, 하지만 넌 그렇지 않다는 것을 알아. 그들은 그냥 다른 사람을 만났고 그 사람과 대신 섹스를 하는 거야."

"아니면, 다른 곳으로 가도 돼." 나는 주제를 바꾸면서 말했다. 로리에게 어디로 가는지, 누가 거기에 있는지를 물었다.

로리가 나간 후에 나는 내 방으로 가서 유리창 커튼을 올렸다. 늦은 시간은 아니었지만 밖은 이미 어두워져 있었다. 지금은 11월이었고, 밤은 매일 더 빨리 찾아왔다. 계속해서 그렇게 더 빨리 찾아올지도 모른다고 느낄 때까지, 점점 더 빨리 찾아와 하루 종일 어두워질 때까지. 로리가 맞았다. 나는 이상해지고 있었다. 아마도 항상 어두웠기 때문일 수도 있고 추웠기 때문일 수도 있지만 그가 내 머릿속을 매우 많이 차지하고 있었다. 나는 그가 나를 매력적이거나 어떤 식으로든 인상적인 모습을 상상하곤 했다. 내가 지겨워질 때까지. 그 모든 시냅스들이 내 머릿속에서 연결하여 이야기하고, 그것을 반복하여 현실인 양 만들고, 내 이야기의 일부가 될 때까지 키우고 탄탄하게 만들었다. 나는 그가 저녁 시간을 보낸 곳을 떠올려 보려고 했다. 다른 여자와 함께, 아마도. 내가 목표로 한 음을 내는 방법을 더 정확히 아는 여자로 '나를 진지하게 받아들여'와 '사실은 그러지 마' 사이 그 어딘가에 있는 여자. 비가 올 때 택시를 타고, 발음할 수도 없는 이름의 칵테일을 마시는, 돈냄새가 나는 그런 여자. 그 여자의 웃음에는 일말의 잔인함이 있다. 그래 그가 그 여자와 이야기하는 게 분명하게 보여서 여자는 심드렁한 표정이고 남자는 재미있어 죽겠다는 듯한 표정이.

그러고 나서 그 사람일 수도 있는 한 남자가 술집에 들어왔을 때, 내가 틀렸다는 것을 깨닫기도 전에 내 직감에 날카롭고 자동적인 전율을 느꼈고, 희미하게 바보같다고 느끼곤 했다. 나는 지하철에 앉아서 전화기를 꺼내 그에게 보낸 메시지를 다시 보곤 했다. "저녁 식사에 다시 한 번 감사해요" 라고 나는 말했었고 그는 "내가 더 고마워요" 라고 답장을 보냈다. 나는 그 두 단어를 반복해서 읽고, 그 의미 없는 메시지에서 의미를 찾으려고 애쓰곤 했다.

하지만 로리가 틀렸다. 다음번에 내가 노래를 부를 때 그 남자가 거기에 있었기 때문이다. 그는 내 차례가 끝날 무렵에 들어와 구석 테이블에 앉았다. 나는 그를 보지 못한 척하면서 노래를 계속하려고 노력했다. 나는 계속 노래를 부르고, 계속 움직이고, 엉덩이와 어깨를 흔들며 춤추면서, 반은 그가 거기 있다는 사실을 즐기고 모두가 나를 어떻게 보는지 지켜보면서, 그리고 반은 실에 매달린 꼭두각시처럼 느끼면서 휙 움직이고, 자연스런 움직임을 흉내 냈지만 잘 되지 않았다.

내 차례가 끝나자 나는 그에게 가서 인사했다. '나는 그가 일어나서 내 볼에 키스를 하거나 뭔가를 할 것'이라고 생각했지만 그는 움직이지 않았다. 그는 약간 미소를 지으며 나를 보았고 끔찍하게도 나는 나를 만나러 그가 온 게 아닐 수도 있다고 생각했다. 단지 그는 술을 마시러 왔을 뿐이었다. 내가 그를 귀찮게 하지 않기를 바랐거나, 내가 여기 있다는 것을 잊어버렸을 수도 있었다. 하지만 그때 그가 말했다.

"그래서 내가 당신이 얼마나 잘했는지 말하리라고 기대하고 있나요?" 그가 말했다.

내가 웃길 수 있는 기회. 나는 그 기회를 조금 서툴게 만지작거리다가 바닥에 떨어뜨려 버렸다.

"물론이죠." 내가 말했다. 박자가 매우 늦었다. "내가 왜 온 것 같아요?"

그는 미소를 지었고, 나는 갑자기 부끄러워졌다. 내가 그를 얼마나 생각하고 있었는지 그가 알 수 있었음이 확실했다.

"나갈까요?" 그가 말했다.

나는 밖에 나와서야 그에게 어디로 가는지 묻지 않았다는 것을 깨달았다.

비가 내리고 있었다. 그 도시는 영화 세트장 같았다. 도로는 모두 깨끗하게 씻겨 있고 다시 시작할 준비가 되어 있었고, 거기에는 아무도 없었다. 우리가 실제로 바깥에 있지 않고 아주 비슷하게 생긴 어딘가에 있는 듯이 느껴졌다. 거기에 하늘이 있다는 것을 믿을 수 없었다. 쳐다보고 쳐다봐도 결코 별을 보지 못할 것이다.

그는 조용했다. 그래서 나는 침묵이 두려워 별것도 아닌 이야기를 했다. 재즈에 대해. 재즈가 얼마나 향수를 느끼게 하는지. 하지만 잘못된 종류의 이상향. "재즈는 내가 한 번도 가진 적이 없다고 아는 것들을 그리워하게 만들어요." 그때 너무 친밀하게 들리는 건 아닌지 걱정하면서, 내가 한 말을 농담으로 만들려고 애썼다. "마치 크리스마스 트리 냄새가 항상 어린 시절의 크리스마스를 그리워하게 만드는 것처럼요." 나는 말했다. "그 나무들이 항상 시답지 않다는 걸 알고 있는데도 말이에요." 나는 계속 떠드는 내 목소리를 들을 수 있었다. '맙소사, 나는 왜 그렇게 지루하지? 왜 재미있는 것을 생각해 내지 못하는 거지? 그는 왜 아무 말도 안 하는 거야?' 하고 생각했다. 그러나 그는 그저 미소를 지으며, 주머니에 손을 넣은 채 내게서 조금 떨어져서 걸었다.

"이쪽이에요." 그는 말했다.

그는 나를 뒷골목으로 데리고 가서 벽에 밀어붙이고 키스하기 시작했다. 나는 말하려고 생각했던 모든 것을 다 잊어버렸다. 그건 대답하는 방법을 싹 잊어버리도록 설득하는 주장 같았다. 거기에는 그의 입의 열기가 있었고, 그의 손가락이 내 손가락을 감싸고, 손가락 마디가 거칠게 벽돌에 눌렸다. 그는 내게서 떨어졌고, 그의 미소는 알고 있었다. "당신이 내게 하게 만든 일이 뭔지 보시오." 나는 술에 취했기를 바랐다. 그는 취했다. 그의 혀에서 맛볼 수 있었다.

그가 말했다. "이리 와요." 그리고 나는 모퉁이에 있는 건물로 그를 따라

들어갔다. 그의 아파트가 있는 곳이었다. 그걸 깨닫는 데 잠시 시간이 걸렸다. 하지만 그 건물은 사무실 같았다. 거리 쪽으로 나 있는 유리창, 로비의 책상 뒤에 검은 옷을 입은 남자, 밝은 조명이 있었다.

엘리베이터 안에서 그는 내 목에 키스하고 코트의 단추를 풀었고, 내 셔츠 안에 손을 넣었다. 나는 술에 취하지 않았는데도 그렇게 느꼈다, 그 들뜨게 하는 무모함을 말이다. 우리는 19층에서 내렸다. 고급 호텔처럼 은은하게 조명이 켜져 있었고, 호텔 로비에서 맡을 수 있는 소독 냄새가 났다. 그는 아파트 문을 열었고, 내가 그보다 앞서 들어가도록 했다. 거기는 전망이 좋았다. 무시할 수 없는 정도였다. 벽은 유리로 되어 있었고 도시는 속삭여야 하는 비밀처럼 나를 그쪽으로 이끌었다. 나는 그쪽으로 가서 밖을 내다보았다. 위에서 본 미니어처 런던. 세인트 폴 대성당의 빛나는 돔, 이질적으로 무리 지은 고층 빌딩. 베어진 상처 같은 강이 보였다.

나는 몸을 돌렸다. 그는 소파 뒤에 기대어 나를 바라보고 있었다.

"내 뒤에 서서 내가 볼 수 있게 가리켜 주어야 하는 거 아니에요?" 내가 물었다. "내게 팔을 두르고 당신 손가락을 따라갈 수 있도록 말이에요? 이런 아파트가 있어 좋다는 게 그런 것 같은데요."

"그저 런던일 뿐이오." 그가 말했다.

그는 불을 켜지 않았지만, 이웃 사무실 건물의 불빛이 부엌 카운터, 탁자, 침대를 비췄다. 그건 달빛일 수도 있었지만, 그 빛은 매우 하얗고 사방에서 왔다. 그 빛은 아파트가 작다는 것을 보여주었다. 침실과 거실이 벽으로 나누어져 있는, 진짜 원룸이었다.

그가 말했다. "이리 와요." 나는 그에게 갔다. 그는 내 셔츠를 내 머리 위로 잡아당기고 청바지를 벗겼다. 그는 옷을 벗으면서 수줍어하는 단계를 건너뛰었다. 그가 내 옷을 빨리 벗겨서 거의 옷을 뻔했다. "웃긴 게 있어요?" 그가 말했다. "아니, 아무것도 없어요." 나는 말했다. 그리고 내가 모르는 것을 그가 알고 있는 것처럼 보였다. 그때 그가 하는 얼굴 표정을 지으려고 애썼다. 내가 그의 셔츠를 벗기려 했다. 하지만 그가 내 양 손목을 잡고 나를 끌어당기는 바람에 내 살갗에서 그의 재킷의 거친 촉감을 느낄 수 있었다. 그는 오랫동안 나에게 키스했다가 놓아주고 나를 바라보았다. 그는 내 또래 대부분의 남자들처럼 벌거벗은 여자를 매우 많이 봐서 별로 흥미롭지 않다는 듯이 쳐다보지 일 따위는 하지 않았다. 나는 침대에 앉았다. 그는 거기에 서서 재킷과 넥타이를 벗고 셔츠의 단추를 풀고 나서 정말로 나를 쳐다보았다.

그런 다음 그는 다가와 내게 키스를 하기 시작했고, 나를 침대 위로 밀쳤다. 거기에서 뭔가 이상하게 느껴지는 부분이 있었다. 그가 나에게 평소 목소리로 말하는 이유를 깨달았다. 그는 완전히 침묵하지도 않았고, 자신이 의도하지 않았다는 듯이 말을 들리도록 꾸민 듯 섹시하게 속삭이지도 않았다. 그는 진심이었다. 그는 대화식으로 "무릎을 꿇어, 몸을 뒤집어, 몸을 만져"라고 말했다. 마치 술집에서 나에게 이야기하는 것처럼 말이다. 처음에 나는 즐기는 척하는 데 아주 집중하고 있어서 즐기지 못할 줄 알았다. 그가 나에게 어떻게 반응했는지, 내가 최고조를 느낄 만큼 충분히 집중할 최적의 지점을 찾는 데 생각을 멈출 수가 없을 것이라고 했다. 왜냐하면 그가 그렇게 하기를 원하고, 그를 기분 좋게 만들 것이기 때문이다. 그가 원래 거기에 없었던 것처럼 내가 행동하는 일에 대해, 방 반대편 냉장고의 윙윙거리는 소리와 조명이 켜졌을 때 내가 그에게 무슨 말을 해야 하는지에 대해 집중하지 않으려고 했다. 하지만 그는 설득력이 있었다. 그는 내 손에 쥘 수 있는 것이 하나도 남지 않도록 모든 것을 조금씩 꺼냈다. 내가 기억하기로는 처음으로 흥분하기 위해 다른 것을 상상할 필요가 없었다.

나는 그의 옆에 누워 그의 호흡이 잦아지는 시간을 지켜보았다. 그는 눈을 감았지만 손가락을 내 허벅지에 대고 엄지손가락으로 내 엉덩이를 쓰다듬었다. 나는 눈을 감지 않았다. 나는 그의 얼굴과 몸을 쳐다보았다. 이번이 마지막일까 봐 내 머릿속에 그의 이미지를 심고 싶었다. 움직이지 않는 입, 긴 손가락, 깔끔하게 자른 손톱, 배에 있는 흉터, 희미하게 햇볕에 탄 자국이 있는 엉덩이를 떠올렸다.

나는 그가 자고 있을지도 모른다고 생각하며 말했다. "질문해도 될까요?" 하지만 그는 깨어 있었고, 나는 질문을 해야만 했다.

"지난번에."

나는 문장을 어떻게 마무리해야 할지 확신이 서지 않았다.

"나는 당신이 나에게 이런 식의 관심은 없다고 생각했어요." 나는 결국 말했다.

"그게 질문이었어?

"왜 그때 아무 시도도 하지 않았어요?"

"시도? 어떻게?"

"알잖아요. 나랑 자는 거요."

그가 웃었다.

"다른 생각 없이 순전히 저녁 식사만을 하러 여자를 데리고 나갈 수는 없단 말이오?" 그는 물었다. "그게 당신같이 어린 친구들이 원하는 일 아닌가?"

"아니예요." 나는 부끄러움을 숨기기 위해 놀리며 말했다. "꼭 그런 건 아니예요."

"글쎄, 고마워. 앞으로 명심할게. 어쨌든, 나를 구식이라고 불러." 그는 말했다. "하지만 당신은 좀 취한 것 같았어. 요즘은 그렇게 조심하지 않아도 될 것 같아. 왜요? 하고 싶었어?"

"맙소사. 아니오. 난 여자예요, 기억하세요. 나는 섹스를 싫어해요."

"확실히 그렇게 보였어."

그가 욕실로 가는 중에 침대 옆에 있는 스위치 몇 개를 눌렀더니 아파트 전체에 불이 세련되게 켜졌다. 그때 나는 그 아파트가 얼마나 깔끔한지 제대로 보았다. 어두운 색의 나무 바닥, 무채색 가구, 한 줄짜리 싱크대, 스테인리스와 검은 대리석은 한쪽 벽을 채우고 있었다. 소파에 던져진 재킷, 의자 등받이에 걸려 있는 넥타이, 싱크대 옆에 쌓여 있는 머그컵과 접시들을 제외하면, 그곳이 분양받아 산 또 다른 빈 아파트이고 거기서 돈이 불어나기만을 기다리면서 앉아 있다고 해도 믿을 수 있었다. 나는 불쑥 그를 향한 애정을 느꼈다, 혼자 여기서 말이다.

거의 한 시였다. 내가 떠나기를 그가 바란다고 생각했지만, 그는 돌아왔을 때 그런 말을 하지 않았다. 그래서 나는 욕실에 가서 손가락으로 이를 닦고 비누로 화장을 지우려고 했다. 그가 사각팬티와 티셔츠를 입고 있어서 잠잘 때 갈아입을 옷을 빌릴 수 있는지 물었지만 그는 말했다. "아니, 지금 당신 모습이 좋아."

"나는 사실 당신한테 돌아오라고 말하려고 했어." 그가 말했을 때 우리는 둘 다 침대에 있었다.

"뭐라고요?"

"지난번에. 당신에게 돌아오라고 부탁하고 싶었어. 아파트를 보고 싶다는 믿을 수 없을 정도로 미묘한 당신의 힌트를 따라갔어."

"난 그냥 대화를 하고 있었어요."

"그랬지. 어쨌든, 그때 당신은, 글쎄, 그때 당신은 내가 결혼했냐고 물었지. 그게 나를 혼란스럽게 했어."

"나는 화사한 봄날 맨 팔로 외출할 때처럼 자만해졌어요. 이른 저녁까지 당신은 뼛속까지 차가웠어요. 나는 조용히 있었어요."

"내가 말한 것은 정확히 사실이 아니야."그는 말했다. "나는 결혼했어. 엄밀하게 말하면. 별거 중이야. 다시 솔로인 상태로 가는 과정에 있어."

나는 그가 이혼했다고 말할 수 없다는 것을 알아챘다.

"알겠어요."

"지금 내 인생은 그리 단순하지 않아." 그는 말했다. "그리고 솔직히 당신을 처음 만났을 땐 당신이 그렇게 젊은 줄 몰랐어. 저녁 식사 때 당신은 매우 신선하고 착해 보였어."

"착하다고?"

그가 웃었다.

"모욕하는 게 아니야, 애나. 기분 나빠하지 마. 어쨌든, 믿거나 말거나 나는 옳은 일을 하려고 했어. 당신이 끼어들게 하고 싶지 않았어. 하지만 당신 생각이 자꾸 나는 거야. 당신과 함께한 시간은 즐거웠어. 우리가 재미있게 지내면 안 될 게 뭐냐는 생각이 들었어. 그러니까 당신이 원한다면."

그는 불을 껐다.

"단지 나는 당신이 오해하게 하고 싶지 않았어." 그가 어둠 속에서 말했다. "내가 당신에게 주는 것에 관해서. 솔직히 지금은 줄 수 있는 게 그리 많지 않기 때문에."

그는 아무렇지 않게, 거의 아이러니하게, 다른 사람에 대해 이야기하는 것처럼 말했고, 그래서 나는 그가 진심이라는 것을 알았다.

집으로 돌아오니 주인 여자가 부엌에 있었다. 그 여자는 마치 오지 않은 큐사인을 기다리는 배우처럼 탁자에 앉아 문에 눈을 고정했다. 그녀는 하는 일이 많아 보이지 않았다. 그녀의 충동은 모두 부정적이었다. 그녀는 방에 들어와서, "거기는 너무 춥다거나 벽 너머로 옆집 TV 소리가 들렸다"고 말한다. 그러고는 고양이 문으로 들어와서 들어온 이유를 기억하지 못하는 고양이처럼 서서 사람을 바라보곤 했다.

"안녕히 주무셨어요?" 내가 말했다.

나는 주전자에 물을 끓이기 시작했다.

"어젯밤에 안 들어왔죠, 그렇죠?" 그 여자가 말했다. "지금 들어왔어요? 즐겁게 지내네요, 하아?"

그녀는 종종 염소 울음 같은 웃음으로 문장을 끝맺었다. 나는 그 웃음이 신경질적인 틱인지 아니면 어떤 의미를 표현한 것인지 알 수 없었다. '빈정거림? 반감?' 하지만 그 웃음이 친근해 보이지는 않았다. 그녀는 이런 식으로 말한다. "세인즈베리 슈퍼마켓의 가격이 오르고 있죠, 그렇죠? 그럼 내가 어떻게 쇼핑을 할 수 있겠어요, 하아?" 그리고 그녀는 그게 상대방 책임이라도 되는 듯이 비난하는 눈으로 쳐다본다.

"좋은 시간이었어요." 나는 말했다. "고마워요."

"'남편에게 애나가 어디 있냐고 물었더니 남편은 말했죠. '글쎄, 화요일이잖아. 애나는 화요일에 일하지 않나?' 그리고 나는 말했죠. '맞아. 하지만 지금쯤이면 끝났을 거야, 확실해.' 그러자 그가 말했죠. '글쎄, 그럼 나는 모르겠어. 당신과 달리 늦게까지 밖에 있어서. 그 다른 여자라면 모를까, 애나가 어디에 있는지 누가 알겠어, 하아?'"

그녀는 호기심 어린 큰 눈으로 나를 쳐다보았다. 전혀 어린애 같지 않은 사람치고 그녀는 이상할 정도로 어린애 같았다. 그녀는 감정을 숨길 수 없었다.

나는 커피를 찾기 위해 찬장을 열었다.

"그런데 다른 한 명은 어디에 있어요?" 그녀가 말했다.

"로리요? 모르겠어요. 아직 자고 있는 것 같아요."

"그럼 애나는 나가는 건가요, 하아?"

"네, 수업이 있어요. 먼저 이것만 마시고 옷 갈아입고 나갈 겁니다."

주인 여자는 내가 자신의 커피를 사용하지 않는지 확인하기 위해 나를 주시했다. 내가 그런 짓을 할 사람은 아니다. 그 여자의 커피는 먼지 맛이 났다. 모든 찬장에는 음식이 반쯤 든 용기가 겹겹이 쌓여 있었다. 작은 테이블에는 갈색으로 변한 오래된 데일리 메일Daily Mail이 쌓여 있었다. 주인 남자는 고양이 토사물을 치우는 데 좋다고 설명했다. 냉장고와 모든 찬장에는 어린이 그림이 붙어 있었다. 그중 일부는 매우 바래서 거의 빈 종이였다.

"다 끓이면 주전자의 스위치를 꺼야 해요." 주인 여자가 말했다. "우리가 계속 말했잖아요."

"죄송합니다."

"그리고 오늘 밤에 직접 요리를 하고 싶겠죠?"

"모르겠어요. 아마 그럴 거예요. 아직 잘 생각해 보지 못했어요."

"자, 그럼 남편에게 뭐라고 말할까요, 하아?"

"모르겠어요." 내가 말했다. 제가 잘 생각해 보지 못했다고 전해주세요."

그녀는 고개를 끄덕였다.

"잘 생각해 보지 못했다고." 그녀는 말했다. "됐어요. 그렇게 전할게요."

4

그 후 나는 일주일에 한 번, 때로는 두 번, 그를 만났다. 우리는 미리 계획을 세우지 않았다. 그는 문자를 주고받는 데 서툴렀다. 그에게 문자를 보내서 언제 시간이 있냐고 물으면, 대부분의 경우 그는 답장을 하지 않는다. 내가 짜증을 냈을 때 그는 나를 놀렸다.

"나는 당신과 다른 세대야. 기억해?" 그는 말하곤 했다. "이 끊임없이 주고받는 문자 같은 것과는 안 맞아. 너무 다그치지 마."

그는 대신 당일에 나에게 문자를 보내고, "오늘 밤?"이라고 말하곤 했다. 가끔 내 계획을 조정할 수 있으면 그날 만났다. "네, 하지만 시간이 더 나중이어야 해요. 리허설을 변경할 수 없어요. 끝나면 가는 걸로?" 하지만 가끔은 잘 안 맞을 때가 있었다. '그는 피곤하다'고 말하거나, '그렇게 늦게까지 깨어 있을 수 없다'고 말하거나, "아니, 괜찮아. 다른 계획이 있어"라고 말했다. 그런 날 밤에는 그가 나를 만나는 대신 무엇을 했는지 궁금해지고 뭔가를 잃어버린 것 같은 느낌이 들었다. 나는 리허설을 할 때 주머니에 휴대전화를 넣어두고는 전화기가 울리기를 속으로 바랐다.

어느 밤, 우리가 겨우 만나게 되었을 때, 그는 나를 데리고 나갔다. 그는 내가 전에 가본 적이 없는 그런 곳으로 데리고 갔다, 두꺼운 흰색 냅킨이 있고, 벽에는 인쇄본이 아닌 진짜 그림이 걸려 있는 식당이었다. 그는 생선 요리와 특정 포도로 담근 와인을 먹어보라고 시켜주었다. 내가 음식을 삼킬 때 내 목에 그의 눈길이 느껴졌다. 그는 마치 재치 있게 말하고 내가 이해하기를 기다리는 사람처럼 나에게 미소를 지었다. 그때 그는 청중의 호응을 원하는 연기자였다. 우리가 외출했을 때 그는 항상 그랬다. 아량 있고 즐겁게 해줄 준비가 되어 있었다. 그는 모든 것에 대해 뭔가를 알고 있었다. 어떤 주제가 나올 때마다 그는 그 주제에 관해 이야기할 수 있었다. 그에게는 항상 준비된 일화가 있었고, 항상 나를 웃게 만들 수 있었다.

하지만, 때로 그는 다른 사람이었다. 변덕스럽고 까칠하고 놀려대는, 처음 만났을 때의 그의 모습으로 돌아갔다. 한 번은 내가 정치인 이름을 잘못 발음했다고 나를 놀렸다. 그는 말했다. "물론 당신 같은 예술가들이 현실 세계에 대해 많이 알 거라고 생각하지 않아요." 뭐 그런 말. 그러면 나는 그의 말이 일종의 농담처럼 느껴졌다. 하지만, 그렇지 않기도 했다. 과잉 보상심리로, 나는 예술이 실제로 은행보다 훨씬 현실 세계와 관련이 있다고 장대하게 말했다. 그는 그 말을 재미있어 했다. 그는 내 말에 말꼬리를 잡았다. 그가 그 주제에 싫증이 난 후에도 저녁 내내 그 주제에서 맴도는 것 같았다. 그건 소금을 아주 많이 넣은 요리처럼 다른 모든 것을 덮어버렸다.

또 한 번은 내가 학교에 다닐 때 언제, 어떻게 선생님과 자고 싶었는지를 툭 던지듯이 말한 적이 있었다. 특정한 선생님이 아니라 그냥 일반적으로, 생각만 했다고. 그러자 그는 내가 자신의 엄마와 섹스라도 했다고 고백하는 사람처럼 쳐다보면서 말했다. "그건 역겨운데." 그때 나는 화장실에 가서 울었다. 내가 세수하고 다시 화장하고 돌아오자 그는 친절했고 눈치채지 못한 척했다. 그게 다 바보 같은 일이었다. 하지만, 나는 원하는 반응을 얻기 위해 더 열심히 노력했다. 내가 부족하다는 생각이 들었다. 내가 할 수만 있다면이라는 생각을 자꾸 했다. 그러고 나서 그가 평소 모습으로 돌아오면, 나는 빨리 잊어버리고, 내가 과민 반응을 했는지, 내 상상이었는지 궁금해하곤 했다. 사람들은 그렇지 않나, 착시처럼. 한쪽으로만 생각하게 되면 바꾸기가 어렵다.

우리가 갔던 식당은 비쌌는데, 너무 비싸서 메뉴판만 봐도 속이 거북했다. 하지만 그가 항상 지불했다. 그는 사람들이 화장실에 있을 때 돈을 내는 그런 남자 중 한 명이었다. 매우 신중했다. 기숙학교에서 '그런 걸 가르친다'고 로리가 말했다. 나는 "다음번엔 내가 낼게요" 라고 말하곤 했고, 그는 "그래요. 그러던지" 라고 말했다. 그런 다음 다음번도 똑같았다. 어쨌든 나는 그 돈을 감당할 수 없었고 그도 알고 있었다. 오래지 않아 나는 가만히 있게 되었다.

　다른 밤에는 그가 늦게 끝내거나 내가 늦게 끝났다. 그래서 나는 그의 집으로 곧장 갔다. 어떤 면에서는 이런 밤을 나는 가장 좋아한다. 나는 그의 아파트를 좋아하게 되었다. 우리가 거기에서 지내게 되다니. 거기에는 오는 사람도 없고 우리를 다치게 하는 것도 없었다. 유리창 너머로 작아진 사람들과 작아진 차들이 보였다. 하지만, 음소거를 해놓고 TV를 보는 것처럼 소리는 들리지 않았다. 그런 전망이 결코 지루하지 않았다. 나는 짙은 크림색의 단조로운 색조를 띤 두툼한 수건을 좋아했다. 그의 커다란 침대도. 한밤에 그를 잃어버리고, 그가 길을 잃었다고 생각했던 바로 그곳에서 그를 다시 찾는 일도. 찬장에 먹을 수 있는 와인 한 병이 항상 있다는 것도. 그런 저녁은 끝이 없고 달콤하고 가능성으로 가득 차 있었다. 모든 것이 쉽고, 서둘러야 하거나 복잡한 게 하나도 없었고, 문제될 게 없었다. 그는 우리가 밖에 있을 때보다 더 친절했다. 일부러 나를 즐겁게 해주려고 하지 않았다. 어쨌든 더 조용했다. 우리가 침대에 있을 때 나는 그에게 무슨 말이든 해야 할 것 같았다. 모든 단어가 내 것인 양 무한한 조합 중 그 어떤 말에도 넣을 수 있다는 듯이. 그리고 그 단어들은 절대 부족할 일이 없을 것 같았다.

　바로 그때가 내가 정보 수집을 하려고 했던 때였다. 같이 자고 난 뒤, 그가 부드럽고 졸릴 때였다. 왜냐하면 그는 말이 많은 사람이었기 때문이다. 우리는 이렇게 길고 긴 대화를 나누었다. 나는 그에게 온갖 이야기를 하고 그를 정말 가깝게 잘 아는 사람처럼 느끼며 떠나곤 했다. 그런 다음 나는 다시 돌아보고 생각했다. '글쎄, 그가 실제로 뭘 말했지? 나에게 말해준 게 뭐지? 별로 없어. 어쨌든 구체적인 것은 없어.' 그래서 그런 저녁에 그의 아파트에서 그를 압박했다. 나는 그에 대한 정보를 수집하고 나중에 혼자 있을 때 정리해서 이야기로 만들곤 했다. 아는 것이 힘이라고 생각했다. '더 많이 알수록 그를 더 많이 소유하게 될 것이라고.'

나는 그의 가족에 관해 물었다.

"아버지, 어머니, 남자 형제." 그는 말했다.

"형이에요, 동생이에요?"

"형."

"놀라운데요."

"정말?"

"네."

형제는 매우 비슷하게 자랐다고 그는 말했다. 같은 것을 좋아했다고. 같은 스포츠, 같은 교과, 같은 여자들. 하지만 그의 형은 항상 그보다 조금 더 잘했다. 그의 부모는 두 사람에게 경쟁을 붙였다. 어쨌든 그의 아버지는 그랬다. 형제가 싸울 때 결코 끼어들지 않았으며, 강해져야 할 필요성을 배우거나 논쟁에서 이기는 더 좋은 방법을 찾는 것이 좋다고 말했다. 나는 물었다. "당신은 그런 것을 어떻게 생각했어요?" 그러자 그는 웃으며 말했다. "어떻게 생각하냐고? 복구할 수 없을 정도로 상처를 받았지, 내 사랑아." 그리고 그가 그렇게 나를 불렀다는 데 온 신경이 쓰여서 다른 것을 물어볼 수가 없었다.

그의 가족은 런던에 살았지만, 그의 아버지가 은퇴하자 코츠월드로 이사했다. 아버지는 젊은 나이에 은퇴했는데, 직장에서 은퇴했다고 할 수 있다. 그는 여전히 여러 위원회 같은 그런 일에 관여하고 있었다. 나는 그런 일이 실제로 어떤 일과 관련이 있는지 몰랐지만, 아는 것처럼 행동했다. 나는 그의 어머니에 대해서도 물었다. 나는 그녀가 무엇을 했는지 궁금했다. 그는 약간 소름 돋는 경외의 어조로 말했다. "어머니는 우리 두 형제를 키웠어." 그러자 나는 생각했다. '오 맙소사, 보수적인 마마보이잖아.' 하지만 다음 순간에는 확신이 서지 않았다. 그는 친구들에게 "신발을 벗지 않아도 돼, 우리 집 카펫은 흙이 묻지 않아" 라고 말하곤 했다고 나에게 말했다. 어머니가 진공청소기로 밀면서 그들을 쫓아다녔다는 것을 몇 년 후에야 알게 되었다. 그는 부모님이 언젠가 주최한 만찬 파티를 이야기했다. 어머니는 몇 시간 동안 요리했다. 그의 아버지는 처음 한 입을 먹고 나서 어머니를 돌아보며 말했다. "오리고기가 좀 기름지지, 그렇지, 제인?" 어머니가 생활비를 너무 빨리 쓴다고 아버지가 놀렸던 일. 어머니가 종종 오후 5시에 모든 커튼을 치고 어린이 TV를 켠 채 소파에 앉아 "근데 하루 종일 일했더니 너무 피곤하구나" 라고 말했던 일.

"어머니는 매우 아름답죠?" 내가 물었다.

"그 질문은 이상한데." 그는 말했다. "잘 모르겠어." 그 대답은 이상하게 들렸다.

한 번은 그가 나에게 말했다. "당신은 나의 비극적인 배경 이야기를 만들려고 하는 것 같아. 학대하는 아버지, 아마도. 정신 질환 또는 성폭행 이력을 가진 사람. 미안해, 애나. 조만간 내가 그렇게 흥미로운 사람이 아니라는 것을 알게 될 거야."

하지만 나에게 그는 흥미로운 사람이었다.

우리가 함께 보낸 모든 저녁에 이 모든 대화를 하는 동안에도 그는 아내에 대해 언급하지 않았다. 나는 그녀의 이름조차 몰랐고, 구글은 별로 도움이 되지 않았다. 진짜로. 나는 계속 찾아보았다. 그가 아내에 대해 이야기했다면 그 여자가 내 머릿속을 그렇게 채우지 않았을 것이다. 그녀가 나와 닮았는지 다르게 생겼는지, 그가 아내와 함께 있을 때 더 많이 웃었는지, 그녀가 이 아파트에서 시간을 보낸 적이 있는지 궁금해하지 않았을 수도 있었다.

그러고 나서 다른 날들, 내가 생각하기에 대부분의 날에 그에게서 전혀 소식을 듣지 못했다. 나는 연습실에 있었다. 전화는 피아노 위에 있었는데, 전화기의 불이 들어오지 않았다. 시간이 늦어 혼자 집에 가곤 했다. 점점 더 집으로 돌아가기가 싫어졌다. 위층에 있는 내 방에 올라가서 문지방에 서 있으면 어떤 손이 내 목을 조이는 것 같았다. 천장은 항상 내가 기억하는 것보다 낮게 느껴졌다. 벽은 서로 더 가까워 보였다. 물건들도 모두 다르게 보였다.

내가 밖에 있을 때 주인 여자가 여기에 들어와 내 물건을 만졌음이 틀림없다. 거기 물건들은 그녀의 시선을 흡수했다가 나에게 다시 반사했다. 사소한 일들이 지나치게 나를 괴롭히기 시작했다. 옷장 손잡이를 잡았을 때 떨어지자 나는 그 손잡이를 벽에 던졌다. 천장에 있는 조명 중 하나 - 평평한 조명 중 하나-가 나가서 전구를 교체하려고 했다. 그런데 덮개를 벗길 수 없었을 때는 바닥에 주저앉아 울었다. 나는 혼잣말을 하곤 했다. '상관없어. 내 자신의 대부분은 여기가 아니라 그와 함께 거기에 있으니까.' 그런데 그의 아파트로 돌아가는 것은 항상 이상한 느낌이었다. 매번, 내가 전에 거기에 가본 적이 없는 것 같았다. 나는 이게 계속되리라고 단언할 수도 없었다. 그는 까다로웠다. 그의 빗에서 내 머리카락이 있는 걸 보지 못했고 머리카락이 세면대 마개에 감겨 있는 적도 없었다. 시트는 항상 깨끗하고 산뜻했다. 한 번은 내가 칫솔을 욕실에 두고 가려고 하자 그는 복도를 따라 나와서 나에게 말했다. "자, 당신 칫솔이야. 잊지 말고 가져가."

나는 그를 언제 다시 볼 것인지 한 번도 묻지 않았다. 그가 나에게 작별 키스를 하면, 나는 가볍게 말했다. "그럼, 나중에 봐요." 나는 감정적이든 아니든 그에게 어떤 요구도 하지 않았다. 나는 무심하고 헌신적이지 않았고, 그가 원하는 그런 종류의 여자였다. 하지만 실제로는 아니었다. 나는 갈고리처럼 그에게 달라붙었다. 그래서 그가 나를 떼어버리지 못하게 하려고 애썼다. 그 이유를 정확히 말하기는 어려웠다. 그가 옳았다, 그렇지 않은가? 나는 젊었고 그는 젊지 않았다. 내 삶은 단순했고 그의 삶은 단순하지 않았다. 나는 엮이고 싶어 하지 않았어야 했다. 내가 왜 그랬지? 모르겠다. 확신이 서지 않았다. 내가 그와 떨어져 있을 때 그는 실제가 아닌 것처럼 보였다. 내가 그와 함께 있을 때는 어둠 속에 있는 것 같았다. 그의 뒤에도, 앞에도 아무것도 없었다.

그리고 때때로 결국은 섹스라고 생각했다. 내 말은, 그를 위해서뿐만 아니라 나를 위해서도 그렇다고. 그가 원하는 것은 무엇이든 할 것이기 때문이었다. 그와 함께 있을 때 나는 내 몸에 대한 소유욕이 없었다. 나는 수줍어하지 않았다. 그가 나를 계속 뒤집고, 내 손을 잡아 벽에 대고 머리 위로 올리거나 등 뒤로 당기고, 다리를 벌리거나 모으도록 내버려 두었다. 그가 원하는 어떤 부위든지 만지도록 두었다. 내가 무엇이든 할 수 있다는 사실에 흥분되었다. 그는 나에게 이렇게 말하곤 했다. "나는 당신만큼 개방적인 여자와 사귄 적이 없었소." 그러면 나는 말했다. "뭐 어때요? 나는 섹스를 좋아해요. 이상한 건 아니잖아요?" 그러면 그는 내게 감탄으로 보이는 얼굴 표정을 지으면서 말했다. "당신은 놀라워, 정말로 놀라워." 그런 말이 나를 기분 좋게 했다. 내가 그 사람 몸 위에 있을 때나 물을 마시려고 그에게 몸을 기대고 있을 때, 또는 알몸으로 방을 가로질러 세면대로 걸어갈 때 그가 나를 지켜보는 것이 좋았다. 나는 내 몸을 악기로 보는 데 익숙했지만 그의 눈으로 보니 달랐다. 내 몸은 흥분할 수 있었다. 나는 강력해졌다. 내 알몸을 거울에 비추면서 그가 보는 식으로 내 몸을 보려고 해보았다. 갈비뼈의 확장과 그 지지 근육을 쓰기 위한 배 근육의 이완이 아니라 엉덩이의 곡선, 잘록한 허리, 유두 모양을 보려고 했다. 그와 함께한 첫 달 동안 나는 내 몸에 대해 많이 생각했다. 나는 제모를 하기 시작했다. 이전에는 제모를 생각해 본 적이 없었다. 나는 목욕하는 데 많은 시간이 걸렸다.

11월 말쯤 하늘은 하얗고 나뭇잎은 모두 배수로에서 뭉그러지고 있었다. 우유에 푹 오래 담겨 있는 시리얼처럼. 우리는 침대에 누워 있었고, 나는 말했다. "당신은 여전히 누군가를 사랑할 수 없는 건가요?"

내가 왜 그런 말을 했는지는 잘 모르겠지만, 굳이 추측해 본다면, 그가 섹스 후에 항상 옷을 다시 입는 이유를 알아냈기 때문이라고 하겠다. 그가 나와 그런 종류의 편한 친밀감을 원하지 않는다고 생각했지만, 그제야 그가 자의식이 강하다는 것을 깨달았다. 작은 일들이었다. 그가 탄수화물을 많이 먹지 않고, 항상 헬스클럽에 갔다. 얼마 전까지만 해도 그가 얼마나 몸이 좋았는지에 대한 대화를 자주 하는 것을 미루어 보면. 나는 그런 면이 좋았다. 완벽하지 않은 그의 몸과 내가 신경 쓴다고 그가 생각한다는 사실이 말이다.

그날 저녁, 그는 처음으로 옷을 다시 입지 않았다. 그는 욕실에 갔고 나의 일부는 어쩌면 그가 알몸으로 진실을 말할 가능성이 더 높다고 생각했을 수도 있다. 그가 다시 침대에 돌아왔을 때 나는 물었다. "그래서 당신은 여전히 누군가를 사랑할 수 없는 건가요?"

나는 가벼운 마음으로 말하려고 했는데, 목소리가 높고 필사적으로 들렸다. 그는 나를 마주하기 위해 베개를 돌렸다. 그는 약간 놀란 표정을 지었다.

"나를 말하는 게 아니에요." 나는 명확하게 하기 위해서 빨리 말했다.

"그렇군." 그가 말했다.

"난 그저 대화를 하려는 것뿐이에요."

"글쎄, 나는 내가 누군가를 사랑할 수 없다고 말하지는 않은 것 같은데." 그가 말했다. "내가 그랬나?"

"그랬어요. 어쨌든 그 비슷하게."

"나는 그렇게까지는 말하지 않았을 텐데." 그는 말했다.

그가 웃었다.

"실제로 그렇게 드라마틱하지는 않아요."

그가 다른 말은 하지 않았지만, 내가 거의 그를 그렇게 만들고 있다고 느껴서 처음으로 직접 물어봤다. 나는 그의 결혼생활이 언제 끝났는지 물었다.

"여름에. 직전에."

"최근이네요."

"맞아." 내가 그렇다고 말했잖아.

"아내는, 내 말은, 아내는 어디에 있어요? 옥스퍼드에 집을 구하지 않았나요?"

"뉴욕에 있어."

"왜요?"

"거기 출신이야. 우리는 뉴욕에서 만났고, 아내는 뉴욕으로 돌아갔어."

"아."

사실의 일부를 알고 있다고 해서 그가 나에게 아무 말도 하지 않았을 때보다 더 많이 알게 되는 것은 아니었다. 그의 아내가 항상 그의 이야기에서는 나오지 않았던 부분임을 알고 있었음에도, 뉴욕에 대한 내 기대는 무너졌다. 다음번에 그가 나를 데려갈지도 모른다는 막연한 환상을 가지고 있었는데 더 이상 가고 싶지 않았다.

"뉴욕에 가면 만나요?" 내가 물었다.

"가끔."

묻지 말걸 그랬다. 그는 이번 달에만 세 번이나 다녀왔다.

무관심한 척하면서 나는 말했다. "아직도 아내와 함께 있고 싶어요?"

"아니, 그게 아니야. 그보다는. 그러니까 사람은 계획이 있는데, 자신의 인생 전체가 한쪽으로 판가름 났다고 보았거나 상상했는데, 갑자가 그게 아닌 거지."

"아마도 함께 있고 싶지 않은 것 같아, 사실." 그는 말했다. "당신은 너무 젊은 것 같아."

아주 짧은 순간 나는 살갗 밑에서 뜨거운 바늘 같은 창백하고 날카로운 질투를 느꼈다. 그 순간 나는 그가 싫었다. 하지만 오래가지 않았다. 그는 항상 나를 다시 구슬리는 데 능숙했다. 그는 내게 키스하려고 몸을 기울이며 손톱으로 내 등을 쓰다듬었다. 부루퉁한 나를 보고 웃으면서 말이다.

"글쎄, 그건 모두 학습 곡선 아닌가요?" 나는 생각하면서 말했다. "그 여자를 줄여라, 그 여자를 끊어라."

"아, 그래? 당신이 얼마나 현명한 지 잊었었네. 그럼 당신의 그 광범위한 경험에서 배운 게 뭐지?"

나는 생각했다. 욕망에서 경멸로 마음이 바뀌는 게 얼마나 갑작스러울 수 있는지 생각했다. 그를 원한다고 생각하고, 저녁 내내 그와 함께 시간을 보내고, 의미심장한 시선을 주고받고, 암시적인 대화-스릴 있고 들뜨게 달콤한 게임-를 하고, 그 게임을 어떻게 하는지도 안다. 그런데 그 게임이 육체적으로도 좋게 해석되는 일은 얼마나 드문지. 때때로 그가 내게 키스하는 순간에도 좋지만 않다는 감정을 알지만, 어쨌든 그냥 내버려 둔다. 그의 집으로 돌아가 불을 켠 상태에서, 거의 매력을 느끼지 못하더라도, 그가 어떻게 생겼는지에 상관없이. 왜? 그렇게 하지 않으면 매우 어색해서 그러는 게 아닐까. 나는 대본을 따르고, 그 대본은 항상 매우 사실적이다. 그냥 몸이다. 몸이 하는 일. 몸이 하거나 하지 않는다. 당연히 욕망과 관련이 없다. 욕망은 그렇게 문자 그대로일 수 없다. 한동안 만나는 사람이 없었다. 런던으로 옮긴 이후에는 없었다. 연기하는 게 지루하다.

"외모로만 파트너를 선택하는 것이 실제로 유효한 방법이라는 것을 배웠어요." 나는 말했다.

"칭찬으로 받아들이겠소."

"당신?"

그는 잠시 생각했다.

나는 진정한 고통이 무엇인지 알게 된 것 같았다.

그러나 그는 다른 사람을 놀리는 것처럼 웃으면서 말하며 나를 자기 위로 끌어올렸다.

"이제 그만 말해." 그가 말했다.

다음날 밤 P 부부의 집에 있을 때 그 달에 남은 돈이 거의 없어서 저녁 식사로 남은 음식을 먹었다. 그 음식에서는 약간 이상한 맛이 났다. 그릇을 씻고 나서 방으로 올라가 노래 연습을 하기 시작했다. 집이 어두워서 나는 혼자인 줄 알았다. 하지만 5분쯤 지나자 문을 두드리는 소리가 났고 주인 남자가 문 앞에 있었다. 그는 회색 반바지에 흰색 셔츠를 입고 단추를 풀어 놓고 있었다. 그의 다리는 말랐지만 다른 부위는 통통해서 그의 옷은 여전히 축축한 피부에 달라붙어 있었다.

"죄송해요. 나는 말했다. 계신 줄 몰랐어요."

"나는 일찍 집에 왔어요." 그는 말했다. "집은 비어 있었고 나는 속으로 생각했소. 이제 내가 할 일을 알겠어. 조용하고 모두 나갔으니까 뭘 할지 알겠어. 요즘에는 그런 적이 많지 않아서요. 애나도 알고 있겠지만요. 나는 목욕을 오래 하리라 생각했소. 아주 길게, 깊고 뜨거운 욕조에 담그리라고. 마치 어렸을 때 하던 것처럼, 아니면 적어도 내가 예전에 그랬던 것처럼, 손가락이 쭈글쭈글해지고 물이 차가워질 때까지 거기에 누워 있겠다고. 그래서 나는 욕조에 물을 받고 그 안에 들어가서 누워 있었어요. 나는 문소리도 못 들었고 애나가 들어오는 소리도 못 들었어요. 그런데 그 다음에, 그 다음에 이 소음이 들리기 시작했어요. 그 소음이요, 그리고 처음에는 그 소리가 무엇인지 전혀 몰랐죠. 그 소리가 옆집에서 들린다고 생각했어요. 아마도 전동 공구일 것이라고. 구멍을 뚫는 그런 종류의 소리라고. 그런데 그 소리는 계속되면서 더 커지고 더 높아졌고, 그제야 무슨 소리인지 깨달았어요. 애나였어요, 그죠? 애나의 노랫소리였어요."

"저는..."

"그리고 처음에는 그냥 누워 있었어요, 어떻게 하고 있었는지 알겠죠? 노랫소리가 멈추기를 기다렸어요. 그 소리가 더 오래 계속될 수는 없다고 생각했어요. 이대로는 못할 거야. 그건 미친 짓이라고 생각했소. 그건 - 실례했네요- 비인간적이라고 생각했어요. 하지만 내가 틀렸어요. 노랫소리는 계속됐어요. 그래서 수도꼭지를 틀어 보기도 하고, 머리를 물속에 집어넣어 봤지만 여전히 그 소리가 들렸어요. 게다가 어떤 곡조도 없었어요." 그는 말했다. "내 말은, 곡조가 없었지요, 그렇죠? 도대체 그게 뭐였죠? 곡조조차 없었어요."

71

"저는 연습하고 있었어요." 나는 말했다. "죄송합니다, 저는."

"곡조조차 없었어요." 그는 말했다. "그러고 나서, 목욕물은 식었고 기분 좋게 해주지도 않았어요. 그게 어떤 기분인지 알아요? 그런 적이 있기나 해요? 갑자기 목욕이 무엇인지 깨닫게 될 때 말이오. 자신의 때에 전 수프 위에 누워 있다는 사실이요. 물이 회색인 이유죠. 그래서 욕조에서 나왔어요."

"죄송합니다." 내가 말했다. "하지만 제가 방에서 노래할 때는 말씀드렸잖아요."

"그랬죠. 하지만 그때는 노래를 했어요. 노래를. 맞죠?" 그가 말했다.

"네, 그랬다고 생각해요."

그는 셔츠 단추를 채우기 시작했다.

며칠 후, 나는 밖에서 맥스를 만났다. 그는 나의 하루가 어땠는지 물었다.

"나는 지하철에서 샌드위치를 먹었어요." 나는 말했다. 매우 무미건조한 샌드위치. 그때는 점심시간이었는데 붐비는 시간도 아니었어요. 보통 식사하는 시간. 지하철은 붐비지 않았고 두 리허설 사이 20분 정도 여유가 있어서 그때가 점심을 먹을 수 있는 유일한 시간이었어요. 어쨌든, 나는 내 맞은편에 앉아 있는 이 남자가 나를 역겹다는 듯이 쳐다보는 것을 알아차렸어요. 그런 다음 그 남자는 휴대전화를 꺼내 내게 대놓고 사진을 찍었어요. 그 남자가 사진 찍은 게 틀림없어요."

몇 시간 전에 일어난 일이지만, 여전히 화가 났다. 그 남자에게 화가 나고. 나 자신에게 화가 났다. 나는 분해서 아무 말도 못했다.

"진짜?" 맥스가 말했다. "근데, 그 남자는 왜 그랬을까?"

"글쎄, 나는 모르죠. 여자가 먹고 있는 모습이 역겹다고 생각했기 때문이겠죠. 남자들은 여자들이 먹을 필요가 없다고 생각하거나, 먹더라도 적어도 공개적으로 하기에는 너무 부끄러운 일이라고 생각하기 때문이죠."

그가 웃었다.

"오, 정말? 남자들이 그렇게 생각하는 거 맞지? 알려줘서 고마워. 그렇다면 저녁 식사는 건너뛰어야 할 것 같아요. 당신이 나에게 혐오감을 주면 안 되니까."

그는 내가 화나서 사랑받는 사람처럼 너그럽게 나를 보고 있었다.

"나는 심각해요." 내가 말했다. "만들어낸 이야기가 아니에요. 그건 사실이에요. 웹 사이트에도 있고, 남자들이 공공장소에서 식사하는 여자를 사진으로 찍어 올려요. 그 사람들은 부끄러운 줄 알아야 해요. 솔직히. 그건 사실이에요."

"알겠어." 그가 말했다.

"알겠다니 무슨 뜻이에요?"

"내 말은, 당신 말을 믿는다는 거요."

나는 사실 그가 믿지 않는다는 걸 알 수 있었고, 막 다른 말을 하려는 참에 그는 웨이터를 불렀다. 그러고 나서, 그가 차가운, 그런 이상한 분위기인 것 같아 그 이야기를 다시 꺼내지 않았다. 와인을 물처럼 마시면서 예전에 있었던 일을 이야기하기 시작했다가 그만두었다.

"사실, 그런 일은 중요하지 않아." 그는 말했다. "잊어버려."

나는 그를 반박하려 했지만, 그는 허락하지 않았다. 그는 내가 꺼낸 모든 주제를 잠시 가지고 놀다가, 결국에 내가 더 이상의 단어가 생각나지 않을 때까지 한쪽으로 밀어두었다. 어쨌든 그 어느 것도 그의 관심을 끌지 못했다, 우리는 밖에서 오래 머물지 않았다.

아파트로 돌아와서 그는 술을 마셨다. 나는 소파에 앉았지만 그는 앉지 않았다. 그는 창문으로 다가가서, 유리에 기댄 채 한숨을 쉬었다. 우리 둘 사이에서 사라지지 않는 무거운 분위기가 있었다.

"맥스?" 나는 말했다. "문제 있어요?"

그는 돌아서지 않았다.

"무슨?" 그가 말했다.

"문제가 있나요? 뭐 잘못된 게 있어요?"

"잘못된 거?"

나는 그가 잘못된 건 아무것도 없다고 말하거나 아니면 아무 말도 하지 않을 것이라고 생각했지만, 그때 둔탁한 쿵 소리가 났다. 그가 유리를 깨려고 하는 것처럼 주먹을 유리에 부딪쳤다. 그리고 내 쪽으로 돌아서서 숨을 크게 내쉬었다.

"너무 지루해." 그가 말했다.

나는 저녁 식사 때의 침묵, 그의 관심을 끌지 못하는 나의 무능력을 생각했고, 끔찍하게 노출된 느낌을 받았다.

"지루하다고요?"

"직장에서."

"아."

"내 일이 절망적일 정도로 지겨워." 그가 말했다. "그게 잘못된 거야."

"아니, 왜요?"

"왜냐고? 글쎄." 그는 말했다. "어느 날은 일하는 재미에 푹 빠져 있을 수 있어. 재미있는 부분이 있기 때문에. 때로는 그것으로 충분해. 하지만 다른 날, 오늘 같은 날은 그냥 너무 지겨웠어. 만족감이 없어. 내가 하고 있는 일이 현실 세계에서 아무 의미가 없을 때, 대부분의 사람들에게 의미가 없고 그 누구에게도 빌어먹을 영향을 미치지 못할 때 말이야. 오늘은 그냥 회사를 나올까 생각하고 있었어. 진심으로. 그만두는 게 아니라. 그냥 걸어 나오려고 했어. 제기랄, 내 말은, 내가 이 짓을 영원히 하지는 않을 거란 말이야. 그럴 계획이 아니었어."

"계획이 뭐였어요? 하고 싶은 게 뭐였죠?"

그는 처음에는 아무 말도 하지 않고 부엌으로 돌아가 술잔을 채웠다. 모든 움직임이 필요 이상으로 더 묵직해졌다. 걸음의 무게, 병을 카운터에 다시 내려놓는 방식이. 하지만 그의 목소리는 조용하고 차가웠다. 그런 모습이 나를 두렵게 했다. 나는 그의 화난 모습을 본 적이 없었다.

"모르겠어." 그가 말했다. "계획? 내가 뭘 하고 싶은지 알았던 적이 없어. 그게 문제야. 계획 없이도 적당히 영리하기 때문에, 계획 없이 적당히 영리한 사람들이 하는 일을 하다가, 재무 분야에 들어갔어. 그러고 나서 경기 침체가 있었고 그걸로 끝이었어. 그 일을 그만둘 수가 없었어. 다른 직업을 못 찾았어."

"하지만 지금은 그만둘 수 있잖아요?"

그는 내가 말하지 않은 것처럼 말을 이어갔다.

"나는 그 일을 결코 잊지 못할 거야." 그는 말했다. "처음 일을 시작했을 때, 어느 날 밤, 새벽 3시쯤이었어. 다른 사람들 중 한 명이 말했어. 만약 당신이 자살하려고 하는데, 사무실을 떠나지 않고, 뛰어내리지도 않고 해야 한다면 어떻게 하겠어요? 근데 제일 이상한 게 뭔지 알아? 아무도 그 질문을 이상하게 여기지 않았다는 거야. 그 사람들 모두 그 질문에 대해 약간 생각하는 것 같았어. 답변을 준비한 듯 말이야. 바로 그때 그만둬야 한다는 것을 알았어. 그런데 지금, 몇 년이더라? 15년이 됐어. 제기랄. 그게 15년 전이었어. 처음부터 원하지도 않았던 그 빌어먹을 똑같은 일을 아직도 하고 있단 말이야."

그가 평소에 욕을 하지 않아서 그의 목소리가 이상하게 들렸다. 구두점처럼 들리는 게 아니라, 그가 진심으로 의도한 것처럼 폭력적으로 들렸다.

듣자니 내가 한 말은 모두 틀렸다.

"사실 당신은 잠시 일하지 않아도 되잖아요?" 나는 말했다. "내 말은, 돈 때문에 할 필요는 없잖아요. 그러니 좀 쉬면서 생각해 보면 어때요?"

그는 내가 그에게 이국적인 댄서가 되라고 제안이라도 한 것처럼 나를 쳐다보았다.

"옮길 곳을 알아보지도 않고 그만둘 수는 없어, 애나. 그건 자살행위야."

"글쎄요." 내가 말했다. "당신은 내가 아는 그 누구보다 좋은 직업을 가지고 있어요. 그게 위안이 된다면요."

"크게 위안이 되지는 않아." 그는 말했다. "하지만 그렇게 말해줘서 고마워."

그는 기대고 있었고, 뻗은 팔을 부엌 카운터에 놓고 있었다. 나는 그의 얼굴을 볼 수 없었다. 침묵이 흘렀고, 그가 다음에 무슨 말을 할지, 그를 위로하는 데 내가 얼마나 서투른지 생각하니 마음이 아팠다. 그때 갑자기 그가 밝게 웃음을 터트렸다. 그는 소파로 와서 내 옆에 앉아 내게 팔을 둘렀다.

"내가 항상 하고 싶었던 게 뭔지 알아?" 그가 말했다. "내가 항상 가졌던 이 환상이? 나는 항상 내 음식 재료를 키우고 싶었어. 내가 자급자족할 수 있는 곳에서 살면서 닭을 키우고, 시골에서 아이들을 키우고 싶었어. 내가 옥스퍼드에 집을 산 이유가 그런 거야. 그런 삶을 향해 더 가까이 가려고. 하지만 어쩌면 그만 생각하고 그냥 실행해야 해. 그냥 해 보는 거지."

"좋은 생각이네요." 나는 말했다. 근데 나는 어떡하고? 라고 생각하면서.

그는 내 얼굴을 손으로 잡고 기대하지도 않은 부드러운 키스를 했다. 그의 분노가 그랬던 것처럼 그 키스는 나를 무장해제 시켰다.

"알다시피, 나는 당신에게 반했어." 그는 말했다. "당신도 알지? 당신에게 반했어. 당신이 원하는 것을 알면, 원하는 것을 쫓아가."

"글쎄요. 내가 겉보기에는 좋죠." 나는 갑작스러운 그의 친절에 부끄러워져서 말했다. "너무 감동하지 말아요. 당신이 반하지 않을 만한 게 엄청 많이 있어요. 한 가지 일에 집착하고 불평이 많죠. 한쪽 다리로 서기 위해 사용하는 근육을 이야기하는 데 수업 시간을 보내고 당신보다 훨씬 더 늦게 일어나잖아요."

"그건 맞아." 그는 말했다. "당신은 유난히 게을러."

그 말은 나를 아프게 했다. 그가 내 말에 동의할 거라고 예상하지 못했다. 그때 그가 나를 그의 위로 끌어당겼다. 내가 반응을 많이 하지 않기 때문에 그가 얼마나 매력적이었는지 가끔 잊고 있었다. 그 매력은 그의 얼굴에 있었다. 동그랗게 말린 입술, 치켜 올라간 눈썹, 눈에 담긴 명료한 지성 또는 장난기. 가끔씩만, 이렇게 그를 진심으로 바라보고, 처음 보는 것처럼 다시 보고, 기억한다.

그가 키스하기 시작했고, 그가 멈췄을 때 나는 생각과 말이 있는 그 공간으로 들어가고 있었다.

"애나." 그는 말했다. "물어보고 싶은 게 있어. 이것에서 바라는 게 뭐야?"

"무슨 말이에요? 어떤 것에서요?"

"이것 말이야. 우리. 이 관계."

"내가 원하는 것이요?" 나는 말했다. "모르겠어요."

그가 듣고 싶은 말이 무엇인지 나는 몰랐다. 순간 정적이 흘렀다.

"나는 우리가 재미있게 지내고 있다고 생각했어요. 그렇지 않나요?" 나는 말했다. "어떻게 되는지 보자고. 그게 우리가 얘기했던 거잖아요. 난 별다른 것을 바라지 않아요."

"단지, 당신은 내게 너무 친절해." 그는 말했다. "당신을 다치게 하고 싶지 않아. 그게 다야."

"제발. 잘난 척하지 말아요."

그는 웃었고, 그의 목소리에서 안도감 같은 것이 느껴졌다. 그럼 정답인 거다.

"나 때문에 당신이 다른 사람을 못 만난다고 생각하고 싶지 않을 뿐이야." 그가 말했다. "당신이 원한다면. 누군가를 만난다면."

"그러고 싶지 않아요." 내가 말했다. "내 말은, 만나지 않았다는 거예요. 아무도 만나지 않았어요."

"알겠어. 좋아. 다행이야. 그랬다면 내가 그 남자와 싸워야 하잖아. 그러기엔 나는 너무 늙었어."

"당신은 신경 안 쓴다고 생각했는데요."

"누가 그래?"

그날 밤, 그는 내 쪽으로 몸을 돌리고 잤고, 어떤 생각이 떠올랐다. 창피했다. 결코 로리에게도 들려주지 않을 그런 생각이었다. 그 어떤 다른 여자에게도. 내가 옳았다. 나는 내가 옳았다고 생각했다. 이 관계 외에 다른 것은 아무것도 원하지 않는다고. 그런데 왜 결국 나는 다른 것을 원한다고 생각했을까?

왜 나는 뭔가 극적인 것을 원했다고 생각했을까? 내 인생에서 그렇게 특별한 것을 받을 자격이 있다고. 나를 행복하게 하는 것이 그토록 평범하고 완전히 시시한데 말이다. 바로 이것, 이것이다. 밤에 그가 무의식적으로 손을 뻗어 찾는 사람이 나라는 사실. 어둠 속에서 내 등을 가로질러 다가온 그의 무거운 팔이 주는 느낌을 말이다.

5

그 이메일을 봤을 때 나는 싱어즈 테이블(Singers' Table)에 있었다.

제목: 젊은 예술가 프로그램 지원서.

나는 열어 보지 않았다. 이미 내용이 무엇인지 알고 있었다. '우리가 찾고 있는 사람이 아닙니다. 내년에 다시 지원하시기 바랍니다.' 그날 아침은 그것으로 충분했다. 나는 전화기를 뒤집어 놓고 계속해서 내 실패를 곱씹었다.

"알렉산더는 여자들에게 굴욕감을 주는 걸 좋아해." 내가 말했다. "그에게 오페라의 가장 큰 비극은 여가수가 전혀 필요 없다는 거야."

"알렉산더는 모두에게 굴욕감을 주는 걸 좋아해." 프랭키는 뜨거운 물이 담긴 머그컵에 소금을 넣으며 말했다. "그러니 네가 특별하다고 생각하지 마."

나는 피아니스트를 위해 내 음악을 녹음하는 것을 잊어버렸고, 독일 노래 수업을 듣고 모든 것을 자기 뜻대로만 하려고 하는 알렉산더는 처음 10분 동안 나에게 소리를 질렀어. **아마추어! 이 빌어먹을 아마추어! 그럼 어떻게 그 빌어먹을 페이지를 넘길 거야?** 알렉산더는 내게 노래를 못하게 했어."

"첫 주를 기억해?" 프랭키가 말했다. "내가 무늬 있는 바지를 입고 있다고 나를 진지하게 받아들일 수 없다고 그가 말했을 때?"

"하지만 거기에는 일리가 있었어."

프랭키는 대답할 수 없었다. 그는 머그컵에서 크게 한 모금을 마시고 가글을 하고 있었다.

"오늘 아침에 지원에서 떨어졌다는 이메일을 네 개나 받았어." 내가 말했다. "네 개. 개인 신기록이야."

그는 입 안의 물을 유리잔에 뱉었다.

"아직도 그 이메일에 신경 쓰고 있어?" 그가 말했다. "나는 그런 이메일을 위한 특별한 폴더가 있어. 내가 유명해지면 그것들을 공연 예술 작품으로 만들 수 있을지도 몰라. 넌 강해져야 해."

"난 강해."

그는 유리잔을 빛이 있는 쪽으로 들고 있었다. 그의 편도선과 치아에서 나온 찌꺼기가 물에 떠다니는 것을 볼 수 있었다.

"겉으로 봐서 너는 아주 물렁해, 애나." 그가 말했다. "복숭아처럼."

"꼭 그렇게 말해야 해?"

"난 목이 아파. 이틀 후가 영어 노래 콩쿠르 결승전인데."

"잠깐, 통과했어? 나는 떨어졌는데."

"놀라워하는 목소리도 아닌데."

"놀라지 않았어." 내가 말했다. "물론, 너는 붙었겠지. 그건 네가 테너라서 그런 거 알지? 두 사람만 지원했잖아."

"그건 내가 이례적으로 우수하기 때문이야."

"아, 오페라 학교. 수준이 낮은 백인 남성이 충분히 있는지 확인하려고 할당량이 필요한 세계에서 유일한 곳이지."

"얘야, 질투하지 마." 그가 말했다. "너한테 어울리지 않아."

그는 휴대전화 손전등을 켜서 나에게 자기 목구멍에 비추게 하고는 염증이 있는지 봐달라고 했다.

"아무것도 없어?"

"없어." 내가 말했다. "다 괜찮아."

수업으로 가는 길에 이메일을 읽었다. 나는 후보자 명단에 있었다. 오디션은 6일 후에 파리에서 있었다.

"물론 하고 싶어요." 내가 말했다. "하지만 돈이 없어요."

"누구도 돈은 없어." 안젤라가 말했다. "너는 경영 컨설턴트가 아니라 가수야. 익숙해지는 게 좋을 거야."

"근데 그냥 해 보는 소리가 아니에요." 나는 말했다. "말 그대로 돈이 없어요. 다음 주에 파리에 가서 호텔에 묵을 돈은커녕, 집세 낼 돈도, 먹고 살 돈도 없어요. 내가 돈이 없다고 하면 바로 그런 의미에요."

그녀는 내가 고의적으로 비틀어 말하는 것처럼 쳐다보았다.

"집세는 언제?" 안젤라가 말했다. "협상 가능하지?"

"협상 가능하다고요? 아니, 물론 안 되죠."

"그리고 누가 호텔을 얘기해? 그건 휴가가 아니라 오디션이야."

"하지만 난 하루 동안에 할 수 없어요. 제 차례는 이른 아침인걸요. 내가 궁금한 건, 음, 날 위해 마리케에게 얘기해 줄 수 있어요? 과에서 내게 돈 좀 빌려달라고? 갚을게요."

"오디션 때문에?" 그녀가 말했다. "그건 안 돼. 모든 사람들이 항상 오디션을 받아. 그렇게 하는 건 비용을 스스로 대는 사람들에게 공평하지 않을 거야. 우리가 곧 파산할 거라는 건 말할 필요도 없어. 애나." 그녀는 말했다. "이건 마티냐르그 페스티벌이잖아. 우스운 합창단 공연이 아니야. 오늘 아침에 소피를 여기에서 만났는데 떨어져서 울고 있었어. 소피는 너보다 두 학년이나 높아. 소피는 매년 지원했어. 네가 미친 게 아니라면 가야 해. 하기 싫은 거야? 그거야? 준비가 안 된 느낌이야? 그래, 해야 할 일이 있기 때문이지만, 내년 여름까지..."

"뭐라고요? 물론 전, 하고 싶어요."

나는 하고 싶었다. 물론 노리고 있는 모든 오디션을 하고 싶어 해야 한다. 그렇지 않으면 아무 소용이 없다. 기회가 없다. 똑같이 훌륭하지만 더 원해서 대신 기회를 얻을 만한 사람이 있을 것이다. "본인이 원해야 한다"라는 말은 당연하게 들린다. 하지만 진짜로, 진심으로 원하고 필요로 해야 한다는 말이다. 그래서 원하는 마음이 육체적이고 고통스럽고 지속적이어야 한다. 너무 꽉 끼는 신발이 걸음마다 사람을 움찔거리게 만드는 것처럼. 물론 사람들은 원하는 것을 얻지 못한다. 통계적으로 대부분의 사람들은 얻지 못한다. 하지만 상관없다, 그건 나중에 처리할 것이다. 어떤 오디션은 다른 오디션보다 일부러 신경 쓰려고 애써야 했는데, 이 오디션은 일부러 그럴 필요가 없었다. 이걸 통과하면 프랑스에서 6주를 머물 수 있다. 최고의 가수들과 함께하는 마스터 클래스, 리사이틀 기회, 유명 지휘자와 하는 콘서트. 이메일을 읽는 순간부터 쐐기풀의 거미줄 같은 가는 잎맥처럼 그 필요성이 내 피부 아래에 퍼져갔고, 내가 숨을 쉴 때마다, 움직일 때마다 날카롭고 달콤하게 느낄 수 있었다.

"물론, 진짜 가고 싶어요." 내가 말했다. "그 정도로 정신 나가진 않았어요."

안젤라는 연기하듯 숨을 쉬었다. 그녀는 누가 어떤 제작사에 있는 누구랑 잤는지, 왜 그 유명한 지휘자가 그 소프라노를 싫어했는지에 대한 장황한 이야기를 늘어놓기 좋아하는 사람으로, 프로답지 못한 행동에 매우 명확한 견해를 가지고 있었다. 나는 선을 넘었다.

"죄송해요." 내가 말했다. "속상해서 그랬어요."

그녀는 한숨을 쉬었다.

"자, 애나. 그런 일이 우리 젊은 가수들에게 얼마나 어려운 일인지를 알 거야. 하지만 넌 이 직업에 투자했어. 네가 쏟아 부은 것을 얻어내야지. 너도 알고 있잖아."

나는 그 비용을 지불할 방법을 찾을 것이라고 말했다. 그러자 그녀는 말했다. "완벽해. 물론 넌 방법을 찾을 거야. 근데 어떤 노래를 부르라고 했어? 아리아? 프랑스어로 된 어떤 노래? 팀이 패널에 있지, 맞지? 팀은 네가 부르는 루살카[Rusalka 체코의 작곡가 안토닌 드보르작이 작곡한 3막 오페라]를 아주 좋아할 거야. 그리고 풀랑크[Poulenc 프랑스의 작곡가이자 피아니스트]의 섹시한 비트는 어때?"

우리는 일하기 시작했다.

그날 저녁 내가 돌아왔을 때, 부엌에는 주인 여자가 있었다. 그녀는 고양이를 카운터에 올려두고 빗질을 하고 있었다. 고양이 털이 구름처럼 위로 솟구쳤다가 덮개가 없는 라자냐 접시에 떨어졌다.

"이제 들어왔군요, 하아?" 그녀가 말했다. "우리가 애나에게 말할 게 있어요."

"오, 정말이요? 무슨 일인데요?"

"요리에 대해서. 요리했죠, 그렇죠? 두 사람? 양파로?"

"양파요?" 나는 멍청하게 말했다.

"애나가 했든지 아니면 다른 친구가 했어요. 여기서는 양파를 사용한 요리를 하지 않았으면 해요. 알겠어요? 양파는 안 돼요. 마늘도, 향신료도 안 돼요. 그 냄새가 벽에 배어요. 벽지 뒤로 스며든다니까요. 그러면 우리는 어떻게 그 냄새를 없애겠어요?"

나는 벽을 바라보았다. 벽에는 몇 년 동안의 얼룩으로 더러워져 있었고, 페인트는 다 벗겨졌다.

"저도 모르죠." 내가 말했다. "죄송해요. 앞으로 이런 일이 없도록 할게요. 하지만 사실 저도 묻고 싶은 게 있어요."

내 목소리에는 의도치 않게 대립적이면서 방어적인 날이 서 있었다. '그만하자. 그 여자가 너를 불쌍히 여기게 만들자. 어쨌든 그 여자는 로리보다 너를 더 좋아하잖아.'

"흠?"

그녀는 고양이를 놓아주었고, 나는 그녀에게 오디션에 대해 말했다.

"물어보고 싶은 게 있어요." 나는 다시 말했다. "무리라는 건 알지만 이번 달에는 돈이 좀 부족해요. 집세를 좀 늦게 내도 될까요? 일주일 안에 낼 수 있어요. 아니면, 혹시 이주일이 가능하면, 그게 가장 확실할 겁니다."

잠시 정적이 있다가 주인 여자가 말했다. "집세를 내는 날은 금요일이에요."

"네, 압니다." 나는 말했다. "제 말은..."

주인 여자는 레인지 위 찬장을 열고 물건을 꺼내기 시작했다. 반쯤 비어 있는 파스타 봉지, 밀가루, 집게, 딱딱해진 아이싱 튜브를. 그녀는 종이 뭉치를 꺼내고, 맨 위 종이 한 장을 끄집어냈다.

"여기." 그녀가 말했다.

고양이는 라자냐를 먹기 시작했다. 그녀는 고양이를 카운터에서 밀어내고 그 종이를 끈적끈적한 포마이카 위에 올려놓았다.

"봐요."

그녀는 가리켰다.

내가 쳐다보았다. 임대차 계약서였다. 그녀는 손가락으로 금액이 적힌 부분을 눌렀다.

"매달 첫 번째 금요일, 하아?" 그녀가 말했다. "그게 바로 이거죠."

"네." 내가 대답했다. 무거운 물체가 내 두개골을 부수는 것 같은 느낌이 들었다. "알겠어요, 신경 쓰지 마세요."

위층으로 올라가는 중에 복도에서 고양이가 거실 문을 긁고 있는 것을 보았다. 나는 문틈을 열어 고양이를 들여보내고 닫았다.

위층에서 나는 침대에 앉아 휴대전화 화면을 보았다. 그 단어는 집이었다. 나는 항상 부모님이 얘기할 시간이 없을 만큼 바쁜 시간대에 전화했다. 나는 부모님을 자주 떠올리지 않았다. 부모님은 책장 뒤편에 떨어져 있는, 어린 시절에 좋아했던 책 같았다. 되찾으려면 약간 노력이 필요했다. 보통은 생각한다. '괜찮아, 여전히 거기에 있고 아무 일도 일어나지 않을 거야. 다른 날 주을 거야.' 그리고 그 책에 대해 잊어버린다. 그런 다음 한밤중에 깨어나, 속을 쓰리게 하는 죄책감이 내 속에서 서서히 썩어가다가 결국 나방에 먹혀 썩어 없어지는 것을 상상한다.

전화벨은 오랫동안 울렸다. 부모님에게 전화 받는 일은 행사였지, 즐기는 일이 아니었다. "전화 좀 받아, 수. - 늦었어요, 그냥 내버려 둬요. - 중요한 전화일 수도 있잖아. - 그럼, 당신이 받아요. - 하지만 당신 전화일 수도..."

엄마가 받았다.

"안녕하세요." 내가 말했다.

"걱정 마요." 엄마가 소리쳤다. "애나예요."

엄마는 내가 전화를 거의 하지 않는다고 자주 말했지만, 내가 전화했을 때 그렇게 기뻐하는 것 같지는 않았다. 나는 이렇게 말하곤 했다. "엄마도 나한테 전화하지 않잖아요." 그러면 엄마는 말했다. "유선 전화에서 휴대전화로 전화하는 데는 돈이 드니까. 애나, 너도 알잖아. 네가 전화하면 공짜고. - 글쎄, 그건 공짜가 아니라 내가 돈을 내는 거지만..."

아빠는 여전히 전화 요금 고지서를 종이로 받았고, 과도하다고 생각하는 전화를 표시해서 부엌에 있는 코르크판에 붙여놓았다.

"잘 지내니?" 엄마가 물었다. 전화하기에는 늦은 시간이다.

'엄마에게 말해, 엄마에게 말해.' "아직 9시예요, 엄마."

"9시 30분이다."

"그래요, 정말 죄송해요." 이미 비꼬는 십대 모드로 빠져들고 있었다. 도움이 되지 않는다. "엄마는 잘 지내요?"

"내가 어제 쇼핑하다 만난 사람이 누군지 맞혀봐?" 그녀가 말했다. "너랑 친한 친구, 타라야. 타라가 아기를 낳았다는 건 알고 있었니? 아마 한 달 전인가봐."

"알아요. 타라가 사진을 보냈어요."

"귀여운 아기야." 엄마가 말했다. "타라는 행복해 보이더라."

"타라에게 좋은 일이죠."

잠시 정적이 흘렀다.

"할 말 있니?" 그녀가 물었다. "내일 전화할래? 그냥, 우리는 더 와이어 [The Wire 2002년부터 2008년까지 미국 방송 채널 HBO에서 방영한 미국 드라마]를 보고 있어."

"진짜? 엄마가 그 드라마를 좋아할 것이라고 생각하지 않았어요."

"그냥 괜찮아, 우리는 자막을 켜놓고 보고 있어. 아빠가 일시 중지했다고 소리치고 있어. "네, 알고 있어요, 마이크. 애나랑 얘기하고 있어요." 그리고 멈춰 놓는 게 안 좋은 건 너도 알 거야. 아빠가 안부 전해주래." 그녀는 말했다. "내일 전화해."

"잠깐, 엄마, 사실 할 말이 있어요. 잠깐이면 돼요."

예상했던 짧은 침묵이 있었다. 나는 엄마에게 오디션에 대해 말했고 오디션이 인상적으로 들리도록 노력했다.

"문제는 이것이에요." 내가 말했다. "내가 알아서 거기 가야 하는데요. 파리요. 그런데 그 비용을 댈 여유가 없어요. 호텔에도 묵어야 하고. 엄마가 돈을 빌려주면, 잘은 모르겠지만 몇백 파운드면 될 것 같아요. 부탁하지 않으려고 했는데, 이 오디션은 정말 중요해서요."

"오, 그래." 엄마가 말했다. "알겠어. 이제야 본론이 나오는구나."

"갚을게요." 나는 약속했다.

나는 엄마가 돈을 주지 않을 것이라는 것을 이미 알고 있었다. 더 자주 전화했어야 했는데, 이건 벌이다.

멀리서 아빠가 소리치는 소리가 들렸고, 엄마는 "애나가 돈을 달래요" 라고 맞받았다. 그러고 나서 엄마는 말했다. "그건 전화 한 통 한다고 해서 되는 간단한 일이 아니야, 애나. 너도 알잖아. 네 아빠랑 의논해야겠다. 이런 식으로 부탁하기에는 너도 나이 들 만큼 들었잖니?"

나는 쓰디쓴 굴욕을 삼켰고, 내가 말해서 엄마에게 만족감을 주지는 않을 것이다.

"알겠어요." 내가 말했다. "고마워요."

우리는 전화를 끊었다.

부모님은 한 시간 정도 후에 잠자리에 들 것이다. 현관문을 잠그고, 밤에 화장실에 갈 수 있도록 복도의 불을 제외한 모든 불을 끄고 나서. 아빠는 이미 아침에 먹을 죽을 만들어 레인지 위에 올려둔 채 아침 6시에 데울 준비를 해 놓았을 것이다. 엄마는 잠이 잘 들기 위해 밤새도록 침실의 라디오 소리를 작게 켜두었을 것이다. 그들은 잠자리에 들기 전에 나에 대해 이야기할 것이다. 그들은 이렇게 말할 것이다. 아직 제대로 된 직업도 없어. 아직 공부 중이고, 나이도 많은데. 그러게요, 나도 그렇게 생각해요. 글쎄, 애나는 그게 정상이라고 말했지만, 본인은 그렇게 말하겠지, 그렇잖아? 표류하고 있다고 나는 말하겠어. 그리고 당신 말이 맞아요. 단지 애나가 부탁했다고 해서 이렇게 지원해 줄 수는 없어요. 정확히는, 애나는 절대, 아니, 제대로, 우리가 돈을 주면 절대 배우지 못할 거예요. 안 그래요? 아니, 그리고 남자 친구애 대해서는 한마디도 하지 않았어요.

내가 수업을 다시 듣기 시작했을 때, 안젤라에게 내가 비용을 댈 방법을 찾을 것이라고 말하는 내 목소리를 들었다. "물론 네가 찾겠지."

내 방은 갑자기 견딜 수 없어 보였다. 평범하고 빈 벽, 낮은 천장. 싸구려 가구. 옷장의 문은 가운데서 만나지도 않게 조립되어 있었다. 아무리 자주 청소해도 모든 것을 덮어버리는 미세한 먼지층. 밖에는 예측할 수 없는, 끼익거리는 자동차 소음이 결코 멀지 않은 거리에 있었다. 나는 헤드폰을 끼고 마농에 몰두했다. 1막. 그녀는 슈발리에에게 "자신은 쾌락을 사랑한다"고 말한다. 음, 어쨌든 그녀의 아버지는 그렇게 말했다. 그래서 그녀는 수녀원에 보내졌다. 마치 쾌락은 세상에서 여자가 원할 수 있는 최악의 것인 양. 마치 쾌락 -그것이 어떤 느낌인지, 그것을 얻는 방법을 아는 것- 은 본질적으로 여자에게는 쉬운 것인 양.

나는 바닥에 쌓인 옷을 정리하기 시작했다.

로리가 들어오는 소리를 듣지 못했는데, 돌아보니 그녀는 내 침대에 앉아 있었다. 그녀의 입이 움직이고 있었다. 나는 이어폰을 뺐다.

"지루하고 뚱뚱한 남자 친구와 약혼했대." 그녀는 말했다. 축하할 일이라도 되는 것처럼.

"미안." 내가 말했다. "누구 얘기를 하는 거야?"

"얘기 좀 따라와. 아만다. 내 학교 친구. '네가 내 친구여서 너무 좋아. 너는 나를 교양 있게 만드는 유일한 사람이야' 라는 등 말하는 애 있잖아. 마치 교양이 채소인 것처럼. 일일 권장량을 섭취하면 다른 모든 쓰레기는 마음대로 먹을 수 있는 것처럼."

"속물."

"너는 아닌 척하지 마. 어쨌든 아만다는 약혼했어. 오늘 밤 우리에게 말했지. 그러자 모든 사람이 자신이 가본 모든 결혼식과 그리고 다른 사람들의 결혼식으로 자신의 결혼식을 위해 사고 싶은 것과 허접하다고 생각한 부분을 이야기하기 시작했어. 나는 저녁 내내 다른 사람들의 꽃 장식 이야기를 하며 보냈어. 여자들은 진짜 한심하지 않아? 남자들이 여전히 모든 것을 차지하고 있는 사실이 말 그대로 놀라운 일이 아니야. 여자들은 그럴 자격이 없어."

나는 옷 더미의 아랫부분에 이르렀다. 거기에 있는 옷들은 모두 끈적끈적한 고양이 털로 뒤덮여 있었다. 나는 그 옷들을 세탁망에 넣고 침대에 앉았다.

"아마도." 나는 말했다. "너는 여자들이 가부장제를 믿기 위해 자신만의 정보에 입각한 선택을 할 자유가 있다는 걸 받아들여야 해. 어쩌면 그것도 페미니스트적인 행동일 수도 있다는 것을. 너도 알다시피, 자신을 억압하는 사람들과 공모할 자유?"

"나는 때때로 내가 이 세상에 비해 매우 좋은 사람이라고 생각해." 로리가 말했다.

로리는 내 침대 위에 있던 포스트잇 메모지를 집어 들었다. 나는 맨 윗장에 안젤라-이즘을 써 놓았다.

청중을 기쁘게 하는 것은 가수의 일이 아니다. 진실은 내면에서 나온다.

"이게 무슨 뜻이야?" 로리가 물었다. "아, 그런데 주인 여자가 토하고 있던데."

"왜?"

"고양이가 거실에 갇혀서 소파 전체를 엉망으로 만들었나 봐."

"오, 진짜?" 나는 말했다. "웃기네. 도대체 어떻게 그렇게 됐는지 궁금하네."

로리는 코웃음을 쳤다.

"난 네가 나쁘게 굴 때가 좋더라."

"돈 빌려줄 정도로 좋아?"

"얼마나 많이?"

"상당히. 적어도 이백."

"할 수만 있다면 그렇게 하겠다." 그녀가 말했다. "하지만 빌려줄 수 없어."

"넌 나한테 빚진 게 있어. 지난달에 빌려줬잖아."

"그 얼간이가 너를 아기 자본가가 되게 가르치고 있니?" 그녀는 상냥하게 물었다. "이자도 내라고 할 거야?"

"닥쳐."

그녀는 거울로 가서 얼굴을 가까이 대고, 헤어라인에 있는 흰 머리카락을 뽑기 시작했다. 흰 머리카락은 로리에게 말할 수 없는 절망을 안겨주었다. 하지만 로리가 나에게 보여주려고 할 때면 잘 보이지도 않았다.

"돈은 왜 필요해?" 로리가 물었다.

나는 오디션에 대해 말했다.

"주인 여자에게 이번 달 집세를 미룰 수 있는지 물어봤어." 나는 말했다.

"진짜? 그 일이 잘 됐을 거라고 장담해. 근데 왜 그 얼간이한테 부탁하지 않아? 쉽잖아. 그 남자는 하루 저녁에 스트리퍼에게 이백을 쓸 거야. 너한 테는 왜 안 돼?"

"그 사람을 그렇게 좀 부르지 마." 나는 말했다. "너는 만난 적도 없잖아. 제대로 말이야."

나는 우리가 그 남자는 통째로 음란하다는 데 동의했었다는 생각이 났 다.

나는 처음부터 로리와 너무 많이 공유하는 고전적인 오류를 범했다. 나 는 이제 그 사람 인성에 관한 모든 가능한 결함을 포함하는 그녀의 포괄적 인 목록을 지울 수 없었다.

"글쎄," 내가 말했다. "우리는 더 이상 아니야."

"네가 그 사람과 사랑에 빠질 필요는 없다는 건 알고 있지?" 그녀가 말했 다. "다행이야. 섹스는 실제로 아주 시시해. 네가 로맨스 코미디에서 배웠던 게 뭐든지 간에 말이야."

"그건 오스카가 네게 말한 거야?" 나는 순진한 척하면서 말했다.

오스카는 로리의 새 남자 친구였지만, 나는 그를 남자 친구라고 부르게 되어 있지 않았다. 그 둘은 다른 사람들과 자곤 했는데, 어쨌든 오스카는 그 랬다. 그 이유가 그런 남자가 되고 싶지 않기 때문이라고 그는 말했다. 여자 에 대한 소유권을 주장하는 유형의 남자. 그는 우리 모두가 되는대로 자유 롭게 성관계를 가질 수 있어야 하며, 그 원칙에 따라 사는 법을 배울 때까지 우리는 모두 여전히 가부장제의 노예라고 생각했다. 여전히 여성과 그들의 욕망을 통제하려고 애쓰면서, 섹스에 취한 아내와 딸을 정신병원에 집어넣고 히스테리라고 부르는 남자들보다 나을 것이 없다고 했다. 또는 그런 선상에 있었다. 로리는 그들이 처음 서로를 만나기 시작했을 때 이 모든 것을 나에게 설명했다. 내가 몇 가지 이의를 제기했을 때 그녀는 내가 구식이고 억압적이라고 말했는데, 그건 아마도 사실이라고 생각한다.

"오스카는 혁명적이야." 로리가 말했다. "그에게서 많은 것을 배울 수 있어. 그는 시스템을 거부해."

"그래서 부모님이 사주신 아파트에 사는 거야?"

로리가 콧방귀를 뀌었다.

"빌어먹을, 멋진 아파트지." 그녀가 말했다.

"그럼에도 난 맥스를 사랑하지 않아."

"그런데 너는 지금 그 사람을 좋아하지, 그렇지?" 그녀는 꼭 집어 강조하면서 말했다. 마치 누군가를 좋아하는 일이 특히나 변태적인 성행위인 것처럼.

"그래, 좋아해."

"왜?"

나는 적절한 단어를 생각하려고 노력했다. 나는 이렇게 말할 수도 있다. "그는 따뜻한 사람이야. 그가 나를 바라볼 때면 마치 스포트라이트를 받는 것 같아. 그리고 내가 중요하다고 말한 모든 것을 들어주고 중요하게 여겨 줘." 또는 이렇게도 말할 수 있다. "그는 차갑고 무심해. 그와 함께 있으면 나는 붙박이처럼 차분해지고, 그냥 거기에 머물러야 해. 모든 것이 좋아." 하지만 그 어느 쪽도 정확하지 않을 것이다. 나는 그의 이미지를 머릿속에서 정할 수가 없었다. 그 사람 모습의 가장자리가 흐릿했다. 나는 그가 어떻게 느끼게 해주었지만 알았다. 내 인생은 매우 작고 얄팍하고, 그렇다는 걸

나도 몰랐다. 빈 벽으로 둘러싸여 있는 방을 빙글빙글 돌면서 그게 전부인 줄 알았다. 그런데 그가 나를 위해 문을 열어주었다. 실제로 밖에는 다른 인생이 있다는 사실을 잘 안다.

"그는 좋은 사람이야." 내가 말했다.

"좋은 사람?" 그녀가 말했다. "네 문제가 뭔지 알아? 네가 다른 사람들을 어떻게 생각하는지 알아내기 위해 다른 사람들이 너를 어떻게 생각하는지 걱정하느라 매우 바쁘다는 거야."

나는 노화에 대해 많은 관심을 갖는 건 페미니스트가 아니라고 생각하는지 로리에게 물었고 그녀는 나에게 닥치라고 말했다.

내가 수업을 듣는 동안 엄마가 긴 음성 메일로 돈을 빌려주지 않겠다고 말했지만, 어쨌든 나는 페스티벌 측에 이메일을 보내 참석하게 되어 기쁘다고 말했다. 저녁에는 마농 리허설이 있었다. 공연까지 일주일 남짓 남았다. 나는 어둠 속 뒷자리에 앉아 소피가 노래하는 모습을 보고 있었다.

"그건 시간낭비 아닌가?" 맥스는 자신이 한가한 저녁에 내가 대역 리허설을 할 때마다 물었다. "노래를 못 부를 수도 있잖아? 영영?"

나는 그 일이 중요하다고, 내 학년의 대부분은 대역조차 받지 못했다고 설명했지만, 속으로는 그의 말이 맞을 것이라고 생각했다. 그 일이 중요하게 느껴지지 않았다. 내 악보에 무대 오른쪽으로 가는 마농이라고 적는 일이, 프랭키와 소피가 키스로 킥킥 웃으며 감독을 짜증 나게 하는 것을 바라보는 일이.

내가 도착했을 때 맥스는 헬스클럽에 있었다. 21층에 있었는데 거기에는 수영장도 있었다. 나는 때때로 그가 일해야 할 때 거기 와서 수영했다. 거기는 항상 나밖에 없었다. 건물 안에는 아무도 없었다. 헬스클럽은 유리로 수영장과 분리되어 있었다. 나는 거기에서 그가 데드리프트를 하는 것을 볼 수 있었다. 그는 바벨을 내려놓고 물병을 들고서 나를 보았다.

　내가 코트와 점퍼를 벗었을 때 그가 여전히 나를 보고 있다는 것을 알았다. 그런 다음 부츠의 지퍼를 내리고 스타킹을 벗고 옷을 머리 위로 당겨서 벗었다. 나는 로리의 조잡한 브라 중 하나를 입고 있었다. 그 브라는 가슴이 더 커보이게 했다. 나는 물에 발을 담근 채 수영장 가장자리에 앉았다. 가장 긴 벽이 유리로 만들어졌고 도시는 화면의 이미지처럼 이상하게 메마르고 비현실적으로 밖에서 반짝거렸다. 나는 지금 그에게 물어봐야 한다는 것을 알고 있었다. 지금 해야 한다고. 나는 수영장으로 미끄러져 들어가 물속에서 다른 쪽 끝까지 헤엄쳤다. 눈을 감고, 그저 발로 차고, 팔을 뻗으면서. 수영장 반대편에 닿았을 때 몸을 돌려 헤엄쳐 돌아왔다. 그는 가장자리에 앉아 있었다.

　"노출증이야." 그는 말했다. "여기에 CCTV 있는 거 알아?"

　"이건 비키니랑 똑같아요. 어쨌든, 당신은 좋아하잖아요."

　"마호메트도 좋아할 거야. 리허설은 어땠어?"

　"괜찮았어요." 내가 말했다. 잠시 정적. "하지만 오늘은 그리 좋지 않았어요."

　"왜?"

　내가 그에게 말하기 시작하자마자, 내가 희생자인 척하고 있다는 것을 깨달았다.

　"그냥 너무 화가 나고 짜증이 났어요." 나는 말했다. "제의가 들어온 것만으로도 너무 놀라운데, 돈 때문에 할 수가 없어요. 잘하는 사람들은 기회를 얻지 못해요. 부자만 얻을 수 있어요. 이건 그냥 말이 안 돼요."

　"그러게." 그가 말했다. "그래도 다른 것들이 있을 거야."

　"다른 거 뭐요?"

"다른 기회. 다른 오디션."

"아마 있겠죠." 나는 말했다. "이 정도는 아니죠."

나는 등으로 물 위에 떠 있다가 옆을 발로 찼다.

"비키니는 비치지 않아." 그가 말했다.

물이 창문 위까지 튀었다. 아주 세게 차면 저 아래 도시로 넘어갈 것처럼 느껴졌다. 그는 다른 말을 하지 않았다. 나는 정말로, 정말로 내가 그에게 부탁할 것이라고 생각한 적이 없다는 것을, 그래서 무슨 말을 할지 아무 계획이 없었다는 것을 깨달았다. 내가 해야 할 일은 오디션을 언급하는 것뿐이라고 생각했고, 내가 봤던 대로, 그가 돈을 종이처럼 던지는 식으로 그가 돈을 줄 것이라고 생각했다. 나는 숨을 멈추고 숨이 찰 때까지 머리를 물속에 넣고 거기 떠 있었다.

내가 수영장 가장자리로 돌아왔을 때 그는 종아리를 쭉 펴고 있었고, 두 팔을 곧게 펴서 손바닥을 창문에 대고 있었다.

"맥스?" 나는 말했다.

그는 돌아서지 않았다.

"응?"

"당신이 날 도울 수는 없겠지요?"

"돕는다고?" 그가 말했다. "무엇으로?"

"그 여행이요, 내 말은."

그는 몸을 돌렸지만, 계속 서 있었다.

"그냥 생각해 봤어요." 나는 말했다. "그냥 생각했어요..."

내 목소리가 작아졌다.

"그냥 무슨 생각?" 그는 물었다.

그가 진정으로 내가 한 말의 뜻을 몰랐는지, 아니면 내가 직접 말하길 원하는지 알 수 없었다. 그건 자신감에 영향을 미치고, 마치 다른 사람이 쓴 글인 것처럼 그 말을 하게 만들었다.

"당신이 그 돈을 내게 빌려줄 수 있다고 생각했어요." 나는 말했다. "여행하는 데 필요한 돈이요. 최대한 빨리 갚을게요. 일주일. 최대 이주일."

그는 움직이지 않고 서서, 뭔가를 해결하려는 사람처럼 나를 쳐다보았다. 잠시 동안 아무 말도 하지 않았다가 그는 말했다. "내가 당신에게 돈을 줬으면 좋겠어?"

"아니, 주는 게 아니라 빌려줘요. 갚을게요."

또 정적. 그런 다음 그는 이해할 수 없는 웃음을 터트렸다. 나는 물속으로 다시 들어가고 싶었다.

"글쎄, 알았어." 그가 말했다. "돈 같은 작은 일 때문에 꿈을 포기해서는 안 되지. 그럼요. 돈을 원해? 내가 줄게."

내 꿈을 이야기할 때의 약간 아이러니한 그의 어조를 나는 애써 무시했다.

"고마워요." 나는 말했다.

"위층으로 돌아가면 호텔을 예약할게. 내가 일 때문에 사용하는 호텔에 머물러도 돼."

"돈은 갚을게요. 약속해요."

그는 어깨를 으쓱하며 말했다. "물론이지."

나는 한 손으로 수영장에 매달려 다리를 차고 다른 손으로 손톱을 물어뜯었다. 내 손을 내려다보면서 그 손이 범죄 드라마에서 보는 익사체의 몸처럼 얼마나 끔찍한지 알 때까지. 물어뜯은 손톱 주위의 피부가 물에 불었다. 그는 휴대전화를 벤치에 놓고, 운동화를 벗어던지고 오더니 물에 발을 담고 대롱거렸다.

"정말 괜찮은 건가요?" 나는 말했다. "진짜로 갚을게요."

"괜찮아. 걱정 마. 준비는 다 됐어?"

"어느 정도는. '루살카의 아리아'를 준비하고 있어요."

"루살카?"

"루살카는 기본적으로 인어공주예요."

"어울려." 그는 말했다.

"그건 대단한 거예요. 사실 내 파흐fach는 아니에요. 하지만 내 선생님이 심사위원 중 한 명을 알고 있어요. 그 사람이 분명히 가벼운 가사를 부르는 역을 캐스팅할 거예요. 선생님은 그 사람이 루살카를 좋아할 거라고 했어요."

"사실 당신의 뭐가 아니라고?"

"내 파흐요." 내가 말했다.

"무례하게 들리는데."

나는 그의 무릎에 팔을 둘렀다.

"그보다는 훨씬 더 지루해요." 내가 말했다. "그건 목소리의 무게를 나타내는 말이에요. 특정 파흐는 특정 유형의 인물 역할을 해요. 그건 말이 돼요. 예를 들어, 떨리는 큰 목소리로 순진한 처녀를 노래하면 어색하게 들리겠죠."

"그럼 당신은 뭐야?"

"나는 둘 사이에 있어요. 수브렛과 좀 더 가벼운 가사 중간쯤."

"무슨 뜻이야?"

"수브렛은 어린이 또는 창녀예요." 내가 말했다. "그리고 가벼운 가사는 더 어리고 더 한심한, 로맨틱한 여주인공에 해당되죠."

"대충 맞는 것 같네."

그를 잡아당길 수 있을 만큼 내가 힘이 세다고 생각하지 않았는데, 아니었다.

그의 머리가 물 아래로 내려간 순간, 내가 도대체 왜 그랬는지, 그가 화가 났는지 궁금해 할 시간이 생겼다. 그는 다시 떠올랐고, 캑캑거리거나 기침하거나 사람들이 하는 만화 같은 짓을 하지 않았다. 그는 그저 말했을 뿐이다. "제기랄, 당신은 가끔 어린애같아." 그는 웃지 않았고 나는 생각했다. '젠장, 젠장, 젠장.' 하지만 그는 나에게 키스했다. 그에게서 소독약과 땀 맛이 났다.

그가 잡아준 호텔은 오페라하우스 옆이었다. 나는 체크인을 하고 그 건물을 구경하러 갔다. 쓰레기통에 썩게 내버려 둔 웨딩 케이크처럼, 주요 교차로 한가운데에 회색으로 화려하게 장식되어 있었다. 내가 그 화려한 파리에 있는 척하려고 카페 밖에 앉아서 매연을 들이마시고 있는 관광객들 사이를 걸었다. 큰 흰색 토끼 인형을 들고 도로를 건너려고 기다리는 어린 소녀를 지나쳤다. 파리는 내가 상상했던 대로가 아니었다. 러브 아일랜드Love Island[영국의 데이트 게임 쇼]를 더 좋아하면서도, 로리가 나에게 보여주면서 경멸하는 듯한 예술 영화의 프랑스가 아니었다. 공기 중에 금속 맛이 났고, 나는 스카프로 입을 더 감싸고 호텔로 향했다. 룸서비스를 주문한 다음, 호텔 직원이 동일한 계좌로 청구해야 하는지 물었을 때는 죄책감을 느꼈다. "네, 그렇게 해주세요." 나는 반사적으로 말한 다음, 생각했다. '그 사람도 내가 먹기를 바랄 거야.' 나는 침대에서 밥을 먹고, 통과할 수 없는 게임 쇼를 봤다. 참가자들은 모두 쥐로 분장하고, 황소에게 쫓기는 동안 장애물 코스를 통과하려고 애쓰고 있었다. 그런 다음, 나는 일찍 잠들었다. 꿈도 꾸지 않았다. 나는 겁에 질려 일어났다.

오디션은 근처 오페라 하우스 리허설 룸에서 있었다. 항상 똑같다. 일상대로 행동하고 그 일상은 나를 진정시킨다. 안내 데스크에 있는 사람이 내이름을 확인했다. 안내원은 나를 창문이 없는 긴 복도를 따라 준비실로 안내하고, 20분 동안 나를 기다리게 했다가 다시 나를 데리러 왔다. 몇몇 복도를 더 지나고 그가 멈춰 문을 두드리자 목소리가 들렸다. "들여보내세요." 그러고는 -안정된 호흡으로 가다듬고-가슴을 펴고-어깨를 펴고- 나는 무대로 걸어 나갔다.

심사위원이 뒤에 있었고, 메모장 위에 램프가 켜져 있을 뿐 그 외에는 캄캄했다.

"이름은?"

"애나입니다."

"무슨 노래를 할 건가요?"

"루살카의 아리아입니다. 달을 향한 노래예요."

입이 너무 건조해서 음이 잘 나올 것 같지 않았다. 모든 가수에게 죽음이나 마찬가지인 생각을 하기 시작했다. '만약에, 만약에, 만약에.' 숨을 쉰다. 내 안에 있는 것을 보려고 노력한다. 내 근육, 흉곽, 횡격막, 이 살아 있는 몸, 그리고 숨이 어떻게 소리로 바뀌는지 보려고. 내가 말한 적은 없지만 노래할 수 있는 언어를 소리 내기 위해 입술과 혀가 움직인다.

피아노가 시작되고 그 모든 연습의 효과가 발휘된다. 일단 시작하면 그모든 것을 차단하기는 쉽다. 내가 배웠던 방식으로. 한번 연습했던 것에 마음을 쓰면 이미 그걸 잃어버리게 되기 때문이다. 대신 자신 안으로 들어가서 끄집어내야 한다. 그리고 나서 이곳에서 다시 그 노래를 한다. 안젤라가했던 말을 기억한다. "루살카는 이 오페라의 대부분에서 조용해. 이 아리아를 네가 부르는 마지막 노래라고 생각하고 불러." 그 말은 달이 매우 크면 가짜이고. 고요한 물은 검은 유리판과 같다는 말이다. 그 말은 무언가를 원하고, 원하고, 또 원하고, 그 무엇보다도 더 많이 원하고, 누군가가 당신의 머리카락을 잡아당기거나 손톱으로 등을 긁는 육체적인 고통처럼 정말로 고통스럽게 원하라는 말이다. 그 말은 목소리는 나의 일부이기 때문에 기억할 필요가 없다기보다 잊어버리라는 말이다. 마치 말하기보다 소리를 듣고 본능적으로 시선을 돌리는 것처럼. 나는 이제 머리를 움직일 것이다.

질문을 받기 위해 심사위원 석으로 이동했다. 그런 다음, "애나, 와줘서 대단히 감사합니다. 연락하겠습니다." 그 사람들과 악수하고 이 달콤하고 달콤한 안도감을 느꼈다. 그들이 웃는 모습을 보면 내가 그 역을 따냈는지 아닌지를 항상 알 수 있기 때문에.

런던으로 돌아왔을 때 하늘은 창도 없는 대기실에 갇힌 듯이 무겁고 창백한 채 마취될 차례를 기다리고 있었다. 그의 아파트는 항상 좋았지만, 밤이 어두워지고 모든 건물에 불이 들어오면 더욱 좋았다.

"축하해요." 그가 말했다.

"고마워요."

그는 내 코트를 받아다가 옷장에 걸었다. 옷장은 모두 검은색이나 네이비 색의 정장으로 가득 차 있었다. 흰색이나 파란색이나 분홍색 셔츠는 세탁소에서 온 그대로 포장된 채로 걸려 있었다. 다른 옷은 없어 보였다.

"그래서 파리는 어땠어?"

"전에 가 봤었어요." 나는 말했다. "아주 오래전에. 괜찮았어요. 구경을 많이 하지 못했어요. 당신은 좋아해요?"

"글쎄, 파리 사람들은 항상 내 불어를 이해하지 못하는 척해." 그는 말했다. "내 불어는 꽤 괜찮아. 내가 하는 말이긴 하지만. 근데 실수를 몇 번 했어. 명사의 성을 틀리게 하거나 과거형을 약간 틀리게 사용했어. 그러자 나랑 얘기하던 사람이 말 그대로 못 알아들었다는 듯이 행동하는 거야. 전혀 말이 안 된다는 듯이. 그래서 파리는 국가에 대한 고정 관념이 모두 사실일 수 있다고 생각하게 하는 도시였어. 모피 코트도. 푸들도. 하지만 뭐." 그는 말했다. "괜찮아. 그나저나 샴페인을 갖다 놨어. 얼마 전에 냉동실에 넣어놨는데. 차가워야 하니까."

"오, 고마워요. 그럴 것까지는 없는데."

"우리, 축하하고 있잖아, 그렇지?"

그는 병을 열어 두 잔을 따랐고, 우리는 소파에 앉아 마셨다. 그는 오디션에 대해, 페스티벌이 어떤 식이었는지, 왜 그것이 중요한지 물었다. 나는 그에게 그런 얘기를 하는 게 즐거웠다. 내가 보이고 싶은 대로 그가 나를 보고 있다고 느끼면서. 그는 내가 말하는 동안 내 손을 자신의 다리에 놓고 내 손가락을 쓰다듬었다.

우리가 다 마셨을 때, 그는 내 잔을 채우라고 하면서, 운동 끝내고 샤워할 시간이 없어서 지금 하러 간다고 말했다.

"그래요." 나는 말했다. "하지만 맥스, 내가 돈을 갚겠다고 말한 것은 진심이었어요. 여행 비용이요. 잊지 않았어요."

그는 일어서서 휴대전화 속 무언가를 쳐다보고 있었다.

"뭐라고?" 그가 말했다. "아. 신경 쓰지 마. 그럴 필요 없어. 난 일 때문에 파리에 꽤 가거든. 오늘 아침에 비용 처리했어."

"정말요? 그건 좀 비윤리적인 거 아닌가요?"

"애나, 그 정도의 돈은 은행에서 잘못 반올림한 정도야." 그는 말했다. "너무 걱정 안 해도 돼."

나는 여전히 신경이 쓰였지만, 그는 욕실로 갔고, 그가 젠장이라고 말하는 소리를 들었다. 그리고 그가 다시 돌아왔다. 그는 대부분의 옷을 벗은 채 속옷만 입고 있었다.

"당신이 할 수 있을까?" 그는 말했다. "괜찮다면, 있잖아."

그는 아픈 사람처럼 보였다.

"뭐요?" 나는 말했다.

"거미." 그는 목이 메었다.

"거미요? 잠깐, 거미를 무서워해요?"

그는 소파에 앉아 마치 충격적인 사고를 목격한 사람처럼 그 잔상을 지우려 애쓰면서 깊은 숨을 쉬고 있었다.

"아무도 그렇게 많은 다리가 필요하지 않아." 그는 말했다.

"농담하는 거죠?"

"뭐? 물론 농담이 아니야. 내가 왜 농담하지? 이봐, 아니, 당신이 할 수 있을까, 거미를 싫어하지 않아?"

"아니오, 딱히."

"그럼 부탁할게" 그가 욕실을 돌아보며 말했다. "어떻게 좀 해봐."

"알겠어요."

거미를 찾는 데는 1초도 걸리지 않았다. 2펜스짜리 동전 크기의 거미는 샤워실 뒷벽에 있었다. 나는 거미가 내 손가락에 기어오르도록 살짝 건드려서 손에 쥐었다.

"뭘 한 거야?" 그가 물었다. "죽였어? 확실해? 확실히 죽은 거야?"

"밖에다 놔 주려고요."

그는 내 손을 보고 내가 의미하는 바를 깨달았다.

"젠장." 그가 낮은 목소리로 말했다. "미쳤군. 내 아파트에 미친 여자가 있어. 당신, 무슨 문제 있어?"

"거미가 너무 작아요."

그는 내가 총을 든 어린아이라도 되는 것처럼 꼼짝도 하지 않은 채 나를 바라보고 있었다. 나는 오히려 그걸 즐기고 있었다.

"문 좀 열어주겠어요?" 나는 침착하게 말했다.

"움직이지 마. 거기 있어."

방 한쪽 끝에 좁은 발코니가 있었다. 그런데 1층에서 사용하기 좋을 때도 그 높이에서 바람이 매우 많이 불어서 사용하기 어려웠다. 그는 문을 밀어놓고, 소파로 다시 달려갔다. 나는 발코니 가장자리에 거미를 내려놓으려고 했지만, 거미는 내 손에서 휩쓸려 나갔다.

"갔어?" 내가 돌아왔을 때 그가 물었다.

"사라졌어요. 떨어졌는데 살아남을 수 있을까요?"

"무슨 상관이야? 그렇지 않기를 원해. 내 근처에 오기 전에 손을 씻어."

나는 부엌 싱크대에서 손을 씻었다.

"거미가 어떻게 이렇게 높이 올라왔는지 모르겠어요." 내가 말했다. "뭘하고 있는지 알고나 있었는지. 여기는 먹을 것도 없을 텐데."

"인간의 살." 그는 중얼거렸다.

"애처럼 굴지 말아요."

나는 그에게 갔다. 그는 나를 그의 무릎 위로 끌어당겼다.

"당신은 아주 심술궂어." 그는 퉁명스럽게 말했다.

나는 손가락으로 그의 쇄골을 쓰다듬었다.

"소름이 돋았네요. 진짜 무서웠나 봐요, 그죠?"

"문이 열려 있잖아. 추워서 그래."

"그렇겠죠."

"내가 침대에 있었을 때 한 번은 거미가 내게 떨어졌어." 그가 말했다.

"당신에게 떨어져요?"

"갑자기 내 가슴에 나타났어. 내가 6살이 넘지 않았을 때. 가슴에 딱. 그 거미는 거대했어."

"어쩌면 당신이 아주 작아서 그렇게 느꼈겠죠. 근데 거미가 당신한테 떨어졌다니 무슨 말이에요?"

"무슨 말이냐고, 무슨 말이냐고? 말 그대로 나한테 떨어졌단 말이야. 천장에서. 나한테 떨어졌어. 그걸 잊을 수가 없어."

"굉장히 이상하네요." 내가 말했다. "거미는 일반적으로 거꾸로 걷는 능력으로 잘 알려져 있는데요. 거미를 정의하는 특징이라고 할 수 있어요. 둔한 거미를 만나다니 운이 없었네요."

"애나." 그가 말했다. "공포증을 가진 사람들을 놀리는 건 별로 바람직한 행동이 아니야. 공포는 그렇게 합리적이지 않아. 솔직히 말해서 거미를 싫어하는 게 비합리적이지도 않고. 클로즈업 사진을 본 적 있어? 그 모든 눈을 말이야."

"자기야, 나도 알아요. 아주 무섭죠, 그렇죠?"

그는 나를 올려다보았고 그의 얼굴이 너무 진지해서 나는 웃기 시작했고 그도 따라 웃었다. 내 손가락이 그의 목 뒤를 기어 올라가자 그는 벌떡 일어났다. 그 모습을 보고 나는 더 크게 웃었다. 그는 내 팔을 잡고 소파에 대고 눌렀다. 나는 그를 걷어차려고 했고 우리 둘 다 웃음을 참지 못했다. 그는 말했다. "세상에, 이건 존 루이스John Lewis 크리스마스 광고로 바뀌고 있어."

나는 순간적으로 기분이 상했다.

"반쯤 벗은 남자와 하는 씨름?" 나는 말했다. "그게 당신이 보는 광고인지는 모르겠네요."

"꺼져. 나는 샤워할 거야."

"글쎄, 조심하세요. 거미는 쌍으로 오는 경향이 있다고 들었어요."

그의 몸이 내 몸을 무겁게 짓누르고 있었고 그는 내 두 손을 잡았다.

"당신은 끔찍하군." 내 입술 바로 옆에서 그가 말했다. "난 당신이 싫어."

"아니오, 당신은 날 싫어하지 않아요." 내가 말했다.

6

그다음 주에 마리케가 수업에서 나를 불렀다. 그녀는 소피가 아파서 그 날 밤 마농을 못할 것이고 내가 대신 하게 될 것이라고 말했다. 그때는 오후 가 거의 끝나갈 무렵이었다. 소피는 하루 종일 끓는 물 위에 얼굴을 대고 수 건을 머리에 두르고 증기를 들이마시고 있을 것이다. 목소리를 테스트했다. 목소리는 아직도 나오지 않았다. 공연을 놓칠 수도 있지만, 이번 공연 - 지 난밤, 마리케가 아는 사람들을 초대한 공연 -은 절대 놓치면 안 되는 공연 이었다. 마리케는 여전히 이야기하고 있었다. "사실 마농을 없앨까도 생각 했지만, 그 장면은 프랭키가 나오는 유일한 장면이었어. 거기에는 에이전트 가 있었고 프랭키는 매우 속상해했어. 물론 그렇겠지. 안됐지 뭐야. 근데 멋 진 기회잖아. 너한테는 행운이잖아." 그리고 나는 그녀의 말에 동의하고 미 소를 지으며 고맙다는 말을 했다. 그녀가 보내는 위협 신호를 알아채고 내 가 잘해야만 하고 그렇지 않으면 안 된다는 걸 알았다. 하지만 사실 주의를 기울이지는 않았다. 오늘 밤, 오늘 밤, 세 시간 후, 내가 오늘 밤에 무대에 오른다는 한 가지 생각이 내 머릿속을 가득 채웠고, 다른 어떤 것도 들어갈 공간이 없었다. 물속에 조약돌이 떨어진 것처럼 흥분이 내 몸속에 떨어졌고, 그 파장이 밖으로, 밖으로 퍼져나가고 있었다.

그날 저녁 맥스와 약속이 있었지만 못 가겠다고 문자를 보냈다. 그는 전화를 걸었고, 내가 마농 이야기를 하자 그는 오겠다고 말했다.

"정말요?" 내가 물었다. "왜요?"

싫다기보다는 상상할 수 없던 일이었다. 내 마음속에 그 사람과 노래는 함께 꽂혀 있지 않았다. 그 둘은 결코 교차하지 않는 손으로 연주되는 두 곡조였다.

그가 웃었다.

"당신이 매우 놀란 것 같아 모욕적인데." 그는 말했다. "중요한 공연인 것 같네."

"글쎄, 좀 그래요." 그를 실망시키지 않기를 바라면서 나는 말했다. "하지만 한 장면일 뿐이에요."

"갈게. 궁금해. 궁금하지 않겠어?"

궁금하다니. 감정적으로 공허한 차가운 말. 불편한 회상 - 그가 침대에 누워 팔꿈치를 기대고 내가 옷을 벗는 모습을 지켜보고 있다. 나는 그에게 걸어가 무릎을 꿇고 그의 다리 양쪽에 다리를 댄다. 그는 옷을 입은 채 내 얼굴을 쳐다보지 않고, 처음에는 흥분했던 내 몸을 내려다보고 있다. 그런 다음, 그의 눈에서 보이는 이 차가운 무심함, 마치 그가 나를 전혀 쳐다보지 않았던 것처럼, 마치 내 몸이 나중에 기억한 뒤 그리려고 연구하는 이미지인 것처럼. 내 몸을 만지려고 하지 않고, 있던 그대로 누워서 내 몸을 내려다본다. 그를 시키려고 ? 그에게 키스하고 ? 내 엄지로 그의 입술 모양을 따라가며 - 그의 귓불을 내 입에 대고 - 물고 - 그의 목에 키스하고 - 그의 셔츠 단추를 풀고 내 손을 안으로 밀어넣고 - 그의 벨트를 풀고 - 그를 뒤로 밀어내리려고 해본다. 그러나 그는 나보다 강하고, 그대로 버틴다. 이 작은 미소는 오락처럼 여기고 내가 다음에 무엇을 할 것인지 기다리는 것 같아 보였다. 순수한 학문적 관심으로. 그리고 나는 아직 그다지 흥미로운 것을 생각해내지 못했다. 그리고 갑자기 이런 느낌이 들었다. 계속 그런 식으로 유지된다면, 그가 계속 그렇게 나를 쳐다보고 있다면, 나는 그의 얼굴을 때리거나 더 심하게는 울 것 같은 느낌이라고. 그러나 그때 그는 멈췄다. 그는 내 허벅지에 손을 대고 나를 뒤집었다. 내 머리 위로 내 팔을 누르고 다시 키스했고, 지금까지 나는 그 일을 잊어버리고 있었다. 그가 그 말을 하기 전까지는.

"궁금해." 그가 말했다. "그렇지 않겠어?"

"그렇겠죠."

나는 그를 머릿속에서 밀어냈다. 시간이 없었다. 막을 올리기까지 세 시간 남았고 할 일이 매우 많았다. 옷장에 가서 의상을 내게 맞춰야 했다. 안젤라를 만나야 했다. 안젤라와 함께 목을 풀어야 했다. 그녀는 어려운 비트를 점검해주고 격려해줄 것이다. 밥을 일찍 먹어서 나중에 먹을 필요가 없도록 하고, 물을 많이 마셔야 했다. 어두컴컴한 연습실에 앉아 스트레칭하면서 괜찮을 거라고 자신에게 몇 번이고 말해야 했다. 프랭키가 블로킹 blocking[무대 위 동선]에서 변경한 비트를 내게 모두 알려줘야 했다. 그는 내가 모두 숙지했는지, 확신하는지, 다시 반복해야 한다고 생각하는지를 물었다. 그리고 그 모든 시간 동안 내 머리 속에는 항상 마농이 있었다. 마농의 텍스트와 음악뿐만 아니라 그녀의 웃음도 있었다. 그녀가 실제로 행복하지 않을 때 터트리는 웃음, 그를 화나게 만드는 줄 알면서 짓는 미소. 분노가 그녀를 조용하게 만들고, 갈망하게 만드는 방식이다. 이 모든 것은 나와 그녀 사이의 비밀 같았다. 그녀는 내 귓가에 뜨거운 숨을 내쉬며 속삭이고 있었다. 나는 저절로 나오는 미소를 멈출 수 없었다.

이제 공연까지 한 시간밖에 남지 않았고 무대 뒤는 온통 시끄러웠다. 입술 떨기lip trill, 아르페지오, 아리아의 비트, 극심한 공포를 유발하는 그 구절을 반복해서 부르는 소리. 분장실에는 사람들이 넘쳐났다. 사람들은 좁은 공간에서 뿌려지는 진한 헤어스프레이를 피하기 위해, 자신보다 잘한다고 생각하는 소프라노-맡은 역할의 비트를 눈에 띄게 부르고 있는 - 에게서 떨어져 있기 위해 거기서 나오고 있었다. 복도에 있는 것도 어려웠다. 거기에는 부서진 가구와 스탠딩 옷걸이, 이전 공연에서 버린 소품이 흩어져 있었다. 반쯤 옷을 입은 가수들이 배에 손을 댄 채 숨을 쉬기 위해 누워 있었다. 무대 뒤는 화려하지 않았다. 돈을 지불하는 대중이 보는 곳, 무대 정면에 돈을 쓴다. 무대 뒤는 모두 길고 텅 빈 복도, 맨 벽, 콘크리트 바닥, 노출된 배관, 형광등이 있을 뿐이다. 하지만 무대 앞보다 여기 더 나은 것이 있다. 생명력. 그건 나와 눈을 마주치는 다른 모든 사람과 나 사이를 전기처럼 찌릿하게 채워준다. 그건 아무것도 가둬두지 않고, 모든 감정이 전염되게 하는 힘이다. 그들이 느끼는 것을 나도 느낀다. 그 느낌은 벽에도 있고, 콘크리트 바닥에도 있다. 내가 입는 의상에도 있고, 전에 그 옷을 입었던 사람들의 이름이 수놓아진 이름표에도 있다. 이 에너지, 이 강렬함. 그것은 모든 세포에서 따끔거리고 피부를 따갑게 한다. 그것은 내 심장 어딘가 깊은 곳에서 뛰고, 또 뛰고 있다. 그리고 이 느낌이 살아 있음을 갑자기 확신하게 된다. 보통 때는 살아 있는 것 같지 않았다. 진짜로 그렇지는 않았는데, 이 설렘 - 저 벽 너머에 내 노래를 들으러 온 사람들이 있다는 것 - 은 그 무엇과도 견줄 수 없다. 내 노래를 방해하지 않고 들어주는 사람들. 내가 완벽해지려고 할지라도, 그들은 완벽에는 관심이 없다. 그들은 내가 진실을 말하기를 바란다. 의미 있는 것. 그들이 보고 생각하고 느끼는 방식을 잠시라도 변화시키는 것. 난 그들을 위해 할 수 있다. 바깥에 있는 모든 것이 한순간에 켜지고 나 말고는 아무도 통제할 수 없다.

나는 피가로를 하는 여자들과 방을 같이 쓰고 있었다. 그 여자들은 벌거벗은 전구 아래에서 분장하면서 나이를 한 살씩 줄여가고 있었다. "있잖아, 소피는 후두염에 걸렸대." 그들이 말하고 있었다. "소피는 일주일 내내 그 노래를 불렀어. 그리고 오늘 이비인후과에 갔더니 이미 목이 상했다고 의사가 말했대." 기초가 먼저다. 어떤 틈도 남기면 안 된다. 흰색으로 칠하는 벽처럼 비어 있고 중립적 표면이라서 색칠하기 좋게. "프랭키는 사실 속상해하지도 않았어. 프랭키는 소피랑 연기하는 게 악몽이라고 했어. 소피가 키스를 못하게 했다고 프랭키가 너한텐 말했니? 그래서 그 둘은 키스하지 않았어. 프랭키의 엄지손가락을 소피 입술에 대고 대신 빨게 했대." 블러셔, 눈꺼풀의 색, 두꺼운 선, 립스틱의 여러 층. 무대 뒤에 있는 사람들이 하는 화장이다. 가까이서 보면 여자를 패러디한 것인데, 거기에서 보니 자연스러웠다. 우리에게 자연스러운 것이 사람들에게는 아이들의 그림이었다. 머리는 둥근 방울이고, 얼굴은 비어 있고 매끄러우며 눈이 없다. "있잖아, 소피는 거듭난 기독교인이야. 처녀로 다시 태어났어." "처녀로 다시 태어났다고?" "그래, 처녀로 다시 태어났어. 소피는 거듭난 처녀야. 도대체 어떻게 그렇게 된 건지는 나한테 묻지 마." 의상을 입었다. 지퍼와 단추를 채우는 데 서로 도와주었다. 등에 있는 점을 가리는 컨실러를 발라주었다. "에이미 봤어? 에이미는 이번 주에 매일 밤 최고음 도를 망쳤어. 듣자하니, 너무 긴장해서 하루 종일 토했대." 그리고 나도 뒷담화에 들어 있었다. 불쑥 합류한 1학년. 사람들이 나를 한번 들여다보기 위해서, 내가 겁먹었는지 확인하기 위해서 들렀다. 그들도 궁금해했다. 그들은 리허설 동안 연필과 악보를 손에 들고 앉아 있는 나를 보았지만, 리허설하는 것을 듣지 못했다. 나는 마지막에 있었다. 내가 리허설을 했을 때, 그들은 내 노래를 들으려고 무대 옆 공간에 비집고 들어왔을 것이다. 그들은 내가 쓸 만한지 알고 싶었을 것이다.

그리고 7시 25분이 되었다. 초보자는 무대로 나갔고 잡담은 멈췄다. 여자애 한 명이 소파에 앉아 눈을 감고 사과를 먹었다. 다른 한 명은 바닥에 누워 혼자 중얼거렸다. '나는 가수다. 나는 여자다. 나는 강하다. 나는 긴장한다. 나는 침착하다. 나는 자유롭다. 나는.' 프로그램을 훑어보고 그 사이에 나는 캐스트 변경을 알리는 종이를 발견했다. **질병으로 인해 소피 미첼은 더 이상 공연할 수 없습니다.** 나는 눈을 감고, 내 대사를 연습했다. 한 번, 또 한 번, 그리고 또 한 번.

그 다음은 피가로를 하는 시간이었다. 나는 혼자 남았다. 그가 처음으로 전화했기 때문에 나는 맥스에 대해 생각했다. 그는 거기에 이미 앉아 있을까. 그가 내 노래를 곧 듣게 되다니. 그는 처음으로 무엇인가를 이해했다. 내가 구하는 방법으로 진실에 가깝게 드러내고 있음을 알 것이다. 배 속에 있는 문이 열린 것 같은 메스꺼움이 올라왔지만, 나는 자신에게 엄격했다. 흐트러지지 않을 것이다.

이제 순서가 되었다. 우리는 무대 옆 공간으로 호출되었다. 어둠. 공연이 끝나기 전 장면과 관객들의 박수갈채. 내 귓가에 맴도는 프랭키의 숨결은 깊고 무거웠다. 그가 내 손을 만지며 말할 때 그의 손바닥은 축축했다. "무대에서 즐겨봐." 나도 말했다. "너도." 나는 사람들이 마농에 대해 들은 게 무엇인지, 프로그램 책자에 쓰인 내용을 알고 있었다. 마농은 곧 납치될 연인과 더 부유한 사람 사이에서 선택의 기로에 있었다. 터무니없는 이야기처럼 들린다. 그 이야기는 마농이 어떤 여자인지, 그 아무것도 알려주지 않았다. 그녀를 관객들에게 보여주는 것이 내 일이다. 나는 마농이 아니고 마농은 내가 아니라, 그 사이에 있는 어떤 것이다. 두 장의 필름이 겹쳐져서 만드는 새로운 이미지. 마농은 내가 한 번도 되어 본 적이 없는 존재로 만들었다. 나는 그녀에게 나의 것을 줄 것이다. 그렇게 우리는 함께 껍질을 벗겨내고 속을 보여줄 것이다.

그리고 시간이 되었다. 커튼 뒤에 관객이 자리를 움직이는 소리. 고요함. 부 무대 관리자가 나에게 신호를 보낸다. 깊게 숨을 들이쉰다. 커튼이 올라가고 음악이 시작된다. 나는 밖으로 나와 무대 위 조명 속으로 들어선다.

마농이 들어온다. 오른쪽 무대 안쪽으로. 그녀는 서서 방 안을 들여다본다.

여기에는 낭만적인 것이라고는 없다. 좁은 침대, 바깥에서 들리는 자동차 소리, 공기 중의 먼지를 비추는 회색빛. 아니, 낭만적이지는 않지만 한때는 나를 행복하게 했다. 나는 그를 사랑하고, 그를 정말로 사랑하고, 여전히 사랑한다. 하지만 그에 대한 나의 사랑은 다른 사람의 창에서 들리는 노래한 토막 같다. 나는 그걸 인정한다. 그런데 그런 사실이 나를 감상적으로 만든다. 왜 그런지는 모른다. 어쨌든, 여기에서 우리가 사랑의 불씨를 꺼지지 않게 할 수 있다고 생각한 적이 있다. 이 문제 - 결코 충분한 돈이 없다는 것, 상황이 더 나빠지고 있다는 것, 남은 돈을 확인하는 것, 이만큼은 월세, 이만큼은 음식, 그리고 그다음에는 아무것도 남지 않는다는 - 다음으로 긴급하고 분명하게. 사랑은 가장 좋았던 시간에도 공기를 얻기 위해 고군분투한다. 사랑은 인공호흡을 하는데도 심장마비로 수술대에서 사망한다. 사랑은 이렇게 시작한다. 내가 죽기 전 여생 동안 난 절대, 난 항상, 난 절대, 항상 어쩌고 하면서. 그리고 그렇다, 제일 좋았던 시절에도 변기 솔을 놓고 사소한 말다툼을 하는 쪽으로, 누가 할 차례인지, 왜 당신은 결코 할 수 없는지 다투는 쪽으로, 몸은 멀쩡하지만 흥분되지 않는 쪽으로 흘러간다.

마농은 왼쪽 무대 안쪽으로 이동해서 침대에 앉는다. 그녀는 담요 가
장자리에 있는 술을 만지작거린다.

그리고 그가 나에게 해줄 수 있는 게 더 많다고 생각했지만, 우리는 이네 개의 벽일 뿐이다. 우리는 외출하지 않는다. 그럴 여유가 없다. 우리 몸이면 충분했기 때문에 외출 따위는 중요하지 않았지만, 이제 더 이상은 충분하지 않다. 이불을 말릴 데가 없어서 눅눅한 냄새가 날 때는, 침대 바로 옆에 욕실이 있어서 그가 오줌을 싸고 가래를 뱉는 소리가 들릴 때는 충분하지 않다. 그가 더 많이 가졌다고 생각했기 때문에 내가 그를 사랑한 것은 잘못일 수도 있다. 하지만 대체로 그게 사랑 아닌가? 우리가 사람들을 사랑하는 이유가 항상 그런 거 아닌가, 상대방이 제공할 수 있다고 생각하는 것 때문에? 상관없다. 그 사람은 아무것도 주지 않았으니까. 그는 오후 4시에 침대에 앉아 내가 옷을 입는 것을 지켜보았다. 그는 지루하다. 거기에는 그의 관심을 끄는 것이 없다. 그는 슈퍼마켓에 갔다가 돌아온다. 코트를 의자 등받이에 던지고, 열쇠, 지갑, 전화 등 잡동사니를 내가 방금 청소한 테이블 위에 두고, 내가 싫어하는 것을 알면서도 큰 불을 켠다. 방의 틈새, 그 추함, 쌓이는 먼지가 보기 싫은데도.

마농은 무대 안쪽 중앙으로 이동하고, 앞에 거울이 있다는 듯이 그 안
을 들여다본다.

그리고 인생이 풍요롭게 되기를 원한다고 해서 나쁘다고 생각하지 않는다. 미안하게 생각하지도 않을 것이다. 삶을 편하게 하는 것, 젊을 때 아름다움을 추구하는 것, 내가 가진 재능을 다른 사람들이 감탄하기를 바라는 것, 다른 사람들에게 보게 하는 것이 어때서. 언젠가는 내가 가진 것들은 사라지고, 내 남은 인생은 쓸쓸하게 살게 될 텐데 말이다.

마농은 무대 중앙에 있는 작은 탁자로 이동한다.

하지만 나는 사랑했기 때문에 이제 작별 인사를 하겠다. 우리의 작은 탁자에게. 우리에게는 충분히 컸던, 우리가 서로 가깝게 앉은 탁자에. 거기에서 우리는 결코 실행되지 않을 줄은 이미 아는 그런 계획을 세웠다. 단지, **그래. 나도. 나도 하고 싶어** 라고 그가 말하는 것을 듣기 위해서. 안녕, 작은 탁자. 우리는 유리컵이 한 개만 있었다. 술을 마시고 나서, 나는 그의 입술의 흔적을 찾고 그는 내 입술의 흔적을 찾곤 했다. 한때 나는 여기에서 행복했다.

슈발리에가 오른쪽 무대 안쪽으로 들어올 때 마농은 울고 있었다. 그녀는 얼굴을 고치러 거울로 달려갔고, 그는 그녀 뒤를 따라왔다. 그는 그녀에게 팔을 두르고, 그녀의 어깨에 얼굴을 기댔다.

그는 내가 왜 울고 있는지 묻고, 내가 아니라고 말하면 더 묻지 않는다. 나는 불공평하게도 그가 모자라다고 생각한다. 바보같이 내 말을 믿다니. 하지만 나는 그를 더 사랑하고, 덜 사랑하는 것이 아니라 더 많은 애정을 갖고 있다. 내가 그의 주의를 딴 데로 돌리려는 것인지, 아니면 이번이 마지막인 것처럼 원하는 것인지 확실치 않다. 그가 말하는 동안 그의 손을 잡고 미소를 짓는다. 그리고 내가 아주 딱 맞게 그 행동을 잘해서 나도 그렇게 믿기 시작한다. 그래서 그가 키스하면 처음 그때로 바로 돌아간다. 나를 미치게 하는 마약처럼 비합리적이고 본능적으로 이 사람을 위해 모든 것을 포기했다. 그를 가질 수 없다면 나는 죽을 것이라고 생각했던 그때로. 그래서 문을 두드리는 노크 소리는 놀라게 했지만, 딱히 그렇지도 않았다. 그리고 내가 그를 붙잡고 아니요, 대답하지 마세요, 가지 마세요! 라고 말할 때, 내가 진심인지 확신할 수 없었다.

커튼은 내려졌다. 고요함. 큰 그림자가 떨어진 것처럼 빛의 절반이 차단되었다. 그런 다음, 박수 소리.

프랭키는 내 손을 꼭 쥐고 속삭였다. "굉장했어." 그리고 인사를 위해 커튼이 올라갔다. 관객들은 이제 침묵이 아니라 큰 소리를 내고 있었다. 그렇게 똑바로 관객들은 바라보고 있으니 얼마나 많은 사람들이 있는지를 알 수 있었다. 전에는 생각하지 못했던 달콤한 안도감. 나는 인사를 하기 위해 앞으로 나갔고, 그다음에는 프랭키가, 그러고는 다 함께 나가 인사했다. 프랭키는 나를 앞으로 밀었다. 나는 그를 끌었지만 그는 나오지 않았다. 우리는 무대 옆 공간으로 뛰어 들어갔지만, 박수는 멈추지 않았다. 무대 부 관리자가 우리를 다시 내보냈다. 그렇게 공연이 좋았나? 감히 생각했다. 그러고 나서, 박수 소리가 썰물이 아니라 계속 밀려오는 밀물처럼 계속되자, 점점 확신이 생겼다. 그래, 좋았어. 정말 좋았어. 무대를 벗어나도 여전히 관객들의 박수 소리가 들렸다. 다른 가수들도 거기에 모여서 박수를 치고 있었다. 혼란스러워져 물었다. "그러면 오페라단의 인사가 있나요?" 소음 너머로 사람들이 무슨 말을 하고 있는지 이해하지 못했다. "다시 무대로 나가요, 아직도 박수 치고 있잖아요." 프랭키를 끌고 가려고 했지만 그는 고개를 저으며 나를 밀었다. 나는 혼자 나갔다. 갑자기 무슨 일이 일어나고 있는지 깨달았다. 관객들은 모두 나에게 박수를 치고 있다는 사실을. 그리고 내가 무적이라는 것을.

이후 마리케는 감독과 함께 무대 뒤에서 약간의 연설을 했다. "참여해 주고 그렇게 놀라운 공연을 해준 애나에게 특별한 축하의 인사를 전합니다." 그녀는 말했고, 모든 사람들이 발을 굴렀다. 그들은 마실 음료 몇 병을 가져왔고, 탄산음료가 담긴 종이컵이 돌려졌다. 의상을 벗었다. 문은 열려 있다. 사람들은 반쯤 옷을 입고 드나들며 서로 껴안고 잘했다고 말했다. 또는 어디를 망쳤는지 지적하면서 마리케가 눈치챘다고 생각하는지 묻고 있었다. 나는 거울을 보았다. 내 눈은 다른 사람의 얼굴에 갇혀 있는 것 같았다. 다른 사람의 두꺼운 눈꺼풀과 뻣뻣한 속눈썹 아래에서 깜박이면서. 호흡이 느려지고 아드레날린이 떨어진 채, 아주 잠깐 나는 그 무엇보다 잠을 자고 싶었다. 하지만 나는 음료를 다 마시고, 한 잔을 더 마셨다. 프랭키가 나를 찾아왔다. "근데 슈퍼스타는 어떠신가?" 그는 다른 사람들에게 우리가 친구라는 것을 보여주려는 듯이 말했다. 그래서 우리는 가장 그럴듯한 장면을 연출했다. 그리고 내가 원하는 유일한 삶이라고 인정하면서 그 어느 때보다도 더 행복해졌다. 내 몸의 모든 신경이 살아 있는 이런, 이런 종류의 삶. 이렇게 다를 줄이야, 이런 삶이 어떤 것이었는지를 전혀 알지 못했다니. 그러고 나서 그런 삶이 펼쳐지고 있고 그 삶의 주인이 바로 나라고 말할 수 있었다.

7

극장 바에 가는 길에 나는 그가 지나치게 눈에 띄지 않을까 걱정했다. 모든 사람들이 그가 누구인지 - 값비싼 정장을 입고 예술에 관심 있는 척하려고 애쓰는 사람 - 궁금해하는 모습을 상상했다. 걱정할 필요가 없었다. 남자들은 대부분 정장 차림이었고, 나는 그를 볼 수조차 없었다. 로리가 오스카와 함께 바에 있었지만, 내가 그들에게 가려고 했을 때 누군가가 나를 붙

잡았다. "당신이 마농이었죠, 그렇죠? 나는 단지 말을 걸고 싶었을 뿐이에
요." 그러고 나서 나는 춤을 추는 사람 같았다. 한 사람이 이동하면, 다른 사
람이 그 자리를 채웠다. 진주목걸이에 실크 셔츠를 입는 이 사람들은 평소
내 말에 귀 기울이는 그런 사람들이 아니었다. 나는 그들의 찬사에 달아올
랐고, 그들의 목소리에 더 잘 맞춰주기 위해 변하는 내 목소리를 들었다. 마
리케도 사람들을 즐겁게 해주거나 공연하듯이 VIP들을 가로막는 짓을 그만
두고서 나를 찾았다. 그녀의 눈부신 차림에서 멀어져 있던 그 VIP들은 음악
원에 거액의 돈을 내겠다고 약속했다. 마리케가 그들의 뺨에 남긴 립스틱
자국을 지우려고 애쓰고 있었다. 마리케는 나에게 말했다. "애나, 다시 한
번 축하해. 다음 주에 얘기 좀 하자." 안젤라는 문밖으로 나가는 길에 나를
붙잡고 자랑스럽다고 말했다.

　나는 누군가 어깨에 손을 얹는 것을 느꼈고, 그가 거기에 있었다. 나는
그에게 은밀한 비밀을 말한 사람처럼 부끄러웠고 그가 어떻게 반응할지 몰
랐다.

　"밖에서 당신을 기다리고 있었어." 그가 말했다. "당신에게 전화했었어.
당신이 떠났다고 생각했어."

　"미안해요. 내가 여기로 올 줄 당신이 안다고 생각했어요."

　"내가 그걸 어떻게 알겠어?"

　"오늘 밤은 즐거웠어요?"

　"응."

　"잘 됐어요. 다행이에요."

　그런 다음 그는 말했다. "아니, 정말로. 즐거웠어. 당신은 대단했어."

　"고마워요."

　"진심이야. 정말 대단했어. 기분 좋은 놀라움이었어."

"칭찬으로 받아들일게요."

"그건 칭찬 맞아. 난 정확히 무엇을 기대해야 할지 몰랐어. 내 말은, 일반적으로 말이야. 여기 오는 길에 갑자기 당신이 매우 못하면 뭐라고 말해야 할지 모르겠다는 걱정이 들었어. 그래서 당신이 정말 잘했다는 건, 맞아, 즐거운 놀라움이었어."

"그렇게 말해줘서 고마워요."

그가 웃었다.

"삐치지 마." 그가 말했다. "당신도 자신이 잘했다는 것을 알고 있잖아. 근데 많은 오페라가 좀 우습지 않아? 당신이 했던 장면은 좋았는데, 그 꽃으로 된 모자를 쓴 사람은 뭐 하자는 거지?"

그때 로리와 오스카가 우리를 발견했고, 로리가 나를 안았다.

"자기야." 그녀가 말했다. "여기 있었네. 저녁 내내 찾았어. 여기는 얼간이들이 가득하네."

맥스는 약간 놀란 표정을 지었다.

"맥스." 내가 말했다. "로리 기억해요? 전에 만났잖아요. 그리고 여기는 오스카."

오스카는 지나치게 커져 버린 까마귀처럼 온통 검은 옷을 입고 있었다.

"사람들이 나에게 음료를 무료로 줬어." 오스카가 말했다. "전략이야. 온통 검은 옷을 입고 있으면 다들 밴드의 일원이라고 생각해."

오스카와 로리는 분명히 꽤 많은 무료 음료를 마셨다. 로리는 몸을 던지듯이 나를 다시 끌어안으며 극도로 취한 사람들에게서만 볼 수 있는 진심 어린 강렬함으로 천천히 그리고 현학적으로 말했다. "애나, 너는 정말 굉장했어. 진심이야, 진짜 진심이야. 너는. 정말. 굉장했어."

사람들은 흩어지기 시작했고, 프랭키가 와서 가수들이 도로 아래쪽으로 이동하고 있다고 말했다.

"갈까요?" 나는 맥스에게 물었다.

그는 얼굴을 찌푸리며 피곤하다고 말했지만, 나는 집에 가고 싶지 않았다. 공연은 마약이었다. 자고 나면 사라진다. 그리고 속았다는 느낌이 든다. 그는 좋은 사람이었지만 내가 원하는 방식은 아니었다. 웅성거리는 소리가 줄어들었다. 나는 또 다른 마약이 필요했다.

"제발 오세요." 내가 말했다. "잠깐이면 돼요. 나는 갈 거예요."

"좋아." 그가 말했다. "잠깐 동안만."

나가는 길에 관객 몇 명이 로리에게 미소를 지으며 축하했다.

"오 감사합니다." 그녀는 그 인사를 덥석 받으면서 눈부신 미소를 지으며 말했다.

우리는 타운하우스에 있는 회원 클럽에 갔다. 프랭키가 우리를 들여보내 주었다. 다른 고객들은 50대 남자들이었으며, 모두 돌아서서 쳐다보았다. 그러나 소유주라고 생각되는 사람 - 그 사람이 여러 사람과 어깨동무를 하고 찍은 사진이 벽에 걸려 있었다 -이 다가와서 프랭키와 악수했다. 그는 상표에 클럽 로고가 찍힌 와인 두 병을 가져왔다. 그 와인은 정확히 와인 맛이 나지는 않았지만, 괜찮았다.

로리와 오스카는 어두운 구석 부스로 사라졌고, 그녀의 토라지는 몸짓으로 보아 다투는 것처럼 보였다. 맥스는 내가 이름도 모르는 여자와 이야기를 했다. 그 여자는 계속 자신의 머리카락을 만지작거리면서 그의 팔을 만지고 있었다. 그는 가만히 서서 웃고 있었다. 그는 항상 그렇게 할 수 있었다. 자신은 가만히 있고 사람들이 그에게로 오게 했다. 나는 질투하지 않았다. 아무도 같이 시시덕거리고 싶지 않은 사람, 파티에서 구석에 숨어 있고 아무도 원하지 않는 사람과 함께 있으면 우울하다. 나는 다른 사람들도 그를 원한다는 사실이 좋았다.

나는 프랭키와 그와 같은 학년인 여자들 몇 명과 함께 서 있었다. 그 전날 복도에서 만났다면 그들은 나를 무시했을 테지만, 지금은 나를 그들 중 한 명처럼 대했다. 쇼는 위치를 정해준다. 하룻밤뿐일지라도 나는 내 위치를 찾고, 갑자기 그들의 언어로 말한다. 평소라면 누군가 나에게 이렇게 말할 수도 있다. "아니, 그러지 마, 이렇게 해. 아니면, 너는 그런 사람이야, 그렇지?" 그러면 나는 그들의 생각에 맞게 나를 완전히 바꾸려고 노력할 것이다. 틀림없이 그들이 옳으니까. 그러나 지금 내 모습, 이런 공연 후 버전은 명확하게 정의되고 변하지 않을 것처럼 보였다.

맥스와 그 여자가 다가왔다. 그 여자는 떠난다고 말했다.

"벌써?" 프랭키가 물었다.

"토요일에 오디션이 있어. 술 마시면 안 돼."

"나이젤 오디션? 나도 있어. 그래도 나를 막지 못해."

"글쎄, 그건 내가 알 바 아니지." 그녀가 말했다.

그녀는 모두를 포옹했고 우리는 다시 한 번 서로 축하했다. 그녀가 떠나고 나서, 우리는 대역에 대해 이야기하기 시작했다. 나는 전에 한 번도 공연해 본 적이 없다고 말했다. 그 여자들 중 한 명이 자신이 출연한 쇼에 대해 말했다. 거기에서는 거의 모든 사람이 어떤 조합으로든 섹스를 했고 서로에게 후두염을 옮겼다. 공연 첫날밤에는 오직 대역들만이 모든 주요 역할을 할 수 있다.

"감독은 그 공연을 볼 자신이 없었어." 그녀는 말했다. "그는 귀마개를 꽂은 채 위스키 한 병을 들고 무대 뒤편에 앉아 있었어."

모두가 시끄럽게 떠들고, 서로 자기 이야기를 하겠다고 다른 사람들 이야기를 방해했고, 나도 마찬가지였다. 다른 누군가가 나에게 말했다. "애나, 그게 대역 공연이었다는 것이 믿기지 않아." 그리고 우리는 모두 서로를 칭찬하기 시작했다. 우리 모두 진심이었다. 공연 뒤풀이는 모든 사람을 사랑하게 만들고, 그들도 나를 사랑하게 만든다. 그러나 맥스는 매우 조용했고, 사람들에게 정중하게 질문하고 다시 침묵했다. 그런 모습이 나를 짜증 나게 하기 시작했다. 나는 그를 자랑하고 싶었다. 내가 알고 있는 매력적인 그의 모습을. "맥스, 오페라에 데려가곤 했던 그 고객에 대해 사람들에게 얘기해 줘요. 이건 재미있는 얘기예요." 하지만 그는 어깨를 으쓱하고 웃기만 했고, 곧 다른 누군가가 끼어들었다.

잠시 후 그는 화장실에 갔다가 돌아와서, 나 대신 로리, 오스카와 함께 앉았다. 나는 따라갔다.

"그게 대부분의 남자들이 이해하지 못하는 것이라고 생각해." 로리가 말하고 있었다. "여자들은 섹스를 하면서도 말 그대로 아무것도 느끼지 않을 수 있어. 자궁경부암 검사를 받는 것 같은 불편함 정도만 느낄 수도 있다는 거야."

"이 대화에 끼어들 때가 아닌가?" 나는 말했다.

맥스는 웃고 있었지만, 그의 미소가 무엇을 의미하는지 알 수 없었다. 오스카는 깨끗이 닦인 칠판처럼 무표정해서 무슨 생각을 하는지 가늠할 수 없었다. 그는 매우 창백하고 말랐다. 그는 표정을 지을 에너지가 없어 보였다.

"이 두 사람에게 내가 한 번 같이 잤던 남자에 대해 얘기하고 있었어." 로리는 말했다. "그 남자는 탐폰을 넣으면 자극적이지 않느냐고 물었어. 나는 웃음을 참을 수 없었어. 그가 전국의 여자들이 욕정에 휩싸인 채 화장실 칸에서 자신의 성기에 면봉을 집어넣는 모습을 상상한다고 생각하니까."

"한번은 팬티가 아니라 몸에 생리대를 붙인다고 생각하는 남자와 데이트를 한 적이 있어." 나는 말했다. "내가 직접 보여주고 그걸 교정해줬지."

그 말을 들은 로리는 와인을 마시다가 목이 메었고, 그런 다음 대학에서 했던 멋진 드레스 파티에 대해 이야기하기 시작했다.

"멋진 드레스." 그녀가 말했다. "그게 뭐였냐면 우리가 창녀처럼 입었다는 거야. 오해하지 마. 나는 매춘부라는 단어를 성 노동자를 혐오하는 방식으로 사용하고 있지 않아. 사람들이 우리를 그렇게 불렀을 것이기 때문에 그 단어를 쓴 거야. 그 파티 테마는 CEO와 돈을 보고 그들과 자는 여자들, 운동선수와 치어리더, 조종사와 헤픈 여자 승무원 같은 거야. 알아듣겠어? '남자들은 맘대로 입어, 그리고 여자들은 창녀처럼 입어'라고 하는 하나도 미묘하지 않은 드레스 코드야."

나는 맥스를 살짝 쳐다보았지만, 그는 나를 보고 있지 않았다. 나는 멍한 두려움을 느끼기 시작했다. 나는 탁자 밑에 있는 그의 손에 내 손을 얹고, 그의 손가락을 톡톡 두드렸다. 그는 그런 내 손을 쥐었고, 쥔 채로 있었다.

"그때는 그게 정상이 아니라는 것조차 몰랐어." 로리가 말했다. "그게 남자들이 여자들을 어떻게 해보는? 방법이야. 그렇잖아? 어려서 무엇이 정상인지 모를 때. 다른 여자애들이 웃고 있는지 확인하고 나도 미소를 짓곤 했어. 내 그룹에 있는 남자들과 여자들은 사실 친구도 아니었어, 친구 간에는 그런 류의 일을 시키지 않아. 라이벌이 더 맞겠다. 우리 사이에는 항상 어떤 어리석은 경쟁이 있었어. 누가 가장 인기 있고 가장 재미있었는지 가리는 그런 거. 그런데 우리 모두가 그런 재미있는 사람이라고 인정하는 여자애가 표면상으로 이겼을 때도 사실은 항상 졌어. 남자애들은 우리를 거침없이 창녀라고 불렀어. 누군가가 그 여자애를 창녀라고 부르면 대화는 끝이야, 그렇잖아? 그걸 반박할 수가 없어. 이걸 뭐라고 해야 하지? 상대방의 관심을 끌려고 연기하는 거? 아니면 그 비슷한 거야. 사랑해나 미워 같은 말. 입 밖에 내면 사실이 되는 말처럼. 그 말이 나쁜 말인지, 나쁜 이유가 뭔지를 사람들은 생각해 보지도 않았어. 여자를 창녀라고 부르는 데 기꺼이 공모한 남자들이 이제 여자를 멸시하는 것처럼 보이는 이유에 대해 사람들은 한 번도 의문을 품은 적이 없어."

"나는 네가 불공평하다고 생각해." 오스카가 말했다.

"오, 그래?" 로리가 말했다. "오스카는 내가 불공평하다고 생각한대." 그녀가 나에게 말했다.

"나는 여자를 창녀라고 부른 적이 없어." 오스카가 말했다. "여자를 여자애라고 불러본 적도 없어."

"너는 남자들이 그렇게 쳐다보면 좋지 않아?" 로리가 나에게 말했다. "그런 어떤 사람? 나? 확실히 나를 말하는 건 아니지? 오스카는 남자이기 때문에 내가 일반적인 남자를 얘기하는 것이 아니라 그에 대해서 말하고 있다고 생각해. 오스카는 개인적인 문제로 받아들이지 않고서는 어떤 것에 대해서도 철학적으로 토론하는 것이 불가능해. 한 병 더 가져올게."

그녀는 바에 갔다.

"로리한테 무슨 문제 있었어?" 나는 오스카에게 물었다.

"로리는 별 시답지 않은 일로 헤매고 있어." 그가 말했다. "나를 소유하지 않았다는 걸 이해하는 데 어려움을 겪고 있어. 나는 로리에게 그건 학습된 행동이라고 가르치려고 애쓰는 중이야. 사회적 조건화이지 자연스러운 게 아니라고. 우리는 그 지점까지 거의 다다랐어. 그런 일을 소화하는 데는 시간이 오래 걸려. 고정관념이 너무 깊어."

맥스는 휴대전화를 꺼내 이메일을 보고 있었다. 나는 그의 팔을 꽉 쥐었다.

"늦었어". 그가 말했다. "갑시다."

나는 확 짜증이 났다. 그는 재미있는 척할 생각도 없어 보였다. "로리에게 얘기해야 해요." 내가 말했다.

로리는 와인을 다시 테이블로 가져왔고 우리는 화장실에 갔다. 거기에는 칸이 한 개밖에 없었다. 우리는 번갈아 가며 소변을 본 다음 내 립스틱을 발랐다.

"글쎄, 그 사람은 더 이상 흥미가 없지, 그렇지?" 그녀가 말했다.

"괜찮아?"

"오스카가 약간 나쁜 놈이라는 점만 빼고 다 괜찮아. 오늘 아까 우리가 평소 해오던 미팅을 했어, 너도 알잖아."

그들은 자신들이 함께 잤던 다른 사람들에 대해서, 그리고 어떻게 느꼈는지에 대해 서로 이야기하는 정기적인 미팅을 가졌다. 이 모든 것이 나에게는 시간 소모적인 일처럼 보였지만 둘 다 제대로 된 직업이 없는 사람들이었다.

"어쨌든 오스카는 마야와 섹스를 했다고 말했어. 너도 알지? 내 친구 마야. 나를 열 받게 하는 일은 오스카가 우리의 규칙 위배라는 사실조차 인정하지 않는다는 거야. 그가 그냥 인정하기만 했더라면..."

누군가 문을 세게 두드리기 시작했다.

"꺼져." 로리가 소리쳤다. "그래, 규칙을 개판으로 만들었다고. 오스카가 그걸 인정하기만 했더라면 용서했을 거야. 근데, 인정 안 해. 그대로야."

그녀는 말끝을 흐리고, 입술을 꾹 다문 채 거울에 비친 자신의 얼굴을 살폈다.

"가자." 그녀가 말했다.

바의 음악 소리가 커져 있었다. 가수들은 술에 취해 있었다. 나비부인과라 트라비아타의 노랫가락이 옹알이처럼 떠돌아다니고 있었다. 공연 후 가수들은 규칙을 무시하고, 평소 몸을 돌보는 집착을 멈추고, 진탕 마시는 일을 용인했다. 술에 아드레날린까지 더해져 취하지 않을 수가 없었다. 나는 끔찍할 정도로 정신이 말짱해서 여전히 공연하고 있으면서 까다로운 모퉁이를 돌기 위해 조심하고 있는 느낌이었다.

오스카는 맥스에게 로리의 사진을 보여주고 있었다. 로리는 종종 그를 위해 포즈를 취했다. 그 사진 중 한 장에서 로리는 주걱을 들고 벽돌 벽에 기대어 있었고 다리에는 피가 흐르고 있었다.

"나는 이 사진을 인류애에 반한 범죄라고 불러요." 오스카가 말했다.

또 다른 사진에는 로리가 컵에 담긴 달걀 위로 알몸을 구부리고 있었다.

"대량 사육." 오스카는 말했다.

맥스는 사진을 자세히 살펴보고 있었지만 아무 말도 하지 않았다. 나는 오스카에게 그런 사진이 어떤 예술인지 물었다. 그는 그 사진들이 자신의 스타일에서 벗어난 것이라고 말했다. 그는 자전 예술가였다고 설명했다. 그는 자신의 머리카락과 피부를 찍었다. 그는 자신의 대변을 사진에 담았다. 그는 주로 자신에게 관심이 있다고 말했다. 그게 자전 예술가라고. 그는 당연히 모든 예술가들도 마찬가지라고 말했다. 그의 예술에서 그토록 혁명적인 것은 작품의 투명성이라고 그는 말했다. 오스카는 사진이 즉각적이고 정확한 재현을 할 수 있고, 캔버스로 시시한 장난질을 할 필요가 없다는 점에 매료되었다고 했다. 캔버스로 하는 예술은 죽었다고, 죽어서 묻혔다고 그는 말했다. 그래서 그는 사진가가 되려고 한다고.

"뭐, 어른이 되면?" 맥스가 말했다.

"아니요, 박사 과정을 마쳤을 때요." 오스카는 어조에 신경 쓰지 않고 부드럽게 말했다. 그는 자신의 박사 학위를 설명하기 시작했다. 그의 논문은 문학 작품 속 잘못된 각주에 관한 것이었다.

"알다시피." 그는 말했다. "작가가 가짜 책을 참조하기 위해 각주를 사용하거나, 아니면 같은 글에 있는 각주가 다른 각주를 참조하게 해서 원래 각주를 다시 보는 경우요."

맥스는 논문의 정확한 목적을 그에게 물었다. 하지만 그는 그 질문을 이해하지 못하는 척했다. 오스카는 화장실에 갔다가 돌아오지 않았다.

"책을 쓰고 있다고 애나가 말하던데요?" 맥스가 로리에게 말했다.

"오, 애나가 그랬어요?"

"그랬어요. 무엇에 관한 책인가요?"

"맥스가 매우 흥미로워할 거라고 생각하지 않아요." 로리가 말했다. "인터넷 시대에 남녀 관계에 대한 페미니즘적 해체에 관한 거예요."

"흥미로운데요. 거기서 페미니스트는 무슨 의미인가요?"

"무슨 뜻이에요?" 로리는 그의 얼굴을 찢고 싶다는 듯이 바라보며 말했다.

"나는 그 용어가 아주 막연하다는 뜻입니다, 그렇지 않나요? 요즘 페미니즘은 기본적으로 모든 걸 의미해요. 인스타그램에서 라비올리 위에서 알몸으로 굴러다니는 모델처럼 여성이 하는 모든 것을. 그 사진은 페미니스트적 선언을 의도했지만 확실히 그 반대였어요. 브랜드 이름에 더 가깝다고 생각해요. 마케팅 팀이 더 잘 팔릴 수 있게 여자들이 한 일에 붙인 슬로건이랄까."

"팔릴 수 있게?" 로리가 침을 튀겼다.

"네, 요즘 꽤 유행하는 트렌드죠, 그렇지 않아요?"

"글쎄, 남자들은 여전히 여자들보다 출판하기가 더 쉽죠." 로리는 말했다. "그래서, 아니에요."

"오, 남자들이 더 쉬워요?"

"네, 그래요." 로리가 말했다.

나는 그게 사실이라고 생각하지 않았다. 하지만, 그녀를 바로잡으려고 하지는 않았다. 나는 주제를 바꾸려고 애썼다.

"있잖아, 맥스는 네 부모님이 사는 곳에서 아주 가까운 곳 출신이야." 나는 말했다. "그는..."

"남자 작가들에 관한 일 말이에요." 로리는 계속했다. "남자들은 그저 오래된 쓰레기를 아무거나 쓰고 나서 소리치고, 또 소리치고, 누군가가 그들의 말을 듣고 출판될 때까지 소리치죠. 그들은 단지 자위하는 것처럼 책을 후딱 만들어내고, 사람들이 그 위에 누워 있기를 바라죠. 그리고 사람들 위에서 군림하며 돈을 펑펑 쓰고 싶겠죠."

"어, 글쎄. 나도 그게..." 그는 잠시 멈췄다가 말했다. "사기를 꺾을 수 있다고 봐요."

그녀가 저속한 말을 할 때마다 나는 혐오감으로 일그러지는 그의 표정을 보았고, 로리도 봤다는 것을 알았다. 그래서 그녀는 계속했다. 나중에 이렇게 말할 수 있도록. "오, 그래서 그 남자는 여자가 욕하면 좋아하지 않는 그런 류의 남자야. 물론, 그렇지." 나는 맥스가 내 친구를 좋아하길 정말로 바랐다. 그는 로리에게 감명을 받고 로리도 그를 좋아하기를. 마치 로리가 궁극적으로 자신의 문젯거리가 아닌 재미있는 장난꾸러기 아이인 것처럼 로리를 비웃지 않기를 바랐다. 로리도 그런 식으로 행동하지 않았으면 좋았을 텐데.

"그럼 맥스는 은행원인가요?" 로리는 불쾌한 미소를 지으며 시작했다. "불황에 책임이 있는 사람인가요?"

"아니요. 그 사람들은 주식중개인이요." 맥스가 말을 시작했는데, 한 무리의 가수가 와서 자리를 가득 채웠다. 우리는 모두 함께 짓눌려졌다.

"애나." 그가 말했다. "이제, 갑시다."

"사람들에게 인사할 시간을 잠깐만 주세요."

나는 돌아섰다. 옆에 있는 사람과 말도 하려고 하지 않은 그를 곁눈질하면서 생각했다. "좋아."

모두가 얼마나 잘했는지에 대한 하나 마나한 말들이 다시 시작되었지만, 지금은 모두 중구난방으로 시끄럽게 떠들고 있었다. 한 남자애가 이야기를 계속 시작해서 모두가 듣느라 말을 멈춰야 했다. 그때 그는 자신의 이야기에 매우 압도되어 발작적으로 웃으면서 이야기를 더 이상 계속할 수 없었다. 분명히 그 남자애를 원했던 여자애가 그의 웃음에 맞추려고 노력했다. 다른 몇 명은 뮤지컬 노래를 부르기 시작했다. 내 분장실에 있었던 여자애들 중 한 명이 가득 찬 와인 한 잔을 내 무릎에 쏟았다. 그녀는 테이블에 기대어 내 어깨를 잡고 말했다. "어머, 정말 미안해요. 애나는 정말 굉장했어요. 사랑해요." 그녀를 가까이서 보니 파운데이션이 피부 주름에 스며들었고 립스틱은 입술 라인을 따라가지 않았다. 그녀가 표정을 바꾸자 가면 아래에 거의 감지할 수 없는 진짜 얼굴을 볼 수 있었을 뿐이었다. 마치 피부 아래에서 뼈가 미끄러지는 것처럼.

맥스는 사람들 사이를 비집고 나와 코트를 입었다. 그는 나에게 몸을 기울였다.

"나는 이제 갈게." 그가 말했다. "같이 갈래?"

나는 갑자기 매우 피곤해졌다.

"로리는 어딨어요?" 나는 말했다.

"몰라. 못 봤는데."

나는 화장실에서 토하고 있는 로리를 발견했다.

"오스카는 갔어." 그녀가 말했다. "갔어. 다른 여자랑. 이 얼뜨기 가수 중한 명이랑. 멍청한 새끼."

나는 그게 그 둘이 정한 규칙의 핵심이라고 생각했지만, 로리에게 말하지는 않았다. 나는 로리를 일으켜 세웠고, 그녀는 나에게 기댔다. 로리는 몸이 늘어졌고 무거웠다.

"로리를 집으로 데려가야 해요." 나는 로리를 바로 다시 데려온 후 맥스에게 말했다.

그는 로리를 보았고 그다음에는 나를 쳐다보았다.

"내가 같이 갈게." 그가 말했다. "둘 다 안전하게 집에 가는지 봐야겠어."

"당신은 올 수 없어요. 규칙상 허용되지 않아요."

"로리가 걸을 수 있을 것 같진 않은데." 그는 말했다. "혼자 데려갈 수 있어?"

그래서 우리는 나왔다. 나오는 길에 나는 다시 바를 돌아보았다. 여자애들 중 한 명이 프랭키의 무릎에 앉아 병째로 보드카를 먹이고 있었다. 그는 GPS가 있는 드론처럼 집중하고 결의에 찬 표정으로 그 여자애에게 눈길을 고정했다. 누군가는 유리잔을 부수고 피 흘리는 손으로 유리 조각을 주우려고 했다. 누군가는 울고 있었다.

거리에서 맥스는 검은색 택시를 불렀다. 나는 운전기사에게 주소를 알려주었다. 로리는 내 어깨에 머리를 기댄 채 거의 곧바로 잠들었다.

맥스가 말했다. "그게 당신이 보여주고 싶었던 거야?"

"그렇지는 않아요." 나는 말했다.

나는 로리의 옷을 벗기지 않은 채 침대에 눕히고 물 한 잔을 마시게 했다. 내 방으로 돌아왔을 때 맥스는 창가에 서 있었다. 그곳은 공간이 훨씬 좁아 보였다. 나는 갑자기 매우 춥게 느껴졌다. 나는 내가 떨고 있음을 알았다. 나는 그에게 다가가 뺨을 그의 등에 대고 팔로 그의 허리를 감쌌다. 나는 그의 위로를 원했다. 그가 나를 향해 돌아섰을 때 그에게 키스했다. 그는 나를 잠시 놔두었다가 물러났다.

"여기 있어도 될까?" 그가 말했다. "허용되지 않는다는 건 알지만, 세 시간 안에 일어나야 해. 다시 밖으로 나갈 엄두가 안 나."

"계세요."

"잡시다."

"아직 아니에요."

나는 그의 머리 뒤쪽에 내 손을 깍지 끼고 그의 머리를 당기려고 했다. 그는 내 손목을 잡았다.

"당신은 취했어." 그가 말했다.

"안 취했어요."

그는 나를 놓아주고 침대에 앉았다.

"나는 자야 해." 그가 말했다.

그는 눈을 감고 이마에 손에 얹었다.

"어서, 애나. 난 내일 장거리 운전을 해야 해. 이대로라면 운전이 위험할 거야."

"운전? 어디 가세요?"

"집. 내 가족한테."

"나한테 말할 생각이었어요?"

"어떤 부분을 말이야? 내가 집에 간다고? 크리스마스야. 당신도 집에 갈 거잖아."

나는 아무 말도 하지 않았고, 정확히 어떤 부분이 나를 짜증 나게 했는지 몰랐다.

"뭐야." 그는 각을 세운 목소리로 말했다. "내가 당신에게 묻지 않아서 화났어? 우리 부모님을 만나고 싶어? 그거야?"

그는 내 말을 완전히 정신 나간 제안처럼 말했고, 나는 갑자기 분개했다.

"글쎄, 왜 안 돼요?" 나는 확실하게 내가 말을 의도하지 않았지만 알면서 말했다.

"새벽 3시야, 애나." 그가 말했다. "나는 오늘 5시에 일어났어. 그냥 자면 안 될까?"

"도대체 뭐가 문제예요?"

"문제라고? 아무 문제없어."

그의 무덤덤함이 내 분노를 키웠다.

"당신은 저녁 내내 이상했어요." 내가 말했다. "내 저녁을 망치려고 했어요. 프랭키 때문이에요? 그래요?"

"프랭키가 누군데?"

"나랑 공연한 그 남자요."

"프랭키는 여자 이름 아닌가?"

"내가 프랭키와 키스했기 때문인가요? 그래요?"

그는 셔츠 단추를 풀기 시작했다.

"제발 어린애처럼 굴지 마." 그가 말했다. "나 진짜 피곤해."

그의 말을 반박할 수 있는 말이 전혀 생각나지 않았다.

그는 한숨을 쉬었다.

"그래, 진실을 원한다면, 그런 거야? 정말로? 그럼 좋아. 당신이 진실을 원한다면 말하지. 오늘 밤 당신 모습이 싫었어. 그 바에서. 그 다정하게 구는 모습이. 우리 굉장하지 않았냐는 등 우리가 하는 것이 너무 중요하다는 둥 그 모든 자화자찬이 싫었고. 그건 당신이 아니었어. 내가 생각한 당신은 그렇지 않았어. 당신이 그보다는 더 진지한 사람이라고 생각했고, 당신의 그런 모습이 싫었어."

"정말 미안하네요." 내가 말했다. "당신이 좋아했던 내가 아니어서 미안해요. 용서해 주세요. 앞으로는 내가 정확히 당신이 원하는 대로 하고 있는지 확인할게요."

"미안해." 그가 말했다. "내가 잘못 말했어. 알았어. 당신은 두 배우가 합해져서 연기를 하는 것 같았어. 대학 시절에 본 기억이 나. 당신의 그런 모습을 전에 본 적이 없는 것 같아. 그런 사람처럼 보이지 않았어."

나는 그때 그가 미웠다. 다른 사람들이 가장 좋아하는 나의 모습을 연구하고 선을 긋는 그가 미웠다.

"내가 처음에 얘기했던 그 여자는..." 그가 말했다. "일찍 떠난 여자 말이야. 그 여자는 공연 직후에 몇몇 감독들과 얘기했다고 말했어. 시간을 들여서 사람들의 연락처를 알아내고, 어떤 남자에게서 오디션을 제안 받았더라고. 그렇게 정신을 차리고 있기만 해도, 자신을 돌보기만 해도..."

"그 여자한테는 잘됐네요." 내가 말했다. "그 여자가 나보다 네 살 많은 거 알아요? 많이는 아니지만 실제로 당신 나이에 더 가까워요. 나 대신 그 여자를 사귀지 그래요."

그는 일어나려고 조금 움직였다. 나는 순간적으로 그가 나를 다치게 할지도 모른다고 생각했다. 내가 그런 것에 신경 쓰는지조차 분간되지 않았다. 하지만 무엇을 하려고 했든, 그는 마음을 바꿨다.

"말도 안 되는 소리야." 그가 말했다.

"당신은 여기 있으면 안 돼요. 올 필요조차도 없었어요."

"하지만 내가 그러고 싶었어."

그는 나에게 팔을 뻗으면서 옆에 있는 침대를 두드리며 나에게 앉으라고 말했다. 나는 벽을 미끄러져 내려와 바닥에 앉았다. 그를 무시했다.

"애나, 당신은 재능이 있어." 그가 말했다. "그게 내가 정말 간절하게 말하려고 했던 거야. 진심으로, 당신은 재능이 있어. 내가 그 분야에 대해 거의 아무것도 모른다는 것을 알고 있지만, 그런 나도 알 수 있었어. 당신은 확연히 눈에 띄어. 당신은 사람들이 보고 싶어하는 사람이야. 나는 사실 정말로 감동했어. 그 재능을 낭비하는 것은 슬픈 일이야. 재능이 많은 사람들이 그 재능으로 아무것도 하지 않는 것을 당신도 봤잖아. 그냥 빈둥대며 시간을 보내고. 알잖아. 오늘 밤에 본 그런 사람들. 집중하지 못하고 초점을 잃은 사람들 말이야."

"내가 당신보다 더 많이 알고 있어요." 나는 말했다. "오늘 밤은 그 사람들과 어울리는 게 중요했어요. 성공한 가수라면 다른 사람이 좋아해줘야 해요. 아는 사람이 있어야 해요."

"알아. 하지만 그 사람들은 당신을 돕고 있지 않아. 그 사람들은 당신의 경쟁자야. 게다가 그 가수라는 사람들은 진지한 사람들이 아니라 로리 같은 사람들이야. 애나, 로리는 진지한 사람이 아니야. 맙소사, 난 그런 여자가 싫어. 상대방의 반응을 얻으려고 대립을 일삼는 여자애들, 마치 그렇게 하면 더 매력적인 것처럼. 그리고 로리와 함께 있으면 당신은 로리를 닮으려고 노력해. 그냥, 제발, 당신이 무엇을 하든지 로리를 성공 모델로 삼지 마. 항상 술에 취해 모든 것이 얼마나 불공평한지 불평하는 사람은 게임을 하는 거야. 로리의 욕구, 로리의 그 불행은 그 모든 말과 행동에서 뿜어져 나와. 그게 안 보여? 그건 사람을 지치게 해. 난 지쳤어. 당신이 로리와 여기 함께 있다고 생각하면 우울해져."

"당신은 아무것도 몰라요." 내가 말했다. "당신은 나랑 사귈 생각도 없으면서, 어떻게 내가 무엇을 해야 할지, 누구와 친구가 되어야 할지 말할 수 있다고 생각해요? 뭐가 잘못되기라도 했어요?"

그는 나를 쳐다보더니 아무 말도 하지 않았다. 잠시 정적이 있었고, 나는 그가 일어나 떠날지도 모른다고 생각했지만 그는 말했다. "그렇군, 그게 우리 얘기의 핵심이었어."

"그거하고는 아무 상관이 없어요." 내가 말했다.

"애나. 나는 우리가 이 부분에 대해서 얘기했다고 생각했어, 그렇지? 내 말은, 당신이 이해했다고 생각했어."

"빌어먹을." 내가 말했다.

그러나 그 말은 공허하고 어리석게 들렸다. 그는 내가 실망한 것처럼 슬프고 피곤한 눈으로 나를 보았다.

"이리와." 그런 다음 그는 말했다. "제발."

나는 그의 옆에 가서 앉았다. 자기 논리의 한계를 넘어서 성질을 있는 대로 부리고 난 어린아이가 된 기분이었다. 그와 비슷한 모순된 수치심. 나는 그가 나에게 팔을 두르고 다가와 키스하게 내버려 두었다.

"잡시다." 그가 말했다.

나는 어둑한 방에서 옷을 입고 있는 그의 모습에 눈을 떴다. 나는 그의 알람을 듣지 못했다. 나는 몇 시인지 물어볼까 했지만 그만뒀다. 그가 나를 어떻게 깨울지 보고 싶었다. 나에게 키스하고, 내 이름을 말하고 내 팔을 흔들어 깨운다면. 그가 얼마나 화가 났는지 가늠할 수 있었다. 나는 눈을 감았다.

내가 눈을 다시 떴을 때 그가 없는 것으로 보아 나는 잠들었음이 틀림없다. 밖은 밝았다. 그는 침대 옆 탁자 위에 상자를 두고 그 위에 메모를 남겼다. 그는 내가 잘 자고 오늘 아침에 기분이 나아지기를 바란다고, 그 상자는 크리스마스 선물이라고 했다. 돌아오면 연락하겠다고 했다.

그 상자를 보니 전날 밤 느꼈던 분노가 다시 돌아왔다. 그 분노는 결코 사라지지 않으리라. 마치 가만히 있으면 물집을 잊을 수 있고, 완전히 없어 졌다고 생각할 수도 있지만, 다시 걷기 시작하면 생각나는 것처럼. '아, 이런, 여전하네. 거기 있어.' 그는 정확히 뭘 기대했을까? 그 상자를 크리스마스트리 밑에 두었다가 크리스마스 날 부모님 앞에서 열어보는 걸? 부모님은 말씀하시겠지. "오, 멋지네. 누가 줬어?" 그러면 나는 말하겠지. "뭐?" 아니면 "그냥 친구가?" 아니면 "나랑 빌어먹을 섹스를 하는 남자가?" 아니면 "크리스마스 아침에 내가 혼자 열어볼 거라고 생각했나? 어린 시절에 썼던 방에서 혼자 열어보고 그를 생각하는 걸? 그에게 감사하라고? 그리워하라고? 그거였어? 그게 그 사람이 원했던 거야? 웃기지 말라고." 나는 생각했다. '내가-돌아오면-알려줄게라니 놀지 말라고 해. 그 사람 의견도 웃기지 말라고 해.'

나는 상자를 열었다. 선물은 팔찌였다. 순금 사슬로 만들어지고 A라는 글자가 새겨진 작은 원 모양이 대롱거리고 있었다. 나는 손가락과 엄지 사이로 팔찌의 질감을 느껴보았다. 그 팔찌는 기차를 탔던 다른 모든 여자애들의 손목에 매달려 있는 것과 같았다. 그 사람 본인이 산 팔찌가 아니었다. 나는 그가 매우 신중한 비서에게 지시를 내리는 모습을 상상했다. 그녀는 항상 그렇게 신중했을 것이다. 선물을 개인적으로 만들려는 시도로 새겨진 이니셜은 어찌된 건지 더 일반적으로 만들었다. 백화점에 있는 팔찌 상자, 그리고 점심시간이 끝날 무렵 폭이 좁고 긴 치마와 블라우스를 입고 서로 다른 글자를 급하게 훑어보는 여자. 지난 몇 년 동안 그 여자는 몇 개를 샀을까 궁금했다. 다른 글자, 같은 제품. 그 팔찌는 나에 대해 아무것도 알려주지 않았다.

나는 침대 옆으로 몸을 기댔다. 마루 널판 사이에 약간의 틈이 있었다. 나는 팔찌를 손가락과 엄지 사이에 걸고, 그 틈에 넣었다.

로리가 방에 없어서 나는 아래층으로 내려갔다. 나는 부엌에서 그녀의 목소리를 들었다. P 부부가 거기에 서 있었고 로리는 식탁에 앉아 있었다. 그녀의 얼굴은 잿빛이었다.

"무슨 일이야?" 내가 물었다.

"우리는 로리에게 말하고 있었어요." 주인 여자가 말했다. "남편과 나는 충분히 참았다고 말하고 있었어요, 하아. 더 이상 참을 수 없어요. 받아들일 수가 없어요. 우리 집에서는."

"두 사람이 나가 줬으면 좋겠어요." 주인 남자가 말했다. "참을 만큼 참았어요."

"뭘 참는다고요?" 나는 말했다.

"매일 늦게 들어오는 거요." 주인 남자가 말했다. "그래서 우리를 깨우고 밤에 화장실에 가는 그 모든 것 말이오. 요리에, 긴 목욕 시간에다 그 노랫소리까지."

"정말 죄송해요." 나는 말했다. "더 잘할게요. 약속해요. 안 그래, 로리? 더 이상 두 분을 방해하지 않겠습니다."

그리고 어젯밤, 주인 여자가 나를 무시하면서 말했다. "어젯밤, 그게 끝장이었어요. 그 남자. 우리 집에서. 이런 짓을 어떻게 생각해요, 하아?"

그 여자는 그가 나가는 걸 봤을 것이다. 침실 문을 지나갈 때 그를 찬찬히 봤을 것이다. 그가 계단을 조심히 내려가는 동안 난간 틈 사이로 그녀의 머리를 내밀고서.

"죄송해요." 내가 말했다. "손님을 데려오면 안 되는 줄 몰랐어요."

"손님!" 주인 여자가 말했다. "어떤 여자가 그런 남자를 즐겁게 해주는지 내가 모를 것 같아요? 그런 양복에, 응? 내가 구식일지 모르지만 당신 같은 여자를 부르는 말이 있어요. 우리 집에서 그 말을 쓰지는 않겠지만요."

"하지만..."

"나는 선의로 두 사람을 들였어요."

"저기, 우리는 월세를 내고 있잖아요." 내가 말했다.

"그리고 내가 평소 하던 말이 있었는데, 그대로 보여줬어요. 항상 내가 틀렸다고 판명되기를 바라면서 하는 말이 있어요. 사람들을 믿을 수 없다는 거요, 그렇죠? 사람을 믿을 수 없어요."

"1월 1일까지 있게 해줄게요." 주인 남자가 말했다. "크리스마스니까."

그들은 우리가 떠날 때까지 바라보고 서 있었다.

로리는 나와 함께 내 방으로 왔다.

"이제 만족하니?" 로리가 말했다.

"우리가 이렇게 된 게 누구 잘못이라고 생각해?"

로리는 차가운 침묵으로 대답했다.

"싸우지 말자." 내가 말했다. "제발."

우리는 내 침대에 들어갔고 로리는 기분이 좋아졌다.

"알아?" 그녀는 말했다. "주인 여자는 외모로 속았다고, 네가 어설프게 제멋대로 노는 여자보다 나을 게 없다고 말했어."

"그렇게 말하지 않았어."

"그랬어. 너도 알잖아."

"하지만 우리는 더 나은 곳을 찾을 거야. 약속할 수 있어. 그래서 그 사람이 그 대단한 남자야? 위대한 세기의 로맨스? 어젯밤의 기억이 조금 흐릿하

긴 하지만 진심으로? 애나, 그 남자는 너무 진부하지 않아? 아내와 일이 잘 풀리지 않아 어린애랑 섹스를 해. 전형적이야."

"난 어린애가 아니야." 나는 말했다.

"내 말이 무슨 뜻인지 알잖아."

"아니, 잘 모르겠어."

"그는 자신을 증명하는 데 매우 필사적으로 보여. 그렇지 않아?" 그녀가 말했다. 따분해.

갑자기 그를 더 이상 보호하지 않고 털어놓고 싶어서 나는 말했다. "2주 전 어느 날 밤, 내가 아침 일찍 중요한 리허설이 있다는 일정을 그는 알고 있었어. 이미 늦었지만 우리는 어쨌든 섹스를 했어. 그런 다음 리허설 이후 그는 나를 다시 오게 했어. 그리고 그 후에도 나에게 구강 섹스를 시켰어. 그러고 나서, 어, 다른 때인가봐. 시간 개념이 없어졌어. 너무 늦은 밤이었고, 끝에는 기분도 좋지 않았어. 사실 아팠어. 내 말은, 그가 자신을 증명하려고 한다는 얘기를 하자면 말이야. 그건 나와 아무 상관도 없잖아, 그렇지? 그게 그에 관한 전부야."

나는 로리가 웃을 줄 알았는데 웃지 않았다.

"근데 왜 아무 말도 안 했어?" 그녀가 말했다.

"모르겠어. 그를 화나게 하고 싶지 않았어."

"맙소사." 그녀가 말했다. "정말 개판이구나. 너는 괜찮니?"

"정말 그 정도는 아니었어." 로리에게 말한 것을 후회하며 재빨리 말했다. "어쨌든, 네 요점을 알았어. 나도 알고 있었어. 충분해."

"잘 됐다. 네가 자랑스럽네. 개인적으로 성장한 모습이."

그녀는 여전히 다른 말을 하려는 것 같았지만, 이내 상자를 보고 손을 뻗었다.

"오. 여기에 뭐가 들어 있어?"

"아무것도 아니야." 내가 말했다.

8

크리스마스는 똑같았다. 결코 변하지 않는 집의 데자뷰였다. 매일 같은 시간에 먹는 저녁 식사, 냉장고에 붙여진 쇼핑 목록, 일주일 동안 미리 계획된 식사. 접시에 음식이 남아 있으면 부모님은 불안해하고 긴장했다. 낭비할 것도 부서뜨릴 것도 없다. TV 리모컨은 항상 제자리에 있어야 하고, 수건은 사용 후 빨고 표백하고, 너무 세게 문지르면 아플 때까지 사용한다. 머그컵의 손잡이는 다시 붙여져 있다. 변한 것은 아무것도 없고, 과거 속의 나는 어디에나 있다. 그 과거의 나는 거울을 볼 때마다 거울을 다 차지하고 내 앞에 서 있다.

나는 여덟 살이고 계단에 앉아서 부엌에서 부모님이 다투는 소리를 들었다. 그리고 그 다툼의 원인이 돈이라는 것을 알고 있다. 나는 많이 알지 못하지만, 돈에 대해 말하는 대화가 안 좋다는 것을, 아니면 돈은 부모님에게 안 좋다는 것을 알고 있다. 나는 난간의 흰색 페인트를 뜯어서 쓰러진 군인처럼 계단에 작은 줄로 그 조각을 배열하고 있다. 그리고 다음날 내가 했다고 추궁당했을 때 말했다. "내가 한 게 아니라고."

나는 열 살이고 같은 학교 다니는 여자애의 아빠가 돌아가셔서 울고 있다. 나와 그 여자애는 친구는 아니었다. 엄마는 내가 지나치다고 말씀하셨고 나는 생각한다. '엄마 미워.' 그리고 바로 그때 내가 영원히 엄마를 미워할 것을 안다.

나는 13살이고, 한 남자가 집까지 나를 따라와서 학교, 부모님, 내 친구들에 대해 이야기를 나눈다. 그러다가 그는 아무렇지 않게 어조도 안 바꾸고 나에게 말했다. "넌 정말 섹시해, 진짜로, 넌 너무 섹시해, 너랑 섹스를 했다는 생각이 들어. 그리고 나는 위층에 있는 내 방에서 문에 기댄 채 바닥에 앉아 내 심장이 얼마나 빨리 뛰는지 느끼며, 흥분과 혐오감이 때로 같다는 것을 알게 된다. 문밖에 있는 엄마가 말한다. "애나, 거기서 뭐해? 왜 부엌으로 안 왔어?"

나는 15살이고 노래 부르기를 좋아하고, 사람들은 내 목소리가 예쁘다고 말한다. 엄마는 런던의 오페라에 나를 데려간다. 우리는 뒤쪽에 똑바로 앉았지만 사람들의 머리뿐이 볼 수 있다. 나는 음악에 있는 깊이와 슬픔을 알게 된다. 그것은 열다섯 살짜리 나에게 어떤 심오한 감각이 된다. 나는 말하기 시작한다. "나는 오페라 가수가 될 테야." 그냥 그렇게, 보이지 않는 굴레, 보호막처럼 느껴졌기 때문이다. 그 선언은 판에 박은 듯한 상자 모양 집, 우리가 시시한 추파를 던졌던 녹색 광장, 누군가의 아버지가 운영했기 때문에 우리에게 허락되지 않았던 술집에서 받는 보호막이었다. 회색 하늘과 긴 회색 도로와 회색 들판을 제외하고 마을의 경계 너머에는 아무것도 없어서 우리는 이 땅에 있지 않고, 이 땅의 각주 위에 있는 것처럼 느꼈다. "나는 오페라 가수가 될 테야." 나는 말하곤 했고, 그 말이 이 모든 것을 그저 지나가는 것으로 만들었다. 나는 이 모든 것과 다르다. 내 진심은 이랬다. '나는 너와 다르다.'

나는 소파에 다리를 꼬고 앉아 크리스마스 셀렉션에서 토피를 고르고, 포장지를 불 속에 던졌다. 엄마는 카드에 리본을 스테이플러로 찍고 있었다.

"아빠가 재미있다고 하는 유튜브를 보여줬어." 엄마는 말했다. 하지만 이해가 되지 않았어.

아빠는 유튜브에 입문했다. 그는 노트북을 들고 식탁에 앉아 동영상이 자동 재생되게 해놓았다.

"아빠는 구글을 신뢰해." 엄마는 말했다. "구글은 항상 아빠가 좋아하는 동영상을 찾아준다고 말씀하셔. 애나, 그만해, 그 포장지 안에 플라스틱이 있어."

"미안."

부모님의 거실은 좀 당황스러웠다. 내 얼굴이 어디에나 있었다. 그건 마치 우연히 자신의 장례식에 가는 것과 같았다. 매년 새해 초에 찍은 학교 사진, 교복 차림으로 플라스틱 도시락을 들고 웃고 있는 나. 내 졸업 사진, 가장 최근에 찍은 얼굴 사진의 확대본. 거기에는 기념품도 있었다. 액자에 넣어 놓은 가창력 증명서, 내가 출연했던 오페라 프로그램. 이것들은 엄마가 친구들에게 보여주는 내 인생의 공식 버전이었고 오류의 여지가 없었다.

엄마는 항상 사랑하는 외동딸인 나에게 약간 집착했다. 나는 항상 가장 정교한 헤어스타일을 하고 다녔다. 학교 가기 20분 전에 엄마는 나를 침대에 앉히고 단단히 머리를 땋았고, 내가 아프다고 말하면 말했다. "징징거리지 좀 마. 단정하게 보이고 싶지 않아?" 그리고 내가 일어섰을 때, 부스러진 내 머리카락이 치마를 뒤덮고 있었다. 엄마는 내 인생을 통해 새로운 인생을 원했지만, 자신이 원하는 삶이 어떤 것인지 알고 있었다고 생각하지 않는다. 그래서 내가 한 어떤 것도 제대로 된 게 아니었다. 늘 지켜봐 주지만 인정하지 않는 누군가와 함께 자라는 게 힘들었다. 내가 나이가 들수록 엄마에게서 더 멀어지고, 엄마는 상처를 숨길 수 없는 거부당한 아이처럼 차갑고 뿌루퉁해져서 뒤로 물러났다.

이제 엄마는 나를 거기에 두고, 모든 것을 알고 싶어 했다. 음악원에 대해, 아파트에 대해, 런던에 대해 물었다. 나는 실제보다 더 좋게 이야기하려고 노력했지만, 그것은 내 침묵만큼이나 엄마를 짜증 나게 했다.

"네게 처음으로 먹게 허락한 크리스마스를 기억하니?" 엄마가 말했다. "그 초콜릿. 너는 우리가 잠자리에 든 직후에 살짝 내려가서 남은 초콜릿을 다 먹어버렸어. 기억해? 네가 화장실에서 토하는 소리를 듣고 잠에서 깼어."

나는 구체적으로 그 일도 기억나지 않았고, 왜 그랬는지도 기억나지 않지만, 그 부끄러움은 기억했다. 나는 엄마도 그랬을 것이라고 생각했다. 그건 엄마가 가장 좋아하는 일화 중 하나였다.

"그래서 누구 좀 만났니?" 엄마가 물었다. "남자?"

잠깐 동안 나는 엄마에게 맥스에 대해 얘기할까도 생각했다. 그의 직업, 그의 아파트, 우리가 함께 갔던 장소를 말할까도 생각해봤다. 나는 가까스로 멈출 수 있었다. 나는 엄마가 이런 말을 할 줄 안다. '오, 애나, 정말? 너보다 그렇게 나이가 많아? 그 사람이 왜 너랑 만나는지는 천재가 아니라도 알 수 있어, 그렇잖아?' 또는 심지어, '그 사람은 신 앞에서는 여전히 결혼한 사람이야. 너도 알잖아. 아니면 불륜 상대가 되기에는 좀 더 제대로 된 정신이 박히게 내가 너를 키우지 않았니?' 그리고 나는 이렇게 말할 수조차 없을 것이다. '제발, 엄마, 그 사람이 여전히 결혼한 건 아니에요.' 왜냐하면 법적으로 사실인지 실제로 확신하지 못했기 때문에.

엄마는 리본에서 카드 하나를 떼어내고 그 위치를 바꾸었다. 그리고 내 마음은 그의 이미지에 들러붙어 있었다. 그가 내 팔을 내 머리 위로 올리고 "움직이지 마"라고 말하던 그날 밤을 생각하며 그의 이미지를 자꾸 자꾸 돌려보고 있었다. 그는 내 엉덩이 바로 위의 부드러운 살을 물다가 내 허벅지 안쪽까지 내려왔고, 너무 많이 아프기 시작했다. 그래서 나는 손으로 가리려고 했지만 그는 말했다. "움직이지 말라고 했잖아. 부끄러움이 왜곡되어 욕망에 반영되어 있다니." 거기에서 꽃처럼 피어난 멍은 어둡고 희망적이었다.

"아무도 안 만났어요." 나는 말했다. "아주 바빠요."

나는 그 기억에서 내 손가락을 비틀어 빼내려고 애썼다.

나는 정신을 딴 데 쏟으려고 애쓰면서 떠나기 전 일주일을 보냈다.

나는 짐을 싸거나 짐 싸는 일을 생각하는 데 정신을 팔았다. 물건을 버리는 일. 로리는 스파킹 조이Sparking Joy[TV 프로그램]에 사로잡혀서, 내 물건의 절반을 버리라고 설득했다. 그 물건 없이 내가 더 자유로울 거라고 말하면서. 하지만 실제로는 우리가 이사할 때 내가 공간을 덜 차지하기를 원했기 때문이라는 의심이 들었다. 어쨌든, 물건을 없앤다고 해서 내가 자유로워지지는 않았다. 나는 그 물건들이 있는지조차 거의 알지 못했다. 가끔 서랍을 열었을 때 비어 있는 것을 보고 깜짝 놀랐다.

나는 뒤풀이 숙취가 지나고 나면 불가피하게 찾아오는 공연 후 우울증에 정신을 팔았다. 뒤풀이는 개막일 밤 정도에 해당되는 공연의 일부이다. 제작은 무형이기 때문에 모든 공연은 비영구적이다. 우리는 끝없는 순환 속에서 산다. 무언가를 창조하고, 거기에서 둥지를 틀고, 완전히 믿고, 가장 중요하게 만들고 나서 잃고, 놓아주고, 또 새로운 무언가를 창조한다. 일방적인 이별의 연속을 거치는 셈이다. 우리는 무엇이 잘못되었는지 이해할 수 없다. 우리는 여전히 사랑을 믿는다.

나는 내년 입시를 위한 대학 오디션을 안내하는 데 정신을 팔았다. 안내장소에서 가수들을 만나고, 워밍업실로 안내하고, 문밖에 서서 노래를 들었다. 나와 비슷한 백만 명의 소프라노들.

그러고 나서 최고로 정신을 쏟을 데가 생겼다. 내가 떠나기 전날, 마리케가 나를 사무실로 불렀다. 내가 라보엠의 무제타로 캐스팅됐다고 했다.

"물론, 우리는 보통 일학년을 쓰지 않아." 그녀는 말했다. "리허설을 제대로 할 대역이 있을 거고, 네가 3월까지 제대로 못한다고 생각하면 그 대역이 할 거야. 하지만 감독은 네가 하는 마농을 보았고 네가 그 역을 하길 원해."

무의미한 안개가 걷히고, 창조의 순환이 다시 시작된다. 도서관에서 악보를 찾고, 악보에 있는 음표를 보고 무엇을 만들지 생각하는 설렘. 그거였다. 내가 옳았고 그는 틀렸다고 했던 말.

그런데 여기에는 정신 쏟을 데가 없었다. 밤의 깊고 깊은 침묵이 있었고 교통체증이 없었고 새들은 하루 중 정해진 시간에만 노래했다. 사생활을 무시하는 부모님은 침실 문을 열어 놓고 자고, 내가 목욕하는 욕실로 들어와 양치질을 했다. 부엌에서 아빠가 엄마 주위를 맴도는 모습은 방해가 되지 않도록 항상 조심하고, 착하지만 활기 없는 아이처럼 조용하고 순종적이다.

홀에서 몸을 바로 세우고 연습하고, 무제타가 되는 길을 찾으려고 애썼다. 모두가 자신을 쳐다보기를 바라는 걱정이라고는 없는 여자. 상상할 수 없을 정도로 나와는 다른 여자이다. 하지만 그건 그 슈퍼 섹시한 아리아가 전면에 있어서일 뿐이다. 사실은 나랑 다르지도 않다. 그는 그녀에게 더 이상 관심이 없다. 그게 이 노래가 전하고자 하는 전부이다. 그녀는 고통스러워하고 있다. 그의 이미지를 이용하여 그녀를 살아나게 하고, 그런 다음 그 이미지가 내 머릿속에 희망이 아니라 기억으로 남게 하려고 애썼다.

크리스마스이브에 타라를 만났다. 그녀는 아기의 모자를 벗기고 머리카락을 매만진 후에 아기가 탁자를 두드릴 수 있도록 그녀의 무릎 끝에 올려 놓았다. 볼그레한 볼을 가진 아기는 열의에 차 있었다. 타라는 몸이 배로 불었지만 여전히 똑같아 보였다. 그녀의 얼굴에서는 더 많은 과거 버전이 있었다.

우리는 7살이고, 타라는 학교 운동장에 있는 사과나무 열매를 먹으면서 몸이 아파 집에 가기를 바라고 있었고, 나는 그녀가 죽을 거라고 생각하면서 하지 말라고 애원하고 있었다.

우리는 12살이고, 타라의 침실 바닥에 누워 있다. 그녀는 누군가에게 문자를 보내고 있다. 그녀는 말하고 있다. "네가 재미있는 말을 생각해낼 수 없다면, 나는 너를 계속 무시할 거야. 어서, 아니, 뭐? 애나, 그건 재미없어. 나를 재미있게 해줄 말이 정말 하나도 없어?"

우리는 15살이고, 타라는 파티에서 나에게 키스하고 있다. 그곳에서 그녀가 좋아하는 어떤 남자애가 있어서, 그가 그녀를 알아차리도록 하고 싶어했다. 그녀 입술의 따뜻함과 부드러움, 그녀 아버지의 럼주 맛. 그 키스 이후 밤마다 생각날 것이다. 내가 그녀와 사랑에 빠졌다고 생각할 것이다. 그녀의 무관심에 울면서.

"아기가 아주 예쁘네." 말하고 나서 타라는 잘생겼다는 말을 듣고 싶을 수도 있겠다고 생각했다.

"그렇지?"

아기는 우리를 서로에게 낯선 사람으로 만들었다. 나는 올바른 질문을 몰랐고 타라는 올바른 대답만 했기 때문에. 그 아기는 그녀가 가입한 컬트였고, 나는 그녀가 전에 어땠는지 기억하지 못하는 척했다. 나는 핫초코에서 크림을 숟가락으로 떠먹었다. 그녀는 아기를 먹이고 재우고 젖 떼는 일을 말했다.

그런 다음 그녀는 말했다. "이제 다 말해봐. 진짜 세상 소식을 알려줘." 자신을 조롱하듯이 말했다. 하지만 그녀가 반쯤은 진지하다는 느낌이 들었다. 그녀를 기분 나쁘게 만들고 싶지 않았다. 그래서 나는 그녀에게 런던에 대해, 로리에 대해 말하고, 맥스를 살짝 언급했지만 부정적인 것만 말했다. 그리고 그녀는 아기가 자신의 숟가락을 먹지 못하게 하면서 나에게 동정적인 신음 소리를 냈고, 나는 끔찍하게 우울해지기 시작했다.

그녀가 화장실에 가는 동안 아기를 나에게 맡겼다. 나는 아기를 돌려 마주 봤다. 아기 눈동자는 아주 커서 눈의 대부분을 차지했다. 대부분의 아기가 갖고 있는 표정. 완전히 열려 있고 완전히 순수한 표정. 하지만 그건 그냥 표정이 아니라 실제 아기의 모습일 뿐이겠지. 내게 안긴 모습, 내 머리카락을 잡으려고 손을 뻗는 모습. 나는 생물학적으로 어느 단계에서 그런 모습이 도움이 되기보다 해가 되는지 궁금했다. 낯선 사람의 무릎에 버려져서 버둥거리고 소리를 지르기 시작했을 때. 타라가 와서 아기를 데려갔을 때는 다행이라고 생각했다.

저녁이 되자 이상향의 공포가 나를 덮쳤다. 앞으로 보게 될 의식은 어린 시절 깊은 감정을 불러일으킨다. 지금은 무의미하게 느껴지는 감정을. 그래도 텅 빈 홀에서 연극 대사를 읽는 배우처럼 그 의식을 여전히 고집한다. 나는 컵케이크를 만들고 그 위에 아이싱으로 크리스마스 분위기가 나는 것들을 그렸다. 나는 한 시간 동안 설거지를 하면서, 누가 그 컵케이크를 먹을지 궁금해했다. 나는 아빠와 함께 어둠 속에서 산책했다. 아빠는 이웃의 정원으로 올라가 호랑가시나무 가지를 꺾었다. 어느 해, 크리스마스이브에 아빠가 길에서 갑자기 나를 멈추고는, 쉿, 들어봐라고 말했고, 그때 발밑의 얼음 조각이 버석거리는 소리처럼 선명하고 날카로운 종소리가 어둠 속에서 들렸다. 우리는 집에 가서 멋진 인생It's Wonderful Life을 보기 시작했지만, 나는 끝나기도 전에 위층으로 올라갔다. 내게는 맥스와 함께 갔던 식당에서 가져온 성냥 한 갑이 있었다. 나는 물건을 가져올 때 성냥 같은 것을 집어 왔다. 하지만 나의 감성적인 수집품에 그가 어떤 생각을 할지 두려워서 그가 화장실에 있을 때나 나보다 앞서 갈 때 집어 왔다. 성냥 한 개에 불을 붙이고 타오르게 한 다음, 다른 하나에 불을 붙였다. 성냥갑이 비워지고 내 방이 연기로 가득 찰 때까지 계속 성냥에 불을 붙였다.

크리스마스 날, 그에게서 연락이 왔다. '해피 크리스마스'라고 적혀 있는 문자 메시지. 스스로에게 이 정도로 행복해하지 말라고 말했지만 나는 행복했다. 나는 그 문자를 몇 번이나 다시 읽었다. 이런 문자는 누구에게나 돌리는 것이다. 아마도 완전히 사적인 문자가 아니라는 생각이 들 때까지. 그는 그럴 사람처럼 보이지 않았지만, 아는 사람 모두에게 그 문자를 보냈을 것이다. 더 많은 크리스마스 의식이 있었다. 부모님과 교회에 갔고, 새로 온 목사는 사람들이 일어서서 받은 선물에 대해 이야기하게 했다. 그다음 그 선물을 가까스로 신과 연관시켜 주었다. 그리고 내가 은근히 그 목사를 헐뜯자 엄마는 나에게 화를 냈다. "그 목사는 훌륭한 사람이야." 엄마가 말했다. 크리스마스 저녁 식사는 할머니, 할아버지가 돌아가신 이후 매년 점점 더 조용해졌다. 이제는 우리뿐이었다. 나는 어렸을 때 하던 대로 부모님 앞에서 캐럴을 불렀고, 아빠는 와인 몇 잔을 마시고 감상적으로 되었다. 크리스마스 오후는 끝나지 않을 것 같은 일요일처럼 무거웠다. 우리는 성의 없이 스크래블Scrabble을 했다. 그 게임은 세 명이서 할 수 있는 유일한 게임이었지만, 우리 중 아무도 좋아하지 않았다. 나는 맥스에게 보낼 문자를 써봤다. 어떤 것은 웃기고, 어떤 것은 경박하고, 어떤 것은 추파를 던지고, 어떤 것은 감정적이었으며 어떤 것은 차가웠다. 나는 그 문자들 중 어느 것도 그에게서 듣고 싶은 말을 끌어낼 수 없음을 깨달았다. 모두 지웠다.

그런 다음 아무 날도 아닌 날이 되었고 나는 떠날 수 있었다.

"네가 공연하는 모습을 보러 가고 싶구나." 엄마는 역에서 말했다. "오페라가 언제인지 알려줘."

"그럴게요." 나는 그렇게 말했지만, 부모님이 나를 지켜보는 건 이제 끝이라고 생각했다.

부모님은 플랫폼에 서 있었고, 나는 기차에 올라 창문을 통해 부모님을 다시 바라보았다. 멀찍이서 그들을 바라보며, 엄마가 내 침대 끝에 두었던 스타킹과 내가 좋아해서 아빠가 사준 디저트 와인, 내 눈동자 색과 딱 맞는 새 점퍼를 생각하면서 거의 곧바로 죄책감을 느꼈다. 부모님에게 친절하기가 왜 그렇게 어려운지 자문하면서. 부모님은 손을 흔들었고 기차는 출발했다.

내 맞은편에 앉아 있던 두 여자는 왜 더 이상 거울을 보지 않는지 토론하고 있었다.

엘리베이터 안에 거울이 있다면, 그들 중 한 명이 말하고 있었다. "나는 뒤로 들어가. 물론 그렇게 하면 얼굴에 치약이 묻었을 때 모르고 지나갈 수도 있다는 거야. 하지만 전반적으로, 그만한 가치가 있다고 생각해." 그 여자는 말했다.

나는 헤드폰을 끼고 내가 하고 있는 리사이틀 곡들을 들었다. 비극적인 무언가의 중심에 있는 자신을 상상하면서 고통과 배신에 대한 이야기를 알게 되면 비뚤어진 위안을 얻는다. 그런 이야기는 내 결정을 덜 명확하게 만든다. 글쎄, 사람들이 사랑에 대한 모든 것을 예술에서 배웠다면 기본적으로 모든 형태의 나쁜 행동과 학대를 변명할 수 있다. 이 여자는 그 남자를 쫓아다녔다. 이 여자는 그가 상처를 주더라도, 그녀를 나쁘게 대하더라도 그와 함께 했다. 그녀는 그가 그녀를 정말로 사랑하지 않아도, 다른 사람을 사랑해도 그를 원했다. "들어봐. 그녀의 감정을 들어봐. 그 감정이 얼마나 강렬한지 들어봐."

9

내가 집에 돌아갔을 때 맨 처음 알아차린 것은 강렬한 양배추 냄새였다. 항상 그렇게 냄새가 났는지 기억나지 않았다. 아마도 더 이상 냄새가 나지 않을 때까지 차츰 익숙해졌을 수도 있다. 마치 수영할 때, 처음 물에 들어갈 때 추웠는데 몸과 물의 온도가 같아지면 춥지 않은 것처럼 아마 내게서도 양배추 냄새가 나기 시작했을 것이다.

집은 어두웠지만 현관문 아래에 한줄기 빛이 보였고 TV 소리가 들렸다. 나는 문을 두드리고 들어갔다.

"방해해서 죄송해요." 내가 말했다. "돌아왔다고 말씀드리려고요."

나는 그들을 보기 위해 크리스마스트리 옆으로 몸을 기울여야 했다. 크리스마스트리는 소파 앞쪽 현관에 두어서 문이 열릴 때 문을 쓸었고, 모든 종들이 땡땡 소리를 냈다. 그 트리는 거대했고 장식들로 두툼해져 있었다. 빨간색, 파란색, 분홍색, 노란색, 금색 반짝이 조각이 달려 있다. 여러 색상의 전구 줄이 엉켜 있었으며, 요정 석상이 가득했다.

"근데 둘 중 누구예요, 하아?" 주인 여자는 돌아보지 않고 물었다.

그녀와 남편은 소파에 앉아 브릿지 존스Bridget Jones를 보고 있었다. 영화의 마지막 장면이었다. 눈이 내리고 바지를 입은 여주인공은 길을 달려

내려갔다. 주인 남자는 몸을 앞으로 숙이고 정지 버튼을 눌렀지만, 화면에서 눈을 떼지 않았다.

"애나예요." 나는 말했다. "미안하지만 제 문자를 받으셨나요? 1일에 나가겠다고 했는데요? 괜찮은가요?"

주인 남자는 탁자 위에 놓인 초콜릿 그릇에서 고르기 시작했다. 그는 자신을 위해 자주색 초콜릿을 꺼내고, 주인 여자에게 파란색 초콜릿을 건넸다. 그녀는 초콜릿을 까서 입에 넣을 자세를 취했다.

"새로 오는 사람들이 3일에 들어와요." 그녀가 말했다. "그러니 짐을 모두 다 비웠는지 확인해 줘요. 1일이라니, 하아? 시간이 얼마 없어."

주인 남자는 재생 버튼을 눌렀고, 나는 위층으로 올라갔다. 집 꼭대기까지 온통 어두웠고, 얼마 비우지 않았음에도 마치 아는 듯, 내 방에는 버려진 듯한 차가운 느낌이 맴돌았다. 부모님 집에 가지고 갔던 배낭을 바닥에 비우고, 옷장을 열고 서랍장 서랍을 모두 꺼내 그 속에 있는 내 옷을 침대에 던지기 시작했다. 그와 함께 있을 때 입었던 드레스, 그가 좋아한다고 말한 드레스를. 나는 고양이를 찾기 위해 계단참으로 나갔다. 그 고양이를 안고 울고 싶었지만, 고양이는 빠져나가려고 애썼다. 그 고양이는 나를 별로 좋아하지 않았다.

다음날, 로리가 돌아왔다. 새해 전날이었다. 그녀는 내 침대에 앉아 머그잔으로 와인을 마시고 내 족집게로 젖꼭지에서 털을 뽑았다.

"털 뽑는 게 힘들어 보여." 나는 말했다. "어쨌든 네 머리가 금발이라서, 남자들은 그런 거 잘 모를 텐데."

"난 남자들이 알든 말든 신경 안 써." 로리가 말했다. "남자들은 말 그대로 아무것도 알아채지 못해. 그리고 어쨌든, 네가 몇 주 동안 내 젖꼭지를 본 유일한 사람이야."

"고마워." 내가 말했다. "기분 좋네."

"그 얼간이한테 연락 왔어?" 로리가 물었다.

"사실, 아니야."

"놀랍네. 오늘 밤 그 남자 때문에 나를 바람맞히지는 않겠네."

"오늘 밤은 아니야. 절대 그런 일 없어. 말했잖아."

"그 남자가 나가자고 하지 않으니까 쉽게 말하는 거지. 그 남자 런던에 있지도 않지? 너는 알기나 하니? 그 남자가 너한테 말하지도 않았지, 그렇지?"

"네가 이러는 특별한 이유가 있어?" 내가 말했다. "아니면 그냥 내가 보고 싶었어?"

나는 옷을 입고 거울을 보면서 화장하고 있었다. 로리는 준비되었다고 계속 우기면서도 브래지어와 점박이 파자마 바지를 입고 있을 뿐이었다.

집에 갔을 때, 로리가 말했다. "내가 이 초콜릿을 다시 가져갔어. 큰 상자로. 그냥 좋은 의미로. 특별한 이유는 없었어. 내가 초콜릿을 꺼냈을 때, 우리 엄마는 얼굴을 약간 찡그리며 말했어. '어디서 났어?' 그리고 내가 집에 가져오려고 샀다고 했을 때, 엄마는 아무 말도 하지 않고 상자를 집어 들고 성분을 찾아보는 거야. 그런 다음, 말했어. '첨가물이 잔뜩 들어 있잖아? 얼마나 오랫동안 안 팔린 채 선반에 있었다고 생각하니?' 그리고 나서 엄마는 다시 말했어. '글쎄, 얘야, 집에 이미 초콜릿이 있어. 고맙지만 이걸로 뭘 해야 할지 모르겠다.' 그리고 내 언니는 이제 유제품 알레르기가 있다고 하면서 먹지 않을 거고, 조카들은 크리스마스에도 설탕이 허용되지 않기 때문에 먹을 수 없다는 거야. 그리고 사람들이 올 때마다 우리 엄마는 그 초콜릿을 꺼내 테이블 위에 올려놓았어. 엄마가 직접 만든 송로버섯과 언니가 포트넘

앤 메이슨에서 부모님을 위해 산 음식 바구니에서 고른 것을 바로 옆에 두었어. 그리고 엄마는 억지로 웃으면서 말했어. '오, 그리고 로리가 이걸 가져왔어요.' 마치 내가 리코더를 엉망으로 연주했고, 모든 사람들이 내 감정을 상하지 않게 하는 센스를 갖기를 바라는 사람처럼. 그러면 사람들은 모두 말했어. '오, 훌륭해.' 그런 다음 아무도 먹지 않았어. 내가 한 상자를 다 먹었어. 부르주아 새끼들."

로리는 부자가 아닌 척하려고 많은 노력을 기울였다. 그녀는 억양을 바꿀 수 없었지만, 단어를 일찍 끝내려고 노력했다. 그녀는 침대에서 몸을 일으키고 옷을 입으러 갔다.

"그래서 기분이 안 좋은 거야?" 내가 물었다. "초콜릿 때문에?"

"너는 가끔 매우 단순해." 로리가 말했다. "아, 그리고 어제 엄마가 나를 역까지 태워다 주실 때 하는 얘기가 이거야. 부모님과 얘기를 나눴는데 내가 빨리 누군가를 만나지 않으면 난자를 냉동하는 비용을 댈 용의가 있다는 거야. 늦은 크리스마스 선물이지. 나는 기후 변화와 인구 과잉에 대해 이야기하기 시작했고, 엄마는 내가 단지 자신을 짜증 나게 하려고 그렇게 한다는 것을 알고 있다고 말했어. 그리고 그렇게 센 의견을 내세우면 매력이 떨어진다면서, 그래서 내가 남자친구가 없는 거라고. 다음에 내가 집에 간다고 말하면 그냥 가지 말라고 말려 줘. 제발. 가지 말라고 말해 줘."

나는 가끔 로리가 이 이야기를 완전히 꾸며낸 것인지 궁금했다. 나는 로리의 엄마를 만났다. 그녀가 런던에 있을 때 우리 둘을 점심에 데리고 갔다. 그녀는 충분히 좋은 분으로 보였다.

로리가 머그잔을 가득 채웠고, 우리는 와인을 다 마셨다. 우리가 바른 립스틱이 다른 색으로 컵 테두리 양쪽에 얼룩을 남겼다. 나갈 준비가 되었을 때 로리는 술에 취해 있었다. 지하철을 타러 가는 길에 로리는 내 팔짱을 꼈다.

"웃기지 않아?" 그녀가 말했다. "널 너무 사랑해. 아마 세상에서 너를 제일 사랑할 거야. 이상하지 않아?"

그녀는 약간 눈물을 보였고, 나는 못된 생각을 한 게 미안했다.

자정이 되기 얼마 전에 우리 일행은 불꽃놀이를 보러 나갔다. 불꽃놀이는 너무 멀리 떨어져 있어서 볼 수 없었지만 쾅 하는 소리는 들었다. 어쨌든 너무 흐려서 제대로 보지도 못했고, 사실 어둡지도 않았다. 런던은 결코 어두워지지 않는다. 하늘은 마치 여권 사진의 배경처럼 잿빛으로 평평했고, 하늘을 가로지르는 두어 개의 중국식 등불이 구름으로 흐릿해지다가 불이 꺼졌다.

나는 파티에 아는 사람이 많지 않았다. 로리의 극장 사람들 몇 명과 안면이 있는 몇 사람이 다였다. 나는 그 그룹에 끼어들지 않았다. 그 사람들이 하는 종류의 사교 생활에 끼기가 어려웠다. 누구도 딱히 다른 할 일이 별로 없어서인지 저녁 식사는 아무 때나 시작해서 언제까지나 두서없이 계속되었다. 리허설 때문에 하룻밤을 놓치고 다음번에 가면, 무슨 일이 일어나고 있는지 전혀 알 수 없었다. 마치 한 편의 에피소드를 건너뛰고 범죄 시리즈물을 보려는 것처럼. 그들 모두가 물론이라는 말로 문장을 시작하는 습관을 갖고 있는 것도, 그런 다음 내가 백만 년 동안 생각해 내지 못하는 말을 계속하는 것도 내게는 도움이 되지 않았다. 대충 이렇게 말한다. "물론 모든 인간의 경험이 근본적으로 유아론적이라는 점을 감안하면 대화가 있는 연극은 본질적으로 무의미해." 그들의 얘기가 모호하거나 논란의 여지가 많을수록 그 사람들은 그게 더 당연한 것처럼 행동했다. 처음으로 그 사람들과 저녁을 보냈을 때, 그 사람들 말이 의미하는 바를 이해하는 데 매우 오래 걸렸다. 나는 거의 아무 말도 하지 않았다. 나중에 로리가 말했다. "거의 인상적이었던 것 같아." 그 사람들은 내가 냉담하다고 생각했다.

나는 지난 한 시간 동안 어쩔 수 없이 밀과 수다를 떨고 있었다. 우리는 서로의 머리 뒤편을 훑으면서 구해 줄 사람을 찾고 있었다. 그러다가 나는 로리를 찾으러 밖으로 나갔다. 앞서 나는 로리를 놓쳤는데 그녀는 밖에도 없었다. 그녀는 저녁 내내 인사불성이었다. 로리가 그렇게 많이 마시는 것을 본 적이 없었다. 도착하자마자 그녀는 굳고 결의에 찬 표정을 하고 있었다. 그다음에 나와 마주친 화장실 줄에서 파인트 잔으로 와인을 마시며, 옆에 있는 여자애에게 두들겨 맞는 일을 좋아하는 것이 반페미니스트적이라고 생각하는지 묻고 있었다.

밖에서 한 남자가 나에게 말을 걸기 시작했다. 그를 전에 만난 적이 없다는 생각이 들었다. 그가 나에게 이름을 알려줬겠지만, 나는 그의 말을 잘 듣고 있지 않아서 그의 이름을 알아듣지 못했다. 그는 런던에 온 지 얼마 안 됐다고 말한 것 같다. 아니면 내가 얼마 안 됐다고 내가 말한 것 같기도 하다. 누군가 자정까지 카운트다운을 시작했다. 자정이 되자 우리는 모두 껴안았다. 누군가가 올드 랭 사인Auld Lang Syne을 부르기 시작했다. 하지만 아무도 그 가사를 알지 못했기 때문에 그 노랫소리는 아주 빨리 작아졌다. 우리는 모두 안으로 들어갔다. 그 남자는 나에게 다른 음료를 마시겠냐고 물었고 나는 그렇다고 말했다.

안으로 들어가니 사람들이 계속 들어오고 있었다. 상황이 안 좋아지기 시작했다. 이 집이 누구의 집인지 알 수 없었다. 하지만 아무도 그 집에 무슨 일이 일어나고 있는지 신경 쓰지 않는 듯했다. 사람들은 담배를 피우고 소파 쿠션 사이의 틈에 재를 떨어뜨리거나 창문 옆에 있는 꽃병에 재를 털고 있었다. 주요 조명은 꺼져 있었다. 누군가가 꽤 많은 양초에 불을 붙였지만, 촛대나 컵받침에 놓을 생각은 하지 않았다. 촛농이 탁자 위와 카펫 위로 흘러내렸다. 비가 창틀을 타고 흘러내리는 것처럼 때로는 느리고 때로는 빠르게, 피할 수 없게 흘러내렸다. 아무도 어떻게 해보려고 하지 않았다. 탁자는 액체로 끈적끈적했고, 유리잔은 방 가장자리에 버려져 벽에 쌓여 있었다. 사람들이 그 유리잔들을 어둠 속에서 계속 발로 차는 바람에, 유리 조각이 카펫 속으로 들어가서 바닥이 약간 서걱거렸다. 자세히 보지 않으면 눈 위를 걷는 것 같았다.

나는 가서 소파 팔걸이에 앉았다. 예술과 성, 착취에 관한 길고 이론적인 토론이 진행 중이었다. 나는 의견도 별로 없었고 따라가기도 힘들었다. 토론이 끝났다고 생각할 때마다 다른 누군가가 할 말이 있었다. "섹스가 본질적으로 폭력적이고 여성 혐오적이라고 생각하지 않는 한, 그건 성폭력이 아니야. 확실히 그게 요즘 유행이야." 그렇게 끝없이 계속되었다. 그건 단조로운 여행을 끝없이 하는 것 같았다. 창밖의 경치도 없이.

나는 전화기를 확인하고 그에게서 온 문자가 없음을 보고서 내가 얼마나 기대했었는지 알았다. '그래서 내가 옳았어.' 나는 생각했다. '내가 한 발짝 떨어져서 쉽지 않게 만들면 그는 따라오지 않을 것이다.' 옳다고 해서 기분이 좋은 건 아니었다. 하지만 로리의 문자가 있었다. '나는 나왔어.' 그녀는 썼다. '잭과 함께. 아직 가지고 있어'.

나는 답장을 보냈다. '아직 뭘 가지고 있는데?' 하지만 로리는 오프라인 상태였다.

토론은 여전히 진행 중이었다. 떠날까도 생각했지만, 혼자 집으로 돌아가기도, 아침에 일어나서 거기에 있기도 싫었다. 소파 옆에는 촛불이 있는 작은 테이블이 있었다. 나는 촛농에 손가락을 하나씩 집어넣어 손가락 모자를 만들고 있었다. 오른손 집게손가락을 더 깊게 찔러 넣다가 심지에 닿았는데 나는 그대로 있었다. 아프다는 것을 알아차리는 데는 좀 시간이 걸렸다.

밖에서 만났던 남자가 내가 마실 술을 가지고 돌아왔을 때, 나는 재빨리 마시고 그에게 미소를 지었다.

"좋았어요." 내가 말했다.

그는 나에게 한 잔 더 하겠냐고 물었고 나는 말했다. "그럼요."

우리는 함께 부엌에 갔다. 거기에는 아무도 없었고 주요 조명은 켜져 있었는데 맨 전구여서 싱크대에 쌓인 온갖 쓰레기가 보였다. 그는 식탁으로 가서 병을 집어 들고 얼마나 들어있는지 확인하기 시작했다. 리놀륨으로 된 바닥 위에서 그가 움직일 때마다 삐걱이는 소리가 났다. 나는 카운터를 미끄러져 내려와 바닥에 앉았다.

"자, 여기 있어요." 그가 말했다.

그는 병에 얼마 남지 않은 보드카와 일종의 희석 음료를 찾아냈다. 그는 내 옆에 앉아 내 잔을 채웠다. 그는 말하기 시작했다. 그는 스타트업에서 일했는데 정말 창의적이었다고 말했다.

"정말 창의적?" 내가 물었다. "아니면, 창의적이고 정말로?"

"무슨 차이가 있어요?" 그가 말했다.

내가 잔을 비울 때마다 그는 토닉보다는 보드카로 가득 채웠고, 마실 수 없을 정도로 독했다. 어떻게든 나는 그것을 마셨다. 그는 술을 마시고 있는 나를 바라보았다. 내가 야채를 다 먹어 치우는 어린아이라도 되는 듯 만족스럽게 미소를 지었다. 그럼 그런 남자들 중 한 명인가. 최대한 많이 마실 만큼 마시게 하는 그런 남자들 중 한 명. 그는 자신 있게 하지 못했다. 어떤 면에서는 꽤 다정했다. 그의 외모는 나쁘지 않았다. 그는 보기 흉한 셔츠를 입고 있었지만 좋은 냄새가 났다. 나는 생각했다. '글쎄, 이 사람이 나를 행복하게 해줄 수 있을지 누가 알겠어, 안 될 게 뭐야, 그렇게 어려울 리가 없어.' 우리는 계속 술을 마셨다. 그는 나에게 전 여자 친구에 대해, 스페인에서 함께 보낸 휴가에 대해 이야기했다. 헤어졌을 때 여자 친구가 개를 데려갔고 그 개가 가장 그립다고 말했다. 우리는 보드카를 다 마셨고, 뭐라도 남아 있는 병은 베일리스Baileys뿐이었다. 그는 자신이 해보겠다면서 그 술을 파인트 잔의 거의 끝부분까지 부었다.

"난 안 마실 거야." 내가 말했다. "난 12살이 아니거든."

"괜찮아. 날 믿어. 아직 안 끝났어."

그는 냉장고에 있는 우유로 잔을 가득 채웠다.

"글쎄, 그게 훨씬 더 어른스럽네." 내가 말했다.

"화이트 러시안white Russian이야."

"아닌 것 같은데." 나는 말했지만 한 모금 마셨다. 맛이 좋았다.

"위벽을 보호할 거야." 그가 말했다. "봐요, 난 당신을 돌보고 있어."

우리는 그 잔으로 번갈아 마셨다. 그는 소설에 대한 자신의 생각을 설명하고 있었다. 내가 상당히 취했다고 느끼기 시작했다. 그도 취했다고 생각했다. 그의 다리가 내 다리를 만지고 있는 것을 보았다. 그전에도 보긴 했었다. 그는 내 손에 손을 얹고 말했다. "손가락에 뭘 한 거야?" 그리고 내가 대답한 한 후에도 그는 손을 치우지 않았다. 그런 다음 그는 아무 말도 하지 않았다. 그가 나에게 키스하는 데 충분한 작업을 했다면 나를 어떻게든 해보려는 수작을 알았을 것이다. 그래서 나는 계속해서 별것도 아닌 얘기를 밝게 말했다. 왜냐하면 그가 키스를 할 것이다. 그리고 나서 그는 "우리 집으로 가자"라고 말할 것이고, 그러면 나는 그래, 그러자라고 말할 것이기 때문이다. 왜냐하면 나는 할 수도 있기 때문에. 어쨌든, 안 될 게 뭐야, 나는 젊잖아, 안 그래? 나는 할 수 있어. 그리고 내가 그래, 그러자라고 말한다면, 만약 그랬다면, 그 다음은? 그의 아파트겠지. 그는 스타트업에서 일했잖아. 맞아. 그래서 개성 없는 신축 건물 중 하나일 거야. 갓 칠한 페인트 냄새, 최근에 사 놓고 포장을 뜯지 않은 카펫, 마치 여름방학이 끝난 학교 건물처럼. 나는 그의 부엌에 서서 그냥 어, 라는 말만 계속 반복하면서 상황을 바꿀 수 있는 어떤 말도, 그를 시작하게 만드는 어떤 말도 하지 못할 것이다. 내 최악의, 가장 불성실한 자아, 그리고 그게 그가 원한 것이다. 그 다음에는, 사랑받지 못한 소년의 방 같은 그의 방에서 나는 느끼지도 못하는 그의 더듬거리는 손길을 즐기는 척해야 하고, 신 우유 맛이 나는 그의 숨을 참아야 할 것이다. 그가 내 몸 위로 올라오고 내 다리는 잘려 나가는 닭처럼 벌려질 것이다. 나는 방 천장을 올려다보면서 미소 짓는 입술처럼 아치형으로 휘어진 가늘고 긴 균열을 쳐다볼 것이다.

"이봐, 네 전화야?" 그가 말했다. "받아야 해?"

"뭐?"

나는 휴대전화를 가방에서 더듬어 찾아 그 화면을 쳐다보았다. 맥스였다.

"애나." 그의 목소리가 방을 가득 채웠다. "어디 있어?"

그의 목소리 뒤에서 다른 소리가 들렸다. 나는 그가 누군가에게 무언가를 말하는 소리를 들었고, 그런 다음 그가 걷는 소리가 들렸고 조용해졌다.

"밖에 있어요." 내가 말했다. "파티에 왔어요."

"걱정했어."

"왜요?"

"전화를 안 받으니까."

"아니오." 내가 말했다. "받았잖아요."

"아니, 전에. 몇 번이나 전화했었어."

"아, 그랬군요. 못 들었어요."

나는 내 다리에서 그 남자의 손을 밀어내고 일어섰다.

"어디에 있어?"

"뭐라고요? 말했잖아요. 파티에 있다고."

"아니, 그러니까 내 말은, 도대체 어디에 있냐고? 누구 파티? 거기가 어디야?"

그의 억양이 어긋나고, 영어가 모국어가 아닌 것처럼 엉뚱한 곳에 강세가 있었다. 나는 그가 술에 취했다는 낌새를 알게 되었다. 나는 그가 술에 취한 모습을, 그것도 제대로 취한 모습을 전에 본 적이 없었다. 그래서 나는 그런 모습이 좋았다. 나를 웃게 했다. 그의 그런 약점이, 그가 전화한 사람이 나라는 사실이.

"로리의 친구 집이요." 내가 말했다. "동쪽 어딘가. 특별하지 않아요."

나는 부엌에서 걸어 나왔다.

"가는 거야?" 그 남자가 말했다.

"누구야?" 맥스가 말했다.

"로리의 친구."

나는 복도에 있는 사람들을 밀치고 나와 계단 꼭대기에 앉았다.

"취했어?"

"뭐라고요? 아니 별로. 당신은?"

"당신은 팔찌에 대해 아직 아무 말도 안 했어. 마음에 들었어?"

"미안해요. 네, 마음에 들었어요. 멋진 선물이었어요. 고마워요."

"내 문자에 왜 답장하지 않았어?" 그는 물었다.

"문자요? 글쎄, 당신은 문자를 거의 보내지 않잖아요."

그가 웃었다. 그리고 말했다. "소외감 느꼈어?"

"뭐라고요?"

"나는 다음 주에 돌아가."

나는 아무 말도 하지 않았고, 그때 리허설했던 대사가 떠올랐다.

"당신을 다시 만나면 안 될 것 같아요." 내가 말했다.

"오, 정말?" 그의 목소리는 즐겁게 들렸다. "왜 안 되는지 물어봐도 돼?"

"그냥요." 나는 작은 목소리로 말했다.

"글쎄, 좀 유치해 보이는데. 적어도 얘기라도 해야 하지 않을까?"

나는 아무 말도 하지 않았다.

그는 말을 멈추지 않았다. "재미없었어?" 그가 말하고 있었다. "난 당신이 재미있게 지내고 있다고 생각했어. 지난번은, 어, 별로 재미가 없었지만." 그가 이야기하는 동안 아래층에서 그 남자가 부엌에서 나와 복도에 있는 사람들에게 뭔가를 말하고 있었다. 사람들은 어깨를 으쓱했다. 그 남자는 나를 찾고 있었다. 나는 슬금슬금 계단참으로 기어 올라갔다.

"다음 주에." 맥스가 말했다. "애나? 듣고 있어? 난 다음 주에 돌아가. 그때 봐."

그리고 나는 말했다. "그럼, 알겠어요." 그가 나에게 이보다 더 많이 바라는 것은 옳지 않기 때문이라고 나는 생각했다.

"만날 거지?"

"네." 내가 말했다. "그럴게요."

그렇게 말하면서 나는 큰 안도감을 느꼈다. 마치 지난 2주 동안 상자에 몸을 구겨 넣고 뚜껑을 덮으려고 애쓰다가, 내가 나를 질식시키고 있고 나 자신을 밖으로 꺼내야 한다는 것을 깨달은 사람처럼.

"맥스?" 나는 말했다. "맥스, 나는"

그는 이미 전화를 끊은 다음이었다.

다음날 아침, 로리가 와서 내 침대로 들어왔다.

"이게 익숙해지는 편이 좋을 거야." 그녀는 말했다.

이사한 곳은 방이 하나밖에 없어서 우리는 같이 쓰게 되었다. 어쨌든 월세가 더 싸서 그리 나쁘지는 않았다. 내 물건은 문 옆에 있는 두 개의 여행가방 속에 들어 있었다. 로리 물건도 가방에 싸여 있었다. 그녀는 내 이불을 턱까지 끌어당겼다. 로리의 눈은 충혈되었고 몸에서는 와인 냄새가 났다.

"어젯밤은 어땠어?" 그녀가 물었다.

"좋았어."

"거스를 버려두고 갔다고 들었어."

"어떻게 알았어? 그건 사실이 아니야. 버려두고 갔다고? 그게 도대체 무슨 뜻이야?"

"사람들이 얘기하던데." 그녀는 말했다. "거스는 좋은 사람이야. 너한테 그 사람 전화번호를 줄 수도 있어. 넌 거스랑 술 마시고, 재미를 봤어야 했어. 그게 너한테 좋아. 언젠가는 정리하고 잊어버려야 해. 알잖아."

"아마도." 나는 말했다. 그녀가 도와주려고 애쓴다는 것을 알았지만, 순전히 해부학적인 문제처럼 관계를 정리하는 데 사람들이 냉담하게 말하는 방식이 싫었다. 이제, 다른 사람과 섹스-부작용이 없는 빠르고 일상적인 수술-를 해라. 그러면 다시 회복될 것이다.

나는 그녀가 더 밀어붙이지 않기를 바랐다. 나는 그녀의 주의를 딴 데로 돌리려고 했다.

"그러면 잭은 도대체 누구야?" 내가 물었다.

"섹스가 경쟁이 되기를 원하지 않는 지점에 도달했어." 그녀는 말했다.

"누가 전혀 개의치 않는지. 네가 전혀 신경 쓰지 않는 사람이라는 것을 상대방이 알게 만들면 네가 이기는 거야. 내가 그 지점에 도달했다고 생각해. 할 만큼 했어. 그런 일은 지루하고, 사람을 지치게 해. 이젠 피곤해. 내 나이가 되면 너도 알게 될 거야."

"넌 나보다 그렇게 나이가 많지도 않아."

"너도 알게 될 거야." 그녀는 다시 말했다.

"근데 잭이라는 사람은 어떻게 알게 됐어? 잭이 맞지? 상관없어?"

"왜냐하면 잭은 다른 사람과 약혼했기 때문이야. 약혼녀 이름은 제스."

"오. 그 약혼녀는 어젯밤에 어디에 있었어?"

"그게 정말 너한테 떠오른 첫 번째 질문이야?"

"거의. 그냥 그게 어떻게 가능했는지, 논리적으로, 궁금했을 뿐이야."

로리는 나에게 준엄하게 비판하는 듯한 표정을 지었다. 그녀의 눈썹과 속눈썹은 창백해서 거의 흰색이었고, 눈동자 주위에 핑크빛이 돌았다. 그녀는 마치 갓 태어난 생쥐처럼 갑자기 매우 취약해 보였다.

"그 약혼녀는 남아프리카에 있나 봐. 가족과 함께. 거기 출신이래."

"오, 그래."

"맙소사, 창피해." 그녀가 말했다. "너무 창피해. 이런 내 자신이 창피해."

"잭만큼은 창피하지 않아. 상상도 못하겠네."

"고마워. 위로가 되네."

"내 말은, 잭은 자신을 창피해할 거라는 얘기야. 널 창피해한다는 게 아니고."

"그래."

우리는 아무 말 없이 거기에 잠시 누워 있었다.

"우리는 정말로 여기를 나가려고 노력해야 해." 이윽고, 로리가 말했다. "우리가 쫓겨나기 전에."

"먼저 뭐 좀 도와줄래?"

나는 로리에게 팔찌를 떨어뜨린 곳을 보여주었다. 30분 후, 옷걸이와 껌 덕분에 팔찌를 꺼냈다. 나는 팔찌를 손목에 찼다.

"예쁘네." 그녀가 말했다. "전에 본 적이 없는 팔찌 같아."

"모르겠어. 그래, 네가 못 봤을 수도 있겠다."

나는 저녁 6시경에 그의 집에 갔지만, 훨씬 더 늦은 시간인 듯한 느낌이 들었다. 나는 그날 밤 호텔에서 노래를 부르기로 되어 있어서 오래 머물 수 없었다. 나는 감기로 반나절 동안 침대에 누워 있었다. 내가 일어났을 때는 이미 어두웠다. 코 주변 건조한 부분에 컨실러를 바르려고 했지만 거친 벽에서 마른 페인트 조각이 떨어져 나가는 것처럼 보여 더 나빠졌다.

그는 문을 열자마자 나를 끌어당겨 키스했다.

"이런, 추운가봐." 그가 말했다.

나는 그의 뺨에 손등을 대었다.

"하지 마." 그는 내 손목을 잡고 내 등 뒤로 잡았다.

"아우." 내가 말했다. "난 아파요. 친절하게 대해 주세요."

"그럴 수 있는지 봅시다." 그는 말했다.

하지만 그는 친절하게 대해 주었다. 그는 나에게 목욕을 시켰고, 내가 욕조에 담고 있는 동안 변기 뚜껑에 앉아 말을 건넸다. 그가 지난번 일을 언급하지 않을 것 같아서 내가 말했다. "상황이 좀 이상하지 않아요?" 그러자 그가 말했다. "괜찮아, 그 일은 얘기하지 맙시다." 그리고 나는 대답했다. "알겠어요." 어쨌든 나도 정말로 말하고 싶지 않았다. 이제는 오래전 일인 것 같았다. 마치 내가 찍은 기억이 없는 오래된 사진을 보듯이 아무 상관없는 일이 된 것 같았다.

조명이 약해서 천장에 반사된 잔물결을 볼 수 있었다. 그곳은 아무도 들여다볼 수 없는 높은 담이 처진 정원처럼 매우 잔잔하고 고요했다. 나는 팔찌를 찬 채로 욕조에 팔을 걸쳐놓고 있었다. 그는 손을 뻗어 내 손목 안쪽을 두드렸다.

"예쁘네." 그가 말했다.

"나한테 전화했을 때 어디 있었어요?"

"언제?"

"새해 전날."

"아, 그날. 친구들이랑 같이 있었어. 우리는 시골에 집을 빌렸거든. 매년 그렇게 해."

"재미있겠네요." 내가 말했다. "어떤 친구들이요?"

"당신이 아는 사람들은 아니야."

"내 말은, 어떻게 아는 사이에요?"

"아, 옥스퍼드. 대학을 같이 다녔어."

일상생활의 맥락에서 그를 만나기는 어려웠다. 그의 친구들을 상상하기는 어려웠다. 어떤 면에서 나는 그의 그런 점을 좋아했다. 어쨌든 그를 더 흥미롭게 만들었으니까. 일상 속에서 만나는 사람들은 항상 실망스러웠다. 사람들의 신변잡기는 지루했고, 다른 사람들과의 관계는 시시했다. 그 사람들은 서로 다를 바 없었다. 그는 그렇지 않았다.

침대에서 그는 내 배, 목 주위, 허벅지 안쪽에 손가락을 폈다. 내 몸에 얹어진 그의 손은 지우개였다. 내 피부를 깨끗하게 닦았고, 내 마음은 곧 어두워지고 내 몸은 비어진다. 그가 만지는 부분만 불이 밝혀져 있었다.

그 후 도시는 창밖에서 백만 쌍의 눈처럼 빛났고 우리는 조용해졌다. 그는 결코 커튼을 닫지 않았다. 다른 건물은 매우 멀리 떨어져 있다. 그래서 여기를 볼 수 없다고 그는 항상 말했다. 그리고 보인다 해도 무슨 상관인가. 그는 자리에서 일어나 테이블에서 노트북을 가지고 내게 돌아왔다. 나는 그가 일하는 모습이 좋았고 매력적으로 보였다. 그가 매우 중요하고 수익성 있는 일을 한다는 것이. 그 모든 일은 그 작은 화면에 있었다.

"이메일을 몇 개 보내야 해." 그는 말했다. "오래 걸리진 않을 거야. 음료수 마시고 있어."

"괜찮아요. 어차피 나는 가야 해요."

"왜?"

"말했잖아요. 전화로. 오늘 밤에 일해요. 내 무대는 9시에 시작해요."

"아, 그렇군. 꼭 해야 해?"

"해야 하냐고요? 9시에 시작한다니까요?"

"아니야. 가야지. 근데 꼭 가야 하냐고?"

"뭐 그렇죠. 가야 해요."

그는 화면을 보고 인상을 쓰더니 고개를 돌려 나를 바라보았다.

"하지만 감기는 어쩌고?" 그가 말했다.

"무슨 말이에요? 가야만 하냐고요? 가야 한다는 걸 당신도 알잖아요." 내가 말했다.

"아플 때 노래 부르면 안 좋잖아?" 그가 말했다. "어쨌든 재즈가 당신에게 좋지 않다는 것을 감안할 때."

"미국 청교도처럼 들리는데요."

"내 말이 무슨 말인지 알잖아. 목소리를 위해서."

나는 내 선생님이 그 일을 그만두기를 얼마나 바라는지, 그 일이 내 창법을 해친다고 생각하는지 모두 이야기했었다. 그는 다정하게도 그 이야기를 기억했다.

"분명히 당신이 결정할 일이야. 하지만 분명히, 당신 몸이 좋지 않으면 대신할 사람을 찾을 거야. 그 일이 그럴 가치는 없잖아?"

"그렇기도 하네요." 나는 말했다. 그리고 어두운 밖으로 나가서, 거기까지 걸어가고, 달리 장소가 없어서 화장실에서 목소리를 워밍업 하고, 손님은 소변보러 와서 눈살을 찌푸리고, 바를 가득 채운 양복 입은 남자들이 저녁 내내 나에 대해 말하고, 집에 늦게 들어가고, 지하철을 타는 일을 상상했다.

"진짜 경력을 우선시해야 하는 거 아닌가?" 그가 말했다.

"네, 하지만 문제는 돈이 필요하다는 거예요."

"거기서 얼마나 받아?"

나는 그에게 말했다.

"애나, 푼돈이네. 정말로. 그럴 가치가 없어. 내가 줄게."

그는 손을 아래로 뻗어 바닥에 있는 바지를 찾아 지갑을 꺼냈다. 그런 다음 그는 지폐 몇 장을 세어 내 배 위에 올려놓았다. 내가 숨을 들이쉬고 내쉴 때마다 지폐가 위아래로 움직이는 것을 볼 수 있었다.

나는 내 목소리가 아주 분명하게, **아니, 하지 마요**라고 말하는 것을 들었다. 그리고 분명히 큰 소리로 말했지만, 내 손이 뻗어나가 돈을 집는 것을 보았고, 내가 일어서서 내 핸드백을 찾아 돈을 그 안에 집어넣는 것을 보았다. 나는 내가 아무 말도 하지 않았다는 것을 알았다.

"당신이 그깟 돈에 노래하게 하지 않을 거야." 그는 말했다. "목의 완전한 휴식, 그게 당신에게 좋잖아? 사실, 말할 필요도 없어."그는 말했다. 그는 노트북 화면을 닫고 몸을 기울이며 내 젖꼭지를 깨물었다. "당신이 안 하는 게 나는 더 좋아."

둘

10

나는 집에 그냥 있고 싶었지만, 그가 나가고 싶어 했다.

"밀실 공포증."

그는 짧게 말했다.

그는 손바닥을 펴서 창에 붙인 채 손가락 마디에 이마를 대고, 몸을 기울여 밖을 내다보고 있었다. 이상하게도 조용했다. 빗소리는 들리지 않았지만, 유리에 부딪히는 빗줄기를 볼 수 있었다. 맞은편 건물은 흐릿해 보였다. 불량 지우개로 반쯤 지워진 연필 스케치처럼. 1월의 마지막 날이었고, 끝나지 않을 것 같은, 이런 세계 종말의 날씨가 한 달 내내 계속되는 중이었다. 나는 부엌 조리대에 앉아 발목을 빙빙 돌리며 뚝 뚝 관절이 내는 소리를 듣고 있었다.

"식당을 예약했어."

그가 나를 보며 말했다.

"밀실 공포증? 당신, 방금 들어왔잖아요."

그는 음료수를 끝까지 마시고, 얼음을 깨물며 빈 잔을 싱크대에 넣었다. 그런 다음 내게 다가와 내 다리 사이에 서서 허벅지 바깥쪽에 손을 얹었다. 그는 매우 피곤해 보였는데, 양쪽 눈 아래를 점령한 다크 서클이 그 증거였다.

"내 호텔 방은 이 아파트와 똑같이 생겼었어. 조망이 다른 것만 빼고."

"여행이 안 좋았어요?"

"사실 그런 여행이 아니었어."

"저녁 식사는 어땠어요?"

"식사랄 것도 없었어."

나는 그 말을 잘 이해할 수 없었지만, 더 물어보지는 않았다. 그리고 다리로 그의 허리를 감았다. 그를 마지막으로 본 후 2주가 지났고, 그를 다시 알아가는 것이 좋았다. 부재 중일 때는 그를 잘 떠올릴 수 없었는데, 그를 다시 만나는 것이, 내가 전에 그의 얼굴에서 봤던 모든 순간을 다시 발견하는 스릴이 좋았다. 나는 발뒤꿈치로 그를 찔러 내게 더 가까이 오게 하고서 키스했다. 그가 뉴욕에서 아내를 만난 적이 있는지를, 그가 어떤 맛을 내느냐로 알아낼 수 있을까에 대해 궁금해하지 않으려고 노력했다. 나는 묻지 않겠다고 다짐했다. 어쨌든 그는 똑같은 맛이었다.

"당신이 두고 간 옷이 있어. 내가 찾을게."

그가 내 옷차림을 보며 말했다.

그날은 음악원에서 동작 수업이 있었다. 그래서 나는 수업 시간에 입은 오래된 레깅스에 그의 셔츠를 걸친 상태였다.

그는 술 한 잔을 더 부은 다음, 옷을 찾아 주었다. 그리고 침대에 앉아서 내가 옷을 갈아입는 모습을 지켜보았다.

"집에서는 어떻게 지내? 여자애들이 아직도 당신을 힘들게 해?"

그가 조심스레 물었다.

"괜찮아요. 로리와 방을 쓰는 게 이상적이지는 않아요. 당신이 런던을 떠나 있는 동안은 며칠째 소파에서 잠을 잤어요. 로리에게 새로운 사람이 생겼거든요."

"또? 로리에게 그 남자들은 그저 지나가는 사람들이지, 그렇지?"

"로리는 많은 남자들과 자는 것을 페미니즘적 행위라고 생각해요. 사실은 그게 로리를 비참하게 만들지만요."

그가 웃음을 터뜨리자 나는 로리를 배신한 듯한 기분이 들었다.

"로리가 그때마다 시트를 바꾸길 바라고 있어."

"매번은 아니에요. 하지만 로리는 콘돔을 써요. 피임약을 반대해요."

"애나, 그건 역겨운데..."

"콘돔 사용이?"

"뭐? 아니, 시트를 바꾸지 않는 거."

"그럴 수도 있겠네요. 하지만 세탁기는 거의 항상 누군가가 사용 중이고, 세탁물을 말릴 실외 공간이 없어서 며칠 동안이나 눅눅한 상태에서 말려야 해요. 그리고 어쨌든 나는 잠옷을 입는다고요."

"맙소사, 내가 어른이라서 다행이야."

"웃기지 마요."

나는 벗은 셔츠를 그의 머리에 던졌다. 그는 그 셔츠를 올가미 삼아 나를 잡아당겨 무릎 위에 앉힌 다음, 내 어깨뼈에 키스하고 지퍼를 올려주었다.

"행복해 보이네."

"의심스러운데요."

그가 웃었다.

"맞아, 나는 의심스러워. 당신이 행복할 때가 싫어."

그런 다음 '이제는 정말로 가야해'라고 진심이 아닌 것처럼 말하며 내 목덜미에 키스하기 시작했다. 나는 그를 기쁘게 하고 싶었다.

"사실 전할 소식이 있어요. 여기 오기 전에 호텔에 가서 일을 그만뒀어요."

그가 키스를 멈춰서 나는 그를 바라보기 위해 몸을 돌렸다. 내가 그에게 선물을 줬다고 생각했다. 신중하게 생각하고 고르는 데 많은 시간을 보낸 선물. 그런 다음 그가 웃기 전 그 순간에 거의 감지할 수 없을 정도의 번득임을 그의 얼굴에서 보았다. 좋아하지 않는다는 마음이 드러나는 표정이었다.

"오, 정말로?"

나는 그가 잘했어 또는 그 비슷한 말을 하기 기다렸지만, 그의 입에서는 어떤 말도 나오지 않았다. 그런 다음 그가 꺼낸 말은 "이해할 수 없어. 왜 그만뒀지?"였다.

"당신이 옳았어요. 시간 낭비라고 했잖아요. 이제 난 자유예요. 재수 없는 남자들이 치근덕대는 무의미한 밤은 더 이상 없을 거예요."

그는 눈썹을 치켜 올렸다.

"불쾌했다면 미안해요. 무슨 말인지 알잖아요. 노래에 집중하는 시간이요. 진짜 노래. 자유 시간도 더 많아지고. 당신은 항상 내가 매우 바쁘다고 말했잖아요."

나는 과감히 덧붙였다.

"당신 만날 시간도 더 많아지고."

"글쎄, 그거 좋군."

나는 맞섰다가 그럴 이유가 없음을 깨달았다.

"내가 그만둬야 한다고 생각하지 않았어요? 그만둬야 한다고 계속 말했잖아요."

그는 코트를 입기 시작했다.

"분명히 당신이 그 일을 해야 한다고 생각하지는 않았어. 근데 늦겠어. 가면서 얘기하지."

여전히 비가 내리고 있어서 우리는 식당까지 택시를 탔다. 전에 몇 번 가본 곳이었다. 그 식당은 도시 한가운데에 있었지만, 조용한 광장을 벗어나 잘 보이지 않는 곳에 자리 잡고 있었다. 우연히 찾을 수 있는 곳은 아니었다. 손글씨로 쓴 메뉴가 매번 바뀌고, 매니저가 맥스의 이름을 기억하는 식당. 그곳에 들어서자 매니저는 과장된 몸짓으로 다가와 맥스와 악수를 나누고, 우리를 테이블로 안내했다.

"이 자리 괜찮으시겠어요?"

그 옆자리에는 어떤 가족이 있었다. 어머니, 아버지, 여자아이 두 명. 부유함과 겨울 휴가를 상징하는 1월의 선탠. 동생은 엘리스 머리띠에, 벨벳 드레스를 입고 있었고, 언니는 스키니 진에, 어린아이의 완벽한 배를 드러낸 크롭톱을 입었다. 나는 그가 다른 자리로 옮겨달라고 할 거라고 예상했다. 아이들과 좋은 식당에 관한 한 그도 나와 취향이 같을 거라고 생각했기 때문이다. 하지만 그는 단지 "완벽해요, 감사합니다"라고 말했을 뿐이었다. 그리고 그 아이들을 보면서 미소를 짓고 있었다.

그는 집에서 나온 이후 내 일에 대해 언급하지 않았다. 그런데 내가 그의 반응을 예상할 수 있을까 하는 생각을 했다. 자리에 앉자, 그는 우리가 갔던 광장에 대해 유쾌하게 이야기하기 시작했다. 헨리 8세 이전에 모든 건물이 수도원의 일부였고, 교회에서 사냥용품을 보관하는 데 그 건물들을 사용했다는 것이다.

"현명한 사람들이네요. 나는 교회가 싫어요."

"교회를 싫어한다고? 그건 좀 극단적인데."

"내 룸메이트 중에 엘라가 있는데, 엘라는 아일랜드에 있는 수녀원 학교에 다녔어요. 악몽이나 다름없었대요. 거기 있는 여자애들은 열세 살 정도에 이런 편지를 써야 했대요. 미래의 남편에게 보내는 편지, 거기에다가 자신들이 남편을 위해 순결을 지킨 이유를 설명했대요."

"그래서 그렇게 됐어? 순결을 지켰대?"

"엘라는 그러지 못했지만, 듣자 하니 다른 친구들은 그랬나 봐요. 정말로 독실한 친구 몇 명은 남자와 데이트를 시작했을 때 항문 섹스를 하곤 했대요. 남자들 바지 밖에서 성기를 문질러 주는 것만으로는 그들의 관심을 유지할 수 없었던 거죠. 그리고 항문 섹스는 진정한 섹스가 아니라고 생각했대요. 그래서 스스로를 아직 처녀라고 생각했고, 거기에 대해서는 신도 개의치 않을 거라고 생각한 거죠."

"나랑 같이 살았던 여자애들은 엘라의 가톨릭 학교 이야기를 좋아했어요. 우리들은 모두 웃으며 이렇게 말했어요. '맞아, 하지만 분명한 요점은...' 그리고 우리는 조직화된 종교의 해악이나 처녀성의 정의가 본질적으로 얼마나 가부장적이었는지에 대해 이야기했어요."

하지만 그는 웃지 않았다.

"소리를 조금 낮추는 게 좋겠어."

그러고는 옆 테이블을 살폈다.

"별로 크지도 않았어요."

나는 그렇게 말했지만 진짜 그랬는지 확신할 수 없었다. 내가 옆자리에 있는 가족이 하는 말을 모두 들을 수 있었기에, 이제 우리는 조용히 입을 다물었다.

아버지가 큰딸에게 포도주를 한 모금 권하자, 아이는 와인을 마시느라 입을 벌렸다 닫으면서 과장된 얼굴 표정을 지었다.

-맛없어요. 그리고 아빠에게도 너무 안 좋아요.

-난 절대 술을 마시지 않을 거야. 절대로.

작은딸이 말했다.

-내 몸은 나의 신전이야.

큰딸이 말했다.

-나도. 내 신전이야.

작은딸도 따라 했다.

나는 맥스를 보면서 눈썹을 치켜 올리며 속삭였다.

"아마 쟤들은 괜찮을 거예요."

"음, 나이가 들면 인생이 그렇게 단순하지 않다는 것을 알게 될 거야. 그리고..."

아버지가 설명하기 시작했다.

나는 롤빵을 한 조각 떼어서 먹었는데, 쓰고 신맛이 나서 나머지는 접시에 다시 놓아두었다. 손톱을 물어뜯지 않도록 좀 더 쓴맛이 나는 투명 매니큐어를 발랐는데, 그것 때문에 내가 만지는 모든 것에서 쓴맛이 났다. 그런데도 나는 자꾸 그 사실을 잊어버리고 있었다.

-하지만 우리가 할 일은 최선을 다하는 것뿐이에요. 그런 지속적인 신체 학대는, 어, 성장에 매우 해로워요...

큰딸이 말했다.

-그렇지. 어떻게 보면 그 말도 맞지만...

어머니가 말하고 있었다.

맥스는 내가 내려놓은 빵 조각을 바라보았다. 그는 항상 내가 충분히 많이 먹지 않는다고 더 먹으라고 재촉했다. 하지만, 그가 실제로 내가 많이 먹는 걸 좋아해서 그러는지는 알 수 없었다. 어쨌든 나는 소식하는 편도 아니었다. 나는 나중에 그가 내 알몸을 보게 될 때를 대비해서 너무 배부르게 먹고 싶지 않았을 뿐이다. 하지만 그는 지금 그 말을 하지 않았다. 대신 와인을 한 모금 마시며 말했다.

"난 종교적이고 싶어. 그건 대단한 일임이 틀림없어. 무슨 일이 일어나든지 간에 믿음을 가지면 우리는 괜찮을 거야."

그런 다음 음식이 도착했다.

"그래서 그 재즈 일 말이에요." 내가 말했다.

"나도 물어보려고 하던 참이야."

그가 나를 바라보는 시선 - 내가 중요하지도 않은 바보짓을 한 것처럼 - 은 갑자기 칼로 그의 손을 찌르고 싶게 만들었다.

"예전에 얘기했었잖아요. 당신은 그 일이 시간 낭비라고 했고, 당신 말이 맞았어요. 매일 밤늦게 돌아와서 연습도 충분히 못하는데 이젠 지쳤어요. 그리고 이 모든 오디션을 봐야 해요. 중요한 오디션이요. 대부분의 오디션에서는 내 노래를 잘 들어줄 거라고 생각하지 않지만, 그래서 잘 해야 해요. 게다가 라보엠의 리허설 일정도 더 본격적으로 시작돼요. 집중할 시간이 더 필요해요. 이제 정말 제대로 가고 있는 것 같아요. 안젤라는 내가 나이에 비해서 기대 이상이라고 했어요."

나는 그에게 인상적으로 보이려고 과시하고 있었다. 그러면서도 그런 내 자신이 싫었다. 말이 장황해질수록 더 사실이 아닌 것 같았다.

"그리고 왜 당신이 그렇게 이상하게 반응하는지 이해가 안 돼요. 어쨌든 당신이 항상 그 일에 대해 가차 없이 말했던 것을 감안하면요."

"내가 이상한 게 아니야."

그는 이런 단어는 평소에 사용하지 않는 단어라는 티를 내는 어조로 말했다.

"확실히 당신 말이 맞아. 그 일 대신 뭘 할 건지 생각해 본 적이 있는지 묻고 싶었을 뿐이야. 내 말은 돈을 벌기 위해서."

"음, 1월에 몇 번 추가 근무를 했어요. 그리고 집주인한테서 보증금도 돌려받았고요. 새 집은 보증금이 없어요. 그리고 지금 방은 로리랑 같이 써서 월세도 훨씬 싸요. 그래서 한 달 동안 돈을 거의 안 썼어요. 저축해 놓은 돈도 충분하고요."

"애나, 하지만 돈에 관한 문제는, 돈은 쓰면 없어지게 되지."

"나도 알고 있어요. 고마워요."

"난 돈이 없는 걸 낭만적이라고 생각하지 않는 것뿐이야. 그게 다야. 나는 고군분투하는 예술가가 만들어내는 신화를 믿지 않아. 뭐지? 최고의 예술? 가장 도덕적인 그런 거? 당신은 믿어? 그렇게 힘들어하는 예술가가 바로 포기하는 사람이야. 물론 재즈가 방해된다면 하지 마. 하지만 플랜 B를 준비해."

"글쎄, 난 플랜 B가 있어요. 노래에만 전념하려면 몇 달이 더 걸릴 거라고 생각했어요. 근데 그렇게 할 수 있는 충분한 돈을 저축했어요. 그리고 나서는 합창단 활동을 더 할 거예요. 어쩌면 레슨도 하고."

"그런 일도 비슷한 일 아닌가? 아르바이트. 장기적인 계획이 필요하지 않아?"

"장기적인 계획도 있어요."

"그게 뭐야?"

"오페라 가수가 되는 거요."

약간의 정적이 있었다. 그는 말을 할까 말까 고민하는 듯했다.

"하지만 사람들은 노래만 하면서 경력을 쌓지?" 그는 결국 하고 싶은 말을 하고야 말았다. "내 말은, 오페라 가수가 되려는 대부분의 사람들 말이야. 몇몇 사람들이 그렇게 한다는 것을 알고 있지만, 소수의 사람들이야. 아주 예외적인 경우지. 난 당신이 로리처럼 되지 않기를 바랄 뿐이야. 여기저기 돌아다니며 얼마 되지 않는 돈을 벌고, 안정된 직업 하나 없는 사람. 당신도 그렇게 되길 바라진 않잖아."

"내가 뭘 했으면 좋겠어요?"

그는 어깨를 으쓱했다.

"당신에게는 분명히 재능이 있어. 물론 제대로 한번 해봐야지. 하지만 내가 말하고 싶은 건 판단을 잘 하라는 거야. 선택지를 열어놔. 자신의 미래에 소극적으로 대처하는 건 잘하는 일이 아니야. 일이 잘 풀릴 거라고만 가정하지 말고."

그때 나는 평생을 노래하는 데 바치고 돈을 제대로 벌지 못하더라도 여전히 노래할 수 있다면 신경 쓰지 않을 것이라고 설명하려고 노력했다. 나는 행복할 것이다. 하지만 내가 그 말을 하는 동안 내 안에 두려움이 퍼지는 느낌이 있었다. 그 두려움이 내 장기 주위에서 구부러졌다 폈다를 반복하는 것 같았다. "하지만 그건 사실이 아닌 것 같아. 난 당신이 지금 행복하다고 말할 수 없어. 당신은 행복해? 그 집에 사는 게? 친구랑 한 침대에서 자는 게? 계속 그런 생활을 원해? 언젠가는 자신만의 집을 갖고 싶지 않아? 아이는? 가족은?"

그는 부드럽게 말했다.

"모르겠어요."

그런 다음 나는 돈은 유동적이며 예측할 수 없다는 생각을 설명하려고 애썼다. 돈은 붙잡을 수 있는 것이 아니며, 삶의 기반을 마련하는 데도 쓸모가 없다고. 공기가 필요하듯 돈이 필요한 것이라고. 쌓아놓는 것이 아니라고.

그러자 그가 웃으며 말했다.

"글쎄, 애나, 당신은 솔직하지 않아. 당신도 좋은 물건을 좋아하잖아."

이윽고 웨이터가 디저트 메뉴를 가지고 다가왔다. 내가 말하려고 생각했턴 모든 것이 아이러니해 보여서 나는 아무 말도 하지 않았다.

그러나 그가 계산서를 요구할 때 나는 생각했다. '그가 틀렸어. 그렇지 않아? 내 말에도 일리가 있다고.' 비싼 식당에 앉아 발음도 못하는 요리를 먹는 나. 히터가 꺼진 방에서 로리와 한 침대에 누워 그녀의 차가운 발을 느끼는 나. 나에게는 이 둘이 다 자연스럽다. 친숙하고 편안하다. 이 둘 중 어느 한 가지는 나를 더 많이 규정하지 않고 나의 가치에 더 가깝지도 않다.

"괜찮아요."

나는 가볍게 넘어가려고 하면서 그에게 말했다.

"당신이 내 일을 중요하게 생각하지 않는다는 걸 알아요. 뭐, 괜찮아요."

"애나, 그 일이 중요하지 않다는 게 아니야. 그냥, 그 일로 돈을 벌지 못한다면 당신이 그걸 일이라고 부를 수 있을지 잘 모르겠다는 거야."

—우리는 매일 우리 인생을 살아야 해요.

큰딸이 부모에게 말하고 있었다.

—근데 제시카, 그게 정확히 무슨 말이니?

어머니가 딸에게 물었다.

—어, 그건 인생을 살지 않을 수 없다는 뜻이지 뭐예요.

작은딸이 대신 대답했다.

그는 집에 오는 내내 나에게 친절했고 다정했으며, 나를 웃게 만들려고 노력했다. 자신이 나를 화나게 했다는 것을 알고 있었기 때문이다. 나는 그가 그리워서, 그의 입과 피부, 등 근육, 그의 속삭임이 그리워서, 그가 내게 키스하고 옷의 지퍼를 열었을 때 그를 막지 않았다. 그가 내 주의를 딴 데 돌리도록 내버려 두었다. 그러나 그 후에 그는 잠이 들었고, 나는 잠이 오지 않았다. 밤새도록 깨어 있으면서 그가 한 말을 생각했다. "하지만 언젠가는 자신만의 집을 갖고 싶지 않아? 가족은? 일이 잘 될 것이라고 가정하는 건 잘못이야." 또 생각했지만 선택의 여지가 없었다. 안젤라가 계속 했던 말이 생각났다. "네 목소리에서 재즈에서 하는 그 불쾌한 윙윙 소리가 들려. 자기야, 정말 그만해야 해." 또 다른 생각. 내가 얼마나 가지고 있는지, 그 돈으로 얼마나 오래 버틸지, 그다음에는 어떻게 하지, 그 다음에는. 또 다른 생각. 나도 그런 사람들 중 하나가 될 거야, 그렇지? 인생이 잘 풀리지 않는 사람들 중 하나가.

그러나 그가 샤워 중일 때 깨어난 걸 보면 나는 그러다 잠들었음이 틀림없다. 나는 잠시 동안 침대에 누워 물 흐르는 소리를 들은 다음, 침대 옆 서랍장을 열었다. 아직 거기에 있었다. 몇 주 전에 충전기를 찾다가 봤던 지폐 다발. 사실 여러 다발이었다. 다른 나라 지폐. 나는 영국 지폐를 꺼내서 휙휙 넘겨보기 시작했다. 계획도 없었고 내가 왜 그랬는지도 모르겠다. 어쨌든 지폐 다발 맨 위에 있는 지폐를 한 장 빼내 가방 속에 집어넣는 자신을 지켜보는 내가 거기에 있었다. 물소리가 멈췄을 때 나는 몇 장 더 빼가도 되는지를 고민하고 있었다. 그리고 나는 생각했다. '도대체 내가 무슨 짓을 하고 있는 거야?'

지폐 다발을 제자리에 놓고 서랍을 닫았다. 그리고 커피를 내린 후 창밖을 내다보며 마셨다. 출근한 사람들이 머그컵을 들고 서서, 하루가 시작되기 전에 밖을 내다보고 있거나 벌써 책상에서 타이핑을 하고 있는 모습이 보였다.

"자, 웃으면 안 돼."

그가 경고했다.

나는 몸을 돌렸다. 그는 끝이 좁아지는 연한 파란색 조깅 하의에 브랜드 이름을 가슴에 휘갈긴 오버사이즈의 헐렁한 스웨터 셔츠 차림이었다.

"우와. 스케이트장에 있는 열다섯 살짜리 같아요."

"그게 바로 내가 추구하는 모습이야."

"거짓말 안 하고, 이상하게 섹시해요."

"당신 타입인가?"

"그런가 봐요. 그래서 뭐예요? 중년의 위기라도 닥쳤어요?"

그는 내 손에서 가져간 커피를 마시기 시작했다.

"오늘 아침 스포츠 브랜드와 미팅이 있어. 그 사람들이 몇몇 은행을 만나고 있거든. 과장이 우리한테 그 회사 옷을 입으라고 해서."

"그게 정상인가요?"

"놀림감은 다른 데서 찾는 게 좋을 거야. 정상이냐고? 그렇게 멀리 가지 않아도 돼. 기숙학교 다음에 옥스퍼드, 그 다음에 재무. 그 어느 것도 정상적이지 않아."

"당신은 말 그대로 스스로를 설명했네요."

"그보다는 인생 경험이 더 많아."

그는 가장 순수한 말을 선정적으로 들리게 하는 말투를 썼다.

그런 다음 그가 나가야 한다고 해서 나는 옷을 갈아입고, 그와 함께 아파트를 나섰다.

엘리베이터 안에서 그가 나에게 물었다.

"정말로 아이를 원하지 않아?"

"뭐라고요?"

"어젯밤에 자신이 가족을 원하는지 어떤지 모르겠다고 했잖아."

"왜 묻는 거예요?"

"그냥 궁금해서. 나는 원하거든. 나는 아이를 원해."

"세실이라고 이름 붙이고 부르고 싶은 거죠, 그렇죠?"

"세실?"

"뭐 그런 비슷한 거요. 전통적이고 시시한 이름."

"세실이라는 이름을 가진 사촌이 있어."

"거짓말."

"진짜로. 이모의 아들."

"그 사람은 전통적이고 엉뚱한가요?"

"그렇게 말할 수도."

엘리베이터가 로비에서 멈췄다. 우리는 유리문 앞에 서서 거리를 내다보았다.

"뭐가 잘못됐어요?"

그가 멈춰 있는 것 같아서 내가 물었다.

"응. 진심으로 이렇게 입고 나가는 게 부끄러워."

"날 믿어요. 당신이 평소에 입는 옷보다 훨씬 덜 부끄러워요."

갑자기 그가 진지한 표정으로 얘기를 시작했다.

"봐, 애나. 어젯밤 일 때문에 기분이 안 좋았어. 오늘 아침에 다시 생각해봤는데, 당신이 옳아. 당신은 여러 가지를 시도할 기회를 가져야 하는 거야. 그 기회로 이뤄낼 수 있는 것이 무엇인지 봐야 하는 건데 말이야. 몇 달 동안 집중할 시간이 필요할 거고. 이해해. 그건 투자야."

"글쎄, 고마워요."

"그런 일이 얼마나 힘든지 알아. 당신이 하려는 일 말이야. 당신이 걱정하지 않기를 바랄 뿐이야. 그게 다야."

그는 거리에서 나에게 키스를 한 다음 양복 입은 남자들 사이로 사라졌다. 내 손에는 마술처럼 봉투가 남겨져 있었다. 그 봉투는 현금으로 빵빵했다.

나는 그 지폐를 없애야 했다. 지속적으로 괴롭히는 복통처럼 계속 나를 들볶는 그 지폐의 존재감이 느껴졌다. 그래서 코스타에 들어가서 커피와 크루아상을 산 다음, 물과 껌, 그리고 또 다른 커피를 사서 그 돈을 없앴다. 한 시간 뒤에 프랑스어 수업을 들었지만 여전히 피곤해서 노래 수업에는 출석하지 않았다. 그 수업은 건너뛰어도 될 것 같아 집에 가서 낮잠을 잤다.

아래층에는 아무도 없었다. 나는 봉투를 꺼내 돈을 세었다. 버스를 탔을 때만 해도 나는 돈을 그에게 되돌려줄 생각이었다. 하지만 얼마인지를 확인하자 내가 그 돈을 돌려주지 않을 거라는 예감이 들었다. 그 돈이 얼마나 많은 시간을 버티게 해줄 수 있는지를 생각하고 나는 그에게 감사의 메시지를 보냈다. 꼭 갚겠다는 다짐과 함께.

목욕하러 위층으로 올라갔는데, 욕조 안에는 물에 잠긴 빨래가 가득했다. 물은 붉은색을 띠고 있었다.

이사 온 첫날 아침, 나는 새시가 입은 바지 뒤에 피가 묻은 것을 보았다. 내가 그 사실을 알려주었을 때 새시는 이렇게 말했다.

"아, 나는 탐폰을 사용하지 않아. 그냥 피가 흐르게 둬. 탐폰은 자본주의자들이 만든 거야. 여자로 태어났다는 이유로 돈을 낼 필요는 없잖아."

그때 엘라는 새시가 여자라는 단어를 사용했다고 핀잔을 주려고 끼어들었다. 생리하는 사람들이 모두 여자로 정의되는 것은 아니라는 설명이었다. 그리고 그 둘은 거기에 대해 논쟁을 벌였고 나는 다시 위층으로 올라갔다. 어쨌든, 그 집에 살면서 나는 항상 의심했던 대로 생리의 동기화는 신화라는 것을 바로 알게 되었다. 욕실에서는 항상 찌르는 듯한 시큼한 냄새가 났다. 세면대와 욕조에는 물에 잠긴 피 묻은 옷들이 가득했다. 그들은 옷에 묻은 얼룩을 닦는 데 몇 시간을 보냈지만, 대체로 잠깐 하다가 포기한다. 그리고 그 옷을 버리고 새 옷을 산다.

"생리혈에 예민하게 굴 필요 없어." 밀은 내가 소파의 얼룩을 덮으려고 쿠션을 옮기려 하자 이렇게 말했다. "그건 가부장적이야. 피에는 균이 없어. 뭐, 대체로. 그리고 솔직히 구식 아니야? 쓰레기 파시스트 짓 같은 통제 말이야. 여자들에게 피를 흘릴 곳과 피를 흘리지 말아야 할 곳을 알려주는 짓이. 모두들 여자의 질에서 떨어져 있으라고 해. 손을 떼라고 해. 어쨌든 그 소파는 가구일 뿐이야. 그 소파가 그렇게 큰 의미가 있는 거라면 우리 아빠가 새 소파를 사줄 거야. 그 정도 여유는 있는 분이셔."

11

'집에서 저녁을 보내는 날'로 정해진 어느 저녁이었다. 이 집의 거주자들은 저녁 모임에 의무적으로 참석해야 했다. 로리와 내가 새로 구한 집은 페미니스트들의 공동생활을 위한 밀의 실험이었다. 우리는 모두 밀의 규칙을 따르는 데 동의했다. 이는 우리가 같은 비전을 공유한다는 표시였다. 우리는 차례대로 요리했고, 저녁 식사 시간은 언제나 이슈 토론으로 이어졌다. 음란물이 본질적으로 여성혐오적인가, 여성 전용으로 따로 마련된 최종 후보자 리스트에 대해 어떻게 생각하는가, 이성애자 백인 남성은 왜 기후 변화에 관심이 없는가 등등. 그날, 나는 피임기구를 삽입했다. 피임약은 목을 건조하게 해서 먹고 싶지 않았다. 어쨌든 나는 피임약에 도덕적으로 반대한다고 말했고, 모두 내 말에 찬성했다.

밀이 말하고 있었다. "남자들이 여전히 여성이 피임약을 복용하기를 기대한다는 사실이 놀라워. 남자들에게 콘돔이 있냐고 물으면, 모두 하는 말이, '오, 근데 너는 피임약을 먹고 있지 않아?' 말도 안 돼. 마치 어떤 남자라도 들어가고 싶어 할 경우를 대비해서 가능한 한 안락하게 질을 준비해 놓는 일이 여자의 의무인 것처럼 말한다고."

새시가 뒤를 이었다. "콘돔 사용을 꺼리는 남자는 여자한테 불쾌한 짓을 할 게 뻔해. 아무도 여자들이 피임약을 영원히 복용하리라고 생각하지 않았을 거야. 내 말은, 처음 발명되었을 때 말이야. 피임약은 더 나은 방법을 생각해낼 때까지 쓰는 임시방편에 불과했어. 부작용이 더 적은 것을 찾을 때까지. 근데 아무도 여자의 건강에 관심 갖지 않아. 우리는 수년 동안 피임약이 여자 건강에 좋지 않다는 것을 알고 있었는데…"

"네 말이 무슨 말인지 알겠어. 하지만 솔직히 말해서, 네가 사용하는 건강이라는 말이 약간 불쾌해." 엘라가 새시의 말을 끊었다.

로리는 의미심장한 눈으로 나를 본 다음, 히죽 웃더니 의도적으로 시선을 돌렸다. 로리는 머리카락 한 가닥을 뽑아 커피 테이블 위에 놓인 촛불에 가져다 대니 검은 공처럼 타들어 가서 말리는 것을 지켜보았다.

"건강이 뭐라도 되는 듯한 사회의 집착은 뭐지, 바람직한 그 어떤 것? 달성 가능한 것? 모두가 달성할 수 있는 일종의 목표? 미안하지만 그건 장애인 차별이야. 난 결코 백 퍼센트 건강할 수 없어. 나는 그걸 받아들였어. 하지만 건강이 엄청나게 바람직한 삶의 목표라고 강요하는 건 도움이 되지 않아. 모두가 건강해야 한다는 말은 모두가 날씬해야 한다거나 모두가 부자가 되어야 한다는 것과 같잖아. 그렇게 되지 못하는 사람들은 어떡하지? 그렇게 되고 싶지 않은 사람들은 어떡하지?" 엘라는 계속 열을 내고 있었다.

새시는 억지로 표백제를 마신 사람 같았지만, 조용히 자리를 지켰다. 모임에서 밀의 또 다른 규칙은 비페미니즘적 행동에 대해서는 다른 사람 앞에서 면박을 주지 말고 이해하도록 도와주라는 것이었다. 그 규칙은 본질적으로 모든 사람이 자신이 얼마나 나쁜 사람인지 욕하더라도 그대로 앉아 받아

들여야 한다는 것을 의미하고, 먼저 방을 떠나서는 안 된다는 말이었다.

로리와 나는 핑계를 대고 우리 방으로 올라갔다. 위험할 정도로 비실용적인 나선형 계단을 올라가는 내내 그들이 논쟁하는 소리가 들렸다. 그 집은 일종의 창고 건물을 개조해 만든 것이었다. 노출된 벽돌과 철근, 벗겨진 마루판, 나방을 번식하게 하는 바닥 난방. 밀의 부모님 소유였는데, 부동산 앱에서 찾아보고 나서야 시세가 꽤 나가는 집이었음을 알게 되었다.

"젠장, 진짜 여기서 나가야 해." 로리가 말했다.

"네 친구들이잖아. 네가 걔들을 좋아한다고 생각했는데."

배가 계속 아팠다. 마치 누군가가 내 안에서 강철 풍선을 불고 있는 것처럼. 처음에는 거의 알아차릴 수 없었지만 점점 더 커져서 장기를 밀어내다가 갑자기 쑥 꺼져서 잠깐 안도하게 한 후에 다시 다른 풍선이 팽창하는 것 같았다. 내가 침대에 눕자 로리는 내 옆에 앉았다. 로리가 병원에 동행해 주어서 나는 마음이 놓였다. 의사를 보기 위해 몇 시간을 기다렸는데, 대기실은 으스스했다. 비키니 차림의 여성들이 섹시하게 빙빙 도는 뮤직 비디오가 큰 화면에서 반복되었다. 순서도는 우리가 한 사람하고만 잤다 해도 수천 명의 사람들과 세균을 공유했을 가능성을 경고했다. 로리는 거기에서 계속 나를 즐겁게 해주었다. 우리는 다른 사람인 척하면서 한 무더기의 만족도 조사 용지를 작성하며 시간을 보냈다, 대기실에 앉아 있는 성병 환자들의 표정에 나타난 비참함은 그들이 자신의 병을 어떻게 생각하고 있는지를 짐작케 했다. 우리는 콘돔 바구니에서 최대한 많은 무료 콘돔을 꺼냈다. 교묘하게 교대로 게시판을 보러 가는 것처럼 꾸며 자리로 돌아오는 길에 아무렇지도 않게 콘돔을 한 움큼을 집어넣었다. 피임기구를 삽입한 후, 나는 파란색 플라스틱 의자에 앉아서 머리를 무릎에 대고, 누군가가 내 안에 있는 더러운 거품을 그물로 걷어내는 것 같은 느낌이 지나갈 때까지 기다려야 했다. 그때도 로리가 있어서 좋았다. "맙소사, 넌 정말 드라마를 좋아하는구나."이렇게 말하면서도 그녀는 나에게 물을 가져다주었다. 내가 걸을 수 있다고 했는데도 택시를 부른 뒤, 기어이 택시비까지 자신이 부담했다.

"어제 얘들이 비키니 라인에 대해 이야기했을 때 거기에 있었어? 모두들 왁싱하는 데 한 달에 30파운드를 쓰는 거 알고 있어? 모든 털을 없앤대. 엘라는 솔직하게 말하면 남자 때문에 하는 게 아니래. 자신을 위해서 그런다더라고. 그 애는 몸에 있는 어떤 털도 편하지 않은가봐. 털이 있으면 항상 그게 의식이 된대."

나는 로리에게 어제 들었던 말을 전했다.

"맙소사. 내 음모를 의식하지 않았다면 내가 성취했을지도 모를 엄청나게 위대한 일을 상상해봐."

"나도 알아, 맞아. 틀림없이 굉장했을 거야."

"내일 입을 옷이 그거야?" 로리는 문 뒤에 걸려 있는 드레스를 보고 물었다.

나는 맥스가 준 돈으로 그 옷을 샀다. 투자라고나 할까. 그 주에 중요한 오디션이 세 개나 있었다. 두 개는 합창 일, 한 개는 작은 역할을 위한 오디션이었고, 모두 제대로 된 급여가 지급된다. 그런데 입고 갈 만한 옷이 없었다.

"그거야. 새 옷이야."

"보여줘."

"넌 어렸을 때 엄마가 외출을 준비하는 걸 본 적 있니?" 내가 그 옷을 입으러 일어났을 때 로리가 물었다. "난 항상 그걸 좋아했어. 엄마가 어디로 가시는지는 모르지만, 어른이란 그런 건가 보다 했지. 외출하기 위해 좋은 옷을 입는 것. 너도 그런 걸 기억하니?"

"우리 엄마는 절대 외출하지 않았어. 갈 곳이 없었어."

나는 거울을 보면서 그 드레스를 입었다. 그 옷은 간단하게 재단되어 있었고, 내 체형에 딱 맞았다. 나는 평소에 입던 옷을 착용한 내 모습에 매우 익숙했다. 하지만, 그 드레스는 똑같은 몸이더라도 입던 옷을 벗고 아주 다른 옷을 입으면 옷 속의 사람도 달라 보인다는 생각을 하게 했다.

"우리 엄마는 외출을 많이 했어. 하지만 내가 어렸을 때만 그랬어. 엄마는 동생이 생기고 나서 일을 그만두었지만, 예전부터 멋진 사람들을 많이 알고 있었어. 엄마랑 친구들은 패션 브랜드를 런칭했어요. 멋지네. 돌아봐."

나는 하이힐을 신었을 때 어떻게 보일지 로리가 볼 수 있도록 발끝으로 서 있었다. 어젯밤 맥스에게 보여줬을 때도 그렇게 했다. 그는 내 뒤에서 팔로 내 허리를 감쌌다. 우리 둘 다 거울 속 내 모습을 보고 있었다. 나는 돈을 아끼지 않고 옷을 샀다고 그가 화를 낼까 봐 걱정했다. "오디션에서 잘 보이는 게 중요해요. 그래서 샀어요." 그러나 그는 신경 쓰지 않는 것 같았다. 그는 드레스를 좋아했다. 잘 골랐다고, 내가 멋도 부려야 한다고 그는 말했다.

"있잖아, 난 항상 예술 후원자가 되고 싶었어."

"진짜로?"

"진짜로. 아름답고 쓸모없는 것에 내 돈을 쓰는 거야. 그러고 나서 그 예술을 내가 만들었다고 하는 거지, 그렇지?"

나는 그에게 꺼지라고 말하기 시작했지만, 그는 내 입에 손을 댄 채 내 머리카락에 입을 대고 웃었다. "농담이야." 그는 말했고 나는 그의 손을 물었지만, 그는 손을 뿌리치지 않고 그대로 있었다. 그가 나를 끌어당겨서 내 몸이 그의 몸에 똑바로 밀착되자 그가 말했다. "조심해."

"정말 예쁘다. 얼마짜리야?"

"기억이 안 나. 비싸진 않아."

로리가 다른 것을 물어볼 것 같아 나는 재빨리 말을 돌렸다.

"왜 엄마는 일을 그만두셨어?"

"잘 몰라. 물어본 적이 없어. 하지만 아빠가 엄마를 편하게 해주려고 그랬다고는 생각하지 않아. 아빠가 깨어 있는 사람이 아니거든. 일을 하지 않는 게 게 엄마에게 더 쉬웠을 거야. 하지만 엄마의 계획은 아니었을 거야. 내 말은, 일을 그만두는 것 말이야. 엄마는 야망이 있는 사람이었어."

"슬프네."

"그렇긴 해. 어쨌든 엄마는 이런 예쁜 옷이 많았고 파티에 초대받았어. 엄마가 옷을 입고 립스틱을 바르고 엄마 냄새를 감추는 향수를 뿌리는 동안 나는 침대에 누워 있었어. 외출 준비를 하는 엄마에게는 항상 어떤 긴장된 에너지가 있었어. 안에서 뭔가가 빠져나오려는 것 같은. 사실, 온종일 하는 파티니까, 아빠는 그 외출을 싫어했어. 부모님은 그런 날 밤에 항상 싸우곤 했지만, 나는 그런 엄마의 모습에 매료됐어. 엄마가 예전에 어떤 사람인지도 알 수 있었어. 내가 자라면서 엄마의 외출은 점점 줄어들었고, 정확히 언제인지는 모르지만 엄마는 더 이상 외출하지 않았어. 이유는 잘 모르겠어. 어쨌든 한동안 초대장이 계속 도착했어. 기억이 나. 엄마가 초대장을 냉장고에 붙여 놓았으니까 엄마는 초대받는 것을 좋아했음이 틀림없어. 하지만 옷이 엄마에게 더 이상 어울리지 않았어. 이제 그 옷들은 다른 사람을 위해 만들어진 것처럼 엄마에게 잘 맞지 않았어. 그리고 난 엄마가 사람들에게 무슨 말을 해야 할지를 걱정했다고 생각해. 내가 그걸 깨달은 게 그때였는지 나중인지는 모르겠지만 말이야. 엄마는 사람들이 자신에게 뭘 하고 지내는지 물어볼까 봐 걱정했던 것 같아. 사람들에게 깊은 인상을 주는 말을 할 수 없었던 거지. 그런 다음 엄마는 자살을 시도했어. 내가 전에도 말했지?"

"정말로?"

로리는 창밖을 보기 위해 고개를 돌렸다. 나는 로리의 옆모습만 볼 수 있었다. 그녀는 집 뒤에 있는 요양원을 내다보고 있었다. 우리 방에서는 요양원에 있는 방이 잘 보였다. 가만히 지켜보면 노인들은 하는 일 없이 그냥 앉아 있었다. TV가 깜박거리고, 간호사들이 들어와서 먹여 주고 씻기고 옷을 입혀 주었다. 그들이 다시 나가도 노인들은 여전히 그대로 앉아 있었다. 하지만 그건 일종의 활동적인 정체 상태였다. 벽시계를 똑딱거리는 소리를 끊임없이 의식하게 하는, 상처를 주는 일종의 정체 상태.

"아니, 말 안 했어. 말한 적 없어. 끔찍한 일이네."

"그러게. 별로였어. 나는 15살 정도였어. 학교에서 돌아와서 엄마를 발견했어. 그게 바로 엄마를 정말로 용서하지 않은 이유야. 엄마는 내가 맨 먼저 집에 온다는 걸 알고 있었어."

"괜찮아?"

나는 무슨 말을 해야 할지 몰라서 물었다. 잠재적인 비극은 내 경험과는 거리가 멀어 보였다.

그녀가 웃으며 대답했다.

"그런 얼굴로 보지 마. 나는 괜찮아. 오래전 일이고 어쨌든 엄마가 죽은 것도 아니잖아? 하지만 그 일 이후 몇 년 동안 나는 엄마를 미워했어. 알잖아, 그 지겨운 예측 가능성을. 여자는 자신의 상황을 개선하는 데 에너지를 쓰는 것이 아니라 자신을 배신하는 데 써. 그게 여자 고유의 특징이지. 엄마를 존경하는 마음이 사라졌어. 난 엄마가 정신 좀 차리기를 바랐어. 오, 봐. 우리 아저씨다." 창밖을 쳐다보며 로리가 소리쳤다.

"저 사람이 우리의 아저씨인 게 좋아." 나는 말했다.

우리는 그를 바라보았다. 그는 노인이었지만, 그렇게 늙어 보이지는 않았다. 그는 우연히 거기 있는 것 같았다. 그는 항상 창밖에서 담배를 피웠다. 우리는 그를 반항아라고 생각했다. 그는 창문으로 자신을 보고 있는 우리를 발견하고는 두어 번 손을 흔들어 주기도 했다. 우리는 그에 관한 이야기를 지어냈다.

"그는 평생 사랑 없는 결혼 생활에 갇혀 있어." 내가 포문을 열었다. "그러나 그는 열렬히 사랑하는 여자와 불륜에 빠졌어. 그 여자는 그보다 어리거나 그러지 않아. 그런 건 문제가 되지 않았어. 그는 그 여자를 사랑했어. 하지만 그는 아내를 떠나지 않았어. 그런 류의 사람이 아니었던 거야. 그는 전통적인 교육을 받은 사람이었어. 불륜은 몇 년 동안 계속되었어. 수십 년 동안. 아내가 죽었어. 암으로. 그리고 그는 마침내 죄책감에 시달리게 됐어. 어쨌든 그는 신사였으니까. 그러나 한편으로는 마침내 자신의 인생을 살 수 있다고 생각했어. 자신과 자신이 진정으로 원했던 삶에 충실하기로. 그런데 그때 그 여자도 죽었어. 일주일 후에 교통사고로. 이후 그는 다른 여자를 만나지 않았는데, 그 여자에게 느꼈던 감정을 일으키게 하는 사람이 없었던 거지. 생각해 보면 정말 비극적인 일 아니니? 그래서 그가 저렇게 담배를 많이 피우는 거야."

"그런데 믿기 힘든 불의의 죽음이 두 번이나 있다고?"

로리는 황당해했다. 그리고 항상 자신의 아이디어가 내 것보다 낫다고 생각했다.

첫 번째 오디션을 위한 두 곡. 그중 한 곡은 모차르트여야 한다. 사람들의 모든 결점을 드러내려고 가장 단순한 음악을 작곡한 사악한 천재. 목소리가 하나라도 나오지 않으면 여분의 악절이 그렇다는 것을 보여줄 것이고, 목소리가 전부 잘 나오면, 완벽하고 아름답다면, 노래는 잘 끝나고 청중은 말할 것이다. "오, 모차르트, 역시 위대하지 않나요?" 가수는 안중에도 없다.

모두 미소를 짓고 있는 심사위원들은 친절하다. 이른 시간이다. 그 사람들은 아직 지겨워하지 않는다.

"먼저 모차르트를 듣겠습니다. 애나. 준비가 되면 언제든지 시작하세요."

내가 선택한 모차르트의 곡은 트로이의 공주다. 사랑하는 남자를 사랑하면 안 되는 일리아는 그를 사랑함으로써 자신이 알고 있는 모든 것을 배신해야 함에도 그 사랑을 멈출 수 없다. 어찌 사랑하지 않을 수 있을까. 나는 노래를 부르기 시작했다. 모든 일이 잘 풀리는 그런 날 중 하나다. 거의 노래하는 것처럼 느껴지지 않는다. 음악은 입에서 나오는 것이 아니라 몸의 모든 모공과 손가락 끝에서 나온다. 그리고...

"미안해요, 거기서 멈춰야겠어요. 시간이 촉박해서요. 와줘서 감사합니다."

그들이 나를 멈춰 세웠다.

그런데도 나는 나중에 그 심사위원들과 또 마주칠 때를 대비해 친근한 표정으로 그들에게 감사를 표했다. 오디션 장에서 나와서는 키나 머리 색깔 때문이라고, 내가 못해서 그런 게 아니고, 그 사람들은 다른 것을 원할 뿐이라고 자신에게 말한다. 원하는 마음을 접거나 다른 것을 찾으려고 애쓴다. 그날이 화요일이었다.

수요일에 어느 추운 교회 홀에서 하는 오디션. 오디션이 시작되기 전에 찾을 수 있는 곳은 어린이 전용 화장실뿐이었는데, 어른들이 내다볼 수 있도록 작은 문이 달려 있는 미니 화장실이다. 내 팬티에는 피가 묻어 있고 다리에는 굳은 피가 붙어 있다. 그때 몸은 여전히 생리통으로 힘들고, 이물질을 내보내려고 안간힘을 쓰고 있었다. 나는 화장지에 침을 뱉어 허벅지를 닦고, 종이 뭉치를 밀어 넣으려고 했다. 하지만 내 드레스가 꽉 끼어서 다른 사람들 눈에 띌 수도 있을 것 같다. 지나치게 밝은 교회 홀- 주일학교를 하는 장소- 에는 에덴동산과 노아의 방주 그림이 붙어 있다. 형광등 불빛, 너무 많은 질문. 실수. 탑 노트Top note[두 개 이상의 음이 쌓인 화음 또는 코드에서 제일 위에 쌓인 음]에 잘못 접근한다. 실수를 파고들지 말고 대비하지 말아야 한다. 그리고 그 실수는 나에게 붙어 있지 않고 어딘가에 떠 있다. 너무나 밝은 불빛 아래에서 심사위원 모두 무언가를 적는다.

그럼 다음 목요일 이른 저녁. 런던이 아닌 다른 리사이틀 룸. 기차로 두 시간이 걸리는 곳인데다가 참가하기까지 너무 많은 비용을 쓴 오디션이다. 진행자가 워밍업실로 온다.

그는 수동태를 조심스럽게 사용하면서 말을 꺼냈다. "정말 죄송합니다. 일정표가 잘못 되었어요."

"잘못 됐다고요?"

"심사위원들은 지원자 심사를 모두 끝냈다고 생각했는데, 아직 애나가 남았잖아요. 지금 저와 함께 가시면, 심사위원들에게 당신의 노래를 들어달라고 요청하겠습니다."

복도를 지나서 진행자는 문을 노크하며 말한다. "밖에서 좀 기다리세요." 잠시 후 그가 안에서 설명하는 소리가 들린다. 심사위원들은 짜증을 내면서 더 이상 있고 싶지 않다고 한다. 결국 그들 중 한 명이 말한다. "지원자는 어디에 있습니까? 기다리고 있나요? 들여보내세요."

들어가서 내가 노래를 시작하자마자, 그중 한 명이 주머니에서 휴대폰을 꺼내 문자를 보낸다. 다른 한 명은 나를 잠시 쳐다보더니 창밖을 응시한다. 내 머리는 TV의 두 채널 사이를 왔다 갔다 하는 것처럼 일리아와 휴대전화를 보는 남자, 나무를 바라보는 남자 사이를 오간다.

"감사합니다." 그들 중 한 명이 이렇게 말하고 침묵이 흐른다.

월요일에 맥스와 나는 함께 저녁 식사를 했다. 그가 오디션에 대해 묻지 않기를 바랐지만, 그는 곧바로 그 이야기를 꺼냈다. 나는 오디션이 잘 되지 않았다고 말했다.

"저런, 너무하네. 왜 안 됐지?"

"몰라요. 나는 그런대로 잘 불렀어요. 그 사람들이 찾고 있는 사람이 아니었나 봐요."

"나는 직원을 고용할 때 그 사람들이 어떤 인상을 주느냐를 중요하게 생각하거든. 말하는 방식. 적극성, 사람을 끌어들이는 매력. 근데, 뽑아놓고 보면 서류상 그들의 스펙은 최고가 아닌 경우가 많아. 어때? 흥미로운 일 아냐?"

"내 인상이 어때서요?"

"그런 뜻이 아니야. 전혀. 난 잘 몰라. 당신 오디션을 본 적이 없잖아. 하지만 생각해 볼만 하다는 거야."

나는 그가 나를 매우 자세히 연구하고, 마치 내가 구매하려는 보석이라도 되는 것처럼 가치를 평가하고 있다는 느낌을 받았다. 빛에 비춰 보고, 돌에 흠집이 있는 건 아닌지, 얼마나 반짝이는지 확인하고, 언젠가 팔고 싶을 때 원가보다 더 많이 받을 수 있는지 평가한다고.

하지만 그는 얘기를 계속했다.

"다른 오디션이 있을 거야. 다른 기회. 어느 정도는 숫자 놀음이잖아?"

그러자 그를 나쁘게 생각한 내가 불공정했다는 생각이 들었다.

그는 기분이 좋았다. 그는 주말을 부엌을 고치면서 보냈다고 했다.

"혼자서?"

나는 궁금해졌다.

"대부분은. 내가 못하는 부분은 도와주는 사람이 있어."

"인상적인데요. 난 항상 당신이 절망적으로 비실용적이라고 생각했어요."

그는 잔을 들어 와인을 마시려던 동작을 잠시 멈추고 나를 바라봤다. 그 표정을 보니 이해가 안 되고 너무 터무니가 없어서 어찌하면 좋을지 모르겠다는 생각이 들었다. 옷을 입고 있었는데도 벌거벗은 기분이었다. 그가 그런 식으로 나를 바라봐서는 안 된다고, 여기서는 안 된다고, 누구나 볼 수 있는 공공장소에서는 안 된다고 생각했다.

"당신이 그런 생각을 한 적이 없다는 것을 알고 있어."

그는 와인을 한 모금 마시며 말했다.

"나는 항상 아무것도 없는 상태에서 집짓기를 시작하고 싶었어. 언젠가는 그럴 거야. 곧 그럴 수 있을 것 같긴 해."

"부엌 고치는 걸 보고 싶어요."

그의 부엌이 어떤 모습일지 전혀 상상이 되지 않았다. 오래된 것. 새로운 것. 벗겨진 흰색 벽, 군더더기 없는 깔끔한 선, 목재 패널과 앤티크 가구. 나는 전혀 알지 못했고, 부엌에 있는 그를 상상하는 데 도움이 될 것이라고 생각하니 알고 있는 게 중요해 보였다. 나는 공사하는 곳에 가고 싶다고 몇 번이나 암시했지만 그는 항상 확실한 답을 주지 않았다,

"여전히 엉망이야. 손님을 맞이할 준비가 되어 있지 않아."

"당신은 내가 지난번에 살던 곳을 봤잖아요."

나는 밀어붙였다.

"그 방보다는 낫겠죠."

그가 웃었다.

"아주 약간 그렇지. 어쨌든 난 주말 대부분을 그 일을 하면서 보내. 당신

한테는 지루할 거야. 런던에서 보내는 주말이 훨씬 더 나을걸."

나는 그와 별개로 내 생활의 세부 사항을 지어냈다. 내가 갔던 파티가 얼마나 흥미진진했으며 내 인간 관계가 얼마나 다양하고 흥미로운지 얘기하며 지어낸 이야기를 장식했다. 내 삶은 풍요롭고 충만하며, 그는 뒷전이고 그 반대가 아니라고 그가 생각하기를 바랐다. 그럼에도 그가 나를 보며 짓는 미소는 그가 이미 모든 것을 알고 있음을 말해주었다. 그는 내 생활이 자신을 중심으로 이뤄지고 있음을, 그가 없으면 내가 무엇을 하든 공허하고 색이 바래 보인다는 것을 정확하게 알고 있었다.

글쎄요, 아마도라고 하면서 나는 주제를 바꿨다.

식사가 거의 끝날 무렵 한 여자가 우리 테이블로 다가왔다.

"맥스 맞아요? 내가 맥스라고 계속 말하고 있었어요. 우리는 저기 뒤에 앉아 있었어요. 지금 막 나가려는 참이에요."

그녀는 자신의 코트를 들고 문 앞에 서 있는 남자를 가리켰다. 흰색 맞춤 드레스와 어두운 색의 박시 재킷으로 이루어진 그녀의 옷차림은 몸에 딱 붙게 디자인된 플라스틱 옷을 입은 플레이모빌 같은 완벽한 조합을 보여주고 있었다. 나이는 맥스와 엇비슷해 보였다.

"안녕하세요. 못 봤어요."

"어떻게 지냈어요? 정말 오랜만이네요. 다 괜찮아요?"

그녀는 나를 보고 웃었지만, 그는 나를 소개하지 않았다.

"괜찮아요. 난 잘 지냈어요. 둘은 어때요?"

"우리도 정말 잘 지내요. 우리는 사실 이사했어요. 런던 밖에 있는 히친으로..."

"멋지네요. 모든 일이 순조롭게 진행되기를 바랍니다."

"어떻게 지내세요?"

그 여자는 그에게서 더 알아내지 못하자 다시 물었다. 그는 내가 익히 알고 있는 얼굴이 되었다. 엄숙하게 입을 다문 채 자신에게 닿는 질문들이 얼음벽에 던져졌으나 그 벽을 뚫지 못하게 하면서 싸늘한 파편 조각으로 만들어 버리는 얼굴.

"알려줄 만한 게 별로 없어요."

그 여자는 다시 나를 쳐다보았지만, 그는 그저 미소만 지었다.

"그럼, 만나서 반가웠어요."

그녀는 인사하고 남편과 함께 식당을 떠났다. 밖에 나간 후에는 유리를 통해 나를 쳐다보고 있었다.

"누구예요?"

"헬렌. 한동안 만나지 못했어."

그의 답은 짧았다.

"술 한 잔 하러 가자."

계산을 마친 후 그가 말했다.

나는 정말로 다른 곳에 가기 싫었다. 그의 아파트로 가고 싶었다. 그의 살과 내 살을 맞대고, 온전히 우리끼리 있을 때만 들을 수 있는 그의 목소리를 듣고 싶었다. 그 여자 때문이라고 생각했다. 나는 우리가 어떤 식으로든 위협 당했다는 느낌을 받았다. 그러나 그가 이상하리만치 긴장하고 가라앉은 모습을 보여서 거절할 수가 없었다. 우리는 모퉁이에 있는 술집으로 걸어갔다. 하루 종일 비가 내렸고, 잿빛은 여전히 공중에 떠 있었다.

"세상에, 런던은 우울해."

"비 때문이에요. 곧 봄이에요."

"아파트 때문에도 우울해."

"난 그 아파트를 좋아해요."

"괜찮은 아파트지. 단지 진짜로 살 곳이 아니라는 거야.

나는 열쇠를 넣고 문을 열었는데 거기에 아무것도 없는 광경을 상상했다. 절벽에서 튀어나온 듯한 선반. 수직 낙하. 19층 아래에 있는 거리.

그의 전화기가 주머니에서 윙윙거리는 소리를 냈을 때 우리는 술집 밖에 있었다. 그는 전화기를 꺼내 발신자를 확인했다.

"받아야 할 전화야."

그는 나에게 지갑을 건네며 말했다.

"술 좀 주문해 놔."

사무실 빌딩들 옆에 있는 술집이라 거기에는 남자들이 가득했다. 그들 중 한 명이 바에 있는 나에게 말을 걸기 시작했다. 아버지에게 빌린 것처럼 어울리지 않는 양복을 입은 젊은 남자였다. 특별하지 않은 잡담. 그가 나에게 마실 것을 사주겠다고 하자 나는 괜찮다고 말했다. 고맙지만 같이 온 사람이 있고, 그 사람이 곧 올 거라고. 그가 깜짝 놀랄 정도로 재미있는 말을 해서 나를 웃기고 난 다음에, 바텐더가 내가 주문했던 음료를 가져왔다. 문 옆에서 내게 눈길을 주고 있는 맥스가 보였다. "만나서 반가웠어요." 나는 형식적인 인사를 건네고 나는 그 자리를 떠났다.

"저 사람 누구야?"

맥스가 물었다.

"몰라요. 그냥 어떤 남자. 다 잘됐어요?"

"뭐가?"

"전화요."

"아, 그렇지 뭐. 일이야."

그가 앉을 테이블을 찾아야겠다고 말하자 나는 화장실을 찾으러 갔다.

내가 자리로 돌아왔을 때, 그는 내가 모르는 것을 알고 있다는 듯 미소를 지으며 말했다.

그 남자가 당신을 쳐다보고 있어.

"누구요?"

"바에서 얘기하던 그 남자. 당신이 지나갈 때 그 남자가 당신의 엉덩이를 쳐다보고 있었어. 대놓고 보던데."

"귀엽네요. 난 눈치 못 챘어요."

그는 내가 이해할 수 없는 눈빛으로 나를 바라보고 있었다. 웃고 있었지만, 그의 눈은 엄격했다.

"그 남자가 당신을 쳐다보는 게 좋아?"

그가 나에게 물었다.

"좋아하냐고? 모르겠어요. 좋지도 싫지도 않아요."

"왜 좋아?"

"좋지도 싫지도 않다고 말했잖아요."

"알겠어. 근데 왜 실실 웃어?"

"내가요?"

"당신이."

나는 웃음이 나왔다.

"글쎄요, 누군가가 나를 원한다고 느끼는 건 언제나 좋은 것 같아요, 그렇죠? 나는 다른 사람들이 당신을 좋아하는 모습을 보는 게 좋아요. 다른 여자가 당신을 쳐다볼 때. 제 취향이 찬사 받는 느낌이랄까."

"그러면 질투는 안 해?"

"현세에 존재하는 여자들 중 가장 완벽한 그의 아내와 그 둘이 함께 했을 인생의 우여곡절 -비교는커녕 내가 짐작조차 할 수 없을 일들-을 상상하느라 스스로를 고문하며 지새웠던 수많은 밤들을 생각했다."

"당신 때문에?" 나는 마음을 숨기며 말했다. "별로요."

"왜 안 하는데?"

"난 질투하는 사람은 아닌가 봐요."

"한때 내게 여자 친구가 있었어. 그 애는 우리 각자가 다른 사람과도 즐길 수 있는 분위기를 만들려고 했어. 우리는 클럽이나 바에 갔고, 사람들이 우리에게 수작을 걸게 내버려뒀어. 그 사람들과 춤을 추고, 때로는 키스를 하기도 했지만 그 애는 별로 신경 쓰지 않았어. 그리고 마지막 순간에 우리는 서로에게 끌렸고 집에 같이 갔지. 그 후의 섹스는…"

그가 웃었다.

"글쎄." 그가 말했다. "그래서 그 애가 그런 짓을 좋아했나봐."

나는 가까스로 마음을 추슬러 심드렁한 표정으로 말했다.

"그 여자가 당신에게 시켰죠?"

"글쎄, 나도 그 짓에 꽤 빠져 있었어. 그 당시에는."

그는 내 손 위에 손을 포개고 말했다. "그 남자가 여전히 당신을 보고 있어? 마치 화장실에 가서 섹스하자고 제안하는 것처럼 낮은 목소리로."

나는 그 쪽을 보았다. 그 남자는 우리 뒤 두어 개의 테이블 건너 양복을 입은 한 무리의 남자들과 함께 앉아 있었다. 나는 그 남자와 눈이 마주쳤다. 그 남자가 그동안 계속 나를 쳐다보고 있었는지, 아니면 방금 우연히 내 쪽을 본 건지는 알 수 없었다,

"그럴 수도."

맥스는 내 손가락을 손톱으로 긁기 시작했다.

"할 거야?"

"저 남자와?"

"응."

나는 다시 그쪽으로 눈길을 돌렸고, 그 남자는 그런 나를 보고 있었다.

"이론적으로? 아니면 실제로?"

"어느 쪽이나. 아니면 둘 다."

그가 나에게 무슨 말을 하고 싶어 하는지 종잡을 수가 없었다.

"아마도 이론적으로. 사실, 못 생기지 않았지만. 글쎄, 그건 아주 무례한 짓이에요. 난 당신과 함께 여기 있는데요."

"그럼 내 옆에 앉아."

"네?"

"의자를 옮겨."

"정말로요?"

"정말로. 모르는 남자가 내 뒤에서 당신을 흘깃대는 걸 보니 편할 수가 없어. 내 옆에 앉아."

그는 여전히 알 수 없는 미소를 짓고 있었다.

"진심으로?"

"내가 농담하는 것 같아?"

나는 그를 빤히 쳐다보았다.

"무슨 일이야, 애나? 내 관심이 부족해?"

나는 고개를 들었고, 그 남자와 다시 눈이 마주쳤다. 그가 나에게 약간 어리둥절한 미소를 짓는 바람에 나는 재빨리 시선을 돌렸다. 맥스는 기대에 찬 눈으로 눈썹을 치켜 올렸고, 나는 이유도 모른 채 의자를 옮겼다. 그러자 나를 잠시 바라보던 그가 웃기 시작했다.

"젠장. 농담인 거 알지? 당신이 앉고 싶은 데 앉아. 난 정말 상관없어."

그는 여전히 웃고 있었는데, 나는 바보가 된 기분이었다. 나에게는 자리를 옮겨야 할 이유가 있었다는 걸 그 남자가 알아주기를 바라서 나는 맥스에게 팔을 둘렀다. 그러고 나서 무슨 말을 해야 할지 몰라 그에게 달라붙었다. 손가락을 그의 머리카락 속으로 넣고, 키스하고, 그의 허벅지 안쪽에 손을 댔다. 그는 그만하라고 말했다.

우리는 한 잔만 마시고 그곳을 떠났다. 비가 다시 내리기 시작했다. 주요 도로에서 벗어나자 그는 나를 끌어당기고 마치 다치게 하려는 사람처럼 거칠고 세게 키스했다. 그것은 짧은 도보 거리였고 우리는 거의 말을 하지 않았다. 나를 다시 만지지 않았지만, 문을 열어줬을 때나 엘리베이터 안에서 내 맞은편에 서 있을 때 그는 특유의 무관심하면서도 알고 있다는 미소를 띠고 있었다. **당신이 원했던 모든 것을 난 알고 있어. 나에겐 아무것도 숨길 수 없어**라고 말하는 그 표정.

아파트에 들어서자 그는 내 손바닥을 팔뚝으로 밀어붙여 벽에 고정시켰다. 그리고 다른 손으로 내 청바지 지퍼를 내리고 바지를 아래로 내렸다. 다음에는 무릎으로 내 다리를 벌렸다. 그는 마치 내 마음속에 있는 무언가를 얻거나 아니면 그 무언가를 완전히 없애버리려는 듯이 섹스를 했다. 나는 그를 밀어내려고 하지 않았다. 그가 원치 않는 것을 알고 있었기 때문에. 어쨌든 그는 나보다 힘이 셌다. 나는 아무것도 하려고 하지 않았다. 그가 지금 나에게 하는 짓이 아마도 나를 아프게 할 거라고 생각했다. 내 손목에 느껴지는 팔뚝의 힘, 내 머리를 감싼 손가락, 내 허벅지를 허리 위까지 끌어올리면서 엉덩이뼈로 내 엉덩이를 짓누르는 짓. 그렇지만 나는 확신할 수 없었다. 거기서 느끼는 고통, 또는 내가 좋아하지 않았다면 고통스러운 괴로움들이 나를 움직이지 못하게 했다. 나는 입을 벌리고 숨을 가쁘게 쉬면서 멍청하게 있을 뿐이었다. 내 몸 안에 있는 남자와 머릿속의 이미지가 분리되어 그 이미지를 막기 위해 눈을 감고 내 몸을 흥분시키려고 하는 그런 관계가 아닌, 내가 온전히 함께 한 첫 남자가 그였다. 그는 내 또래 남자들과는 달리 나에게 괜찮은지 걱정스럽게 묻지도 않았다. 내가 원하는 게 무엇인지 궁금해하지도 않았다. 그는 내가 무엇을 원하는지 절대 묻지 않고도 그 자체로 내가 생각해 낼 수 있는 그 어떤 것보다 더 나를 흥분시켰다. 그는 나에게 괜찮은지 묻지 않았고, 내가 딴 생각을 하는 것을 용납하지 않았다. 나는 그를 거부할 수 없었다.

그는 내 허벅지 뒤쪽에 손을 대고 나를 들어 올려 침대로 데려갔다. 나는 그의 몸 위에 누워 그의 심장이 느려지는 소리를 들었다. 그는 눈을 감았고, 나는 손으로 턱을 받쳤다. 나는 손가락으로 그의 어깨에 있는 반점과 쇄골 라인을 따라갔다. 나는 항상 그를 원했다. 그를 갖고 싶었다. 그러기 위해서는 그를 멈추게 하고 가만히 서 있게 해야 했다. 그런 다음 그를 고정시키고 그에게 매달려 있어야 했다. 하지만 결코 그럴 수 없었다.

섹스가 끝난 후 지금처럼 그런 생각이 드는 순간이 있었다. '글쎄, 그런 게 이런 거야. 그를 갖는다는 게 이런 거야. 나에게는 그가 다시 필요하지 않아.' 그러고 나서, 항상, 욕망의 어두운 비트가 다시 시작된다. 그가 미소 짓는 모습에서 또는 그가 만지는 내 몸 곳곳에서. 내 모든 세포에서, 아침에 그의 아파트를 나설 때 내 옷깃에서 불현듯 코를 스치는 그의 머리카락과 살 냄새에서 나는 그 찌르는 듯한 흥분을 느낄 수 있다.

그의 눈은 여전히 감겨 있었지만 나는 그가 잠드는 게 싫었다. 나는 이런 순간이 되면 자주 그를 사랑한다고 말하고 싶었다. 진정으로 말한다기보다는 내 말에 그가 뭐라도 말해야 하는 상황을 만들고 싶어서. 그는 내 말을 그냥 지나치고 무시할 수는 없었다. 반응해야 했다.

"말 좀 해봐요."

고백을 기대하면서 나는 말했다.

그는 눈을 떴다.

"뭐를?"

"모르죠. 아무거나. 당신에 대해 내가 모르는 것."

그는 잠시 생각하더니 말했다.

"나는 슈퍼마켓에서 물건을 훔치곤 해."

"뭐, 어렸을 때?"

"아니. 사실 아주 최근에도."

"훔치다니 무슨 말이에요? 절도를?"

"셀프 계산대에서. 하기 쉬워."

"실수로? 모두 그렇죠. 그걸 절도라고 하진 않을 거예요."

"아니, 실수가 아니야. 내 말은, 실수로 그런 게 아니라고. 더 비싼 물건
과 비슷한 무게를 가진 물건을 스캔하고, 대신 더 비싼 것을 가져오는 거야.
햄을 스캔하고 스테이크를 가져오는 거지."

"진정한 삶의 모토네요."

그가 웃었다.

"진짜에요?"

"그럼 아니라고 생각해?"

"근데 왜요?"

"모르겠어. 쉬웠으니까."

나는 내 뺨을 그의 가슴에 대고 그의 온기를 느꼈다.

"그 여자는 누구에요?"

나는 마음에 걸려 있던 질문을 꺼냈다.

"어떤 여자?"

"어떤 여자인지 알잖아요."

"헬렌? 아무도 아니야. 내 아내의 친구."

그는 내가 아니라 천장을 보고 있었다.

"나는 헬렌을 좋아한 적이 없었어. 당신은 어때? 물건 훔친 적 없어?"

'당신을 훔쳤어'라고 생각했지만, 나는 그게 사실이 아님을 알고 있었다. 그래서 그냥 이렇게 말했다.

"아니요, 중요한 건 한 번도 훔친 적이 없어요."

나는 몸으로 그를 누르면서 키스했다. 그리고 생각했다. 나의 불쌍한 상처투성이 아이. 가끔 그런 생각이 스친다. **내 아내**라는 말에 들어 있는 약간 아이러니한 어조와 그 여자를 여전히 그렇게 부른다는 사실. 그 여자의 이름을 절대 언급하지 않고, 그 여자에 대해 말할 때 나를 바라보는 그의 표정. 그때 그 순간에 그가 아주 오랫동안, 아마도 그 자신이 아는 것보다 더 불행했을 거라는 생각이 들었다. 한 번은 그가 말했다. "내가 가졌던 것을 다시는 가질 수 없다는 점을 알면서 그 상황들을 다시 돌이켜보면 좀 웃겨." 나는 그때 그가 말하고 대상이 그의 아내임을 알았다. 그리고 생각했다. '하지만 당신은 그것을 다시 가질 수 있어요. 나를 아내로 가질 수 있고 내가 더 나을 거예요.' 그러나 내가 할 수 있는 말은 고작 '맞아요'였다. 나는 그가 진정으로 의미하는 바가 무엇인지 알고 있었다.

12

감독은 자신을 소개하지도 않았다. 그는 마치 보면대를 빌리러 온 사람처럼 아무렇지 않은 듯 앞으로 걸어 들어왔다. 그러고는 피아노에 기대어 시계를 바라본 후 창밖을 바라보았다. 사람들이 수다를 떠는 동안 1-2분이 지났다. 그때 감독이 리허설은 지금쯤 시작하도록 되어 있다면서, 입 다물고 시간 낭비 그만 시키라고 소리쳤다. 충격 요법. 출연진은 순식간에 조용해졌다. 감독은 프로였다. 그는 사람을 다루는 법을 정확히 알고 있었다.

"그럼 우리 모두 조금씩 서로를 알아가 볼까요?"

그는 비웃고 나서 큰 소리로 지시하기 시작했다.

"짝을 지으세요. 둘 중 한 명이 리드합니다. 감정을 선택하십시오. 상대방에게 그 감정을 보여주세요. 말하지 마세요. 절대로. 리드 당하는 사람이면 유심히 지켜보십시오. 느낌을 감지하고 느껴 보세요. 감정을 받았으면 역할을 바꾸세요. 그게 다입니다. 시작합시다."

침묵 속에서 우리는 짝을 지어 누가 리드할 것인지 정했다. 대부분은 자신을 가리키며 상황을 정했다.

이건 공감을 위한 연습입니다.

감독은 그 방을 돌아다니며 과장되게 못마땅한 듯 혀를 찼다.

"동료들에게 주의를 기울이세요. 이건 빌어먹을 마임이 아니에요."

내 짝은 프랭키였다. 우리는 아주 오랜 시간이라고 느껴질 정도로 서로의 얼굴을 바라보았다. 그는 미소를 작게 지었으며 당황한 듯 보였다. 나도 똑같이 보이려고 노력했다. 감독이 선 채로 우리들을 바라보고 있었다. 아무도 움직이지 않았다.

"무슨 감정을 보이려고 했어?"

프랭키가 마침내 표정을 풀었을 때 내가 물었다.

"내가 너를 따라 해야 하는 거 아니었어?"

"자, 확실하게 해둡시다."

감독은 짝을 이룬 우리를 보고 말했다.

"난 여러분이 어떻게 하는지에 관심이 없어요. 그건 내 일이 아니라 여러분의 일입니다. 확실히, 여러분은 음악원에 다니지만, 한 가지만 짚고 넘어갑시다. 나는 빌어먹을 선생님이 아닙니다. 내가 할 수 있는 일은 쇼예요." 그가 말했다. "나는 여러분과 쇼를 올릴 수 있습니다. 그 과정은 여러분의 몫입니다. 눈물도, 사생활도, 뒷이야기도, 변명도 필요 없어요. 나는 그냥 쇼만 합니다. 모두 이해했습니까?"

모두가 이해했다는 표시로 고개를 끄덕였다.

그러나 한 가지만 말하겠습니다. 그는 말했다. "여러분 중 몇몇은 보아하니 정말 그 빌어먹을 과정을 거쳐야 합니다. 내 무대에서는 화난 모습을 보여주려고 주먹을 휘두르는 가수는 없을 겁니다. 알겠어요? 슬픈 감정을 보여주기 위해 우는 사람도 없을 겁니다. 여러분 모두, 사람들이 진짜 이 빌어먹을 세상에서 어떻게 행동하는지 생각하세요. 살펴보세요. 주의를 기울여봐요. 지켜보세요. 주먹을 휘두르는 사람들은 화난 척하는 사람들뿐이에요. 교활한 자식들이 웁니다. 인간의 빌어먹을 본성에 대해 좀 조사해봐요. "

그는 그렇게 긴 연설을 끝냈다.

그날 밤 나는 맥스를 유심히 관찰했다. 그가 요리하고 있을 때 나는 소파에 양반다리를 하고 앉아서 책을 손에 들고 안 보는 척하며 그를 훔쳐봤다. 그가 부엌 조리대에 있는 휴대폰을 켜고, 스크롤 하면서 무언가를 확인하는 모습을 지켜보았다. 아마도 레시피일 수도. 레시피를 사용하는 것을 본 적은 없지만 말이다. 그가 중요한 생각을 하거나 잊어버렸던 일을 생각해 내는 사람처럼, 창문을 올려다보는 것을 지켜보았다. 손으로 머리를 쓰다듬고, 와인을 마시고, 휴대폰을 흘깃 내려다보는 것을 보았다. 또 냄비를 휘젓고 숟가락 끝으로 맛을 보고, 조리대가 더럽혀지지 않게 뚜껑 가장자리에

숟가락을 올려놓는 모습을 보았다. 그러다 그가 내 쪽으로 건너다보자 나는 미소를 지으며 책을 읽는 척했다. 맥스는 행동으로 특정한 감정을 드러내는 사람이 아니었다. 나는 여전히 그 반대 방향에서 막혀 있었다. 나는 그가 특정한 감정 앞에서 어떻게 행동하는지 알아내려고 애쓰는 중이었다.

나는 객관적인 관점을 유지하려고 했다.

거기에 그가 있었다. 흰 머리와 얼굴선을 두드러지게 하는 할로겐 조명 아래 서 있었다. 그는 중년 남자라고 나는 혼잣말을 했다. 그게 전부였다. 중년 남성이 부엌에 서서 나에게 저녁 식사를 만들어 주고 있었다. 그러나 그를 바라보는 내 모습은 차갑지 않을 것이다. 나는 그에게서 나를 분리해 낼 수 없었다. 그가 닮았다는 사실을, 내가 내 피부 안에 있었던 시간보다 그가 자신의 피부 안에 더 오래 있었다는 사실을 사랑했기 때문에. 나는 그가 늘 하던 외출을 중단하고 나를 위해 요리를 시작한 것이 좋았다. 앞치마를 두른 채 내가 왜 그것을 재미있다고 생각하는지 이해하지 못하는 게 좋았다.

그가 냄비뚜껑을 다시 덮고 열을 조절하는 모습을 지켜본다.

그가 소파로 오는 모습을 지켜본다.

그는 나를 뒤로 밀고 내 입술을 깨물었다. 그의 혀에 묻어 있는 향신료가 매웠다.

"그런 식으로 날 쳐다보지 마."

이게 그때 그가 한 말이다.

최근에 그가 나를 얼마나 자주 쳐다보고 있었는지 깨달았기에 그건 사실 재미있었다. "글쎄, 왜 이제야 눈치챈 걸까, 아니면 그가 이제 시작한 걸까? 잘 모르겠지만, 내가 그에게 눈길을 건넬 때마다 그가 나를 쳐다보고 있다는 느낌을 받았다. 내가 옷을 입거나 외출하기 위해 화장하는 동안 그는 항상 나를 지켜보았다. 그는 내가 예쁘다고 말하곤 했다. 그토록 검은 내 눈동자를 좋아한다고. 그 순간 나는 그가 나를 한 곳에 고정시키는 것처럼 매우 차분하고 침착해졌다, 내가 할 수 있는 일이라고는 그곳에 머물면서 세상이 나를 둘러싸도록 하는 것뿐이었다. 그러면 나는 완벽해질 것이다. 그는 목걸이의 걸쇠를 채워주고, 내 어깨에 턱을 댄 채 거울 속 나를 바라보곤 했다. 아니면 침대에 누워 팔꿈치를 기대고서 내가 샤워 후에 다리에 로션을 바르거나 머리를 빗는 모습을 지켜보곤 했다. 가끔은 쳐다보기만 하고 아무 말도 하지 않았고, 가끔은 이리와 라고 말하곤 했다.

나는 그의 시선을 갈망했고, 그와 떨어져 있을 때는 그 시선을 그리워했다. 그리고 사람들과 대화를 나누었다. 내가 나를 바라보는 것과 똑같은 방식으로 그들이 나를 보고 있음을 알게 되었다. 혼자가 된 밤이면 나에게 관심도 없는 사람들과 얘기를 나누면서도 나는 흥미로운 이야깃거리 하나를 꺼내지 못했다. 그때가 바로 그들이 나를 지루하게 생각한다는 사실을 확인하는 순간이다. 그가 런던을 자주 떠나 있어 나는 혼자 보내는 저녁이 많았다. 그때마다 나는 자신을 무색의 존재라고 생각하면서 집에 가곤 했다. 빛에 비추면 꿰뚫어 볼 수 있을 만큼 아무것도 없는. 그러나 그가 돌아오면, 나는 그의 시선으로 활기를 띠게 되었다. 나는 피어났고 진짜가 되었으며, 내가 하는 일은 중요해졌다. 그가 나에게서 좋아하는 것이 있다면 나도 그걸 좋아했다.

그런데 누군가가 나를 그렇게 가까이서 보고, 그런 강렬함으로 그렇게 연구하면, 좋은 점만 보는 게 아니라 나쁜 점도 보게 될 거라는 생각이 든다. 그의 눈이 항상 친절한 것은 아니다. 그가 좋아하는지를 확신할 수 없는 것들이 나에게 점점 더 늘어나고 있었다. 사소한 것들.

그는 내가 바쁜 것을 좋아하지 않았다. 내가 리허설을 늦게 하거나 콘서트를 하고 나서 그에게 돌아가면, 그는 책을 읽거나 테이블에 앉아 노트북을 보고 있었다. 나는 그가 기다리고 있다는 것을 알고 미안해졌다. 그가 외롭다는 느낌. 그는 알 수 없는 미소를 지으며 말하곤 했다. "걱정하지 마. 당신이 나를 위해 시간을 내주기를 기다리는 것만으로도 행복해." 아니면 그는 나를 차갑게 대하며 약간 거리를 두었다. 그런 때면 저녁 내내 그의 마음을 풀어주려고 노력했다. 우리는 만날 시간을 맞추기 어려운 커플이었다. 그의 일정을 내가 완전히 이해한 것은 아니었다. 하지만, 탄력적으로 조절할 수 없다는 것만은 확실했다. 화요일에 만나자고 했을 때, 내가 콘서트가 있다고 하면 그는 아무렇지도 않게 말하곤 했다. "오, 신경 쓰지 마. 하지만 그날이 다음 몇 주 동안 시간을 낼 수 있는 유일한 날이야." 그래서 나는 박한 출연료를 받는 공연을 포기하고 일정을 이리저리 바꿨다. 재미있는 것은 내 일정표의 스케줄을 검토해보면, 정해진 일정 중에 얼마나 많은 공연이 무시당했는지, 실제로 지켜진 약속이 얼마나 적은지 깨닫게 된다는 것이다. 마지막 순간에 병에 걸린 척하거나, 더 나은 제안을 받았다고 말하면 내 자리를 기꺼이 대신할 의향이 있는 소프라노는 항상 있었다. 그는 나에게 취소하라고 한 적이 없었다. 그렇게 하지는 않았지만, 나는 그의 판단이 옳다고 생각하기 시작한 것 같다. 그 일은 대부분 저임금 아르바이트였고, 내 경력에 도움이 되지 않았다. 어쨌든 그를 만나는 게 나았다.

함께 있을 때면 그는 내가 전화기와 가까이 하는 것도 좋아하지 않았다. 벨이 울려서 내가 전화를 받을 때나 누군가에게서 온 문자에 답장을 보냈을 때, 또는 우리가 이야기를 나누다가 우리 둘 다 무언가에 대한 답을 몰라서 구글에 검색했을 때. 로리가 그 일로 나에게 화를 낸 적도 있다. 그녀는 저녁 내내 나에게 전화를 걸었고, 뭔가에 화가 나 있었다. 나는 탁자 위의 전화기에 불이 켜지자 전화기를 뒤집어 놓았다. 다음날 내가 미안하다고, 그와 함께 있었다고 말했을 때, 로리는 말했다.

"아 그래. 그래서 그 남자는 이제 전화도 못 받게 하는 거야? 그런가 보네."

로리는 내 성격을 부정하려는 시도로 맥스가 한 모든 일을 해석하기를 좋아했지만, 그녀는 틀렸다. 그는 절대 내가 하는 일을 못하게 하지 않았다. 하지 말라고 말하지도 않았다. 가끔씩 내가 받는 느낌이 있을 뿐이었다. 그가 나를 바라보는 방식에 뭔가가 있고, 내가 딱히 옳지 않다는 이 느낌.

다른 것들도 있었다. 내가 로리에게서 배웠다고 그가 말한 어구들. 예를 들어, 내가 평소에 절대 사용하지 않던 **빌어먹을**이라는 말을 형용사로 사용한다고 그는 말했다. 이런 그의 말은 항상 나를 놀리는 농담이었고 진지하지는 않았지만, 그때 그의 표정이 얼마나 차갑고 딱딱하고 무표정했던지... 그런 다음 그는 웃으면서 말했다. "맙소사, 진정해, 농담이야." 하지만 항상 그렇게 느껴지지는 않았다. 잘 기억나지는 않지만, 모든 예술가들은 약간 내성적이거나 그 비슷하다는 이야기를 한 적이 있었다. 그는 자기 집착이 심하다고 나를 놀렸다.

"당신이 **나**로 시작하는 문장을 얼마나 많이 쓰는지 알고 있어?"

"아니오. 난 몰랐어요."

내 대답은 '나'로 시작되고 있었다.

그는 내 대답을 매우 우스워했다. 더 우스운 건 내가 그 이유를 알아내는 데 일 초가 걸렸다는 것이다. 내가 피곤해서 말을 많이 할 자신이 없었던 어느 저녁에 생긴 일이었다.

그는 내가 생리 중일 때를 좋아하지 않았다. 피임기구를 삽입한 이후로 거의 끊임없이 피를 묻히고 있었다. 로리는 나에게 자위를 하라고 말했다. 그렇게 하면 피가 더 빨리 빠져나간다고. 하지만 내 방에 혼자 있는 90초 동안 음산한 공황상태에서 나를 흥분시키려고 며칠을 시도한 후에, 나는 어쨌든 로리의 방법이 틀렸다고 결론지었다. 내가 여전히 생리 중이라고 그에게 말했을 때, 그는 아무렇지도 않게 말했다. "애나, 나는 솔직히 그런 일에 신경 쓰지 않아. 난 십대가 아냐." 그러나 그 후 작은 일들, 시트를 힐끗 보는 시선이나 샤워를 하기 위해 곧바로 일어나는 모습을 생각하면, 그가 솔직하지 않았음을 알 수 있었다.

게다가 내가 양치질을 할 때나 유리병 뚜껑을 열려고 할 때, 또는 떠나기 전에 내 물건을 모두 챙겼는지를 확인할 때, 나를 바라보는 그의 시선이 불친절하게 느껴졌다. 거기에는 암묵적인 비난이 들어 있었다. 이 때문에 그의 시선을 느끼는 순간 나는 실수가 잦아졌다. 머그컵을 테이블 가장자리에 놓아서 깨뜨리거나 옷에 커피를 쏟았다. 그는 내가 세상을 헤쳐 나갈 수 있다는 것을 믿지 않았다. 그가 나를 믿지 않을수록 나에게는 그 일이 더 어렵게 느껴졌다. 그러면 그는 나를 바보라거나 애기라고 불렀다. 그는 다정하게 부르며 장난을 쳤다. 하지만, 그럴 때는 그가 나를 좋아하는지조차 확신이 서지 않았다. 그가 나를 바라보는 방식은 그가 나를 좋아하지 않는다는 확신이 들게 했다.

몇 번은 화가 났었다. 엄마한테서 전화가 왔다. 그때 그가 불이 켜진 내 전화기를 흘긋 쳐다보는 것을 보고는 내가 폭발했다. "그 빌어먹을 통제 좀 그만해요." 그런 다음 나는 전화기를 들고 엄마와 통화했다. 그 후에 그가 말했다. "애나, 다시는 그런 말 하지 마. 내가 그렇지 않다는 것은 너도 알고 있고, 그렇게 말하는 건 예의가 아니야." 그 말이 나를 기분 나쁘게 했다. 한 번은 나를 가장 부끄럽게 한 순간인데, 일진이 별로 좋지 않은 날이었던 것 같다. 하필 그날 그는 다 사용한 찻숟가락을 테이블 위에 바로 올려놓는다며 내 신경을 건드렸다. 그 순간 나는 그에게 상처를 주고 싶다는 충동에 사로잡혔다. "당신은 그런 식으로 아내에게도 말하나요? 그래서 당신 아내가 떠난 거예요?" 그리고 나는 그의 눈 뒤로 블라인드가 내려진 것처럼 그의 얼굴이 닫히는 것을 보았다. 그는 침대로 가서 앉았고, 나에게 등을 돌렸다. 나는 그가 화가 많이 났다고 생각했다. 그를 따라가서 정면 대결에 불을 붙이려 했다. 그런데 너무나 놀랍게도, 그는 울고 있었다. "미안해요, 미안해요, 진심이 아니었어요, 내가 잘못했어요, 내가 무슨 말 하는지도 몰랐어요, 미안해요, 용서해줘요." 나는 사과했다. 사실 그의 울음을 멈추기 위해서라면 무슨 짓이든 했을 것이다.

어떤 때는 늙고 까다로운 사람이라 다른 사람을 수용할 수 없다며 그를 놀리기도 했다. 그러면 그는 웃었는데, 그때 그의 모습은 마치 조각상이 살아나는 광경을 보는 것 같았다. 그러면서 로리가 말했던 대로, 내가 보고 싶어 하는 것만 그에게서 찾았으며 있는 그대로의 모습을 보지 않는 것은 불공평하다고 생각하곤 했다. 왜냐하면 그런 모습은 사실 그 사람의 모습이 아니었기 때문에. 그가 내 결점을 찾고 있다고 느낄 때, 그가 정말로 나를 좋아하는지 확신하지 못했을 때, 그는 갑자기 미소를 짓곤 했다. 그러면서 갑자기 이런 말을 던지는 것이다. "당신이 여기 있어서 정말 기뻐. 또는 심지어, 당신은 너무 아름다워." 내가 다른 생각을 할 때나 별것 아닌 일을 하고 있을 때, 아름답게 보이려고 전혀 애쓰지 않을 때면 그는 감상적인 모습을 보여주기도 했다. 자신이 좋아하는 노래를 들려주고, 침대에서 나를 일으켜 세우고 팔을 내 어깨에 둘렀다. 그리고 나를 흔들었다. 반쯤은 춤이지만 거의 움직이지 않고 내 뺨에 자신의 뺨을 댄 채 귀에 뜨거운 숨을 내쉬었다. 도시와 청중이 유리창으로 우리를 들여다보는 것 같은 곳에서. 그는 소파에 나와 함께 누워서 십대처럼 사랑을 나누었다. 내가 그의 셔츠 단추를 풀거나 벨트를 풀려고 하면 그는 나를 막으며 하지 말라고 말했다. 그는 단지 그대로 있기를 원했다. 내가 그에게 미래에 대해 말하려고 하면 그는 나를 놀리며 말했다. "바로 지금, 나는 당신과 함께 있어. 이게 내가 생각하는 거야, 내년에 일어날지도 모르는 어떤 이론적인 계획이 아니야." 그리고 그 순간에, 나는 그가 옳다고 생각했다. 왜 걱정하지, 걱정할 이유가 없잖아? 나는 가능한 한 많이 그를 흡수하려고 노력했다. 그의 손의 감촉과 머리카락 냄새, 나를 위해서가 아니라 그에게도 특별한 의미가 있는 미소 띤 모습을. 그는 나에게 사랑스럽다면서 항상 지금 그대로 있어야 한다고 말했다. 나를 만나기 전에 매우 외로웠고, 런던에 있는 것이 싫었는데 내가 그를 행복하게 해주었다는 것이다. 그는 사랑한다고 말하지는 않았지만, 나를 내 사랑이라고 불러주었다.

서랍에 넣어두려고 봉투에서 돈을 꺼내고 있는데 로리가 방으로 들어왔다. 나는 그녀가 외출 중인 줄 알았다.

"뭐 했어?" 로리는 내 손에 있는 돈을 보고 밝게 물었다.

"사람이라도 죽였니?"

그렇다면 그녀는 내가 들고 있는 현금, 침대 위의 돈뭉치가 얼마나 되는지 알아봤음이 분명하다.

그녀는 침대에 앉으며 다시 물었다.

"아니, 정말로. 사람을 죽였어?"

"마약. 더 많이 벌잖아. 왜 일하러 안 가?"

나는 그녀의 주의를 딴 데로 돌리려고 했다. 멍청하게. 로리는 그냥 넘어갈 사람이 아니었다.

"교대가 뒤로 밀렸어. 네가 이렇게 많이 저축한 줄 몰랐는데?"

그녀는 나를 압박했다.

"돈 때문에 힘들다고 했잖아."

"그랬지."

"그랬지?"

"그게..."

그럴듯한 변명거리가 생각나지 않아서 최대한 자연스럽게 말했다.

"맥스가 빌려줬어."

그녀는 이해하지 못하겠다는 표정으로 나를 쳐다보았다.

"잠깐만. 거기서 네 돈이 나오는 거야? 그 남자가 물건 값 정도는 내준다고 알고 있었지만. 뭐? 네가 일을 그만둔 이후로 계속 그런 건 아니지? 그동안 쭉 그 남자가 현금을 줬던 거야? 진짜로?"

"글쎄, 전부는 아니야."

"그럼 그 대가로 그 남자가 바라는 게 정확히 뭐야?"

"그는 아무것도 바라지 않아. 단지 나를 도와주고 있을 뿐이야."

그는 뭘 바라지 않았다. 그는 아무것도 요구하지 않았다. 딱 한 번, 이상한 느낌을 받은 적이 있었다. 늦은 밤, 그날 나는 일찍 일어나야 한다고 생각한 것을 기억한다. 잠에 빠져들 무렵 그가 키스하기 시작했다. 뭐예요? 하는데 초저녁에 그에게 받았던 봉투가 떠올랐다. 그에게 뭔가 해줘야 할 것 같은 느낌이었다고 할까? 하지만 재빨리 그 생각을 떨쳐버렸다. 그건 사실이 아니었다. 내가 원해서 한 것은 아니었다. 여자들에게는 원하지 않아도 성관계를 하는 경우가 허다하다. 나에게도 그런 경험이 있었는데, 돈과는 관련 없는 일이었다. 어쨌든, 일단 시작하고 나자 나도 함께 즐겼다.

"도덕적 행동 운운하는 말은 그만해. 이건 남자들에게 빌붙는 것과는 달라. 네가 매일 밤 다른 남자와 외식하면서 몇 주 동안 음식에 돈을 쓰지 않아도 되었던 그때는 뭐야? 넌 그 걸 자랑스러워했잖아." 나는 강하게 말했다.

"그건 완전히 다른 얘기야."

"뭐가 다른데? 아니, 다르지 않아."

"그때는 대가에 대한 기대가 없었어. 난 그 사람들 대부분을 다시 만나지 않았다고. 내가 원할 때만 만났어."

나는 다시 말을 이어갔다. "어쨌든 그 사람한테서 모든 돈을 받는 건 아니야. 저금도 있어."

이 말은 사실이 아니었다. 그가 옳았다. 돈은 내가 생각했던 것보다 훨씬 더 빨리 사라졌다.

"그 사람이 이번 달에 돈을 조금 빌려줬어. 그게 다야. 그 오디션 이후에 돈이 좀 부족했어. 그 사람 돈은 갚을 거야."

"조금? 조금이겠지. 얼마야? 거기에 있는 돈은 얼마나 돼?"

로리는 침대에 있는 지폐를 휙휙 넘겨보기 시작했다.

"천 파운드? 최소한 그 정도는 될 거야."

그녀는 갑자기 웃었다.

"빌어먹을, 애나. 네가 무슨 짓을 하고 있는지 알기 바라."

"그 정도는 아니야."

나는 가장자리에 레이스 장식이 둘러진 빛바랜 꽃무늬 이불을 쳐다보며 말했다.

"이런 일은 정말 흔해. 예술계 사람들이 연인의 지원을 받는 일은 흔하다고. 음악원 가수 중 절반은 그럴 거야. 아니면 부모님이 지원해 주든가. 그렇지 않다면, 그 사람들이 어떻게 해나갈지 알 수 없어."

"아, 그래서 지원받는 거라고? 방금 갚는다고 하지 않았던가?"

"갚을 거야."

그 말을 듣고 로리는 부드럽게 나를 타일렀다.

"애나, 근데 어쨌든, 그 남자는 네 애인이 아니야. 애인이야? 연인 관계이기나 해? 그런 관계로 볼 만한 게 있어? 그 남자가 다른 사람에게 너에 대해 얘기한 적 있어?"

로리는 자신이 나를 납득시켰다고 생각했다. 나도 모른다. 아무 생각이 나지 않는다. 몇 번이고 내가 할 수 있는 한 무관심하게 그런 이야기를 꺼냈지만. 그의 대답은 친절하고 합리적이며 형언할 수 없을 정도로 모호했다. 나는 그런 말을 참을 수가 없어서 더 이상 물어보지 않았다.

"봐봐. 솔직히 이상하지 않아? 그 남자가 실제로 사귀고 싶었다면 좀 더 자기 또래 사람을 찾을 거라는 생각이 들지 않아? 금방 가정을 꾸리고, 뭐 그런 일을 같이 할 사람으로."

"넌 지나치게 보수적으로 얘기하고 있어. 대안적인 생활방식을 주장하는 사람치고는."

"그래. 하지만 그 남자는 나 같은 사람이 아니잖아. 나는 현실적으로 말하는 거야. 현실은 그가 아이를 가질 수 있는 성공적인 30대 여성을 찾는다는 거야. 글쎄, 물론 그 남자가 이미 다 가지고 있지 않은 경우에 해당되지만."

그녀는 휴대전화로 시간을 확인하며 말했다.

"어쨌든, 난 가봐야 해."

다른 사람의 분노에 대한 나의 반응은 결코 화내지 않는 것이었다. 로리가 옳지 않다고 생각했을 때조차도 그녀의 말은 항상 아프고 기분 나쁘게 들려서 상황을 개선하고 싶다는 생각을 갖게 한다. 그녀는 다시 침대 위의 돈을 내려다보고 있었다. 그때 나는 하지 않아도 될 말을 내뱉고 말았다. 이번 달에 돈은 충분해? 좀 가져갈래?

그녀는 웃음이라고 할 수 있는 소리를 냈지만, 아마 아니었을 것이다.

"애나, 난 괜찮아." 그녀가 고개를 저으며 말했다.

13

그의 이름이 전화기 화면에 떴을 때 나는 코칭 수업에 들어가기 위해 대기 중이었다.

"애나, 도와줬으면 하는 게 있어."

그때 나는 어려운 가사를 머릿속으로 되뇌면서 어떤 느낌이었는지 기억하려고 애썼다. 그의 목소리는 나를 그 생각에서 순간 벗어나게 했다. 이전에는 그가 직장에서 전화를 건 적이 없었다.

"정말이요? 무슨 일인데요?"

"오늘 아침 8시 30분쯤이었어." 그가 얘기하기 시작했다. "내가 사무실에 거의 도착할 즈음에 어떤 사람이 운동복을 입고 조깅을 하고 있었어. 라이크라 운동복에, 운동화, 작은 모자를 쓰고. 여기까지는 정상이야. 그런데 그 남자가 가까워지자 그가 들고 있는 것이 보였어. 멀리서 봤을 땐 에너지 드링크나 그런 비슷한 음료인 줄 알았는데, 아니었어. 그건 맥주였어. 뚜껑이 따져 있는 캔 맥주. 그는 팔을 쭉 뻗고 조심스럽게 조깅하고 있어서 맥주를 흘리지 않았어. 달리기를 하고 있는 걸까 아니면 달리기를 하러 가는 걸까?"

그 게임은 몇 달 전 레스토랑에서 시작되었다. 사람들을 주의 깊게 살피면서 맥스와 내가 고안한 게임이었다. 나는 중년 남자와 테이블 위로 손잡은 십대로 보이는 소녀를 보고 그에게 질문을 던졌다.

"친척 아니면 연인?"

"상대적이지. 확실히 상대적이야."

"모르겠어요. 아빠랑 저렇게 손잡는 사람이 있어요?

그 이후로 우리는 많은 카테고리를 고안했다. 코카인 중독자 아니면 힙한 사람. 임신한 여자 아니면 뚱뚱한 여자. 유럽인 아니면 롤러 디스코 장에 가는 사람.

"그건 어려운데요. 실제로 그 사람이 맥주 마시는 걸 봤어요?"

나는 더 많은 정보가 필요했다.

"아니. 하지만 술을 마시지 않았다면, 그 뚜껑은 뭐지?"

운동 테마 파티에서 밤을 새웠나? 나는 추리를 시작했다. 직장에 늦었다는 것을 깨닫고 뛰쳐나오는 바람에 마지막에 마시던 술을 아직도 들고 있을 수도?

"이 문제를 더 자세히 논의해야겠어. 오늘 밤에 와."

"오늘 밤은 갈 수 없어요."

"왜 안 돼?"

"오디션이 있어요."

"중요한 거야?"

"그렇죠, 뭐."

그 오디션은 잘 알려진 작은 회사에서 주최한 것이었다. 좋은 역할이었지만 노래 부르는 데 돈이 든다. 경험 쌓기에 필사적인 젊은 프로 가수들이 밖에 널려 있어서 성공 가능한 비즈니스 모델이었다. 배역이 정해진 가수들은 풀타임으로 리허설을 해야 해서 직장이 있으면 참여할 수 없는데다가 제작비를 위한 기부도 해야 했다. 그 금액도 만만치 않았다. 나는 그에게 그것까지는 말하지 않을 것이다.

"몇 시? 끝나고 와도 돼."

"아침에 있어요. 잠을 잘 자야 한다는 거죠."

"당신이 생각하는 아침? 아니면 다른 모든 사람들이 생각하는 아침?"

"정확한 시간은 기억이 안 나요."

이렇게 말했지만 사실이 아니었다. 정확히는 오후 2시였다.

내 바로 앞에서 코칭을 받으러 들어갔던 남자가 강의실에서 나오고 있었다.

"가야 해요. 수업이 있어요."

나는 얘기를 마무리하듯 말했다.

"마음이 바뀌면 알려줘."

코치와 함께 오디션 레퍼토리를 연습한 다음 어두워질 때까지 혼자서 그 과정을 반복했다. 그러고는 집으로 돌아갈 생각이었다. 집에는 샤워할 뜨거운 물도 남아 있지 않을 것이다. 같이 사는 여자애들 중에는 정상적인 의미의 직장인이 한 명도 없었다. 그래서 하루 종일 빈둥거리며 여유롭게 목욕하는 일이 많았다. 새시는 오늘 밤에도 사람들이 몇 명 올 거라는 말을 했다. 그들은 거실에 모여 새벽 3시까지 쿵쿵거리면서 새시가 선호하는 특별한 금속 코크스 빨대로 소리도 요란하게 콜라를 마셔댈 것이다. 새시는 자신을 생태보호 전사라고 생각했는데, 플라스틱은 바다에 해롭지 않은가. 내가 일주일 동안 먹으려고 한 냄비나 만들어둔 음식은 아마도 이미 바닥이 났을 것이다. 보충 가능한 품목에 대한 소유권을 주장할 수 없기 때문이다. 그건 집안 규칙 중 하나였다. "결국에는 모두 공평해져." 밀은 말했다. "그러면서도 값비싼 유기농 컨디셔너를 사오라거나 내가 먹을 마지막 수프를 먹어버린 건 누구였더라?"

나는 그에게 가겠다는 문자를 보내면서 그가 아침에 출근하고 난 뒤에 계속 잠을 자도 되는지 물었다. 곧 답장이 도착했다. **그럼, 괜찮아.**

"당신이 오늘 밤에 외출하고 싶어 할 거라고는 생각하지 않았는데?"

코트 벗는 것을 지켜보던 그가 말했다.

"맞아요. 집에 있을 거예요."

"근데 옷은 왜 그렇게 입었어?"

"오디션 복장. 이러면 아침에 집에 들를 필요가 없잖아요."

오디션에서 선보일 역은 모차르트의 요부 중 하나인 체를리나여서, 나는 하이힐을 신고 로리의 드레스를 빌려 입었다. 내가 그 역에 제격이라는 걸 심사위원들에게 보여줄 수 있는 기회를 잡기 위해.

그는 내 어깨에 두 손을 얹은 다음 팔을 쭉 뻗어 나를 멀찍이 서게 했다. 그러고는 잠시 동안 나를 살펴보더니 미소를 지었다.

"당신이 좀 더 세련된 스타일의 옷을 입었으면 했던 건 이런 옷을 입으란 게 아니었어. 정말 여자들이 오디션을 받을 때는 이런 옷을 입어?"

"이 옷이 어때서요?"

"아니야. 그냥. 사실 난 좋아. 좀 야해 보이지 않나 해서 말이야. 그게 다야."

그가 냉장고로 가자, 나는 발을 차서 하이힐을 벗었다.

"뭐 마실 거야?"

"오늘 밤은 술을 못 마셔요. 사실 감기 기운이 있어서 말을 많이 하면 안 될 것 같아요."

"즐거운 저녁이 되겠는걸. 제정신으로 하는 소리는 아닌 것 같은데. 당신도 알고 있지?"

"가수와 데이트할 때의 특전이죠."

이렇게 말한 다음 나는 곧 바보야, 왜 데이트라고 말한 거야라며 자책했다. 그리고 사실은 열이 꽤 내렸다든가 어떤 사람들은 대중교통에서 마스크를 쓰고 30분마다 소변을 보러 가야 할 정도로 물을 많이 마신다는 등 두서없는 이야기를 지껄이기 시작했다. 하지만 그는 그냥 웃으면서 괜찮다고, 얘기하지 않아도 된다고 했다.

그는 화려한 아시아 음식을 너무 많이 주문했고, 나는 드레스를 벗고 그의 셔츠로 갈아입었다. 우리는 다큐멘터리를 시청하기 시작했다. 그 다큐는 그가 넷플릭스에 언제 올라오는지 확인하면서 계속 기다리던 프로그램이었는데, 알래스카에 통나무집을 짓고 그곳에서 수십 년 동안 혼자 살았던 한 남자의 이야기를 담고 있었다. 그 남자는 모든 영상을 직접 촬영했다. 카메라를 설치한 다음 프레임에 들어가 낚시 방법을 보여주고 나무 조각으로 주방 도구를 만들었다. 나는 그가 하는 말을 절반도 이해하지 못했지만, 보고 있으면 마음이 진정되었다. 피곤할 때 사람들이 외국어로 말하는 것을 듣는 경우와 비슷했다, 그냥 말의 억양을 즐기면서. 나는 눈을 감았다.

아파트에 인터폰이 울리자 그는 주머니에서 휴대폰을 꺼내 TV를 멈췄다.

"여기."

그는 전화기를 나에게 건네며 말했다.

"다른 것을 골라 봐."

"당신이 그 다큐를 보고 싶어 하는 줄 알았는데요?"

그는 문을 열어주기 위해 일어났다.

"당신은 말 그대로 잠들어 버렸잖아. 내가 즐기는 데 다소 방해가 돼서."

"솔직히, 당신이 나를 판단하는 잣대를 갖게 하기보다 이걸 보는 게 나은데요."

"나도 그럴 수도 있겠다는 생각이 들었어. 그래서 당신이 고르라고 하는 거야."

그는 문으로 다가가면서 배달원에게 팁을 주기 위해 테이블에서 지갑을 가져갔다. 나는 넷플릭스 홈페이지를 스크롤하기 시작했다. 그가 문을 열자 형식적인 인사말이 오고 가는 소리가 들렸다. 배달원을 보내고 그는 커피 테이블에 테이크아웃 용기, 접시 몇 개, 서빙 스푼 몇 개를 올려놓았다. "자, 먹어." 그런 다음 그는 잔을 채우기 위해 부엌으로 다시 갔다.

나는 그의 시청 기록을 보고 있었다. 그가 마지막으로 본 프로그램은 영화 〈업(Up)〉이었다.

"당신은 놀라움 그 자체인데요."

나는 그가 다시 자리를 잡고 앉았을 때 이렇게 말했다.

"뭐?"

내 상상일 수도 있지만 그런 순간이 있었다. 그가 화나 있다고 생각한 순간이. 그는 내 손에서 전화기를 가져가서 화면을 확인했다.

"내 말은, 당신을 어린이 영화 보는 사람으로 생각하지 않았다는 말이에요."

그는 혼란스러운 듯 보였으나 이내 미소를 지었다.

"아, 조카가 본 거야. 형의 아이. 형네가 주말에 여기 왔었어."

"조카가 있는지 몰랐어요."

"있어. 두 명."

나는 그를 이 새로운 시나리오에 끼워 넣으려고 했다. 아이들이 가장 좋아하는 삼촌, 맥스는 소년들을 목마 태우거나 정원에서 함께 뛰어다니며 공을 차고 있다. 그 모습을 상상하는 것은 어렵지 않았지만 내가 만들어 낸 두

소년은 그와 너무 닮아 있었다.

"아이 있어요?" 나는 내가 감당할 수 있는 최대한의 대화 톤으로 물었다.

"아니, 없어." 그가 대답했다. 이때 그의 얼굴 표정과 빠른 대답은 그가 거짓말을 하고 있다는 생각이 들게 했다. 하지만 그 순간은 겨우 1초 정도에 불과했다. 아이들이 있었다면 내가 말하지 않았을까? 그는 웃으면서 말했다. 그래서 나는 자신에게 정신 차리라고 속으로 말했다.

"조카들은 어때요? 조카들을 좋아해요?"

"좋아하냐고? 무슨 그런 질문이 있어? 당연히 좋아하지."

나는 어깨를 으쓱했다.

"아이들도 다른 사람들과 다를 바 없죠? 당신이 좋아하는 조카도 있고 그렇지 않은 조카도 있을 것 같은데요."

"사람들은 자기와 관련된 이들을 좋아하는 경향이 있어."

"정말요? 나는 잘 모르겠어요."

"자기애적 외동아이 증후군이야. 어쨌든 〈업〉은 아동용 영화가 아니야. 감정적으로 엄청나게 충격적인 좋은 영화야."

"감정적으로 충격적이라고요?"

"그렇다니까. 나는 영화가 시작되고 10분 후에 울었어. 분명히 모두들 그래. 그 부부가 어렸을 때부터 부인이 죽을 때까지 그 부부의 삶을 빠르게 보여주는 부분에서."

"진짜로?"

"그게 그렇게 믿기지 않아?"

"어린이 만화로 감정을 조종당하고 있는 당신이. 네, 믿기 힘들어요."

"좋은 메시지를 담고 있어. 사람들이 크고 야심 찬 것을 좇는 데 평생을 보낼 수 있다는 것. 자신이 늘 행복했음을 너무 늦게 깨닫는다는 것."

"글쎄요, 그렇다고 생각해요. 이류 인생으로 만족한다면요."

그는 위스키를 한 모금 마시고 잔을 탁자 위에 놓은 다음, 몸을 굽혀 손으로 내 얼굴을 잡고 키스했다. 그에게서 연기 냄새와 신맛이 느껴졌고, 입은 차가웠다. 위스키 한 방울이 목구멍 뒤쪽에서 40% 정도 견딜 수 있는 톡 쏘는 듯한 느낌을 주었다. 그는 내 입 안에서 웃고 있었고, 나는 삼키지 않으려고 노력했다. 하지만 그는 내 입술을 계속 누르고 있었고 나는 질식할 것 같았다. 그를 밀쳐내려고 했지만 그는 내 몸 위에 있었고 소파 등받이에 어깨를 짓눌러 척추가 으스러질 것 같았다. 갑자기 나는 숨을 쉴 수도, 말을 할 수도 없어서, 그를 밀고, 또 밀고, 소리를 지르려고 하면서 팔을 내저었다. 잠시 후 그가 벌떡 일어나서 뺨을 손으로 감싸고 있는 모습을 보고서야 내가 그를 때렸다는 사실을 깨달았다.

그는 잠시 동안 아무 말도 하지 않다가 목소리를 낮춰 말했다. "도대체 무슨 짓이야?"

그가 손을 떼자 피로 얼룩진 그의 뺨이 보였다. 순간 나는 이해할 수 없었다. 그건 마치 무대 연기 같았고, 그 피가 어디서 났을까 하는 생각이 들 정도로 너무 사실적이어서 놀랐다. 그는 나랑 드레스에 대한 대화를 나누는 중에도, 테이크아웃 주문을 하는 중에도 계속 캡슐을 가지고 있었을까? 그 캡슐을 주먹에 쥐고 있거나 주머니에 넣고 있으면서 쥐어 짤 준비를 하고 있었나? 아니면 나였나? 내가 그 캡슐을 쥐고 있었나? 내 주먹이 캡슐에 닿았을 때 그의 뺨에 바른 사람이 나였을까?

나는 내 손을 내려다보았다. 내 반지. 날카로운 모서리. 나는 그를 올려다보았다. 그의 얼굴에서 볼 수 있는 것은 나를 미워하는 듯한 순수한 분노뿐이었다. 내가 누구인지 그에게 마침내 공개한 것처럼. 그는 내내 고약한 의심을 품고 있었고, 나는 마침내 그가 옳았다는 것을 증명했다. 너무 큰 충격이라서 나는 웃기 시작했다.

"이게 재미있어? 진짜로? 뭐 잘못되기라도 했어?"

"내가 잘못됐다고요? 내가? 당신이 날 아프게 했잖아요."

"당신은 나를 때렸어."

그의 목소리는 여전히 조용하지만 얇고 정밀한 칼날처럼 강했다.

"정말 그래도 된다고 생각해?"

"당신이 나를 아프게 했다고요."

나는 다시 말했는데, 아파트가 조용해서 너무 크고 히스테리컬하게 들렸다.

"애나, 정확히 어떤 식으로 내가 당신을 아프게 했지? 우리는 장난을 치고 있었어. 빌어먹게도 날 때릴 필요는 없었어."

내 입 안에서는 여전히 위스키 맛이 났고, 그 위스키가 건조되면서 내 목구멍의 모든 수분을 빼앗아 가는 것을 상상했다. 하지만 내가 그렇게 말하면 그는 내가 미쳤다고 생각할 것이다.

"당신을 다치게 할 생각은 없었어요. 난 그냥 당신을 멈추게 하려고 했어요."

그는 말도 안 된다는 듯 나를 쳐다보더니 욕실로 갔고, 이어서 샤워기 물소리가 들렸다. 내 심장이 갈비뼈를 뚫고 튀어나오려는 듯 쿵쾅쿵쾅 뛰는 게 느껴졌고, 팔다리는 너무 커서 내 몸에 붙어 있지 않은 것 같았다. 그가 소리라도 지르기를 바랐다. 소리를 질렀다면 나는 이해했을 것이다. 조용히 있는 게 이해되지 않았다.

그는 오랫동안 욕실에 있었고, 나는 떠나야 한다고 생각했다. 그는 욕실에서 내가 떠나기를 기다리고 있을 것이다. 내가 그의 셔츠를 벗고 내 옷으로 갈아입었을 때, 그가 허리에 수건을 두르고 욕실에서 나왔다.

"뭐하는 거야?"

"가는 거예요."

나는 스타킹을 신으려고 침대에 앉았다.

"왜 가? 가지 마."

"당신이 화가 나 있으니까요." 말을 하는 순간에도 나는 갈라진 목소리로 매우 한심하게 어린애처럼 구는 자신에게 화가 났다.

그는 한숨을 쉬며 말했다. "화 안 났어. 더 이상 화나지 않아. 일부러 그런 게 아니란 걸 나도 알아. 애나? 내 말 듣고 있어? 가지 마."

그는 나를 침대에서 끌어올려 팔로 감쌌다. 그의 가슴은 여전히 축축했는데, 그에게서 깨끗하고 상쾌한 냄새가 났다.

"당신을 다치게 했어요. 다치게 할 생각은 없었어요."

그는 내 어깨에 손을 얹고 말했다. "자, 나를 봐. 정말 아무 일도 아니야. 그냥 좀 충격을 받았어. 그게 다야. 화내서 미안해."

그리고 나는 그의 얼굴을 올려다보았는데, 그의 말이 맞았다. 씻고 나니 정말 아무것도 아니었다. 긁혔다고 할 수도 없는 상처였다.

내가 피곤해하며 일어난 것은 그가 출근한 이후였다. 침대 옆 탁자 위에는 봉투가 세워져 있었는데, 앞면에는 감동적이고도 유치한 글이 적혀 있었다.

오디션에 행운을 빌어. 택시 타고 가.

나는 봉투를 열고 안에 들어 있는 돈을 세어 보았다. 이 돈이면 프랑스로 가는 택시비도 낼 수 있었다. 잊어버리기 전에 전화기에 기록하기 시작한 목록에 그 금액을 추가했다. 나는 그에게 그 목록을 주기적으로 보여주면서 말했다. "자, 봐요. 내가 빌린 돈이 얼마인지 정확히 알고 있어요. 꼭 갚을 거예요." 그러면 그는 항상 말했다. "물론, 언제든지, 서두르지 마." 나는 그가 지난 한 달 동안 나에게 준 돈이 얼마인지 알고 있는지 궁금했다. 지금 그 금액을 보니 좀 토할 것 같았다.

나는 잠시 동안 침대에 누워 있었다. 오디션까지 몇 시간밖에 남지 않아 일어나서 제대로 워밍업을 해야 한다는 걸 알았지만 그게 중요하게 느껴지지 않았다. 아마도 피곤함 때문이리라. 나는 커피를 만들고, 커튼을 모두 열었다, 그리고 침대에서 커피를 마시면서 하얀 하늘, 사무실 건물의 형광등을 내다보았다. 그런 다음 그의 침대 옆 서랍을 열고, 쌓여 있는 현금 뭉치를 다시 확인했다. 이어서 그 아래에 있는 서류들을 살펴보기 시작했다. 그의 물건을 뒤지는 일이 정확히는 부도덕한 일임을 알고 있었다. 하지만, 지금 내가 하고 있는 행동이 부도덕하게 느껴지지는 않았다. 그런 것이 너무 인간미가 없어 보였다. 어쨌든 내가 무엇을 찾고 있는지도 몰랐다. 생각건대, 증거 그런데 무슨 증거. 나도 모른다. 내가 그를 고정시킬 수 있는 어떤 것, 코르크 판자에 핀으로 고정된 나비나 유리병에 갇혀 있는 딱정벌레처럼 그를 가만히 잡고 날개의 퍼덕임을 멈추게 하는 것을. 하지만 나는 그런 것을 찾지 못했다. 내가 이해하지 못하는 그림이 많이 들어 있는 일 관련 문서, 종이 클립, 만료된 비자, 각기 다른 호텔 이름이 인쇄된 볼펜들. 감정적인 내용이 들어 있는 것은 없었다. 나는 일어나서 옷장 서랍을 열었다. 거기에도 별 게 없었다. 그가 내 앞에서 착용한 적이 없었던 속옷, 벨트, 점퍼. 옷걸이에 걸려 있는 가방도 열어봤다. 플라스틱 폴더에 들어 있는 어떤 문서. 몇 통의 편지. 그 편지 중 하나는 아직도 봉인되었지만, 다른 하나는 개봉 상태였다. 은행 명세서였다. 그 명세서를 훑어봤지만 알아낼 수 있는 게 별로 없었다. 나를 놀라게 한 딱 한 가지는 그가 그 달에 수령한 월급 액수였다. 잘못 본 게 아닌가 싶어 세 번이나 확인했다.

편지를 가방 속에 다시 넣어 놓으려다가 봉투 상단에 있는 주소를 보게 되었다. 옥스퍼드에 있는 그의 집. 나는 검색해서 그가 그 집을 언제, 얼마를 주고 샀는지 알아냈다. 작년 4월. 그래서 그 둘은 집을 함께 골랐다. 아마 거기에서 함께 살았을 것이다. 나는 절대 묻지 않았다. 그러면 그는 실종 아동의 부모가 아이의 방을 치우지 않고 남겨두는 것처럼 그 기억을 방해받고 싶지 않았던 걸까? 그게 나를 그 집에 데려가지 않은 이유일까? 침실과 욕실이 몇 개인지 알아냈지만, 그 집 사진은 찾을 수 없었다. 구글 지도에서 찾은 다음, 스트리트 뷰로 전환하려고 했다. 하지만 사진에 찍히지 않은 부분에 위치해 있어 그 집 앞 도로가 내가 접근할 수 있는 최선이었다. 그런 다음 나는 일어나서 샤워를 해야 했다. 오디션에 늦을지도 모른다.

이상한 점은 오디션이 유명 인사 소유의 저택에서 진행되었다는 것이다. 비용 절감을 위한 조치이리라. 그곳은 내 생각보다 런던에서 더 멀리 떨어져 있었다. 게다가 집이 너무 넓어서 들어가는 길을 찾는 데에도 10분이 소요됐다. 문을 열어준 이는 바지 정장에 음표가 프린트된 실크 셔츠를 입은 단정한 차림의 여자였다.

"안녕하세요, 저는 애나입니다. 늦어서 죄송해요."

나는 그녀에게 인사를 건넸다.

"애나, 환영합니다. 14시 03분이죠? 걱정하지 마세요. 약간씩 밀려 있는 상태니까요."

그녀는 부엌으로 나를 안내했는데, 타일로 된 바닥이 참나무로 마감되어 있었고, 미국 농가처럼 아일랜드 탁자 위에 구리 냄비가 주렁주렁 매달려 있었다.

"연습실이 준비될 때까지 여기서 기다려 주세요."

그 여자가 말했다.

"아, 그리고 아직 오디션 비용을 내지 않은 것 같은데요? 지금 내준다면 감사하겠어요."

나는 가방의 주머니에서 오늘 아침 맥스에게 받은 봉투를 꺼냈다. 그리고 거기에서 지폐 몇 장을 뽑아 그녀에게 건넸다.

거기에는 식탁에 앉아 악보를 넘기고 있는 내 또래의 여자애가 있었다. 그녀는 가사를 분홍색으로 강조해서 표시해 두고 있었다.

나는 의자를 찾아 거기에 앉았다.

"체를리나?"

그녀가 나에게 말했다.

"뭐라고요?"

"체를리나 오디션을 보러 왔냐고요?"

아, 맞아요. 그쪽은?

같아요.

그녀는 말하면서도 입술을 살짝 오므렸다. "마치 그래, 그렇게 생각했어"라고 말하는 것처럼.

오디션 전에 말을 건네는 사람들은 늘 이랬다. 웃는 입과 굳은 눈. 우리가 나눈 대화는 사실 잡담이 아니었던 셈이다. "그럼 내가 널 어느 위치에 두어야 할까? 위협이 되거나 되지 않거나?"였고, "내가 어떻게 하면 너의 자신감을 떨어뜨릴 수 있을까?"였다.

그녀는 악보를 덮고 나에게 질문하기 시작했다.

"이름이 뭐예요? 애나? 흠. 애나라. 애나를 전에 본 적이 없는 것 같아요, 런던의 오페라 가수 사회에서는 못 봤어요. 성이 뭐예요? 아니요, 이름을 들어본 적이 없어요. 오, 런던에 처음이라고요? 아, 온 지 얼마 안 됐다고요. 그럼 그렇겠네요. 여기서 공부하고 있어요? 오, **정말이요?** 흥미롭네요. 실례가 안 된다면 몇 살이에요? 이전에 이 역할을 해본 적 있어요? 내 말은 역할 전체요. 제작사에서 공연했다고요? 그럼 그 MD를 아나요? 그 감독은요? 그 연습 코치는요? 글쎄, 정확히 아는 사람이 누구예요? 어떤 제작사에서 노래를 **불렀어요?** 내 말은, 런던에서요. 그나저나 선생님은 누구예요?"

그녀는 내 대답을 주의 깊게 들었다. 나에 대한 모든 것을 알았다는 듯 고개를 끄덕이며 돌아섰다. 그리고 핸드백을 열고 브러시를 꺼내더니 긴 금발 머리를 빗었다. 처음에는 이쪽으로 휙 넘기더니 그다음에는 다른 쪽으로 넘겼다. 쓱, 쓱, 쓱, 어느 쪽이 가장 잘 넘겨졌는지 알아내려고 애쓰고 있었다. 그녀는 손거울을 꺼내 새빨간 입을 토닥거린 후, 이를 확인하고 미소를 지었다. 다음엔 운동화를 벗고, 앞면에 오페라 축제 이름이 인쇄되어 있는 토트백을 집어 들더니 루부탱 신발을 꺼냈다. 에나멜가죽에 굽은 높지만 확실히 고급스러웠다. 그녀는 일어서서 신발을 신은 다음, 악보를 폈다. 그리고 다시는 나를 쳐다보지 않았다.

"애나?"

안내했던 여자가 부엌문으로 머리를 내밀었다. "연습실이 비었어요. 이쪽으로 오세요."

나는 그녀를 따라 위층으로 올라갔다.

"그냥 저기를 지나면 있어요. 준비가 되면 데리러 오겠습니다."

방은 작았고 꽃무늬 천지였다. 꽃무늬 벽지에, 꽃무늬가 점점이 박힌 소파, 꽃무늬 커튼이 있었다. 방은 매우 따뜻했다. 나는 카디건을 벗었다. 아래층에서는 히터가 그렇게 세다는 걸 알아차리지 못했는데, 여기에서는 열기가 축축한 손가락으로 내 피부를 쓰다듬고 있었다.

노인들의 집에서 느껴지는 그 축축한 열기, 도마뱀을 따뜻하게 유지하기 위한 램프처럼 움직이지 않는 사람들을 뜨거워지게 하는 데 필요한 열기.

나는 창가로 갔다. 거대한 조경 정원, 그 끝에서 이루어지고 있는 소규모 공사, 아마도 풀장이 있는 집. 아무도 들어갈 수 없는 높은 벽. 나는 조급함을 느끼지 않았다. 평소 같으면 지금쯤 오디션 전 긴장감이 엄습해 왔을 텐데, 그렇지 않았다. 잠시 동안 나는 그냥 거기에 서서, 놀라운 녹색 잔디밭을 바라보았다. 희귀한 종의 고양이가 정원 벽을 가로질러 지나가고 있었다. 맥스가 한 말이 생각났다. 몇 주 전에 그는 예술이 정치보다는 국가에 덜 중요하다는 말을 했다. 나는 그 말이 반드시 옳다고 생각하지 않는 이유를 설명하려고 노력했다.

"애나, 당신 말은 명백하게 사실이 아니야. 당신이 그렇게 믿고 있다니 믿을 수가 없어. 하지만 예술가의 동기 부여 대부분은 개인적으로 원하는 거잖아, 그렇지? 거기에는 근본적으로 이기적인 것이 있어. 그렇지 않아? 뭔가 오만한? 당신은 세상이 당신한테 가혹하다고 말하고 있어. 다른 종류의 삶을 원한다고 말하지. 그래, 외부 사람들이 받는 혜택이 있을 수 있지만, 그건 예술가들이 개인적으로 원하는 것을 추구하는 과정에서 생기는 부산물 같은 것 아닐까?"

나는 기분이 나빠졌는데, 그는 우리가 이론적인 토론을 하고 있다고 거라고 말했다. 나를 꼭 집어 말한 게 아니므로 그렇게 민감한 반응을 보일 필요도 없다는 것이다.

나는 선 채로 창밖을 내다보면서 그때를 떠올렸다. 그가 한 말에 대해 생각해 보았고, 어떤 면에서는 그의 말이 옳다는 것도 알았다. 이 오디션은 중요하지 않았다. 이 작은 회사. 술집 위의 방에서 하는 작은 공연. 시간을 두고 천천히 와인을 마시기 위해 자리를 지키고 있는 잔뜩 멋 부린 이즐링턴의 청중, 그들은 말할 것이다. "오, 맞아. 우리가 봤어." 나는 그런 공연이 나에게 중요한 것인지조차 확신하지 못했다. 실제로 그 역할을 위해 오디션을 보는 일이 무의미하게 느껴졌다. 내가 그런 얘기를 했을 때 그의 표정과 '그 사람들이 당신에게 돈을 줘야 하는 거 아니야? 좋은 회사라고 당신이 말한 걸 들었는데? 그래서 그게 어떻게 돌아가는 거지?' 라고 말하는 그의 모습을 상상했다.

그 여자는 내게 시간이 어느 정도 남았는지 말해주지 않았다. 아마 20분 정도, 이제 그렇게 많이 남지 않았다. 워밍업을 하지 않는 데에서 오는 일종의 쾌감이 있었다. 나쁜 짓을 하는 데서 오는 뒤틀린 흥분. 어렸을 때 그런 흥분을 느낀 적이 있다. 선생님이 수영장에서 나오라고 했을 때, 나는 물속으로 뛰어들어 숨을 멈춘 채, 물 밖에 서 있는 선생님의 흔들리는 모습을 올려다보며 꾸지람을 들을 거라는 생각을 했다. 그때도 내 다리 사이에서 이 찌릿함을 느꼈지만, 그게 뭔지는 몰랐고 그저 좋았을 뿐이었다. 나는 손목시계를 보았다. 10분이 지났다. 시간이 부족했다.

나는 거울 앞에 똑바로 서서 음을 내본 후 노래를 부르기 시작했다. 입을 열자마자 나는 그의 물건을 뒤지는 데 시간을 낭비하지 말고 일어나자마자 음악원에 가서 연습을 할 걸 하고 후회했다. 증거를 찾는다고, 그 빌어먹을 증거를, 무슨 증거를 찾는다고? 그게 뭔지 나도 몰랐다. 나는 피곤했고, 내 목소리는 내 팔 아래 끼어 너무 큰 소포처럼 거추장스러웠다.

그 방은 좁아서 목소리가 울려 퍼질 공간이 없었기 때문에 나는 납작해진 채 죽어서 떨어지는 내 노랫소리를 들어야 했다. 나는 듣지 않고 단지 느끼려고 노력했다. 그리고 거울 속 내 자신을 바라보았다. 구두 굽이 너무 높은 것 같았다. 어제 내가 옷을 입을 때나 아파트를 떠날 때만 해도 그런 느낌이 전혀 없었는데, 지금 보니 분명히 너무 높았다. 너무 높고 지저분해 보였다. 특히 그 드레스를 입었을 때 더욱 그렇게 보여서 나는 점퍼를 다시 입었다. 방의 열기는 상관없었다. 왜냐하면 나는 아래층에 있는 그 여자애와 다르기 때문이었다. 확실히, 그 여자애는 옷도 잘 어울리고, 전체적으로 완전히 준비되어 있었다. 반면에, 나는 서로 어울리지 않는 이 모든 다른 부품들로 만들어졌다.

나는 음계를 워밍업하고 있었지만, 여전히 내 목소리가 아니었다. 나는 목소리 밖에 서 있었는데, 얼굴을 보니 눈이 크고 까맣게 보였다. 그러다 문득 갑자기 내가 엄청나게 겁에 질려 있음을 깨달았다. 오디션 전에 생기는 일반적인 긴장감-내가 에너지로 전환하여 쓸 수 있는 긴장감-이 아니라 겁에 질려 있었다. 완전히 육체적으로. 겁에 질려 도망가고 싶었다. 그 긴장감은 내 몸을 욱신욱신 아프게 했고, 마치 누군가가 내 목을 손가락으로 쥐어짜는 것처럼 목을 마비시켰다. 뭔가가 무너졌다. 음이 쪼개지고, 반으로 갈라지고, 더듬거리고, 흔들리다가 멈췄다.

문을 노크하는 소리가 난 후, 그 여자가 머리를 안으로 들이밀며 말했다. "준비됐습니다."

나는 그 여자가 얼마나 오랫동안 밖에 있었는지 알 수 없었다. 내 심장은 목구멍에서 너무 높게, 너무 높게 뛰고 있었다. 입을 열면 토할 것처럼.

심사위원들은 바로 그 문을 통과하면 있습니다. "노크하고 기다리면 부를 거예요."

그쪽으로 걸음을 옮길 때의 느낌은 비행이 두렵다는 것을 깨달은 사람이 활주로를 질주하는 비행기에 탔을 때의 느낌 같았다.

나는 잠시 밖에 서서 숨을 들이쉰 다음, 노크했는데 방에서는 아무 반응이 없었다.

나는 다시 노크하고 기다렸다. 여전히 아무 대답이 없었다.

세 번째 노크를 하고는 그들이 듣지 못했을까 봐 문을 밀고 들어갔다.

그 공간은 넓지 않았다. 그랜드 피아노가 공간의 대부분을 차지했는데, 그 위에 덮개가 깔려 있고 악보가 쌓여 있었다. 맞은편 벽 소파에는 네 남자가 다닥다닥 붙어 앉아 있었는데, 그들은 방에 비해 너무 커 보여 어린이 놀이방에 들어가려는 어른들 같았다. 모두 양복을 입고 있었다. 한 명은 노타이에 단추를 푼 상태였고, 신발을 벗고 있는 다른 한 명은 짝짝이 양말을 신고 있었다.

방에 들어선 후에야 내가 들어오라고 하는 말을 듣지 못한 이유를 알게 되었다. 그들 중 누구도 노크에 반응할 수 없었던 것이다. 모두 웃느라 정신이 없어서.

신발을 신지 않은 남자는 머리를 무릎에 박고, 손을 머리 뒤로 깍지 끼고서 어깨를 들썩이고 있었다.

노타이 남자는 넥타이를 올가미처럼 머리 위로 휘둘러 분홍색 셔츠를 입은 남자를 때렸고, 그 와중에 코를 킁킁거리고 헐떡이며 몸을 바둥거렸다. "이봐, 그만해, 그만하라고."

가운데에 있는 남자는 다리를 벌리고 앉아 다른 사람들을 구석으로 밀었다. 그는 왼쪽, 오른쪽을 차례로 바라보더니 미소를 지었다. 그는 내가 검색해봐서 이미 알고 있는 사람으로 이 오디션의 담당자였다.

"안녕하세요."

나는 인사를 했다. "죄송해요. 노크했습니다. 들을 준비가 되셨습니까?"

나의 등장은 그들이 웃고 있는 게 무엇이었든지 간에 그들을 더 웃게 만들었다. 그들은 청중이 있어 더 즐거운 것 같았다. 그러자 갑자기 그들이 웃는 게 내 옷 때문은 아닌지 아니면 더 안 좋은 상황으로 방음이 되지 않는 탓에 그들이 내가 워밍업하는 소리를 들었기 때문은 아닌지 걱정되었다. 몸이 안 좋아져서 내가 미안하다고 말하고 나가야겠다고 생각하고 있을 때, 그 담당자가 나를 보며 말했다. "애나 맞아요? 자, 들어오세요." 원하지도 않았는데 내 팔다리가 그의 말을 따랐다.

"미안해요." 담당자가 말했다. "이 사람들은 단지, 이 사람들은 단지..."

그는 다시 어린애같이 킥킥거렸다.

방 모양이 좀 이상해서 서 있을 곳이 마땅치 않았다. 나는 결국 피아노에서 너무 멀어지고 그 남자들과 너무 가까워졌다. 나는 피아니스트에게 인사했고, 그 여자는 "미안해요, 운이 없군요. 혼자 알아서 하세요" 라고 말하는 듯이 미소를 지었다.

이제 그 남자들 대부분은 웃음을 멈추려고 애쓰고 있었다. 노타이 남자는 손등을 물어뜯고 있었고 신발을 벗은 남자는 과장되게 심호흡을 하고 있었다. 핑크 셔츠를 입은 남자는 창피해서 얼굴이 핑크빛이 되었다. 그러나 그 담당자는 나를 똑바로 쳐다보며, 공개적으로 웃음을 터트리고 있었다. 눈물이 그의 볼을 타고 흘러내렸다. 나는 손으로 나 자신을 가리고 싶었다.

"역할은요?

그가 물었다.

목이 말랐다. 말을 하는 데 몇 번이나 켁켁거렸다.

"체를리나."

"좋아요. 그럼, 애나. 바티 바티(Batti Batti)부터 시작하겠습니다. 잠시만요."

그는 코웃음을 치면서 손수건을 꺼내 코를 풀고 눈을 닦았다.

"자, 그럼 아리아를 불러주세요. 괜찮죠? 그래요. 그리고 하아. 그리고 나를 보면서 노래해 줬으면 좋겠어요. 그러니까 노래하는 내내 나를 보세요, 알겠죠? 좋아요. 그리고 나는 이렇게 팔을 휘저을 거예요.

그는 나에게 보여주기 위해 공중에서 팔을 흔들었다. 다른 남자들이 낄낄거렸다.

"그리고 애나가 내 팔을 따라왔으면 좋겠어요. 내가 원하는 대로 애나가 할 수 있도록 보여주려고 하는 거예요. 어떻게 해석할지 같은 것? 알겠어요?"

"알겠어요."

나는 고개를 끄덕이며 대답했다.

오디션은 인공적이다. 심사위원들은 항상 너무 가까이 있고, 방은 항상 너무 밝다. 그런 부분을 차단해야 한다. 다른 곳에 있는 척하면서 자신이 노래하는 장면을 매우 선명하게 상상하고 실제처럼 느껴야 한다. 하지만 그게 잘 안 됐다. 나는 그 담당자를 쳐다보고 있었다. 그의 차가운 푸른 눈과 오락을 즐기는 듯한 그의 표정을. 아주 멀리 어딘가에서 피아니스트가 오프닝 코드를 연주하는 소리가 들렸다. 그는 내가 시작해야 한다고 알려주기 위해서 나를 찌르는 몸짓을 했다. 피아니스트는 코드를 다시 연주했고, 그다음에 세 번째로 연주했다. 나는 그냥 거기에 서 있었다. 내 머리 속에서는 모든 것이 조용했다.

그들은 지금 나를 비웃고 있었다. 나는 확신했다. 일반적으로 웃는 웃음이 아니라 나를 향한 비웃음이었다.

나는 피아니스트에게 몸을 돌리고 말했다.

"정말 죄송합니다. 다시 시작해도 될까요?"

피아니스트는 코드를 연주했고, 이번에는 내가 거기에 맞춰서 노래를 시작했지만 두려움은 여전했다. 노래를 부르기 시작하고 괜찮을 거라고 느끼면 보통 잘 진행되었다. 하지만 이번은 그렇지 않았다. 내 목소리는 솜사탕처럼 가늘고 성기고 끈적끈적했다. 내가 붙잡으려고 하면 할수록 흩어졌다.

'하지만 내 탓이 아니라면?'

나는 연습실에서 몇 시간씩 이 부분을 반복해서 연습했었다.

'모든 것이 그 담당자가 하는 행동 때문이라면?'

그 행동 이면에 있는 의도, 분위기의 변화, 체를리나의 탄원, 감탄, 비난을 공들여 만드는 데 보낸 시간, 내 시간. 하지만 나는 그 담당자를 쳐다보고 있었고, 그는 나와 아주 다른 생각을 하고 있었다. 그의 팔이 움직이는 대로 따라 하려고 하면 할수록 내 목소리는 점점 더 멀어져서 잃어버린 헬륨 풍선처럼 저 위 천장 어딘가에 떠 있었다.

나는 허둥지둥 오프닝 낭독을 하다가 아리아를 시작했다. 그 담당자는 팔을 힘주어 흔들었다. 내가 마치 공연을 막 재앙으로 몰고 가는, 박자도 전혀 맞지 않는 심포니 오케스트라의 전체 섹션인 것처럼. 나는 계속 노래를 불렀지만, 그 곡으로 들어가는 문은 닫혀 있었다. 그래서 그 바깥 어딘가에 남겨진 나는 그 문을 부수고 들어가려고 했다. 그 방은 점점 좁아지고 있었다. 옷깃에 땀이 고이고 목 뒤쪽 부분이 찌르듯 아팠다. 바닥이 올라오고, 천장은 내려가고. 벽들이 서로 가까워지다가 이제는 벽들이 서로 붙었다. 그 벽들은 내 머리를 짓누르고, 내 폐를 쥐어짜고, 내 장기를 억지로 빼내려고 했으며, 그 남자들은 소파에서, 거기 어딘가에서 나를 보고, 웃고 있었다. 정말 너무 웃겨서, 하하거리면서, 이렇게 나를 짜서 나오는 모든 것을 지켜보고 있었다. 음을 낼 때마다 생각했다, '멈춰야 한다, 멈춰야 한다, 멈추고 나서 미안하다고 말하고 떠나야 한다.' 하지만 멈추지 않는다. 멈추지 않아, 무슨 일이 일어나든 그것이 규칙이다, 그것이 맞는 것 같다, 그렇게 계속한다. 그리고 아리아의 끝부분에 이르렀다. 나는 끝나지 않기를 바랐다. 아리아가 멈추면 내가 무언가를 말해야 하거나 아마도 그들이 무언가를 말해야 하거나 어쩌면 그들이 먼저 말을 할 것이고, 나는 어느 쪽이 더 나쁠지 확신할 수 없었기 때문이다.

피아니스트는 연주를 끝마치는 데 신경 쓰지 않았다. 그녀는 내가 멈추자 같이 멈췄다. 아무도 움직이지 않았다. 아무도 말하지 않았다. 이제 아무도 웃지 않았다. 조용했다.

나는 침을 삼켰다. 내 혀가 입속에서 너무 크게 느껴졌다.

"어, 감사합니다."

나는 작게 말하고 나가려고 몸을 돌렸다.

"잠시만요." 담당자가 말했다.

나는 돌아섰다.

"체를리나는 또 다른 아리아가 있어요. 그것도 준비했어요?"

"음. 네. 준비했습니다."

그 아리아를 듣고 싶습니다.

나는 생각했다. '진심일 리가 없어. 아니야, 그럴 리가 없어.' 돌아서서 나가야 한다. 걸어 나가야 한다. 그러나 내가 자신에게 '좋아' 라고 하는 말을 들었다. 왜냐하면 그건 규칙이기 때문이다. 그가 내 몸에 달린 줄을 흔드는 한 나는 계속 춤을 출 것이다.

"그래서, 사실 우리는 이런 오디션으로 애나가 무대에서 어떨지 알 수 있어서 좋습니다. 말해 보세요. 그 아리아는 무엇에 관한 것입니까?" 담당자가 물었다.

"글쎄, 돈 지오반니가 방금 마제또를 두들겨 패고 말았어요. 그 사람은 체를리나의 남자예요. 내 말은, 내 약혼자예요. 그리고 나는 그의 기운을 북돋우고 기분을 좋게 해주려고 애쓰고 있어요."

"맞습니다." 담당자가 능글맞게 웃었다. "그렇게 하면 됩니다. 그래서 지금 보여줬으면 하는 건 우리 중 한 명이 마제또 역을 맡게 해서 애나가 같이 연기를 하는 겁니다. 누구로 할지 결정하세요."

"뭐라고요?"

"체를리나 역의 오디션을 보는 여자분들은 모두 똑같이 했습니다." 노타이 남자가 말했다.

"알겠습니다."

나는 소파 쪽을 훑어보았다. 핑크색 셔츠를 입은 남자가 창피해했던 게 생각나서 그를 가리켰다.

다른 사람들이 크게 함성을 질렀다.

"안 돼! 또 한다고!"

신발을 신지 않은 남자가 소리쳤다.

"매번!"

노타이 남자가 말했다.

"그 사람에게 뭐 특별한 거라도 있나요?"

담당자가 비웃었다.

핑크색 셔츠를 입은 남자는 방 한가운데에 의자를 놓고 앉았다.

"좋아요. 아리아를 시작해볼까요? 그리고 애나는 노래하는 동안 즉흥 연기를 해주세요. 뭐든지 자연스럽게 나오는 걸로. 체를리나라면 할 수 있는 건 뭐든지."

피아니스트가 도입을 연주했다. 노래를 부르기 시작하자 다리가 후들거리고, 목소리가 떨려서 나는 갑자기 앞뒤를 생각할 수가 없었다. 이 오디션이 얼마나 저질인지 느껴져서 거의 히스테리 상태가 되었으며 이보다 더 나쁠 수는 없다고 생각했다. 핑크색 셔츠를 입은 남자는 내가 아니라 그 남자들을 보고 있었다. 나는 그들이 서로를 향해 미소 짓는 모습을 볼 수 있었다. 그래서 생각했다. '그들이 원하는 게 이것이라면 갖게 해주겠다고.' 그들은 내가 무엇을 할지 보고 싶었고, 내가 너무 부끄러워 아무것도 하지 못할 것이라고 생각했으며 그 모습 자체로 재미있겠다고 생각했다.

이 아리아는 섹시하게 표현되어야 했다. 체를리나는 마제또를 유혹하게 되어 있었다. 우리는 거의 그 부분, 체를리나가 말하는 비트에 와 있었다. **마제또, 난 당신을 위한 최고의 약을 가지고 있어요. 나는 항상 그 약을 지니고 다니며 당신이 원한다면 줄 수 있어요. 여기, 여기 있어요. 심장박동을 느껴봐요. 여기를 만져봐요.** 그건 바로 가사에 있다. 체를리나는 마제또에게 자신의 가슴을 만지게 한다. 그 남자들은 남학생들처럼 낄낄거렸고, 핑크색 셔츠를 입은 남자는 여전히 나를 쳐다보지 않고 그 남자들을 보고 히죽거리고 있었다. 그래서 나는 그의 무릎에 앉았다. 누군가 휘파람을 불었다. 나는 그의 머리를 잡고 내 쪽으로 돌렸다. **심장박동을 느껴봐요, 여기를 만져봐요.** 나는 그의 손을 잡고 내 가슴에 눌렀다. 나는 그의 손가락 사이로 쿵쾅쿵쾅 뛰는 내 심장을 느낄 수 있었다. 그는 나에게 활짝 웃어 보였다. 그렇게 가까이서 나는 그가 쉬는 숨에서 술 냄새를 맡을 수 있었다. 그런 다음 나는 이 느낌이 들었다. 갑자기 무슨 짓이든 할 것 같은 이 미친 느낌이. 바로 어젯밤 맥스가 누르고 있을 때의 그 흥분되는, 끔찍한, 통제 불능의 지랄 같은 느낌이, 그게 나였나. 내가 방금 무슨 짓을 한 거지 하는 느낌이. 그 후 그의 얼굴에 묻은 피. 뺨을 감싼 그의 손. 그가 나를 바라보던 눈길. 지금이 다시 그 상황이었다. 내가 뭐라도 할 것 같은 상황. 나는 그 남자의 뺨을 때릴지도 모른다. 그의 뺨을 손톱으로 긁어 생채기를 낼지도 모른다. 그 남자에게 키스할지도 모른다. 내 입안에 그 남자의 피가 고일 때까지 그 남자의 입술을 물지도 모른다.

핑크 셔츠를 입은 남자가 소리쳤다.

"빌어먹을, 아야."

그는 내 손가락을 비틀어 뺐다. 내가 그를 얼마나 꽉 잡고 있었는지 몰랐다. 그 남자의 손등에는 내 손톱으로 깊이 팬 자국이 있었다. 이제 아무도 웃지 않았다.

피아노가 아직 연주되고 있는 동안 나는 자리에서 일어났다.

14

지하철을 탄 것은 기억나지 않지만, 나는 거기에 있었고, 집 근처 지하철역에서 나와 번화가를 걷고 있었다. 청과물 가게를 지나 중고 상점인 터키 슈퍼마켓을 지났다. 세인즈버리 슈퍼마켓 밖에서 여자를 패러디한 차림 - 짧은 치마와 하이힐, 길게 땋은 가발, 장밋빛 볼과 밝은 색을 칠한 큰 입술 -으로 서 있는 남자를 지나쳤다. 그 남자는 때로는 노래를 부르고 때로는 지나가는 행인들에게 소리를 질렀지만 아무도 신경 쓰지 않았다. 여기는 런던이었다. 무슨 일이 일어나든 사람들은 아무 일도 안 일어난 척할 것이다. 여자애들은 그를 알아차렸고, 그는 논쟁거리가 될 것이다. 그들은 그의 옷차림이 본질적으로 여성혐오적인지, 아니면 정당한 자기표현 방식인지로 의견이 엇갈릴 것이다.

집에 돌아와서, 리허설이 있다는 것이 생각났을 때는 이미 침대에 누워 있었다. 나는 내 전화를 확인했다. 감독에게서 온 부재 중 전화가 4통, 프랭키에게서 온 부재 중 전화가 2통이었다. 두 사람에게 아프다고 문자를 보냈지만 답장을 받지 못했다. 나는 이불 속에서 몸을 웅크렸다.

나는 전에도 이상한 오디션을 봤다. 물론, 다른 사람들도 그랬다. 나는 가사를 잊어버리곤 했고, 심사위원들은 무례하거나 관심이 없었다. 음이 깨져서 나오기도 했고, 인상 깊은 비트를 내야 할 부분을 나는 제대로 해내지 못했다. 곡의 중간에서 멈추고 싶었던 오디션도 있었다. 울음을 터뜨리기 직전의 상태에서 간신히 건물 밖으로 빠져 나올 수 있었던 오디션도 있었다. 그러나 나는 결코 두려워하지 않았다. 그런 식으로 두려워 한 적은 없었다. 모든 것을 잊게 만드는 본능적인 두려움은 아니었다. 생각을 지워버리는 그런 두려움은 아니었다. 나는 그 방으로 가는 길에 어딘가에서 비틀거리며 발을 헛디뎠을 것이고, 여전히 넘어지고 있었다. 나는 노래를 부르기 위해 다시 입을 여는 일을 상상할 수 없었다.

잠이 들었었나 보다. 왜냐하면 어느 샌가 나는 분장실에 있었기 때문이었다. 거의 무대에 오를 시간이 되었지만, 내가 어떤 오페라에 출연했는지 기억이 나지 않았다. 사람들이 스피커 너머로 나를 부르고 있었다. 워밍업을 하지 않아서 나는 노래를 부르려고 입을 벌리고, 숨을 들이쉬었지만, 아무 소리도, 아무 소리도 낼 수 없었다. 나는 허밍을 해보았고, 입술 떨기도 해보았지만, 소리를 낼 수 없었다. 그러고 나서 나는 잠이 깼다. 밖은 어두웠다. 목이 너무 건조해서 침을 삼킬 수 없었고, 시트는 땀으로 축축했다.

여섯 시가 되기 바로 전이었다. 오디션이 잘 되었기를 바란다는 로리의 문자를 받았다. 로리는 그날 외박해서 내일이나 되어야 만날 수 있을 것이다. 감독이 보낸 문자도 있었다. "아주 늦게도 알려주네요" 라는 짧은 문자였다. 나는 안젤라에게 전화해서 무슨 일이 있었는지 말할까도 생각했지만, 그녀가 무슨 말을 할지 알고 있었기 때문에 전화하지 않았다. 안젤라는 이렇게 말할 것이다. "글쎄, 누구에게나 안 좋은 날이 있어, 하나 배웠다고 치고 잊어버려." 그 사람들이 어떻게 행동했는지 설명하면 또 이렇게 말할 것이다. "애나, 수줍어하고 초조해하면 안 돼. 이 업계에서는 안 돼. 그럴 시간이 없어." 그녀가 한 말이 맞겠지만, 그렇다고 해서 내 기분이 좋아지지는 않았다.

대신, 나는 맥스에게 전화를 걸었다. 그는 전화벨이 두 번 울린 후 전화를 받았다.

"애나? 난 일하는 중이야."

"알아요."

"뭐 안 좋은 일 있어?"

"만날 수 있어요? 오늘 밤에?"

"무슨 일이야?"

그는 참을성 없이 심지어 화가 난 목소리로 말했다.

"무슨 일이라도 있었어?"

나는 그가 모든 일을 제쳐두고 곧바로 내게 올 거라고 상상했다. 그는 사랑스럽고, 부드럽고, 동정심이 많았다. 그러니 그의 팔에 안겨 그의 목소리를 들으면 그 모든 것을 잊을 수 있을 거라고.

"그냥 속상해서요."

이 말을 내뱉는 순간 어리석은 말을 했다고 생각했다.

"오늘 오디션이 잘 안 됐어요. 그냥 당신이 보고 싶었어요."

그가 뒤에 있는 누군가에게 무슨 말인가를 하고 있어 나는 그가 내 말을 듣고 있는지 확신할 수 없었다. 이윽고 그는 말했다.

"그 오디션은 그렇게 나쁘지 않았을 거야. 자, 뭐라도 하자. 여기서 일이 끝나면 알려줄게, 알았지? 그때 와."

"그러지 말고 당신이 여기로 올 수 있어요?" 로리는 나갔어요.

정적이 흘렀다.

"제발요."

나는 부탁하듯 말했다.

"난 기분이 그다지 좋지 않아요. 다시 나가기가 싫어요."

"그러면 주소를 문자로 보내."

그는 말을 마치고 전화를 끊었다.

두어 시간이 지났다. 방을 치워볼까도 생각했지만 대부분 로리의 물건이었다, 게다가 내 마음 한편에는 그가 최악의 상태를 봤으면 하는 삐뚤어진 생각이 똬리를 틀고 있었다. 바닥에 있는 로리의 바지를 밟을 때 그의 얼굴에 나타나는 혐오감을 보기 위해서. 그의 동정을 원했던 나의 삐뚤어진 마음.

전화가 울렸고 그는 밖에 와 있다고 말했다. 내가 그를 마중하러 나가자 그는 차가운 입술로 내게 키스했다.

"집은 잘 찾았어요?"

"확실히. 택시를 탔거든."

그는 신발을 벗고 코트를 문고리에 건 뒤, 부엌에 있는 밀에게 자신을 소개했다. 그 모습이 바로 내가 항상 동경하고, 실제로 질투했던 그의 자질이었다. 어디에서나 그렇게 편안하게 지낼 수 있다니, 그 캐주얼한 편안함이라니.

우리는 방으로 올라갔다.

"여기에서는 많은 일이 일어나나 보군."

그는 방을 둘러보고 말했다.

나는 침대에 앉았다. 방이 작아서 침대는 벽에 붙어 있었는데, 제비뽑기를 해서 내가 벽 쪽에서 자기로 했다. 그래서 로리가 먼저 잠들면 나는 로리를 넘어가 잠을 청해야 했다. 내 옆에 앉을 줄 알았는데, 그는 방안 여기저기를 살펴보느라 바빴다. 그는 로리와 내가 지난여름에 만난 직후 파티에서 찍은 사진 액자를 집어 들었다. 거기에서 로리와 함께 있었던 것이 행운이었다고 나는 기억한다. 운 좋게도 우연히 로리 같은 사람과 함께 살게 되었으니까. 로리에게는 그게 뭐가 됐든 자신의 손에 들어오면 그걸 재미있게 만들어 버리는 자질이 있었다. 사진 속에서는 빛이 머리카락과 피부색을 변색시켜 우리가 실제보다 훨씬 더 닮아보였다. 그는 그 사진을 잠시 바라보더니 아무 말 없이 내려놓았다. 그리고 화장대 위에 걸쳐진 화려한 천의 가장자리를 만지다가 실을 한 가닥 잡아당겼다. 화장대 위에 흩어져 있는 로리의 튜브형 화장품을 집어서 열고, 색깔이 나올 때까지 립스틱을 비틀었다가 다시 비틀어 잠갔다. 책상 위에 있는 공책을 넘기며 대충 훑어보기도 했다. 그 공책은 로리의 것이었고, 당연히 사적인 물건이었지만, 차마 그만두라고 말하지 못했다. 방에 들어온 이후 그가 내게 눈길도 주지 않았다는 사실이 나를 긴장시켰기 때문에.

그는 나에게 다가와 침대에 눕더니 눈을 손으로 눌렀다.

"무슨 일 있어요?"

"아무 문제도 없어. 이상한 날이야. 내가 오늘 아침에 출근했더니 로비가 출입통제 상태였어. 3층에 있는 부서가 12층에 있는 주식 중개인들과 자리를 바꾸는 중이라는 말도 들리더군. 사람들은 상자로 물건을 옮기고 있었어. 그 건물의 모든 층에는 로비가 내려다보이는 복도가 있어. 복도에는 안전 난간이 있지만, 그 난간 너머는 안전하지 않아. 주식 중개인 중 한 명이 밤에 거기에서 뛰어내렸대."

"끔찍하네요."

"그 사람은 분명히 한동안 안 좋았었나 봐. 가족 문제에다 거래가 잘못돼서 회사에 큰 손해를 입혔대. 수백만 달러나 하는 돈을 잃게 한 거지. 갈 데까지 갔다고 해야 할까? 근데, 최악이 뭔지 알아? 최악은 그럼에도 불구하고 모두가 거래를 계속했다는 거야. 그의 동료들은 아침이 되어 사람들이 출근하기 전까지 구급차를 부르지 않았어. 내가 그 사람들이라고 해도 그랬을 거야. 누군가가 스스로 목숨을 끊었다고 해서 시장이 멈추지 않으니까."

"그 사람들은 누구랑 바꿔요?"

"무슨 말이야?"

"그 중개인들이요. 3층에는 누가 있었어요?"

"아, 리스크 관리부서일 거야."

"농담이죠?"

"아니, 농담이 아니야."

그는 여전히 눈을 감은 상태였다. 뺨에 내가 생채기 냈던 가늘고 하얀 선이 보였다.

"어쨌든, 그걸 보며 생각하게 됐어."

"무슨 생각이요?"

"내가 몇십 년을 더 일해야 하는 건지. 그런 생각을 했다는 거야."

그는 눈을 뜨고 나를 보았다.

"근데 당신은 어때? 매우 드라마틱했는데, 나를 여기로 부르고. 뭐가 문제야?"

"드라마틱이라고?"

"당신이 속상해하는 것 같아서."

나는 그에게 오디션에 대해 얘기하기 시작했는데, 막상 시작하고 보니 시시하게 느껴졌다. 그런데도 어떻게 말하면 좋은지, 어떻게 하면 그의 공감을 얻어내면서 좋게 들리게 할 수 있는지 알 수가 없었다.

"글쎄, 경험을 통해 배우는 거지, 그렇잖아? 다시는 그런 일이 일어나지 않도록 할 수 있는 게 있어?"

"모르겠어요."

그는 생각에 잠겨 나를 바라보았다.

"최근에 이런 곳이 몇 개 있지 않았어?"

"꼭 그렇지는 않았어요. 무슨 뜻이에요?"

"당신이 합격하지 못한 오디션이 몇 개 있었잖아."

"있었죠. 하지만 합격하지 못한 오디션은 항상 있어요. 그 오디션들이 다 이랬던 건 아니에요."

"당신은 최근에 피곤해 보였어. 침울했고, 스트레스로 지쳐 있었다고."

"정말요?"

그는 방을 둘러본 다음 이렇게 단언했다. "솔직히 말해서 놀랍지도 않아. 내 말은, 이런 곳에 사는 당신에게 그런 일이 일어나고 있다는 것이. 이 방은 작아. 당신은 지쳤을 거야. 어떻게 이 좁은 데서 둘이 잔다는 거야? 쉴 수 있기나 해? 연습은? 여기에서 연습할 수 있어? 못할 거라고 장담해. 이 집에 있는 모든 사람들을 위층으로 몰아넣지 않는다면 말이야."

그가 옳았다. 연습을 할 수 없는 집이었다. 그러나 그것은 내가 듣고 싶었던 말이 아니었다. 나는 그의 위로를 바랐다.

"이사하는 게 좋겠어." 그는 예상치 않은 말을 꺼냈다. 그리고 뭐에 씌인 듯, 나는 한순간 그가 나와 함께 살자고 제안할 거라는 생각을 했다. 하지만 그의 의도는 그게 아니었다. "이제 막 임대용 원룸을 산 동료가 있어. 그 사람이 어제 내게 건축업자에 대해 묻더라고. 지금 상태로는 세를 많이 못 받을 거야. 그 방은 지금 그냥 비어 있어. 그는 바빠서 여름까지 그 방을 어떻게 할 계획이 없어. 당신이 잠시 그 방을 쓰는 것도 괜찮지 않을까?" 내가 물어볼게.

그러나 내가 그에게 바란 것은 실용적인 해결책이 아니었다. 나는 그가 다 괜찮을 거라고 말해주기를 바랐다. 그게 안 된다면 오늘 겪은 오디션의 악몽이 생각나지 않게라도 해줬으면 했다. 그가 내 머릿속에 손을 뻗어 그 생각을 꺼주기를 바랐다.

나는 그에게 기대어 키스했다. 처음에 그는 부드러웠다. 그는 손을 몸 옆에 두고 질문이 있는 듯이 내 이름을 불렀지만, 나는 그가 말하는 게 싫어서 그의 몸 위로 올라갔다. 나는 내 셔츠를 머리 위로 벗고, 그의 손을 잡아서 내 몸에 대고 그가 나를 만지게 했다. 그 다음에 그가 일어나 앉아서 나에게 다시 키스했다. 그리고 적극적으로 움직였다. 그는 팔로 나를 감싸고, 내가 그의 몸 아래에 있도록 뒤집고, 바지를 벗으라고 바지 허리춤을 잡아 당겼다.

나는 거기에 누워 그가 일어서서 옷을 벗는 모습을 지켜보았다. 내 숨이 빠르고 얕아지는 소리를 들으며 기름 유출처럼 여전히 내 배 속에 검은 두려움이 고이고 있는데, 그가 그 두려움을 멈추게 할 수 있음을 알았다. 그래서 나는 그를 끌어당겼고, 더 이상 내가 무엇을 하고 있는지 알 수 없는 상태였다. 그를 물어뜯고, 긁고, 더 세게 하라고 소리쳤다. 그가 그 다음에 무엇을 할지, 그게 무엇이든 될 수 있다는 것을 알지 못했다. 그는 나를 무릎 꿇게 하고 내 뒤에 무릎을 꿇고 앉아 한 손으로 내 머리카락을 세게 틀어쥐어서 내 두피를 날카롭게 잡아당겼다. 하지만 나는 여전히 충분하지 않다는 생각을 했다. 이윽고 내 입이 내가 의도하지도, 알지도 못하면서 이 모든 것을 말하는 소리를 들었다. 나에게 무슨 짓이든 하라고, 나를 다치게 하라고 말하는 것을. 그는 내 입에 손을 대고 말했다. "그만해, 조용히 해." 그리고 그는 내 머리를 뒤로 당겼고, 그의 손은 이제 내 입이 아니라 내 목에 있었고 여전히 머리를 뒤로 당기고 있어서 목이 조여지는 것을 느꼈다. 내 눈에서 빛의 작은 반점이 보이면서 정신이 멍해졌다. 내 피는 뜨거워졌고, 아주 멀리서 내 머릿속 어딘가에서 내 이름을 부르는 그의 목소리가 들렸다. 그런 다음 그 모든 어두움이 나에게 몰려왔고, 더 이상 아무것도 생각할 수가 없었다. 단지 이 소음, 동물적이고 무서운 소리, 비명 같았지만 비명은 아닌 소리가 있을 뿐이었다. 그 소리가 무엇인지 나는 몰랐다. 전에 한 번도 들어본 적이 없었으니까. 문제는 그 소리의 주인이 나라는 거였다.

내가 눈을 떴을 때 그는 침대에 누워 있었고, 나는 여전히 무릎을 꿇고 벽에 댄 내 팔에 머리를 기대고 있었다. 나는 목에서 피가 펄떡거리며 뛰는 것을 느낄 수 있었다. 내 목에 손을 댔다. 침을 삼키려다가 기침하기 시작했다.

"왜 그런 짓을 한 거예요?"

나는 속삭였다.

"뭘? 당신이 원했잖아."

나는 다른 말을 하려고 했지만, 할 수 없었다.

그는 내 등을 만지고 팔을 잡아당겨 나를 옆에 눕혔다. 그리고 내 머리를 쓰다듬었다. 우리 둘 다 잠시 동안 아무 말도 하지 않았다. 그러고 나서 그가 말했다.

"그게 당신이 원하는 거라고 생각했어. 그렇지? 애나? 아니었어?"

밀은 연극을 했는데 그녀의 엄마가 그 연극을 보러 런던에 온 적이 있었다. 밀의 엄마는 오후에 집에 들렀다. 그 둘은 들로네에서 점심을 먹은 다음 쇼핑을 하러 갔고, 밀은 엄마가 사준 옷으로 가득 찬 쇼핑백을 잔뜩 들고 있었다. 성격까지 이식받았는지 밀은 어느새 모든 것을 묵인하고 순종할 자세를 갖춘 아멜리아가 되어 있었다.

우리 모두는 밀의 어머니와 차를 마시기 위해 거실로 내려갔다. 거기에서 우리가 그 집을 얼마나 좋아하는지 말하며 그 집에 있게 해 줘서 매우 고맙다고 말했다. 그리고 런던에 관광객이 얼마나 많은지, 요즘은 거금을 들이지 않고 제대로 된 옷을 사는 게 얼마나 어려운지에 대해 얘기했다. 그리고 유기농 비스킷을 먹고 잠시 베이킹에 대해 이야기한 후 극장으로 가는 지하철을 탔다.

연극은 모든 여자가 어떻게 피해자가 되는지에 대해, 특히 피해자가 아니라고 생각하는 여자에 대해 이야기하고 있었는데, 배우들은 다양한 색조의 단조로운 옷차림을 하고 무대에 올랐다. 로리가 흥밋거리를 발견할 때마다 거의 언제나 내 무릎을 꽉 쥐었기 때문에 나는 연극에 집중하지 못했다. 그 연극은 중간 휴식 없이 90분간 상연되었다. 연극이 끝나자 우리 모두는 로비에 모였다. 임시 탁자 위에 종이컵에 담긴 따뜻한 화이트 와인이 놓여 있었다.

밀의 연극 친구들이 거기에 있었는데, 새해 전날 파티에서 만난 사람들로 트레이드마크인 단발머리, 니트웨어, 큰 안경을 통해 그들을 알아볼 수 있었다. 모두들 삼삼오오 모여 예술 센터가 아직 화장실을 성 중립화하지 않은 것이 얼마나 어리석은 일인지 진지하게 이야기했다. 로리와 나는 술 한 잔을 더 가지러 갔다.

그 무리들에서 잠시 떨어져 나왔을 때, 로리가 말했다. "그러는 동안에도 남자들은 웃고 있단 말이야. 여자들이 서로 싸우는 동안에 남자들은 모두 연극을 만들고 있어. 그래서 일주일 동안 어떻게 지냈어? 기분이 좀 좋아졌어?" 로리가 물었다.

나는 아파서 쉬느라 일주일 내내 리허설에 가지 않았다.

"어느 정도는. 이번 주에는 노래를 부르지 않는 게 나한테 좋다고 생각해. 최근에 좀 지쳐서 그랬던 것 같아."

"내일 밤에 뭐해? 집에서 놀까?"

"사실, 나는 내일 집에 없을 거야."

이제 로리에게 상황을 설명해야 한다. 맥스의 동료가 그 원룸을 써도 된다고 말한 지 일주일이 지났다. 로리가 외출이 잦아서 아직 말하지 못한 상태였다.

"사실 얘기할 게 있어. 다른 데 살 집을 찾았어."

로리는 나를 응시하더니 말했다.

"알았어. 언제부터?"

"얼마 되지 않았어. 안 지 며칠 안 돼. 너한테 직접 말하고 싶었어."

"지금 말했네."

"그 집이 비어 있어서 내일 짐을 옮길까 해. 내일은 주말이고 다른 모든 것을 감안해서."

"그래, 그렇겠네. 그 집은 어디야?"

"패링턴."

"그 사람과 관련 있어?"

"응, 약간."

"이해가 되네."

그녀는 다시 말했다.

"괜찮아? 난 네가 좋아할 거라고 생각했어. 너 혼자 방을 쓸 수 있잖아."

내 말은 논리적인 견지에서 보자면 일리가 있었다. 로리에게 말하기 어렵다고 말했을 때 맥스가 여러 번 해준 말이기도 했다. 하지만 다른 견지에서 보자면 그게 사실이 아님을 나는 알고 있었다.

"그래. 그래, 네 말이 맞아. 좋네. 다른 사람들 있는 데로 가봐야겠어."

그녀는 나를 남겨두고 다른 쪽으로 걸음을 옮겼다.

나는 갑자기 화가 났다. 뭔가 잘못하고 있는 것처럼 나를 비난할 권리가 로리에게는 없었다. 나는 먼저 집에 돌아가기로 하고, 그녀가 유치하다는 사실을 깨닫게 내버려 두기로 했다. 그리고 먼저 간다는 말을 하기 위해 한 무리의 사람들과 토론을 벌이고 있는 로리를 찾아갔다.

"이것이 섹스에 관한 모든 것이라고 말하는 건 오해의 소지가 있어, 그렇 잖아?" 로리는 사람들에게 말했다. "물론, 섹스는 남자들이 우리를 경멸한 다는 것을 보여주는 한 가지 방법이지만, 그게 이유는 아니야. 그건 원인이 아니라 증상이야. 남자들이 직장에서 여자들을 더듬지 못하게 한다고 해서 임금 격차가 마술처럼 해결되지는 않아."

"먼저 갈게." 나는 로리를 향해 말했다.

로리는 몸을 돌렸고, 순간 나는 그녀도 나와 같이 갈지 모른다는 생각을 했다. 나는 정말로 그렇게 되기를 바랐다. 하지만 로리는 단지 "좋아, 나중 에 보자"라고 말하고 그 그룹으로 돌아가 버렸다.

집으로 돌아와 복도 수납장에서 여행 가방을 찾은 뒤, 짐을 꾸리려고 위 층으로 올라갔다. 나는 항상 물건을 상자에 넣고 다시 꺼내는 일만 하는 것 같았다. 짐을 싸고 다시 짐을 풀어서 새로운 공간에 정리하는 횟수가 늘수 록, 더 쓸모없는 짓처럼 보이는 일들을. 옷을 개기 시작했는데 대부분이 낡 고 보풀이 생겨 입을 수 없는 옷들이었다. 그래서 부엌에서 쓰레기봉투를 가져와 그것들을 버리기 시작했다. 사정이 여의치 않아 울며 겨자 먹기로 사들인 싸구려 물건들을 없애버리고 싶었다. 하지만 잠시 후 나는 버리는 일을 그만둬야 했다. 그렇지 않으면 내게 남을 게 별로 없었기 때문이었다. 최근에 구입한 것들만. 몇 벌의 예쁜 옷들만. 그가 나에게 준 보석만 남을 거였다.

잠시 후 나는 버리는 일을 포기하고 잠자리에 들었다. 로리가 들어왔을 때 나는 거의 잠들어 있었는데, 그녀가 불을 켜는 게 느껴졌다. 벽에 얼굴을 댄 채 웅크리고 자는 척했지만, 로리가 쿵쾅거리면서 의자에 가방을 던지고 옷장 문을 쾅 닫는 바람에 계속 그러고 있을 수가 없었다.

"내가 가고 난 후에는 어땠어?"

나는 일어나 앉으며 로리에게 물었다.

"괜찮았어."

"밀은 만났어?"

"밀이 배우들과 이야기할 때 봤어."

"너한테 말하는 걸 잊었어."

나는 그녀 쪽으로 몸을 돌리려고 하면서 말했다.

"어제 밀이 나한테 뭐라고 말했는지 알아? 자기는 남자들과 데이트를 아예 하지 않는 것을 선호하지만, 꼭 해야 하는 경우에는 흑인 남자들과 데이트 한다는 거야. 그 남자들이 그 투쟁을 이해한다나."

로리는 비판적인 시선으로 나를 오래 쳐다보았다. 내가 마치 자신이 본능적으로 좋아하지 않는 그림이라도 되는 것처럼. 로리는 그 이유를 알아내려 애쓰고 있었다.

"그거 알아? 밀에 대해서 네 마음대로 말할 수 있지만, 밀은 너를 거의 알지 못해. 그래도 밀은 기본적으로 대가 없이 너를 여기에서 살게 했어. 밀은 믿을 수 없을 정도로 친절한데, 네가 하는 거라곤 밀에 대해 비열한 소리를 지껄이는 것뿐이야."

"왜 나한테 화났어?"

"너한테 화 안 났어."

로리는 몸을 돌려 가방에서 무언가를 찾기 시작했다.

"우리가 사귀는 사이가 아니란 건 너도 알아. 맞지? 그런데도 방을 같이 쓰고 싶어 하지 않는다는 이유로 난리를 피우다니, 이건 좀 아니잖아. 우리는 사귀는 사이가 아니야. 열 두 살짜리도 아니고."

"애나, 너는 네가 원하는 곳 어디에서나 살 수 있어. 난 정말 상관없어. 하지만 내가 이 방에서 살려면 네 월세가 필요하다는 걸 생각해 보기는 했니? 네가 나가기 하루 전에 알려주면 내가 얼마나 어려운 상황에 놓이게 되는지 알기나 해? 그런 생각을 해보기나 했냐고?"

"미안해."

나는 사과했다.

"미처 그 생각을 못했어. 내가 두어 달 동안은 계속 낼게."

"그래, 정말로? 우리 둘 다 네 말이 무얼 의미하는지 알아. 애나, 너는 그 빌어먹을 돈을 벌고 있지도 않아. 그리고 지금으로 사는 척하지도 마. 너는 저축한 돈도 없잖아. 나를 바보로 보지 말라고. 어쨌든 그 사람이 내 월세를 내게 하지도 않을 거지만, 말이라도 그렇게 해주니 대단히 고맙네."

"그 사람이 내 월세를 내주는 게 아니야."

"그래? 정말로, 어느 날 갑자기 런던 중심부 아파트에서 혼자 살 여유가 생긴 거야?"

나는 무슨 말을 해야 할지 몰랐다. 맥스는 오디션이 끝난 지 며칠 후 기정사실처럼 내게 아파트를 보여주었다. 나는 당연히 월세에 대해 물었지만 정작 맥스가 그 금액을 말해주었을 때는 그 액수에 식겁했다. 내가 그 돈을 감당할 수 있겠느냐고 의문을 표하자, 그는 그럴 줄 알고 빈센트에게 이미 월세를 지불했다고 말했다. 앞으로 몇 달 치만. 그 동료는 어쨌든 6월까지 아파트를 비우기를 바란다면서. 나는 그에게 돈을 내게 할 수 없다고, 액수가 너무 크다고 말했다. 그는 원리원칙대로 하느라 내 경력을 망치는 것은 어리석은 일이라면서, 나를 도와주고 싶을 뿐이라고 나를 설득했다. 그리고 어쨌든, 내가 원한다면 언젠가 갚으면 된다고 말했다. 그래서 나는 좋다, 알겠다, 고맙다고 말한 뒤 내 전화기의 목록에 그 돈을 추가했다. 이제는 갚을 수 있을 거라는 희망을 갖기도 버거울 만큼 거금이 되어 버렸다.

"애나, 난 네가 걱정돼. 넌 그걸 알아야 해. 네가 그 사람을 대하는 방식 때문에 난 두려워. 너는 요즘 네가 하는 모든 일을 뒤늦게 후회하는 것 같아. 그 사람이 너를 데려가서, 너의 일부분을 죽이는 것 같다고."

"넌 그 사람을 거의 만난 적도 없잖아. 넌 그 사람을 잘 몰라."

나는 반박을 시도했다.

"그래, 하지만 너도 마찬가지야."

그녀가 쏘아붙였다.

문이 닫히는 소리에 잠에서 깼다. 로리가 나갔다고 생각했는데, 그녀는 몇 분 후에 커피 두 잔을 가지고 방으로 돌아왔다. 그리고 나에게 한 잔을 건네주더니 짐 싸는 것을 도와주겠다고 말했다.

"내가 상관할 바는 아니지만, 넌 네가 원하는 것을 해야 해. 너도 내가 뭘 생각하는지 알겠지만, 간섭하지 않을게."

로리는 음악을 틀었고, 우리는 남은 짐을 꾸렸다. 우리는 온갖 이야기를 했다. 그녀의 책에 대해, 그녀가 만나고 있는 남자에 대해, 새시가 실제로 마약 중독자인지 아니면 그냥 그런 부자인지에 대해. 그녀는 다시 맥스에 대해 언급하지 않았지만, 내가 모든 것을 정리하고 아래층으로 옮겼을 때 다짐하듯 한마디 했다.

"화내서 미안해. 사라지지 마."

"그러지 않을 거야. 약속해."

"네가 남자 때문에 인생을 내던지는 걸 보는 게 싫어. 그게 다야."

나는 그녀를 안고 아무 말도 하지 않았다. 그녀가 나에게 마음을 써주고 친절하게 대해 주려고 애쓰고 있다는 것을 알고 있었지만, 그녀가 틀렸다. 그녀는 인정하지 않겠지만 그녀의 반응에는 아마도 약간의 질투가 섞여 있을 것이다. 로리에게는 유감스러운 일이지만 그는 내가 원하는 삶에 전혀 지장을 주지 않았다. 그는 내게 그런 삶이 가능하게 만들었다.

15

그다음 주에 리허설에 불려갔지만, 노래를 부를 필요는 없었다. 우리는 무제타의 첫 번째 입장인 2막에서 막혀 있었다. 그 장면이 너무 복잡해서 감독은 연출은 고사하고 곡을 따라가는 것조차 버거워하고 있었다. 그때가 세 번째 주였고, 감독은 자신의 비전을 실행하는 일이 불가능함을 빠르게 깨닫고 있었다. 이 공간에서, 이 가수들과 함께 하는 불가능했다. 이런 상황은 그가 염두에 두었던 부분이 아니었다. 그가 배우들을 통제하느라 바빴던 그 동안에, 우리 모두에게 입 닥치라고 악을 쓰면서 우리가 어디 서야 하는지 알려주려고 했던 그 시간에, 그가 상상했던 쇼- 몇 달 동안 꿈꿔왔던 아름다운 천상의 쇼- 는 아무도 모르게 무대 문밖으로 빠져나가고 있었다.

거기에는 문제가 많았다.

2막의 가장 큰 문제는 그 규모 자체였다. 그 세트는 군인, 시민, 학생, 가게 주인, 재봉사에다 한 무리의 아이들이 모두 노래하는 파리의 길가 카페였다. 그 장면을 제대로 만들려면 적어도 합창단원 50명 이상과 아이들이 필요했는데, 아이들을 데려오는 일은 악몽이었기 때문에 그럴 생각도 하지 않았다. 마리케 선생님이 합창단 크레디트에 이름을 올릴 수 있다는 것만으로도 많은 시간을 리허설에 기꺼이 바치겠다는 가수 20명 정도를 모은 게 전부였다. 그들은 모두 학교를 갓 졸업하고 들어온, 음악원에서 가장 어린 학생들이었기에 대부분 그 음악을 모르는 상태였다. 어머니를 연기하는 사람들이 아이들을 연기하는 사람과 서로 역할을 바꿔야 했고, 몇 개의 술집이 늘어선 공간에서는 상품 선전하는 판매업자를 연기하는 사람들이 손님을 연기하는 사람들과 역을 바꿔야 했다. 그 장면이 완전히 난센스가 될 때까지 이런 일이 계속되었고, 감독은 매우 화가 났다. 합창이 더 혼란스러워질수록 감독은 더 말수가 적어지고 냉소적이 되었다. 결국 그는 소리를 질렀다. "좀 쉽시다. 쉬는 시간을 가집시다. 난 휴식이 필요해." 그리고 그는 거기에 앉아서 곡을 보면서, 혼자 중얼거렸다. '빌어먹을 호커는 도대체 뭐야?'

그리고 미미를 노래하는 소프라노가 있었다. 그녀는 아름다운 목소리 때문에 캐스팅되었지만, 뚱뚱하고 연기를 잘 하지 못했다. 감독은 자신의 낭만적인 보헤미안 환상을 파괴한 책임을 개인적으로 그녀에게 돌렸다. 감독은 그녀가 부르는 비트에 한숨을 쉬다가, 나중에는 으르렁거리듯 말했다. "예, 뭐, 그 비슷하게 하면 되지만 다음에는 얼굴을 가만히 두세요."

프랭키도 문제였다. 음악원에 루돌프로 부를 만큼 훌륭한 테너가 있었다면 그는 캐스팅되지 않았을 것이다. 그는 전에 이 감독과 일한 적이 있는데, 둘은 서로를 미워했다. 프랭키의 연기는 전혀 미미한테 빠져 있는 것처럼 보이지 않았다. 게다가 그는 감독의 지시를 따르려고도 하지 않았다. 프랭키는 애정표현을 할 때마다 계속 윙크를 했고, 감독이 빌어먹을 아마추어처럼 과장됐다고 소리치면 당황하고 상처받은 얼굴로 더 과장된 연기를 했다. 프랭키는 공연 날이 되면 제대로 해낼 것이고, 감독도 그렇다는 걸 알고 있었다. 프랭키에 관한 한, 그런 사실은 그를 더욱 악화시켰다.

그리고 마지막으로 항상 그렇듯이 남자가 맡아야 할 부분이 너무 많았는데, 동원할 수 있는 남자들이 충분하지 않았다. 마르첼로는 잘난 체하느라 대부분의 리허설에 참석하지 않았다. 쇼나르는 자신의 파트만 번역했을 뿐 다른 사람이 무엇을 부르고 있는지 몰랐고, 다시 자신의 차례가 돌아올 때까지 그 자리에 서서 다른 사람들을 바라보기만 했다. 알친도로는 내 슈가 대디(Sugar Daddy)[만남의 대가로 젊은 상대에게 재정적 지원을 하는 돈 많은 중년 남자]가 되기에는 적어도 30살 정도 어렸고, 파피뇰은 뱃고동 같은 목소리를 냈다. 그가 입을 열 때마다 감독은 과장된 몸짓으로 움찔했다.

그래서 내가 노래를 부르든 말든 아무도 걱정하지 않았다. 누가 듣든지 높은 도를 내는 프랭키를 제외하고 대부분의 주연 배우들은 마킹(marking)[목소리를 보호하기 위해 리허설에서 옥타브를 내리거나 올려서 부르는 기술]을 하기 시작했다. 같은 비트를 계속해서 반복했기 때문에 나도 그렇게 했다. 나는 그 비트를 대강 묘사했고, 한 옥타브를 낮추어 흥얼거리고 크게 부르지 않았지만, 아무도 신경 쓰지 않았다. 내가 아리아를 불러야 하는 장면이 될 때마다 감독이 말했다. "그리고 무제타는 여기서 뭔가를 할 거야. 그렇지? 건너뛰자, 건너뛰자. 시간이 없어."

모든 일이 괜찮은 척하기는 쉬웠고 심지어 괜찮다고 믿기까지 했다. 리허설 때 나는 평소보다 더 자신만만했고, 실수를 감추기 위해 과잉 보상 행동을 하면서도 당당한 가수 역할을 했는데 다들 그런 나를 믿어주었다. 대개는 나도 그랬다. 리허설이 끝난 후, 우리는 술집에 갔다. 거기에서 나는 쇼 메이킹의 끼리끼리 문화의 중심에 있었는데, 그곳에서는 실제 노래 비트는 전혀 중요해 보이지 않았다. 사람들이 신경 쓰는 것이라고는 누가 누구를 좋아하는지나 사적인 농담, 그리고 감독이 없을 때 감독 욕을 하고 감독이 있을 때 아부하는 것뿐이었다. 어쨌든 나는 항상 저녁나절에 떠났다. 그 한 주 동안 나는 대부분의 밤을 맥스와 함께 보냈다. 내가 이사한 이후로 그는 다정했고 나를 더 자주 보고 싶어 했다. 나는 그가 마침내 우리 관계를 명확하게 정의할 수 있는 어떤 것으로 다듬어 가려 한다고 생각했다. 그는 나를 기쁘게 하려고 기꺼이 몇 시간을 희생하면서 같이 술을 마셔 주었다. 프랭키가 계속 어디를 그렇게 급하게 가는지 물었는데 맥스라는 말을 듣고는 이렇게 말했다. "아, 그래, 그 사람. 나도 만났었지. 기억 나? 그 늙은 남자." 그러고 나서 나에게 가장 천진난만한 미소를 지었다. 그 말이 얼마나 나를 짜증 나게 했는지 나 자신도 놀랄 지경이었다. 이튿날 아침, 내가 전날 밤과 같은 옷을 입고 리허설을 하러 왔을 때 그는 나를 밖에서 잠자는 더러운 아이라고 불렀다. 나는 부끄러운 척 하면서 어젯밤 술집에서 놓친, 잘 이해하지도 못하는 장난스런 농담에 끼려고 노력했다. 감독은 우리에게 여성 단체의 모임에 참석한 사람들처럼 수다는 그만 떨고 그 빌어먹을 무대에 당장 올라가라고 말했고, 모든 것이 다시 시작되었다. 나는 노래하지 않았다.

안젤라는 해외 계약으로 부재 중이었다. 수업하는 선생님들 중 누구도 내가 언제 리허설에 불려 가는지 몰랐다. 그래서 수업을 빠지기가 쉬웠다. 나는 노래하지 않았다. 그 오디션이 끝난 지 2주가 지났고, 나는 거의 소리를 내지 못했다. 목을 쉬는 것도 좋다고 스스로를 안심시켰다. 나는 너무 피곤했고, 그래서 그런 일이 일어났다고 생각했다. 공연까지는 아직 3주 남았고, 시간은 충분하다고 스스로에게 말했다. 어쨌든 나는 이미 그 음악을 처음부터 끝까지 잘 알고 있어서 굳이 연습할 필요가 없다고 스스로에게 말했다. 온갖 것을 스스로에게 말하면서도 노래만은 부르지는 않았다.

그런 식으로 나 자신에게 괜찮다고 말하는 게 쉬웠기 때문에 나는 노래를 부르지 않았다. 기분이 괜찮았다. 아프지도 않았다. 인후염도 없었다. 나는 정상이라고 느꼈다.

나는 두려워서 노래를 부르지 않았다. 잘 모르겠지만 내가 노래를 하면 잘 안 될까 봐 두려웠다. 그러면 난 뭔가를 해야 하고, 그게 무엇이 될지 알 수 없었다. 결국은 두려워서 노래를 부르지 않았던 셈이다. 나는 그런 일이 다시 일어날까 봐 두려웠다. 공포가 검은 눈을 뜨고 그 손을 뻗어 내 목을 감았던 그 일이.

나는 노래를 부르지 않았다. 그래서 두렵지 않았다. 어쨌든 리허설 도중에 모든 가수들이 자신들의 목소리가 지치고 아프지 않을까 걱정스럽다고 하는 시점이 있었다. 그들은 최악의 상황을 만들었고 나도 그렇게 했다. 그 자리에서는 최악의 상황을 만드는 게 맞았다. 나는 감기에 걸렸다고, 감기가 내 성대에 떡하니 자리 잡아서 끔찍하다고 말했다. 나는 아직 회복하지 못했고, 조심해야 한다고, 계속 부르는 척만 할 거라고 말했다. 나는 노래를 부르지 않았다.

그 주에 한두 번 이런 생각을 하기는 했다. '이건 어리석은 짓이야. 제기랄, 내가 뭘 하고 있는 거지?'

나는 연습실을 예약하고 워밍업을 시작했고 다 괜찮았다. 아무 문제가 없었다. 걱정할 필요가 없었다. 하지만 매번, 매번, 두려움이 깨어나 내 안을 뒤흔들기 시작했다는 느낌에 시달렸다. 커져 보이는 눈과 창백한 얼굴을 거울을 통해 확인하면서 나는 사실은 내가 괜찮지 않다는 것을 알았다. 나는 여전히 두려워했기 때문에 괜찮지 않았다. 그래서 나는 시도를 멈췄다. 연습실을 나와 문을 닫았다. 나는 프랭키에게 전화를 걸었고, 그와 함께 술집에 가 연습하는 대신 술을 마셨다.

이사한 지 일주일 후, 로리가 만나자고 했다. 나는 맥스가 그녀를 더 잘 알고 싶어 한다고 말했고, 그에게도 똑같은 말을 했다. 뜻밖에도 두 사람 모두 "좋아, 그럼 술이나 한 잔 하자" 라고 선선히 응했다. 그 둘은 서로를 잘 못 알고 있다고 나는 생각했다. 나에게는 두 사람이 잘 지내는 게 필요했다. 그는 퇴근 후 나를 데리러 오겠다고 말했다.

아파트는 내가 기대했던 모습이 아니었다. 그 건물은 아트 데코 스타일로 된 원룸이었는데. 20년대 이후 개보수를 하지 않은 상태였다. 그 아파트는 세 개의 문이 있는 작은 현관, 사람을 죽일 수도 있어 보이는 주방 기구들로 가득 찬 작은 주방, 다양한 색상의 손잡이가 달린 수저, 욕실-레몬색 욕실 세트, 얼룩진 거울, 희미한 조명-과 너무 많은 무거운 가구-작은 테이블, 옷장, 옷장, 소파 베드-가 딸린 원룸이었다. 창문도 한 개 있었다. 그 창문 밖으로 옆 건물의 빈 벽이 보였다.

그가 오기 전에 나는 침대를 다시 소파로 만들어 놓은 다음, 옷과 악보를 옷장 바닥에 집어넣고, 내 사진을 되는대로 놓지 않고 장식하듯이 진열했다. 주말에 짐을 풀기 시작했지만 물건 넣을 공간이 부족해서 바닥이나 가구 위에는 여전히 물건이 쌓여 있었다. 짐을 풀다가 가방 바닥에서 로리와 함께 찍은 사진을 발견했다. 짐 꾸리는 것을 도와주던 로리가 가방에 넣었음이 분명했다. 그런데 그 사진을 보고 있으니 슬퍼졌다. 로리가 그 사진을 내게 준 것이 무엇을 의미하는지 잘 몰랐기 때문이다. 사랑의 표현일까, 아니면 자신이 더 이상 갖고 싶지 않다는 걸까.

나는 물건을 치우면서 혼자 노래를 불렀다. 의식적으로 부른 게 아니라 습관의 힘에 의해. 처음에는 내가 노래를 부르고 있다는 사실을 거의 눈치 채지 못했는데, 그걸 알아차리고 행복해졌다. 나쁜 꿈에서 깨어난 것 같았다. 나쁜 꿈의 공포가 나를 사로잡고 있을 때는 눈을 제대로 뜨고도 결국 진짜가 아니라는 것을 알게 되기까지 시간이 좀 걸린다. 모든 게 같다. 아무 것도 바뀌지 않았다. 그제야 안도했다.

노래를 부르도록 내게 준비된 시간은 그리 길지 않았다. 5분 정도 불렀을까. 문을 두드리는 소리가 났는데, 맥스였다.

아래층에서는 어떻게 들어왔어요?

"만나서 반갑다는 인사 정도는 해야지. 빈센트가 자기가 가지고 있는 열쇠를 줬어. 혹시라도 당신이 열쇠를 잃어버릴 경우를 대비해서. 빈센트는 런던에 없을 때가 많거든."

오싹한데요. 나는 농담으로 말했지만 그는 이해하지 못하는 것 같았다.

"갈까? 준비 됐어?"

밖에는 도시 노동자들이 지하철역을 향해서 모두 한 방향으로 걷고 있었다. 마치 불이 난 건물 안에서 당황하지 않으려고 애쓰면서 출구로 향해 가는 사람들 같았다.

"당신이 노래하는 걸 들었어. 거기 도착했을 때."

"오, 정말요?"

"그다지 작은 소리는 아니었어. 그 건물에 있는 모든 사람이 들었을 거야."

"그게 문제가 된다고 생각해요?"

"모르겠어. 별로 상관없을 거야. 그런데 당신은 쉬고 있다고 생각했는데, 아니었어? 잠시 동안 노래를 안 부른다고 하지 않았나? 아직도 아픈 거 아니야?"

나는 그에게도 그런 말을 했다. 나쁘게도 화나게도 들리지 않게 그 상황을 설명하는 다른 방법을 생각해 낼 수 없었던 것이다.

"뭐, 좀. 근데 오디션이 몇 개 있어요. 지금 다시 노래를 시작해야 해요,

정말, 그렇게 하지 않으면 준비가 안 될 거예요."

"오디션? 몰랐네. 괜찮은 오디션이라도 있어?"

"몇 개는 괜찮아요. 굉장히 좋은 건 없어요."

잠시 말없이 걷던 그가 말했다.

"그래서 좋은 오디션이 아니라도 할 만한 가치가 있어? 합격할 가능성이라도 있어?"

"가능성? 음, 아니요. 가능성이 별로 없어요. 확률은 항상 아주 낮아요."

그는 나를 쳐다보았다. 걱정스러워 보였다.

"그러면 그 오디션은 안 가는 게 어때? 몸이 아픈데다 다른 모든 상황을 감안하면. 당신은 그 마지막 오디션에서 너무 진을 뺐어. 당신이 걱정돼. 오디션에 합격하지 못하면 당신 기분만 안 좋아질 텐데. 뭐 하러 오디션을 보러 가지? 자신에게 좀 더 너그러워져야 하지 않아? 몸이 좀 더 나아질 시간을 가져."

그때 내게 밀려든 안도감은 어디에서 온 걸까? 나는 오디션을 받고 싶지 않았다. 다시 심사위원들 앞에 서는 일을 상상하기도 싫었는데, 그는 하지 않는 것이 합리적인 선택임이라고 말하고 있었다. 그래서 나는 죄책감에서 벗어날 수 있었다. 길을 걸으면서 그가 내 손을 쓰다듬었는데, 나는 그의 손을 잡고 화제를 바꿨다.

"오늘 밤에 와 줘서 고마워요."

"괜찮아. 내 말은, 당신이 나에게 빚이 생겼단 얘기지. 하지만 괜찮아."

"당신은 로리를 좋아하게 될 거예요. 솔직히. 로리에게 기회를 준다면."

"알았어."

"그냥 잘해줄 거라고 약속해 주세요."

"내가 잘해주지 않은 적 있었어?"

우리는 맥스의 제안으로 뒷골목에 있는 술집에서 만났다. 그곳은 런던의 아주 오래된 건물 중 하나로 거기 있는 모든 것들이 '한때는 그랬었지' 라는 생각을 불러 일으켰다. 어두운 색의 나무 패널, 압도하는 듯한 무늬의 카펫이 있었다. 우리가 도착했을 때 로리는 이미 와 있었는데, 사회적인 예의를 정확히 지켰다.

"만나서 정말 반가워요."

로리는 맥스를 안으며 말했다. 그녀는 나도 안아주었다.

맥스는 술을 가지러 바에 갔고, 우리 둘만 남았다. 나는 로리에게 할 말이 단 하나도 생각나지 않았다.

"와줘서 고마워."

겨우 한마디를 끄집어냈다.

"내가 만나자고 했잖아."

"내 말이 무슨 뜻인지 알잖아. 그 사람과 같이."

그녀는 어깨를 으쓱했다.

"뭐, 요즘 너를 보려면 이런 방법밖에 없는 것 같던데? 그래서 같이 만나야 한다고 생각했어. 네가 아직 살아 있는지 확인하려고."

"아직 살아 있어. 고마워." 내가 말했고 그녀는 한숨을 쉬며 말했다. "애나, 넌 내게 말할 수 있다는 거 알지? 그러니까, 예를 들면.... 하지만 그때 그가 와인 한 병과 잔 세 개를 가지고 돌아오는 바람에 로리는 말을 멈췄다. 그는 다른 의자를 끌어와 자리를 잡은 뒤 우리 잔을 채워줬다. 우리는 모두 건배하고 한 모금 마셨다. 침묵이 흘렀다. 둘 다 나를 기대에 찬 눈빛으로 바라보았다. 나는 내 머리에 가장 먼저 떠오른 말을 했다.

"이 술집에 와본 적이 있어?"

나는 로리에게 물었다.

"아니. 이곳은 내가 자주 오는 곳이 아니야."

"주말에 여기에 있는 게 이상해. 비어 있는 이곳에. 모두들 다른 곳에서 파티를 하고 있는데 나는 초대받지 못한 것처럼."

내 목소리는 이상하게 부자연스러워서 모든 말이 따분하게 들렸다. 로리와 맥스는 억지 미소를 지은 채 마치 친구 집에서 그 집 어머니의 대화 시도를 참으며 그녀가 빨리 방에서 나가기만을 바라는 십대들처럼 앉아 있었다.

"그래서, 어떻게 지냈어?"

내가 로리에게 물었지만, 그녀는 그냥 괜찮다고 대답했다. 그래서 나는 어색하게 격식을 차리며 맥스에게 일에 대해 물어본 다음 말끝을 흐렸다. 잠시 정적이 흘렀다. 그때가 바로 내가 이 만남을 주선하겠다는 것이 어리석은 생각이었음을 인정하고 그만 헤어지자고 말하려던 순간이었다. 그런데 그때 맥스가 로리를 향해 몸을 돌리고 말을 걸었다. "그래서 지난주에 밀을 만났어요" 라고 하면서. "네가 우리를 방해하기 전에 말했던 대로" 라는 식이었다. 그리고 그들은 얘기를 나누기 시작했다.

그가 나를 구해줘서 반쯤은 안심이 되었고, 나는 버벅거리는 것만으로도 숨이 찬데 그는 너무 쉽게 상황을 바꿀 수 있다는 것에 반쯤은 짜증이 났다. 그는 로리에게 밀을 어떻게 만났는지 물었고, 그녀는 대학에 대해 조금 이야기하면서, 어쨌든 그들은 어색하지 않은 대화를 나누고 있었다. 그런 다음 그는 그녀에게 그 집에서 어떻게 지내는지, 혼자 방을 쓰니까 좋은지 물었다.

"그래요, 좋아요. 실제로 애나 자리에 입주한 게 있어요. 주말에 개 한 마리를 데려왔어요."

"개? 칫, 고맙네."

"새시가 쇼디치 하이 스트리트에서 만난 어떤 남자에게서 그 개를 샀어요. 새시는 마약에 너무 취해서 자신이 개를 싫어한다는 것도 기억하지 못했어요. 확실하지 않지만 그 남자가 코트 속에 개를 가지고 다녔다는 것 같아요. 어쨌든, 이제 우리는 사실 아무도 원하지 않는 이 빌어먹을 개를 갖게 되었어요. 앞으로도 파란만장할 것 같아요."

대화를 주고받는 두 사람을 보면서 나는 연극을 관람하는 듯한 느낌을 받았는데, 배우들이 자신들의 대사를 알고 있을 거라는 확신이 들지 않았다. 그래서 긴장을 풀고 즐길 수가 없었다. 공기는 잠재적 위험 때문에 팽팽하고 날카로웠다. 로리는 사람들이 개 이름을 합의해서 정할 수가 없었다고 말하기 시작했다. 새시는 보디카라는 이름을 좋아했다. 엘라는 시몬이라고 불렀다. 밀은 아무도 들어본 적이 없는 덴마크 페미니스트 작가의 이름을 따서 짓고 싶어 했다. 맥스는 로리에게 어떤 이름을 선호하는지 물었고 그녀는 신경 쓰지 않는다고 말했다. 사실 개를 좋아하지 않는다며 그 개는 무조건적으로 헌신할 것처럼 보인다고 말했다. 그 말을 듣고 그는 웃었는데, 나는 로리가 비속어를 조금만 줄여 줬으면 하고 바라면서 한편으로는 그가 그녀에 대해 어떻게 생각하는지 알고 싶어 그의 표정을 살피고 있었다.

"어젯밤에 새시는 마약 중독자 친구들을 많이 불렀어요. 모두 콜라를 마시고 있었는데 그 중 한 명이 바닥에 몇 병 엎질렀어요. 그런데 그 빌어먹을 개가 와서 그것을 핥은 거죠. 그 광경은 아주 우스웠어요. 하지만 새시는 보디카가 죽을 거라며, 자신은 세상에서 가장 나쁜 사람이고, 살아서는 안 된다고 말하더니 울기 시작했어요. 그래서 어쨌든 그 개가 우리 집에서 얼마나 오래 버틸지 아무도 모르게 됐어요. 하지만 콜라 때문에 개가 잘못되진 않았어요. 사실 그 어느 때보다 기민해져서 잘 살고 있어요."

그런 다음 그 둘은 마약에 대해 이야기하기 시작했다. 어떤 약을 먹었는지, 마약의 합법화를 어떻게 생각하는지에 대해 이야기했다. 내가 전혀 생각조차 해 보지 못한 너무 많은 주제에 대해 로리가 자신의 의견을 개진하고 있다는 사실은 항상 나를 놀라게 했다. 나는 긴 기사를 읽거나 팟캐스트를 듣고, 그 아이디어를 훔쳐 나중에 내 의견처럼 그에게 내보이곤 했다. 몇 가지에 대해 아는 척했지만 특별히 그 주제에 정통하지도 않았다. 나는 두 사람의 대화를 따라가는 데 너무 집중했고, 어떤 긴장이라도 완화시킬 태세를 갖추고 있었다. 이윽고 그들은 내가 거기에 없는 듯이 행동했다. 둘은 내가 아니라 서로를 바라보고 있었다. 그러다 갑자기 예의 그 무례하게 도전하는 로리의 눈빛을 보게 되었다. 폭풍 전야를 예고하는 그 눈빛을.

"그러니까, 당신들은 보통 머리끝까지 마약에 취해 있잖아요. 안 그래요?"

"지금 그렇다는 거요?"

"사십대 은행원. 아니라고 말하는 거예요?"

"사십대?"

"삼십대 후반? 그렇든 아니든 간에."

"작가가 되려는 거 아니었어요? 그런 고정 관념에 의지하기보다 좀 더 잘 알아야 되지 않겠어요?"

"고정 관념이 많은 것을 말해주죠. 그리고 일반적으로 그게 사실일 때 사람들의 입에 많이 오르내려요. 애널리스트인 친구가 한 명 있는데, 그 친구가 말하길 회사 스키 여행에서 상무이사들이 자신들의 신용카드로 부하직원들의 스트립 클럽 비용을 결제했대요. 그들의 아내가 카드 명세서로 그 사실을 알 수 없게 하려고. 그런 한심한 고정 관념이 사실이 아니길 진심으로 바라지 않나요? 그런데 아직은 사실이잖아요?"

나라면 감히 그에게 그런 식으로 말하지 못했을 것이다. 나는 이 상황이 빌어먹을 재앙이라고 생각하며 와인을 크게 한 모금 마셨다. 이 상황에서 벗어나려면 무슨 말을 해야 할까? 그런데 그 둘을 돌아보니 상황이 그리 나빠 보이지 않았다.

"내 아내는 사실 스트리퍼에 크게 신경 쓰지 않아요." 그가 로리에게 말했다. "아내가 좋아하지 않는 여자 주인공이거든요. 하지만 솔직히, 나는 마약을 하지 않아요. 난 자신을 통제할 수 있는 느낌을 좋아해요."

"오, 정말요? 놀라운데요. 그냥, 맥스는 너무 느긋해 보여서요."

그가 웃었다.

"내가 졌어요."

그가 말했다.

"당신은 아주 조용한데? 괜찮아?"

내가 지레짐작으로 그 둘의 연기를 걱정하고 있었음을 깨달았다. 걱정할 필요가 없었다. 둘 다 즐거운 시간을 보내고 있었다. 그 둘은 자신들의 대사를 너무 잘 알고 있어서, 그 대사로 자유롭게 즐길 수 있었다. 대본을 확인하고 다시 확인해야 하는 사람은 나였다. 말을 더듬거리고 내가 옳다는 확신이 전혀 없었다.

"로리는 마약에 부정적이에요." 나는 그녀의 어조에 맞추려고 노력하면서 말했다. "로리는 매우 보수적인 교육을 받고 자랐어요. 어린 시절에 심어진 그 모든 가치는 여전히 로리의 마음 어딘가에 존재하면서 지금의 그녀와 부딪쳐요. 그래서 로리는 가끔 그 차이를 구별하지 못하죠."

로리는 나에게 사악한 미소를 지었다. 이 게임에서 그녀를 이기려고 하는 것은 어리석은 짓이었다.

"애나도 마약을 좋아하지 않아요. 하지만 어떤 이념적 이유 때문이 아니라 정말 자의식이 강해서 그래요. 이미 눈치챘죠?"

"알고 있어요. 청교도적이라고 할 수 있죠."

"그렇죠. 애나는 확실히 그쪽이죠."

그 둘 다 나를 비웃고 있었다. 내 질투심이 그들에게 완전히 투명하게 드러났고 내 몸 전체에 휘갈겨진 것 같았다. 그러자 로리가 웃으며 말했다. "오, 맙소사, 애나, 그런 식으로 나를 보지 마. 농담이야."

"나도 알고 있어."

그때 나는 와인을 마시려고 잔을 들다가 치마에 쏟았다. 옷에 붉은 반점이 생기자 나도 모르게 욕이 튀어나왔다. 로리는 나에게 바에 가서 화이트 와인을 달라고 해야 한다고 하고, 맥스는 가서 소금을 얻어야 한다고 말했다. 나는 둘 다 무시하고 화장실에 갔다. 카펫이 깔린 술집 화장실 중 하나였다. 거기에서는 서로 다른 체액 냄새가 뒤섞여져 있었다. 종이 타월로 치마를 톡톡 두드렸지만 와인은 잘 지워지지 않았다. 그 얼룩은 창백한 피부에 생긴 멍처럼 보랏빛으로 화가 나 보였다. **하지만 이게 네가 원했던 거야. 네가 그 둘이 잘 지내기를 바랐잖아.**

나는 그들과 합류하기로 결심하고 바로 돌아갔다. 거기서 그 둘은 함께 앉아 있었다. 그가 뭔가를 말하자 로리가 고개를 끄덕이며 주의 깊게 듣고 있었다. 갑자기, 아니 그동안 내내 거기에 있어서 내가 그렇게 명확하게 볼 수 있었는데도 몰랐던 그 이미지가 갑자기 내 눈꺼풀 뒤로 턱하니 나타났다. 이런 술집이나 식당에서 다른 여자들과 함께 있는 맥스, 그런 그를 바라보는 여자들, 테이블 너머로 손을 뻗어 여자들의 손이나 다리를 만지는 맥스. 나는 눈을 깜박였지만 그 이미지는 사라지지 않았다. 나는 한 번도 그에게 물어본 적이 없었다. 뉴욕에서 아내를 만났는지, 여전히 그녀를 원하는지 물어보지 않았다. 그의 아내가 너무나 신경 쓰이는 바람에 나는 결코 이렇게 말할 수가 없었다. "그러면, 런던에서, 나를 만나지 않는 밤에 당신은 무엇을 하나요?"

내가 자리에 앉자 그는 내 치마를 힐끗 보았다.

"오, 이런." 그가 말했고, 로리의 말이 뒤따랐다. "화이트 와인을 달라고 하지 않아도 되겠어?"

로리는 내가 속상해한다는 것을 알았고, 내가 충분히 벌을 받았다고 느꼈던 것 같다. 왜냐하면 그때부터 나에게 주의를 기울이기 시작했기 때문이다. 팔로 나를 감싸고 그녀가 좋아하는 모든 이중 행동을 하기 시작했으며 맥스에게는 이렇게 말했다. "애나랑 내가 같이 했던 일을 애나가 말한 적이 있나요?" 나는 로리에게 지독한 질투심을 느꼈다. 나는 로리가 미웠다. 그녀가 너무 예쁜 것도 싫었다. 그녀의 자신감과 사교성도 싫었다. 그녀가 모든 남자들을 너무 가혹하게 대하는데도 왜 그런지 여전히 모든 남자들이 원하는 바로 그런 종류의 여자라는 것도 싫었다. 하지만 주로 그녀를 미워할 이유가 없어서 싫었다. 나는 화를 낼 수가 없었다. 그녀가 유일하게 잘못한 일은 나보다 그에게 더 관심을 가졌다는 것이고, 그것은 거의 그녀의 잘못이라고 할 수도 없는 것이었다.

로리는 그에게 예전 집주인 여자의 부엌 칠판에 대해 이야기하고 있었다. 집주인 여자는 그 칠판 위에 줄을 그어, 한쪽에는 냉장고에 있는 자기네 음식 목록을, 다른 한쪽에는 우리 음식 목록을 적었다. 주말에 집주인은 자기네 것이라고 생각했던 음식이 없어졌으면 우리가 빚진 금액을 칠판에 적고 그 금액에 빨간색 동그라미를 그려 놓았다.

"사실 그런 일이 이상하다고 생각되지는 않아요. 나는 모든 게 엄격하게 통제되는 집에서 자랐어요. 우리 엄마에게는 일종의 강박관념이 있어요. 그런 일은 우리 엄마가 할 법한 일이에요. 엄마가 통제하지 못했던 때가 딱 한 번 있었죠. 난 그때를 한 번도 잊은 적이 없어요. 그런 일은 아주 드물게 일어나니까요. 그때는 팬케이크를 먹는 날이었는데 엄마는 온갖 다른 토핑을 만들었어요. 엄청난 양을. 우리가 먹을 수 있는 양보다 훨씬 더 많이요. 엄마가 예상했던 시간보다 더 오래 걸렸나 봐요. 아직도 기억나는 게, 나와 내 형이 식탁에 앉아 있었고, 우리 앞에는 이 모든 토핑 그릇이 놓여 있었는데 엄마는 아직 끝나지 않았다고 말했어요. 그런 다음 아버지가 퇴근해서 집에 돌아오셨고 우리는 잠자리에 들어야 했어요. 나는 아버지가 엄마에게 화를 낼 것이라고 생각했지만, 아버지는 화내지 않았어요. 아버지는 우리에게 화를 냈어요. 그게 얼마나 불공정해 보였는지 잊히지 않아요. 아버지는 우리가 식탁에서 잠이 들었다고 화를 냈어요. 그때는 취침시간이 지나 있었어요. 아마 내가 7살쯤이었을 거요. 우리는 배가 고프지 않았어요. 그냥 자고 싶었을 뿐이었어요." 모든 준비가 끝났을 때 우리는 먹고 싶지 않았지만 아버지가 말했어요. "'엄마가 애써 수고해서 만든 것을 좀 봐라. 너희는 최소한 감사하는 마음이라도 엄마에게 보여줘'. 그래서 우리는 그렇게 했어요."

그는 웃었다.

"글쎄, 나는 그 이후로 팬케이크를 그다지 즐기지 않아요."

"맙소사, 가족들은 악몽이었어요, 그렇죠? 우리는 공동체에서 자라는 게 더 나아요." 로리가 맞장구치듯 말했다.

"아마도. 성인의 모든 문제는 모방하거나 반대로 반응하는 것에서 와요. 두 유형의 광기의 농축물이 아니라. 또는 단 하나요. 어린 시절을 어떻게 보냈느냐에 따라 다르죠."

"아, 맞아요. 미안해요." 그는 사과했다.

로리는 혼란스러워 보였다.

"왜요? 왜 미안해하죠?"

"어, 애나가 로리의 엄마에 대해 말한 게 있어서요. 난 당신이 그걸 의미한다고 생각했어요.”

“우리 엄마?”

그가 무슨 말을 하고 있는지 나와 로리는 정확히 같은 순간에 깨달았던 것 같다. 내가 하지 말라는 눈빛을 보냈지만 그는 눈치채지 못했다.

“엄마가 더 이상 주변에 없다는 것만으로도.”

그는 시간을 두고 말했다.

“유감이에요.”

잠시 동안 로리의 얼굴은 앞면이 깨끗하게 닦여진 듯했고, 무방비 상태로 보였다. 마치 완전히 혼자인 것처럼, 외부의 모습이 내부를 완전히 반영하여 다른 사람들을 알아보기 전 아주 짧은 순간의 모습은 꾸밈이 없고 상처받기 쉽지만, 그런 다음 바로 사람들을 알아채고는 미소 짓는다. 단 일초 만에 로리는 회복되었다.

“글쎄, 애나가 이상한 말을 했네요. 우리 엄마는 내 주변에 있어요. 나는 아버지를 말한 거예요. 내가 한 사람이라고 말한 것은 우리를 키운 사람이 바로 우리 엄마였기 때문이에요. 아버지는 항상 일하고 계셨어요.”

“나는 그런 말을 한 적이 없어. 나는 재빨리 말했다. 네 엄마가 없다고 한 적이 없어.”

“내가 잘못 이해했나 봐요.” 그가 말했다.

“네, 그런 것 같아요.”

그런 다음 로리는 만나서 좋았지만 너무 피곤해서 가야겠다고 말했다. 그는 우리보다 앞서 계단을 내려갔다. 그녀는 나를 쳐다보지도 않고 코트를 걸치고 가방 속 휴대폰을 확인했다. 나는 무슨 말을 해야 할지 몰랐고, 그녀가 맥스의 말을 정확히 이해했는지 아니면 화가 났는지 확신이 서지 않았다. 그러나 그때 그녀는 나를 올려다보았고, 그녀가 얼마나 화가 났는지 알았다.

"어쨌든, 두 사람에게 얘깃거리를 주게 돼서 정말 기쁘네. 그가 사실을 제대로 알 수 있을 만큼 네 말을 잘 들어준다면 좋겠지만, 다 가질 수는 없으니까."

로리는 걸어 나가기 시작했다. 나는 그녀를 따라 갔다.

"정말 미안해. 그 사람이 생각이 부족했어. 미안해."

"애나, 정말 그 사람이 생각이 부족한 거니? 정말 그런 거야? 그걸 말이라고 해?"

그러고 나서 우리는 거리로 나왔는데, 맥스가 있었기 때문에 대화를 계속할 수 없었다.

그의 아파트로 돌아오는 길에 나는 로리가 화났다고 말했다. 그가 눈치 채지 못했다고 해서 나는 그 이유를 설명했다.

"아, 알았어. 글쎄, 당신이 한 말을 내가 잘못 기억했나 봐. 난 로리 엄마가 자실했다고 말한 줄 알았어. 죽었다고. 나는 그 일이 어떻게 비밀이 될 수 있는지 정말 이해가 안 됐어."

"시도했다고. 나는 자살 시도를 했다고 말했어요."

"어쨌든. 당신은 그 얘기를 하지 말았어야 했어. 로리가 그런 얘기를 좋아하지 않을 것이라는 것을 알고 있었다면 말이야."

우리는 말없이 걸었다. 거리는 텅 비어 있었고, 불이 켜진 사무실 건물도 텅 비어 있었다. 교통체증도 없었고, 단지 몇 대의 검은색 택시가 희망을 갖고 기어 다니면서, 아직 남아 있을지도 모르는 도시의 노동자를 찾고 있었다. 나는 그가 옳다는 것을 알았다. 내가 왜 그에게 말했는지조차 기억나지 않지만, 그 어떤 고결한 이유는 아니었다. 로리가 말한 대로였다. 그의 관심을 끌 수 있다고 생각했기 때문에 그에게 그 이야기를 했다. 대화를 나누고 싶어서.

그때 그는 팔로 나를 감싸며 말했다.

"애나, 사람들은 가족에 대해 민감해. 로리는 잊어버릴 거야. 당신은 걱정이 너무 많아."

아파트로 돌아온 후 그에게는 해야 할 일이 있었다. 그는 가방에서 종이 몇 장을 꺼내 침대 위에 놓고, 그 종이를 훑어보면서 뭔가를 지웠다. 나는 불안했다.

나는 방을 돌아다니며 거울을 보고 머리를 만지작거리기도 하고, 침대 옆 탁자에 있는 〈맨즈헬스(men's health)〉라는 잡지를 훑어보고, 화장대에서 물건을 들었다 놨다 했다. 나를 바라보는 그의 시선이 느껴졌고, 내가 그를 귀찮게 하고 있음을 깨닫고 창가 바닥에 양반다리를 하고 앉았다. 나는 벽에 등을 기대고 밖을 내다보았다. 유리 저편에 피어난 세상이 있었는데 그 세상이 갑자기 아주 멀게만 느껴졌다.

"뭐야?"

"아무것도 아니에요."

"나는 당신을 무대에서 본 적이 있어. 당신이 연기할 수 있다는 걸 알아. 무엇이 문제인지 내가 묻기를 바란다고 생각할 수밖에 없어. 자, 시작해. 말해봐."

화장실에서 돌아와서 로리와 함께 있는 그를 지켜봤던 일.

"아직도 다른 여자들을 만나고 있어요?" 내가 물었다.

"왜?" 그가 반문했다. "당신은?"

"질문에 대답만 해주면 안 돼요?"

"아, 맞지. 당신은 심각하지. 음. 내가 그럴 시간이 있다고 생각해?"

나는 유리 너머에 있는 세상으로 고개를 돌렸다. 술집에 있는 나머지 출연진을 생각했다. 그곳에서 발전한 친밀감, 내가 이해하지 못하는 사적인 농담을. 혼자 집으로 돌아가는 로리를, 우리의 작은 방과 창밖의 노인들을 생각했다. 그리고 로리도 외로운지 궁금했다. 이런 사소한 감정에 압도되었다. 모르겠다. 왠지 그 때문에 생긴 이 감정을. 그는 나에게 뭔가 빚을 졌다. 약간의 보상, 만질 수 있고 견고하고 실제적인 어떤 것을. 그가 내게 진 빚은 바로 나를 유리 뒤에 놓아두었다는 것이다.

"그래서 우리는 서로를 독점하고 있나요?" 내가 물었다.

그가 웃었다.

"내가 십대 때부터 아무도 나에게 그런 질문을 하지 않았어." 그는 말했다. "난 그냥 다른 사람을 만나지 않는다고 말했어."

"당신은 실제로 그렇게 말하지 않았어요."

그는 한숨을 쉬었다.

"봐, 애나. 난, 글쎄, 난 정말 이해가 안 돼. 난 당신이 이해했다고 생각했어."

"그만해요. 제발. 그만 얘기해요."

정적이 흐르고 잠시 후 그가 말했다.

"로리 때문이야. 당신은 소외감을 느낀 거지? 근데 질투 안 한다고 했잖아?"

"질투 안 해요."

"그래, 알겠어. 애나, 자기야. 합리적으로 생각해. 당신이 잘 대해달라고 부탁했잖아. 내가 그렇게 하고 있었던 거 아니었어?"

"매우. 이례적으로. 고마워요."

그는 서류를 침대 옆 탁자에 내려놓고 자리에서 일어났다.

"내가 당신에게 잘해주지 못해서 그런 거야? 그거야?"

"뭐 그 비슷한 거요."

그는 웃기 시작했다. 나 때문에 웃는 게 아니었다. 그가 나를 비웃고 있다고 느껴지지는 않았다. 우리가 마치 연기를 했다는 듯이, 서로에게 화난 척하고 온갖 장난을 치다가 웃음이 터진 것 같았다. 그는 더 이상 연기를 계속할 수 없었다. 너무 웃겨서 갑자기 나도 웃고 있다는 걸 깨달았다. 우리 둘 다 웃고 있었는데 그가 말했다. 이리 와서 나와 함께 누워.

"아, 알겠어요. 이제 나에게 관심이 생겼어요?"

"네, 네, 그래요. 사실 당신에게 관심이 아주 많아."

내가 일어나 그 옆에 누웠더니 그가 옆으로 몸을 돌려 나를 마주했다.

"그래서 내가 당신에게 잘해주길 원해? 좋아, 이건 어때?"

그리고 그는 말하기 시작했다. 그는 내 눈, 머리카락, 가슴을 좋아하고, 내 허벅지 바로 위에 있는 부분과 거기 있는 피부가 너무 부드러워서 좋아한다고 말했다. 내가 런던을 사랑한다고 하면서도 교통체증과 비둘기, 출퇴근 시간대를 아주 싫어하고, 중요하지 않은 온갖 일을 아주 진지하게 받아들이는 모습을 좋아한다고 말했다.

그는 내 미소를 좋아하고, 내가 그에게 미소 짓는 순간 그가 나를 지금뿐만 아니라 영원히 행복하게 해줄 거라고 믿을 수 있어서 좋다고 말했다. 그는 내가 질투하는 것을 좋아한다고 말했다. 질투하는 모습을 좋아하고 내가 아닌 척하는 것도 좋아한다고 말했다. 나를 더 질투 나게 만들고 싶다고 말했다. 그는 내가 부루퉁한 모습을 좋아한다고 말했다. 그 모습이 귀엽다고 했다. 내 기분이 돌이킬 수 없을 정도로 나쁘다고 진심으로 믿는 것처럼 보였지만 자신이 웃게 만들면 금방 모든 것을 잊어버리는 모습이.

"지금 당신은 나를 놀리고 있어요. 그걸 잘해 주는 걸로 쳐야 할지 모르겠어요."

"절대로 난 당신을 놀리지 않았어. 그러기엔 당신은 너무 심각해. 난 그보다 더 잘 알고 있어. 내가 한 말은 모두 진심이야. 내가 보여줄게. 눈을 감아."

나는 눈을 감았고, 그가 내 웃옷을 끌어올리는 것을 느꼈다.

그가 말했다. 가만히 있어. 그리고 나는 그가 침대 옆 탁자 위에 있는 뭔가에 손을 뻗는 소리를 들었다. 이어서 잉크가 만드는 날카로운 간지럼이 느껴졌다.

"여기 봐. 당신을 위한 거야."

나는 눈을 뜨고 내 배를 내려다보았다. 그가 그린 하트가 거기에 있었다.

16

나는 다음날 아침에 로리에게 문자를 보내 미안하다고 말했다. 그녀는 즉시 대답했다.

솔직히 내가 무엇을 기대했는지 모르겠어. 그래서 왜 화가 났는지도 모르겠어. 난 정말 네가 뭘 하고 있는지 알고 있기만을 바랄 뿐이야.

내가 답할 말을 생각하고 있을 때, 로라가 다시 문자를 보냈다.

괜찮아, 그 일도 잊을 수 있을 거야. 시간이 좀 필요해.

나는 보고 싶다고 대답했지만, 답장을 받지 못했다.

그날 오후에는 라보엠 리허설이 있었다. 나는 곧 다시 노래를 시작해야 했다. 그렇지 않으면 마리케는 내가 노래를 부르지 않았다는 소식을 듣고 의심할 것이다. 공연이 2주도 채 남지 않았다. 어리석은 짓을 그만둘 때였다. 내 두려움에 정면으로 맞서면, 기분 좋게 놀라게 되리라고 스스로에게 말했다. 생각만큼 나쁘지 않을 것이다. 고통은 발부리를 부딪쳐서 본능적으로 손으로 발가락을 감쌌을 때처럼 자신이 한 일을 알고 싶지 않게 한다. 물론 발톱이 떨어져 매달려 있고 상처에서 피가 새어나오겠지. 하지만 마침내 억지로 손을 떼어 보면, 아무 일도 없지 않은가.

리허설 한 시간 전에 연습실을 예약하고 워밍업을 했다. 자신이 없긴 했지만 괜찮았다. 기본이 되어 있는, 아직 채색하지 않은 선으로만 그린 그림의 상태였다. 그런 다음 내가 좋아하는 몇 곡을 불렀다. 오래 입어서 편안해진, 내 몸에 딱 맞는 점퍼처럼 내 목소리에 딱 맞는 곡들이었다. 연습을 시작하고 나서 잠시 동안은 괜찮았는데, 지나가는 사람들이 신경 쓰이기 시작했다. 팔려고 내놓은 건물이라 방음이 부실하다는 것과 사람들이 벽에 귀를 대거나 문에 나 있는 작은 창으로 연습실을 들여다보는 모습을 떠올리면서 다들 내 노래를 들을 수 있을 거라는 생각을 했다. 나는 그 곡 속으로 들어가 어둠 속에 있는 큰 물동이의 일렁임 없는 물을 만지듯 내 앞에 펼쳐진 그 부드러운 선율을 흔들고 싶었다. 그래서 눈을 감고 애썼지만 그것을 떠올릴 수 없었다. 대신에 작위적이고 통제되지 않은, 그것과 관련이 없는 이미지들만 눈꺼풀 아래서 깜박이고 있었다. 어느 날 저녁 그는 골동품 시장에 나를 데려갔다. "뭘 좋아해?" 그가 물었지만, 나는 그의 취향을 예측할 수 없었고, 무슨 말을 해야 할지 알 수 없었다. 엇박자를 내고 있는 기분이랄까? 아직도 그런가. 그가 선물한 이 귀걸이는 두 개의 차선처럼 한쪽은 이 이미지를, 다른 한쪽은 소리를 갖고 있다. 나는 음을 낼 때마다 그 음을 돌아서서 살펴보고 생각했다. '왜 그게 맞지 않았지? 무엇이 문제였을까?' 일단 그렇게 했다면 음을 잘못 낸 것이다. 일단 음이 밖으로 나온 이상 제어는 불가능하다. 이미 일어난 일이다. 그다음에 문제가 된 것은 목소리 굵기였는데, 목구멍에 뭔가 낀 것처럼 소리가 제대로 나오지 않았다. 그 뭔가를 없앨 수 없다는 생각이 내게 공포로 내려앉고 있었다. 가랑비에 옷 젖듯이 시작해 나를 홀딱 젖게 할 것처럼.

내가 리허설에 늦는 바람에 감독은 화가 났다.

"약간의 프로정신은 나쁘지 않을 거야." 내가 텅 비어서 슬픈 가판대를 따라 관객들의 유령을 지나 통로로 내려가고 있을 때 그가 소리쳤다.

루돌프, 마르첼로, 미미는 이미 무대 위에 있었다. 내 대역도 거기에 있었다. 내가 나타나자 그녀는 무대 밖으로 나가 악보를 손에 들고 맨 앞줄에 앉았다.

"선술집 장면." 감독이 말했다. "그래, 맞아. 무슨 오페라에 출연하고 있는지 기억하지? 자, 그럼 거기로 올라가."

다투는 장면. 우리는 몇 주 전에 그 장면을 대강 시연했었다. 우리는 리허설에 돌입했다. 이제는 누구도 노래를 부르는 척하지 않았고, 나도 그럴 수 없었다. 마르첼로는 내가 추파를 던진다고 비난하기 시작했다. "당신은 나를 소유하지 않았어요. 내가 좋아하는 건 뭐든지 할 수 있어요"라고 말하게 되어 있었지만, 나에게는 그가 너무 가까이 있는 것처럼 보임과 동시에 너무 멀리 떨어져 있는 것처럼 보였다. 시끄러워서 나는 그의 말을 거의 들을 수 없었다. 내 목소리를 들을 수 없었다. 피아노 소리도 들을 수 없었다. 나는 아무것도 통제할 수 없었다. 마치 도망가야 하는데 다리가 땅에 붙어 있는 꿈을 꾸고 있는 것 같았다. 마르첼로가 내 어깨에 손을 얹고 흔들었고, 그때 감독이 소리쳤다. 그만, 그만, 모두 그만.

우리는 동작을 멈췄다. 프랭키가 나를 보고 있었는데, 나는 그의 눈을 피했다.

"자기야, 훌륭한 연기야." 감독이 나를 보며 말했다. "훌륭한 연기야. 하지만 내 말을 믿어. 이렇게 말하게 돼서 고통스럽지만, 이건 오페라야. 관객들은 무엇보다도 너의 아름다운 노래를 들으러 여기에 와. 알았어? 네가 목소리를 숨긴 채 연기로 타협한다면 마리케가 좋아하지 않을 거야. 그게 오스카상을 받을 만한 연기라고 해도 말이지. 그러니 그렇게 가장된 감정으로 목소리가 안 들리게 하지 말라고. 알았지?"

감독은 나와 동시에, 정확히 똑같은 공포에 싸여, 내가 진짜로 울고 있다는 것을 깨달았다.

"맙소사. 이봐, 이 장면은 강렬한 장면이야. 5분 쉽시다. 5분 쉬고 마음을 추슬러봐. 내 리허설 연습실은 안전한 공간이 아니야, 자기야, 알았지? 너를 위해서 안전하게 만들지도 않을 거야. 솔직히 그 빌어먹을 시간이 없어, 알았지? 어쨌든 안전하다고 느끼는 예술은 창작할 가치가 없어."

미미는 기뻐 보였다. 프랭키가 팔로 나를 감쌌다. 나는 조명으로부터 내 얼굴을 숨기려 애썼다.

"안전하다고 느끼는 예술은 창작할 가치가 없어." 감독은 잠시 침묵했다가 무거운 말투로 되뇌었다. "좋은 말이네. 원하면 적어도 돼."

나머지 장면이 진행된 다음에 리허설은 끝났다. 나는 그 공포를 오래 기억할 수 없었다. 왜냐하면 우리가 연습을 다시 시작했을 때, 나를 목소리 속으로 들어가지 못하게 하고, 내 중심부에서 목소리에 무게와 색, 의미를 부여하지 못하게 막던 그 두려움이 훨씬 더 겁나는 어떤 것으로 바뀌었기 때문이다. 식은땀을 흘리게 하는 이 공포, 나의 중심부에 있는 그 정의할 수 없는 공포, 내가 본 적은 없지만 항상 나 자신에 관한 것이라고 믿었던 그 공포는 어쩌면 존재하지 않을지도 모른다는 생각이 갑자기 들었다. 그게 아마도 내가 그 공포에 더 이상 다가가지 못한 이유일 것이다. 두려움과는 아무 관련이 없을지도 모른다. 왜냐하면 그 공포는 존재하지 않으니까.

그때 나는 무대에 서서, 끝없이 계속하는 소포 패스pass the parcel 게임처럼 내 자신을 에워싸고 있는 이런 막을 벗겨내고 버리면서 내 중심부의 가치 있는 뭔가를 찾으려고 애썼지만 아무것도 찾지 못했다. 나는 무대에 서서 노래를 불렀다— 무슨 노래인가를 부르고 있었음이 틀림없었지만 무슨 노래인지는 모른다. 누가 알겠는가? 아무도 나를 막지 않았기 때문에 노래를 불렀음이 분명하다. 노래를 부르는 내내 나는 내 자신을 싸고 있는 이 막들을 붙잡은 뒤 땀이 나는 손으로 벗겨내면서 곧 나마저도 없어질 것 같다는 느낌을 받았다.

리허설이 끝나고 내가 소지품을 챙기러 가자 프랭키가 말했다. "술 한 잔 안 할래?"

나는 가야 한다는 것을 알고 있었다. 가서 수다를 떨어야 한다는 걸. '맙소사, 그 리허설은 빌어먹을 불상사였어.' '얼마나 창피한지. 난 숙취로 너무 고생했어' 라는 말이라도 해야 한다. 아니면 다른 말, 어떤 말이라도. 성공한 사람이 하듯이 리허설을 웃음거리로 만들어야 했다. 그게 일회성이라는 것을 알고 내일이면 다 괜찮아질 거라고 확신하는 사람처럼. 아니면 적어도 거기에 가서 조용히 앉아라도 있어야 한다. 그러면서 사람들이 내 뒷담화를 하지 못하게 막아야 한다.

"아니, 안 가. 집에 갈 거야." 나는 생각과는 다른 대답을 했다.

"괜찮아? 넌 오늘 좀 이상했어."

"이상하다고?"

"응, 스트레스를 받은 것 같아. 와서 한 잔 해."

"아니야, 쉬어야겠어. 여전히 좀 아파."

"그래, 그럼. 하고 싶은 대로 해."

나는 프랭키가 다른 가수들 쪽으로 가는 모습을 지켜보았다. 그들은 견고하고 현실적인데 나는 여전히 녹아내리고 있었다.

연습실을 나와 지하철을 탔다. 사람들은 꽉 끼어 있으면서도 끼어 있지 않은 척했다. 재채기하는 사람들. 손톱을 물어뜯다가 그 손-침이 반짝이는- 그대로 다시 기둥을 잡는 사람들, 어깨에 기침하는 사람들. 관자놀이의 땀방울, 얼룩진 마스카라, 옷깃의 비듬, 전염 가능성이 있는 공기, 짝짓기를 하고 섞이는 런던의 세균, 플라스틱과 유리에 번진 얼룩. 나는 숨을 참으면서 아무것도 만지지 않으려고 애썼다. 그러고 나서 그가 사는 거리 모퉁이에 서서 금속성 공기를 들이마셨다. 양복을 입은 남자들이 내가 자신들의 앞을 가로막는 가로등이나 우체통인 양 나를 피해서 지나갔다. 아니, 그들은 나를 아예 못 본 것 같았다. 모두가 옷을 입고 있는데 갑자기 자신만 벌거벗고 있음을 깨닫게 되는 그런 꿈같다. 그 꿈속에서는 끔찍하게 창피해하고, 끔찍하게 남의 시선을 의식한다. 뭐가 잘못된 거지? 왜 전에 알지 못했지? 그러나 아무도 눈치채지 못한 것 같다. 그 사람들은 나를 볼 수 없다.

나는 다시 그의 눈앞에 서야 했다. 나를 이해하기 위해 그가 필요했다. 나를 유리 뒤에 다시 놓기 위해서.

그의 아파트를 향해 걸어가면서 그에게 전화했는데, 그는 받지 않았다.

나는 다시 걸었다. 전화벨이 울리고 또 울렸다.

나는 다시 걸고, 또 걸었다.

아무 생각도 없었다. 그의 목소리를 들어야 했다. 그를 만나야 했고, 그가 나를 현실로 돌려놓아야만 했다.

다시 전화를 걸었다.

나는 너무 시끄러운 소음과 교통체증, 사이렌에다 헬리콥터가 머리 위 어딘가를 맴돌고 있는 그의 아파트 앞, 거리에 서 있었다.

나는 아파트로 걸어 들어갔다. 보안검색대를 지나갔지만 아무도 나를 막지 않았다. 그래서 그 사람들도 나를 볼 수 없다고 생각했다. 엘리베이터를 탔다. 그의 아파트 문을 쾅쾅 두드렸다. 아무도 대답하지 않았다.

나는 그에게 전화를 걸었다.

다시 문을 두드렸다.

나는 다시 밖으로 나갈 수는 없다고 생각하고 거기에 서 있었다. 정말 밖으로 나갈 수가 없었다. 아무리 오래 걸리더라도 여기 바닥에 앉아 그를 기다려야겠다고 생각했다. 그러나 나는 다시 문을 두드렸고, 그가 문을 열었다.

"애나. 도대체 뭔데?"

그의 몰골은 끔찍해 보였다. 며칠 동안 잠을 자지 못한 사람처럼 눈은 붉게 충혈되었고 피부는 아주 창백해서 그 밑에 있는 머리뼈가 드러날 것 같았다.

"왜 여기 있어? 약속도 없었잖아."

"미안해요. 들어가도 돼요?"

"지금은 정말로 이런 부류의 일을 다룰 기분이 아니야."

그리고 나는 그의 눈빛이 얼마나 차가울 수 있는지 기억했다.

"무슨 부류의 일이라고요?"

갑자기 열 네 번이나 전화한 사람이 나타나서 말하는 그런 부류의 일.

"제발요." 내 목소리가 갈라졌다. "무슨 말을 하러 온 게 아니에요. 약속할게요. 난 단지 당신이 보고 싶었어요."

나가라고 말할 줄 알았는데, 그는 내가 들어갈 수 있도록 한쪽으로 비켜서 주었다.

방은 엉망이었다. 서랍은 열려 있고 바닥에는 종이가 여기저기 흩어져 있었다. 마치 무언가를 찾다가 포기한 것처럼. 가방의 내용물은 탁자 위에 쏟아져 있었고 음식 부스러기와 영수증, 동전이 카펫 위에 흩어져 있었다. 싱크대 위에 흩어진 테이크아웃 용기에서는 국물이 새고 있었다.

그는 나를 무시하고 소파로 돌아갔다. 탁자 위 그의 전화기는 내가 건 전화로 깜박이고 있었다. 위스키 병 옆에는 컵이 있었다. 그가 집어 들었다가 다시 내려놓은 와인 링들이 길을 잃어서 왔던 길을 맴돌고 있는 사람의 발자국처럼 겹쳐 있었다.

나는 어찌할 바를 모르고 서 있었다. 그때 그가 말했다. "대체 왜 이러는 건데?"

"난 단지 당신을 보고 싶었어요."

"이러지 말자, 응? 알아맞히기 게임을 하는 게 아니잖아. 원하는 게 뭐야? 말해, 아니면 가든지. 선택해."

그의 목소리는 대사를 외우고 있는 배우가 그 대사에 의미를 부여하려 하지 않는 것처럼 공허했다.

나는 얼마나 두려운지 그에게 말하려다가 문득 그럴 수 없음을 깨달았다. 그럴 수 없었다. 무슨 일이 있었는지 말할 수 없었다. 그가 여전히 나를 잘한다고 생각해주기를 바랐기 때문이다. 그냥 그가 나를 동정하기를 바라지 않았다. 그가 감탄하기를 바랐다. 나를 바라보는 그의 눈길을 느끼고 싶었다. 나를 인정해주는 따뜻함이 필요했다. 내가 진짜라고 말해주기를 바랐다. 하지만 그는 그렇게 해주지 않았다. 그는 창밖을 바라보고 있었다.

"난 단지 당신을 보고 싶었어요." 내가 말했다. "난 아파요. 아직 노래도 못하고 목소리도 제대로 돌아오지 않았어요. 게다가 개막일도 얼마 안 남았고..."

"아프다고?"

이렇게 말하고 그는 심술궂게 웃었다.

"그래서 미친 사람처럼 날뛴 거야? 아프기 때문에?"

내 말은 그런 뜻이 아니었다. 아파서 걱정이 아니라, 내가 아프지 않아서 걱정이었다. 이런 상황은 영구적이라는 것이. 내 노래를 들을 가치가 있게 만들었던 것이 지워졌다는 것이. 어쩌면 나는 그런 능력을 가져본 적조차 없을지도 모른다. 어느 쪽이 더 안 좋은지 알 수 없지만. 하지만 그에게 그걸 말할 수는 없었다. 혹시 그가 내 말을 반박하지 않을까 봐 걱정돼서. 그는 문을 열었을 때처럼 다시 나를 쳐다보았는데, 내가 누군지 모르는 사람 같았다. 아니, 더 심하게는 나를 전혀 쳐다보지도 않았다. 그는 소파에 앉아 창밖을 바라보았다. 그리고 다시 심술궂게 웃었다.

"그 공연은 장난이 아니에요. 그냥 어떤 멍청한 짓이 아니라고요. 대단한 일이에요. 이 쇼는 대단한 것이라고요."

"당신은 계속 그 얘기만 해대고 있어. 그런데 당신은 아프고, 그래서 공연할 수 없고, 세계 역사상 최초로 이런 일을 겪는 사람이 될 수 없다는 거잖아. 그래서 어쩌라는 거야. 나한테 바라는 게 뭐야, 애나?"

"당신이 나를 보는 거요." 나는 생각했다. "나를 봐줬으면 좋겠어요.

"아무것도 없어요." 내가 말했다.

"음악원에 있는 사람과 얘기해봐. 당신은 학생이야. 이런 일을 해결하는 데, 필요하다면 음악원에서 다른 사람을 찾아줄 거야. 그건 내 일이 아니라 그 사람들 일이야."

"난 아무에게도 말할 수 없어요."

나는 할 수 없었다. 정말 할 수 없었다. 내가 얘기를 꺼내면, 사람들에게 내가 할 수 없다고 말하면, 좋아, 그렇게 된다. 나는 공연에서 배제될 것이다. 그리고 나는 다시 캐스팅되지 않을 것이다. 이런 역할을 맡지 못할 것이고, 전혀 캐스팅되지 않을 수도 있다. 그렇게 될 것이다. 사람들은 기억한다. 약한 모습을 보여주면 그들은 친절하게 대해 주겠지만 결코 내가 약했다는 사실을 잊지 않을 것이다. 가수들은 널려 있다. 문제를 일으키지 않는 좋은 가수들은 얼마든지 있다.

"내가 그만둬야 한다고 생각해요? 정말 그렇게 해야 한다고 생각해요?"

그는 잔을 비우고, 다시 채운 후 한 모금 더 마셨다.

"그걸 내가 어떻게 알아? 왜 나한테 묻는 거야. 그래서 당신이 무대 체질이 아닌 거야."

그가 말하고, 제안을 거절하고, 나를 차단하는 방식은 대화를 완전히 중단시킨다. 그는 여전히 나를 보지 않고 있다. 도시의 밝은 불빛을 배경으로 창문에 비친 내 모습을 볼 수 있었다. 일부분만 투명하게 보였다. 그도 나를 이런 식으로 봤는지 궁금했다.

잠시 후, 그는 일어나 싱크대로 가서 컵을 씻기 시작했다.

"더 할 말 없어요? 정말 신경 안 써요?"

나는 그를 따라갔다. 그는 방금 씻은 머그잔을 옆에 놓고 타월로 손을 닦더니 나를 향해 돌아섰다. 그리고 아주 침착하게 말했다.

"애나. 진짜로 당신은 내가 신경 안 쓴다고 생각해? 당신 직업을? 정말로? 당신이 잘하든 못하든 내가 신경 안 쓴다고? 잠깐 생각 좀 해봐. 처음에 이 모든 일을 할 시간을 어떻게 냈는지 기억해봐, 어떻게 그 빌어먹을 술집일을 그만둘 수 있었는지 기억하라고, 응?"

아까 했던 리허설을 다시 하고 있는 기분이었다. 나는 녹아내리는 것 같았다.

"당신이 안 좋은 시기를 보내고 있어서 유감이야. 정말이야. 솔직히 말해서, 당신은 자신이 노래를 얼마나 사랑하는지, 그게 직업이고 돈이 아닌 기쁨을 위한 일을 한다는 등등을 내가 믿길 바라겠지. 하지만 지금 당신은 행복해 보이지 않아. 내 생각을 알고 싶어? 정말 알고 싶어? 글쎄, 나는 당신이 비참하다고 생각해. 당신이 발을 빼야 한다면 그리고 당신이 주장하는 대로 그게 이런 모든 노력의 끝을 의미한다면 말이야. 내 생각을 알고 싶어? 진짜로? 어쩌면 지금이 최악은 아닐 수도 있다고 생각해."

그는 한숨을 쉬며 말했다.

"이봐, 당신이 이 일을 당장은 매우 중요하다고 생각한다는 걸 알아. 이 오페라가 정말 중요해 보인다는 걸 나도 알아. 하지만 10년 후에 혹시 기억이라도 하게 된다면 절대 그렇게 보이지 않을 거라고 맹세할 수 있어. 당신은 너무 젊어. 다른 일을 찾아도 전혀 부끄러운 게 아니야. 대부분의 사람들은 원하는 것을 얻지 못하더라도 그걸 극복해. 그 사람들도 이 모든 원대한 야망으로 시작해서 타협하고 현실적으로 하는 게 더 낫다는 것을 배워. 다른 것들에서 의미를 찾는 거야. 친구들에게서, 취미나 자식들에게서. 애나, 배우면서 성장하는 거야."

나는 갑자기 격분했다.

"당신이 좋아하겠죠. 그렇죠? 내가 정말로 원하는 것을 포기하면 당신은 좋아할 거예요." 자아실현과는 거리가 먼 그저 그런 소소한 직업을 갖고, 아이를 낳기 위해 일을 그만두고, 다시 일을 시작하지 못하면 사람들에게 이렇게 말하겠지요. "알다시피, 그 일은 나에게 그다지 중요하지 않았어요. 내가 하고 싶었던 일을 결국 못 찾았거든요. 그게 바로 당신이 생각하는 여자의 모습이 아닌가요? 그게 당신의 슬픈 환상이잖아요, 그렇죠? 내 생각에 그건 좀 이상해요. 당신 엄마가 그렇게 살았다고 당신은 엄마를 경멸했잖아요."

나는 어떤 순서로 그 일이 일어났는지 모른다.

나를 향해 한 발짝 다가온 맥스.

"절대로 나한테 그런 식으로 말하지 마, 알겠어? 앞으로 내 가족에 대해 그런 말 하지 마."

그의 손이 약간 움직였다. 뭐지? 몸짓인가, 아마도 나를 붙잡으려고 그랬는지 모른다. 나도 모른다. 하지만 나는 움찔하고 그에게서 떨어졌다. 하지 마, 하지 마. 하는 내 목소리가 들렸다. 그때 그가 멈췄고, 나도 멈췄다. 우리 둘 다 다음 대사를 잊어버린 사람들처럼 잠시 동안 서로를 응시했다. 그의 입이 열렸다가 다시 닫혔다. 그런 다음 그는 나에게서 멀어졌다.

나는 방 한가운데에 서서 호흡을 가다듬으려고 애쓰다가 그를 따라갔다. 그는 침실로 들어가서 이마를 유리에 대고 서 있었다. 그는 돌아서지 않았다. 내가 거기에 서서 우두망찰한 눈빛으로 자신을 쳐다보자 그가 말했다. "애나, 난 당신을 때리지 않아. 움츠려들 필요 없었다고. 난 당신을 다치게 하지 않을 거야. 난 그런 사람이 아니야. 내 인생에서 한 번도 여자를 다치게 한 적이 없어. 절대 그러지 않을 거야. 왜 내가 그럴 거라고 생각했는지 이해가 안 돼."

나는 전에 그가 그렇게 말하는 것을 들어본 적이 없었다. 마음이 너무 아픈 사람처럼 들렸다.

나는 그에게 다가가서 허리에 팔을 두르고, 견갑골 사이에 내 뺨을 얹었다.

"미안해요. 미안해요, 미안해요, 미안해요."

얼마나 오래 그렇게 서 있었는지 모른다. 그가 깊게 숨을 내쉬며 나를 향해 돌아섰다. 그런 다음 그는 내 어깨에 팔을 두르고 나를 끌어당겼다. 사랑스럽고 따뜻한 뜻밖의 몸짓이라, 방금 전 그의 분노는 내 상상이 만들어 낸 건가? 그는 나를 그의 가슴에 꼭 안았다. 내 이마에 키스하고 내 머리카락 속에 속삭였다. "당신을 어떻게 하면 좋을까? 내 사랑."

"몰라요."

그는 나를 침대로 이끌어 앉히고, 입을 셔츠를 준 뒤, 술 한 잔을 부어주었다. 나는 목이 마를까 봐 마실 수 없다고 말하려고 했지만, 더 이상 중요하지 않다는 것을 깨달았다. "마셔. 좀 편안해질 거야." 그래서 나는 그의 말에 따랐다. 침대에 눕자 그는 내 옆에서 자신의 손등을 내 뺨에 얹었다. 이제 아닌 척하는 게 무의미해 보였다. 나는 그에게 내가 얼마나 두려운지 말했고, 그는 내 얘기를 들어주었다. 나는 그 상황을 실제보다 더 안 좋게 들리게 말했다. 그가 동정하면서 **그건 끔찍한 일이네**라거나 **불쌍한 내 사랑**이라고 말했기 때문이다. 나는 몇 마일이나 걷고 나서 모든 근육이 소진됐을 때처럼 허무하면서도 평온한 기분을 느꼈다.

그 이후 그의 조언이 시작됐다. 음악원에 가서 당신에게 무슨 일이 일어나고 있는지 말해야 한다. 그 사람들이 당신에게 어떤 도움을 줄 수 있는지 알아봐라. 건강이 오페라보다 더 중요하다, 그 사람들도 그걸 알고 있을 거다. 운동선수였다면 부상을 이유로 들어 시합에 나가지 말라고 할 거다. 당연히 시합이 아니라 물리치료사한테 갈 거다. 당신의 상황도 부상당한 운동선수와 똑같다.

나는 이런 실용적인 대안을 좋아하지 않았다. 그가 상황을 너무 현실적으로 만들고 있어서 나는 솔직하게 말했다. 내가 감당할 수 있을 것 같지 않아요.

"음, 그러게. 끔찍한 인생인 것 같네. 누군들 안 그러겠어?"

잠깐 정적이 흘렀다. 그는 계속 말을 해야 할지 고민하는 것 같았지만 그 시간은 길지 않았다. "하지만 당신은 불안해 보였어. 난 정말 아무 말도 하고 싶지 않았어. 상관하고 싶지 않았지만 터놓고 얘기하는 상황이라 하는 말이야. 당신은 최근에 엄청나게 불안해 보였어. 균형을 잡지 못하는 상태였다고. 어떻게 보면 완전히 정상인지 확신할 수 없을 정도로. 그 문제에 대해 도움을 받아야 한다는 생각은 안 해 봤어?"

"내가 미쳤다고 생각해요?"

"미쳤다고?"

그가 웃었다.

"애나, 미친 사람만 정신적 도움을 받는다고 생각하는 것도 일종의 편견이야. 내 말은 그런 뜻이 아니라고. 그 말이 당신을 불편하게 한 것 같지만, 난 이렇게 스트레스를 받는 걸 말한 것뿐이야." "난 당신이 행복하기를 바랄 뿐이야."

우리는 아무 말 없이 잠시 누워 있었다. 그는 손가락으로 몇 번 내 머리카락을 쓰다듬거나, 내 손목 안쪽을 두드리고, 내 손을 입으로 가져가서 키스했다. 그때마다 무엇이 그를 그렇게 하게 만드는지. 그가 무슨 생각을 하고 있는지 궁금했다.

"무슨 일 있어요?"

"무슨 뜻이야?"

"집이 엉망이잖아요."

"뭐를 좀 찾고 있었어. 서류를. 근데 못 찾았어."

"일이요?"

"아니."

"아."

"개인적인 거야. 그런 일로 당신을 지루하게 하고 싶지 않아."

"지루하지 않아요."

약간의 침묵. 그가 친절하게 느껴져 나는 용기를 내어 물었다. "맥스? 왜 아내에 대해 이야기하지 않아요?"

그가 잠시 동안 아무 말도 하지 않아서 나는 그가 대답하지 않을 것이라고 생각했다. 하지만 그렇지는 않았다. "왜 아내에 대해 이야기하지 않느냐고? 나는 자신의 실패를 반복하고 싶지 않은 나이가 되었다고 생각해. 그 실패에 심리적으로 관심이 줄어든 때가 된 거야. 그 실패는 돌아갈 수 없는 시간을 자꾸 떠오르게 해."

"아직도 아내를 사랑해요?"

그의 눈동자에 비친 내 얼굴이 보였다.

"사랑하냐고? 아니. 솔직히, 오랫동안 그녀를 정말로 사랑한 것 같지 않아."

내가 그에게 조금 더 가까이 다가가서 우리의 얼굴은 거의 맞닿다시피 했다. 인생에서 행복한 순간이라고 스스로 알아차리는 때가 몇 번이나 올까? 나는 그때 행복했다.

17

그렇게 시간이 흐르던 어느 주말. 도시는 혼자 있기에는 쓸쓸한 곳이었다. 도시는 평일 동안 존재했고, 삶을 지속시키는 것은 아무것도 없고, 오로지 돈만 있었다. 숫자를 곱하는 융통성 없는 칸으로 채워진 스프레드시트의 3D 버전이었다.

일요일에 그는 나에게 전화를 걸어왔다. 그는 런던으로 돌아오는 기차에 있었는데, 내게 다음날 밤에 시간이 있는지 알고 싶어 했다.

"사실, 내 생일이에요."

"오늘?"

"내일."

"그럼 무슨 계획이 있어?"

별 계획이 없었다. 로리는 여전히 나와 말을 하지 않았고, 런던에서 내가 알던 사람들의 절반은 내 친구가 아니라 로리의 친구였다. 나머지 반은 가수였는데 만나고 싶지 않았다.

"사실, 없어요. 어젯밤에 친구들과 같이 나갔는데, 정말 멋진 깜짝 파티였어요. 로리가 준비했어요. 어쨌든 내일은 시간을 낼 수 있어요."

"일찍 만날 수 있어? 6시쯤?"

내일 저녁에 리허설이 있다는 게 어렴풋이 기억났지만 나는 괜찮다고 말했다. 어쨌든, 나는 그의 조언을 받아들이고 도움을 요청해야 한다는 것을 알고 있었다. 하지만, 아직 거기에 직면할 엄두가 나지 않았다. 리허설에 가지 않는 게 더 쉬운 선택이었다.

그는 내일 보자면서 전화를 끊었다. 그와의 전화는 항상 그런 식으로 끝난다. 그는 전화기를 붙들고 얘기하는 걸 싫어했다. 가끔은 그가 굳이 왜 전화를 거는 건지 궁금할 정도로. 그가 전화로 하는 말은 항상 문자로도 쉽게 전달하는 사실에 입각한 정보였기 때문이다. 그와 만나기 시작했던 초기에, 로리에게 그런 얘기를 했을 때, 그녀는 아마도 그의 아내가 볼 수 있는 행적을 만들고 싶지 않아서일 거라고 했다. 여기에 문자, 저기에 이메일이 있으면 혼란스럽다. 항상 전화로 연락하는 것이 훨씬 간단하다. 말하자면, 모든 부도덕한 행동을 한 곳에 보관하는 거다. 내가 로리에게 헛소리 하지 말라면서 그는 결혼하지 않았으며 세상의 모든 사람이 어떤 대단한 속임수를 쓰는 건 아니라고 말했을 때, 그녀는 아주 진지한 척하면서, 그가 나이가 많아서 전화를 선호한다고 말했다. 그런 말은 내 기분만 더 상하게 했다.

다음날 아침 로리가 문자를 보냈다. 그녀는 생일을 축하해 주면서 말했다.

몇 달 전 내 생일을 기억해? 우리가 발견한 그 이상한 지하 술집. 우리가 함께 수다를 떤 그 남자들은 그들이 갱단이라는 것을 우리가 알기 전에 그렇다고 말했잖아. 너무 재미있었어, 그랬지?

그녀의 문자를 용서의 표시로 생각하니 기뻤다. 내가 답장을 쓰고 있을 때 그녀에게서 다시 문자가 왔다.

엄마한테서 막 축하카드가 왔어. 그러니까 네가 이사했다는 말은 하지 말아 줘.

그녀는 말했다.

네가 어디로 갔는지 엄마에게 말하기가 너무 불편해서.

나는 쓰고 있던 답장을 지우고, 감독에게 아파서 그날 리허설에 참석하지 못한다고 문자를 보내고는 핸드폰 전원을 꺼버렸다. 그리고 다시 잠들었다가 늦게 일어났다. 오랫동안 목욕하고, 옷을 입어보면서 오후를 보냈다.

"왜 당신 생일이라고 말 안했어?"

우리가 찾은 곳은 코번트 가든에 있는 호텔 레스토랑이었다. 그곳은 벽이 돌처럼 보이게 얼룩덜룩하게 칠해져 있었고, 의자 천에 자수가 놓인 곳이었다.

"모르겠어요. 난 생일을 별로 좋아하지 않았어요. 나한테 관심이 집중되는 게 싫어서요."

"그건 모순 아닌가?"

"뭐가 모순이라는 거예요?"

"글쎄, 가수이면서 주목받기를 싫어한다는 거."

"별로요. 그렇게 생각하지 않아요. 무대에 설 때는 관객을 생각하지 않아요. 잘 되고 있을 때는 실제로 관객들이 거기에 있다는 것도 잊어버려요."

음식을 주문한 후, 나는 그에게 생일이 언제냐고 물었다.

"1월." 그는 말하고 나서 웃었다.

"그렇게 화난 표정을 지을 필요 없어. 내 생일이 언제인지 아는 사람은 세상에 다섯 명 정도밖에 안 돼. 어쨌든 나는 1월에 런던에 없었어."

우리가 식사하는 동안, 그는 어렸을 때 보냈던 자신의 생일에 대해 이야기했다. 그의 엄마는 항상 자식들을 위해 큰 파티를 준비했다. 하지만, 엄마 자신의 생일은 절대 챙기지 않았다고 한다. 그녀가 젊었을 때는 노화 방지에 신경을 많이 써서 매년 자식들에게 똑같은 모습을 보였다. 하지만 지금은 정말 다르게 보이는 게 슬프다면서. 걱정할 이유가 없을 때도 늘 걱정이 많았다고 했다. 나는 그에게 고향에 있는 친구들에 대해 얘기했다. 그는 내가 하는 말마다 웃어주어 특별한 노력 없이도 내가 똑똑하고 재치 있다는 느낌이 들게 해주었다. 맛, 질감, 냄새 등 모든 것이 고조된 느낌이었다. 마치 오랫동안 아팠다가 다시 세상으로 돌아온 듯했다.

우리가 식사를 막 마쳤을 때 그의 전화기가 울렸다. 그는 전화를 받기 위해 잠시 자리를 떴다. 그가 없는 동안 나는 옆자리의 부부를 지켜보았다. 그들은 특별한 날인 것처럼 매우 단정하게 차려입고 거의 말을 하지 않았다. 긴장한 눈빛의 작은 여자는 얼굴을 크게 씰룩거리는 미소를 지으며 남자에게 대화를 시도했다. 그런데 남자는 한 마디 중얼거리는 대답을 하거나, 때때로 딱딱한 미소를 보여주는 게 전부였다. 오랜 기차 여행 중에 귀찮은 질문을 계속 하는 아이에게 보여주는 그런 류의 미소.

저녁 식사를 몇 입 먹은 후, 그 남자는 와인을 들이켜고 다시 식사로 돌아갔다가 다시 와인을 마셨다. 나름 체계를 유지하고 있었다는 뜻이다. 그는 이 식사를 자신이 완수해야 할 일이라고 생각해 가능한 한 효율적으로 수행하려는 사람 같았다. 그의 아내는 슬퍼 보였다. 너무 슬퍼 보였다. 나는 유리 너머로 맥스를 보았다. 상대에게 자신이 보이지 않을 텐데도 그는 전화 상대가 하는 말에 웃는 몸짓으로 반응했다. 순간 그에 대한 만족감과 애정이 내 혈관을 타고 몰려와서 마약처럼 뇌를 파고들었다. 나는 이 사람만 있으면 그 어떤 것도 중요하지 않으며, 더 이상 필요한 것도 없다고 생각했다.

전화를 끊고 자리에 돌아온 그는 미소를 지으며 내 어깨를 만졌다. 나도 그에게 미소로 답했다. 우리는, 그와 나는 그 부부와는 다르다고 생각했다.

"지금 나가야 해." 자리에 앉자마자 그가 말했다.

"어디 가요?"

"내가 당신 선물을 아직 못 줬잖아. 당신이 미리 알려주지 않아서. 다행히 회사에서 구한 공연 티켓이 있어. 당신이 좋아할지도 몰라. 사실, 그래서 어젯밤에 전화한 거야. 지금 출발해야 해. 늦겠어."

계산을 끝내고 나와서, 우리는 웨스트엔드를 걷기 시작했다. 줄은 어디에나 있었다. 극장 밖 반환 대기 줄. 밖에 대기 손님이 늘어선 누들 바와 그렇지 않은 이웃 누들 바는 내부만 놓고 본다면 별 차이가 없어 보였다. 지하철을 타러 줄지어 가는 사람들. 심지어 거리에서조차 줄이 있었다. 사람들은 M&Ms와 햄리스 가방을 들고 발을 질질 끌면서 앞 사람들을 기다리고 있었다. 그는 무슨 티켓인지 말하지 않았지만 좀 서둘러야 한다고 말하면서 중국인 관광객과 부딪치지 않게 나를 배려해 주었다. 그제야 나는 우리의 목적지가 어디인지 짐작할 수 있었다. 한 줄기 빛에 노출된 벌레처럼 공포가 내 피부를 기어 다니기 시작했고, 나는 겁먹었다는 사실을 들키고 싶지 않아 하나 마나한 수다를 떨기 시작했다. 나는 그의 선물을 망치지 않을 것이다. 오페라 하우스 밖에 도착하자 그는 말했다. "〈라보엠〉이야. 당신이 하고 있는 오페라 맞지?" 그리고 그가 나를 바라보는 순간이 있었고, 나는 생각했다. '확실히 내가 지금 그 공연을 보고 싶어 하지 않는다는 생각이 그에게 떠올랐을까?' 하지만 그는 내가 행복하게 생각하리라는 기대에 부풀어 있었다. "네, 맞아요." 그리고 나는 그에게 감사를 전하며 그에게 키스했다. "음, 누군가는 오후 6시에 마신 술을 감당하지 못하는군." 그는 웃어넘겼지만 기뻐하는 것 같았다.

로비는 거의 비어 있었고 스피커 너머로 공연이 곧 시작된다는 소리가 들렸다. 우리는 곧바로 좌석을 찾아 극장 안으로 들어갔다. 안쪽 자리여서 그 줄에 있는 모든 사람들이 우리가 지나갈 수 있도록 일어나는 수고를 해야 했다.

"전에 여기 와본 적 있어?" 그는 자리에 앉자마자 나에게 물었다.

"몇 번 왔었어요."

사실 나는 이 공연의 티켓을 갖고 있었다. 그런데 무대를 마주할 자신이 없어서 다른 사람에게 줘버렸다. 물론 그 사실을 그에게 말하지는 않았다. 오페라 극장 방문이 처음이 아니라는 사실만으로도 그는 이미 충분히 실망한 듯 보였다. 마치 전에 들었던 농담을 끝까지 얘기하도록 내버려 뒀다는 듯 김빠져 했다. 좌석 등급을 고려한다면 이전의 경험은 아무것도 아니라는 생각이 그에게는 떠오르지 않는 것 같았다.

"일등석은 처음이에요. 꼭대기 오른쪽에만 앉았죠. 거기에서는 거의 아무엇도 안 보여요. 거기에 비하면 이 자리는 별천지예요."

이것은 단지 그를 기쁘게 하기 위해 한 말이 아니었다. 일등석에서는 모든 것이 달라 보였고 나는 잠시 그 색다름에 정신이 팔렸다. 이 자리는 모든 것을 볼 수 있도록 설계되어 있었다. 건물의 규모, 발코니 주변의 반짝이는 조명, 천장의 디테일, 무대까지 완벽한 시야가 확보되었다. 주변에 앉아 있는 관객들의 모습도 위층과는 달랐다. 그들은 최대한 잘 차려입은 것처럼 보였다. 항상 그렇게 차려입는 게 가능할 것 같기도 하다. 나보다 몇십년은 더 살았을 것 같은 사람들이 대부분이었다. 꼭대기 층의 관객은 레깅스나 청바지를 입고 리허설이나 수업에서 바로 온 학생들이 대부분이었다. 거기서는 항상 아는 사람들과 마주쳤다. 파티 분위기였으며, 커튼이 오르기 전에 좌석 등받이 뒤로 넘어가 5열 뒤에 앉은 누군가에게 큰소리로 인사하기도 했다. 무대가 잘 보이지 않아도 상관없었다. 가끔은 안 보이는 것이 더 좋았다. 눈을 감고 듣기만 해도 좋았다.

"좋은 자리에 앉게 돼서 다행이야." 그가 말했다.

막이 오를 것 같다는 좀 이른 기대로 관객들은 두어 번 조용해졌다. 그렇게 멈춘 소음은 무대가 그대로이면 다시 커졌다. 내 피부에서 쏘는 듯이 전기가 흐르는 느낌이 들었다. 다시 공포가 나를 엄습했다. 그러니까 그 공포는 사라지지 않고 여전히 거기에 존재하며 지금 내 살 속으로 파고들고 있었다. 나는 계속 뭔가를 지껄여댔다. 그 공포를 느끼지 않도록 무슨 말이든 해야 했다. 그래서 맥스에게 직장에서 어떻게 오페라 티켓을 얻었는지 물었고, 그는 고객 접대를 위해 회사에서 미리 구입한 것인데, 남으면 직원들에게 준다고 말했다.

"사실 여분이 몇 개 있었는데, 빈센트도 두 장 정도 가져갔을 거야. 알지? 당신 아파트 주인, 빈센트. 오늘 당신도 빈센트를 만날 수 있을 거야."

오페라 하우스의 조명이 꺼지고 진짜 침묵이 흘렀다. 지휘자가 나오자 모두 박수를 쳤다. 막이 오르고 음악이 시작되면서 나는 더 이상 주의를 딴 데로 돌릴 수가 없었다. 나는 심호흡을 하고 생각했다. '이건 완전히 바보 같은 짓이야. 내가 노래를 불러야 하는 것도 아니잖아.' 그렇다는 걸 잘 알고 있었지만 큰 도움이 되지 않았다. 맥스가 어둠 속에서 내 손을 잡으려고 했을 때는 피할 수밖에 없었다. 내 손바닥이 젖어 있었기 때문이다.

1막. 1막에는 무제타가 없다. 나는 리허설에서 입장 순서를 기다리는 동언 이 첫 장면을 너무 많이 봐서 지금 무감각한 상태로 무대를 보고 있다. 아무 생각 없이 그 장면을 보고 있었다. 다른 할 일이 없어서 우연히 튼 TV 속 리얼리티 프로그램을 보고 있는 사람처럼.

그런데 곧 2막이 올랐다. 무제타가 등장했다. 오프닝 곡부터 나는 무대에서 눈을 뗄 수가 없었다. 나는 이 광대한 공간에 앉아 있었고, 동시에 공기가 부족한 작은 상자에 갇혀 있었다. 거기에 그녀가 있었다. 입을 비죽거리고 추파를 던지면서 무대 위로 나오는 무제타가 있었다. 그녀와 함께 있는 남자는 마르첼로를 질투하게 만들고, 마르첼로가 무관심한 척하면 할수록 그녀의 추파는 더 심해진다. 나는 거기 앉아서, 하이힐을 신고 모피 코트를 입은 채 내가 상상할 수 있는 것보다 더 높은 음으로 더 크게 노래를 부르는 무제타를 쳐다보고 있었다. 나도 얼마 전에 한 번은 그렇게 노래한 적이 있다. "나를 봐"라고 할 때의 저 음들을. 그때 모든 사람이 나를 보고 있었다. 그게 바로 나라고, 아니 오히려 내가 그 여자가 될 만하다고 생각했다. 그러다 내가 그녀였다는 것을 훨씬 더 믿기 어려워졌다. 그녀가 되는 내 모습을 상상할 수 없게 되었다.

중간 휴식 시간. 조명이 들어왔다.

"어때? 괜찮은 것 같아?" 그가 물었다.

"좋아요." 나는 그에게 가장 설득력 있는 미소를 지어 보이며 말했다.

"난 즐기고 있는데 당신은요?"

"나도 그래. 빈센트 부부가 저기 있어. 가서 인사해야 해."

"난 그냥 화장실에 갈래요. 갔다 와서 내가 당신을 찾을게요."

화장실에서는 줄을 서야 했다. 어쨌든 나는 잡담을 피하고 싶어 화장실 칸에서 꾸물거렸다. 내가 손을 씻으러 갈 때쯤 모두 자리에 앉으라고 요청하는 소리가 들려왔다. 나는 거울을 보고 미소를 지어 보고, 그가 알아차리지 못하게 내 눈에 보이는 겁을 지우려 애썼다.

그는 이미 자리에 앉아 있었다.

"줄이 길었나 봐? 빈센트에게 나중에 한 잔 하자고 말했어."

"아, 그래요."

나는 그 말에 기뻐할 수가 없었다. 왜냐하면 그가 이렇게 덧붙였기 때문이다.

"그냥 간단히 한 잔 하려고. 빈센트는 멀리 살거든. 빈센트를 만나면 당신에게 도움이 될 거야. 그분은 오페라 광팬이라 그쪽 사람들에 대해 줄줄이 꿰고 있어."

후반부를 위한 막이 올랐다.

나는 공연을 제대로 보지도 않았다. 다른 생각을 하며 그 공연이 내 앞에서 그저 흘러가게 내버려 두었지만 잘 되지 않았다. 사고 현장을 지날 때 외면하려고 하지만 마음과는 반대로 거기에 끌리는 자신을 발견하는 기분이었다. 나는 응시하고 또 응시했다. 마지막에 무기력한 무세타가 무릎을 꿇고 기도—내가 이해한 적도 없고, 내 판단에는 무제타에게 맞지 않는 것 같았던—하는 모습을 보았을 때, 나는 불현듯 그 장면을 완벽하게 이해하게 되었다.

박수가 극장 안에 울려 퍼졌다. 잠시 후 박수가 멈췄을 때 맥스가 나를 보며 물었다.

"괜찮아?"

"괜찮냐고요?"

"너무 긴장한 것 같아서."

그는 내 손을 보고 있었는데, 나는 두 손을 꼭 쥐고 있었다.

"난 괜찮아요."나는 음악에 매우 감동받은 척하며 말했다.

그는 미소를 지었다.

"당신이 이 오페라에 몰입하는 모습이 좋아 보여."

이렇게 말한 후 그는 빈센트를 찾아 나섰다.

오페라 하우스의 바는 객석과 온실 사이의 교차 지점에 있었다. 천장은 높은 돔형 유리였고 , 거리 쪽으로 난 벽도 유리로 되어 있다. 그래서 바깥의 어둠이 여러 면의 유리에 중복적으로 반사되고 있었다. 테이블은 관람석 높이에 맞춰 원형으로 놓여 있다. 뒤쪽에 TV가 매달려 있었다. 중앙의 원형 바에만 조명이 켜져 있어 실내는 어두운 편이었다.

"저 사람들이 바로 빈센트 부부야."

이윽고 우리가 마치 무대 위를 걸어서 바에 있는 그 부부에게 가는 것 같은 기분이 들었다. 장면은 이렇게 설정된다. 카운터 위 와인 한 병을 두고 그들의 얼굴이 우리를 향하고 있는데, 아래에서 극적으로 조명이 켜진다. 그곳의 테이블은 대부분 비어 있었고, 심미적 간격을 두고 앉아 있는 몇 커플만이 있을 뿐이었다. 현실적으로 보이는 것은 하나도 없었다. 나는 여전히 두려움, 나만 볼 수 있는 유리벽에 갇혀 있었고, 모든 것이 나와 동떨어져 보였다.

"애나. 이분이 빈센트야. 그리고 이분은 그의 아내 제럴딘이야." 맥스가 나에게 부부를 소개했다.

나는 빈센트가 맥스와 동년배일 거라고 생각했는데, 꽤 나이 차이가 나 보였다. 60대 정도. 그는 꽤 긴 흰 머리카락을 이마에 고정하고 있었다. 건강함과 피부암 경계의 어딘가에 있는 듯한, 부호들이 선호하는 붉게 그을린 피부를 가진 사람이었다.

"처음 뵙겠습니다." 나는 그에게 인사말을 건넸다.

"뭐 마실래요?" 맥스가 바텐더의 주의를 끌기 위해 손을 들고 물었다.

"그냥 와인이면 돼요. 레드 와인."

"특별히 원하는 거라도?"

"딱히 없어요."

"진정한 안목을 가진 여자 분이야." 빈센트는 킬킬 웃었다. 나는 그가 싫었다.

맥스는 나에게 와인을 건네준 뒤 제럴딘과 이야기를 나누기 시작했다. 그녀는 남편보다 젊었지만 얼마나 젊은지는 판단하기 어려웠다. 항아리에 절인 레몬처럼 항상 부유하게 살 여자들 중 한 명이었다. 그녀의 노화는 입고 있는 옷 속에서 또는 피부 뒤편에서 수치스럽고 은밀하게 진행 중일 것이다,

그때 빈센트가 나에게 갑자기 말을 걸어왔다.

"그래서." 빈센트의 말.

"그래서." 내가 되뇌었다.

"오페라는 좋았어요?"

그가 내 말을 지적이라고 생각하지 않을 걸 알았다. 그런데 나는 뭔가 지적인 말을 생각해내려고 애썼다.

"좋았어요." 나는 말했다. "무대가 상당히 전통적이어서..."

"그건 라보엠이에요." 빈센트가 말했다. "오페라를 몰라요? 뭘 기대하겠어요?"

"아, 네. 저도 알아요. 사실..."

"무제타를 부른 여자 가수를 어떻게 생각해요?" 그는 나에게 대답을 요구했다.

"목소리가 아름다웠어요. 그 가수는..."

"그녀는 내 장학금을 받았어요." 그가 선언하듯 말했다.

"무엇을 받았다고요?"

"내 장학금이요. 공부할 때 그걸 받았어요. 난 젊은 가수들을 후원하고 있어요. 그녀는 그냥 상상을 초월하죠. 그냥 엄청난 가수죠, 그렇지, 게리? 게리?"

그가 제럴딘의 어깨를 두드리자, 그녀가 맥스를 등지고 몸을 돌렸다.

"뭐라고요?"

"무제타."

"아, 네." 그녀가 말했다. "맞아요. 상상 이상이죠."

그녀는 다시 맥스에게로 돌아섰다.

"우리는 그 가수가 하는 공연은 꼭 챙겨봐요." 빈센트가 말했다. "아주 멋진 여자야. 우리는 이 작품을 세 번이나 봤어요."

그는 나에게 아무것도 묻지 않았지만, 어떤 반응을 기대하는 것 같았다.

"오, 와우." 나는 순순히 응대해 주었다. "많이 보셨네요."

"그렇죠."

"그럼 오페라를 많이 보시나요?" 최소한 명목상이나마 쌍방향 대화로 만들고 싶다는 생각에 나는 의례적인 질문을 던졌다.

"이 극장에서 올리는 거의 모든 쇼를 봐요. 나는 어떤 축제와 관련된 이사회에 소속돼 있는데, 이사회를 잘 운영하는 사람을 알고 있어요. 좋은 사람이죠. 멋진 사람이에요. 정말 멋진 쇼였어요. 애나가 오페라에 관심이 있다면 실제로 이사회에 관심을 갖게 될 거예요. 우리는 여름에 마요르카에 머물며 보트를 탔어요. 아이들이 좋아했죠. 갑판에서 물속으로 뛰어내렸다가 올라오고 하면서 놀았죠. 어쨌든 이 사람이 거기에 있었어요. 그 축제일을 하는 사람이요. 매우 지적인 사람이죠. 아이들도 그 사람을 좋아했어요. 그러다 어느 날 밤 우리는 현대적인 상연에 대해 논쟁을 벌이게 됐어요. 애나에게도 흥미로울 거요. 나는 모든 고전음악이 쇼디치의 매춘 업소나 나이트클럽을 배경으로 설정하는 이즈음의 추세를 이해하지 못하겠다고 말했어요. 그는 거기에 반박하면서 매우 활기가 넘쳤죠 하지만 내가 말했듯이, 단지 대중의 입맛에 맞추기 위해 그런 아름다운 음악의 질을 떨어뜨리는 짓은 어리석어요."

나는 그의 말이 끝날 때까지 기다렸는데, 이것이 그의 주장의 요지였다.

"글쎄요. 무슨 말씀인지 알겠어요. 하지만 모차르트나 푸치니 같은 사람들은 곡을 쓰면서 자신들의 작품이 그 당시 주변 세계에 대해 무언가를 말해주기를 바랐던 것 같아요. 그 작곡가들은 오페라의 배경을 역사적인 시점으로 설정하지 않았어요. 논쟁의 여지가 있곤 하지만 오페라는 동시대를 반영해요. 그래서 요즘 감독들이 오페라가 예전과 동일한 영향력을 미치기를 바라는 건 이해가 가는 일이라고 할 수 있죠."

"그래도 그건 오페라가 아니잖아요? 쇼디치에 있는 나이트클럽이요? 그건 오페라가 아니에요. 그런 종류의 공연을 보고 싶다면 나는 TV를 보겠소.”

“네, 그럴 수도 있겠죠. 하지만 이 오페라가 발표됐을 때 오페라는 일종의 TV이었어요.”

“하지만 내 말은. 더 많은 사람들을 끌어들이기 위해 이 아름다운 음악의 질을 떨어뜨리는 짓은 터무니없다는 거요.” 그가 목청을 높여 말했다.

나는 입을 다물었다. 내가 그를 모욕했음을 깨달았기 때문이다. 그는 내 의견을 알고 싶은 게 아니라 나를 가르치고 싶었던 것이다.

맥스는 내가 자신을 바라보는 것을 눈치채고 제럴딘에게 뭔가를 말했다. 이윽고 그 둘은 우리 쪽으로 몸을 돌렸다.

“둘은 공통점이 많은 것 같아요. 그럴 수 있겠다고 생각했어요.” 맥스가 말했다.

“이분은 확고한 자기 견해가 있어. 자네는 애나를 조심해야겠어.”

두 남자가 웃어서 따라 웃었지만, 나는 그들의 시선을 피했다. 이 둘이 함께 있는 모습이 보기 싫었다. 이 남자는 맥스와 너무 달랐다. 나란히 놓고 보니 같은 불빛 아래에서 두 가지 다른 색상을 띠고 있는 것 같았다. 그래서 그 둘은 생각했던 것보다 훨씬 더 비슷하다는 점을 깨닫게 되었다. 갑자기 맥스가 그에게 나에 대해 뭐라고 말했는지 궁금해졌다. 그가 나를 어떻게 묘사했는지. 내 여자 친구. 아니다. 그건 아니다. 그는 그렇게 말하지 않을 것이다. 내가 만나고 있는 여자. 아니다, 확실히 아니다. 그건 그가 사용한 적이 없는 말이었다. 그럼 좀 다른 것. 덜 좋아 보이지만 더 진실한 어떤 것.

“아까 말했던 그 사람이 또 뭐라고 했는지 알아요?” 빈센트가 마지막 말을 하기로 단단히 결심하고 말을 이어갔다. “그는 무대 상연이 판매와 전혀 다르지 않다고 말했어요. 다를 게 하나도 없다고. 사람들은 쇼를 고전에 대한 새로운 해석으로 광고하거나 아니면 모든 사람에게 그 옛날 복장을 입히죠. 차이가 없어요. 무엇이 차이를 만드는지 알아요?"

나는 고개를 저었다. 나는 알지 못했다.

"무슨 오페라인지와 누가 출연하느냐가 차이를 만들어요." 그는 스냅 게임에서 일치하는 카드 두 장을 잡은 내 손을 찰싹 때려서 치우게 하고 자기 것이라고 우기는 사람처럼 의기양양하게 말했다. "대중들이 한 번쯤은 들어봤을 인기 있는 오페라라면, 그리고 유명한 가수가 노래한다면 차이를 만들 수 있어요. 바로 그거예요. 그래야 판매가 되니까요."

"아. 맞네요. 알겠어요."

나는 마지못해 수긍했다. 나는 이렇게, 커피 체인점에서 커피 한 잔을 마시는 것처럼 오페라를 다루는 방법을 몰랐다. 우리는 컵의 색깔과 필요한 원두의 개수, 브랜드 이름이 얼마나 눈에 띄는지에 대해 논의하고 있었다. 즉, 맛이 아니라 얼마에 팔 수 있을까를 이야기하고 있었다. 맛은 아무 상관없었다.

맥스와 빈센트는 일에 대해 이야기하기 시작했고, 제럴딘은 사교적인 상황을 부드럽게 처리하는 데 능숙한 사람이라는 분위기를 풍기면서 나에게 정중한 개방형 질문을 하기 시작했다. 그녀는 내 대답에 더 진실될 수 없을 정도로 열렬히 반응했다. 나는 그녀에 대해 많은 것을 알아낼 수는 없었다. 그녀는 배우였지만 이제는 아니라고 말했다. 아이들에 대해 이야기했고, 내가 그 아파트에서 잘 지내기를 바란다고 말했다. 그때 빈센트가 말했다. "게리, 집에 갈 시간이야."

그는 남은 와인을 마시며 맥스에게 말했다. "그럼 내일 있어?"

"네."

"내일 쉬는 날 아니야?" 질문은 맥스를 향했지만 빈센트의 눈은 나를 향해 깜박거리고 있었다. 그 눈빛은 비열하고 냉정했다.

"쉬는 날 맞아요. 저녁 비행기예요."

"애나, 만나서 반가웠어요. 맥스가 런던에 있는 동안에 이렇게 다정한 친구가 곁에 있어 다행이에요."

"네, 저도 그렇게 생각하고 싶어요." 나는 가능한 한 다정하게 미소를 지으며 말했다.

"그리고 뉴욕 쪽과 하는 얘기는 여전히 진행 중이야?" 그는 맥스에게 말했다. "그쪽 일은 오히려 조용해졌어, 그렇지?"

"어떤 면에서는 여전히 진행 중입니다. 어쨌든 여전히 이야기하고 있습니다."

부부 둘 다 나에게 생일 축하의 말을 건넨 뒤 그들은 자리를 떴다.

"우리도 갈까? 사실 당신을 놀라게 할 일이 하나 더 있어." 맥스가 말했다.

밖에 나가자 그는 택시를 불러 기사에게 뭔가를 알려줬다.

"어디 가요?" 내가 물었다.

"비밀이야."

"내 말은 내일 어디 가냐고요. 빈센트가 한 말은 무슨 뜻이에요?"

"그냥 출장. 뉴욕."

"알겠어요."

"근데 빈센트를 어떻게 생각해? 이용 가치는 있어? 그가 예술계에 엄청난 투자를 하고 있다고 들었어. 꽤 영향력이 있을 거야."

"그 사람 끔찍했어요. 어떻게 친구가 된 거예요?"

맥스는 웃었다.

"그러지 마. 악의는 없었을 거야. 어쨌든, 그는 친구가 아니야. 동료지."

"나는 그런 사람들이 왜 예술에 관심이 있다고 주장하는지 이해되지 않아요. 예술에 관심이 있다고 하면 그 사람에게 뭐가 생기는데요?"

"자비를 베푸는 모습 아닐까." 맥스가 말했다. "어쨌든, 내가 보기에 그는 진심이야. 예술에 대해 많이 알고 있어."

"돈을 낸다고 해서 예술에 대해 다 아는 건 아니에요."

그는 내 손을 잡고 손목을 두드렸다. 간지러웠다.

"당신은 그런 속물이 되지 마." 그가 말했다. "당신의 관객이 정확히 어떤 사람일 거라고 생각한 거야?"

"나에 대해 뭐라고 했어요?" 내가 물었다.

"무슨 말이야?"

"내가 그 사람 아파트에 있을 수 있는지 당신이 물었을 때. 그에게 내가 누구라고 했어요?"

"무슨 말이야, 당신을 내가 누구라고 했니?" 그가 말했다. "당신이라고 했지."

"그러니까 그게 누구라고 했냐고요?"

그는 혼란스러워 보였다.

"그 질문을 이해하지 못했어." 그가 말했다. "왜? 당신이 누군데?"

택시는 호텔 앞에서 멈춰 섰다.

18

시내 한복판에 있는 호텔. 흰 장갑을 낀 도어맨. 대리석 바닥에 나무 패널로 마감되고 높은 천장으로 되어 있는 로비. 고요했다. 그곳은 완전히 고요했다. 사치스러움을 동반한 경건한 침묵. 그는 우리가 하룻밤 묵을 방을 잡았다. 그런데 엘리베이터를 타고 올라가면서 갑자기 내게 든 생각은 얼마나 비쌀까 하는 것뿐이었다.

"나한테 이렇게 많은 돈을 쓰면 안 돼요." 내가 말했다.

그는 내 코트의 벨트 고리에 엄지손가락을 걸고 나를 자기 쪽으로 끌어당겼다.

"그럼 누구에게 돈을 쓰라는 거지?"

우리는 복도를 지나 방으로 들어갔다. 현관홀이 있고 왼쪽에는 욕실이, 끝에는 메인 룸이 있었다. 그는 내 손을 잡고 나를 이리저리 이끌었고, 내가 모든 것에 만족하기를 바라며 반응을 살폈다. 그 행동은 다정하고 거의 유치했다. 학기 말에 그림을 집으로 가져가서 엄마에게 보여주고는 그 그림이 얼마나 좋은지 말하라고 요구하는 어린 그의 모습을 떠올릴 수 있을 것 같았다. 나는 내 역할을 수행했고 감명 받았다. 그게 그리 어려운 일은 아니었다. 객실은 감동받도록 설계되어 있었다. 방 안에 있는 모든 것—기둥 네 개짜리 침대, 커튼과 맞추어 어두운 색의 자수가 놓여 있는 침대 머리 부분, 대리석으로 조각된 벽난로, 화려한 테이블과 음료수 캐비닛, 실크로 덮인 안락의자—은 웅장하고 규모가 지나치게 컸다. 나 자신이 쪼그라든 것처럼 느껴졌다.

나는 침대에 앉았다. 탁자 위 얼음 통에 샴페인 한 병이 들어 있었다. 그는 샴페인을 따서 두 잔을 채우고, 내 옆에 와서 앉았다.

"스물다섯 살." 그는 나에게 잔을 건네며 말했다. "그래서 어른이 된 기분이야?"

나를 아랫사람 취급하려고 여기까지 데려왔어요?

"그것 때문만은 아니야. 아니야."

"나와 얘기를 나눈 가수가 있었어요. 나보다 나이가 조금 많은 사람이에요. 그녀가 사람들이 자신에게 해준 말을 들려준 적이 있어요. 모두들 시간이 많이 남아 있다고, 목소리가 성숙하기까지는 오랜 시간이 필요하다고 했대요. 그녀는 오페라 가수가 되기에는 믿을 수 없을 정도로 어려서 중압감을 느낄 정도가 되려면 아직 몇 년이나 남았으니 전혀 걱정할 필요가 없다고요. 그녀가 스물다섯 살이 되는 그날까지는 그랬다는 거예요. 그 이후로는 '아직 제대로 된 오페라 하우스에서 노래하지 못하는 게 걱정되지 않나요? 그럼 당신의 경력은 정확히 어떻게 되나요? 이제는 좀 나이가 들어가고 있네요, 그렇죠?' 라는 말 뿐이었대요. 그래서 맞아요." 나는 그에게 대답했다. "난 그 나이를 꽤 지난 것 같아요. 고마워요."

나는 그가 웃기를 바랐지만, 그는 웃지 않았다. 그는 나를 매우 진지하게 응시하고 있었다. "맙소사, 왜 그런 말을 꺼낸 거야?" 스스로가 바보처럼 느껴졌다.

"뭐죠?" 나는 물었다. "뭐예요?"

"아무것도 아니야. 그 나이의 당신이 꽤 예뻐 보여서. 나이 얘기를 하니까."

그는 환하게 미소 지었고, 나는 거의 어리석게도 마음이 가벼워졌다. 샴페인 덕분일 거다. 그는 내 손에서 잔을 빼서 침대 옆 탁자 위에 내려놓고 나에게 키스했다. 나는 누워서 그를 끌어당겼는데, 그의 몸이 내 몸에 무겁게 느껴졌다. 이전의 그 느낌이 기억났다. 내가 그를 가진다면, 그를 가질 수만 있다면 다른 것은 어떻게 되든 상관없다는 확실성이. 한 시간 전까지만 해도 내 머릿속에 박혀 시끄럽고 불쾌하지만 차단할 수 없었던 다른 모든 생각들— 거슬리는 선율과도 같은—이 누그러지고 있었다. 그런데도 내 귓가에는 여전히 나를 괴롭히는 소리가 하나 남아 있었다. 그가 음소거를 해야 하는 불협화음이...

"맥스? 얼마나 오랫동안 떠나 있어요?"

"뭐?"

그는 내 드레스의 단추를 풀었다. 그가 배에 키스할 때 그의 수염이 내 피부를 간지럽혔다.

"뉴욕이요. 얼마 동안 있어요?"

걱정할 이유가 없었다. 그는 항상 일하러 갔다. 하지만 빈센트가 나를 쳐다보는 눈빛에는 뭔가가 있었다. 문제를 일으키려는 짓궂은 눈빛이었다. 그는 뭔가를 알고 있었다. 그와 게리는 집에 가는 길에 그 일을 두고 웃을 것이다. 그 여자는 분명히 아무것도 몰라. 불쌍한 여자 라고 말할 것이고, 그들이 옳았다.

"정말로 지금 그 얘기를 해야겠어?" 그는 나를 쳐다보지도 않고 말했다.

"비밀이에요?" 나는 내 말이 그에게 가볍게 들리기를 바랐다.

그는 내 옆으로 와서 팔꿈치를 대고 몸을 일으켰다.

"한 달. 아마 한 달 정도 될 거야. 6주 정도가 더 맞겠네. 기본적으로 이 거래가 성사될 때까지."

"그렇군요."

"난 정말로 가고 싶지 않아. 난 오랫동안 그 일에서 벗어나려고 애썼어."

"그럼 왜 가는데요?" 나는 놀리는 목소리로 말했다. "그 일에서 빠져나와도 될 만큼 중요한 사람이 아니라서요?"

"너무 중요해서, 내 사랑. 글쎄, 그런 셈이지. 미국인 고객 때문이야. 내가 미국에 거주했을 때, 그 사람들과 함께 일을 한 적이 있는데, 그들은 기본적으로 나와 함께 일하기를 원해. 우리에게는 엄청난 고객이라, 당신이 믿기 힘들 만큼 어마어마한 돈이 걸려 있어. 그래서 우리가 그 사람들과 거래할 때마다, 내가 거기에 잡혀 있는 거야."

"빈센트가 한 말은 뭐예요?"

"언제?"

"논의가 진행 중인지 물었을 때?"

"사실 아무것도 아니야. 우리는 뉴욕으로 돌아가기로 했어. 뉴욕 사무실은 내가 옮겨오기를 바라거든. 지금도 그래."

"그래서 갈 건가요?"

그는 어깨를 으쓱했다.

"아니. 당장 그럴 계획은 없어. 이제 그만 얘기해도 될까? 우울해져. 그 얘기를 하지 않아도 오랫동안 뉴욕에 가 있어야만 한다는 것만으로도 충분히 기분이 안 좋아. 내 불평으로 당신 생일을 망치지 말자, 알았지?"

그는 나에게 다시 키스를 한 다음 말했다. "잠깐만."

그는 욕실로 갔다.

나는 침대에 누워 커튼의 무늬를 보았다. 커튼에는 크고 어두운 색의 꽃들이 촘촘히 박혀 있었다. 그 선을 따라 눈길을 움직여 봤다. 그것들은 고리처럼 보였지만, 마지막엔 아무것도 없는 곳에 이르고 있었다.

"한 달." 그는 말했었다. "아마도 6주 정도가 더 맞겠네."

그렇게 길지 않은 시간이다. 그 시간 동안 혼자서 지내야 하는 도시의 주말을 생각해 봤는데, 그 내용이 너무 제멋대로였다. 그가 없다면 그 주말이 어떨지, 매일매일이 얼마나 불투명하고 맥 빠지고 우울할지. 정처 없이 떠돌게 될 내 모습을 멋대로 상상했다.

나는 마음을 가라앉히려고 노력했다. 몇 시간 전 나는 그 식당에서 행복하다고 생각했다는 걸 아주 선명하게 기억했다. 나는 그 기억이 나를 안전하게 지켜줄 것처럼 매달렸다. 한 이미지가 떠오른다. 회색 불빛이 비치는 곳에 서서 전화를 받는 그의 모습을 내가 유리 너머로 바라보고 있다. 그가 손으로 머리를 넘기면서 한 방향으로 몇 걸음, 그런 다음 다른 방향으로 몇 걸음 걷는 모습. 그가 웃을 때 그의 얼굴에 나타나는 활기찬 표정.

나는 이유를 모른다. 왜 이렇게 된 건지 모르겠다. 커튼 무늬 속 꽃들의 어두움에 관한 그 어떤 것. 빈센트에 관한 그 어떤 것. 빈센트가 나를 비웃으면서 맥스가 런던에 있는 동안에 이렇게 다정한 친구가 있어서 다행입니다라고 말하는 방식 때문일까. 그가 나에게 보여준 웃음이 암시하는 친밀감에 대한 어떤 것. 물론 그 웃음은 나를 행복하게 만든 이유이기도 했다. 그가 나랑 있을 때만 보여주는 웃음이었다. 나는 그 웃음이 좋았다. 그가 전화기를 재빨리 확인하고 나에게서 몸을 돌렸기 때문에 상대방을 알 수 없었다는 어떤 것. 그런데 그는 항상 그렇게 하지 않았나? 이제야 그 생각을 했다고? 미안, 이 전화를 받아야 해라고 그가 말하기 전에. 그에 관한 어떤 것. 유리 너머로 웃고 있는 그의 모습. 그 이미지가 내 목에 걸렸다.

나는 그가 침대 옆 탁자 위에 놓고 간 전화기를 집어 들었다. 전에 그가 비밀번호를 입력하는 것을 본 적이 있다. 나는 잠금을 해제하고 이전 통화 목록을 찾았다. 5분 37초. 홈으로 저장된 번호였다,

나는 전화를 잠그고 침대 옆 탁자 위에 조심스럽게 다시 놓았다. 얼마나 침착하게 굴었는지 스스로도 놀랄 지경이었다. 모든 것이 공중에 던져진 후, 그것들이 떨어질 때는 다른 패턴을 만들어 다른 순서로 다시 조립되었는데, 그로 인해 갑자기 많은 것들이 이해되었다. 나는 그의 아내가 옥스퍼드에 있는 농가 스타일의 넓은 부엌에 서서 전화를 받으며 정원을 내다보고 있는 모습을 볼 수 있었다. 그 둘은 모든 것을 함께 디자인했을 것이다. 친구들이 모여서 바비큐를 하는 파티오, 과일 나무, 싱크대에서 볼 수 있는 화

사한 꽃밭을. 그의 아내는 왜 그에게 전화했을까? 5분 37초. 자신이 그를 그리워한다고, 아니야, 훨씬 더 극적인 말, 내가 말하곤 했던 그런 말. 자신이 마련하려고 했던 저녁 식사에 관한 이메일에 답장을 보내라고 알려주려고, 아니면 그가 어젯밤에 나가는 길에 식탁에 업무 문서를 두고 왔다고 말하면서 그 서류가 필요한지 물어보려고, 아니면, 다른 모든 것이 거짓말이라면, 그날 아이가 한 재미있는 말을 그에게 전하려고. 그래서 그가 그렇게 웃으면서 손으로 머리를 넘긴 건 아닐까? 아니, 긴장해서 그런 건가? 그때 그는 유리 반대편에 앉아 있는 나를 돌아보았었다.

나는 호텔 방을 둘러봤는데, 마치 컬러 필름을 통해 모든 것이 바뀐 것 같았다. 그 방은 너무 비싸고 너무 비인간적이며 너무 신중했다. 추잡했다. 주로 관광객들이 이용하고 불륜을 저지르는 부자들만이 드나드는 호텔. 그때 이 방에 왔을 모든 다른 커플들이 떠올랐다. 이전에 남자들이 여기로 데려온 모든 여자들이. 그 여자들은 이 방에 감명 받고, 이 두꺼운 면 시트 사이에서 성교를 한다. 그런 다음 상대 남자들은 집에 가서 출장은 괜찮았다면서 아내에게 그녀의 하루는 어땠는지 묻는다. 이 방의 벽들은 그 모든 것을 이전에 목격했다. 그 벽들은 나보다 이 특정한 상황을 더 잘 이해했다. 젊은 여자. 나이가 더 많은 기혼 남자. 그 관계에 관련된 약간의 돈. 정말 코미디였다. 나는 그 정도는 알 만큼 충분한 오페라를 했다. 전혀 비극이 아니었다.

그가 방으로 돌아오며 말했다. "자정이 조금 넘었어. 이제 더 이상 당신 생일이 아니야."

그는 내 침묵을 눈치채지 못했다. 그는 침대로 다가와 나에게 키스했고, 나는 그를 내버려두었다. 나는 필터를 통해 그를 다르게 보게 되었는데, 아마도 처음으로 있는 그대로의 그를 마주하게 된 것이리라. 더 나이 많고 더 자신만만한 모습을. 나를 똑바로 쳐다보지만 아무것도 드러내지 않는 눈을. 이 새로운 얼굴, 이 새로운 사람을. 내가 이전과 다르게 그를 인식한 후에도 여전히 그에게 나를 허락하고 있다는 것이 나를 더 흥분시켰다. 나는 그가 내 옷을 머리 위로 벗기게 하고, 손을 바지 안으로 밀어넣고, 가슴에 키스하게 내버려 두었다. 그리고 그의 입술을 깨물었다. 그는 신음하며 **젠장이라고** 말했다. 내 심장이 묘하게 억제된 흥분으로 펄떡거려 내 갈비뼈를 두드리는 것 같았다. 왠지 그보다 우위에 있다는 사실이, 그가 진정 누구인지 알고 있다는 사실이 나를 흥분시켰다. 그는 내 얼굴을 두 손으로 잡고, 친밀하고 정직한 체하면서 내 눈을 바라보았고 나는 더 이상 참을 수 없었다.

"누구랑 전화했어요?"

"뭐라고?"

그는 일어나 앉았다. 내가 전화했다고 상상했나? 아니다. 나는 상상하지 않았다. 그의 눈길이 옆으로 미끄러져 나에게서 떨어져 나가더니 자신의 전화기로 향했다.

"뭐라고?" 그가 다시 말했다.

"아까 누구랑 전화했어요?"

"애나, 내 전화기를 봤어?"

"뭐요? 아니요."

"누가 언제 나한테 전화했어? 무슨 얘기를 하는 거야?"

"식당에서. 아까. 식당에서. 당신이 나갔을 때."

"도대체 그걸 왜 지금 나한테 묻는 거야?"

"질문에 대답하지 않을 거예요?"

그는 침대 가장자리에 앉아 바지를 입기 시작했다.

"믿을 수가 없어. 정말 믿을 수가 없어. 나를 감시하고 있었어? 내 전화기를 뒤졌어? 정말이야? 당신 뭐가 잘못된 거 아니야?"

"나한테 말하지 않을 거예요?" 이번에는 좀 더 조용하게 내가 말했다.

잠시 침묵하다가 그는 말했다. "어머니였어. 당신이 상관할 일이 아니야. 도대체 무슨 일이야?"

"당신 어머니?"

"그렇다니까."

나는 그에게서 등을 돌리고 침대 위에 있던 내 옷을 집었다. 그리고 그에게 등을 돌린 채 아무 말 없이 옷을 입으면서 내가 아는 것들을 기억하려고 애썼다.

그는 파란 눈을 가진 남자였고, 어깨에 흉터가 있었다.

관자놀이에 형의 이빨이 박힌 남자. 어린 시절의 싸움, 그는 넘어졌고, 피가 났으며 피부를 꿰맬 때까지 아무도 알아채지 못했다. 그의 관자놀이에 손가락을 대고 눌러보면 그 흉터를 느낄 수 있다.

마음만 먹으면 누구든 자신을 좋아하게 만들 수 있는 남자. 웨이터와 택시 운전사, 바텐더와 대화를 나눌 수 있는 남자. 내 생각에 그는 사람들이 자신을 좋아해줘야 직성이 풀리는 남자였다.

모를 거라고 예상했던 것까지도 알고 있는 남자. 앤티크 가구와 러시아 문학과 꽃.

인생에 실망한 연약한 남자. 나는 그를 부드럽게 대하려고 노력했고, 내가 충분히 오랫동안 지켜보면 그가 나에게 오리라고 생각했지만, 그는 나를 원하지 않았다. 내가 그를 원하는 방식으로는 원하지 않았다. 나는 설명을 만들어 낼 수 있었다. 열정적인 거짓말, 대단한 속임수를. 그리고 그렇게 하면 상처가 덜할 수 있지만, 그건 사실이 아니었다.

그는 가족을 원하는 사람이었다. 내게는 허락되지 않은, 그가 언젠가 갖고 싶어 했던 그 완벽한 가족을 위해 집을 샀던 남자. 하지만 내가 보기에 가장 슬픈 사실은 거의 마흔의 나이에 아직도 부모님의 전화번호를 집으로 입력해 놓았다는 것이다.

내가 그에게 눈길을 주었을 때 그의 얼굴은 다시 내가 아는 얼굴이 되어 있었다.

나는 그와 사랑에 빠졌다는 확고하면서도 반박할 수 없는 사실을 처음으로 깨달았다, 아니, 나 자신에게 분명히 했다. 거의 같은 순간에 나는 내 인생에서 이보다 더 비참한 적이 없었다는 생각을 했다.

나는 손으로 얼굴을 가렸다.

"무슨 일이야? 무슨 문제 있어?"

나는 내 손에 갇힌 머리카락이 젖을 때까지 울고 있었다는 것을 깨닫지 못했다. "당신을 사랑해요." 그게 문제라고 생각했다. "나는 당신을 사랑하고, 당신은 나에게 거짓말을 한 적이 없어요. 당신은 나를 좋아해요. 내가 예쁘고 재미있다고 생각하고 나와 이야기하는 것을 좋아해요. 당신은 식당 테이블에서 내 맞은편에 앉고, 술집에서 내 다리에 손을 얹고, 침대에서 내 옆에 누워 있는 것을 좋아해요. 당신은 내 몸을 좋아해요. 내 머리를 손가락으로 감싸고 내 목에 키스하고 내 허벅지 안쪽을 핥는 것을 좋아해요. 맥스, 당신은 날 좋아해요. 그게 잘못됐어요. 당신은 나를 좋아하고 나는 당신을 사랑하며, 당신이 나에게 한 모든 말은 사실이에요."

내 눈물이 그를 부드럽게 해줄 거라 생각했지만, 그렇지 않았다.

"이게 대체 뭐야? 애나? 왜 울어? 그만 울어."

그는 내 손목을 잡아 내 얼굴에서 떼어냈다.

"나 좀 봐. 뭐가 문제인지 말해봐."

"손목이 아파요."

그는 내 손목을 떨어뜨렸다.

"말해봐."

나는 이 상황이, 자신이 했다고 추정되는 일로 얼굴을 가리고 우는 여자가 그의 성미를 건드렸음을 깨달았다. 그는 이전에도, 몇 번이고 반복해서 이런 상황에 놓인 적이 있었다. 그는 이런 상황을 싫어했다. 그를 화나게 했고 진절머리 나게 했으며 피곤하게 했다.

"그렇게 오랫동안 가 있는다고 왜 말하지 않았어요?"

사실, 이 말을 하려던 게 아니었다. 그의 아내가 옥스퍼드에 있는 부엌에서 그에게 전화를 걸거나 뉴욕에 살면서 영향력 있는 직장에서 일하고 트렌디한 바에 자주 가든 말든 여전히 우리 사이에 끼어 있다는 것. 그런 상황이 있는 한, 그와 내가 계속 이럴 것이라는 것. 그게 내가 하고 싶었던 말이었고 그가 반박해 주기를 바라는 말이었다. 내가 그를 계속 만나는 한, 이대로 계속될 거라고, 나는 그가 나에게 요구하는 것은 무엇이든 해줄 것이고 그는 그것을 받고, 또 받을 것이라고. 그는 받는 것을 결코 거절하지 않았지만, 그건 아무 의미가 없었다. 나는 마침내 그를 붙잡았다고 계속 생각하겠지만 그는 계속 내 손가락을 비틀어 빠져나갈 것이다. 그는 내 의도를 무시하고, 질문을 피하면서 말한다. "6주 동안 뉴욕에 가 있을 거야." 가게에 들르거나 칫솔을 교체할 생각을 하고 있다고 말하듯이.

"왜 말 안 했냐고? 정말로? 그래서 우는 거야? 이봐, 미안해, 알았지? 그건 무슨 큰 의도가 있어 속인 게 아니야. 당신이 잘못 알고 있는 거야."

"그럼 뭐예요?"

"맙소사. 애나, 이게 정말 미친 짓인 거 알지? 난 일부러 숨기려고 하지 않았어. 난 언제나 출장을 가. 당신도 알잖아. 그 말을 안 한 건 당신이 최근에 미친 듯이 스트레스를 받고 있어서 딱히 적당한 시간을 찾지 못했을 뿐

317

이야. 말한 그대로야."

그의 목소리는 가라앉았고 침착했다. 그는 자신이 합리적이고 나는 그렇지 않다고 생각했다.

"그리고 솔직히, 애나. 당신이 이렇게까지 신경 쓸 줄은 몰랐어. 당신은 그 공연이 있잖아? 글쎄, 어쨌든 나는 당신이 다른 데 신경 쓰지 않는다고 생각했어. 바쁠 거라고 생각했다고. 자, 너무 호들갑 떨지 말자. 정말 그렇게 오래 떨어져 있는 것도 아니잖아."

그와 그의 아내, 멋진 전망이 보이는 레스토랑에서 이혼 서류를 마무리하기 위해 만나서 화해하고, 결국 그가 그곳으로 이사하기로 결정하는 모습을 상상했다.

"거기 있는 동안 아내를 만날 거예요?" 내가 물었다.

아주 잠깐 침묵했다가 그는 지친 듯이 조용히 말했다. "애나, 제발, 그만해."

나는 갑자기 매우 피곤해졌다. 이 상황을 없던 일로 할 수 있는 30분 전이나 1시간 전으로 돌아가고 싶었다. 되돌아가려고 시도해 봤다.

"나랑 의논할 수도 있었잖아요. 그게 다예요."

"당신과 의논한다고? 뭐, 당신 허락이라도 받으라고?"

나는 커튼의 패턴을 바라보았다.

"하지만 애나." 그는 부드럽게 말했다. "미안해. 난 좀 혼란스러워. 난 우리가 일에 관해 서로에게 허락을 구해야 한다고 생각하지 않았어. 당신은 당신 삶이 있고, 나는 내 삶이 있다고 생각했어."

그러자 어둠 속에서 성냥이 불꽃을 피우듯 내 안에서 분노가 치솟았고, 그것이 보이지 않는 위험을, 축축한 벽과 거친 모서리를 비췄다. 나는 무모해졌다.

"내가 어떻게 느끼는지 당신은 아무 상관없죠? 정말 관심도 없는 거죠?"

나는 되돌릴 수 없는 말을 내뱉는 지경에 이르렀다. 내가 몇 달 동안 만들어 낸 환상을 깨뜨릴 말을. 그는 내 삶의 중심이 아니라 주변부에 있다고. 그 말이 내 입으로 흘러들어갔고, 나는 그 말을 삼키려고 했다. 그때 그는 애와 어른의 경계를 가늠하면서 아이를 대하듯이 나에게 눈썹을 치켜 올렸고, 인내심을 잃지 않으려고 노력했다. 그리고 이렇게 말했다. "당신이 터무니없이 굴고 있다는 건 알고 있지?" 바로 그 순간 그 모든 말이 밖으로 새어 나왔다. 단어들이 만든 혼란스러운 만신창이.

"당신은 내가 당신에게 충분하다고 생각하지 않아요. 내가 하는 일 어느 것도 당신을 기쁘게 하지 않아요. 아무것도요. 당신이 하라고 해서 한 일도 잘한 게 아니에요. 당신은 나를 좋아하지도 않아요. 당신은 내가 더 성공하고 더 매력적이기를, 더 착한 사람이 되기를 원해요. 내가 더 많은 일을 이루어지기를 원하지만 또한 내가 잘 안 되기를 바라지요. 당신은 내가 너무 잘되기를 바라지 않고, 너무 잘난 사람이 되는 것도 원치 않아요. 사실 당신은 내가 뭐가 되기를 바라지도 않아요. 당신은 내가 어떤 사람이든 상관하지 않아요. 당신은 그저 나랑 시간을 보낼 뿐이에요. 그냥 재미있고 편하고, 내가 힘들게 한 적이 전혀 없기 때문에 나랑 시간을 보내는 것뿐이에요. 내가 당신을 편하게 했잖아요, 내가 항상 그랬잖아요. 난 항상 당신을 편하게 해주고 싶었다고요. 그런데 당신은 자신이 혼자라는 것을 느끼고 싶지 않아서, 내가 당신의 허영심에 아첨하기 때문에 나를 이용하는 것뿐이에요. 그게 당신에게 나란 사람의 의미예요. 언젠가 당신은 어떻게 처신하면 되는지 아는 사람을 만날 거예요. 이미 성공하고 매력적이면서 훌륭한 사람을 만나면 그 여자가 틀렸다고 온갖 방법으로 말할 필요가 없겠지요."

그의 표정. 그는 겁에 질렸다. 나는 내 목소리를 머릿속에서 들을 수 있었고, 그게 발작적으로 들릴 거라는 것을 알고 있었다. 그가 왜 그렇게 두려워하는지 알았지만, 나는 실제로 매우 평온했다. 이상하게 그 상황에서 분리된 느낌이었다. 나는 뒤로 물러서서 아름답게 싹트고 있던 우리 관계가 파괴되는 과정을 지켜보고 있었다. 아니면 내가 이미 봤었던 것— 내가 몇 달 동안이나 아슬아슬하게 견디고 있었던 이 관계— **오 그래, 나도 바빠. - 아니, 물론, 나는 쉬운 사람이지. - 당신이 좋다면 무엇이든 할 거야**—. 내가 갑작스럽게 행동하면 그와의 관계가 깨질까 봐 두려워서 했던 말들. 내 전부가 될 때까지 지키고 보호하면서 키워온 이 아름답고 소중한 우정을 이제는 내 손으로 부수는 모습을 지켜보고 있었다. 내가 사랑했던 것에 망치를 휘두를 수 있다는 것에서 어떤 힘을 느꼈다. 묘하게 기분이 좋았다.

그는 황급히 자리에서 일어나 나가려는 듯 충동적으로 문 쪽을 향했지만, 이내 멈췄다. 그는 내 앞에서 바닥에 웅크리고 앉아 내 두 손을 잡고 손가락에 키스하고, 내 무릎에 이마를 얹었다. 잠시 우리는 아무 말도 하지 않고 그렇게 앉아 있었다. 그런 다음 그가 나를 올려다보았다. 전등 불빛은 그의 피부를 창백하게 만들어 거의 반투명으로 보이게 했고, 그의 뺨의 움푹 들어간 부분은 동굴 같았다. 그는 너무 피곤해 보였다. '내가 무슨 짓을 했지?' 나는 생각했다. '내가 도대체 무슨 짓을 했지?'

내가 한 모든 말과 그가 반박하지 않은 모든 것에 대한 수치심이 엉겅퀴 화단처럼 두껍고 날카롭게 내 안에서 피어났다. 하지만 그는 너무 슬퍼 보였다. 나는 그에게 팔을 두르고 괜찮다고, 진심이 아니었다고, 그는 잘못한 게 아무것도 없다고 말하고 싶었다. 불쌍한 맥스. 그가 애처로웠다. 정말 그렇게 느꼈다. 그에게 미안했다. 그는 누군가가 자신을 잠시나마 행복하게 해 주기를 바랐다. 신경을 딴 데로 돌리고 기분을 좋게 해 주는 누군가가 필요했던 것이다. 그는 그 사람이 진짜이기를 바라지 않았다.

"나는 즐기고 있어요. 내 말은 당신과 함께요."

"글쎄, 지금은 아닌 것 같은데."

"맞아요. 지금 이 순간은 아니에요."

그 이후로는 이상하게도 상황이 괜찮았다. 그는 화장실에 가서 뜨거운 수건을 가지고 돌아왔고, 나는 내 얼굴을 닦았다. 그런 다음 우리는 다른 밤과 마찬가지로 세심하게 안무된 일상의 춤을 추듯이 잠자리에 들 준비를 했다. 우리는 거울 앞에 나란히 서서 이를 닦았다. 나는 차가운 물로 얼굴을 적시고 눈 밑에 번진 화장을 지웠다. 그는 호텔 로션을 사용했는데, 내가 여자 냄새가 난다고 말하자 웃었다. 우리는 침대에 들어가 불을 껐다. 더 이상 아무 말도 하지 않았다. 머지않아 내 가슴을 짓누르는 덤벨처럼 어둠이 무겁게 내 위에 겹겹이 쌓였다.

나는 아침에 일어나면 아무 일도 없었던 것처럼 될 것이라고 생각하며 침대에 누웠다. 이 방에서. 시트가 바뀌어 있을 것이다. 반쯤 비워진 세면도구는 버려지고 새 병으로 교체되어 있을 것이다. 얼음 통에는 더 많은 샴페인이 들어 있을 것이다. 여기에서 또 다른 커플이 그들만의 작은 장면을 연기하고 있다.

나는 거기에 누워서 생각했다. 사람들은 자신의 삶에 색깔과 의미를 줄 수 있고, 자신을 구할 수 있는 한 사람을 만든다고. 하지만 사람들은 그렇게 할 수 없다. 아무도 그렇게 할 수 없다.

돌이켜보면 이 상황에서 그냥 벗어나서 상처받지 않는 순간이 있었을 텐데 기억할 수가 없었다.

그가 자신의 아파트에 대해 이야기했던 때가 생각났다. "그 아파트는 진짜 집이 아니야"라고 그가 말했을 때는 그 말이 의미하는 바를 몰랐지만, 지금은 알 수 있었다. 그가 내 세상을 더 크게 만들었다고 생각했지만, 그 세상은 네 개의 벽에 불과했기 때문이었다. 우리가 그 세상 안에 함께 있다고 생각했다. 하지만 나는 그곳에서 항상 혼자였다는 것을 이제 깨닫게 되었다. 그가 아파트를 나와 세상으로 걸어갈 때 그는 존재하기 시작한다. 내가 그 아파트를 나오는 순간 나의 존재는 없어진다.

그때 내가 한 말을 돌이킬 수 없는 것일까? 아니면 되돌릴 수 있을까? 그리고 내가 입을 열어서 상황을 괜찮게 바꿀 무슨 말을 할 수 있지 않을까 하는 생각으로 매 순간 전기가 흐르는 듯한 느낌을 받았다. 하지만 나는 아무 말도 하지 않았다.

그도 잠들지 않았다. 나는 그가 몸을 뒤척이는 소리를 들었다. 그는 옆으로 몸을 돌렸다가, 등을 대고 누었다가, 베개를 뒤집었다가 다시 또 뒤집었다. 한밤에 가장 외로운 순간, 내가 더 이상 참을 수 없을 것 같았던 그 순간에 그는 말했다. "자고 있어?" 나는 대답했다. "아니오, 당신은?" 그러고 나서 그는 어둠 속에서 나를 발견했다. 그의 입이 내 입에 닿았고 그의 따뜻한 피부가 느껴졌다. 몸은 모든 것을 기억했다. 항상 그랬던 것처럼 다시 맞춰져서 아무것도 변한 것 같지 않았다. 그리고 우리 둘 다 잠이 들었다. 먼저 그 사람이, 그 다음에 내가.

내가 깼을 때 그는 이미 일어나 있었다. 그의 머리카락은 젖어 있었다. 그는 거울 앞에서 넥타이를 매고 있었다.

"잘 잤어요?" 내가 말했다.

그는 옷을 입고 있는데 나는 벌거벗은 상태라 이상한 느낌이 들었다. 나는 계약서에 누드가 없는 여배우처럼 자리에서 일어나 겨드랑이 아래를 시트로 감쌌다.

"잘 잤어?"

그는 침대에 앉았다.

"그래서 난 오늘 늦게 떠날 거야."

그는 잠시 말을 멈췄다. 그는 불편해 보였고 나는 그가 무슨 말을 하려는지 알고 있었다. 나는 이 상황을 바꿀 무슨 말이라도 생각해 보려고 했지만 아무 생각도 나지 않았다. 그가 진부하게 말했다. "준비가 안 됐어. 더 이상 못하겠어." 나도 진부하게 말했다. 다른 말은 기억나지 않았다. 인생에서 가장 감정적으로 고조된 순간에 진심을 절대 말하지 않고 영화에서 들은 대사를 읊조리고 있다는 게 이상하다는 생각을 했다. 그래서 그는 자신의 대사를 했고 나는 내 대사를 했다. 그리고 끝났다.

그런 다음 그는 말했다. "애나, 하지만 난 당신이 걱정돼. 괜찮겠어? 돈을 좀 줄까?"

나는 그 말에 아무 대답도 할 수 없었고, 얼마 후 그는 떠났다.

19

"리허설에 오다니 반가워." 감독이 말했다.

내가 아직 호텔에 있는 동안 그는 내가 모르는 유선 번호로 전화를 걸어왔다. 맥스가 건 전화인 줄 알고 받았는데, 감독의 목소리가 들렸다.

"애나, 살아 있어? 다행이야."

나는 여전히 침대에 앉아 있었다. 맥스가 떠난 이후로 나는 그 자리에서 움직이지 않았다.

"최근에 애나가 일정을 확인했다고 생각하지는 않아." 감독이 말했다.

"물론 중요한 일이 있었겠지. 오늘 피아노 반주로 전체 곡을 연습한다는 걸 상기시켜 주려고 개인적으로 전화했어. 약속을 잘 잊어버리는 출연자에게 제공하는 새로운 서비스야. 감사 인사는 사양해. 마리케가 보러 올 거야."

커튼은 여전히 닫혀 있었다. 지금 몇 시인지도 몰랐다.

"마리케에게 너의 여러 질병과 이유 없는 결석에 대해 모두 말했어. 그래서 마리케는 네가 오늘은 올 거라고 기대가 대단해. 나도 그렇고."

나는 가지 않겠다고 말하려던 참이었다. 그들은 내 대역에게 역할을 맡길 것이다. 나는 상관없었다. 그러나 그는 이미 전화를 끊었다. 나는 내 마음이 콘크리트로 변할까 봐 두려워하면서 자리에서 일어나서, 전날 입었던 옷을 입었다. 플랫 슈즈를 가지고 왔더라면 좋았을 텐데. 내가 극장에 들어가자, 레깅스와 캔버스 운동화, 운동화와 청바지를 입은 사람들이 나를 돌아봤다.

"휴식 시간이 거의 끝났어. 3분 남았어."

이미 1막이 끝나고, 이제 2막을 할 차례였다. 합창단은 작은 그룹으로 모여 있었는데, 일부는 조용히 앉아 악보를 확인하고 커피를 마셨다. 다른 일부는 감독의 관심을 끌기 위해 크고 과장된 목소리로 촐랑대고 있었다. 방금 자전거를 타고 도착한 한 명은 런던의 오염된 공기로부터 성대를 보호하기 위해 특수 마스크를 쓰고 있었다. 그는 오염 물질로 검게 된 필터를 꺼내더니 마치 어린아이가 쇼앤텔(Show and Tell)을 하는 것처럼 자랑스럽게 보여주며 돌아다녔다.

나는 자기들끼리 모여 있는 주연배우들에게 손을 흔들고, 맨 앞좌석 줄에 내 가방을 던졌다.

리허설이 거의 끝나가는 파티처럼 느껴지기 시작했다. 사람들은 피곤하고 더 이상 재미가 없다. 좋은 일이 일어나기에는 매우 늦었다. 사람들은 아무도 즐기지 않는 대화를 계속 반복하고 있다. 나는 가장 먼저 떠나는 사람이 되고 싶지는 않다. 사람들이 분명히 끝내자고 곧 말할 것이라고 생각한다. 분명히 사람들은 집에 갈 것이다. 왜 피곤하지 않겠는가? 그런 다음 새로운 사람들이 도착하고, 더 많은 음료가 나오고, 사람들의 열정도 새로워진다. 그렇게 다시 시작된다.

나는 일등석 자리에 혼자 앉아 휴대폰으로 뭔가 하는 척했다. 그리고 그 방에 있는 모든 다른 가수들을 보며 생각했다. '나는 항상 여기가 어떤지 알고 있었어.' 가장 오래 버텼던 사람들 – 지루해하지 않고, 매력과 즐거움과 집중력을 유지하거나 최소한 그런 척이라도 할 수 있는 사람들 – 이 성공한다는 것을. 대부분의 사람들은 그러지 못한다. 대부분의 사람들은 결국 포기하고 집에 간다. 그들은 지쳤다. 파티는 그들에게 매우 많은 일을 요구했다. 대부분의 사람들은 이 정신없는 불확실한 상태에서, 밤에 일어나는 일 외에는 아무것도 중요하지 않은 이 대안적인 현실에서 살아갈 수가 없기 때문이다. 사람들은 책임져야 하는 일을, 지불해야 할 청구서가 있음을, 돈을 벌어야 한다는 것을 기억한다. 그들은 세월이 흐르고 있고, 그 세월이 중요하다는 것을 기억한다. 그들은 집에 가서 여생을 보내면서 이렇게 말한다. "세상에, 사람들이 어떻게 그렇게 사는지 모르겠어. 미친 짓이야."

각자 위치로. 감독이 소리쳤다. "바나나와 커피, 전화기에서 떨어져. 휴식은 20분이었어. 휴식은 끝이야."

나는 알친도로와 함께 무대 옆 대기실로 갔다. 우리가 입장하기 전에 8분간 음악이 나왔다. 보통은 기다리는 동안 잡담을 나누고, 농담하곤 했지만, 지금은 아무 말도 하지 않았다. 알친도로는 그곳에 서서 팔짱을 끼고 무대를 응시했다. 그는 누구라도 나와 자신이 친구라고 생각하는 사람이 없기를 바랐다. 지금 나는 성공하지 못할 가수 중 한 명이었다. 실패는 전염성이 강했다.

8분이 지나고, 우리가 등장할 시간이 되었다.

무제타가 가장 먼저 내는 소리는 웃음소리였다. 무대 밖에서 나는 그 소리를 관객이 들으면, 무제타가 입장한다. 나는 웃으려고 입을 벌렸지만 그 소리는 아주 작아서 앞줄에 겨우 닿을 정도였다.

"알다시피, 우리는 실제로 그 소리를 들어야 해." 감독은 킥킥거리며 말했다. 그는 중단하지 않고도 연출할 수 있다는 생각을 하지 못하는 것 같았다.

나는 알친도로의 팔에 안겨 들어갔다. 전체 출연자는 준비한 대로 우리를 돌아보았다. 긴장이 내 목을 마비시켰고, 내가 노래할 차례가 되었을 때 나는 마킹에도 미치지 못하는 소리를 내고 있었다.

"그만, 그만, 그만." 감독이 소리쳤다. "마킹은 안 돼. 지금은 아니야. 그러기엔 너무 늦었어."

나를 향한 사람들의 시선. 합창단. 주연 배우들. 구멍이라도 뚫을 것 같은 사람들의 시선은 서로를 살짝 쳐다보며 내가 실패하기를 바라고 있었다. 술집에서 끝없이 이어졌던 추측이 어떻게 진행되었는지 나는 정확히 알고 있었다. "애나에게 무슨 문제가 있다고 생각해? 그리고 애나는 항상 약간..." 객석 두 번째 줄에 있는 마리케의 시선이 느껴졌다. 그녀는 뭔가를 적고 있었다.

"난 그저, 난..."

내 목소리는 그 넓은 공간에서 거의 들리지 않았다.

"뭐라고?" 감독은 굵은 목소리로 말했다. "뭐라고 말하는 거야?"

"나는 여전히 아파요." 내 목소리는 비꼬는 것처럼 너무 크게 들렸다.

"목에 무리를 주고 싶지 않아요."

감독은 허리에 손을 얹고 한숨을 쉬었다.

"이봐, 합창단은 애나의 노래를 들어야 해, 그렇지? 합창단을 좀 불쌍히 여겨. 아직 어리잖아. 그리고 그 빌어먹을 부분이 빠지지 않아도 충분히 음악적으로 복잡해. 이제 좋은 동료가 되어 줘, 알겠어?"

"죄송합니다." 나는 다시 작은 목소리로 돌아갔다. "난 못하겠어요."

"애나가 뭐라고 했지?"

"못하겠다고 했어요." 합창단이 소리쳤다.

"그래. 애나는 할 수 없다네. 글쎄, 빌어먹을, 우리한테 딱 필요한 말을 하네, 그렇지? 애나의 대역은 어디 있어? 어디 있어? 무제타의 대역은? 이리 와. 네게 아주 중요한 순간이야."

우리는 무제타의 입장에서 연습을 시작했다. 감독은 내 대역이 옆쪽에서 노래를 부르는 동안 내가 노래 부르는 시늉을 하며 걸어 나오게 했다. "좀 격이 떨어지지만 너는 그 밤에 노래 부른다고 생각하고 네 역할을 계속 해 봐"라고 감독은 말했다.

나는 이제 감독의 특별한 타깃이 되었다. 그가 조롱하면서 중간에 멈추게 할 때마다 나는 더 많은 실수를 저질렀다.

앉으러 가는 도중에 합창단원들의 다리에 걸려 넘어졌다.

"조심해." 그는 경고했다.

노래하고 있는 보헤미안들을 가로막으면서 그들의 뒤쪽이 아니라 앞쪽으로 걸어갔다.

"여기에 너만 있는 게 아니야." 그는 으르렁거렸다. "이봐, 동료들 생각도 좀 해야지. 이건 이미 리허설 때 했어."

나는 연습용으로 비어 있는 와인 잔에 손가락을 넣은 다음 다른 손의 손가락을 빨았다.

"그건 무대에서 가짜로 해서는 안 되는 이유를 보여주는 완벽한 예야." 그가 소리쳤다. "완벽한 예라고. 모두들 참고해. 우리는 연기 수업을 하고 있어."

그 다음이 아리아였다.

아리아의 첫 부분에서 나는 바에 앉아서 남성 코러스 멤버들에게 둘러싸여 있었다. 그때 나는 일어나서 무대를 가로질렀다. 갑자기 무대가 매우 높게 느껴졌다. 나는 바닥이 흔들리는 것을 보면서, 사람들의 손이나 안경을 밟지 않으려고 애쓰면서 걸었다.

"애나, 좀 더 섹시할 수 있을까?"감독이 소리를 빽 질렀다. "넌 실제로 노래를 부르지도 않잖아. 말 그대로 한 가지만 잘하면 돼. 더 섹시하게 해, 알았지?"

나는 여성성을 패러디한다는 의미로 엉덩이를 씰룩거렸다. 감독은 한숨을 쉬면서, 이 모습이 전혀 섹시하지 않음을 분명히 했다.

우리는 2막이 끝나고 휴식 시간을 가졌다. 내 대역은 주연배우들과 이야기를 나누러 갔다. 그녀는 졸업반이었다. 내가 그녀보다 먼저 캐스팅되면서 위계를 뒤집었다. 눈에 띄고 싶지 않아 자리에서 몸을 웅크리고 있는데 마리케가 나를 불렀다.

"애나, 무슨 일이야?" 그녀가 말했다. "아파?"

내 안에 남아 있는 이 본능. 포기하는 게 당연한데도 그것을 포기하지 말라고, 여전히 지키고 싶고 붙들고 싶어 한다. 마치 차가운 물에 빠진 누군가가 죽음을 재촉할 수도 있는데도 본능적으로 몸부림치고 고군분투하는 것처럼.

"정말 심한 감기에 걸렸어요. 점점 나아지고 있지만, 목을 보호하려고 애쓰고 있어요. 무리해서 목을 쓰지 않으려고요. 다음 주까지는 괜찮아질 거예요."

마리케 선생님은 엄중한 표정으로 나를 쳐다보았다. 그녀는 내 거짓말을 알아챘다.

"네 목소리는 괜찮게 들려. 말하는 목소리가 정상이야. 기침이나 재채기 같은 증상도 없잖아. 과연 무엇이 잘못된 걸까?"

나는 할 말이 생각나지 않았다.

"모르겠어요."

그녀는 안경을 벗고, 나를 마치 방금 옮긴 가구라도 되는 양 자세히 살폈다. 전에 있던 자리가 더 좋았던 것은 아닌지 확인하려는 것처럼.

"이제 개막 공연까지 시간이 얼마 남지 않았잖아? 감독은 네가 몇 주 동안 리허설에서 한 번도 제대로 노래를 부르지 않았고, 여전히 마킹을 하고 있기엔 시간이 매우 촉박하다는 거야. 목소리가 제대로 역할을 하기 위해 힘을 키워야 해. 나는 처음부터 이 기회가 잠정적이라고 말했어. 네가 기대에 미치지 못한다면..." 그녀는 말을 끝맺지 않았다. "네 노래를 들어봐야겠어. 2막에서 네가 입장하는 부분부터 다시 할 거야."

"하지만 워밍업을 제대로 못했어요."나는 마지막 비장의 카드라고 생각하고 말했다. "게다가 며칠 동안 노래를 부르지 않았어요. 그냥 할 수는 없어요."

"지금은 휴식 시간이야." 그녀가 말했다. "20분. 시간은 충분해."

나는 무대 뒤로 갔다. 거기엔 아무도 없었고 복도는 방치되어 쓸쓸하게 느껴졌다. 나에게는 계획이 없었다. 극장 뒷문으로 그냥 나가 버릴 수도 있다고 생각했다. 아무도 나를 보지 못할 것이다. '꼭 노래할 필요는 없어. 아무도 나에게 강요할 수 없어.' 나는 나갈 수 있었고, 그러면 끝이었다. 끝.

지금 나가서 다시는 노래를 부르지 않을 수도 있다. 하지만 무언가가 나를 멈추게 했다. 추억의 희미한 깜박임이었을까, 내가 이 파티를 얼마나 사랑했는지, 이것으로 인해 내가 살아 있다는 느낌을 받았던 많은 날들을 기억했다. 그걸 알기에, 지금 집에 가버린다면, 내가 여기에 머물렀더라면 어땠을까 하는 후회를 안은 채 평생을 살아가게 될 것이다.

나는 가장 가까운 분장실에 들어간 뒤 바닥에 주저앉아 머리를 무릎에 댔다. 다시 올려다보니 그 방은 내가 마농을 할 때 썼던 분장실이었다. 옷이 걸려 있는 의상 걸이가 있었다. 우리는 그 옷을 입고, 옷이 살아 움직이게 해서 무대 위 현실을 만들어 낸다. 거기에는 기다란 거울과 불이 켜지지 않은 맨 전구가 있었다. 우리는 그 전구를 켜고 그 불빛 아래에서 앉아 화장하고, 다른 사람으로 변한다. 긴장된 기다림, 눈부신 기대감, 눈물, 웃음 등 모든 경험을 수년 동안 고스란히 흡수했던 벽들이 이제 나에게 다시 똑같이 뿜어내고 있었다. 그 에너지와 그 흥분이 내 안에서 다시 뛰기 시작했다. 어떤 느낌이었는지 기억나고 있었다. 의상을 입고 화장을 하고, 다른 사람의 피부 아래에 자신을 집어넣고, 그런 모습을 이용해 우리가 아는 진실을 말하고 관객들이 듣게 한다. 내가 얼마나 이 일을 원했던가, 원하고, 또 원하고, 어떤 이유를 막론하고 원했다. '나는 왜 이걸 가져서는 안 되지?' 그는 떠날 수 있었다. 나는 그를 막을 수 없었지만, 나는 여전히 이걸 가질 수 있다고 생각했다. 어떻게 지난 몇 주 동안 노래가 더 이상 중요하지 않으며, 노래하지 않고도 행복하다고 생각하며 시간을 보낼 수 있었는지 놀랍기만 했다.

나는 워밍업을 시작했다. 노래를 부를 때는 소리에 귀 기울이지 않았다. 나는 무제타를 생각했다. 우리가 할 공연에서는 잘려 나갔지만, 원본에서 내가 가장 좋아하는 부분은 안뜰 장면이었다. 무제타는 집세가 밀려 아파트를 나가야 했고, 집주인은 모든 가구를 밖으로 옮겨 놓았다. 그녀는 그날 밤 열기로 한 파티를 취소하지 않았다. 그래서 안뜰에 깔개를 깔고, 그 주위에 자신의 테이블과 소파와 의자를 배치한다. 그녀는 옷을 잘 차려입고 밖에서 손님을 맞이한다. 그녀는 쇼에는 꼭 가야 하는 그런 류의 여자였다. 나는 그 중 몇몇 감정을 이끌어 내고 싶었다, 그리고 무제타의 노래를 부르기 시작했을 때 나는 무제타에 대한 모든 것을 기억해 냈다. 몇 주 전 나는 온 노력을 쏟아 부었었다. 이 노래에 어떻게 색을 입히는 게 좋을까를 고민하며. 왜 이제야 생각난 걸까? 무제타는 오랜만에 만난 옛 친구 같았다. 그녀를 다시 만나는 일이 어색하지 않을까 걱정했지만 모든 게 똑같았다.

20분이 지났고 나는 다시 위층으로 갔다. 모두들 짜증이 나 있었다.

"무제타의 입장부터 시작할 거야." 감독이 말했다. "그건 딱 15분짜리 음악이야. 그만 징징대고 시작합시다."

나는 가서 무대 옆에 자리를 잡았다.

무제타는 알친도로의 팔에 안겨 무대 오른쪽으로 들어간다. 그녀는 웃고 있다.

그곳에는 다른 사람들과 함께 카페 밖에 앉아 있는 마르첼로가 있다. 짙은 재스민 향과 끝없는 밤하늘은 그곳을 향수 어린 곳으로 만들었다. 마르첼로는 나를 보지 않았다. 그래서 나는 알친도로가 우스운 말을 하기라도 했다는 듯이 웃었지만, 알친도로는 결코 그런 말을 한 적이 없다. 우리는 테이블을 지나쳤다. 그는 여전히 나를 외면했지만 그의 얼굴을 보는 것은 오래된 사진을 바라보는 것과 같았다. 기억은 모든 나쁜 조각들을 걸러냈다. 문제는 사라지게 하고 모두가 웃고 있는 사진만 인쇄한다. 하지만 나는 잊지 않았다. 그를 사랑하는 것을 두려워했음을 알고 있다. 예전의 삶이 나를 작아지게 하고, 내가 갈 수 있는 곳과 할 수 있는 일을 제한한다고 생각했다. 나는 그렇게 되기를 원치 않았다. 나는 자유롭고 싶었다. 그렇다. 나는 그를 사랑하는 걸 두려워했지만 거기에는 내가 어쩔 수 없는 것들이 있었다. 그가 나를 만졌을 때 내 마음은 얼마나 깨끗하게 비워졌던가. 또는 내가 그의 소식을 기다리고 있을 때 어떻게 숨을 참으면서 말 그대로 내 자신을 붙잡고 있었던가. 내가 말 그대로라고 할 때는 비유적이 아니라 정말 말 그대로를 의미한다. 사람들은 우리가 이성과 마음 중 하나를 선택한다고 말하지만, 그건 사실이 아니다. 어쨌든 나에게는 사실이 아니다. 내가 원하는 두 가지- 마르첼로와 마르첼로가 아닌 사람- 는 모두 마음에서 우러나왔으며, 그 둘은 내가 끼어 맞출 수 없는 경쟁하는 욕망이다.

무제타와 알친도로는 중앙 무대에 있는 테이블에 앉는다. 마르첼로와 다른 보헤미안 옆자리이다. 그녀는 마르첼로의 관심을 끌려고 애쓴다. 그녀는 웨이터에게 소리치고 접시를 떨어뜨린다.

몇몇 사람들이 웃고 있었고, 나는 그들을 볼 수 있다. 나를 바라보며 웃고 있어서 난 참을 수 없다. 그들은 나를 쳐다보는 이 행동이 맞다고 믿으면서 그걸 재미있어 한다. 마르첼로만 나를 쳐다보지 않지만, 내가 나를 봐줬으면 하는 사람은 마르첼로뿐이다. 나는 그의 시선을 받는 것이 어땠는지 기억하고 싶다. 난 이 게임에 지쳐서 이제는 이 게임을 끝내고 싶다. 난 이 모든 사람들 앞에서 우리의 무관심을 리허설하는 것에, 우리가 그걸 연기하는 것에 지쳤다. 이 사람들은 대사에 표현되지 않은 느낌을 정확하게 살려내지 못한다. 남의 뒷말을 하는 장면에도 제대로 된 감정이 실리지 않는다. 나는 정직하고 싶다. 나는 그에게 말하고 싶다. 당신이 나에게 사준 그 꽃을 기억해요? 우리가 처음 만났을 때는? 나는 그 꽃이 시들지 않는 동안 당신과 함께 있을 것이라고 말했어요. "기억해요? 글쎄, 그 꽃을 살린 사람은 나였어요. 나는 당신이 자는 동안 매일 밤 일어나서 그 꽃에 물을 줬어요."

무제타는 자신에게 주의를 끌기 위해 서 있다. 알친도로는 쉿 하면서 그녀를 조용히 시키려고 한다.

그가 나를 쳐다보나요? 내가 상상한 걸까? 맞다, 우리는 잠시 서로를 바라보았다. 나는 그걸 알고 흥분으로 몸을 떤다. 게임은 고통스럽지 않고 다시 달콤해진다. 바 건너편에서 바라보는 시선. 작은 미소. 그가 나를 원한다는 느낌을 안다. 우리는 다시 시작할 것이다. 비록 오늘 밤뿐일지라도 그의 따뜻함과 사랑을 소유할 수 있음을 안다. 그리고 결국, 오늘 밤이면 충분하다. 어쩌면 극적일 필요도 없고 영원이라는 말을 사용할 필요도 없다. 나는 자유롭고 싶기 때문이다. 나는 밤에 혼자 일어나서 창문을 열고 내 얼굴에 차가운 공기를 느끼고 싶다. 그를 방해할까 봐 걱정하고 싶지 않다. 잠이 오지 않으면 불을 켜서 책을 읽고, TV를 보고, 깨어 누워 있으면서 생각할 수 있다. 아무도 내 생각을 묻지 않았으면 좋겠다. 그 나날들은 그 누구의 것도 아닌 내 것이다. 다른 사람들도, 그들이 나에게서 원하는 것이 무엇인지도 걱정하고 싶지 않다. 다른 사람과 맞추기 위해 내 색깔을 숨기고 싶지 않다. 아침에 화장도 하지 않고 무방비 상태로 자는 내 모습을 누구에게도 보이고 싶지 않다.

무제타는 무대 아래로 내려가 아리아를 부르기 위해 바에 앉는다.

그는 여전히 나를 쳐다보지 않지만, 나는 그를 알고 있다. 머리카락을 계속 넘기고 줄담배를 피우는 그의 모습을. 그는 얼마나 의식적으로 시선을 돌리고, 탐색하고, 결의에 차 있는가. 그는 나를 원하고 나도 안다. 나중에 우리 둘만 있게 되면 그는 말할 것이다. "오늘 저녁에 당신이 왔을 때 나는 어디를 봐야 할지 몰랐어. 나는 지독히도 당신을 원해, 나는..."

무제타는 바에 서 있다.

나는 바에 서서 객석 쪽을 당당히 마주했다. 조명이 완전히 꺼지지 않은 상태였는데 갑자기 공연 관계자들의 모습이 눈에 들어왔다. 맨 앞줄에 감독이, 마리케 선생님은 나를 정면으로 쳐다봤다가 고개를 숙인 채 공책에 무언가를 적고 있었다. 대역들은 잡담하고 있었다. 공포가 나를 콕콕 찔렀다. "대역들을 보지 마." 하지만 공포는 이미 시작되었고, 나는 음을 잘못 냈다. 온몸이 꽁꽁 얼어붙었다. 모두가 나를 보고 있었다. 무대에 있는 모든 사람들이. 객석에 있는 모든 사람들이. 나는 그들에게서 시선을 돌려 극장 뒤편의 어둠을 바라보았다.

그때 뒤쪽의 문이 열리고 한 남자가 들어왔다. 내가 그 사람의 얼굴을 알아보기에는 너무 멀리 떨어져 있는 뒷줄에 앉았다.

'그 사람이야.' 나는 생각했다. '저 사람은 맥스야.'

그게 미친 생각이라는 걸 안다. 그 사람일 리가 없다.

'하지만 왜 안 되지?' 그 사람일 수도 있다. 그는 내 리허설이 있는 곳을 알고 있었고, 전에도 보러 온 적이 있었다. 그가 떠나기 전에 내가 보고 싶어 전화하려고 했으며, 아파트에 갔다가 나를 찾지 못했다면, 여기 오지 않았을까? 그는 바로 그렇게 하지 않을까?

나는 그 남자의 얼굴을 보려고 극장 뒤를 바라보았지만 그러기엔 매우 어두웠다. 그리고는 나 자신이 더 이상 빛이 없는 공포의 터널 속으로 뛰어들고 있다고 생각했다. 모든 사람들이 바에 서 있는 나의 옷과 피부를 꿰뚫고 나의 텅 빈 속을 보는 것 같았다. 나는 돌아서서 내 입에서 나오는 모든 음표를 보면서 생각했다. 만약 그가 그 사람이라면, 그가 내 노래를 듣고 있다. 나는 내 소리를 검사했고 함량미달임을 알았다. 그러고 나서 음이 갈라졌다.

나는 멈춰 서서, 아직도 순종적으로 지시받은 대로 나를 바라보고 있는 모두를 바라보았다. 나는 침을 삼키고 다시 노래를 시작하려고 했다. 그러나 소리를 낼 수가 없었고, 나는 거기에 그대로 서 있었다.

감독이 나에게 소리치는 소리가 어렴풋이 들렸다.

무대 위 다른 사람들의 얼굴을 흐릿하게 인지했다. 어떤 사람들은 혼란스러워했고, 어떤 사람들은 다시 멈춰서 화가 나 있었다. 어떤 사람들은 간신히 웃음을 감추고 있었다. 서로를 힐끗 쳐다보면서 술집에서 이 이야기를 할 때를 고대하고 있었다.

나는 입을 열었다가 다시 닫았다.

그런 다음 나는 바에서 뛰어내리고 무대에서 내려왔다. 그리고 맨 앞줄에 던져뒀던 가방을 챙긴 후 밖으로 나왔다. 그 행동은 형편없었지만 거의 흥미진진했다. 상황이 얼마나 나빠졌는지 알면서도 유쾌했다. '여기에서 돌아갈 수는 없겠지? 그렇다. 더 이상 괜찮은 척하지 말자.'

감독이 내 뒤에서 소리를 질렀고, 그런 다음 침묵이 흘렀다. 나의 마지막 탈출을 위한 극적인 침묵.

나가는 길에 나는 그 남자를 바라보았다. 물론 맥스는 아니었다.

셋

20

우리는 몇 마일을 걸었고 아기는 타라에게 안겨 있었다. 아이가 그린 그림처럼, 수선화로 가득한 들판에, 구름 한 점 없는 푸른 하늘이었다. 우리는 그늘이 있는 풀밭에 앉았다. 타라는 아기를 풀어 겨드랑이 아래에 안았고, 아기는 위아래로 뛰고 있었다.

"봐. 저것 봐. 보여? 황제나방이야."

그녀는 봄에만 나타나는 나방의 날개 위 먼지 묻은 오렌지색 반점을 가리켰다. 그녀는 아기에게 양귀비와 난초, 검은 가시나무, 붉은 솔개, 토끼, 분홍색 질경이를 보여주었다. 나는 식물들의 이름을 몰랐지만, 타라는 알고 있었다. 아기는 엄마를 통해 세상을 이해할 것이다.

"내 말 상대는 항상 아이야. 그래서 가끔은 다른 사람들도 내 말을 들을 수 있다는 사실을 잊어버린 채 이렇게 말하는 거야. 저기 좀 봐봐. 몸에 꽉 조인 라이크라 입은 사람들. 우습지? 또는 저 부부는 정말 심하게 싸운다. 이혼할 건가?"

"아이가 또래에 비해 똑똑한 것 같아." 나는 아이를 보며 말했다. 비교 대상이 있는 건 아니었지만 그렇게 말해야 할 것 같았다.

"맞아, 내 엄마 말을 믿는다면, 천재야."

아기는 타라의 팔을 잡고 일어섰다.

"얘는 그냥 평범해. 어떤 것은 잘하지만 어떤 것은 잘 못해."

우리는 아기가 기어가는 모습을 보고 있었다. 타라는 간간히 아기를 뒤쫓아 가 손에 있는 풀을 먹지 않았는지 확인하고 다시 데려오곤 했다. 나는 상의를 브래지어까지 끌어올리고는 누운 채로 배 위에 비치는 햇빛을 즐겼다. 한여름처럼 느껴지는 무더운 4월의 어느 날이었다. 겨울은 껍질처럼 벗겨지고 있었다. 그 아래에서 얼굴을 내밀었는데 모든 것이 새롭고 신선했다. 몇 주 전만 해도 상상할 수 없었다.

내가 집에 있다고 말하려고 타라에게 전화를 걸었을 때, 타라는 말했다. "다행이야. 너무 좋다." 그녀의 말에서 진심이 느껴졌다. 우리는 만나서 커피를 마시기로 했다. 잠시 동안 나는 그 만남이 크리스마스 때와 같을 것이라고 생각했다. 내가 타라에게 아기에 대한 정중한 질문을 하면 그녀는 어쩐지 거리가 느껴지게 딴 데 정신 팔린 듯이 대답하리라고.

하지만 그녀는 그때와 달랐다. "내가 뭐 하나 말해도 돼?"

"그럼."

"지난주 어느 날 밤, 아기가 울음을 그치지 않았어. 지겹게 울어댔어. 내가 할 수 있는 일이 없었지. 아이는 뭘 원하는 게 아니라 그냥 화가 나 있었어. 마치 나한테 화가 나 있는 것 같더라고. 내가 뭔가 잘못한 것처럼. 나는 그 몇 시간을 아기와 함께 깨어 있었어. 나도 모르겠어. 갑자기 더 이상 할 수 없다고 생각했거나, 아기와 같은 방에 있을 수 없다고 생각했거나, 아니면, 내가 무슨 짓을 할지 모른다고 생각했던 것 같아. 그냥 난 더 이상 할 수 없다는 걸 알았어. 나는 아기를 다시 침대에 눕히고 문을 닫고 밖으로 나갔어. 밖에서도 여전히 아기 우는 소리가 들렸지만 차에 올라타 버렸어."

"롭은 어디에 있었어?"

"롭? 자고 있었어. 귀마개를 끼고 자. 어쨌든 나는 몇 시간 동안 차를 몰았어, 아니면 그런 느낌이었어. 돌아오기엔 매우 무서웠어. 나는 그런 일을 한 번도 해본 적이 없었기 때문에 두려웠어. 나는 그가 무슨 짓을 할지 전혀 몰랐어."

"롭?"

그녀는 나에게 우습다는 표정을 지었다.

"아니. 롭 말고. 아기."

"아기가 무슨 짓을 했어?"

"아무 짓도 안 했어. 결국 집에 돌아갔더니 잠들어 있더라."

아기가 너무 순해 보여서 엄마를 그렇게 힘들게 하는 모습이 상상되지 않았다.

"밤에는 달라져. 밤에는 나를 싫어해."

그녀는 그 일이 너무 부끄럽다는 듯이 말했다. 나는 런던에서 보낸 몇 달 동안 타라를 거의 떠올리지 않았다는 사실에 마음이 좋지 않았다.

그 후 몇 주 동안 우리는 거의 매일 만났다. 타라는 집 안에 있는 게 지겹다고 말했다. 우리는 대부분의 시간을 시내를 벗어난 외곽을 걷는 데 보냈다. 그녀는 많은 이야기를 했다. 나는 그녀에게 오랫동안 이야기할 사람이 없었다는 인상을 받았다. 그녀는 나에게 롭의 가족에 대해 말했다. 타라와 롭은 분가해서 살고 있었는데, 롭의 가족들은 예고 없이 그 집을 찾아왔고 수시로 들락거렸다. 그들은 정원에서 기른 방대한 양의 자두와 사과를 들고 와 타라에게 안겼다. 하지만 그 과일들은 다 먹기도 전에 과일 바구니에서 썩어 나갔다. 타라는 시댁 식구들이 의도적으로 그런 행동을 한다고 생각했다. 그들은 아기 키우는 일에 대해 조용하게 비판적으로, 부탁하지도 않은 조언을 했다. 롭은 그들이 타라를 그렇게 짜증 나게 한다는 것 자체를 이해하지 못했다. 그에게 가족이란 일주일에 한 번만 만나는 사람들에 지나지 않았기 때문이다. 그는 여기, 이 마을을 사랑했고, 지금 개업했기 때문에 부부는 마을을 결코 떠나지 않을 것이라고 그녀는 말했다.

그녀가 나에 대해 물었을 때 나는 막연하게 말했다. "더 이상 가수가 되고 싶은지 확신이 서지 않아 집에 왔다고." 그 이야기도 하고 싶지 않았다. 그 일은 나에게 굴욕적인 실패를 인정하는 것처럼 보였다. 그녀는 그냥 이렇게 말했다. "아, 그래. 딱한 일이네."

하지만 그날, 아기는 나무 아래를 기어 다니고, 내가 배에 햇볕을 쬐고 있을 때, 그녀가 나에게 물었다. "그래서 앞으로 뭘 할 거야?"

내가 대답이 없자 그녀는 덧붙였다. "내 말은, 네가 더 이상 노래를 부르지 않는다면 말이야. 뭘 할 건지 생각해 봤어?"

"아니, 딱히 생각해 본 게 없어." 그러고는 이걸로 대화의 끝이라는 신호가 되기를 바라면서 한마디 덧붙였다. "난 플랜 B를 마련해 본 적이 없어."

"그럼 네 생각이 바뀔 수도 있다는 거야?"

나는 손등에 무엇인가 기어가는 것을 느꼈지만 눈을 뜨고 그것을 확인하려 하지 않았다.

"아니." 내가 말했다. "그렇지 않을 거야."

집에 머문 지난 몇 주 동안, 나는 노래를 부르지 않기로 스스로 선택한 거라고 자신에게 말하곤 했다. 노래를 부르지 않는 이유로 내가 알고 있는 모든 것을 곱씹었다. 가장 일반적인 것으로 직업이 실망스럽다는 이유가 있었다. 이런저런 레슨, 교회 및 합창단의 저임금 공연 일, 아마도 삼류 회사가 하는 일 년짜리 오페라 한두 개, 그런 일도 운이 좋은 경우에만 가능하다. 그런 일은 대부분의 가수들이 할 수 있는 일이었다. 8년간 훈련을 받고

4개 국어를 할 수 있으며 레슨을 받는 데만 수천 파운드를 썼는데도 말이다. 그리고 가수로 성공한다면, 진짜로, 최정상으로 성공한다면, 인생의 대부분을 호텔에서 보내고 여행 가방을 들고 다니면서 살게 될 것이라는 이유가 있었다. 나도 한때 그랬고, 대부분의 가수들이 열망하는 인생이지만, 더 이상 거기에 대한 확신이 서지 않았다. 거기에 대해 맥스는 이렇게 말했다. "하지만 그건 인생이 아니잖아? 어떻게 사람들과 관계를 유지하고 가족을 만나라는 거야?" 그전에는 그런 생각을 해본 적이 없었다. 실제로는 전혀 관련이 없어 보였기 때문이다. 그런데 이제 그건 내 목록에 추가된 또 다른 이유가 되었다. 정말 많은 이유가 있었다. 누군가 가수를 하고 싶어 한다는 사실이 놀라울 만큼.

나는 이 모든 이유를 이해했지만 정말로 믿은 것은 아니었다. 진짜 이유는 두려움이었다. 부모님이 외출했을 때 몇 번이나 노래를 부르려고 시도해본 적이 있다. 현관문이 닫히는 소리가 들리자마자 급하게 피아노로 달려갔다. 그때마다 남자 친구를 몰래 데려오는 소녀처럼 죄책감을 느꼈다. 항상, 똑같았다. 내 목에 쇠로 만들어진 족쇄가 채워진 듯했고, 검은 눈의 공포가 몰려왔다. 나는 지금 거의 음을 낼 수 없었다.

"나도 뭘 해야 할지 모르겠어." 나는 말했다.

"글쎄, 아기를 가지면 아무도 네 계획이 무엇인지 다시는 묻지 않을 거야. 아무도 무언가를 성취하기를 기대하지 않는 것 같아. 상당히 자유롭지. 그래도 노래 부르는 게 그립지 않아?"

"모르겠어."

집에 있는 몇 주 동안, 노래를 부르면서 오는 흥분과 기쁨을 전혀 경험하지 못했지만, 그렇게 힘든 것은 아니었다. 일상의 제약들이 존재하는 곳에서 음 소거된 삶을 사는 것이 더 나을 수도 있다.

"런던에 다시 갈 거니? 음악원으로 돌아가지 않는다면 말이야? 뭘 할지 결정할 때까지 집에서 지내는 게 좋을 것 같아."

"돌아갈 이유가 없어." 내가 말했다.

"그 사람은 어떻게 됐어? 네가 크리스마스에 언급한 사람?"

"이제 끝났어."

"왜?"

그녀에게 모든 이야기를 하기 전까지 나는 깨닫지 못하고 있었다. 내가 그에 대해 이야기하고 싶어 했다는 것을. 지난 몇 개월. 내가 그를 본 마지막 시간. 그 전화. 그 말다툼.

"그 사람을 믿었어?" 그녀가 물었다. "그 전화가 자기 엄마라고 했을 때?"

"믿었냐고? 어, 너는 안 믿어?"

이상하게도 그가 줄곧 거짓말을 할 수도 있었다고 생각했는데도 그 순간에 그가 거짓말을 했다는 생각은 한 번도 해본 적이 없었다.

"나도 몰라. 난 그 사람을 만난 적도 없잖아. 하지만 거짓말일 것 같아. 네가 그의 집에 대해 한 말과 널 그 집에 안 데려간 일이나 그가 뭘 할지에 대해 애매하게 한 말 등등 그 모든 일이."

"그러네."

그녀에게 말하지 않았더라면 좋았을 텐데. 나는 아기에게 기어갔고, 아기는 나랑 경주를 시작했다. 나는 아기가 이길 수 있게 따라갈 수 없는 척해 주었다. 아기는 웃음소리로 생각되는 비명을 질렀다. 타라는 거기 앉아 우리를 지켜보았고, 벨크로 뜯는 소리를 내면서 한 움큼의 풀을 뜯고 있었다.

"있잖아. 주변에 내 또래가 없는 게 낫다는 생각을 가끔 해."

"진짜?" 나는 잠시 모욕감을 느꼈다. "왜 그런데?"

"우리는 결혼할 때 평생 동안 다른 사람과 절대 섹스하지 않기로 약속했어. 지금 보면 꽤 큰 요구처럼 보여. 다행히도 난 아무도 만나지 않아. 유혹도 없어. 결혼의 성스러움을 어길 기회가 없어. 시골에 기독교인이 더 많다는 게 정말 놀라운 일이 아니야."

롭의 부모는 매우 신실한 기독교인이라 그녀와 롭은 그렇게 어린 나이에 결혼했다. 20대 초반, 그녀가 대학을 갓 졸업했을 때였다. 그녀가 약혼했다고 말했을 때 나는 놀랐다. 정확히 말하면, 타라는 보수적인 가치를 가진 적이 없었다. 학교 다닐 때 결혼 전에 성관계를 갖지 말라고 한 말이 성경 어디에 적혀 있느냐고 종교학 교사에게 질문해 그가 답변을 거부하고 나가버리게 한 아이가 타라였다. 그때 타라는 단지 문제를 일으키려고 했었다고 말했다. "성경에는 그런 말이 없기 때문에 선생님은 대답하지 못했어." 타라는 나중에 나에게 말했다. "아무 데도 없어. 선생님은 알고 있었어. 성경에는 적혀 있지 않아."

아기가 서 있다가 넘어졌다. 그녀는 한숨을 쉬었다.

"아기가 계속 시도한다는 사실이 놀랍지 않니? 어른이라면 지금쯤 포기했을 거야." 그녀는 말을 이어갔다. "하지만 심각하게 정상은 아니지? 내가 한 사람과만 잔다는 게. 좀 이상해."

"글쎄, 넌 뭘 놓치지도 않았어. 대부분의 남자는 똑같아."내 말은 사실이 아니었다.

그녀가 아기를 아기 포대로 감싸 안자 우리는 돌아가는 길을 걷기 시작했다. 때때로 이런 대화는 우리를 십 대 시절로 돌려보냈다. 마치 그녀가 어른 역할을 하는 놀이를 하는 것 같았다. 하지만 그녀는 정말로 결혼한 상태였다. 우리보다 2학년 위였던, 일찌감치 대머리가 된, 내가 그다지 좋아하지 않았던 롭 포그너와 결혼해서 아이를 낳았다. 그는 진짜였고, 내가 손을 뻗어 만질 수 있는 사람이었다. 현실이었고, 실제 생활이었다. 그녀의 삶이었고, 그게 나를 슬프게 만들 이유는 없었다.

맥스가 떠난 후, 불 꺼진 방에 혼자 남겨진 기분이었다. 그가 없으니 시간 감각이 없어졌다. 일어나는 시간도, 노래하는 시간도 없어졌다. 샤워하고, 옷을 입고, 화장을 할 시간도, 밖에 나가서 술집에서 그를 만나고 일어나서 키스하는 시간도 없어졌다. 그저 시간이 있었고, 어느 시간도 다른 시간보다 더 중요하지 않았다. 통과해야 할 현재의 순간이 있었고, 그 다음 순간이 있었고, 또 그 다음 순간이 있었을 뿐이었다.

내가 리허설에서 뛰쳐나오고 나서, 사람들이 얼마 동안 나에게 전화를 걸었지만 나는 받지 않았다. 새 주소를 아는 사람이 없어 아무도 나를 찾아올 수 없었다. 라보엠의 공연이 시작되었고, 시간은 지나갔고, 공연은 곧 끝이 났다. 모든 것이 조용해졌다. 나는 끝났다. 나는 사라졌다. 그 일이 그렇게 쉬웠다는 게 매우 놀라웠다.

내가 알던 다른 가수들도 사라졌다. 그들은 오지 않았고, 메시지에 답장을 하지 않았으며 아무도 그들의 소식을 듣지 못했다. 소문이 돈다. 사람들은 간신히 기쁨을 감추고 가짜 동정심을 보여준다. "불안감이라고 들었어." 또는 좀 더 나은 말은 이렇다. "**성대 결절이래. 수술을 받아야 하고, 두 달 동안, 아니 일 년 동안 다시 노래를 못 부를 거래. 영영 못 부를 수도 있나 봐. 어쨌든, 몇 달 동안 언어 치료는 받아야 하나 봐.**" 하지만 가끔은 그렇게 추측한 이유가 남아 있는 가수들을 더 불안하게 한다. 조용히 속삭이는 소리가 있다. "**그녀의 선생님이 말하길, 그녀가 더 이상 가수가 되고 싶지 않다고 했대. 다른 일을 하려나 봐.**" 아무도 그 말에 어떻게 반응해야 할지 몰랐다. 노래는 컬트였다. 반대되는 이데올로기의 존재 자체가 위협이었다. 우리는 그 가수들이 떠난 이유를 끝없이 추측할 수 있었지만, 어디로 갔는지는 묻지 않았다.

내가 리허설에서 사라진 후 며칠 동안, 나는 이동할 때마다 항상 음악을 들었다. 이어폰을 귀에 꽂고 두개골이 반으로 갈라질 것 같은 느낌이 들 때까지 내 머릿속을 다른 사람들의 목소리로 채웠다. 그렇게 해서 나를 멍하게 하는 공간을 만들었다. 나는 자동차가 오는지 확인하는 것도 잊은 채 길을 건너고, 거리에서 사람들과 부딪히고, 가게에서 나를 이해시키려고 애쓰고 있었다. 나에게는 그 끊임없는 소음이 필요했다. 왜냐하면 내 머릿속이 고요할 때마다 나는 그 공간을 그와 나의 환상으로 채우려 할 것이기 때문이다. 나는 우리 두 사람을 방에 집어넣고 꼭두각시 인형처럼 조종했다.

나는 그가 매달린 줄을 잡아당겨 그의 손은 내 얼굴에, 그의 입술은 내 목, 그의 팔은 내 허리를 감싸게 했다. 나는 두 사람에게 말을 시켰다. 내가 그와 대면하는 장면, 그가 울며 모든 것을 고백하는 장면. 그에게는 내게 고백해야 할 온갖 일이 있었다고 상상한다. 그리고 항상 화해로 끝나는 장면. 나를 사랑한다고, 우리가 떨어져 있는 몇 주 동안 항상 나에 대해 생각했다고, 그가 나를 떠나지 않겠다고 말하는 장면. 내가 밤에 깨거나 아침에 일어났을 때 가장 먼저 상상하는 것은 그 상상의 방에 그와 내가 들어가 있는 장면이었다. 그리고 생각했다. '사람들은 이렇게 미쳐가는구나, 그렇겠지?'

어둠 속에 혼자 있는 시간이 무척 길게 느껴졌지만, 그리 길지 않았다. 2주 정도 버텼던 것 같다. 그리고 나서 빈 아파트에 대고 말하는 연습을 해서 목소리를 정상적으로 만든 다음, 엄마에게 전화했다. 집에 가겠다고.

"진짜? 왜?"

"왜라니, 무슨 말이에요?"

"우리는 네가 올 줄 몰랐어. 그게 다야. 그리고 네 아버지는 요즘 집을 비울 때가 많아."

"왜요?"

"공작 역을 맡았어. 〈복수자의 비극〉에서. 줄리아가 남편이 떠나고 나서 그 드라마 클럽을 시작한 건 기억하니?"

"어렴풋이."

"어쨌든, 아빠는 널 보면 좋아하실 거야." 엄마가 말했다. "방을 정리해두마."

그리고 집은 항상 그랬듯이 예전과 똑같았다. 나는 부모님에게 문제가 있다는 말을 하지 않았다. 휴일이라며 프로젝트가 잘 안 됐다는 말만 했다. 뜻밖에도 나는 자유로웠다. 부모님이 나를 압박하지 않아서 좋았다. 반면 부모님에게는 나 때문에 아주 사소한 문제가 생겼다. 부모님이 평소에 시청하지 않는 프로그램을 내가 보고 싶어 한다든가, 이상한 시간에 샤워를 한다든가, 저녁 식사에 10분 늦을지도 모른다고 말하는 것 같은 것. 부모님에게는 나를 지치게 하는 묵직함, 현학적으로 굼뜨게 행동하는 면이 있었다. 나는 항상 아무 문제가 없는 것처럼 보이려고 노력했다.

나는 런던을 떠나고 싶어서, 비행기를 타겠다는 생각에 사로잡혀 집으로 돌아갔다. 그래서 내가 집에서 생각보다 즐겁게 지내고 있음을 깨닫고는 놀랐다. 타라를 만나지 않는 날은 엄마와 시간을 보냈다. 나는 엄마와 함께 가게에 갔고, 엄마가 저녁 식사를 준비하는 동안 식탁에 앉아서 이야기를 나눴다. 찬장에 있던 가방 ― 엄마가 몇 년 동안 모은 리본과 천 조각, 단추들 ― 을 정리했다. 그것들을 걸스카우트에게 나눠주기 위해 선별하는 일도 내 몫이었다. 집으로 돌아온 첫날, 엄마가 나에게 로리는 어떻게 지내냐고 물었을 때 나는 사실 우리가 약간 사이가 멀어졌다고 말했다. 엄마에게 이사 갔다는 말을 한 적이 없다. 그런데 그 기억을 잊고 한 말이었다. 엄마는 로리와 함께 사는 게 정말 힘들겠다고 말했다. "방이 하나뿐이라고 했었지?"

결국 우리가 번갈아가며 소파에서 잔다는 이야기를 지어내야만 했는데, 엄마가 물었다. "화해할 수 있다고 생각하니?"

나는 어깨를 으쓱했다. "모르겠어요." 순간 로리가 그리워졌다. 찌르는 듯한 아픔이 느껴져 나는 화제를 바꿨다.

엄마는 아빠가 연극에 참여하게 되어 얼마나 기뻤는지 이야기했다. "인터넷 중독에서 벗어났잖아." 하지만 엄마는 아빠의 제자들이 아빠의 연극을 보고 놀릴까 봐 걱정하기도 했다. "그는 오히려 활기찬 캐릭터야." 엄마는 말했다. 엄마가 활기찬이란 단어를 연극에서 얻어 들었는지, 아니면 스스로 생각해낸 것인지 확신할 수 없었다.

엄마는 동네에서 일어나는 모든 일을 나에게 말했다. 샐리의 딸이 임신을 시도한 지 몇 개월이 지났는지, 나의 예전 교장선생님이 왜 모든 것을 팔아치우고 있는지, 그리고 그 알코올 중독자와 결혼한 레이첼의 아들에게 무슨 일이 일어났는지. 나는 많은 질문을 했다. 이전에는 관심을 보이려고 열심히 노력해야 했다. 나는 몇 년 동안 이 사람들을 보지 못했고 누구인지 금방 떠올릴 수 없었다. 하지만, 이번에는 관심 있는 척한 게 아니었다. 나는 엄마가 들려주는 이야기를 좋아했다. 그 이야기들이 나를 다시 세상과 연결시키는 데 도움을 주었다.

아버지가 리허설을 하지 않는 저녁 시간이면 부모님에게는 나와 함께하는 어떤 일이 계획되어 있었다. 이례적인 일이었다. 우리는 함께 산책하거나, 보드 게임을 하고. 10년이나 됐지만 지금도 여전히 새롭고 이국적으로 보이는 중국 식당을 찾곤 했다. 부모님은 나를 요양 중인 사람처럼 대했다. 내가 먹을 수 있도록 좋은 것들을 집에 마련해 놓고, 아침에도 계속 자게 내

버려 두었다. 한번은 엄마가 왜 연습을 하지 않느냐고 물어서 나는 피곤하고 몸이 안 좋다고 말했다. 엄마는 더 말하지 않았다. 내게 문제가 있다는 걸 결국 부모님이 알게 된 걸까?

집에 온 지 일주일 정도 지난 후 우리는 부모님이 새로 선택한 드라마, 〈오렌지이즈블랙(Orange is New Black)〉을 보고 있었다. 거기에서 특히 불편한 레즈비언 섹스 장면이 나오자 엄마가 드라마를 잠시 멈추고 음료수를 가지러 갔다. 그때 아빠는 목을 가다듬고 나와 로리의 소식을 듣게 되어 매우 유감스럽다고 어색하게 말했다.

"뭐라고요?"

그는 했던 말을 다시 하면서 TV를 쳐다보았고, 나는 아빠가 의미하는 바를 깨닫고 웃기 시작했다. 배가 아플 때까지 웃고 있는데 엄마가 돌아왔다. 아빠가 내가 웃는 이유를 설명하자 엄마는 짜증을 냈다.

"우리가 무슨 생각을 했어야 했니?"

엄마가 물었다.

그 이후로 부모님은 나를 이전만큼 친절하게 대하지는 않았다.

가끔은 혼자 방에 있으면서 녹음된 내 노래를 들었다. 내 휴대전화에는 레슨과 연습 세션, 콘서트에서 녹음한 노래가 수백 개 들어 있었다. 내가 잘 부르지 못했던 노래를 듣게 되었을 때는 이상하게 기뻤다. 그 노래는 내가 결코 제대로 해내지 못했을 수도 있다고, 내가 잃은 게 그리 많지 않다는 생각을 하게 했다. 하지만 잘 불렀던 노래는 마음을 아프게 했다. 나는 그 노래들을 지웠다.

가끔 그 사람 생각이 나기도 했지만, 시간이 지날수록 점점 그 강도와 힘이 줄어들었다. 당연히 생각이 덜 났다. 어떤 일이든 영원히 그렇게 크게 남아 있을 수는 없다. 그런 일은 작아지다가, 그것을 발견하고 누를 때, 일부러 아프게 하려고 할 때만 아픔을 준다. 런던에서 멀리 떨어지자 그를 잊는 게 더 쉬워졌다. 그 아파트에서 그가 떠난 후 며칠 동안 그의 소식을 들어야 한다는 것은 육체적 고통과도 같았다. 그 아파트에는 그 사람에 대한 기억이 아주 많이 담겨 있었기 때문이었다. 나는 그곳에서 매우 많은 밤을 보냈다. 그가 가끔 그랬던 것처럼, 갑자기 나에게 전화를 하지 않을까 하는 생각으로 많은 밤을 보냈다. 많은 밤을 그 아파트에 앉아, 그럴 리가 없는데도 내 전화가 울리고 그가 이렇게 말할 것이라고 생각했다. **'그래서, 난 오늘 밤에 시간이 있어. 당신은 어디 있어? 집에 있어?'** 그가 떠난 것을 알면서도 그 아파트에 있는 내 몸이 그 기다림의 느낌을 잊지 않고 있다. 그 일은 그다지 놀라운 것이 아니었다. 전화 벨 소리에 깜짝 놀라 흥분하거나, 아니면 바깥 복도에서 나는 남자의 발소리에 자동적으로 내 심장이 뛰어올랐다.

나는 타라가 말한 대로 잠깐 동안 집에 머물기로 결정했다. 내가 산책에서 돌아왔을 때, 엄마는 밖에서 정원에 물을 주고 있었다. 나는 지금 엄마에게 말해야겠다고 생각했지만, 엄마는 바빠서 내 말에 온전하게 주의를 기울일 수 없었다.

"산책은 좋았어?" 엄마가 물었다.

"정말 좋았어요."

나는 준비했던 말을 하려던 참이었다. **"난 더 이상 가수가 되고 싶지 않아요. 여기 잠깐 동안 있을게요. 괜찮죠?"** 하지만 엄마가 말을 막았다. "물 한 잔 가져다줄래?" 나는 하려던 말을 미룰 수 있는 기회에 감사하며 대답했다. "그럴게요."

나는 부엌으로 가서 수도꼭지를 틀고 차가운 물이 나올 때까지 기다렸다. 창문이 열려 있었고, 누군가 울타리 너머로 엄마와 이야기를 나누기 위해 멈춰 섰다. 그 여자의 목소리로는 누군지 알 수 없었다. 나는 눈에 띄지 않으려고 싱크대에서 떨어졌다. 그 두 사람이 중얼거리는 소리에서 내 이름이 들렸다.

"런던에 자주 가겠네요? 내 말은, 거기 애나가 있으니까요. 애나가 하는 쇼를 보러 자주 가세요?"

"그럼요. 애나가 쇼를 많이 하죠. 우리가 항상 갈 수는 없지만, 네, 가려고 노력해요. 갈 수 있을 때는 언제든지요."

수치심이 내 속을 깊이 찔렀다. 나는 부모님을 내 쇼에 초대한 적이 없었다.

나는 밖이 조용해질 때까지 기다렸다가 다시 돌아갔다.

"여기 있어요." 나는 엄마에게 잔을 건네면서 말했다.

"고마워."

그녀는 다 마신 컵을 나에게 돌려주고는 호스를 집어 들었다.

나는 덤불에서 잎사귀를 따서 녹색 대가 나올 때까지 벗기면서 말했다. "그런데 토요일에 런던으로 돌아가려고요. 괜찮으시면 이틀 더 있을게요, 괜찮아요? 오늘 밤 기차를 예약할 거예요."

"애나, 그만해." 내가 다른 잎사귀를 따자 엄마가 말했다.

"죄송해요."

엄마는 호스로 물뿌리개에 물을 채운 뒤 화분에 물을 주고 있었다. 머리를 뒤로 묶었지만, 한 올씩 계속 흘러내린 머리카락이 시야를 가려서 입으로 불어 날렸다.

"그건 괜찮아요?" 나는 물었다. "이틀 더 있다가 주말에 가는 거요."

"뭐?" 엄마가 말했다. "아, 그래. 물론이지."

21

내가 바에 도착했을 때는 손님이 거의 없었고 로리는 일이 끝난 상태였다. 그녀는 남자 둘과 이야기를 나누고 있었는데, 나를 보자 미소를 지으며 손을 흔들었다. 오랫동안 물속에 있었다가 마침내 물 밖으로 떠오른 듯한 기분이 들었다.

"왔구나. 이 사람들에게 친구가 온다고 말하고 있었어."

그녀는 나를 꼬옥 안아주었다. 그녀에게서는 P씨의 딸 방에서 훔쳤던 포메그래니트 누아르 향수와 코코넛 샴푸의 달콤하고 친숙한 냄새가 났다. 그녀가 나를 진정으로 반긴다고 생각하니 기뻤다. 비록 전화를 걸었을 때 그다지 기뻐하지 않는 것 같았지만 말이다. 그녀는 다시 남자들에게로 돌아서서 일부러 내 팔짱을 끼고 말했다. "칼, 조, 여기는 내 가장 좋은 친구 애나야." 그리고 나는 그녀가 지금 연기 중임을 깨달았다. 나도 내 역할을 잘 해내서 그녀를 기쁘게 해주고 싶었다. 그래서 그녀의 허리에 팔을 두르고 뺨에 키스했다.

"만나서 반가워요." 나는 그 남자들에게 말했다.

"나도 반가워요. 나는 칼입니다. 이 친구는 조."

그들은 로리 또래였는데, 아마도 조금 더 나이 들었을 수도. 그들은 부자들이 주말에 입는 제복을 입고 있었다. 보트 슈즈를 신고 폴로 랄프로렌 셔츠를 입고 있었다. 조는 빨간색, 칼은 자두색이었다. 거기에다 치노 바지에 벨트까지. 그들은 둘 다 대체로 잘생겼다. 이름이 기억나지 않는 남자 배우의 약간 덜 매력적인 버전이라고 보면 될 듯하다. 칼은 작은 체구에 금발이었고, 부유한 유럽인이 내는 거의-미국식 억양으로 말했다. 조는 매우 영국적이었다. 큰 체구에 넓은 어깨, 검은 머리에 분홍색 뺨을 갖고 있었다.

"당신은 런던 출신이 아니죠?" 로리가 물었다.

"왜 그렇게 생각해?" 조는 노예였냐는 질문을 받은 사람처럼 도전적인 어조로 말했다.

"주말에 런던에서 놀고 있잖아. 아무도 그러지 않거든."

학자연하면서 진지한 칼은 근처에서 동료들의 약혼 파티가 있었다고 설명하기 시작했고, 그때 매니저 말콤이 들어왔다. 나는 그 바를 그만두고 나서 그를 본 적이 없었다. 그는 5분 안에 문을 닫을 거라고 말했다.

"문을 닫고 계속 있으면 안 되나요?" 로리는 좀 으스대며 물었다.

"그럼, 호텔로 가. 이 멍청아. 호텔은 밤새 열려 있으니까 원하면 로비에 앉아 있어. 나는 집에 갈 거야."

"하지만 술이 없으면 있으나 마나잖아요."

"그러게. 그건 아니지?" 그는 말했다.

"말콤은 재미가 하나도 없어요."

그녀는 입술을 내밀었다. 그런 다음 남자들에게로 돌아서서 얘기하기 시작했다. "그래서, 당신 둘은 함께 일한다고? 무슨 일을 해? 오, 와우 굉장한데." 그녀는 완전히 과장해서 맙소사-너무-인상적이라는 식의 추파를 던졌다. 놀랍게도 남자들은 그녀가 비꼬고 있다는 것을 전혀 알지 못하는 것 같았다.

"애나, 오랜만이야. 일을 다시 하고 싶어?" 말콤이 말했다.

"다른 사람이 있지 않나요?"

"맞아. 몇 명 있어. 하지만 애나만큼 남자들이 좋아하는 여자를 찾지 못했어."

"여기서 같이 일하는 여자들에게 그런 말을 하면 안 돼요. 말콤, 이제는 안 돼요."

"애나는 나랑 같이 일하지 않잖아. 어쨌든, 내 바고 내 규칙이야."

"그 말도 안 돼요. 그리고 이 바의 주인도 아니잖아요."

"말이 그렇다는 거지. 내 제안은 여전히 유효해."

"고마워요. 생각해 볼게요." 내가 말했다.

내가 그 일을 내가 어떻게 했었는지 모르겠다. 여기 나타나서, 리허설도 하지 않고, 워밍업도 하지 않았으며, 귀로 알고는 있지만 불러본 적이 없는 노래를 즉흥적으로 부르고, 화려한 음을 덧붙이면서 그냥 공연을 즐겼었다. 아주 가까이서 듣고 있는 사람들의 얼굴을 모두 볼 수 있었다. 물론 그 얼굴 뒤에 숨어 있는 개성 같은 건 없었다.

그래도 곧 돈을 벌어야 했다.

"서빙하는 일은 있어요?" 내가 물었다.

"노래를 불러준다면 서빙 일도 할 수 있어. 신사, 숙녀 여러분, 이제 내 바에서 나가세요."

"이봐요. 아직 남았다고요." 로리가 말했다.

말콤은 잔을 챙기고 있었고, 거기에는 로리의 반쯤 찬 잔도 포함되어 있었다. 그는 그녀를 무시하고 남은 술을 싱크대에 부어버린 후 주요 조명을 켰다.

'당신 바도 아니잖아요.' 그녀가 중얼거렸다.

"다른 곳으로 가자." 조가 말했다. "어떻게 생각해? 어디 연 곳이 있어?"

"없어. 여기 주변은 죽은 듯이 모두 닫아."

"있잖아." 그는 방금 생각났다는 듯이 말했다. "우리는 가까이에 살고 있어. 10분 거리야. 우리 집에서 파티를 하자. 집에 술도 있어, 그렇지, 칼?"

"있지." 칼이 말했다.

"파티 게임."

"바로 이거야."

"둘이 같이 살아? 잘 됐네. 애나, 어떻게 생각해?"

로리가 다시 나를 좋아하게 만드는 다른 방법이 생각나지 않아서 좋다고 말했지만, 그렇게 됐다고 확신할 수는 없었다. 거리로 나와서 두 남자가 앞서 걸어가는 동안 그녀는 말했다. "잠깐만 있을 거야. 알았지? 별로면 그냥 나오자."

"좋아."

"재미있을 거야. 약속해. 우리가 같이 즐겁게 놀았던 일이 그리웠어."

그때 택시가 불을 켜고 지나고 있었고, 조가 팔을 내밀었다.

"여자분들, 타세요." 조가 말했다.

"잠깐만, 당신들은 10분 거리에 사는 줄 알았는데?" 로리가 말했다.

"맞아. 택시로 10분 거리."

그는 가운데 자리에 앉았고, 나와 로리는 그의 양쪽에 앉았다. 그는 우리 둘을 팔로 감쌌다. 그가 만지는 게 싫었지만, 소란을 피우면 창피할 거라는 생각이 들어서 가만히 있었다. 그는 세 명이서 섹스를 한다는 둥 하는 농담을 해대며 그 농담이 독창적인 것인 양 웃었다. 그가 나를 좋아하기를 바랐기 때문에 나도 따라 웃었다, 로리도 같이 웃었다.

"하지만 칼은 어때? 불쌍한 칼, 그는 버려졌어."

"그는 이겨낼 거야."

칼은 맞은편 접이식 좌석에 앉아 우리를 바라보며 혼자 미소를 지었다. 그는 전에 이런 상황을 자주 겪었으리라.

10분이 지나고 20분이 지났다. 우리는 강을 따라 가고 있었다. 술 취한 사람들이 소호에서 쏟아져 나오고, 엽서에 있는 사진처럼 런던의 랜드마크가 모두 밝게 빛나고 있었다. 그 다음에 길게 펼쳐진 황량한 지역을 지나고,

공원 그림자를 지나고 나자 더 이상 우리가 어디에 있는지 알 수 없었다. 언젠가는 이 일을 되돌아보면서 로리와 내가 도대체 무엇을 하고 있었는지 궁금해할지도 모른다. 왜 우리는 운전기사에게 멈추라고 하지 않았을까. 이런 일은 절대 해서는 안 된다고 들었던 그런 일인데도 우리가 위험에 처한 것처럼 느껴지지 않았다. 조는 위험한 것처럼 보이기 위해 너무 빤한 노력을 했다. 그는 계속해서 대화를 이어갔다. 막 약혼한 동료와 그날 이미 술을 얼마나 많이 마셨는지, 그리고 그들이 런던에서 놀러 갔던 멋진 장소와 그곳이 얼마나 비싼지에 대해서. 그는 침묵을 두려워하는 사람처럼 자의식이 강해 보였다. 아니면 자신이 얼마나 위대한지 우리에게 계속 상기시키지 않으면 우리가 그를 비웃을 것이라는 식으로 대화를 이어갔다. 어쨌든, 나는 다른 많은 일을 생각하기에는 미터기에 너무 신경 쓰였다. 나는 맥스와 함께 검은색 택시를 탄 적이 있을 뿐이었다. 나는 미터기가 올라가고 또 올라가는 것을 보면서 충격에 꼼짝할 수 없었다. 그들이 우리에게 돈을 보태라고 하지 않기를 바랐다. 로리도 미터기를 계속 바라보았고, 그녀도 같은 생각을 하고 있음을 알았다.

하지만 걱정할 필요가 없었다. 택시가 멈추자 칼은 운전사에게 돈 한 다발을 건넸다. 남자들이 먼저 내렸고, 우리도 따라 내렸다.

조가 말했다. "여기야."

"그래서, 도대체 여기가 어디야?" 로리가 말했다.

거기는 작은 항구였는데, 물 위에는 빛이 얼룩을 만들었고 배는 윤곽만 보였다. 철 지난 휴양지처럼, 공허하고 무의미한 느낌이 드는 곳이었다. 황량한 포장도로를 밝히는 가로등. 흰색 아파트 단지의 검은 창문.

"런던 출신이라고 했지?" 조가 말했다. "여기 와본 적 없어? 첼시 하버. 우리는 이쪽이야. 따라 와."

그가 몸을 돌려 걸을 때, 로리는 나를 살짝 쳐다보았는데 그녀의 시선이 나를 불안하게 했다. 그녀도 확신이 없었다. 로리가 돌아가겠다고 말할 수도 있다. 아니면 내가 그 말을 하길 원할 거라고 생각하기도 했지만, 그 순간은 지나갔다. 조는 앞장서서 가고 있었지만, 칼은 뒤처져 걸으면서 말했다. "어서, 이쪽이야." 우리는 그의 말에 따랐다. 지금까지 우리는 그들이 원하는 그대로 하고 있었다. 순응하면서 태평한 태도로. 함께 하는 데 이상적인 여자들. 이제는 대본에서 벗어난 다른 역할을 하기에는 늦었다고 느꼈지만, 그들을 따라 가면서 로리는 내 손에 깍지를 꼈다.

조는 흰색 건물 중 한 곳으로 우리를 데려가서, 엘리베이터를 타고 스마트키를 사용하여 펜트하우스 버튼을 눌렀다. 문이 미끄러지면서 닫히자 그는 긴장을 푸는 것 같았다. 그는 끊임없이 떠들던 잡담을 멈추고, 우리를 보면서 미소를 지었다. 순간 그도 우리가 따라오지 않을까 걱정했음을 깨달았다. 이제 그는 우리가 돌아가지 않으리라는 것을 확신했다. 고객이 신용카드를 꺼내는 모습을 본 영업직원이 공격적인 판매 전략을 멈추고 대신 자신의 수수료에 대한 환상을 품고 있는 것처럼 말이다.

엘리베이터 문이 열리자 바로 아파트가 있었다.

"젠장." 로리가 말했다.

우리는 대성당처럼 원형에, 보통의 높이가 세 배인 현관홀에 있었다. 광택이 나는 대리석 바닥. 유리로 된 돔형 천장. 위를 올려다보면 검은 하늘을 헤엄치는 작고 멀리 떨어져 있는 나의 모습과 만났다.

로리는 방 한가운데로 걸어 들어가 갤러리에서 모든 그림을 한 번에 보려는 사람처럼 천천히 몸을 돌렸다.

"여기서 살아?" 그녀가 말했다. "진짜? 어떻게?"

"조의 집이야. 조는 굉장한 부자야." 칼이 말했다.

"맞아. 사실이야." 조는 마치 들켰다는 듯이 손을 위로 들고서 말했다. "여자분들, 바는 이쪽입니다. 날 따라와."

거기에는 6개의 문이 있었는데 모두 닫혀 있었다. 조가 열고 들어간 문은 복도로 이어져 있었다. 그 복도에는 은은한 조명 아래 더 많은 문이 늘어서 있었다. 그는 맨 끝에 있는 문으로 우리를 데리고 가서 항구가 내려다보이는 유리벽 방으로 안내했다. 그 방 뒤쪽 벽에 바가 있었다. 조명이 켜진 수족관 안에는 형형색색의 물고기들이 애처로운 놀라움을 보여주며 돌아다녔다. 로리는 유리에 얼굴을 가까이 댔다.

"난 항상 이런 탱크에 어떻게 먹이를 주는지 궁금했어. 어떻게 하는 거야?"

"거기에 구멍이 있어." 조가 불명확하게 말했다. "아가씨들, 이제 편하게 있어. 재킷을 벗고 앉아. 그렇지."

그는 앉는 자리를 가리켰다. 거기에는 항구의 전경을 마주할 수 있는 가죽 빈백 의자가 있었다. 칼은 위엄 있게 보이려고 애쓰면서 발뒤꿈치는 바닥에 수직으로 놓고 척추는 똑바로 세우고 있었다. 로리는 팔꿈치에 기대어 누워 있었고, 나는 모피 러그 위에 있는 그녀 옆에 앉아 있었다. 어떤 동물의 털인지 짐작할 수 없는 러그의 겉면은 꺼끌거려서 옷을 입고 있어도 그 촉감이 느껴졌다.

"술이 필요해." 조는 거실에 있는 세 사람이 아니라 회의에 참석한 모든 사람에게 연설하기에 적합한 목소리로 외쳤다.

그는 술잔을 쟁반에 가져다가 우리에게 하나씩 건넸다.

"무슨 술이야?" 로리가 물었다.

"마셔보고 맞춰봐."

그는 버튼을 눌러 음악을 켜고, 음악에 맞춰 가볍게 몸을 흔든 다음, 팔다리를 아무렇게나 벌리고 앉아 먼저 나에게, 그다음에는 로리에게 씩 웃었다. 단단하고 어른스러워 보였지만 그에게는 짓궂은 소년의 표정이 있었다. 20년 전의 얼굴선은 지워졌지만 아직 그 자국이 남아 있는 듯했다. 성인 남성의 외모에는 항상 위협적인 면이 있다고 나는 생각했다. 강아지가 자신이 몸이 얼마나 큰지 깨닫지 못하고 달려들어서 사람을 넘어뜨리는 것과 같은 뭔가가.

"그래서?" 그가 말했다.

"럼." 로리가 말했다.

"잘 맞혔어. 그리고 또 뭐?"

그녀는 한 모금 더 마시고, 맛을 보기 위해 입 안에서 술을 굴렸다.

"뭔가 크리스마스 같은."

"크리스마스?"

"정향이나 그 비슷한 것."

"아, 맞아. 나도 그렇게 생각해. 아마도."

"그렇게 생각한다니, 무슨 말이야? 뭔데?"

"좀비[zombie 럼주와 리큐어, 과일 주스를 혼합한 음료]. 럼주. 팔러넘. 팔러넘 안에 정향이 들어 있잖아. 압생트."

"압생트?"

"압생트?" 그는 숨소리가 섞인 로리의 목소리를 따라 하며 흉내 냈지만, 하나도 비슷하지 않았다. "이건 정말 환각제가 아니야, 자기야, 광고를 믿지 마."

우리는 모두 한 모금 마시고 멈췄다.

"있잖아. 여기 아래층 아파트에 사는 여자는 팔이 하나밖에 없어." 조가 갑자기 말했다.

아이가 미리 준비된 관련 없는 에세이를 태평스럽게 재탕하는 듯한 낌새를 보이는데도, 그는 아무도 모를 것이라고 생각하고 그 일화를 늘어놓기 시작했다. 특별히 웃기지는 않았지만 잘 준비되어 있었다. 흥미를 끌기 위한 흥분된 목소리로 적절한 순간에 잠시 멈추는 기지를 발휘해서 우리는 크게 웃을 수 있었다. 그가 볼 때마다 이 여자는 다른 남자와 함께 있었다. 그 남자들은 모두 매우 다른 사람이었다. 이 일로 미루어 그녀가 아주 **다양한 취향**을 가졌거나, 또는 다른 무언가가 있는 거라고 그는 말했다. 그는 다양한 취향이라는 말을 하면서 반감을 갈구하는 표정으로 실실 웃었다. 그가 성적 취향이나 성 매매를 질 나쁜 여자를 가리키는 좀 더 명확한 지표로 간주한 건지는 확실치 않았다.

"하지만 매춘을 해서 이런 아파트를 살 수 있다고는 생각하지 않아." 로리가 말했다. "네가 그런 뜻으로 말했다면. 그 말을 믿지 않아. 그렇게 많이 벌 수가 없어. 그 여자는 재미로 남자를 만나고 있을 거야."

"그래도 그건 틈새 매춘이야." 조가 말했다. "수족이 없는 사람에 대한 페티시. 실제 존재해. 큰돈을 내라고 할 수 있어."

내가 아니라 밀이 거기에 있었다면, 로리와 밀 두 사람은, 성 노동은 여느 일과 다를 바 없고 비웃을 일이 아니라고 설명하거나 **합의된 대상화**가 페티시보다 정치적으로 올바르다고 조에게 알려주었을 것이다. 하지만 로리는 그저 킥킥거리기만 했다. 그런 다음 그녀는 지도상으로 우리가 정확히 어디에 있는지 알 수 없다고 말했고, 조는 마치 양떼에서 먹음직스러워 보이는 양을 분리시키는 불량한 보더콜리[양떼를 모는 개의 품종]처럼 그녀를 창가로 데리고 갔다. 그는 여러 장소가 어디인지 가리키기 시작했고, 그녀가 북쪽이 어느 방향인지 안다고 해서 도움이 되지 않는다고 말하자 그녀를 비웃었다. "빌어먹을 여자들". 그는 말했다. 로리는 그의 얼굴을 치지 않았다.

"사실, 그건 어떤 면에서는 분명한 사실이야. 어디선가 읽었는데, 남자는 나침반으로 길을 찾고 여자는 랜드마크로 길을 찾는대." 나는 말했다.

그들 중 누구도 내 말을 듣고 있지 않았다.

나는 눈치를 채고, 칼에게 주의를 돌렸다. 그는 나에게 런던 출신이냐고 물었고, 나는 아니라고, 사실 여기에서 오래 살지 않았다고 대답했다. 그도 오래 살지 않았다고 말했다.

"아. 다른 지역 출신으로 지내는 데서 생기는 고유한 외로움이 있어. 주변이 나를 알아보지 못할 때. 그래서 난 여기로 옮겼어. 조와 함께 있기 위해서. 혼자 있는 건 좋지 않으니까."

칼의 영어는 매우 정확해서 냉소적으로 들렸다. 그의 눈빛은 상냥했다. 기대에 찬 눈빛이 아니라 나에게 관심을 보여주는 눈빛이었기 때문에 냉소적으로 말한다고 생각하지 않았다. 우리는 조금 더 이야기를 나누었다. 나는 대화를 즐기기 시작했다. 술을 다 마시고 나서 우리는 바에 가서 조가 만든 음료로 잔을 채웠다. 나는 예상외로 마음이 가벼웠다. 아무것도 중요하지 않았다. 가수로서 자기 관리는 본능적이다. 아이가 길을 건너기 전에 양방향을 보는 법을 배우고, 낯선 사람을 두려워하는 법을 배우듯이, 자기 관리 메시지는 본능이 될 때까지 강제되고 강화되어 가수는 목소리를 보호해야 한다는 것을 배운다. 술을 많이 마시지 않고, 늦게까지 깨어 있지도 않고, 담배를 피우거나 주변 사람이 담배를 피우지 못하게 하고, 큰 소리로 말하거나 너무 오래 말하지 않고, 낯선 사람과 인후염 균을 공유하지도 않는다. 더 이상 목을 보호하는 일에 신경 쓰지 않아도 된다는 상황을 처음으로 깨달았다. 나는 그냥 즐길 수 있었다. 내 위장으로 내려가면서 타들어 가는 알코올이 주는 차가운 청정함을 즐길 수 있었다. 알코올이 나에게 준 카멜

레온 피부를, 내가 누구라도 될 수 있다는 느낌을 즐길 수 있었다.

그런데 칼이 말했다. "그래서, 넌 뭐 하고 살아?" 나는 답을 기억해낼 수 없었다.

"내 말은 무슨 일을 하느냐는 거야." 그는 내가 질문을 잘못 이해한 것처럼 말했다. "직업이 뭐야? 아니면 학생?"

"아, 맞아. 난 학생이야." 나는 대답했다.

"뭘 공부하는데?"

"노래."

"노래를 불러? 어떤 노래를?"

"고전. 오페라."

"내 사촌이 오페라 가수야." 칼이 말했다. "아주 아름다운 사촌이야. 그녀는 그 모든 노래를 해. 예를 들면, 흠..."

그는 잠시 생각하더니 놀랍게도 풍부한 바리톤으로 노래를 불렀다. 나비부인의 아리아. 나비부인이 남편이 다시 돌아오는 모습을 상상하면서 부르는 노래였다.

"이게 다 뭐야?" 조가 물었다.

"애나는 오페라 가수야." 칼이 말했다. "난 내 사촌에 대해 얘기해 주고 있었어."

"또 그 빌어먹을 사촌 이야기야?" 조가 말했다. "칼이 사촌에게 집착하고 있는데, 사실 상당히 이상해. 그래서 애나가 가수라고? 그럼 노래 좀 불러 줘."

"뭐? 못해."

두려움이 술로 부드러워졌던 방을 단단하고 날카롭게 만들었다.

"못해." 나는 다시 말했다.

"어서 해봐." 조가 말했다. "네가 가수라면 증명해봐. 노래를 불러봐."

"그래." 로리가 배신으로 반짝이는 눈으로 말했다. "해봐."

나는 고개를 저었다.

"안 돼."

"왜 안 돼?"

"부를 수 없어. 술을 너무 많이 마셨어."

"너한테 운전하라고 하는 게 아니잖아? 술을 마시면 노래 부르기를 제한하라는 법이라도 있어? 어서 해봐."

그를 미워했어야 했는데 밉지 않았다. 그는 우리가 자신에게 복종할 것이라 믿는다고 우리를 설득하려는 사람처럼 매우 강압적이고 아주 유쾌하게 횡포를 부렸다.

나는 다시 안 한다고 말했다.

하지만 그때 그는 칼에게 말했다. "애나는 분명히 거짓말을 하고 있어." 그는 우리를 투명인간 취급하며 말했고 나는 화가 나려고 했다. 그러다 갑자기 생각이 났다. '아니, 그가 옳았어, 내가 거짓말을 하고 있잖아.' 나는, 음, 나는. 나는 말하려 했다. 로리는 혼란스러워하면서 나를 지켜보고 있었다.

"애나를 그냥 내버려 둬." 로리가 말했다. "넌 단지 질투하는 거야. 우리는 모두 너처럼 재능 없는 부자가 될 수는 없잖아."

"재수 없어." 조는 비웃었고 그런 다음 말했다. "자, 숙녀분들, 진정하시고 긴장을 풉시다."

그는 바로 가서 보드카 한 병과 유리잔 네 개를 가져와 우리에게 잔을 건네주고는 잔을 채워 주었다. 로리가 나와 눈을 마주치려고 했지만, 나는 모른 척했다.

"게임을 하자." 조가 말했다. "한 번도 해본 적이 없는 것을 말하기야. 나 먼저 할게. 방금 만난 낯선 두 남자와 집에 간 적이 없어. 마셔, 아가씨들. 어서. 빨리빨리."

로리가 잔을 비웠고 나도 비웠다. 술에서 매니큐어 리무버 같은 맛이 났다.

잔이 가득 차자 온갖 제안이 쏟아졌다. 공공장소에서 섹스를 한 적이 한 번도 없다, 누군가의 전화를 들여다본 적이 없다, 세 명이랑 섹스를 한 적이 없다, 만난 지 한 시간 만에 누군가와 같이 잔 적이 없다, 직장에서 섹스를 한 적이 없다. 칼이 술을 마셨을 때, 조는 직장에서 자위하는 건 해당되지 않는다고 말했다. 네 사람의 다년간의 경험이 조롱거리 아니면 성공 스토리로 바뀌고 있었다.

잠시 후 나는 술을 마시는 척하기 시작했다. 하지만, 여전히 문장을 만들기는 어려웠다.

"성병에 걸린 적이 없어." 생각나는 게 그것밖에 없어서 말했는데, 로리가 걸린 적이 있다는 걸 잊어버렸었다.

그녀는 술을 마시며 말했다. "그걸 말하다니 참 고맙다."

"로리, 진짜로 마실 필요는 없잖아."

"진짜? 넌 무슨 게임을 하고 있는데?"

그녀가 말했다. "내 차례야. 나는 한 번도 첩이 된 적이 없어. 자, 애나. 마셔."

"뭐? 아니야."

"애나는 첩이었어." 로리는 내 잔을 채우면서 남자들에게 말했다. "실제로. 19세기처럼."

그래서 나는 말했다. "나는 페미니스트라고 주장했지만. 술집에서 만나는 아무 남자, 그냥 아무 남자가 나에게 술을 사고 비싼 저녁을 사게 하는 걸 문제 삼은 적이 없었어. 그렇게 나는 돈을 쓸 일이 전혀 없어서, 잠깐, 기다려봐, 내가 모든 남자를 얼마나 미워하는지에 관한 내 책을 계속 쓸 여유가 생겼어."

"뭐라고?" 그녀가 말했다. "도대체 무슨 얘기를 하는 거야? 그게 다 무슨 뜻이야? 애나는 페미니즘에 대해 매우 좁은 시각을 가지고 있어." 그녀는 남자들에게 말했다. "애나는 폭력적인 음란물을 좋아하거나 어디선가 얻은 정보 때문에 음모를 제거하기로 결정한 여성은 페미니스트가 될 수 없다고 생각해."

나는 재치 있게 응수할 말이 생각나지 않았다. 내 이해력은 항상 행동에 조금 뒤처져서, 더빙이 잘 안 된 영화를 보고 있는 것 같은 느낌이 들었다.

"애나, 첩이었어?" 칼이 관심을 가지고 말했다. "아직도 영국에 그런 게 있어?"

"아니. 뭐? 아니야. 나는 그 빌어먹을 첩이 아니었어. 로리는 단지 내가 만났던 이 남자가 마음에 들지 않았을 뿐이야, 하지만 상관없어, 이제 다 끝났어."

"다행이지 뭐야." 그녀는 말했다.

"넌 친구의 감정을 깎아내려서는 안 돼." 칼이 말했다. "그건 나빠."

"맞아, 상당히 무례해." 조가 맞장구쳤다.

"너희들은 아마도 그 남자를 실제로 알고 있을 거야." 로리가 말했다. "금융 쪽에서 일해. 서로 다 아는 사이 아니야?"

"그래." 칼이 말했다. "우리 모두 알지."

"그러면 그 사람은 어디에서 일해?" 조가 물었다. "그리고 무슨 일을 해?"

나는 그에게 말했다.

"하지만 그 사람은 지금 뉴욕에 있어." 내가 말했다. "두 달 동안 거기에 있는다고 했어."

"왜?"

"글쎄, 일 때문에."

"어떤 일?"

"미국 고객과 관련 있는 일. 그 미국 사람들이 그에게 요청했대."

"오, 진짜?" 조가 말했다. "그럴 것 같지 않은데."

"뭐?"

그는 어깨를 으쓱했다.

"내 말은, 불가능한 건 아니지만. 그럴 것 같지 않다는 거야. 그렇게 직급이 있는 사람이? 그냥 다 내려놓고 그렇게 오랫동안 자리를 비운다고? 그렇지, 그럴 수도 있어." 그는 나를 보며 싱긋 웃었다. "조심스럽지만 그럴 수 있어. 하지만 아무래도 그럴 가능성은 낮아."

그가 의미하는 바를 이해하는 데 시간이 좀 걸렸다. 그의 말이 내포하는 바를. 나는 그를 쳐다보았다.

"뭐?" 나는 말했다. "무슨 뜻이야? 그 사람이 거짓말을 했다는 거야? 너는 그가 갔다고 생각하지 않는다는 거지?"

하지만 조는 이미 흥미를 잃은 상태였다.

그는 말했다. "뭐? 음, 아마도. 나도 모르지." 그런 다음 조와 로리는 옆방으로 사라졌다.

나는 보드카를 좀 더 마셨다.

그 다음 몇 시간은 썩은 사과의 반점처럼 부분마다 큰 구멍이 뚫려 있었다.

조가 옆방에서 우리를 부르고 있었다. 긴 유리 테이블이 있는 식당이었다. 비어퐁[Beer Pong 탁구공을 던져 넣기 맥주 마시는 게임]이라고 조가 말했고, 테이블 양 끝에 플라스틱 컵에 든 맥주 열 잔이 있었다. 그는 보석상이 고객이 평가할 수 있도록 엄지손가락과 다른 손가락 사이에 보석을 끼어 보여주는 것처럼 탁구공을 내밀고 있었다. 조가 말했다. "이 게임은 남자 대 여자로 진행할 거야. 너희가 공을 우리 쪽으로 던져. 우리 컵 중 하나에 들어가면 너희가 그 컵에 든 맥주를 마시는 거고, 우리가 던져서 너희 쪽 컵에 들어가면 너희가 마시는 거야." 누가 술을 마셔야 하는지에 대해 실수하면서, 누가 언제 무엇을 마시든지 간에 나는 마실 필요가 없다고 조가 말하자, 로리는 맥주를 좋아하지 않는다고 말했다. 그러자 "조는 괜찮아, 우리는 대신 스트립퐁을 할 거야" 라고 말했고, 로리는 난 옷을 세 개밖에 입고 있지 않아 라고 말했다.

조는 로리에게 속임수를 쓰고 있다고 말하면서 스타킹과 신발도 옷이라고 했고, 신발 두 짝은 한 번에 벗어야 한다고 말했다. 로리는 신발 두 짝을 벗어야만 했지만, 신발 두 짝은 따로따로야 라고 하면서 불평했다.

상의를 벗는 조. 십 대에 럭비를 하다가 그만두고. 이십 대 내내 술을 아주 많이 마신 태가 나는 몸집. 덩치가 크고 말랑했다.

로리와 조는 여전히 게임을 하고 있었지만, 나는 칼과 소파에 앉아 있었다. 나는 내가 드레스를 입고 있지 않다는 것을 알아챘다. 그가 말했다. "당신은 정말 힘든 시간을 보낸 사람 같아." 나는 그의 얼굴을 들여다보며 생각하고 있었다. '칼이 그런 말을 할 정도면 도대체 내가 무슨 말을 한 거야?'

나는 다른 말을 하려고 애썼다. 내 몸과 머릿속에 든 모든 것을 내 맘대로 할 수는 있지만, 말을 참기가 어렵다는 것을 기억했다. 입 다물고 있기가 어려웠다. 말은 내 입 속에 머물러 있기에는 매우 컸다. 그는 당황한 표정으로 말했다. "미안해, 다시 말해 줄래?"

로리가 내 팔에 손을 얹고 말했다. "나랑 같이 욕실을 찾자." 조는 우리가 함께 가는 것을 막으려 하면서 우리가 왜 같이 가야 하는지 물었다. 로리는 내 도움이 필요하다고 말하면서 스커트와 브래지어만 입고 있어서 계속 놀려면 비키니 라인을 만들어야 한다고 했다. 나는 뭐? 라고 말했고, 로리는 "그냥 얼른 가자" 라고 했다.

복도를 지나간다. 로리는 문을 발로 차서 열었다가 다시 닫았다. 홀. 또 다른 복도. 욕실. 아찔한 침묵만 있었다.

"비키니라인 하는 거야?"

"뭐? 아니, 난 너를 구해준 거야."

로리는 웃고 있었다.

"맙소사, 넌 정말 취했구나, 그렇지? 진짜로 엄청 취했어."

로리는 소변을 보고 여전히 웃고 있었다. 내가 말하길, "그만, 그만해, 날 비웃지 마." 로리가 말하길, "보통 엉망이 되는 사람은 항상 나였고, 넌 한 번도 엉망으로 취한 적 없이 말짱했어. 네가 이해할 거라고 생각하지 않아." 내가 눈을 떴을 때 나는 욕조에 몸을 웅크리고 차가운 세라믹에 뺨을 대고 있었다. 그녀는 내 옆에 앉아서 나를 앉히려고 애썼다. 그 술은 내 피부에 바른 산성액 같았고 내 신경까지 벗겨내고 있었다. 나는 미안하다는 말을 반복해서 말했다. 모든 일을 망쳤다고, 그녀에게 상처를 줬다고, 그 사람이 진짜 인생인 줄 알았고 다른 모든 일은 별 볼일 없다고 생각했지만, 사실은 그 반대로 했어야 한다고 했다. 로리는 이해한다고, 괜찮다고 했다. 다시는 그런 일이 없을 거라고, 다시는 이런 식으로 느끼지 않을 것이라고, 돌아와서 같이 살자고 했다. 그러면 모든 일이 예전처럼 될 것이라고, 예전과 똑같을 것이라고 했다.

"얼마나 지났지?"

"잘 몰라."

빨리 감기로 돌린 영화 같았다. 아마도 많은 말을 했지만, 아무것도 아니었을 수도 있었다.

옷을 찾아 입고, 우리는 간다고 말하자. 로리가 말했다.

복도로 다시 나갔다. 현관. 또 다른 복도. 하지만 모두 똑같았다. 내 말은, 모두 똑같아 보였다는 것이다. 우리는 문을 열어보았다. 침실. 욕실. 세탁실. 다른 방은 도대체 무슨 방인지도 모르겠다.

"음악." 로리가 말했다. "음악을 들어보자."

우리는 들으려고 했지만 아무것도 들리지 않았다.

나는 바닥에 앉았다.

"앉지 말고 일어서. 아니, 그냥 앉아. 기다려. 여기서 기다려."

내 무릎 사이에 머리를 넣자, 마침내 장벽을 무너뜨리고 몰려오는, 억눌렸던 성난 군중처럼 세상이 나를 향해 다가왔다.

갑자기 로리가 나타났다.

"이리 와." 그녀가 말했다. "이리 와서 봐."

나를 끌어당겼다.

"저기 안을 봐." 그녀가 말했다.

크리스마스의 장난감 가게처럼 방에서 조명이 반짝이고 있었다.

"내가 불을 켠다고 생각하고 스위치를 눌렀는데..." 그녀가 말했다.

"들어가." 그녀의 말대로 나는 그곳에 들어갔다.

런던을 미니어처로 만든 것이었다. 모든 것이 줄어들었고 나는 갑자기 커졌다.

"너도 봤어?" 나는 말했다. "이게 뭐야? 무슨 일이야?"

"이건 모형이야, 멍청아." 그녀가 말했다.

단 위에 눈높이로 올려진 완벽한 복제품으로, 그 주위를 걸을 수도 있고, 버스 안을 들여다볼 수도 있고, 승객을 볼 수도, 거리 표지판을 읽을 수도 있었다. 굽이치는 템스강, 점점이 박혀 있는 런던의 랜드마크, 작은 국회의사당, 세인트 메리 엑스, 일렉트릭 영화관. 집과 거리에 밝혀진 조명. 트랙을 달리는 기차. 눈이 돌아갈 정도였다. 나는 웅크리고 앉아 리젠트 거리에 켜진 크리스마스 불빛을 바라보았다.

"신이 된 것 같아." 나는 로리에게 말했다.

그때 조가 소리쳤다. "아가씨들? 어디 있어? 뭐 하는 거야?"

"우리는 여기 있어." 로리가 소리쳤다. "이건 굉장해. 진심으로. 누가 만들었을까?"

거기에 도시가 있었다. 바비칸 타워. 유리로 된 사무실 빌딩, 고대 묘지. 그곳에서 그와 함께 보낸 시간들. 우리 두 사람도 작은 사람 모형이 될 수 있을까? 라고 생각했다. 우리가 작은 사람 모형이라면 나는 우리를 집어서 이리저리 옮기고, 그의 팔을 잡아 나에게 두르게 하고, 그가 떠날 수 없도록 아파트에 가둘 것이다. 하지만 도시가 더 이상 나를 위해 거기에 있지 않거나, 그 사람이 도시 안에 있지 않거나. 그 도시는 폭파되어 사라져 버렸고, 아무것도 아닌 것, 그저 그 도시가 있었던 공간으로 대체되었다. 그때 조가 문 앞에 있었다. 벌거벗은 채 분노로 가득 찬 얼굴을 하고 있었다. 벌거벗은 채 화난 남자보다 더 우스운 것은 없었다. 나는 웃기 시작했다.

"우스워?" 그는 소리쳤다. "이게 웃기다고? 여기서 뭐 해? 도대체 여기서 뭐 하는 거야? 내 집에서 몰래 돌아다니고? 내 개인적인 물건을 보고? 나가. 나가. 너희 둘 다. 내 집에서 꺼져. 뭐 잘못되기라도 했어? 둘 다 정신이 나갔어?"

"정말 미안해. 정말, 정말, 미안해." 내가 사과했다.

"근데 최소한 옷은 먼저 입었으면 좋겠는데." 로리가 말했다.

조는 우리 옷을 가지러 갔다.

"조는 그 미니어처 마을에 매우 예민해." 칼이 애석해하며 말했다. "딱한 일이야."

22

나는 그 사람에 대해 계속 이야기해대는 내 목소리를 들을 수 있었고, 로리가 그 얘기를 지겨워한다는 것을 알았다.

5월 초, 계절에 맞지 않는 부드러운 햇볕이 내리쬐는 또 다른 날이었다. 로리는 기후 변화 때문이라고 투덜댔고, 우리는 비키니를 입고 공원에 갔다.

지금 여기는 마침내 영국 섬머 타임이었고, 이 상태가 얼마나 오랫동안 지속될지 누가 알겠는가. 사람들은 가능한 한 많이 그 공기를 더 많이 들이마시려고 애썼다. 잔디밭 곳곳에는 소풍을 즐기는 런던 시민들의 무리가 갑자기 퍼지는 발진처럼 점점이 앉아 있었다. 더위로 반쯤 비어 있는 연못에는 고인 물속을 헤엄치는 백조가 있었는데, 깃털이 더러운 때로 얼룩져 있었다. 공기는 교통체증 때문에 답답했고, 아이스크림 밴의 소음에다가 뜨거운 고기와 썩어가는 쓰레기통 냄새가 났다.

"나는 더 이상 런던을 좋아한다는 확신이 서지 않아." 로리에게 런던이 흉해 보이기 시작했다고 말했다.

"진짜? 난 너무 익숙해서 못 보는 것 같아. 거울을 보는 것처럼. 특정한 날에는 내가 어떻게 생겼는지 생각하지만, 보통은 어떻게 생겼는지는 신경도 쓰지 않잖아."

나는 그녀의 말을 다른 주제로 자연스럽게 넘어가는 데 이용했다.

"아마도 나는 그 사람이 생각나서 런던이 싫어진 걸 거야."

나는 모든 대화에 그를 능숙하게 끌어들였다. 그러다 그와 관련된 주제가 아니면 더 이상 관심이 가지 않는다는 것도 알게 되었다.

그가 뉴욕에 얼마나 오랫동안 가 있는지에 대해서 거짓말을 했을 거라고, 거짓말은 아니었다 해도 지금쯤 그는 런던으로 돌아왔을 것임을 안다고. 그래서 어쩌면 런던이 추하게 보이기 시작했을지도 모른다고 주절댔다. 그 사람 때문에.

그러고 나서 계속 이야기했고, 그 이후로도 계속 이야기를 이어갔다. 로리가 더 이상은 듣는 척하지 않고 전화기를 보고 있음에도 멈출 수 없었다. 나는 이제 막 말을 배운 어린아이 같았다. 나는 내 목소리에 사로잡혔지만, 내 목소리는 '그'의 주변만을 맴돌고 있었다.

처음에 로리는 참고 있었다. 모형 마을로 낭패를 당한 후, 나는 그녀와 함께 밀의 집에 머물렀다, 다음 날 내가 아파트에 갈 때도 함께 동행해주었다.

"도대체 여기서 무슨 일이 있었던 거야?" 그곳에 들어서며 로리가 말했다.

아파트는 내가 기억했던 것보다 상태가 더 좋지 않았다. 환기가 되지 않아 답답하고 퀴퀴했다. 소파베드는 여전히 침대로 바꾸어진 채 방의 절반을 차지하고 있었다. 물이 가득 찬 부엌 싱크대. 물에 담가 놓은 접시와 머그컵의 음울한 모양. 오래전에 가라앉은 배처럼 거기에는 초록빛의 곰팡이가 피어 있었다. 서랍은 열려 있었고 커튼은 닫혀 있었다. 옷, 책, 팔찌, 빈 도시락 상자, 여기저기 흩어진 신발 그 사이사이로 카펫이 보였다. 나는 문간에 서서 그것들을 바라보았다. 그가 떠난 뒤의 지도를 보는 것 같았고, 나를 그 공허했던 날들과 외로움 속으로 바로 데려다 놓은 듯했다.

하지만 로리가 나를 도왔다. 우리는 아파트를 청소하고 짐을 싸서 밀의 집으로 옮겼다. 그녀가 혼자 방을 쓰는 데 익숙해졌을 때 돌아와서 내 마음이 안 좋다고 말하자, 그녀는 그런 말 하지 말라고 일축했고, 그것으로 끝이었다. 그녀는 다른 여자애들에게 무슨 일이 있었는지 설명했다. 그녀는 나를 위해 옷장 공간을 마련해주었다. 맥스의 사무실로 가서 아파트 열쇠가 든 봉투를 아무 메모 없이 안내 데스크에 두고 왔다. 그런 다음 그녀는 내가 그에 대해 이야기하게 해주었다. 그녀는 내 추측에 빠져들었고, 나는 몇 시간 동안 그런 추측을 거듭했다. "물론 그는 계속 결혼 생활을 하고 있었을 거야, 그렇지? 내 말은, 곧 이혼하려고 별거하는 결혼 생활이 아니라 실제로 기혼 상태라는 거야. 내가 무심하게 지나쳐버린 백만 개의 징후. 옥스퍼드에 있는 그의 집에 나를 오지 못하게 한 일, 이상하지 않아? 특히 주말은 문자에 거의 답장이 없는 거, 지금 생각해 보면 너무나 명백한데 그때 분명 아내와 같이 있었을 거야. 나에게 뉴욕 출장에 대해 말하지 않은 일. 글쎄, 그가 실제로 뉴욕에 갔다면 말이야. 그런데 그랬을 것 같지 않아. 나를 떠나려는 쉬운 변명이었어. 내가 너무 애정에 굶주려 있나? 너무 의심이 많아? 매우 다른 사람과 똑같고 지루해? 그는 확실히 다양한 면을 좋아했어, 그렇지? 아니면, 그가 뉴욕에 갔다면 그의 아내와 관련이 있었을 거야, 그렇잖아? 일하러 간 게 아니었어. 아내의 가족을 방문했을까? 아니면 실제로 뉴욕으로 이사하려고 계획하고 있었는지도 몰라. 그건 그가 말했던 부분적인 진실이었어."

로리가 말했다. "솔직히 난 네가 항상 뭘 보고 그를 믿는지 이상했어. 넌 실제로는 믿지 않으면서도, 믿는다고 나에게 확신시키려고 하거나, 네 자신을 납득시키려고 했어."

그는 우리에게 학교 프로젝트 같은 과제가 되었고, 로리는 그 연구에 열광했다. "넌 토지 등록부에 신청하여 그 부동산의 소유주를 찾을 수 있어." 그녀는 말했다. 나는 그녀에게 신청 사실이 그에게 통보되는지 물었다. "아니, 그러지 않을 거야." 로리는 대답했다. 그래서 우리는 양식을 작성했고 일주일 후에 그 결과를 받았다. 옥스퍼드에 있는 집의 소유주는 두 사람이었다. 그와 어떤 여자. 나는 그것으로는 실제로 아무것도 증명할 수 없다고 생각했지만, 로리는 말했다. "오, 정말? 어디 보자." 우리는 그 여자 이름을 검색했지만 이름이 독특하지 않아서 검색 결과가 아주 많았다. 그 검색 결과에서 누가 그녀인지 알 수 없었다. 그런 다음 로리는 그가 정말로 뉴욕에 갔는지 알아낼 것이라고 말했다. 그녀는 그것을 확실히 알아냈다. 그의 사무실에 전화를 걸어 통화를 요청했지만, 그가 없다는 말을 들었던 것이다.

그녀는 그를 분석하도록 나를 부추겼다. 결국 그의 성격적 결함은 거짓말만이 아니었다. 아마도 그것이 그의 최악은 아닐 것이다. 나는 그가 나에게 한 모든 일을 잘 살펴보았다. 그가 얼마나 내 자신감을 꺾었는지, 나를 얼마나 깎아내렸는지, 내가 한 일을 얕잡아 봤는지. 전형적이야. 그녀는 말했다. "자신의 한심한 삶이 불만스러워 자신의 기분을 좋게 하려고 한 거야. 내가 그에게 소개한 사람을 그가 얼마나 싫어했는지, 일부러 나를 고립시키면서. 전형적으로 사람을 통제하는 행동이야." 때로는 내가 그녀에게 한 말이 정말로 나를 놀라게 했고, 때로는 내가 과장하고 있음을 잘 알고 있었다. 나는 그녀의 반응이 좋아서 그를 실제보다 더 나쁘게 말했다. 그뿐만이 아니다. 우리 이야기의 이 버전은 내가 무죄임을 보여주었다. 나는 순전히 피해자였다. 나는 스스로가 부끄럽게 생각하는 것들을 자세히 적어보았다. 왜냐하면 나는 부끄러웠기 때문이다. 내가 그에게 말한 모든 것이 창피했던 날들이 있었다. 내가 감정과 욕구를 표현할 때마다, 그는 전화기에서 문자로 읽었음이 틀림없다. 그 모든 것을 다 지울 수 없다는 사실이, 내 쪽에서만 문자를 지울 수 있다는 사실이, 그의 기억에서 내가 한 말과 행동을 지울 수 없다는 사실이 싫었다. 가끔 밤에 깨서 누워 있거나 길을 걷다보면 내 자신의 어리석음에 압도당할 때가 있었다. 내가 그에게 했던 어리석은 말들. 그와 함께 있으면서 애정을 갈구했던 모습. 그런 생각은 나로 하여금 입술을 세게 깨물거나 손톱으로 손바닥을 파게 했으며, 당황해서 가던 길을 멈추고 생각에 잠기게 했다. 정확히 그 관계가 무엇이라고 생각했던 걸까? 그가 나랑 사랑에 빠졌다고 생각했나? 정말, 솔직히, 그렇게 생각했을까?

얼마 지나지 않아, 무엇이 과장이고 무엇이 사실인지 기억하기가 어려워졌다. 나는 로리와 함께 그를 일관된 이야기 속에 박제시켰다. 그것은 빌어먹을 성격 연구였지만, 그 사람을 이 버전으로 바라보는 것은 의미가 있었다. 새로운 맥락에서 전혀 이해하지 못한 단어를 보고 갑자기 그 의미를 정확히 알게 되는 것과 같으니까.

몇 주가 지나고 우리는 그 사람이라는 문제 풀이를 끝냈다. 더 이상 새로운 정보가 없었다. 그는 풀어 버린 퍼즐이었기에 우리는 그를 상자에 다시 담아 놓을 수 있었다. 그 '우리' 속에서 나만 제외한다면. 나는 그에 관한 이야기를 멈출 수 없었다. 로리는 데이지로 사슬을 만드는 중이었다. 그녀가 외과 의사 수준의 꼼꼼한 정밀도로 각각의 줄기를 깔끔하게 절개하는 동안 나는 그에 대해 이야기했다.

"그의 직장 밖에 있는 어떤 장소에서 만난 적이 한 번 있었어. 그때는 아주 초기야. 한 잔 하기로 했었는데, 그때 그가 팬케이크를 먹고 싶다고 했어. 근데. 그게 너무 매력적인 거야. 어른이 퇴근 후에 술이 아니라 빵을 먹겠다고 고집을 부리는 게. 너무 엉뚱한 괴짜라는 생각이 들었지. 맙소사, 나는 바보였어. 나는 꽤 오랫동안 팬케이크를 찾으러 다니는 그를 따라다녔어. 몇 시간이나 걸린 것 같아. 느낌상. 비가 와서 모든 카페가 문을 닫았고, 문을 연 카페에는 팬케이크가 없었어. 그래서 우리는 가게에 들어가자마자 카운터를 확인한 다음 곧 그 가게를 나와서 다른 곳을 찾아갔어. 지금 생각하면 정말 짜증이 나는 일이야. 그렇게 마구 휘둘리고 있는 게 분명했는데도 어떻게 그걸 너무 사랑스럽다고 생각할 수 있었을까?"

"젠장." 로리가 화를 내듯 말했다

"뭐?"

"끊어졌어."

그녀는 데이지 꽃잎을 떼기 시작했다.

"내가 이해하지 못한다고 생각하지 마. 난 이해해. 운명이 주는 프로젝트보다 한 여자가 더 사랑하는 것은 없어. 남자는 여자에게 아무것도 주지 않고, 여자는 스스로 자신의 빈칸을 채워야 해. 하지만 대부분의 남성은 실제로 사악해지기에는 상상력이 부족해. 네가 너무 그 남자 탓만 하고 있는 게 아닐까?" 로리가 말했다.

내가 그녀를 짜증 나게 하고 있었다. 그래서 나는 침묵했지만, 그에 대한 생각은 여전히 내 머릿속에 있었다. 더 이상 자신의 눈으로 세상을 보지 않고, TV에서 보여주는 세상에 시선을 꽂고 있는 것처럼. 나는 원하지 않는 직업을 찾느라 하루를 보냈고, 그에게 책임 전가할 수 있는 모든 것을 반복해서 생각했다. 가끔은 그에게 전화를 걸까도 생각해봤다. 그의 아파트에 나타나는 것도 고려해봤고, 보내지 않을 이메일 초안을 작성하기도 했다. 나는 대단히 강하고 비통한데다 기운까지 소진시키는, 사랑이라고 할 수도 있는 나의 분노를 그에게 느끼게 해주고 싶었다. 그 분노는 사랑에 가까웠다. 런던은 내가 그와 함께 있었던 장소에 따라 덥기도 하고 춥기도 했다. 나는 그와 자주 갔던 바와 레스토랑을 지나는 순환 노선을 따라 걸으며 그와 마주칠지도 모른다는 생각을 했다. 때로는 그를 만날 수 있다는 희박한 가능성만이 집 밖으로 나를 끌어낼 수 있는 유일한 이유였다. 그 사람으로 대표되는 희망은 희망이 아니었다.

로리와 나는 집으로 걸어서 돌아갔다. 재주를 넘는 아이들이 보였다. 십대들은 서로의 얼굴을 빨고 있었고, 다람쥐는 약자를 위협했다.

"네 문제가 뭔지 알아?" 로리가 말했다. "오페라를 많이 봤다는 거야. 거기에서는 남자가 여자에게 못되게 굴고, 그리고 나서 자살하거나 결핵에 걸리잖아. 세상이 실제로 그렇게 돌아가지는 않아. 그래서도 안 되고."

나는 아무 말도 하지 않았다.

"아마도 네가 옳을 수도 있어. 어쩌면 그는 사악할지도 몰라. 진짜로 사악한 사람일 수도 있어. 아마도 그는 자신의 아내를 죽였을 수도 있어. 그래서 그가 집을 수리했다고 생각하지 않아? 그의 아내는 테라스 아래에 묻혀 있는 거야."

그날 밤 나는 그런 꿈을 꾸었다. 정원. 젖은 콘크리트 속. 진흙으로 가득 찬 입.

아침에 눈을 떴을 때 나는 생각했다. '충분해, 이제 그만해야 해.'

벌써 학기 중반이었고, 마리케 선생님은 하급생들과 노래 수업을 하고 있었다. 누군가 루살카의 아리아를 부르고 있었다. 늘어진 몸, 그 반에 있는 동료 2명이 그녀를 이끌고 가서 자신들 사이에서 몸을 젖히게 하고 바닥에 눕게 했다가 다시 일으켜 세웠다. 마리케가 가장 좋아하는 운동 중 하나였다. 그 운동은 모두 심리적 장벽과 관련이 있다고 마리케는 말했다. 우리 자신의 몸이 목소리를 방해하도록 허용하는 방식으로 그 사실을 깨닫고 자유롭게 해주는 거라고.

나는 뒤에 서서 아리아가 끝나기를 기다리며, 그 학생에게서 흘러나오는 시큼한 복숭아 과즙 같은 소리를 듣고 있었다. 나는 체코어와 영어 번역으로 그 아리아의 모든 음과 단어를 알고 있었는데, 그 여자애의 가창 방식은 마음에 들지 않았다. 템포를 아주 천천히, 많이 끌면서 제멋대로 하는 것 같았다. 나는 나도 모르게 한 손으로 다른 손을 세게 쥐고 있었다. 그녀는 좋은 목소리를 가졌고, 분명히 자신을 즐기고 있었으며 나를 놀라게 할 정도의 강렬함을 갖추고 있었다. 나는 그녀가 싫었다. 그녀는 더 많은 차원으로 세상을 볼 수 있었지만, 나에게 세상은 회색이고 생기가 없었기 때문이다.

수업이 끝나자 나는 마리케한테 갔다. 그리고 에두르지 않고 단도직입적으로 말하기로 결심했다. 그래서 그렇게 말했다. 돌아오고 싶다고.

"오, 그래? 넌 정확히 어디에 갔었는데?"

나는 무엇을 기대해야 할지 몰랐다. 마리케 선생님이 내 결정을 용감하다고 여기고 축하해 줄 것이라고 생각했지만, 그건 터무니없는 생각이었음을 재빨리 깨달았다. 그녀는 떠나야 한다는 것을 이해해주기를 기다리는 사람처럼 초조하게 나를 바라보고 있었다.

"아무데도요. 제 말은, 아무데도, 아무데도 가지 않았어요."

그녀가 핸드백과 피아노에서 악보를 집어 들자 나는 가라는 말이 나올 거라 생각했다. 어쩌면 그때 내 목소리가 갈라져 나와서 나를 안됐다고 느졌던 것일 수도 있다. "애나. 15분 정도 시간이 있어. 그게 다야. 나랑 사무실로 걸어가면서 얘기할래?"

함께 걷는 동안 나는 준비한 말을 했다. "힘든 시기를 겪고 있으며, 목에 문제가 있었다고. 그래서 뛰쳐나갔어. 나는 그때 그 문제를 어떻게 처리해야 할지 몰랐고, 여전히 모른다고. 하지만 다른 그 무엇보다도 다시 노래를 부르고 싶었어."

말하는 동안 나는 그게 사실임을 새삼 깨달았다.

"제가 돌아올 수 있나요? 그러려면 제가 뭘 해야 될까요?"

그녀는 사무실 문을 열고 나에게 먼저 들어가라고 손짓했다.

하지만 내가 그 손짓의 의미를 잘 이해했는지는 확실치 않다. 어쨌든 자리를 잡고 앉았을 때 그녀는 이렇게 말문을 열었다. "왜 문제가 있다고 말하지 않았어?"

"모르겠어요. 아마 캐스팅에서 제외될까 봐 무서웠나 봐요."

그녀는 눈썹을 치켜 올렸고, 이렇게 말하는 듯했다. "그렇게 됐네, 그렇지?" 마리케가 그렇게 눈치 없이 말하는 사람은 전혀 아니지만 말이다. 대신 그녀는 주소록을 뒤적이며 이비인후과 의사의 전화번호를 찾아냈다. 그녀는 우리가 해결해야 할 문제가 무엇인가를 정확히 알기 전에는 진행 방법에 대해 이야기해 줄 수 없다고 말했다. 병원비는 대학에서 대줄 것이라는 말도 잊지 않았다. 그리고 그녀는 그 자리에서 내가 의사에게 예약 전화를 거는 모습을 지켜봤다.

내가 예약을 끝내자 그녀가 말했다. "그러니까, 네가 그 리허설에서 노래를 불렀을 때, 내가 들은 바로는 걱정할 이유가 없다고 생각했어. 아마도 약간 긴장한 정도. 하지만 조심하는 게 최선이야. 문제가 있었다면 너한테 노래를 시키지 않았을 거야, 그렇지 않니? 그런 식으로 자신을 끔찍한 상태로 몰아갈 필요는 없었어."

집에 오는 도중에 성대 손상을 검색했다. 병변과 혹. 폴립. 마비. 그리스어 비슷한 의학 용어는 항상 불쾌한 뭔가를 숨기고 있다. 나는 이미지 탭을 클릭하고, 성대에서 생길 수 있는 모든 병변을 스크롤했다. 그 이미지들은 좀 음란해 보였다. 분홍색의 포동포동한 주름, 반짝이는 점액. 내 옆에 있는 남자가 내 화면을 힐끔힐끔 쳐다보는 게 당황스러워서 탭을 닫았다.

그곳은 진료실 같은 느낌이 전혀 들지 않았다. 벽에는 오페라 가수들이 사인한 사진이 장식되어 있었고, 잎이 무성한 정원이 내다보이는 돌출형 창문이 있었다. 이비인후과 의사는 상류층 남학생 기숙학교의 교장실에서나 볼 수 있는 넓은 마호가니 책상 뒤에 앉아 있었다. 그는 가족을 다독이듯 **자, 널 위해 이 모든 문제를 정리해 보자**는 식으로, 나에게 작은 카메라를 보여준 뒤 내 목구멍에 넣겠다고 말했다. 그는 나에게 노래를 조금 부르게 한 다음, 정확히 무슨 일이 일어나고 있는지 보겠다고 말했다.

"노래요? 난 노래를 못해요. 그래서 제가 여기에 온 거잖아요."

"나는 완벽함을 바라는 게 아니에요." 그가 말했다. "소리를 좋게 낼 필요도 없어요. 부드럽게 소리를 내봐요. 이 모음이 들어가면 가장 좋겠어요. 조금 불편할 거예요. 긴장할 필요 없어요. 난 이미 당신 목소리를 다 들었잖아요."

그는 카메라를 내 입에 넣자, 나는 몇 개의 음을 냈는데 곧 숨이 막혔다. 의사 앞 스크린에 전달된 이미지는 유리에 갇힌 나비처럼 펄럭이는 내 성대였다. 그는 아무 말 없이 바라보고 있었다. 그 이미지는 방금 내가 소리 낸음들에 상처를 주었다. 나는 절망감으로 별 느낌이 없었다.

"이제 충분합니다." 이렇게 말하고 그는 카메라를 제거했다.

나는 그가 무슨 말을 할지 알고 있었다. 혹. 수술. 몇 달간의 회복 기간. 하지만 그 모든 것을 진행하는 데 큰 의미가 없다. 대학에서는 내 자리를 비워두지 않을 것이다. 그러는 건 너무 번거로울 테니까. 특히 내가 그렇게 행동한 후에는 더욱더. 나는 뒤에 남겨지리라.

"이것 봐요."

그는 비디오를 천천히 재생하다가 일시 중지했다.

"깨끗하잖아요. 보이죠? 아무 문제가 없다고요."

나는 화면을 응시했다.

"아무 문제가 없다고요?" 나는 반문했다. "그럴 리가 없어요."

"물리적으로 말이에요. 물리적으로는 다 괜찮아요. 닫히지 않는다는 문제가 있긴 하지만. 여기 보이죠? 성대가 완전히 닫히지 않았어요. 상단에 있는 틈이 보이죠? 하지만 그건 소리 내는 기술과 관련이 있어요. 물리적인 문제가 아니라는 거죠."

"하지만 저는 노래를 부를 수가 없어요. 왜 노래가 안 되는 걸까요?"

"목소리는 다루기 힘들죠, 그렇죠? 여기 화면에서 목소리의 메커니즘을 볼 수 있어요. 모든 것이 제자리에 있어요. 나는 소리가 어떻게 나오는지 설명할 수 있어요. 당신을 가르치는 선생님은 그 목소리를 어떻게 내는지 알려줄 수 있어요. 하지만 목소리는 변덕스러운 짐승이기 때문에 훈련하는 데 시간이 오래 걸리는 것 같아요. 목소리는 케이스에 넣었다가 다음날 꺼내도 전날과 똑같은 기능을 갖는 바이올린이 아니에요. 나는 한때 남편한테 버림받은 여자를 알고 있는데, 그날부터 그 여자는 말을 더듬었어요. 물리적인 이유는 전혀 없었어요. 언젠가 여기 아주 유명한 소프라노가 온 적이 있어요. 그 가수가 모든 공연과 녹음을 놓쳤는데도 그녀의 목에서는 그 이유를 설명해줄 수 있는 원인을 찾지 못했어요. 나중에 알고 보니 맞은편에서 노래하는 테너가 자신의 높은 도에 불만이 있다고 말하는 소릴 들었대요. 동료의 무례한 말 한마디가 하룻밤 사이에 그녀를 그렇게 만든 거죠. 목소리에는 연약한 자아가 있고 섬세한 성질이 있어요. 우리 자체는 연약하지 않다 해도 목소리는 그래요."

그는 나에게 언어 치료사의 전화번호를 주었다.

"다른 사람에게는 가지 마세요. 도움이 되기보다는 해를 끼치는 언어치료사도 있으니까요. 이분이 애나를 도울 수 있을 거예요. 모든 것이 이전과 똑같아지게. 해보면 알게 되겠죠?"

"돈이 많이 들겠죠?" 나는 비용을 물었다.

"글쎄, 싸다고 할 수는 없어요. 돈이 적게 드는 건 아니지만 그만한 가치가 있다는 걸 알게 될 거예요. 그러니 몇 푼 아끼려고 다른 사람을 찾지 말아요. 꼭이요?"

나는 마리케를 만나러 갔다. 그녀는 나에게 언어 치료사를 만나서 그 조언을 정확히 따라야 한다고 말했다. 그리고 자신이 됐다고 할 때까지 충분히 많은 상담을 받으라면서 음악원에서 적어도 한동안은 그 비용의 보조금을 줄 수 있다고 말했다. 모든 것이 순조롭게 진행된다면 학교로 돌아오는 데 문제는 없을 것이다. 하지만 장학금을 받기 위해 다시 오디션을 봐야 했다. 나는 무제타를 놓쳤고, 이번 학기에 수업에 참석하지 않은 것은 제쳐 놓더라도 오디션을 본 적이 없었다. 장학금 위원회는 음악원 생활에 참여하지 않는 가수들을 너그럽게 받아들이지 않았다. 마리케는 나를 학교에 두기 위해 그 정당성을 강력하게 주장해야만 했다. 그 문제는 그녀 혼자 힘으로 결정할 수 있는 일이 아니었기 때문이다.

"그리고 마티냐르그에는 갈 거지?" 그녀가 물었다.

나는 그 일을 모두 잊고 있었다.

"네, 갈 수 있다면요." 나는 가지 않겠다고 말하지 않았다.

"잘됐다. 너한테 도움이 될 거야. 거기서 돌아오면, 우리 쪽에서 노래 부를 수 있어. 8월 말이지? 시간은 충분해."

항상 많은 것을 약속하는 5월. 들뜨게 하는 달. 어떤 날은 눈부신 햇살이 비치고, 어떤 날은 벽이 회색으로 칠해진 답답한 방에 갇힌 느낌이었다. 그래도 햇살은 나를 행복하게 했다. 여름이 막 시작되면, 사람들은 이 여름이 영원히 지속될지도 모른다고 믿게 된다.

나는 일주일에 두 번 언어 치료사를 만났다. 그녀는 빨대를 불게 하고, 동요를 낭독시키고, 굴리는 R 발음으로 음계를 오르내리게 한 다음, 마지막으로 실제 소리를 내게 했다. 실제 음을, 여러 개의 음을 내고 아르페지오를 하게 했다.

어느 날 나는 그녀와 식탁에 앉아 얘기를 나누게 되었다. 치료 시간이 끝나 마음을 놓고 있었는데 그녀가 말했다. "노래를 불러봐요."

예상치 못한 찬바람 같은 공포로 몸이 떨렸다.

"지금? 여기서요?"

"네."

"무슨 노래요?"

"난 상관없어요. 애나가 좋아하는 어떤 노래라도 괜찮아요."

그래서 가장 먼저 생각나는 노래를 불렀다. 〈포(Faur)〉의 노래 몇 구절. 요람을 뒤에 두고 바다로 떠나는 사람들에 관한 노래였다. 테이블 아래에서 무릎이 떨리고 있음을 느낄 수 있었다. 노래를 끝내고 그녀가 좋았다고 말하자 나는 울었다. 그녀는 이런 일은 매우 정상적이며 대부분의 사람들이 그런다고 위로해 주었다.

그 후 나는 안젤라에게 전화를 걸었다. 그녀는 내 문제를 말했어야 한다고 나를 꾸짖었다. 넌 내 직업을 무엇으로 생각했던 거니? 라면서.

"죄송해요. 바보 같았어요. 저 같은 애 가르치기 싫으시죠?"

그러자 그녀는 웃으며 말했다. "제발 멜로드라마 좀 찍지 마. 노래 쪽 일은 그 자체로 충분히 머리가 깨질 지경이니까."

안젤라는 자신의 일정에 한 달의 여유가 있다고 했다. 그래서 오후 시간을 통째로 비워 켄싱턴에 있는 자신의 아름다운 집으로 나를 초대했다. 그녀는 나에게 음식을 해주고, 자신이 좋아하는 가수의 노래를 틀어주고, 성대에 문제가 있었던 유명한 소프라노의 자서전을 빌려주었다. 그런 다음에 그녀가 한 일은 내 부서진 목소리를 기초 상태로 되돌려 놓고, 벽돌 쌓듯이 하나하나 만들어가는 것이었다. 그녀는 내 목소리가 전보다 나아졌다고 말했다. 목소리에 자신이 그동안 놓치고 있었던 것이 들어가 새로운 깊이가 더해졌다. 슬픔 같은 것.

"삶을 경험하지 않는다면 우리는 노래할 수 없어. 그게 우리의 빵과 버터라고 할 수 있지. 경험 없이 노래를 부르는 건 붓 없이 그림을 그리는 것과 같아." 안젤라가 말했다.

예전에 부르던 곡 중에 그 하모니와 질감을 좋아했던 곡이 있다. 그런데 이제는 그 가사를 거의 참을 수 없게 되었다. **욕망을 느낀 당신만이 내 고통을 이해한다거나 내가 밤에 말한 이름을 아침이 모르기를 바란다거나, 내 평화가 사라지고 내 마음이 무겁다. 다시는 그 평화를 찾지 못할 거야, 다시는, 결코 다시는.**

5월이 6월 속으로 사라져 갔다. 계절이 가져다주는 모든 억제할 수 없는 낙관주의와 더불어 낮이 길어졌다. 나는 사람들 앞에서 노래 연습을 했다. 안젤라의 남편 앞에서, 로리와 그 집에 사는 여자애들 앞에서 노래를 불렀다. 안젤라는 어느 날 오후 나를 하이드파크로 데려간 후, 벤치 위에 올라가 노래를 부르게 했다. 거기에 모여든 사람들은 멈춰 서서 내가 노래하는 모습을 구경했다. 드디어 공포가 나를 놓아주기 시작했다. 내가 음악원의 문을 열고 다시 그 안으로 들어가는 법을 배웠을 때 모든 것은 여전히 거기에 있었다. 마치 긴 여행을 마치고 집에 돌아와서 모든 것이 여전함을 알게 된 것처럼.

6월 중순이 되자 맥스가 준 돈이 다 떨어졌다.

나는 안젤라 선생님에게 레슨비를 냈다. 이제는 음악원이 지원해 주지 않는 언어 치료사 비용도 자비로 부담했다. 내 사정을 알게 된 많은 사람들이 내가 비용을 대야 하는 다른 치료 방법을 내게 추천했다, 침술과 명상 앱, 후두 마사지와 필라테스. 나는 그 모든 비용을 감당해야 했다. 내가 돈을 흘리고 있다는 느낌이 들기 시작했다. 돈으로 분칠하지 않고는 떠날 수 없는 곳만 찾아다니는 것 같았다.

그래서 나는 말콤을 찾아가 예전 일을 돌려달라고 부탁했다. 첫날 저녁, 다리가 떨리고 목소리가 흔들렸지만, 예전에 했던 대로 노래를 계속했다. 사람들은 내가 노래를 부르는 동안 이야기를 나누었고, 노래가 끝날 때마다 박수를 쳤다. 이제 그 일은 일상이 되었다. 나는 일주일에 삼일 저녁과 다른 날 저녁, 오후에 몇 번 재즈를 불렀다. 학생을 가르치는 일도 시작했다. 로리가 자신이 과외하는 집 중에 한 곳에 나를 추천해 주었다.

"레슨비가 얼마나 할지 알려주세요. 융통성 있게 지불할 수 있으니까요." 내가 가르칠 학생의 엄마가 나를 만났을 때 한 말이다.

나는 로리에게 물었다. "융통성이 있다는 말이 무슨 뜻이야?"

"이루 말할 수 없을 정도로 부유하다는 뜻이야." 그녀가 일러주었다.

나는 프레디와 일주일에 세 시간을 보냈다. 그 집에서 내가 내는 수업료보다 더 많은 돈을 받았다. 그 애는 열두 살이었고 기숙학교에서 음악 장학금을 받기 위한 준비를 하고 있었다. 총리가 되고 싶어 했는데, 아마 될 수 있을 거라는 생각이 들었다. 프레디는 첫 수업에서 놀랍게도 어른처럼 이런 말을 했다. "애나, 물론 돈 때문이 아니에요. 장학금 말이에요. 가난하거나 뭐 그런 게 아니라 위신 때문에요. '장학생이라면 옥스퍼드에 입학하기가 더 쉽다'라고 아빠가 말씀하셨어요."

매 수업이 끝날 때 프레디의 엄마는 내게 다가와 레슨비 액수를 상기시켜 달라고 요청했다. 나는 얼마든 부를 수 있었다. 아마 그녀는 그만큼의 돈을 나에게 주었을 것이다. 돈은 종이에 불과했고 끝없이 순환했다. 나는 레슨비를 현금으로 받았고 말콤도 현금으로 비용을 지불했다. 그 돈은 잠시 동안 내게 머물렀다가 곧 사라졌다. 안젤라, 언어 치료사, 월세. 그리고 돈 나갈 데는 계속 생겨났다.

하지만 번 돈을 다 써버리지는 않았다. 돈을 받을 때마다 지폐를 한두 장씩 빼내 서랍에 넣어 두었다. 나는 여전히 그에게 빚진 금액을 기록해 둔 목록을 가지고 있었다. 그 빚을 갚기로 마음먹었다, 그가 나를 소유하게 두지 않을 것이다. 그건 내 환상이었다. 정신이 멍하거나 잠이 오지 않을 때면 그 생각이 났다. 그가 어둠 속에서 내 옆에 웅크리고 있는 것도, 그가 결코 말하지 않을 것을 내 머리카락에 대고 속삭이지도 않다. 아니, 내가 그의 건물에 들어가는 게 보인다. 엘리베이터를 타고 올라간다. 그의 문을 노크한다. 나를 발견했을 때의 그의 얼굴. 뭐? 충격, 그렇다, 충격, 감탄, 때로는, 때로는, 그렇다. 때로는 사랑이다. 하지만 나는 차갑게 거리를 둔다. 성공적이다. 내 환상 속에서는 어떻게든 아주 짧은 시간 안에 엄청나게 성공적이다. 그는 내 눈에서 완강한 내 마음 상태를 볼 수 있다. 나는 말한다. "여기 머물 수 없어요. 오늘 밤에 콘서트가 있어요." 아니면 뭐 그런 비슷한 것이 있다고. 대화에는 요령이 필요하다. 그런 다음 봉투에 담긴 돈을 그에게 건네 준다. 그는 앞으로 뻗은 내 손을 바라본다. 그때 그에게 말한다. "맥스. 여기 받아요. 당신에게 주는 거예요." 그는 처음에 그 봉투가 무엇인지 이해하지 못하다가 곧 그 의미를 깨닫게 된다.

6월이 되고, 7월이 되었다. 너무 더워서 노던 선(Northern Line)을 이용한 소의 운송이 법적으로 금지되었다, 영국은 덥지 않았다. 세상은 종말을 맞고 있었지만, 그동안에도 모든 일은 예전처럼 계속되었다. 나는 페스티벌에 갈 준비를 했다. 내 레퍼토리를 배우고 짐을 꾸렸다. 그리고 내 몸에 새롭게 관심을 갖게 되었다. 내 피부가 느끼는 방식에, 내 손톱 밑에 낀 때까지. 나는 오랫동안 내 몸속에 거주하지 않았던 것 같다. 나는 점점 더 단단해져 어떤 상황에도 흔들리지 않았다. 나는 항상 다른 사람들의 나에 대한 평가를 여과 없이 받아들였다는 것을 깨달았다. 그래서 그가 나에 대해 한 말도 의문 없이 받아들였다. 다른 사람들이 나보다 나에 대해 더 많이 알고 있다고 생각했다. 나는 우리가 다른 사람들이 우리에 대해 한 모든 말을 기억한다고 생각한다. 그걸로 만든 거죽을 쓰고 거울에 비친 우리 자신에게서 보이는 건 우리가 아니라 거죽이다. 나는 그 거죽이 진실이 아닐 수도 있다는 것을 깨닫기 시작했다. 그리고 그 거죽을 떼어내 버리자 나는 행복해졌다. 그 거죽 아래에서 찾은 내가 좋았다.

그렇게 좋은 때는 가끔이었다. 연습실에서 보내는 긴 하루, 호텔에서 맞는 밤. 혼자 집으로 돌아오는 길. 나는 혼자일 때가 많았다. 로리는 이제 막 새로운 사람을 만나기 시작했다. 그녀가 진지했기에 원칙적으로 내가 받아야 할 관심을 받는다는 이유로 친구의 남자 친구를 질투해서는 안 되는 일이었지만, 나는 질투가 났다. 방에 들어가니 바닥에는 로리의 원고가 쌓여 있었다. 남은 공간에는 그녀의 책이 곳곳에 널려 있어 발 디딜 틈이 없었다. 의자는 등받이에 우리의 옷이 뒤섞여 쌓여 있어 제 기능을 잊은 지 오래였다. 침대에 앉아서 일요일에 만든 야채 스튜를 5일 연속 저녁으로 먹었다. 매우 피곤해서 아래층 모임에는 참석할 수 없었다. 외로움이 내 뼛속까지 파고들었다. 그 사실이 나를 놀라게 했다. 이거야? 나는 생각했다. '성공을 위해 견뎌야 하는 게? 완전히 혼자가 되는 것. 내 머릿속에는 내 목소리밖에 들리지 않아.'

그런 날 밤에는 가끔 서랍 속 돈을 보면서 써버릴까도 생각했다. 나 자신을 위한 뭔가 좋은 것을 살 수 있었다. 나 자신을 아름답게 느끼게 하는 것으로. 다른 밤에는 그를 생각나게 하는 수집품을 꺼내서 늘어놓았다. 레스토랑의 성냥갑. 와인 병의 코르크 마개. 침대 옆 탁자 옆에 남겨져 있던, 감정이 전혀 담겨 있지 않지만 때로는 키스로 끝나는 그의 메모. 그가 나에게 한때 빌려주었던 점퍼. 그런 날 밤에 이런 물건들은 나에게 다시 마법의 물건이 되었다. 나는 그것들을 침대 위에 줄로 세웠다. 먼저 그 옷감에 남겨진 그의 흔적의 냄새를 맡는다. 무엇인지 정확히 말하기는 어렵지만 시트러스와 나무 향, 그리고 그 사람이라고 정의할 수 없는 무엇인가의 냄새였다. 나는 옷 위의 X자를 손가락으로 따라 그렸다. 그리고 바위 웅덩이의 물 아래에서 펄떡이는 생명체처럼 이 물건들이 빛을 내며 움직이는 것을 보았다.

프랭키도 마티냐르그에 가는 길이어서 우리는 함께 기차를 탔다. 내가 리허설에서 뛰쳐나온 이후 첫 만남이었다. 나는 그에게 돌아가기가 부끄럽다고 말했다.

"부끄러워하지 마. 모두 네가 극도로 예민하다고 생각해. 너는 소프라노 잖아. 그래서 돌아가는 게 나쁘지 않아."

나는 행복했기 때문에 그 몇 주가 많이 기억나지 않는다. 태양은 뜨거웠고 공기는 음악으로 가득 차 있었다. 에어컨이 설치된 스튜디오에서 긴 하루를 보내며, 목소리를 서투르게 다루면서 소리 내는 연습을 했다. 날마다 사람들 앞에서 노래를 불렀다. 레슨과 콘서트, 그늘진 광장에서 하는 공개 마스터 클래스에서. 그렇게 노래는 다시 내 일부가 되었다. 내가 가지고 있었던 두려움을 잊게 되었다. 노래를 잘 하지 못하더라도 나는 웃을 수 있었다. 저녁에는 벽에서 헐떡이는 자갈들 사이로 열기가 올라왔다. 늦게까지 노는 아이들을 볼 수 있었다. 우리는 항상 같은 장소에 갔다. 안뜰 정원이 있는 레스토랑, 조명으로 장식된 나무. 재스민과 담배 연기. 거기에서 값싼 와인과 값싼 음식을 먹었고, 허세에 가득 차 치열한 대화를 나누었다. 왜 목소리가 가장 본능적이고 인간 표현의 가장 근본적인 형태인지에 대해. 오페라가 어떻게 살아 숨 쉬는 예술로 만들어져 의미를 부여하려고 하는지에 대해, 어떤 작품, 어떤 작곡가가 여전히 우리에게 울림을 줄 수 있는지 아닌지에 대해. 모인 사람들 중에 영어권 가수는 나와 프랭키뿐이었다. 모두들 다른 나라 사람들이었다. 우리는 대부분의 가수가 알아들을 수 있도록 프랑스어, 독일어, 약간의 이탈리아어 등이 섞인 영어로 대화를 이어갔다. 내 세계가 확장되고 있었다. 내 직업은 나를 어디로든 데려갈 수 있었다. 공기가 차가워지기 시작하는 자정이 훨씬 넘어서까지 우리 중 아무도 숙소로 돌아가지 않았다.

페스티벌에는 작곡가와 작가를 위한 프로그램도 포함돼 있어 우리는 그

룸으로 모여 협업을 했다. 짧은 작품을 만드는 데 몇 주를 보냈다. 나는 동일한 오래된 비유를 반복하는 일이 지루해졌다. 강간당한 여자, 너무 음란한 여자, 살해당한 여자 또는 미쳐서 자신이나 남편이나 자녀를 죽인 퇴출된 여자가 되는 일이 지루했다. 이렇게 말하는 일이.

그는 나에게 X를 했다.

그는 나에게 Y를 했다.

나는 그 일을 절대로 극복하지 못했다.

그런 작품은 삶에 진실되지 않은 것처럼 보이기도 했다. 나는 어쨌든 그렇게 되고 싶지 않았다. 나는 그 작품을 거부했다. 내가 사랑하는 이 예술은 단지 같은 말만 반복하는 것이 아니다. 내가 원한다면 무슨 말이든 할 수 있는 것임을 깨달았기 때문이다.

어느 늦은 저녁, 프랭키와 나는 덴마크인 베이스, 프랑스인 소프라노와 함께 지내는 아파트로 걸어가고 있었다. 밤에는 이곳이 실제하는 장소처럼 느껴지지 않았다. 거리는 조용하고 텅 비어 있었다. 우리는 그날 저녁에 콘서트를 했고 아침에는 쉬었으며. 모두들 밖에서 술을 마셨다. 나는 숙소에 가고 싶지 않았다. 내가 작은 광장에서 분수 주변을 어슬렁거리다가 분수에 손을 담그고 있을 때 프랭키가 뒤에서 다가왔다. 그는 내 허리에 손을 얹었고, 내가 돌아서자 나에게 키스했다. 그는 이 키스가 우리 사이에 비밀스럽게 이해된 것처럼 미소를 지었다. 키스는 좋았고 그날 저녁은 포근하고 어떤 가능성으로 풍요로웠던 데다 그의 얼굴에 감춰진 흥분이, 그의 심장이 내 심장에 대고 빠르게 뛰는 움직임을 느낄 수 있다는 사실이 나를 감동시켰다. 이 때문에 나도 그와 똑같이 미소 지었다. 그리고 그의 목에 팔을 둘렀고, 나도 같은 마음이라는 듯 그에게 키스를 돌려줬다.

그 후 우리는 사랑에 빠진 젊은이처럼 행동했다. 우리가 사랑에 빠진 사람들인지 아닌지 말하기는 어려웠다. 프랭키는 좋은 배우였고, 나도 마찬가지였다. 로맨스의 소품들이 우리에게 아주 잘 어울렸다. 우리는 햇살이 비치는 발코니에서 함께 커피를 마시고 리허설을 하러 걸어갔다. 축제의 일환으로 매일 저녁 콘서트가 있었는데, 우리는 야외에서 군중과 함께 그 공연을 관람했다. 우리는 매우 자유로웠다. 쉬는 날에는 차를 빌려서 바닷가로 향했다. 관광 안내 책자에서 볼 수 있는 형형색색으로 칠해진 집들이 늘어서 있는 자갈길을 걸었다. 해변에 앉아 모래성을 쌓는 아이들, 다투고 있는 다른 커플들을 지켜보았다. 프랭키는 수영을 하고 나서 젖은 채로 나에게 다가와 팔을 둘렀다. 나무들이 바닥과 서로의 얼굴에 격자무늬를 만들고 있는 그늘진 광장에서 우리는 점심을 먹으며 소소한 일상을 나누었다. 그는 맥스와는 아주 달랐다. 나는 그를 정확히 읽을 수 있었다. 질문하면 프랭키는 대답하기 전에 매우 신중하게 생각했고, 자신이 정확한 대답을 한 건지 나에게 확인했다. 그는 자신에 대해 이야기하는 것을 좋아했는데, 과장된 말투를 썼다. 그가 무슨 생각을 하든지 나는 그의 얼굴에서 바로 알아낼 수 있었다.

맥스를 잊은 게 아니었다. 바로 잊은 게 아니었다. 그보다는 맥스는 다른 시간대에 속해 있었다고 할 수 있었다. 겨울에. 우리는 함께 있으면서도 따뜻하지 않았다. 우리는 손을 잡고 거리를 배회한 적이 없었고, 안으로 들어가려고 서두른 적도 없었다. 나는 가끔 프랭키와 보내는 저녁에 그와 함께했으면 하고 바랐던 것 같다. 잠자리에서 프랭키는 항상 평소 모습 그대로였다. 쉽게 흥분하고, 투명했다. 그때도 가끔 맥스가 생각나 눈을 감고 있다가, 나중에는 그런 자신을 부끄러워하기도 했다. 프랭키는 다른 가수들과도 시끄럽게 떠들며 잘 어울렸다. 그 옆에 내가 있다는 게 좋았다. 그때, 결국은 이게 맥스랑 그렇게 다른 점인가? 하는 생각을 했다. 내가 누군가를 사귀게 되면, 나는 그들의 색깔을 입는다. 점점 더 그 남자처럼 되고 점점 더 나답지 않게 된다. 어쩌면 프랭키가 나답게 되는 것을 막았을 수도 있다. 그는 처음부터 나와 더 가까웠으니까 더 그랬을 수도 있다. 그가 나를 감싼 거죽은 나한테 더 잘 맞았다. 그는 딱 한번 나에게 물었다. "그 남자랑 무슨 일이 있었니? 네가 만나고 있던 그 남자." 나는 그냥 말했다. "뭐 별일 없었어. 잘 안 됐어."

우리는 6주 동안 그곳에 있었다. 내 머리카락은 거의 허리까지 자랐고 햇빛으로 색이 밝게 변했다. 머리카락이 어깨까지 자란 프랭키는 진짜 보헤미안처럼 보였다. 내가 그를 처음 만났을 때 떠올렸던 가난한 슈발리에, 바로 그 모습이었다. 그가 내게 머리카락을 잘라달라고 했지만, 나는 그대로가 좋아서 그 부탁을 거절했다.

넷

23

호텔. 내 방은 새장 모양이지만 크고 높은 창문이 있다. 새벽이다. 그는
자고 있지만 나는 깨어 있다. 창틀에 발을 올려놓고 태양이 유리를 통해 그
팔을 뻗고 흰색 옥상 위로 하늘이 하얗게 변하는 것을 지켜본다. 빛은 팔에
있는 털을 금색으로 빛나게 하고, 피부를 애무하면서 표백하듯이 몸을 하얗
게 보이게 한다. 나는 그 광경을 지켜본다. 옷을 입지 않는다. 하루가 시작되
고 사람들은 할 일이 있다고 생각하지만. 나는 할 일이 없거나 하지 않을 것
이다. 담배를 피우고 싶다. 여기 옥상 위에 앉아서 담배를 핀다. 공중에 나만
의 그림을 만든다. 내 뒤의 호텔 방. 바닥에 뒤죽박죽 섞인 옷, 어질러진 이
불, 피부와 섹스와 머리카락 냄새. 그는 여전히 자고 있지만 그는 중요하지
않다. 빛이 중요하다. 유리를 통과해 팔을 뻗는 태양에 닿으려고 손을 내민
다. 내 담배에 그 불을 붙인다. 일하고 싶지 않다. 담배를 피우고 싶다.

고요하다. 머릿속에서 나는 여전히 파리의 호텔 방에 있다. 그때 박수가
시작되고 나는 돌아온다. 인사를 마치고 피아니스트에게 몸짓을 한다. 그녀
도 인사한다. 청중을 바라보고, 그들이 인정했음을 알거나, 인정하기를 희
망하면서 다시 분장실로 돌아온다. 혼자가 된 이 순간. 완전한 고요. 한 시
간 전에 여기 있을 때 나는 흥분해서 긴장을 풀기 위해 스트레칭을 하고, 화

장을 하고, 곡을 다시 연습하고, 그 곡이 연습했던 대로 잘 되는지 확인하기 위해 다시 연습했었다. 이제는 화장 가방을 밀어 놓고 콘서트에서 입었던 드레스와 구두를 벗는다. 기고만장했던 느낌에는 피곤함이 따라온다. 그리고 노크 소리가 들린다. 누군가 들어와서 말한다. "축하해요." 그런 다음 다른 누군가가 고개를 들이밀고 말한다. "우리 술 한 잔 하러 가는데, 같이 갈래요? 그리고 또 다른 누군가가 말한다. "당신은 운 좋게도 마지막이었네요. 제일 먼저 노래하는 건 정말 싫어요. 근데, 당신이 부른 풀랑크 노래는 너무 아름답지 않았어요? 잘했어요. 같이 가세요?" 그러면 나는 말한다. "네, 가요. 잠시만 기다려 주세요." 그리고 그 잠깐 동안 다시 혼자가 되고, 악보를 다시 가방에 넣는다. 그 노래는 이제 끝났지만 나는 앞으로 더 많은 노래를 부를 것이다. 분장실은 다시 평범한 방이 되고 나도 평범한 사람이 된다. 그 밤은 온전히 나의 것이다.

어젯밤 콘서트 후에 술을 너무 많이 마셨다. 갈비뼈에 심장이 쿵쾅대는 느낌으로 새벽 4시에 깨서 내가 본 것이 진짜라고 확신했다. 나는 옥스퍼드에 있는 맥스의 집에 나타났다. 긴 머리에 완벽한 피부를 가진 20대 초반이나 10대 후반으로 보이는 한 소녀가 문을 열었다. 그래서 나는 생각했다. '맙소사, 그 사람은 정말로 젊은 여자를 좋아하는구나.' 맥스를 만나러 왔다고 말하자 그 소녀는 돌아서서 소리쳤다. "아빠." 계단을 내려오는 그 사람을 보니 나보다 훨씬 나이가 많았다. 어떻게 전에는 알아채지 못했을까? 어떻게 모를 수 있었던 거지? 그가 말한 나이보다 훨씬 나이가 더 들었다는 것을. 그는 화를 내고 나를 미워했다. "애나, 도대체 여기서 뭐 하는 거야, 누가 보기 전에 나가..."

나는 일주일 내내 그를 생각했다. 그 이후로 나는 돈이 든 봉투를 들고 그의 아파트에 갔다. 나는 곧장 엘리베이터를 타러 갔지만 안내 데스크에 있던 남자가 나를 멈춰 세웠다.

"어디 가세요?"

"192호요. 전 맥스의 친군데 그가 기다리고 있어요."

어리석은 거짓말이었고, 그는 내 거짓말을 알아챘다.

"그 아파트에는 맥스가 살지 않아요." 그는 말했다.

"193호인가? 19층이요."

"그 층에 맥스란 사람은 없어요."

　곤경에 처한 사람의 공포를 드러내는 내 표정을 보고, 그는 나를 불쌍히 여겨 그 상황을 넘길 수 있는 말을 꺼냈다. 내가 누구인지, 왜 거기에 있었는지, 나와 이 맥스라는 사람은 어떤 관계였는지 물었다. 그러고 나서 그는 말했다. "나는 여기서 일한 지 얼마 되지 않았지만, 192호 세입자가 얼마 전에 바뀌었어요. 맥스라는 사람은 이사 갔나 봅니다."

　"그런가봐요. 고마워요." 나는 그가 한 말을 곱씹다가 말했다. "하지만 세입자라니 무슨 말이에요? 임대를 말하는 건가요?"

　그러자 그는 나를 미친 사람 아닌가 생각했고, 이후 거만한 태도로 아파트 주민에 대한 정보를 공유할 수 없는 건 당연한 거 아니냐며 이만 나가는 게 좋겠다고 말했다.

　거리로 나와서 나는 그 아파트를 검색했다. 그 아파트는 8년 전 빌딩이 지어졌을 때부터 주인이 바뀌지 않았다. 그때 맥스는 교외 어디에선가 아내와 함께 살고 있었다. 그래서 그가 그 아파트를 임대했었나 보다. 그에 관한 나의 버전을 이리저리 짜 맞추어 보았다. 그는 분명히 그 아파트를 자신이 소유하고 있다고 말했다. 그와 나눴던 대화가 생각났다. 우리는 함께 수영장에 있었고, 나는 수영장에 왜 우리만 있고 항상 비어 있는지 물었다. 그는 해외 투자자들이 소유하고 있기 때문이라고 말했다. 그가 아는 한, 그 건물의 아파트를 사서 실제로 사는 사람은 그와 다른 한 사람뿐이라고 했다. 다른 아파트들은 임대되었거나 빈 채로 집값이 오르기를 기다리고 있다는 것이다. 나는 결코 치유되지 않은 오래된 상처에서 오는 찌릿한 느낌 같은 상당한 분노를 느꼈다. 나는 진정으로 그를 알지 못했다. 내가 본 것은 그가 보여주고 싶어 했던 모습이 전부였다.

그런데도 그에 대한 생각을 멈출 수가 없었다. 내가 지난 몇 달 동안 듣지 않으려 열심히 노력했던 그 끈질긴 곡이 다시 시작되었다. 나는 밤에 깨어나 그가 왜 아파트를 떠났는지, 어디로 갔는지를 추측하는 일을 끝없이 강박적이다 싶게 반복했다. 마치 쓰레기통에 들어갈 기회를 찾으면서 뚜껑 주위를 윙윙거리는 파리 같았다. 나는 그를 만나야만 했다. 스스로에게는 돈 때문이라고 납득시켰다. 이 이유가 전부는 아니지만 사실이 아닌 것도 아니니까. 그 돈을 보고 싶지 않았다. 집에 그 돈이 있어서 마음이 불편했다. 프랭키와 함께 침대에 누워 있으면서도 불편한 마음으로 그 돈을 의식하고 있었다. 내 서랍에 얼마나 많은 현금이 들어 있고 그 돈이 실제로 누구의 것인지를.

그렇다고 꼭 돈 때문만은 아니었다. 내가 바라는 건 돈을 돌려주는 것뿐이라고 말할 수도 있지만, 그런 것만은 아니었다. 그의 아파트에 가서 그가 사라진 것을 알게 되었다. 그 후, 그가 어디에 있는지를 아는 게 나에게 얼마나 큰 위로였는지를 깨달았다. 돈이 생기자마자 나는 그에게 가서 다시 만날 수 있다고 생각했다. 거리를 두고 다시 보면 그를 명확히 볼 수 있을 것이다. 나는 이해할 것이다. 그렇게 하는 것만이 내 집착을 진정시킬 수 있다고 믿었다. 그렇게 하지 않는다면 나는 다시 그 비현실적인 세계 —그가 나에게 했던 말로 상상하는 장면과 시나리오, 끝없는 추측과 의심이 있는 그곳—로 돌아가게 된다.

나는 그의 전화번호를 삭제했지만 이메일은 가지고 있었다. 그의 직장 이메일. 그의 비서가 그가 받은 모든 이메일의 사본을 보관한다. 그 일을 알고 있었기 때문에 나는 할 수 있는 한 최대한 중립적인 메시지를 써서 보냈다. 그에게 돌려주고 싶은 것이 있는데 만날 수 있느냐고. 보내자마자 바로 메일이 떴다. 반송된 것이다. 그의 회사 웹사이트에 들어가 찾아보았지만 그의 이름은 어디에도 없었다. 회사를 그만둔 걸까? 그날 밤, 나는 갑자기 잠에서 깨어 안내 데스크에 있던 남자가 한 말을 기억했다. '이 아파트에는 맥스라는 사람이 없어요.' 그러자 터무니없는 생각이 들었다. 맥스란 이름은 그의 본명이 아니었을까? 하지만 곧 정신을 차리고 그게 어리석고 미친 생각이었음을 깨달았다. 그의 명함, 은행 카드, 봉투 뒷면에서 그의 이름을 본 적이 있지 않은가.

주말에 로리가 크리스마스트리를 받았다. 하지만 아무도 장식에 돈을 쓰고 싶어 하지 않았기 때문에 우리는 즉석에서 목걸이와 팔찌, 수저를 나뭇가지에 묶었다. 새시는 채식 위주의 크리스마스 만찬을 준비했는데, 우리는 지구온난화 관련 활동과 인스타그램의 페미니즘, 엘라가 아티큘레이트 앱에서 속임수를 쓰는지에 대해 언쟁을 벌이며 저녁을 보냈다. 로리는 밀의 공동생활 실험은 성공했다고 말했다. 우리는 정확히 대가족 같았고, 가족이어서 가능한 되지도 않는 다툼을 계속하고 있었다. 나는 그때 우리가 저녁을 마무리하기 적당한 논의로 모임을 정리할 거라 생각했는데 모두들 감상적인 기분에 젖어 들어버렸다.

크리스마스까지 4일 남았고 이제 모두 집에 갔다. 프랭키도 오늘 아침에 떠났다. 그는 가수 일을 잘하고 있어서 일 때문에 자주 떠나 있곤 했다. 프랭키가 없을 때 나는 그에 대해 별로 생각하지 않았지만, 그가 돌아오면 항상 행복했다. 그는 내가 기억하기도 힘들 만큼 많은 동료들과 매우 큰 집에서 살고 있다. 그들은 티백을 재사용하고 아무도 설거지를 하지 않는다. 방의 커튼레일이 고장 났는데 프랭키는 교체 비용을 내고 싶지 않아서 창문에 시트를 고정시켰다. 그래서 그의 방은 항상 황혼 무렵처럼 어두컴컴했다. 그는 자주 술에 취했는데, 그럴 때마다 나를 사랑한다고 말한다. 나는 그를 사랑하지 않기 때문에 아무 말도 하지 않는다. 아니, 정확히는 내가 사랑이라고 생각하는 방식으로는 그를 사랑하지 않는다. 그는 내 내면의 삶에 다가오지 않는다. 그가 나를 다치게 할 수 없다면 그것이 사랑일까? 그가 내 속으로 손을 뻗어 나의 본질적인 부분을 잡을 수 없다면, 그 부분을 짜내도 그가 없다면? 이것이 수세기 동안 이어진 시, 영화, 오페라, 눈물, 자살의 소재일 수 있는가? 쉬는 날이면 함께 슈퍼마켓에 가고, 침대에서 TV를 보고, 내가 신발을 어디에 두고 가는지 찾아보고, 같이 있지도 않았으면서 같이 있었다는 듯이 내 이야기를 하냐며 다투는 일이.

오늘 아침 꿈을 꾸고 깨어났을 때, 프랭키는 여전히 잠들어 있었다. 나는 휴대폰을 찾아 갤러리에서 사진을 넘겨보았다. 은행 거래 내역을 찍은 사진 맨 위에 주소가 있었다. 나는 이 주소를 보며 전에도 어떤 가능성을 떠올려 본 적이 있지만 불가능하다고 생각해 배제했었다. 그 집은 높은 벽에, 해자가 있는 침입할 수 없는 중세의 성처럼 내 환상 속에서 신화적인 부분을 차지하고 있었다. 나는 그 집을 찾아가기로 결정했다. 나는 그를 다시 만날 것이다. 내 머릿속에 그의 최종 이미지를 고정시키면 그 이미지는 계속 나를 따라다니지 않을 것이다. 속일 가능성이 없는 실제 상황에서 그와 맞닥뜨리게 된다면 그는 어디에서도 숨을 곳을 찾지 못할 것이다. 나는 어떤 식으로

든 그를 망치고 싶지 않았고, 곤경에 빠뜨리고 싶지도 않았다. 내가 가야 하는 이유를 점검하고 싶었지만, 아니, 그런 일에는 관심이 없었다. 나는 단지 궁금했고, 참을 수 없이 궁금했던 것이다. 그리고 그렇게 함으로써 내가 치유될 것이라고 생각했다.

잠에서 깬 프랭키는 가야 한다며 기차를 놓칠까 걱정했다. 그러고는 나에게 작별 인사를 하고 전화를 하겠다며 행복한 크리스마스를 기원해 줬다. 그가 떠나자 나는 서랍에서 돈을 꺼냈다. 그리고 그 돈을 백 파운드씩 묶어서 침대 위에 펼쳐 놓고 세어 보았다. 나는 프랭키에게 그 돈에 대해 말한 적이 없다. 그는 맥스에 관해 조금 물어봤지만, 돈에 대해서는 한 번도 묻지 않았고, 많이 묻지도 않았다. 그 사람에 대해 이야기할 때 더 신랄해지고 독설에 가득 차 있는 내 목소리가 싫어서 나는 프랭키가 그에 대해 물어보지 않는 게 좋았다. 프랭키는 눈치채지 못하는 것 같았지만, 알았더라도 신경 쓰지 않았을 것이다. 그는 질투하는 사람이 아니다. 그는 좀 느긋해 보일 정도로 내 애정을 당연하게 여긴다. 그런 점은 내가 그를 원할 때는 매력적이지만 반대의 경우엔 짜증의 원인이 된다.

나는 현금으로 뒤덮인 나와 로리의 침대를 본다. 그 돈을 모으기까지 몇 달이 걸렸다. 달마다 계속해서 매주 조금씩 모아서 내 속옷 서랍의 깡통에 숨겨 놓았다. 그 사이에 낮은 점점 짧아지고, 바깥 공기는 너무 오래 앉아 있었던 목욕물처럼 점차 차갑게 변해갔다. 세어보니 딱 맞는 금액이었다. 이미 알고 있는 사실이었지만 그런 의식이 마음을 진정시켜 주었다. 나는 돈을 다시 봉투에 넣고 휴대폰으로 기차 시간을 확인한다.

밖은 아름답다. 크리스마스카드 속 그림처럼 상쾌하고, 밝고, 추운 12월의 어느 날이다.

나는 옥스퍼드행 기차에서 내려 택시를 타고 운전기사에게 주소를 알려준다.

"크리스마스를 보내러 집에 가는 건가요?" 운전기사가 묻는다.

"아니, 아직이요."

더 이상 대꾸하지 않고 쌀쌀맞게 굴었지만, 그는 여전히 잡담하고 싶어 한다. 두서없는 대화가 이어진다. 스페인 음식. 당구채 가격. 정치.

"사람들은 그것을 값비싼 취미로 생각하지 않아요. 하지만..." 그는 말한다.

택시는 도시를 벗어난다.

똑같은 모양의 상자 같은 집들이 줄지어 늘어서 있는 큰 길로 들어섰다. 일부 집들은 축제 분위기에 휩싸여 있다. 장식등이 깜박거리거나 플라스틱 눈송이가 매달려 있거나, 산타의 엉덩이와 다리가 창문 밖으로 튀어나와 있다.

운전기사는 여전히 뭔가를 주절대고 있다. 손자 이야기. 다시 당구 이야기. 예전에 내가 지금 앉아 있는 바로 이 자리, 차 뒷자리에 앉았던 남자가 칼을 뽑아 들었던 이야기. 나는 그가 바라는 대로 예의 바른 반응을 해준다. "오, 정말요, 말도 안 돼요, 믿을 수가 없어요". 마치 오디션을 보는 기분이다. 경쟁자의 의식을 파고들어가 집중하지 못하도록 가벼운 잡담을 한다.

나는 집중하면서 정신을 맑게 하려고 노력한다. 왜냐하면 내 마음속에는 그 집과 거기 사는 모든 사람들이 신분 노출을 막기 위해 이미지를 공유할 수 없는, 뉴스 속 사람처럼 여러 화소로 분할돼 보였기 때문이다. 스스로에게 말한다. '이제 15분, 10분, 그리고 5분 남았다고.' 가방 속 봉투를 만져보고, 휴대폰 카메라로 내 얼굴을 확인한다. 이제 3분 남았다. 하지만 지금 하는 일이 현실 같지가 않다. 너무 많이 상상해서 그런지 막상 맞닥뜨리자 꾸며낸 느낌이 든다.

차가 커브를 돌았더니 더 이상 집이 보이지 않는다. 찻길 양 옆에는 들판과 전봇대가 있다. 운전기사는 여전히 말하고 있었지만, 나는 이제 듣는 척하기를 그만두고, 엉뚱한 곳에서 들려오는 소음을 계속 듣고 있다. 더 작은 길이 계속 나오고 점점 더 비현실 속으로 들어가는 듯하다가 좁은 시골길로 들어섰다. 나는 그 길을 안다. 구글 스트리트 뷰가 멈췄던 곳이다.

택시는 나를 그 길 끝까지 데려가더니 대문 앞에서 멈췄다. 대문 너머에는 나무가 줄이어 서 있는 진입로가 있어 그 집이 보이지 않는다.

"괜찮아요." 나는 아무도 차 소리를 듣지 않기를 바라면서 말한다. "여기서 내릴게요."

"정말 괜찮겠어요?"

"고맙습니다."

나는 그에게 돈을 지불하고 대문을 통과하여 진입로로 올라간다. 모퉁이를 돌아 침범할 수 없어 보였던 이 집에 지금 내가 와 있다. 그 집의 이미지가 뚜렷해진다.

집은 내가 상상했던 것과 전혀 다르다.

길고 낮은 L자 모양의 집, 평평한 지붕, 벽돌, 긴 창문. 어떤 형태의 건물인지 이름을 댈 수 없었고, 언제 지어졌는지도 짐작조차 할 수 없었다.

나는 바로 현관 앞으로 걸어가 벨을 누른다. 내가 상상했던 것과 너무 달라서, 그 사람이나 그의 아내가 대답할 수 있다는 사실을 믿기 어렵다. 더 이상 내가 그를 믿는지조차 모르겠다. 내가 노크를 하고 약간 고요한 시간이 흐른 후 복도에서 발소리가 나더니 걸쇠를 만지작거리는 소리가 들렸다. 누군가가 있다. 아주 짧은 시간, 나는 두려움을 느끼기 시작한다.

"맥스 있어요? 그에게 줄 게 있나요. 맥스 있어요? 그에게 전할 게 있어요."

하지만 문을 연 사람이 맥스였기 때문에 그 말은 할 필요가 없어졌다. 그를 그곳에서 그렇게 가까이서 다시 만나는 일은, 사진으로만 봤던 사람과 대면하는 것처럼, 그를 몹시 친숙하면서도 동시에 완전히 낯설게 하여 내가 그를 정말로 알고 있는지 아니면 그냥 안다고 생각한 것인지 혼란스러운 기분이 들게 한다.

그가 미소 짓는다.

"애나, 안녕."

예고 없이 나타나서 얻을 수 있을 거라 생각했던 모든 이점은 그 미소와 함께 사라진다.

"안녕하세요."

나를 보고 놀랄 거라 예측했던 그 상황을 그는 보여주지 않고 있다. 그의 두뇌가 그를 따라잡기 전에 충격의 순간, 공황의 순간이 있을 것이라고, 그 다음에 그가 나를 그 집에서 쫓아내려고 할 것이라고 상상했었다. 하지만, 아니었다. 그는 숨길 것이 없다는 듯이 문을 활짝 열고 미소 짓는다. 거기에는 또 다른 이상한 점이 있었는데, 정확히 그것이 무엇인지 알아내는 데는 몇 초가 필요했다. 그는 청바지를 입고 있었다. 청바지에, 그에게는 좀 커 보이는 빨간 니트 점퍼를 입고 맨발이다. 상상했던 위협에서 벗어난다. 그가 청바지 입은 모습을 본 적이 없다. 그의 이런 평범한 모습을 본 적이 없었다.

"들어올래?" 그가 문 앞에서 비켜섰다.

내가 홀로 걸어 들어가자 그는 내 코트를 받아 벽장에 넣는다. 신발을 벗었는데 그는 그 신발도 치워준다. 그는 이 환영 의식을 수행하는 동안 아무 말도 하지 않는다. 질문도 없고, 내가 도대체 거기서 뭐 하고 있는지도 묻지 않는다. 그런 모습이 나를 당황하게 한다. 어느 새 사과하고 있는 나 자신을 발견한다.

"이렇게 여기에 나타나서 정말 미안해요. 미안해요. 그냥, 만나야 할 일이 있었어요. 얼마 전에 전화기가 고장 나는 바람에 당신 전화번호가 없어졌어요. 당신 아파트에 갔더니 이사를 갔다고 하더라고요. 저, 당신에게 줄게 있어요. 그래서 왔어요. 미안해요. 방해가 되지 않았으면 좋겠어요. 당신을 만날 수 있는 다른 방법이 생각나지 않았어요, 난..."

그는 내 사과가 동이 날 때까지 기다린다. 재미있다는 표정으로 나를 쳐다본다. 나는 그의 침착함을 잊고 있었다. 내가 하는 모든 불필요한 행동을 나 자신이 의식하게 만드는지를.

"애나, 진짜로, 걱정하지 마." 그가 말한다. "만나서 반가워."

우리는 홀에 서 있다. 그는 들어가려고 하지 않고, 아무 말 없이 내가 무심코 웃긴 말을 한 것처럼 그저 웃기만 하고 그 침묵을 채우려고 하지 않는다. 할 수 없이 내가 사교적인 예의를 차린다. 칵테일 파티에서나 하는 대화를 시도하는 것이다. 우선 그 집이 아름답다고, 복도가 감탄스럽다고 말한다. 실제로 그 복도는 아름답다. 길고 매우 가벼우며, 왼쪽 창을 따라 낮게 놓인 벤치, 오른쪽에 있는 미닫이 문. 가벼운 나무 바닥이 끝부분에서 벽을 따라 휘어져 올라가는 나무 계단과 합쳐지고 있다. 꽃병에는 밝은 꽃이 꽂혀 있다.

"고마워. 나도 좋아해."

"뭐 하고 있었어요?"

"오늘? 여기에 나무를 세우고 있었어."

오른쪽의 첫 번째 방은 두 벽에 목재 프레임을 한 창문이 있는 거실이다. 나무는 방의 한쪽 끝에 놓여 있고, 거의 천장에 닿는 높이의 진짜 나무였다.

숲에 들어간 듯 소나무 냄새가 나고 바닥은 그가 나무를 끌면서 떨어뜨린 소나무 바늘잎으로 뒤덮여 있다. 바닥에는 장식물이 들어 있는 상자 몇 개, 트리 장식용 방울, 줄에 엮여 있는 조명이 있다. 그는 엉킨 줄을 풀고 있는 중이다. 나무를 스탠드에 세우기 위해 그가 쓴 톱과 잘라낸 나뭇가지들, 나무 몸통 조각이 널려 있다.

그가 입구에서 나와 가까이에 서 있어서 그의 땀 냄새를 맡을 수 있다. 강렬한 끌림.

"그럼 트리를 장식할 거예요?" 무슨 말인가 해야 해서 나는 말한다.

"장식은 아이들을 위해 남겨둘 거야."

"뭐라고요?"

내 의도보다 좀 더 과잉 반응이다. 그는 나를 옆으로 본다.

"내 형의 아이들. 아이들은 월요일에 와."

젠장, 침착해. "아, 맞다. 멋지네요." 나는 말한다.

"그렇지. 사실 온 가족이 여기 와서 크리스마스를 보낼 거야."

"멋지네요."

"응."

침묵.

"여기는 엉망이야. 위층으로 가자."

복도를 내려가면서 그는 지나가는 곳에 위치한 방을 가리키며 내가 들여다보게 했다. 식당, 골동품 테이블, 파란색 의자. 하얀색 주방, 진회색 타일. 모든 것이 가볍고 깔끔하고 조용하다. 그는 나에게 집에 대해 설명한다. 30년대에 지어졌단다. 하지만 이것은 새로운 모더니즘이며, 흰색 큐브 상자 같은 종류의 모더니즘이 아니란다. 단순한 입면, 기능적 디자인 등의 기본 원리는 동일하지만 전통적인 자재로 지었다고 그는 말한다. 적절한 재료라고. 그는 건축가의 이름을 내가 들어봤을 것이라는 듯이 아무렇지 않게 말한다. 나는 그 이름을 들어본 적이 없었지만 고개를 끄덕인다. 집이 지어진 이래로 한 가족이 쭉 여기에 살았었고 아버지에게서 아들이 물려받았다고 한다. 그가 그 집을 샀을 때는 거의 허물어지고 있었다. 그런데 그는 그런 집이 좋다고 말한다. 그는 그 집을 다시 복원했다.

우리는 계단을 올라가고 있고, 그는 여전히 말을 하고 있다. 나는 가끔 꾸었던 꿈속에 있는 것 같은 느낌이 든다. 그 꿈에서는 내가 무대 위에 있고 노래를 불러야 한다는 것을 알지만 어떤 오페라에 출연했는지 기억할 수 없었다. 지금은 그가 혼자서 아주 멋지게 진행하고 있어서 정확히 말해 악몽은 아니다. 내가 할 일은 그가 이끄는 대로 따라가는 것뿐이다.

"여기야." 그가 멈춰 섰다.

아래층보다 더 아늑한 또 다른 거실. 벽돌로 만들어진 벽난로 주변에 배치된 소파. 깔끔하게 정리된 책꽂이가 늘어선 한쪽 벽, 파란색 꽃병에 꽂혀 있는 꽃. 바닥에서 천장까지 이어지는 목재 프레임 미닫이 창. 잔디, 나무, 분홍색 꽃이 보이는 발코니. 주변에 다른 집은 없다.

우리는 같은 소파에 앉았다. 한쪽에는 그가, 그와 아주 멀리 떨어진 다른 한쪽에는 내가.

"그래서 런던 아파트에서 나왔어요?"

"세를 줬어. 팔 수도 있는데 아직 결정하지 않았어."

"왜요?"

"글쎄, 그 아파트가 그렇게 좋은 투자인지 더 이상 확신이 들지 않아. 지금 분위기에서는 아니야."

"아니, 내 말은 왜 떠났냐고요?"

"더 이상 거기에 있을 필요가 없어서. 런던에. 나 그만뒀어."

"회사를?"

"응."

"정말요? 왜요?"

그는 어깨를 으쓱했다.

"여러 이유가 있어."

"어떤 이유요?"

"회사에서는 여전히 뉴욕으로 옮기라고 압력을 가하고 있었어. 그리고 나는 그럴까 하고 생각하고 있었지만, 뉴욕에서 6주를 보내고 나서 그렇게 하지 않기로 결정했어. 그리고 맞아, 여러 가지 이유로."

"그럼 뭘 할 거예요?"

"아직 잘 모르겠어. 뭔가 의미 있는 것."

그는 자기 자신이나 아니면 나를 놀리는 것처럼 미소 짓는다. 그 오래된 친숙한 감각. 그는 내가 모르는 것을 알고 있고, 나는 따라갈 수가 없어 항상 비틀거리며 몇 걸음 뒤처져 있다. 더 할 말이 생각나지 않아서 나는 말한다. "화장실을 사용해도 될까요?"

"복도 끝에 있어." 그가 대답한다.

유리로 눈부신 복도. 복도를 따라 위치한 침실에는 깔끔하게 정돈된 침대가 있다. 침대만 없으면 그냥 빈 방이다. 화장실이 딸려 있는 복도 끝에 있는 가장 큰 방이 그의 침실이다. 침대 옆 탁자에 책 더미가 쌓여 있고, 의자에는 몇 장의 셔츠가 걸쳐져 있다. 복도 끝에 있는 화장실에 들어간다. 내가 여기 있는 이유를 기억하려고 애쓴다. 값비싼 냄새가 나는 비누로 손을 씻는다. 다른 세면도구는 없고, 욕조 옆은 텅 비어 있다. 그는 이 욕실을 사용하지 않는다. 거울을 보고 머리를 정돈한다.

그가 여기 혼자 있는 모습을 상상하지 않을 수 없다. 그가 시간을 어떻게 보내는지 궁금하다. 런던에 있었을 때 나는 주말에 그가 무엇을 하고 있을지에 대한 생각에 사로잡혔었다. 그런데 여기서는 무엇을 하고 있었을까? 책을 읽을까? 정원에서 산책을 할까? 바닥에 깔려 있는 파이프를 보기 위해 마루판을 들어 올릴까?

내가 돌아왔을 때 그는 창밖을 내다보고 있었고 바로 돌아서지 않는다. 12월의 늦은 시간이다. 차갑게 가라앉는 빛이 그를 금빛으로 물들인다. 머리가 예전보다 더 길다. 그는 더 이상 지쳐 보이지 않는다. 그에게 가서 팔로 그를 감싸고 싶은 충동이 일었지만, 나는 약한 모습을 보이려고 여기에 온 게 아님을 상기한다.

"당신에게 줄 게 있어요." 나는 말한다.

그는 몸을 돌렸다. 익숙한 그의 미소.

"이미 말했잖아. 그게 뭐지?"

나는 가방에서 봉투를 꺼내 그에게 내밀었다.

"이게 뭐야?"

"내가 당신에게 빚진 돈이요."

그는 혼란스러워 보인다.

"무슨 돈?"

"당신이 나에게 빌려준 돈."

잠깐 멈칫한다. 그는 봉투를 보다가 나를 쳐다본다.

"아, 알았어. 정말로 이럴 필요까지는 없는데."

"내가 갚겠다고 했잖아요."

"알아. 고마워."

그러나 그는 그 돈을 가져가지 않는다. 봉투를 커피 테이블 위에 내려놓았는데, 그가 아무 말이 없자 나는 부끄러워지기 시작한다. 내가 상상했던 꺼져버려 같은 제스처가 지금은 아주 형편없게 느껴진다. 나는 금액을 봉투 앞면에 적어두었다. '써 놓지 않았으면 좋았을 텐데.'

"그래서 취직했어?" 그가 묻는다.

"아니오, 글쎄, 했어요. 거의 취직했다고도 할 수 있어요. 난 음악원으로 돌아갔고, 다시 재즈를 불러요. 레슨도 좀 하고요."

"잘됐네. 잘 지내고 있어 다행이야. 걱정했어."

그때 내가 얼마나 잘하고 있는지 그에게 알려주고 싶어졌다. 나는 그에게 페스티벌에 대해 이야기하기 시작한다. 어젯밤 콘서트. 내가 했던 쇼, 테레지아의 유방. 내가 다른 두 사람과 함께 설립한 오페라 회사가 새로운 작업에 집중하고 있다고, 그리고 자금 유치 과정에 대해 설명한다. 나는 자부심을 느낄 일이 많았고 그 일들을 그에게 말하고 싶다. 그는 내 말에 귀를 기울이고 고개를 끄덕이며 웃는다. 그래도 그가 잘 이해하지 못하는 것 같아서, 내가 풀랑크에서 주연을 맡았고 정말 좋은 리뷰가 몇 개 있는데 혹시 봤냐고 묻는다. 감독이 내년에 제작할 마농에 나를 캐스팅했다는 말도 빼놓지 않는다. 그가 몇 가지 질문을 한다. 나는 10월에 우승한 대회에 대해, 내가 어떻게 그 대회에서 대표 제안을 받았는지에 대해, 대회 후속으로 열리는 리사이틀 시리즈에 내년에 참가하는 것을 얘기한다. 그는 거기에 관심을 보인다. 그럼에도 그에게 깊은 인상을 주려고 하면 할수록 그가 더 멀어지는 것 같은 느낌이 드는 이유를 모르겠다. 왜 과시하고 있다는 느낌이 드는 걸까? 나는 과장하고 있다. 여전히 그가 나를 좋아하기를 바라서... 그래서 나는 말을 멈춘다.

"당신이 잘 지내고 있어서 기뻐. 언젠가는 당신 소식을 다시 들을 수 있겠지."

"아마도요."

잠시 침묵이 흐른다. 나는 곧 가야 한다고 말하면서 그 이유가 손과 관련이라도 있는 것처럼 휴대폰으로 시간을 확인한다. 그의 눈길이 내 전화기에 머문다.

"그 전화기 옛날 거 아니야?"

"뭐라고요?"

"전화기가 고장났다고 했잖아."

"아, 네, 고쳤어요. 그래도 번호는 지워졌어요."

"그랬군."

그러다가 내 말이 앞뒤가 맞지 않음을 갑자기 깨달은 사람처럼 그가 묻는다. "어떻게 이 주소를 알아냈다고 했지?"

"안내 데스크에 있던 사람이 알려줬어요. 당신의 그 오래된 건물에 있는."

"그 사람 직업정신이 부족하군." 그는 부드럽게 말한다.

그것도 사실처럼 들리지는 않았겠지만, 거짓말임을 알아차렸을지라도 그는 그렇다고 말하지 않는다.

"서둘러 가야 해? 한 잔 하자. 여기서 기다려."

그는 아래층으로 간다.

밖은 거의 어둡다. 나는 집으로 돌아가는 길을 생각하기 시작한다. 얼마나 걸릴지, 밖이 얼마나 추울지를. 부러진 커튼봉과 재사용한 티백을. 어떻게 이 집에서 누군가를 사랑하지 않을 수 있는지, 사랑이 깨지지 않고 유지되는 게 얼마나 쉬울지 생각한다. 그의 아내한테는 해당이 안 됐지만 말이다. 그들은 함께 이 소파에 앉아 나중 일을 계획하고 술을 마신다. 그녀는 맞은편 안락의자에 몸을 웅크린 채 직장 일과 관련된 문서를 훑어보며 말한다. "잠깐 동안만 조용히 있을래요? 생각 좀 하게요." 창 너머의 어둠 속에는 아무것도 보이지 않는다. 뭐지? 라는 느낌. 그리고 외로움을 느낀다. 그녀도 외로웠을까? 그리고 뭔가에 갇힌 느낌. 그런 것을 상상하는 내가 우습다. 내 생각에 그녀는 여기에 살지 않았다.

그는 레드 와인을 가져와서 잔에 부었다. 그리고 장작에 불을 붙이고 내 옆 소파에 다시 앉는다.

"내가 당신을 찾아갔다고 당신 친구가 말했어?" 그가 묻는다.

"뭐라고요? 아니오. 로리?"

"몇 개월 전. 런던을 떠나기 직전에 바에 갔었어. 당신이 그곳에서 다시 일을 시작했을 수도 있다고 생각했지. 알고 보니 내가 맞았지만, 그날 밤 당신은 거기에 없었어."

"로리가 뭐라고 했어요?"

"로리? 당신은 괜찮다고 말했어. 당신이 다른 사람을 만나고 있고 정말 행복하니까 내가 당신을 내버려 두어야 한다고 했어. 난 그 말을 존중했어."

여전히 그가 하는 말이 의미하는 바를 이해하려고 노력하고 있을 때 그가 말한다. "당신은 여전히?"

"여전히 뭐요?"

"여전히 누군가를 만나는지."

"네."

"당신이 행복해서 기뻐." 그는 말한다. "어느 정도는."

"**어느 정도**라니 무슨 뜻이에요?"

"아쉽다는 얘기야. 그게 다야." 그는 말한다. "내 말은 당신이 누군가를 만난다는 게. 그 사람에 대해 얘기 해봐."

"할 말이 별로 없어요."

"누구야?"

"당신도 그를 만났었어요. 그 사람은 가수예요. 프랭키."

"오. 그 사람."

그는 재미있는 조합이라는 듯 눈썹을 치켜 올린다.

"당신 질투해요?" 나는 묻는다.

"글쎄, 당신은 다른 사람을 만나고 있는데도 나를 보러 여기까지 올 생각을 했어. 수표를 우편으로 보내는 대신에. 그건 흥미로운 선택이야." 그의 목소리에 아이러니가 듬뿍 묻어난다. "그래서 사랑이야?"

"그걸 왜 물어봐요?"

"그냥 대화를 하는 것뿐이야."

침묵이 흐른다. 와인을 마셨지만 거의 맛을 느끼지 못했다. 그는 내 잔을 채운다. 그의 아랫입술이 빨갛게 물들었다.

그때 그는 말한다. "이봐, 진실을 원해? 난 당신을 만나야 했어. 그래서 그 바에 갔어. 난 당신을 다시 생각하기 시작했어. 사실, 당신에 대한 생각을 멈출 수 없었어. 당신이 다른 사람을 만난다는 소식을 들었을 때, 난, 글쎄, 잘 모르겠어. 미안해."

나는 그를 쳐다본다. 나는 할 말이 생각나지 않는다. 그래서 그가 말을 하기 시작한다.

그때는 다시 추워졌을 때, 가을이 왔을 때였다고 그는 말한다. 그때 그는 우리의 마지막 만남에 대해 생각하기 시작했다. 그때 일어난 일과 그 일이 그렇게 끝난 것을 후회한다고 말한다. 그때는 일이나 이혼, 그리고 모든 면에서 최고의 시간은 아니었다고. 그는 비겁했고 자신도 그 사실을 알고 있다고 한다. 하지만 다시 추워지기 시작했을 때, 우리가 만났던 그 시간이 되면서 그 일이 생각나고...

부드럽고 달래는 듯한 그의 목소리가 계속되면서 나의 방어벽은 우습게 무너졌다. 그는 항상 이렇게 할 수 있다. 그는 갑자기, 전혀 예기치 않게, 내가 생각했던 것을 분명히 표현한다. 나는 그가 나와 같은 생각을 하고 있으리라고는 상상도 하지 못했다. 돌아보면 여름이 지나고 가을이 왔을 때 나도 그와 똑같은 상태였다. 그때가 1년 전이었다, 이제는 1년 전 일이었다. 그리고 항상 이런 식일지 궁금하다. 일년 중 이 시간은 항상 그의 색으로 가득 차 있을지. 생각해보면, 이렇게 향수에 젖는 일은 쓸모없다, 정말 쓸모없다. 나도 알다시피 나를 불행하게 만든 복잡하고 엉망진창이었던 시간을 영원히 아름답게 만드는 이런 향수는 아무 소용이 없다.

그는 나를 똑바로 쳐다보면서 내 눈을 마주 본다. 나는 이게 어떤 건지 기억한다. 이 순간만이 중요하고 그 어느 것도 눈에 들어오지 않는다. 그 다음에 이것이, 그리고 그 다음에 이것이.

"어쨌든 중요한 게 뭐지?" 그는 말한다. "뭐, 옳은 일을 하는 것? 도대체 그게 무슨 뜻이야? 도대체 옳은 게 뭐야? 함께 있고 싶은 사람과 함께 하는 것이 옳은 것 아니야? 그게 아니면 뭐가 중요하다는 거야?"

"모르겠어요." 나는 말한다.

"당신을 다시 보고 싶었어. 그게 다야."

"이제 나를 봤잖아요."

"그래, 이제 봤지."

우리 둘만 서로 바라보는 순간이 있다. 그때 나는 생각한다. '그가 맞잖아. 이렇게 만나는 일이 중요한 거야. 이거 말고 뭐가 더 있어? 이게 내가 온 이유야, 그렇잖아? 그가 맞아. 내가 아주 가만히 있으면, 아주 가만히만 있으면 그렇게 될 거야.'

그러나 그는 그 순간을 깨뜨린다. 그는 탁자 위의 봉투를 내려다본다.

"애나. 솔직히 내가 그렇게 많은 돈을 준 줄 몰랐어. 나는 알아채지도 못했어. 나는 이 돈이 없어도 별 상관이 없어. 당신이 가져. 난 필요 없어."

창문은 이제 까맣고 장작 불빛으로 그의 얼굴이 움푹 패여 보이지만 방은 예상외로 춥다.

"받아요." 내 목소리는 내 것이 아닌 양 이상하게 분리되어 들린다.

"받아요." 나는 다시 말한다. "제발. 받아요. 난 당신이 받았으면 좋겠어요."

그는 그 봉투를 내려다본다.

"좋아. 받을게." 그는 말한다.

그러나 그가 나에게 손을 뻗을 때 봉투는 우리 사이에 놓여 있다.

그가 나를 사랑했을까

1판 1쇄 발행 | 2023년 10월 16일

지은이 | 이모겐 크림프
옮긴이 | 최화정
펴낸이 | 안병훈

펴낸곳 | 도서출판 기파랑
등 록 | 2004. 12. 27 제300-2004-204호
주 소 | 서울시 종로구 대학로8가길 56 동숭빌딩 301호   우편번호 03086
전 화 | 02-763-8996 편집부 02-3288-0077 영업마케팅부
팩 스 | 02-763-8936

이메일 | info@guiparang.com
홈페이지 | www.guiparang.com

ISBN 978-89-6523-507-1   03840